Tão Certo quanto o Amanhecer

Também de Francine Rivers

AMOR DE REDENÇÃO
A ESPERANÇA DE UMA MÃE
O SONHO DE UMA FILHA
A PONTE DE HAVEN
UMA VOZ AO VENTO – SÉRIE A MARCA DO LEÃO, LIVRO 1
UM ECO NA ESCURIDÃO – SÉRIE A MARCA DO LEÃO, LIVRO 2

TÃO CERTO QUANTO O AMANHECER

A Marca do Leão ❖ Livro 3

FRANCINE RIVERS

Tradução
Sandra Martha Dolinsky

1ª edição
Rio de Janeiro-RJ / Campinas-SP, 2021

VERUS
EDITORA

Editora
Raïssa Castro

Coordenadora editorial
Ana Paula Gomes

Copidesque
Maria Lúcia A. Maier

Revisão
Andressa Fernandes

Capa
Adaptação da original (© Ron Kaufmann)

Ilustração de capa
© Robert Papp, 2008

Projeto gráfico
André S. Tavares da Silva

Diagramação
Ana Luiza Gonzaga

Título original
As Sure as the Dawn
Mark of the Lion, book III

ISBN: 978-65-5924-009-8

Copyright © Francine Rivers, 1995, 2002
Todos os direitos reservados.
Edição publicada mediante acordo com Browne & Miller Literary Associates, LLC.

Tradução © Verus Editora, 2021
Direitos reservados em língua portuguesa, no Brasil, por Verus Editora.
Nenhuma parte desta obra pode ser reproduzida ou transmitida por qualquer forma e/ou quaisquer meios (eletrônico ou mecânico, incluindo fotocópia e gravação) ou arquivada em qualquer sistema ou banco de dados sem permissão escrita da editora.

Verus Editora Ltda.
Rua Benedicto Aristides Ribeiro, 41, Jd. Santa Genebra II, Campinas/SP, 13084-753
Fone/Fax: (19) 3249-0001 | www.veruseditora.com.br

CIP-BRASIL. CATALOGAÇÃO NA FONTE
SINDICATO NACIONAL DOS EDITORES DE LIVROS, RJ

R522t

Rivers, Francine, 1947-
  Tão certo quanto o amanhecer / Francine Rivers ; [tradução Sandra Martha Dolinsky]. – 1. ed. – Campinas [SP] : Verus, 2021.

  (A Marca do Leão ; 3)

  Tradução de: As Sure as the Dawn
  Sequência de: Um eco na escuridão
  ISBN 978-65-5924-009-8

  1. Ficção americana. I. Dolinsky, Sandra Martha. II. Título. III. Série.

21-70913
CDD: 813
CDU: 82-3(73)

Camila Donis Hartmann - Bibliotecária - CRB-7/6472

Revisado conforme o novo acordo ortográfico.

Seja um leitor preferencial Record.
Cadastre-se no site www.record.com.br e receba
informações sobre nossos lançamentos e nossas promoções.

Atendimento e venda direta ao leitor:
sac@record.com.br

*A meu irmão, Everett Melbourne King Jr., e sua esposa, Evelyn.
Amo vocês e agradeço a Deus por estarmos juntos nos tempos difíceis.*

SUMÁRIO

Prólogo   11

Parte I: **A SEMENTE**   15

Parte II: **O SOLO**   137

Parte III: **A GERMINAÇÃO**   297

Parte IV: **OS ESPINHOS**   317

Parte V: **O SACRIFÍCIO**   431

Parte VI: **A COLHEITA**   467

Epílogo   483

Glossário   487

Agradecimentos   489

Ouvi: Eis que saiu o semeador a semear. E aconteceu que, semeando ele, uma parte da semente caiu junto do caminho, e vieram as aves do céu, e a comeram. E outra caiu sobre pedregais, onde não havia muita terra, e nasceu logo, porque não tinha terra profunda. Mas, saindo o sol, queimou-se; e, porque não tinha raiz, secou-se. E outra caiu entre espinhos, e os espinhos cresceram e sufocaram-na. E outra caiu em boa terra e deu fruto, que vingou e cresceu; e um produziu trinta, outro sessenta e outro cem.

Marcos 4,3-8

E Jesus lhes respondeu, dizendo: É chegada a hora em que o Filho do homem há de ser glorificado. Em verdade, em verdade vos digo que, se o grão de trigo, caindo na terra, não morrer, fica ele só; mas, se morrer, dá muito fruto.

João 12,23-24

PRÓLOGO

ANO 79 D.C.

O guarda do calabouço abriu o ferrolho.
O som das sandálias tachonadas dos romanos fez Atretes se lembrar de Cápua. Enquanto seguia o guarda, o cheiro de pedra fria e medo humano fez o suor brotar em sua pele. Alguém gritou por trás de uma porta trancada. Outros gemiam em desespero. Continuaram andando, até que Atretes ouviu algo proveniente da extremidade daquele local úmido; um som tão doce que o atraiu. Em algum lugar da escuridão, uma mulher cantava.
O guarda diminuiu o passo, inclinando levemente a cabeça.
— Já ouviu uma voz assim na vida?
O canto parou, e ele passou a caminhar depressa.
— É uma pena que ela vá morrer com o restante deles amanhã — disse, parando diante de uma porta pesada e abrindo o ferrolho.
Respirando pela boca, o germano ficou no limiar, olhando para cada rosto. Uma única tocha cintilava no suporte da parede lateral, de modo que os prisioneiros que estavam no fundo ficavam encobertos pelas sombras. A maioria eram mulheres e crianças. Havia menos de meia dúzia de homens velhos e barbados. Atretes não se surpreendeu; os mais jovens teriam sido salvos para as lutas.
Alguém disse seu nome. Ele viu uma mulher magra vestindo farrapos se levantar da massa de presos imundos.
Hadassah.
— É essa? — perguntou o guarda.
— Sim.
— A cantora. Você aí! Saia!
Atretes a observou enquanto ela atravessava a cela. As pessoas estendiam as mãos para tocá-la. Alguns pegaram sua mão, e ela sorria e sussurrava uma palavra de encorajamento antes de passar. Quando chegou à porta, fitou Atretes com olhos luminosos.

— O que está fazendo aqui, Atretes?

Como não queria dizer nada na frente do guarda romano, ele a pegou pelo braço e a levou para o corredor. O guarda fechou a porta e passou a tranca. Abriu outra porta no corredor e acendeu a tocha.

Atretes ouviu o som das sandálias na pedra e apertou os punhos. Havia prometido a si mesmo nunca mais entrar em um lugar como aquele, e ali estava, por escolha própria.

— Você deve odiar este lugar — Hadassah disse suavemente. — O que o trouxe aqui?

— Eu tive um sonho. Não sei o que significa.

Ela sentiu o desespero dele e rezou para que Deus desse a ela as respostas de que necessitava.

— Sente-se aqui e me conte — pediu ela, fraca em razão do confinamento e dos dias sem comida. — Talvez eu não saiba as respostas, mas Deus sabe.

— Sonho que estou passando por um lugar muito escuro, tanto que posso sentir sua pressão contra meu corpo. Tudo que posso ver são minhas mãos. Eu caminho por um longo tempo sem sentir nada, parece uma eternidade, e então vejo um escultor. E diante dele sua obra, uma estátua minha, como aquelas que são vendidas nas lojas ao redor da arena, só que essa é tão real que parece respirar. O homem pega um martelo, e eu sei o que ele vai fazer. Grito para que não o faça, mas ele atinge a imagem uma vez e a quebra em um milhão de pedaços. — Trêmulo, Atretes se levantou. — Eu sinto dor, como nunca senti antes. Não consigo me mexer. Ao redor, vejo a floresta de minha pátria e começo a afundar no pântano. Todos estão parados em volta de mim: meu pai, minha mãe, minha esposa, amigos há muito mortos. Eu grito, mas eles ficam só me olhando enquanto sou sugado. O pântano se fecha sobre mim como a escuridão. E então aparece um homem e me estende as mãos. Suas palmas estão sangrando.

Hadassah viu Atretes se recostar, cansado, no muro de pedra, do outro lado da cela.

— Você pega as mãos dele? — ela perguntou.

— Não sei — disse ele com tristeza. — Não consigo lembrar.

— Aí você acorda?

Ele respirou lentamente, lutando para manter a voz firme.

— Não. Ainda não. — Fechou os olhos e engoliu em seco. — Ouço um bebê chorando. Ele está deitado, nu, nas rochas, perto do mar. Vejo uma onda vindo do mar e sei que vai levá-lo. Tento alcançar o bebê, mas a onda passa por cima dele. Então eu acordo.

Hadassah fechou os olhos. Atretes inclinou a cabeça para trás.

— Diga, o que isso tudo significa?

Ela orou para que o Senhor lhe desse sabedoria para responder. Ficou ali sentada por um longo tempo, com a cabeça baixa. Até que levantou a cabeça de novo e disse:

— Eu não sou vidente. Somente Deus pode interpretar os sonhos. Mas sei que algumas coisas são verdadeiras, Atretes.

— Que coisas?

— O homem que está estendendo as mãos para você é Jesus. Eu lhe contei como ele morreu, pregado na cruz, e como ressuscitou. Ele está lhe estendendo as mãos. Pegue-as. Sua salvação está nele. — Hesitou. — E o bebê...

— Eu sei sobre o bebê. — O rosto de Atretes se iluminou de emoção mal disfarçada. — É meu filho. Eu pensei no que você me disse aquela noite, quando foi às colinas. Mandei avisar que queria a criança quando nascesse.

Ao ver o olhar assustado de Hadassah, Atretes se levantou abruptamente e começou a andar, inquieto.

— No início, falei isso para machucar Júlia, para tirar o filho dela. Mas depois eu o queria de verdade. Resolvi ficar com a criança e voltar para a Germânia. Esperei, e então veio a notícia. O bebê nasceu morto. — Atretes deu um riso trêmulo, cheio de amargura. — Mas ela mentiu. A criança não nasceu morta. Ela mandou deixá-la nas rochas para morrer. — Sua voz se afogou em lágrimas, e ele passou os dedos nos cabelos. — Eu disse que, se Júlia o colocasse aos meus pés, eu lhe daria as costas. E foi exatamente isso que ela fez, não foi? Ela o deixou nas rochas e foi embora. Eu estava com ódio dela. Com ódio de mim. Você disse: "Que Deus tenha piedade de você. Que Deus tenha piedade".

Hadassah se levantou e foi até ele.

— Seu filho está vivo.

Ele enrijeceu e a fitou. Ela pousou a mão no braço de Atretes.

— Eu não sabia que você mandara uma mensagem dizendo que o queria, Atretes. Se soubesse, eu o teria levado diretamente a você. Por favor, perdoe-me pela dor que lhe causei.

Ela deixou cair a mão, e ele a pegou pelo braço.

— Você disse que ele está vivo? Onde ele está?

Ela rezou para que Deus consertasse o que ela havia feito.

— Eu levei seu filho ao apóstolo João, e ele o pôs nos braços de Rispa, uma jovem viúva que havia perdido o filho. Ela o amou assim que o viu.

Ele afrouxou a mão e se afastou de Hadassah.

— Meu filho está vivo — disse, maravilhado, e o peso da dor e da culpa desapareceu. Atretes fechou os olhos, aliviado. — Meu filho está vivo. — Recostado na parede de pedra, deslizou até o chão. Os joelhos fraquejaram. — Meu filho está *vivo* — repetiu com voz sufocada.

— Deus é misericordioso — disse ela suavemente, tocando-lhe os cabelos.

A leve carícia fez Atretes recordar sua mãe. Ele pegou a mão de Hadassah e a segurou contra sua face. Olhou para ela e viu os hematomas que marcavam seu rosto amável, a magreza de seu corpo sob a túnica suja e esfarrapada. Ela salvara seu filho. Como poderia ir embora e deixá-la morrer?

Ele se levantou, cheio de propósito.

— Vou falar com Sertes.

— Não — ela pediu.

— Sim — ele retrucou, determinado. Embora nunca houvesse lutado contra leões e soubesse que teria poucas chances de sobreviver, ele precisava tentar. — Falando com a pessoa certa, posso estar na arena como seu defensor.

— Eu já tenho um defensor, Atretes. A batalha *acabou*. E ele já ganhou. — Ela segurou a mão dele com firmeza. — Você não vê? Se voltasse para a arena agora, você morreria sem nunca conhecer o Senhor.

— Mas e você? — No dia seguinte ela enfrentaria os leões.

— A mão de Deus está aqui, Atretes. Sua vontade será feita.

— Você vai morrer.

— "Ainda que ele me mate, nele esperarei" — disse ela, sorrindo. — O que quer que aconteça, será para sua glória e seu bom propósito. Não tenho medo.

Atretes observou o rosto de Hadassah por um longo tempo e, por fim, balançou a cabeça, lutando contra as emoções turbulentas.

— Será como você está dizendo.

— Será como o Senhor desejar.

— Eu nunca a esquecerei.

— Nem eu a você — ela respondeu.

Ela lhe disse onde encontrar o apóstolo João, pousou a mão em seu braço e o fitou com olhos pacíficos.

— Agora vá embora deste lugar carregado de morte e não olhe para trás. — Então voltou para o corredor escuro e chamou o guarda.

Atretes ficou parado com a tocha na mão, vendo o guarda se aproximar e destrancar a porta da cela. Hadassah se voltou e o fitou com um olhar iluminado e reconfortante.

— Que o Senhor o abençoe e o guarde. Que faça resplandecer seu rosto sobre você e seja misericordioso. Que volte o rosto para você e lhe dê paz — disse com um sorriso gentil.

Então se afastou e entrou na cela. Um murmúrio suave de vozes a recebeu, seguido pelo baque duro da porta que se fechava.

A SEMENTE

Um semeador saiu a semear...

1

Fisicamente exausto e com o orgulho ferido, Atretes já tivera o suficiente. Sua paciência chegara ao fim.

Assim que Hadassah lhe dissera que seu filho estava vivo e que o apóstolo João sabia onde encontrá-lo, ele começara a fazer planos. Como a multidão o adorava, não podia entrar na cidade de Éfeso tranquilamente; tinha de esperar que a escuridão o protegesse. E assim fizera. Encontrar a casa do apóstolo não havia sido muito difícil — Hadassah dera boas instruções, mas, mesmo na calada da noite, aquele homem de Deus trabalhava consolando uma criança doente ou ouvindo a confissão de alguém no leito de morte.

Atretes esperara por João, mas, depois de horas, fora avisado de que o apóstolo mandara dizer que iria a um culto de adoração matinal, às margens do rio. Furioso, Atretes fora atrás dele, seguindo uma grande multidão que se reunira para ouvir João falar de Jesus Cristo, o Deus ressurrecto de todos eles. Um carpinteiro da Galileia? Um deus? Atretes fechara os ouvidos para as palavras que eram proclamadas ali e se retirara para um lugar calmo debaixo de um terebinto, decidido a esperar.

Mas agora não esperaria mais! Após um dia inteiro, aqueles adoradores ainda cantavam louvores a seu rei celestial e contavam suas histórias de libertação de doenças, desgostos, hábitos e até demônios! Atretes estava cansado de ouvi-los. Alguns, completamente vestidos, eram mergulhados nas águas do rio! Será que todos haviam enlouquecido?

Atretes se levantou, foi até a multidão e cutucou um homem.

— Quanto tempo duram essas reuniões?

— Duram enquanto o Espírito nos mover — respondeu o homem, lançando-lhe um olhar apressado antes de voltar a cantar.

O espírito? Mas o que isso significa? Atretes estava habituado à disciplina de horários e regimes de treinamento, a lidar com fatos concretos. Aquela resposta era incompreensível para ele.

— É a primeira vez que você vem?

— E a última — Atretes o interrompeu, ansioso para ir embora.

O homem o fitou e abriu um sorriso.

— Você é *Atretes*! — exclamou, arregalando os olhos.

O germano sentiu a adrenalina correr pelo corpo e enrijecer os músculos. Ele poderia fugir ou lutar. Apertou os lábios e ficou firme. A primeira escolha era contrária à sua natureza, e a longa noite de espera o deixara pronto para a última. *Tolo!*, repreendeu-se. Deveria ter ficado calado, esperando sob a sombra de uma árvore, em vez de chamar a atenção para si. Mas agora já era tarde.

Arranjou pretextos para seu erro; como poderia adivinhar que as pessoas ainda se lembravam dele? Fazia oito meses que abandonara a arena, pensara que já havia sido esquecido. Aparentemente, os efésios tinham boa memória.

Outros se voltaram ao ouvir o nome dele. Uma mulher ofegou e se virou, sussurrando para as que estavam perto dela. A notícia de sua presença se espalhou como folhas secas ao vento. As pessoas olharam para trás para ver o que estava acontecendo e reconheceram — a cabeça do gladiador se sobressaindo das demais e seu maldito cabelo loiro servindo como um farol.

Praguejou baixinho.

— *É* Atretes — disse alguém.

Atretes sentiu a nuca se arrepiar. Ele sabia que o sensato seria sair dali o mais rápido possível, mas sua obstinação e a parte mais feroz de sua natureza assumiram o controle. Ele não era mais escravo de Roma; não era mais um gladiador lutando na arena. Sua vida deveria pertencer a ele novamente! Mas qual era a diferença entre os muros de uma casa luxuosa e os do *ludus*? Ambos o aprisionavam.

Chegou a hora!, pensou, furioso e frustrado. Descobriria o que precisava saber e iria embora. E o homem que tentasse o deter teria sérios motivos para se arrepender. Empurrando o homem que o encarava perplexo, começou a abrir caminho através da multidão. Sussurros entusiasmados ondulavam naquele mar de pessoas enquanto ele avançava.

— Abram caminho! É Atretes. Ele quer passar! — gritou alguém. As pessoas à frente pararam de cantar louvores e se voltaram. — Louvado seja o Senhor!

Atretes apertou os lábios enquanto o zumbido de excitação o cercava. Mesmo depois de dez anos de luta na arena, o germano nunca se acostumara com o furor que sua presença provocava.

Sertes, o *editor* dos jogos de Éfeso e o homem que o comprara do grande *Ludus* de Roma, sempre se deleitara com a reação da multidão a seu valioso gladiador e explorara Atretes a cada oportunidade, colhendo os lucros para si. O efésio aceitara subornos de patronos ricos e o levara a banquetes para ser mimado e acariciado. Outros gladiadores gostavam de tal tratamento majestoso, aproveitavam todos os prazeres oferecidos, usufruindo suas últimas horas antes de enfrentar a morte na arena. Mas Atretes comia e bebia com moderação. Sua intenção era sempre sobreviver. Sempre ficara ali, indiferente, ignorando seus anfitriões, fitando os convidados com tanta ferocidade, desprezo e desdém que ninguém se aproximava além do necessário.

— Você se comporta como uma fera enjaulada! — certa vez reclamara Sertes.
— Foi no que você e os outros me transformaram.

A lembrança daquele tempo só alimentou sua raiva enquanto ele forçava passagem através da multidão, às margens do rio. Hadassah lhe dissera para procurar o apóstolo João, e aqueles tolos atônitos e murmurantes não o impediriam de fazer exatamente isso.

O zumbido de vozes excitadas crescia. Apesar de sua altura superior à dos demais, o guerreiro sentia a multidão o pressionar. As pessoas o tocavam enquanto ele passava. Por instinto ficou tenso e os empurrou. Pensou que o agarrariam ou rasgariam suas roupas, como os *amoratae* que muitas vezes o perseguiam pelas ruas de Roma, mas essas pessoas, entusiasmadas com sua presença, somente punham as mãos nele para impeli-lo de ir adiante.

— Louvado seja o Senhor...
— Ele era gladiador...
— Eu o vi lutar uma vez antes de me tornar cristão...

As pessoas se aproximavam dele, e seu coração começou a bater forte. Um suor frio cobriu-lhe a testa. Não gostava de aproximações.

— Abram caminho — disse um homem. — Deixem-no passar!
— João! *João!* É Atretes, ele está vindo!

Será que as pessoas já sabiam por que ele estava naquela reunião do Caminho? Teria Hadassah, de alguma maneira, mandado avisar?

— Mais um! Mais um para o Senhor!

Alguém recomeçou a cantar, e o som envolveu Atretes, fazendo um arrepio subir por sua coluna. Uma passagem se abriu diante dele. Ele não esperou para se perguntar por que, mas cobriu a curta distância que restava até a margem do rio. Havia vários homens e mulheres parados dentro d'água. Um estava sendo mergulhado; o outro, encharcado, jogava água para cima, chorando e rindo ao mesmo tempo, enquanto outros se aproximavam para abraçá-lo.

Um velho vestindo uma túnica com uma faixa listrada amarrada à cintura ajudava outra pessoa a se levantar da água, dizendo:

— Você foi purificado pelo sangue do Cordeiro.

O canto se tornou mais alto e mais alegre. O homem correu em direção a seus amigos. Um o abraçou, chorando, e os outros o cercaram.

Atretes queria desesperadamente sair daquele lugar, afastar-se daqueles homens e mulheres enlouquecidos.

— Você aí! — gritou para o homem da faixa listrada. — Você é João? Aquele chamado de "o apóstolo"?

— Sim, sou eu.

O germano entrou no rio, surpreso com a erupção de entusiasmo atrás de si. Uma vez, Sertes havia dito que João, o apóstolo, era uma ameaça maior para o Império Romano que todas as rebeliões de fronteira juntas; mas, observando o homem à sua frente, Atretes não via motivo para temer. Na verdade, João parecia um homem como qualquer outro.

No entanto, Atretes havia aprendido a jamais presumir que as coisas eram o que pareciam. A sombria experiência lhe ensinara a nunca subestimar homem algum. Por vezes, um covarde era mais astuto que um homem de coragem, e até alguém aparentemente indefeso poderia infligir feridas muito profundas. Júlia, por exemplo, não havia arrancado seu coração com traições e mentiras?

Esse homem tinha apenas uma arma contra ele; uma arma que Atretes pretendia lhe tirar. Plantou os pés com firmeza e falou com tom e fisionomia duros como pedra:

— Você está com meu filho. Hadassah o entregou a você há cerca de quatro meses. Eu o quero de volta.

— Hadassah — disse João, suavizando o rosto. — Eu estava preocupado com ela. Não vemos nossa irmãzinha há muitos meses.

— Nem a verão. Ela está entre os condenados, nas masmorras da arena.

João ofegou como se houvesse levado um soco e murmurou algo baixinho.

— Ela me contou que você deu meu filho a uma viúva chamada Rispa — disse Atretes. — Onde posso encontrá-la?

— Rispa mora na cidade.

— Onde exatamente?

João se aproximou e pousou a mão no braço de Atretes.

— Venha comigo. Vamos conversar.

Atretes se livrou da mão do homem e disse rapidamente:

— Diga-me apenas onde encontrar a mulher que está com meu filho.

João o fitou uma vez mais.

— Quando Hadassah veio a mim com a criança, disse que a tinham mandado deixá-la nas rochas para morrer.

— Não fui *eu* que dei essa ordem.

— Ela me disse que o pai não queria o filho.

O calor tomou conta do rosto de Atretes, e ele apertou os lábios.

— É meu filho. Isso é tudo que você precisa saber.

João franziu o cenho.

— Hadassah está condenada porque ela me trouxe a criança?

— Não.

O ato de desobediência de Hadassah ao não deixar o bebê nas rochas teria sido suficiente para condená-la, mas não havia sido essa a razão pela qual Júlia a mandara para a morte. Atretes tinha certeza disso. Pelo que ele sabia, Júlia nem tinha conhecimento de que seu filho ainda estava vivo. Mas Júlia poderia ter condenado Hadassah por um capricho qualquer. Ele só sabia uma coisa sobre o que acontecera com Hadassah.

— Um dos servos me disse que Hadassah recebeu ordem de queimar incenso em homenagem ao imperador. Ela se recusou e proclamou Cristo como seu único deus verdadeiro.

Os olhos de João cintilaram.

— Louvado seja Deus.

— Ela foi louca.

— Louca por Cristo.

— Você está satisfeito? — indagou Atretes, incrédulo. — Ela vai morrer por causa dessas poucas palavras.

— Não, Atretes. Quem crê em Jesus não perece, mas tem a vida eterna.

Atretes já estava impaciente.

— Eu não vim discutir seus deuses ou sua crença na vida após a morte. Vim por meu filho. Se o que você quer é a prova de que sou pai dele, a palavra da meretriz que é mãe dele o satisfaria? Arrastarei Júlia Valeriano até aqui e a farei ficar de joelhos diante de você para que confesse. Isso será suficiente? Pode afogá-la, se quiser, por ser uma prostituta. E eu posso até ajudá-lo.

João respondeu gentilmente à ira daquele bárbaro.

— Eu não duvido de que você seja o pai. Estou apenas pensando nas necessidades da criança, Atretes. Essa não é uma situação sem graves consequências. E quanto à Rispa?

— Que necessidades tem um bebê além de ser alimentado e mantido aquecido? Quanto à mulher, dê outra criança a ela. Ela não tem direito ao meu filho.

— O Senhor interveio em nome de seu filho. Senão...

— *Hadassah* interveio.

— Não foi por acaso que ela trouxe a criança a mim naquele momento.

— Hadassah disse que, se soubesse que eu queria o bebê, ela o teria levado a mim!

— Por que ela não sabia?

Atretes cerrou os dentes. Se não fosse pela multidão atenta, ele teria usado de força para obter as informações que desejava.

— Onde ele está?

— Ele está seguro. Hadassah achou que o único caminho para salvar seu filho seria entregá-lo a mim.

Atretes estreitou os olhos com frieza. Retesou a mandíbula enquanto sentia o calor lhe tomar o rosto. Tentou esconder a vergonha que sentia por trás de um muro de raiva, mas sabia que havia falhado. Apenas uma pessoa olhara para ele como se o visse por dentro, como se visse seu coração e sua mente: Hadassah. Até aquele momento, porque agora esse homem estava fazendo a mesma coisa.

Memórias inundaram a mente de Atretes. Quando a escrava o havia procurado e dito que o filho que Júlia carregava era dele, ele dissera que não se importava. Que garantia ele tinha de que aquele filho era dele mesmo? Apesar de Hadassah lhe assegurar de que ele era de fato o pai da criança, Atretes estava magoado pelo fato de Júlia o trair com outro homem e furioso demais para pensar com clareza. Chegara a dizer a Hadassah que, se Júlia Valeriano colocasse o bebê a seus pés, ele lhe daria as costas e nunca olharia para trás. Jamais esqueceria a tristeza que suas palavras provocaram na escrava... nem o arrependimento que o dominara quando ela partira. Mas ele era Atretes! E não a chamaria de volta.

Como ele poderia esperar que uma mulher fosse tão insensível como Júlia com o próprio filho? Nenhuma mulher germana pensaria em abandonar seu bebê nas rochas para deixá-lo morrer. Somente uma romana *civilizada* poderia fazer uma coisa dessas. Se não fosse pela intervenção de Hadassah, seu filho estaria morto. Mais uma vez, ele se concentrou no presente, no homem que tão pacientemente estava diante dele.

— É *meu filho*. O que eu possa ou não ter dito agora não importa mais. Hadassah me mandou aqui, e vou recuperar meu filho.

João assentiu.

— Vou mandar chamar Rispa e conversar com ela. Diga-me onde você mora que levarei seu filho até você.

— Diga-me onde ela está que eu mesmo irei buscá-lo.

João franziu o cenho.

— Atretes, isso será muito difícil. Rispa ama essa criança como se fosse dela. Não vai ser fácil para ela abrir mão do pequeno.

— Mais uma razão para eu ir. Não seria sensato permitir que você avisasse essa mulher de minhas intenções, pois assim ela teria tempo de sair da cidade.

— Nem eu nem Rispa manteremos seu filho longe de você.

— Eu tenho apenas sua palavra, e quem é você para mim além de um estranho? E louco! — disse, lançando um olhar eloquente aos adoradores. — Não tenho motivos para confiar em você — soltou uma risada de desprezo —, e menos ainda para confiar em qualquer mulher.

— Você confiou em Hadassah.

O rosto de Atretes ficou sombrio. João o observou por um momento e em seguida lhe disse como encontrar Rispa.

— Vou rezar para que seu coração seja tocado pela compaixão e pela misericórdia que Deus lhe demonstrou ao poupar a vida de seu filho. Rispa é uma mulher de fé. Já provou isso.

— E o que isso significa?

— Ela já passou por muitas tragédias em sua jovem vida.

— Isso não é problema meu.

— Não, mas eu lhe peço que não a culpe pelo que aconteceu.

— A culpa foi da mãe da criança. Eu não responsabilizo Hadassah, você, nem essa viúva — disse Atretes, relaxando, agora que tinha a informação que buscava ali. — Além disso — acrescentou com um sorriso irônico —, não tenho dúvidas de que essa viúva se sentirá muito melhor quando for generosamente recompensada pelos incômodos.

João recuou diante de suas palavras, mas Atretes ignorou o gesto e, voltando-se, notou que a multidão se aquietara.

— O que eles estão esperando?

— Eles acham que você veio para ser batizado.

Com um riso de escárnio, Atretes subiu rapidamente a colina sem olhar para trás, onde ao longe a turba se acercava das margens do rio.

Atretes voltou para casa e esperou. Seria mais seguro entrar na cidade depois de escurecer, e havia outros assuntos que, na pressa, esquecera de levar em conta.

— Lagos! — gritou, e sua voz ecoou pela escada de mármore. — *Lagos!*

Um homem passou correndo pelo corredor superior.

— Sim, meu senhor!

— Vá ao mercado de escravos e me compre uma ama de leite.

Lagos desceu as escadas apressadamente.

— Uma... ama de leite, meu senhor?

— Certifique-se de que seja germana. — Saiu a passos largos pelo pátio em direção às termas.

Lagos o seguiu, preocupado. Já havia tido vários amos, e esse era, de longe, o mais imprevisível. Era uma grande honra para ele estar entre os escravos de Atretes, o principal gladiador de todo o Império Romano, mas nunca imaginara que aquele homem estivesse à beira da loucura. Durante a primeira semana que passara naquela casa, Atretes quebrara todos os móveis, incendiara o quarto e desaparecera. Depois de um mês, Silus e Appelles, dois gladiadores que Atretes comprara de Sertes para serem guardas, já haviam saído à sua procura.

— Ele está morando em uma caverna, nas montanhas — relatara Silus.

— Você precisa trazê-lo de volta!

— E correr o risco de ser morto? Esqueça! Vá você, velho, eu não. Eu dou valor à minha vida.

— Ele vai morrer de fome.

— Ele está caçando animais com uma daquelas malditas frâmeas que os germanos usam — informara Appelles. — Ficou *selvagem* de novo.

— Não deveríamos fazer alguma coisa? — indagara Saturnina.

A escrava estava claramente aborrecida por seu amo ter se transformado em um bárbaro e viver como um animal selvagem.

— O que você sugere que façamos, minha querida? Que mandemos você para a caverna para melhorar o humor dele? Você teria mais sorte comigo — respondera Silus, beliscando a bochecha da moça.

Ela batera na mão dele, fazendo-o rir.

— Eu sei que por dentro você está feliz por a senhora Júlia ter desprezado seu amo. Se ele recuperar o juízo e voltar, certamente você vai estar na porta à espera dele.

Enquanto Silus e Appelles aproveitavam, bebendo e conversando sobre velhas batalhas travadas na arena, Lagos assumira o controle da casa. Tudo fora mantido em ordem e pronto para quando o amo recuperasse o juízo e voltasse.

E ele voltara, sem avisar. Depois de ficar fora por cinco meses, simplesmente entrara em casa um dia, tirara as peles que usava, tomara um banho, fizera a barba e vestira uma túnica. Então mandara um dos criados procurar Sertes, e, quando o *editor* de jogos chegara, reuniram-se brevemente a portas fechadas. Na tarde seguinte, um mensageiro fora dizer a Atretes que a mulher que ele procurava estava na masmorra. Atretes saíra assim que escurecera.

Agora, ele estava de volta, pedindo uma ama de leite. Uma ama de leite *germana*, como se dessem nas videiras feito uvas! Não havia nenhuma criança na casa, e Lagos nem queria pensar nas razões de seu amo pedir uma serviçal assim. Sua maior preocupação era sobreviver.

Reunindo coragem, abriu a boca na tentativa de conscientizar seu mestre acerca de certos fatos ineludíveis.

— Pode não ser possível, meu senhor.

— Pague o preço que for, não me importo que seja alto. — Jogou o cinto de lado.

— Nem sempre é uma questão de preço, meu senhor. Há grande demanda por germanos, especialmente os loiros, e o suprimento é esporádico.

O criado sentiu o sangue se esvair do rosto diante do olhar sarcástico de Atretes. Se havia alguém que sabia disso, era seu amo. Lagos ficou imaginando se Atretes sabia que uma nova estátua de Marte havia sido erguida, e sua semelhança com o gladiador que olhava para ele com tanta impaciência era notável. Ainda se vendiam estatuetas de Atretes em frente à arena. E, outro dia, no mercado, Lagos havia visto lojas de fabricantes de ídolos vendendo figuras de um Apolo que se parecia com Atretes, embora um pouco mais bem-dotado do que a natureza costuma fazer qualquer homem.

— Sinto muito, meu senhor, mas pode não haver uma ama de leite germana disponível.

— Você é grego; os gregos são engenhosos. Arranje uma! Não precisa ser loira, mas tenha certeza de que seja *saudável*. — Tirou a túnica, revelando o corpo que incontáveis *amoratae* haviam adorado. — E esteja com ela aqui amanhã de manhã. — E foi para a beira da piscina.

— Sim, meu senhor — disse Lagos, sombrio, decidindo que era melhor agir depressa em vez de perder tempo tentando argumentar com um bárbaro maluco.

Se ele falhasse, Atretes sem dúvida comeria seu fígado como o corvo que se banqueteava perpetuamente com o deus Prometeu.

Atretes mergulhou na piscina; a água fresca era um alívio para sua mente febril. Emergiu e sacudiu a água do cabelo. Voltaria à noite para a cidade, sozinho. Se levasse Silus e Appelles, eles chamariam atenção. Além disso, nem mesmo dois guardas treinados seriam páreo para uma turba. Era mais prudente ir sozinho. Vestiria roupas comuns e manteria o cabelo coberto. Assim disfarçado não teria problemas.

Quando terminou o banho, ficou perambulando pela casa. Inquieto e tenso, foi de quarto em quarto até chegar ao maior, no segundo andar. Não punha os pés nessa câmara desde que a incendiara, cinco meses atrás. Olhou ao redor e viu que os servos haviam se encarregado de retirar os móveis e tapeçarias carbonizados e os vasos coríntios estilhaçados. Certamente haviam esfregado o mármore, mas as evidências de sua raiva e da destruição que ela provocara ainda estavam ali. Ele havia comprado aquela casa para Júlia com a intenção de levá-la para lá como sua esposa. Sabia bem que Júlia gostava de luxo e se lembrava de como se sentira orgulhoso por lhe oferecer as coisas mais caras. Eles teriam dividido aquele quarto.

Mas ela se casara com outra pessoa.

Ele ainda podia ouvi-la gritando suas mentiras e desculpas quando fora buscá-la, alguns meses depois de ganhar sua liberdade. Ela havia dito que seu marido era homossexual, que tinha um catamita e não se interessava por ela. Dissera que se casara com ele para proteger sua independência financeira, sua *liberdade*.

Bruxa mentirosa!

Desde o começo, ele deveria saber o que ela era. Acaso ela não havia ido ao Artemísion com o coração cheio de astúcia, vestida como uma prostituta do templo para chamar sua atenção? Acaso não subornara Sertes para poder convocá-lo sempre que ela quisesse? Contanto que isso não interferisse no cronograma de treinamento que Sertes traçara para ele, o tempo lhe era concedido. Ah, mas, como um tolo, ele ia até Júlia a cada estalar de dedos, cobertos de joias. Impressionado por sua beleza, ansioso por sua paixão desenfreada, ele fora até ela — e ela o massacrara.

Que tolo havia sido!

Sempre que pegava Júlia Valeriano nos braços, jogava seu orgulho e seu amor-próprio ao vento. Ele havia aceitado a vergonha. Durante todos aqueles meses de encontros clandestinos, ele voltava triste e constrangido para sua cela no *ludus*, recusando-se a encarar a verdade. Ele sabia o que ela era, mesmo naquela época. No entanto, permitira que Júlia o usasse, como todos os outros o haviam usado desde que fora feito prisioneiro, arrancado de sua amada Germânia. Os braços macios e sedosos de Júlia haviam sido mais fortes que qualquer corrente que o prendera.

Da última vez que a vira, ela gritara que o amava. Amor! Ela sabia tão pouco sobre o amor — e sobre ele — que realmente pensara que seu casamento com outra pessoa não faria diferença. Pensara que ele continuaria sendo seu amante, sempre que fosse conveniente para ela.

Pelos deuses, ele sabia que, mesmo que se lavasse durante anos, nunca conseguiria tirar de seu corpo a mácula que ela deixara! Agora, olhando para aquele quarto estéril e devastado, jurou que nunca mais nenhuma mulher exerceria aquele tipo de controle sobre ele novamente!

Quando o sol se pôs, vestiu um manto de lã, enfiou uma adaga no cinto e partiu para Éfeso. Seguiu para noroeste margeando as colinas, usando um caminho que conhecia bem, antes de pegar a estrada. Pequenas casas pontilhavam o campo, as quais se tornavam mais numerosas e mais próximas conforme ele chegava perto da cidade. Carroças repletas de mercadorias percorriam a estrada principal em direção aos portões. Ele andava despercebido sob as sombras escuras de uma delas, procurando se esconder da multidão crescente.

O condutor o notou.

— Ei, você aí! Afaste-se da carroça!

Atretes fez um gesto rude.

— Quer brigar?! — gritou o condutor, levantando-se do assento.

Atretes riu com sarcasmo e não disse nada. Perceberiam seu sotaque. Germanos não eram comuns naquela parte do Império. Ele abandonou a escuridão e seguiu por entre as tochas e sentinelas romanas. Um soldado o fitou e seus olhares se encontraram por um instante. Atretes viu o interesse despertar nos olhos do romano e baixou a cabeça para que seu rosto não fosse visto. O guarda falou com um colega, e Atretes se misturou a um grupo de viajantes, escondendo-se na primeira rua que encontrou. Ficou esperando na escuridão, mas o sentinela não mandou ninguém o seguir. Então retomou o caminho, grato pelo clarão da lua iluminar as pedras brancas entremeadas na estrada de granito.

João havia explicado que a mulher que estava com seu filho morava no segundo andar de uma *insula* decadente de um bairro pobre, a sudeste do conglomerado de bibliotecas, perto do Artemísion. Atretes sabia que poderia encontrar o edifício certo, se atravessasse o coração da cidade.

Com a aproximação do templo, a multidão aumentava. Seguindo um labirinto de vielas para evitá-la, ele tropeçou em um homem que dormia recostado a uma parede. O homem gemeu, praguejou, colocou o manto sobre a cabeça e se aconchegou de lado.

Ao ouvir vozes atrás de si, Atretes apertou o passo. Ao virar uma esquina, da janela do terceiro andar de um edifício, alguém despejou o conteúdo de um urinol na rua. Ele deu um salto para trás, enojado, e gritou em direção à janela.

As vozes silenciaram, mas ele ouviu o ruído de movimento na escuridão do beco. Virou devagar e estreitou os olhos. Seis sombras foram em sua direção, movendo-se furtivamente. Atretes se voltou, pronto para atacar. Percebendo que haviam sido vistos, os perseguidores começaram a provocá-lo. Espalhando-se, eles se aproximaram, formando um semicírculo. O líder dos agressores fez um sinal aos outros cinco para que assumissem suas posições, a fim de bloquear a fuga de Atretes. Ao notar o brilho de uma lâmina, o gladiador sorriu com frieza.

— Não vai ser fácil para vocês.

— A bolsa de dinheiro — disse o líder.

Pela voz, Atretes notou que se tratava de um jovem.

— Volte para a cama, garoto, e nada vai lhe acontecer.

O jovem riu com desdém e continuou avançando na direção de Atretes.

— Espere, Palus — disse um, parecendo nervoso.

— Estou com um mau pressentimento — disse outro na escuridão. — Ele é uma cabeça mais alto...

— Cale a boca, Tomás! Somos seis contra um.

— Talvez ele não tenha dinheiro.

— Ele tem, sim. Eu ouvi as moedas tilintarem. Moedas pesadas — disse Palus, aproximando-se, e os outros o seguiram. — A bolsa! — Estalou os dedos. — Jogue-a para mim.

— Venha pegar.

Ninguém se mexeu. Palus o xingou com sua voz jovem, trêmula de fúria e soberba.

— Acho que você não faria isso — disse Atretes, provocando novamente o orgulho de seu adversário.

O jovem que segurava a faca se lançou contra ele.

Fazia meses que Atretes não lutava, mas isso não tinha importância. Todo o treinamento e seus instintos refinados voltaram em um instante. Fez um movimento brusco, esquivando-se do golpe da adaga. Pegando o pulso do garoto, puxou seu braço para baixo e o girou, desencaixando-o do ombro. Palus caiu, gritando.

Os outros não sabiam se corriam ou atacavam, até que um deles se lançou para a frente e os outros o seguiram. Um deles deu um soco no rosto de Atretes, enquanto outro pulou em suas costas. Atretes bateu com todo o seu peso contra a parede e chutou o da frente com força, em um golpe baixo. Em seguida defendeu dois socos na lateral da cabeça, levantando o cotovelo e atingindo o peito de um agressor, que caiu, ofegante.

Na briga, o manto de Atretes se soltou, e seu cabelo loiro brilhou sob o luar.

— Por Zeus, é *Atretes*!

Os que ainda conseguiam se mexer se espalharam como ratos na escuridão.

— Ajudem-me! — gritou Palus, mas seus amigos o abandonaram. Gemendo de dor e segurando o braço quebrado contra o peito, recuou até bater na parede. — Não me mate — soluçou. — Não me mate, por favor! Nós não sabíamos que era você.

— Rapaz, o mais fraco da arena tinha mais coragem que você. — Passou pelo jovem e seguiu pelo beco. Ouviu vozes à sua frente.

— Eu juro! Era ele! Era *enorme*, e seu cabelo parecia branco com a luz da lua. Era Atretes!

— Onde?

— Lá embaixo! Deve ter matado Palus.

Praguejando baixinho, Atretes correu por uma rua estreita que o levou na direção oposta à que ele queria ir. Movimentando-se por entre os prédios, saiu em outra avenida e virou uma esquina que o colocou no caminho certo novamente. À frente, estava uma via principal não muito longe do Artemísion. Diminuiu o passo quando se aproximou; não queria chamar atenção com sua pressa. Puxou novamente o manto sobre a cabeça para cobrir o cabelo e baixou o queixo ao entrar no bazar noturno.

A rua estava repleta de barracas e vendedores. Abrindo caminho por entre a multidão, viu miniaturas de templos e estatuetas de Ártemis, bandejas de amuletos e saquinhos de incenso. Chegou à loja de um artesão de imagens e observou o balcão cheio de estatuetas de mármore. Alguém esbarrou nele e ele se aproximou mais, fingindo interesse pelas mercadorias. Precisava se misturar à multidão de compradores. Visitantes de todas as partes do Império estavam à procura de pechinchas.

Ao ver as estatuetas ornadas de tantos detalhes, Atretes se espantou. Julgando-o interessado, o comerciante disse:

— Olhe mais de perto, meu senhor! São réplicas da nova estátua recém-erguida em homenagem a Marte. Você não vai encontrar melhor acabamento em nenhum outro lugar.

Atretes se aproximou e pegou uma estatueta. Não havia imaginado isso. Era *ele*! Olhando o ídolo ofensivo e querendo esmagar o mármore até virar pó, questionou, com um grunhido acusador:

— Marte?

— Você deve ser novo na cidade. Está fazendo uma peregrinação para nossa deusa? — O vendedor mostrou uma estatueta com seios, usando um capacete pontilhado de símbolos, um dos quais era a runa do deus Tiwaz, a quem Atretes havia adorado.

— *Ali está ele! Na barraca de imagens!*

Atretes olhou em volta e viu um grupo de jovens abrindo passagem por entre a multidão em direção a ele.

— Eu disse que era Atretes!

— Atretes! Onde?

Pessoas de todos os cantos se voltaram para olhar. Boquiaberto, o artesão de imagens o encarava.

— *É você*. Pelos deuses!

Atretes passou o braço pela mesa e a levantou. Empurrando várias pessoas para o lado, tentou correr. Um homem agarrou sua túnica. Atretes proferiu um grito enfurecido e o atingiu no rosto. Quando o homem caiu, levou mais três junto. A excitação tomou conta da rua.

— Atretes! Atretes está aqui! — Mais mãos caíram sobre ele; vozes febris gritavam o seu nome.

Atretes não estava acostumado ao medo real, mas o reconheceu à medida que o furor foi crescendo no mercado. Mais um instante, haveria um tumulto, e ele seria o protagonista. Passou por entre meia dúzia de pessoas que tentavam pegá-lo, sabendo que tinha de sair dali imediatamente.

— *Atretes*! — gritou uma mulher, lançando-se sobre ele.

O gladiador conseguiu se livrar dela, não sem ter o pescoço arranhado pelas unhas da mulher. Alguém lhe arrancou um tufo de cabelos. O manto foi tirado com força de seus ombros. As pessoas gritavam.

Atretes se libertou e correu, derrubando todos que atravessavam seu caminho. *Amoratae* gritavam e o seguiam como um bando de cães selvagens. Entrou na estreita rua de lojas e derrubou outra mesa. Frutas e legumes se derramaram pela calçada. Ergueu outro balcão de cobre, espalhando mais obstáculos por onde a multidão passava. Houve gritos e várias pessoas caíram. Pulou uma carroça, voltou-se bruscamente e correu por uma viela entre dois edifícios. Ao perceber que era um beco sem saída, experimentou uma sensação de pânico como jamais experimentara na vida. Certa vez, vira um bando de cães selvagens perseguindo um homem na arena. Quando o pegaram, os cães o despedaçaram. Esses *amoratae*, com sua paixão desenfreada, seriam capazes de fazer o mesmo se o pegassem.

Apavorado e girando em círculos, Atretes só queria escapar. Então viu uma porta e correu até ela. Estava trancada. Forçou-a com o ombro, abriu-a e correu por uma escadaria escura. Um andar, depois dois. Parou no patamar e esperou. Recuperou o fôlego e apurou o ouvido.

Ouviu vozes abafadas vindas de fora:

— Ele deve ter entrado em um dos edifícios.

— Olhe ali!

— Não, espere! Esta porta foi arrombada.

Passos apressados subiram as escadas.

— Ele está aqui.

Atretes atravessou o corredor sem fazer barulho. Mesmo com as portas dos cortiços fechadas, o lugar cheirava a gente. Uma porta se abriu atrás dele e alguém olhou para fora quando ele se abaixou para entrar por uma passagem estreita e úmida. Chegou ao terceiro andar, depois ao quarto. Ainda aos gritos, seus fãs o perseguiam. Quando chegou ao telhado, o gladiador não teve mais onde se esconder. Ouviu vozes subindo as escadas. Vendo apenas um caminho para fugir dali, pegou impulso e saltou até o outro edifício. Bateu forte no chão e saiu rolando. Levantando-se, foi cambaleando até outra porta, mergulhou nela e se escondeu nas sombras de outra escadaria, enquanto dezenas de pessoas se espalhavam no telhado de onde ele havia acabado de pular. Recuou bruscamente, ofegante. Seu coração batia forte.

As vozes foram retrocedendo uma a uma, descendo as escadas novamente, procurando-o no entorno escuro do edifício. Atretes se recostou na parede e fechou os olhos, tentando recuperar o fôlego.

Como poderia atravessar a cidade, encontrar a viúva que estava com seu filho e sair com ele dali, sem que ambos morressem?

Amaldiçoando os artesãos por usar sua imagem para fazer estatuetas para aquelas pessoas ávidas de ídolos, não pensou em mais nada além de sair da cidade são e salvo. Feito isso, encontraria outra maneira de chegar até seu filho.

Esperou uma hora antes de se aventurar pelas escadas e corredores do edifício. Qualquer barulho o fazia recuar. Uma vez ao ar livre, esgueirou-se junto aos muros, usando o véu de sombras para se proteger. Perdeu-se. Naquelas preciosas horas de escuridão, encontrou seu caminho como um rato em um labirinto de becos e ruas estreitas.

Chegou aos portões da cidade no momento em que o sol nascia.

2

Lagos ouviu a porta bater e soube que seu mestre tinha chegado. Ele mesmo voltara havia poucas horas, após passar a tarde e a maior parte da noite procurando uma ama de leite germana nos mercados de escravos. Por fim, encontrara uma, e tinha certeza de que Atretes ficaria satisfeito com ela. Era robusta e corada, com cabelos da mesma cor que os dele.

Foi até o saguão de entrada sentindo-se confiante, mas viu o olhar obscuro de Atretes e seu temperamento mais obscuro ainda. Arranhões profundos continuavam sangrando em seu pescoço, manchando a túnica rasgada. O germano parecia pronto para matar alguém. Qualquer um.

— Encontrou uma ama de leite?

Com o coração acelerado, Lagos agradeceu aos deuses.

— Sim, meu senhor — disse depressa, com a testa molhada de suor. — Ela já está aqui. — Ele sabia que, se falhasse, seria um homem morto. — Gostaria de vê-la, meu senhor?

— Não! — Entrou no pátio interno. Curvando-se, aproximou-se da fonte e colocou a cabeça debaixo d'água. Lagos ficou imaginando se ele queria se afogar. Depois de um longo momento, Atretes se endireitou e sacudiu a cabeça, espirrando água em todas as direções, tal qual um cachorro. Lagos nunca vira um comportamento tão grosseiro em um amo. — Você sabe escrever? — perguntou Atretes com frieza e expressão não menos feroz.

— Só em grego, meu senhor.

Atretes passou a mão no rosto e sacudiu a água.

— Então escreva o seguinte: — "Aceito sua sugestão. Traga meu filho até mim o mais rápido possível". Assine meu nome e leve a mensagem ao apóstolo João. Diga a ele como chegar aqui. — Instruiu o serviçal a encontrar a casa que ficava perto de um riacho, na periferia da cidade. — Se ele não estiver lá, procure-o no rio. — E saiu.

Lagos soltou o ar e agradeceu aos deuses por estar vivo.

——|–|——

O pesado bastão nas mãos de Silus se estilhaçou quando Atretes o acertou com o seu. O servo recuou bruscamente para evitar o golpe e cambaleou, mal conseguindo se manter em pé. Praguejando, Atretes recuou. Apertando os lábios, Silus recuperou o equilíbrio e jogou a arma inútil de lado.

Atretes fez um gesto impaciente.

— De novo!

Gallus pegou outro bastão dentro de um barril e o jogou. Silus o pegou e assumiu posição de luta mais uma vez. Atretes não desistiria!

Parado perto do arco das termas, Gallus observava com discreta empatia. Silus suava profusamente, vermelho pelo esforço. Seu mestre, por outro lado, respirava com a mesma facilidade de quando a disputa começara.

Crack!

— Tome a ofensiva! — gritou Atretes.

Crack!

Silus conseguiu bloquear o ataque, mas parecia perder força.

Crack!

— Eu faria isso... se pudesse — ofegou Silus, agitando o bastão em um movimento amplo, mas errando. Sentiu uma explosão de dor atrás dos joelhos. Por um instante, não havia nada abaixo dele além de ar, e então caiu de costas no piso de mármore. Impotente, tentou recuperar o fôlego enquanto Atretes permanecia parado a seu lado. Viu o bastão descendo até a garganta e achou que ia morrer. Mas o bastão parou a um centímetro de atingi-lo.

— Como você sobreviveu à arena? — Atretes indagou com desprezo e jogou o bastão, que foi quicando no chão até bater na parede.

Silus franziu o cenho, envergonhado. Observava Atretes com cautela, perguntando-se se haveria mais uma rodada de luta.

Praguejando em germano, Atretes chutou o barril, espalhando os bastões sobre o mármore. Frustrado, soltou uma profusão de palavras ininteligíveis em sua língua materna.

Com o fôlego recuperado, Silus se levantou devagar, estremecendo de dor. Orou para Ártemis, pedindo que Atretes se esgotasse quebrando bastões sobre o joelho em vez de parti-lo ao meio. Notou Lagos espiando, tenso, e viu uma maneira de evitar mais humilhação.

— Ora, ora, o javali voltou. — Atretes girou com uma expressão feroz. — Por que demorou tanto?!

Lagos entrou no ginásio como se estivesse entrando na toca de um leão.

— É que...
— Esqueça as escusas. Você o encontrou?
— Sim, meu senhor. Tarde, na noite passada.
— *E então?*
— Sua mensagem foi entregue, meu senhor.
— O que ele disse?
— Disse que será feito, meu senhor.
— Avise-me assim que ele chegar. — Atretes o dispensou com um movimento de cabeça. Pegando uma toalha na prateleira perto da porta, enxugou o rosto e o pescoço. Jogou a toalha no chão e olhou de soslaio para Silus e Gallus, que aguardavam suas instruções. — Já chega por hoje — disse sem emoção. — Vão!

Sozinho no ginásio, sentou-se em um banco. Passou as mãos no cabelo, frustrado. Daria alguns dias a João para cumprir sua palavra, e, se não o fizesse, caçaria o apóstolo e quebraria o pescoço dele! Inquieto, levantou-se e saiu; atravessou as termas e pegou um corredor que levava a uma pesada porta nos fundos da casa. Abriu-a, atravessou a terra fofa e foi até outra porta. Estava aberta. Um guarda passou por ela e assentiu.

— Liberado, meu senhor — o serviçal disse, assegurando-lhe de que não havia nenhum adorador do lado de fora, à espera de que seu amo aparecesse. As pessoas frequentemente iam ali, na expectativa de ver o gladiador nem que fosse por um segundo.

Atretes correu pelas colinas até ficar com o corpo encharcado de suor. Diminuiu o passo, mantendo uma caminhada rápida até chegar ao cume de uma colina voltada para oeste. Ao longe estava Éfeso, a grande cidade, que se espalhava como uma doença pelas colinas do norte, sul e leste. De onde estava, podia ver o Artemísion e o conglomerado de bibliotecas perto do porto. Voltando um pouco a cabeça, podia ver a arena. Franziu o cenho. Era estranho que sempre fosse a essa colina e olhasse para trás. Como gladiador, a vida havia tido um propósito: sobreviver. Agora, sua vida não tinha nenhum objetivo. Ele preenchia os dias com treinamentos, mas com que finalidade?

Lembrou-se de Pugnax, um ex-gladiador que possuía uma pousada em Roma, que um dia lhe dissera: "Você nunca se sente tão vivo como quando enfrenta a morte todos os dias". Atretes o julgara um tolo na época, mas, agora, pensava nisso com frequência. Às vezes, ansiava pela excitação de uma luta até a morte. *Sobrevivência*. Nada lhe provocava aquela urgência, aquela sensação de real significado da vida, como a luta pela sobrevivência. *Sobrevivência*. Atualmente ele apenas *existia*. Comia, bebia e se exercitava. Dormia. Às vezes curtia os prazeres de uma mulher. Mas, apesar de tudo, os dias apenas se sucediam, vazios e insignificantes.

Seu filho estava em algum lugar naquela cidade imunda e era a única razão pela qual ele permanecia em Jônia. Em algum lugar além daquela extensão de azul-cerúleo estava a Itália, e a norte, sua terra natal. O desejo de voltar à Germânia era tão forte que sentiu a garganta se apertar. Tinha liberdade, tinha dinheiro; uma vez que tomasse posse de seu filho, nada mais o manteria ali. Venderia a casa e compraria uma passagem no primeiro navio que zarpasse para oeste. E, quando chegasse à sua terra natal, ensinaria a seu povo as melhores maneiras de combater a máquina de guerra romana.

Voltou para casa e passou a noite bebendo vinho no triclínio. Pilia apareceu com uma bandeja de frutas. Ele a observou colocá-la sobre a mesa de mármore à sua frente. Ela estava com os cabelos soltos. Seus olhos pousaram nos dele, esperançosos e famintos.

— Deseja um pêssego, meu senhor?

Júlia queria cercar-se de beleza. Até os escravos que a serviam eram belos. Com exceção de Hadassah, todos os servos dela eram graciosos, como Pilia. Ele passou os olhos devagar pelo corpo da escrava. Sentiu seu sangue se agitar. Havia comprado essa garota para servir a Júlia, mas agora serviria a ele.

Recordando as mulheres que haviam sido mandadas para sua cela no *ludus*, escolheu Pilia.

— Você deseja me servir? — ele perguntou, erguendo um pouco a sobrancelha.

— Sim, meu senhor.

— Olhe para mim, Pilia. — Quando ela o fitou, ele deu um leve sorriso. — Eu não estou com fome de pêssego.

Ela colocou a fruta de volta à bandeja. Sua mão tremia um pouco, mas os olhos eram escuros e reveladores. Quando ele estendeu a mão, ela se aproximou de livre e espontânea vontade. Ele ficou agradavelmente surpreso com a habilidade e o entusiasmo da serva.

— Você servia tão bem assim a seu último mestre? — ele perguntou, bem mais tarde.

Ela sorriu com malícia.

— Foi por isso que a esposa dele me vendeu!

O semblante de Atretes endureceu, e ele virou o rosto.

Pilia franziu o cenho, perplexa.

— Eu o desagradei, meu senhor?

Ele se voltou para ela com frieza.

— Você me serviu muito bem — ele respondeu, secamente.

Ela se levantou, hesitante.

— Quer que o acompanhe a seus aposentos?

— Não.
Ela pestanejou, surpresa.
— Não, meu senhor? — repetiu, com um sorriso sedutor.
— Pode ir — disse ele, encarando-a.
Ela empalideceu diante de sua indiferença e baixou os olhos.
— Sim, meu senhor — respondeu e saiu depressa.
Atretes esfregou a boca como se quisesse apagar a sensação que ficara de Pilia. Pegou o odre e bebeu. Saiu do triclínio, e seus passos ecoaram com suavidade nas lajotas de mármore da antecâmara. A solidão se fechou ao seu redor e o oprimiu, até o coração doer. Para quê? Uma prostituta como Júlia?

Subiu os degraus e se recolheu. Sentado à beira da cama, inclinou o odre novamente, desejando se embebedar e cair no obscuro esquecimento. Então se deitou. A visão ficou embaçada, a cabeça, leve. Era uma sensação boa, familiar. No dia seguinte não seria tão boa, mas, naquele momento, estava tudo bem. Fechou os olhos e flutuou; pensou nas florestas escuras da Germânia, nas termas de rio. E, então, o nada.

———I-I———

Despertou na escuridão quente e desconfortável. Gemendo, rolou de lado e se sentou; não estava acostumado à maciez de um colchão. Levando consigo uma das peles, deitou-se no chão e suspirou. O mármore frio era como o banco de granito onde ele dormia na cela do *ludus*.

Lagos o encontrou ali de manhã. Se pudesse escolher, teria ido embora. Mas não podia, pelo menos não sem incorrer na ira do amo mais tarde, e, talvez, em consequências mais terríveis. Engolindo em seco, aproximou-se e se abaixou.

— Meu senhor — chamou.
Atretes roncava alto. Reunindo toda a coragem, Lagos tentou mais uma vez:
— Meu senhor!
Atretes abriu um olho e focou lentamente as sandálias perto de sua cabeça. Murmurando uma maldição, cobriu a cabeça com a pele.
— Vá embora.
— O senhor pediu para avisá-lo assim que o apóstolo chegasse.
Atretes praguejou em grego e jogou a pele de lado.
— Ele está aqui?
— Não, meu senhor, mas Silus mandou dizer que uma mulher está no portão. Seu nome é Rispa, e ela disse que o senhor a está esperando.
Atretes se livrou da pele. Apertando os olhos em virtude da luz do sol que entrava pela varanda, se levantou.

— Ela está com um bebê nos braços, meu senhor.
Atretes gesticulou, impaciente.
— Diga a Silus para tirar a criança dela.
— Como, meu senhor?
— Você me ouviu! — gritou Atretes, estremecendo de dor. — O bebê é *meu*, não dela. Dê-lhe cem denários e mande-a embora. Depois leve a criança à ama de leite.
Como Lagos permaneceu imóvel, Atretes gritou:
— Faça o que eu disse!
Lagos estremeceu novamente.
— Como desejar, meu senhor.
Com a boca seca e a cabeça latejando, Atretes procurou algo para beber. Chutou o odre vazio e foi até uma mesa elegantemente esculpida. Desprezando a taça de prata, bebeu diretamente do jarro. Em seguida esfregou o rosto, sentindo a barba de vários dias por fazer. Foi até a cama e se jogou nela. Queria dormir até que a natureza o acordasse.
— Meu senhor...
Atretes acordou o suficiente para perguntar:
— Fez o que eu mandei?
Lagos pigarreou, tenso.
— A mulher disse que o filho é dela.
— Eu disse que é *meu* — retrucou Atretes.
Sua cabeça ainda latejava, apoiada nas peles macias.
— Sim, meu senhor, mas ela não está disposta a entregá-lo, e Silus hesita em usar a força. Ela disse que veio falar com o senhor pelo bem do filho dela.
Filho *dela?* Atretes rolou na cama e se sentou, furioso.
— Ela disse mais alguma coisa? — perguntou com sarcasmo.
Lagos engoliu em seco.
— Sim, meu senhor.
— Você não parece ansioso para repetir o que ela disse — grunhiu Atretes.
— Diga de uma vez!
— Ela disse para lhe devolver os denários e lhe dizer para engoli-los — disse Lagos, mostrando a ofensiva bolsa de moedas.
Atretes empalideceu de raiva. Ele se aproximou, pegou a bolsa e olhou para Lagos.
— Mande-a entrar — ordenou, cerrando os dentes.
Se a mulher queria brigar, assim seria.

Silus olhou para Lagos enquanto este atravessava o pátio. Pelo sorriso sem graça do grego, podia-se dizer que as coisas *não* haviam corrido bem com Atretes.

— O mestre vai falar com você, minha senhora — disse Lagos, e gesticulou.

— Por favor, siga-me.

Rispa sentiu um leve alívio quando foi convidada a entrar. Orou em silêncio, agradecendo ao Senhor, e seguiu o servo. Havia se arrependido de suas palavras sobre as moedas assim que saíram de seus lábios, mas não tivera oportunidade de retirá-las. Talvez o servo fosse muito mais sábio que ela e não houvesse transmitido seus insultos impetuosos.

Olhou ao redor, inquieta. Apesar da grandeza da casa, não havia jardins. Toda a área em volta era nua. Parecia mais uma fortaleza que uma residência.

Enquanto subia os degraus, tentava aplacar o tremor das entranhas. O pouco que sabia sobre Atretes havia ouvido de João, e este só soubera dizer que o homem era um cativo germano que havia sido treinado como gladiador e libertado após sobreviver a um combate eliminatório durante os jogos de Éfeso. E sentira muita tristeza e violência incutidas nessas poucas palavras. Um bárbaro; um homem treinado para matar outros homens.

— Ele é cristão? — perguntara abertamente a João, agarrando-se a essa pequena esperança contra uma montanha de desespero.

Cristo poderia transformar um homem. E um homem transformado poderia sentir compaixão por ela!

— Não — ele respondera com tristeza —, mas é o pai de Caleb.

— Que tipo de pai ordenaria que seu filho fosse deixado nas rochas para morrer?

— Foi a mãe de Caleb que ordenou isso, Rispa. Ele disse que não sabia.

— E você acredita nele?

— Hadassah o mandou para que encontrasse seu filho — respondera João. E ela chorara.

— Não posso devolvê-lo. Não posso. Acaso já não perdi o suficiente? Oh, João, não posso abrir mão dele. Ele é minha vida agora. A única vida que sempre terei...

— Acalme-se, amada. — João conversara com Rispa até tarde da noite, consolando-a e rezando com ela. — Vou levar a criança ao pai — ele dissera quando do a madrugada chegara.

— Não — ela retrucara. — Eu irei.

Talvez ele cedesse e permitisse que ela ficasse com o bebê.

João hesitara, perturbado.

— Quer que eu a acompanhe?

— Não — ela respondera, com a garganta apertada em virtude das lágrimas. — Eu vou sozinha.

Ao ver João sair de sua humilde casa, um pensamento fugaz surgira-lhe na mente. Ela poderia pegar Caleb e fugir para um lugar onde ninguém os encontrasse.

E também se esconderá de mim, amada?

A pergunta despontara tão clara que ela soubera ser impossível fingir não conhecer a vontade de Deus. Desolada, as lágrimas rolavam por seu rosto. Ela sabia que, se esperasse, cederia à tentação e desistiria de ir.

Caleb sempre acordava com fome. Ela o tirara da cama e o amamentara antes de sair. Durante toda a caminhada, rezara para que Deus suavizasse o coração de Atretes, e ele deixasse Caleb sob seus cuidados. Agora, atravessando o pátio estéril e entrando na casa silenciosa, sentiu a fria distância do lugar. Acaso isso refletia o homem que ali vivia? *Senhor, ajuda-me. Ajuda-me!*

Ela seguiu o servo; atravessaram a porta da frente e entraram em um grande átrio, projetado para receber convidados. A luz entrava por uma abertura no telhado, fazendo o tanque da fonte brilhar com a luz refletida. Uma suave névoa subia da água que corria, resfriando a câmara. Era um alívio bem-vindo depois de tantas horas na estrada poeirenta.

— Espere aqui, minha senhora — disse o servo.

Rispa o observou passar sob um arco e desaparecer ao virar uma esquina. Tensa, andando de um lado para o outro, ela esfregava as costas de Caleb. Ele estava inquieto e logo estaria com fome. Os seios de Rispa estavam cheios, prontos para alimentá-lo. Ouviu passos se aproximando, e seu coração disparou. Fechou os olhos, rezou com fervor para que Atretes levasse em conta as necessidades do filho acima de tudo.

Senhor, ajuda-me. Oh, Pai, como posso abrir mão de meu filho? Como podes me pedir isso? Já não é suficiente que eu tenha perdido Simei e Raquel? Tu me deste Caleb; certamente tu não dás para depois tirar de novo, não é?

— Esta é a senhora Rispa, meu senhor — disse o servo.

Ela abriu os olhos. Ficou alarmada quando viu o homem que o acompanhava. Alto, de compleição vigorosa, cabelo loiro, longo e despenteado. Ele a encarou; os olhos azuis brilhando de fúria. Ela nunca vira um rosto tão feroz. Sentiu o poder da raiva dele do outro lado da câmara.

— Deixe-nos — ordenou Atretes.

O servo saiu com um entusiasmo ainda mais alarmante.

Sua apreensão aumentou quando se viu sozinha com o imponente dono da casa. O único som que se ouvia era o da água correndo na fonte. Seu coração batia descontrolado enquanto Atretes caminhava em direção a ela devagar, estreitando os olhos azuis com frieza e avaliando-a da cabeça aos pés, parando com um interesse quase superficial no bebê e voltando aos olhos dela. Ela sentia a violência emanando dele. Sentia uma força sombria vindo de Atretes.

Esse homem era o pai de seu pequeno e doce Caleb? Como era possível?

Apertou mais o filho, envolvendo-o nos braços.

Atretes sentia a raiva crescer dentro de si a cada passo. A mulher que segurava o filho de modo tão possessivo o fez recordar Júlia. Era miúda, e o xale que lhe cobria os cabelos não conseguia esconder que era primorosamente bonita. Fios de cabelos negros, úmidos e ondulados emolduravam um rosto suave, oval, de pele morena. A boca era cheia e macia, como a de Júlia. Os olhos castanhos, como os de Júlia. O corpo exuberante, como o de Júlia. Teria arrancado o filho dos braços dela se não estivesse enrolado no xale. Jogou a bolsa de moedas aos pés dela.

— *Duzentos* denários — rosnou.

Rispa abriu a boca, em choque. Recuou. Nunca havia visto um rosto tão duro, frio e implacável.

— Não é suficiente? — ele perguntou com frieza.

— Você pretende comprar o garoto de mim?

— Não! Estou pagando pelos serviços prestados.

As palavras lancinantes de Atretes despertaram uma raiva feroz dentro dela.

— Dinheiro? Que recompensa é essa por arrancar dos braços de uma mulher a criança que ela ama? Parece que você não entende. Eu *amo* Caleb.

— Caleb? — ele repetiu, recordando um gladiador judeu, um homem que ele respeitara e matara havia muito, em Roma.

— É o nome dele.

— *Eu* não lhe dei esse nome.

— Você não estava *presente* para lhe dar um nome!

— Me disseram que ele tinha morrido — disse Atretes friamente, amaldiçoando-se por se explicar. Isso não era da conta dela. — Essa criança é minha, mulher. Entregue-a a mim.

Rispa tentou conter as lágrimas, mas elas transbordaram.

— Não.

— Não?

— Por favor. Precisamos conversar.

Atretes permanecia impassível. Júlia havia usado lágrimas contra ele para conseguir o que queria.

— Nada do que você possa dizer vai fazer diferença.

— Talvez tenha havido um erro. Caleb tem cabelos e olhos escuros... — A voz sumiu quando viu os olhos de Atretes escurecerem com uma raiva que ela não entendia.

— A mãe dele tem cabelos e olhos escuros — ele retrucou secamente. Então deu um passo à frente, e ela recuou a mesma distância. — Embora eu pudesse duvidar da palavra da *mãe* dele — disse com cinismo —, não tenho como duvidar da palavra da escrava dela, Hadassah. A criança é *minha*!

— Você fala como se ele fosse uma coisa! Ele não é um cavalo ou uma casa para ser negociado. — Olhou em volta. — Isto não é uma casa, é uma fortaleza. Que tipo de vida você pode oferecer a ele?

— Isso não lhe diz respeito.

— Isso me preocupa muito. Ele é meu filho.

— Ele nunca foi seu filho, mulher. Só porque uma criança é colocada em seus braços não quer dizer que ela seja sua.

— Ele se tornou parte de mim no momento em que João o colocou em meus braços.

— Todas as mulheres têm o coração de uma prostituta, e eu não vou deixar meu filho nas mãos de uma!

Lágrimas transbordaram dos olhos de Rispa.

— Você está errado ao julgar todas as mulheres por causa do que uma o fez passar.

— Sua opinião não importa e se opõe ao meu direito legal sobre ele — disse Atretes, indicando o bebê com o queixo.

Rispa se enrijeceu.

— Você fala de direitos legais. E quanto a *amor*? Onde você estava quando a mãe dele ordenou que o abandonassem? Por que ela não o enviou a você? Você também não o queria? Você virou as costas para ele. E ainda fala das mulheres? Onde Caleb estaria agora se Hadassah não o tivesse resgatado? Por que o quer de volta agora, se não se importava com ele antes?

Ele queria estrangulá-la por causa dessas perguntas, pois lhe despertavam culpa e sofrimento. Mas também um feroz sentimento de posse.

— Ele é carne da minha carne — respondeu com frieza.

— Só porque você passou algumas horas na cama de uma mulher não quer dizer que é o pai dele!

Atretes retesou a mandíbula.

— Você mal olhou para ele — ela continuou, lutando contra a raiva e a dor. — Por que o quer? O que pretende fazer com ele?

— Pretendo levá-lo de volta comigo à Germânia.
Ela soltou um suspiro.
— Germânia! — exclamou, angustiada. — Como você, um homem sozinho, vai cuidar de um bebê de quatro meses durante uma viagem tão longa e difícil? Não pensou no bem-estar dele? Ele não vai sobreviver!
— Ele vai sobreviver — Atretes respondeu com feroz determinação. — Agora, entregue-o a mim.
— Ele é novo demais...
— *Entregue-o, ou, pelos deuses, vou tirá-lo de você à força!*
Caleb acordou e começou a chorar baixinho. Rispa sentiu os punhos pequenos do bebê pressionando-lhe os seios. Com os olhos cheios de lágrimas, olhou para Atretes sabendo que ele faria exatamente o que ameaçara. Sem poder correr o risco de machucar Caleb, soltou o xale e lhe estendeu a criança. O bebê chorou com mais intensidade, agitando os bracinhos. Os seios de Rispa se encheram de leite, aumentando a angústia.
— Ele está com fome.
Atretes hesitou. Seu filho parecia pequeno e frágil. Olhou para Rispa e viu seu sofrimento. Lágrimas escorriam por suas faces. Com o semblante rígido, ele estendeu a mão e pegou o bebê. A criança chorou mais alto.
Rispa cruzou os braços sobre o peito e o olhou.
— Por favor, Atretes, não faça isso.
Ele nunca havia visto uma expressão tão angustiada no rosto de uma mulher.
— Saia daqui — ele respondeu com a voz rouca.
— *Por favor...*
— Saia! — gritou.
O bebê começou a berrar. Soluçando, Rispa deu meia-volta.
— Não se esqueça disto aqui — disse ele, chutando a bolsa de dinheiro.
À porta, ela olhou para trás. Pegou a bolsa, jogou-a na fonte, fitando-o através das lágrimas.
— Que Deus o perdoe, porque eu não posso! — E lançando um último olhar à criança, saiu dali, soluçando.
A passos largos, Atretes a observou descer correndo os degraus e atravessar o pátio. Chutou a porta e a fechou, antes de ela chegar ao portão.
Desconfortável, olhou para o rosto vermelho de Caleb e hesitou por um momento. Tocou o cabelo preto e a bochecha macia. O bebê enrijeceu em seus braços e gritou mais alto.
— Grite quanto quiser, você é *meu* — disse com rispidez. — Você não é dela, é meu! — Aninhou o filho, embalando-o incessantemente, mas a criança não parava de chorar. — Lagos!

O servo apareceu quase no mesmo instante.

— Sim, meu senhor.

Atretes imaginou se não estava espreitando atrás de alguma coluna, atento a cada palavra.

— Chame a ama de leite.

— Sim, meu senhor.

Lagos nunca havia visto seu amo tão pouco à vontade. Com um bebê berrando nos braços, ele parecia quase desprovido de confiança. Quando o servo apareceu com a mulher no átrio, Atretes mais que depressa lhe entregou a criança chorosa.

— Pegue-o. A mulher disse que ele está com fome.

Ela o levou dali e Atretes deu um suspiro de alívio quando os gritos do filho foram se apagando.

Lagos viu a bolsa de moedas dentro d'água.

— Ela não a aceitou, meu senhor?

— É claro que não.

Quando o servo foi tirar a bolsa de dentro da fonte, Atretes lhe ordenou rispidamente:

— Deixe-a aí!

Pelo olhar sombrio de seu amo quando se voltou e se afastou, Lagos soube que ele passaria o dia todo no ginásio, se exercitando.

3

Àquela noite Lagos foi acordado por uma serva.

— É o filho de Atretes. A ama de leite está preocupada.

Sonolento, ele se levantou e seguiu a escrava pelo corredor. Ao se aproximar da cozinha, ouviu o bebê chorando. Entrou e viu a ama de leite andando, agitada, com um volume nos braços.

— Ele não quer mamar — disse ela, com ansiedade no olhar.

— E o que você quer que eu faça? — retrucou Lagos, irritado por ser acordado no meio da noite.

— Precisa dizer ao amo, Lagos.

— Ah, não. Eu não — disse ele, sacudindo a cabeça. — Já basta você ter me acordado de madrugada. Eu que não vou pôr a minha cabeça na boca do leão. — Bocejando, passou a mão na testa. — O bebê vai mamar quando tiver fome. — E deu meia-volta. O bebê era responsabilidade dela agora.

— Você não entende? Ele está chorando desde que o amo o entregou a mim!

Lagos parou na porta e se voltou.

— Esse tempo todo?

— Sim, e estou dizendo, posso senti-lo enfraquecer em meus braços. Se ele continuar assim, pode morrer.

— Então é melhor você *fazer alguma coisa*!

— Eu já lhe disse! Já fiz tudo que sei fazer. Uma criança pequena assim precisa de leite.

— E o seu azedou, mulher? — ele a questionou, com raiva. Sem entender nada desses assuntos, como ia dizer ao amo que a ama não tinha leite?

Ofendida, a mulher respondeu, irritada:

— Não há nada de errado com o meu leite. Ele quer a mãe.

— Oh — ele respondeu, sombrio. — A mãe dele não o quer.

— Pilia disse que ela estava esperando no portão.

— A mulher que trouxe a criança para Atretes não é a mãe dele — ele prosseguiu, pois ouvira a conversa no átrio. — E o amo não quer que ela tenha nenhum vínculo com a criança.

— Oh... — a ama suspirou com tristeza. Em seguida pôs o bebê em uma caminha perto do fogão. — Então talvez seja a vontade dos deuses que ele morra. É uma pena, ele é lindo.

Lagos sentiu um arrepio.

— Você vai deixá-lo aí?

— Eu fiz tudo o que podia.

Considerando os esforços que Atretes havia feito e os riscos que havia corrido para recuperar seu filho, Lagos duvidava de que ele aceitasse a morte do bebê calmamente.

— Vou pôr o amo a par da situação assim que ele acordar. Quanto a você, mulher, se dá valor à sua vida, sugiro que continue tentando fazer o bebê se alimentar.

———I-I———

Atretes não conseguia dormir. Na varanda, olhava as colinas iluminadas pelo luar.

Haviam se passado dez longos anos desde que liderara os catos em uma rebelião contra Roma. Derrotado, fora capturado e vendido para um *ludus* em Cápua, depois para o Grande *Ludus* de Roma. Dez anos! Outra vida.

Alguém de seu povo ainda estaria vivo? Seu irmão, Varus, teria sobrevivido à batalha? E Marta, sua irmã, e o marido dela, Usipi? O que teria acontecido com sua mãe? Ansiava voltar para a Germânia e saber se algum de seus entes queridos ainda estava vivo. Recostado no divã, olhava o céu estrelado, mal notando o ar parado da noite. Queria respirar o cheiro pungente dos pinheiros, beber cerveja com mel. Queria sentar-se com os guerreiros em volta de uma fogueira, no bosque sagrado. Queria estar em paz consigo mesmo novamente. Suspirou e fechou os olhos, tentando imaginar como isso seria possível. Queria dormir, esquecer, voltar no tempo, à época em que era criança e corria com o pai pelas negras florestas da Germânia. A vida era rica e intensa e se estendia diante dele, repleta de expectativas. Queria que seu filho crescesse nos bosques, livre e selvagem como ele mesmo havia sido, sem se deixar contaminar por Roma.

Franziu o cenho e apurou os ouvidos. Podia jurar que seu filho ainda estava chorando como no momento em que o tirara dos braços da viúva. Mas isso havia sido horas atrás. Soltou o ar aos poucos e tentou focar a mente no futuro. No entanto, o que surgiu foi a imagem vívida do rosto de Rispa, as lágrimas escorrendo pelas faces suaves e os olhos escuros de angústia.

"Que Deus o perdoe, porque eu não posso!", ela dissera.

Fechou os olhos com força, lembrando-se da noite em que Hadassah fora até ele nas colinas e lhe dissera palavras semelhantes: "Que Deus tenha misericórdia de você". Praguejou; a cabeça girava, tomada por pensamentos selvagens que se emaranhavam como braços e pernas em combate. *Que Deus o perdoe.* O som que saiu da garganta foi um grunhido de dor. Levantou-se do divã com a rapidez de um animal poderoso e se segurou na mureta como se fosse pular. O coração batia forte, a respiração raspava-lhe a garganta.

Ouviu o bebê chorando de novo. Saiu da varanda e entrou novamente no quarto. Silêncio. Deitou-se na cama, mas continuou acordado. Não ouviu nada.

Tenso, pulou da cama e foi até a porta. Abriu-a, fazendo-a bater na parede, saiu no corredor e parou acima do pátio interno. Inclinou a cabeça, apurou os ouvidos para tentar distinguir algum som. A fonte corria no átrio. Afora isso, nenhum outro som era perceptível naquela casa enorme.

Era de madrugada. Em sua aldeia, com frequência os bebês acordavam com fome e precisavam ser amamentados. Talvez fosse apenas isso. No entanto, a sensação incômoda persistia. Havia algo errado. Ele não sabia o que era, mas sentia. Aprendera a confiar em seus instintos quando lutara na arena, e não podia ignorá-los agora.

Murmurando um xingamento, atravessou o corredor e desceu os degraus. Se visse seu filho, sua mente descansaria. Onde Lagos instalara a ama de leite? Foi abrindo as portas e olhando os cômodos vazios, seguindo em direção aos fundos da casa. Ao ouvir passos, virou uma esquina e viu Lagos com uma pequena lamparina de barro na mão. Surpreso, o servo deu um pulo e correu em sua direção.

— Meu senhor, eu estava indo...

— Onde está meu filho?

— Na cozinha. Eu estava indo ver se estava acordado.

— Onde fica a cozinha?

— Por aqui, meu senhor — disse Lagos, indo na frente com a lamparina.

— Qual é o problema? — perguntou Atretes, desejando impor um ritmo mais rápido ao homem.

— Ele não quer mamar. Está chorando desde... desde esta manhã.

Atretes não disse nada. Podia ouvir a criança agora, e o som feriu-lhe o coração. Seguiu Lagos até a cozinha e foi imediatamente atingido pelo fedor de uma latrina. O bebê estava em uma caminha ao lado. Como o amanhecer se aproximava, o cozinheiro sovava a massa de pão.

Atretes foi até o bebê e olhou para ele.

— Ele está doente?

— Acho que não, meu senhor — disse a ama, nervosa, parada ao lado, retorcendo as mãos.

— O que acha que é? — perguntou, furioso.

A serviçal tremia de medo. Seu mestre parecia ainda mais feroz do que sua reputação antecipara. Ela recordou o aviso de Lagos e temeu que ele a culpasse por tudo que acontecesse com a criança. Não ousava lhe dizer que esta poderia morrer porque ele a tomara de sua mãe adotiva.

— Bebês são muito frágeis, meu senhor. Às vezes adoecem e morrem sem motivo.

— Ele estava bem esta manhã.

Quando ele se voltou para ela, a ama recuou, assustada.

— Ele não parou de chorar desde que Lagos o colocou em meus braços, meu senhor. Eu fiz tudo que podia, mas ele não quis mamar.

Atretes franziu o cenho e olhou novamente para o filho. Curvando-se, o pegou. Os gritos suaves se transformaram em gemidos que lhe cortaram o coração, provocando-lhe mais dor do que qualquer espada jamais lhe provocara.

Lagos nunca vira seu amo tão vulnerável.

— O que vamos fazer? — Atretes perguntou, aninhando o bebê na curva do braço e começando a andar. — Eu não vou deixá-lo morrer.

— Poderíamos mandar chamar a mãe dele — propôs Lagos, imediatamente se arrependendo ao ver o olhar de Atretes. — Quer dizer, a mulher que o trouxe, meu senhor — corrigiu-se depressa.

Atretes continuou andando com o filho nos braços, agitado. Roçou a bochecha dele, e o bebê virou a cabeça de forma brusca, com a boca aberta.

— Tome — disse rudemente. — Ele está com fome agora. Alimente-o.

A ama de leite viu que não havia outro jeito de convencê-lo. Pegou a criança, sentou-se e desnudou o vasto seio. O bebê pegou o mamilo, mas logo recuou, chorando mais alto enquanto o leite indesejado escorria de sua boca. Olhou para Atretes.

— Vê, meu senhor?

Atretes passou a mão pelo cabelo. Havia sido responsável pela morte de mais de cento e cinquenta homens; seria responsável pela morte do filho recém-nascido também? Fechou os olhos e se voltou, esfregando a nuca. Só lhe ocorria uma coisa a fazer.

— Acorde Silus — ordenou.

A ama de leite se cobriu e colocou o bebê de volta à cama.

— Dê-o aqui — pediu Atretes, irritado, vendo como ela se livrava depressa de seus deveres. — Talvez você o tenha enfaixado apertado demais. — Ele se sentou e colocou o bebê sobre as coxas, desenrolando os panos que o faziam parecer mumificado. A pele do bebê estava pálida e marcada. O ar frio provocou um jato de urina que respingou contra o peito de Atretes. Surpreso, ele recuou, praguejando.

— Isso acontece o tempo todo, meu senhor — a ama se apressou em dizer.
— Quer que eu o pegue?

Atretes olhou para o filho.

— Não — respondeu com um sorriso irônico. — Acho que ele está me dizendo o que pensa de mim.

Silus entrou na cozinha com os olhos turvos de bebida e falta de sono.

— Lagos disse que me chamou, meu senhor.

— Vá até Éfeso. A sudeste do Artemísion e da biblioteca, há uma rua com edifícios de ambos os lados. Entre no da esquerda. Segundo andar, quarta porta à direita. É a da viúva, Rispa.

— A mulher que trouxe o bebê esta manhã?

— Sim. Traga-a de volta o mais rápido possível.

— Ela não foi embora, meu senhor.

— O quê? — perguntou Atretes, com o semblante sombrio. — O que quer dizer com isso? Eu a mandei embora!

— Ela saiu, mas ficou do lado de fora do portão, sentada à beira da estrada. Não saiu dali.

Atretes franziu o cenho, irritado e aliviado ao mesmo tempo.

— Vá buscá-la.

Silus saiu depressa.

O choro do bebê deixava os nervos do germano à flor da pele, e ele alternava entre perambular de um lado para o outro e sentar com a criança no colo.

— Por que está demorando tanto? — murmurou, como se segurasse carvão em brasa.

Ouviu passos leves no corredor externo e a viúva apareceu à porta.

Com o rosto pálido de frio e inchado de tanto chorar, ela entrou na cozinha. Atretes esperava que ela o atacasse com acusações. Mas, quando entrou, ela não disse nada, exceto "Caleb", em um sussurro trêmulo. Com os lábios apertados, Atretes estendeu o filho e ela pegou o bebê de seus braços. Quando aninhou o bebê no peito, ele continuou chorando, mas era um som diferente. Voltando-se, afastou o xale e desamarrou o ombro direito da túnica. Atretes viu seus ombros tremerem quando o filho começou a mamar.

A cozinha ficou em silêncio.

A ama de leite deu um suspiro profundo, fazendo ecoar o próprio alívio.

— Um bebê conhece a mãe — disse.

Atretes se levantou bruscamente.

— Saia!

Assustada, a ama de leite saiu correndo. Atretes voltou o olhar furioso para Lagos e Silus, dispensando os dois com um movimento de cabeça. Mais uma vez, o silêncio caiu sobre a cozinha enquanto ele ficava sozinho com a viúva que amamentava seu filho. Enganchando o banquinho com o pé, arrastou-o para perto do fogo.

— Sente-se.

A mulher se sentou, sem olhá-lo. Com a cabeça curvada sobre a criança, murmurava baixinho para ela enquanto a amamentava.

Inquieto, Atretes vagueava pela cozinha. Por fim parou e se apoiou em um balcão. Apertando os dentes, voltou-se de novo. Ela havia colocado o xale sobre o ombro recatadamente; o bebê aninhado ao seio. Ele notou a umidade porejando no lado esquerdo da túnica da viúva.

Rispa virou Caleb com carinho, permanecendo coberta enquanto afrouxava os laços do ombro esquerdo. Sentiu que Atretes a observava e ficou constrangida. Fitou-o.

Surpreso, Atretes viu a cor tingir as faces dela. Quantos anos desde que vira pela última vez uma mulher envergonhada? Ela se virou no banco a fim de ficar de costas para ele, claramente perturbada por sua presença. Ela que aguentasse; ele não a deixaria sozinha com seu filho.

Rispa podia sentir o olhar de Atretes em suas costas. Podia sentir o calor da raiva daquele homem.

— Eu lhe disse para ir embora — ele falou, sombrio.

— Você não é dono da estrada.

Ele sorriu com desdém.

— Parece que você é dona do meu filho.

Rispa olhou por cima do ombro e viu algo no rosto dele que sabia que ele teria preferido esconder. Ele apertou os lábios e seu olhar brilhou enquanto sustentava o dela.

— Eu tive muito tempo para pensar — ela disse com suavidade.

— Sobre o quê?

— Eu sei muito pouco sobre você. Só detalhes nebulosos a respeito da vida violenta que levava.

O sorriso de Atretes era frio e irônico.

Perturbada, ela olhou para Caleb. Logo ele adormeceria em seu seio. Ele era tão bonito, tão precioso para ela, mas ela sabia que, quanto mais se agarrasse a ele, mais determinado Atretes ficaria a tirá-lo dela.

Quando moveu Caleb devagar, a boquinha dele voltou a trabalhar quase freneticamente, agarrado a ela. Pressionando o seio com o dedo, ela interrompeu a sucção. Um fio de leite escorreu da boca de Caleb, e ela a limpou. Beijando-o com doçura, colocou-o com carinho sobre as coxas e ajeitou a túnica. Ainda podia sentir Atretes a observando.

Então ajeitou o xale para cobrir a túnica úmida, recordando como seu leite brotara no momento em que entrara na casa e ouvira Caleb chorar. Deus era maravilhoso! Posicionando Caleb contra o ombro, acariciou-lhe as costas com suavidade enquanto se levantava. Ficou andando devagar, afagando-o com ternura. Ele estava aquecido e relaxado em seu colo. Rispa olhou para Atretes e viu a preocupação no olhar dele. Ao observar sua mandíbula retesada, recordou a história do rei Salomão e as duas mulheres que brigaram por causa de uma criança. A mãe verdadeira se dispusera a abrir mão dela para preservar-lhe a vida.

A mãe de Caleb o queria morto. E esse homem... ela nunca vira ninguém tão cruel e bonito. Suas feições pareciam cinzeladas por um escultor. Tudo nele exalava uma masculinidade profunda e avassaladora. Não havia uma única sombra de suavidade nele; seu semblante era implacável. Ele também seria assim?

Oh, Deus, amoleça o coração dele em relação a mim.

Com o coração batendo forte, Rispa se aproximou e parou diante dele. Estendeu-lhe o bebê adormecido.

— Pegue-o.

Ele franziu o cenho e se endireitou. Apertou os olhos, cauteloso, enquanto segurava o filho. Caleb acordou imediatamente e começou a chorar. Rispa viu a dor no rosto de Atretes.

— Segure-o perto do coração — disse ela com gentileza, lutando contra as lágrimas. — Isso, assim. Agora acaricie as costas dele com suavidade.

A enorme mão de Atretes se apoiou nas costas de Caleb. Ele segurou o filho, inquieto, temendo que o leve choro se transformasse em gritos.

— Peço que me perdoe, Atretes — disse Rispa com sinceridade. — Às vezes minha língua é como fogo. Lamento muito pelas coisas cruéis que lhe disse. Eu não tinha o direito de julgá-lo.

A surpresa cintilou no rosto sombrio do gladiador, e um sorriso brotou em seus lábios.

— Muito gentil da sua parte — ele respondeu, irônico. Por que deveria acreditar nela depois da maneira como agira?

Ela olhava para Caleb, aninhado nos braços musculosos de Atretes, e pensava como ele parecia frágil. Sentiu a garganta se apertar e balançou a cabeça lentamente, pestanejando para conter as lágrimas.

Atretes a observava com atenção, perturbado pelos sentimentos que se agitavam dentro dele. Via os olhos castanhos escuros de exaustão, as bochechas manchadas de terra e molhadas onde as lágrimas haviam escorrido. Ela o olhava, suplicante.

— Por todas as leis de Roma, sei que Caleb é seu e que pode fazer o que quiser com ele — disse ela, trêmula —, mas peço que pense nas necessidades dessa criança. — Como ele não disse nada, ela sentiu o coração se apertar. — Caleb e eu somos muito ligados, como se ele tivesse nascido do meu próprio ventre.

— Você não é mãe dele.

— Sou a única mãe que ele conhece.

— Toda mulher que eu conheci desde que fui capturado da Germânia era prostituta, exceto uma. Você não parece diferente da maioria.

Ela apertou mais o xale ao redor dos ombros, gelada pela raiva que via nos olhos azuis de Atretes. Não importava que ele a condenasse sem nem sequer conhecê-la. Outras coisas eram mais importantes.

— Caleb vai acordar em poucas horas. Se ele ainda não aceitar a ama de leite, mande o guarda me chamar. Eu estarei do lado de fora do portão.

Surpreso, Atretes a viu sair. Franzindo a testa, ouviu seus passos suaves irem pouco a pouco sumindo pelo corredor escuro. Sentiu uma vaga inquietação quando se sentou e olhou o filho adormecido.

Tenso, Atretes atravessou o pátio estéril, dispensou Gallus com um movimento de cabeça, puxou a tranca e abriu o portão. Saiu e olhou em volta. A viúva estava exatamente onde dissera que estaria, recostada à parede. Mantinha os joelhos contra o peito, o xale enrolado no corpo para se aquecer.

Quando a sombra de Atretes caiu sobre ela, Rispa acordou e levantou a cabeça. Tinha olheiras acentuadas.

Ele ficou imóvel, as mãos apoiadas nos quadris.

— A ama de leite tentou de novo, sem mais sucesso que ontem à noite — disse ele, sentindo que, de alguma forma, isso era culpa dela. — Venha alimentá-lo.

Rispa notou que ele estava lhe dando uma ordem, e não fazendo um pedido. Levantou-se rigidamente; o corpo doía em virtude da longa vigília no frio. Caleb não era o único com fome. Ela não comia nada desde que saíra de Éfeso, na manhã do dia anterior.

— Você vai ficar — disse Atretes, em um tom que indicava que a decisão havia sido tomada, quer ela gostasse ou não.

Ela sorriu, aliviada, e fez uma oração silenciosa de agradecimento enquanto o seguia pelas escadas.

— Silus irá buscar seus pertences — continuou. — Você vai ficar nos aposentos perto da cozinha. — Olhou para trás e a viu sorrir. — Mas não pense que ganhou.

— Não vou disputar Caleb como se ele fosse um osso entre dois cachorros — disse ela, acompanhando-o pelo átrio e ouvindo o choro do bebê. — Seria melhor se ele ficasse comigo.

Atretes parou e a fitou, furioso.

— Você não vai levá-lo para fora destas paredes.

— Não foi isso que eu quis dizer. Seria melhor ele ficar comigo em meus aposentos para eu poder vigiá-lo e atender a suas necessidades.

Ele hesitou.

— Como quiser — disse secamente. — Satisfeita?

Ela fitou o rosto duro de Atretes e notou que seu orgulho estava ferido. Engolindo o próprio, fez um pedido simples que a fez se sentir uma mendiga.

— Posso comer e beber alguma coisa?

Ele ergueu as sobrancelhas, dando-se conta da situação.

— Diga a Lagos o que você quer que ele mandará preparar — ele respondeu, abrindo um sorriso irônico. — Fígado de ganso, carne de vaca, de avestruz, vinho do norte da Itália, qualquer que seja seu gosto. Tenho certeza de que o que desejar poderá ser providenciado.

Rispa apertou os lábios, contendo uma réplica furiosa. Qualquer resposta dura serviria apenas para provocar a raiva dele ainda mais, e ela já havia feito estragos o suficiente com sua língua atrevida.

— Pão de sete grãos, lentilhas, frutas e vinho aguado será mais que satisfatório para mim, meu senhor. Afora isso, não peço nada.

— Você vai receber um denário todos os dias enquanto permanecer em minha casa — disse ele, começando a descer o corredor em direção à cozinha.

— Eu não quero ser paga para... — Ela se calou quando Atretes parou e se voltou para ela. Curvando-se, ele aproximou o rosto do dela.

— Um denário por dia — repetiu ele, apertando os dentes, e os olhos azuis cintilaram. — Só para você entender que está aqui porque foi *contratada*. Quando meu filho desmamar, você *vai embora!*

Rispa se recusava a se deixar intimidar. *Terei ao menos um ano com Caleb*, pensou, agradecendo novamente a Deus. Nada mais de choro. Seria melhor se apegar à ideia de que muitas coisas poderiam mudar em um ano, inclusive o coração de um homem.

Atretes estreitou os olhos. Como a mulher não fez mais nenhum comentário, ele se endireitou, devagar. Já havia intimidado homens com menos raiva do que havia demonstrado, mas, mesmo assim, ela ficara imóvel, os olhos límpidos, olhando para ele sem a menor preocupação.

— Você sabe o caminho — disse, cauteloso.

Rispa passou por ele e seguiu pelo corredor.

Abalado por sua graça e dignidade, Atretes a observou até ela entrar na cozinha. Um instante depois, o bebê parou de chorar.

4

Recostado a uma porta à direita da casa, Sertes sorria enquanto observava Atretes ao longe.

— Ele está em forma — disse, vendo o germano correr por uma encosta rochosa.

Gallus deu um riso débil.

— Não tenha tanta certeza, Sertes. Atretes treina para expulsar os demônios da cabeça.

— Que os deuses o impeçam de conseguir isso — disse Sertes com um leve sorriso. — A plebe sente falta dele. Nenhum homem a entusiasmava como Artretes.

— Pode esquecer o que está pensando. Ele não vai voltar.

O efésio riu com suavidade.

— Ele sente falta. Talvez ainda não admita nem para si, mas um dia o fará.

E que fosse em breve, esperava Sertes. Caso contrário, teria de pensar em uma maneira de fazê-lo querer voltar, o que era sempre mais fácil quando um homem estava tão condicionado a ser gladiador que não conseguia se encaixar em outro meio. E um gladiador com a paixão e o carisma de Atretes valia uma fortuna. Observou-o subir a última colina que o separava da casa. O rosto do germano se tornou sombrio quando o viu, mas Sertes não se ofendeu. Apenas sorriu.

Atretes retirou os pesos e os jogou de lado enquanto passava por Sertes, rumo ao estéril pátio.

— O que está fazendo aqui, Sertes? — perguntou, sem se deter.

Sertes o seguiu a um passo mais vagaroso.

— Vim para ver como está se saindo com sua liberdade — respondeu, bem-humorado.

Ele lidava com gladiadores havia vinte anos e podia ver que a vida pacata já o irritava. Uma vez que um homem experimentava a excitação e a sede de sangue na arena, não podia abandonar essa vida sem negar uma parte essencial de sua natureza. Viu que essa natureza estava incitando o germano, motivando-o, embora o próprio Atretes ainda não soubesse disso. Sertes havia visto um tigre andar de um lado para o outro dentro de uma jaula. E a atmosfera que envolvia Atretes parecia exatamente a mesma.

Atretes tirou a túnica e mergulhou na piscina do frigidário. Sertes o seguiu e permaneceu na passarela de mármore, recostado à parede, observando-o com admiração. Ele era a personificação da força e da beleza masculinas. Não era de admirar que as mulheres clamassem por ele. Atretes subiu pela outra extremidade da piscina com um único movimento fluido, deixando a água escorrer do magnífico corpo. Sertes sentia orgulho dele.

— Eles ainda clamam seu nome.

Atretes pegou uma toalha e a enrolou na cintura.

— Meus dias de luta acabaram.

O efésio sorriu levemente, deixando transparecer um ar de zombaria nos olhos negros.

— Não vai oferecer vinho para seu amigo?

— Lagos — disse Atretes, fazendo um gesto.

Lagos serviu vinho em uma taça de prata e a levou a Sertes. Ele ergueu a taça para fazer um brinde.

— Ao seu retorno à arena — disse e bebeu, imperturbável pelo olhar duro que Atretes lhe lançou. Baixou a taça. — Eu tenho uma oferta.

— Não perca seu tempo.

— Só me ouça.

— *Não perca seu tempo!*

Sertes girou a taça.

— Tem medo de mudar de ideia?

— Nada poderia me induzir a lutar na arena de novo.

— Nada? Você está desafiando os deuses, Atretes. Isso não é sensato. Não se esqueça de que foi Ártemis quem chamou você para Éfeso.

Atretes deu uma risada cínica.

— Você pagou o preço de Vespasiano. Isso é o que me trouxe aqui.

O lanista se sentiu afrontado, mas achou melhor não comentar sobre tal blasfêmia.

— Você vai gostar de saber que Vespasiano está morto.

Atretes o encarou.

— Assassinado, espero — disse e estalou os dedos. — Vinho, Lagos. Encha a taça até a borda. Estou com vontade de celebrar.

Sertes riu baixinho.

— Creio que não vai gostar de saber que ele morreu de causas naturais. Não que não tivesse gente, como você, que desejasse vê-lo doente; especialmente a velha aristocracia que dividia o Senado com provincianos recrutados na Hispânia. Dizem que o pai de Vespasiano é um coletor de impostos espanhol. Será?

— E quem se importa?

— Imagino que o povo da Hispânia. Ele parecia gostar deles. Concedeu-lhes direitos latinos, bem como a cidadania romana a todos os magistrados. — Riu.

— Algo que não agradava às velhas famílias que consideravam Vespasiano um plebeu. — Ergueu a taça de novo. — Mas, apesar de sua estirpe, ele foi um grande imperador.

— Grande? — Atretes repetiu a palavra sórdida e cuspiu no piso de mármore.

— Sim, grande. Talvez o maior desde Júlio César. Apesar de ser considerado avarento, as reformas tributárias que ele implantou salvaram Roma da ruína financeira. A filosofia dele era primeiro restaurar a estabilidade do Estado, depois adorná-la. Ele realizou muito nesse sentido. O Fórum e o Templo da Paz em Roma são um tributo a seus esforços. Pena que não conseguiu terminar a arena colossal que começou a construir nas fundações da Casa Dourada de Nero.

— Sim, uma pena — disse Atretes com sarcasmo.

— Eu sei que você o odiava, e por um bom motivo. Afinal, não foi o primo dele que esmagou a rebelião na Germânia?

Atretes lhe lançou um olhar sombrio.

— A rebelião ainda está viva.

— Não mais, Atretes. Você está longe de sua terra há muito, muito tempo. Vespasiano anexou os Campos Decúmanos no sul da Germânia e cortou o acesso formado pelo Reno na Basileia. Os germanos estão muito fragmentados, não são uma ameaça para Roma agora. Vespasiano era um gênio militar. — Sertes podia ver que Atretes não gostava de ouvir elogios a seu inimigo. Isso incitava o ódio dentro dele. Exatamente o que Sertes queria: manter o fogo aceso. — Você deve se lembrar do filho mais novo dele, Domiciano.

Atretes se lembrava muito bem.

— Acho que ele organizou seu último combate em Roma — o efésio disse casualmente, apunhalando-o mais fundo. — Seu irmão mais velho, Tito, agora é imperador.

O germano tomou o resto do vinho.

— Sua carreira militar é tão ilustre quanto a do pai — disse Sertes. — Foi Tito que esmagou a rebelião na Judeia e destruiu Jerusalém. Afora sua infeliz ligação com a princesa judia Berenice, sua carreira é impecável. *Pax Romana* a qualquer preço. Só podemos esperar que seus talentos se estendam também à administração.

Atretes deixou a taça vazia de lado e pegou outra toalha na prateleira. Secou o cabelo e o tronco. Os olhos azuis cintilavam.

Sertes o observava com uma velada satisfação.

— Há rumores de que você esteve na cidade algumas noites atrás — disse, como se comentasse um fato casual.

Não acrescentou que Gallus havia confirmado os rumores, embora não soubesse o motivo da visita clandestina de Atretes. Devia ter sido algo importante, e Sertes queria saber o que era. Poderia ser útil para levar Atretes de volta à arena.

— Fui prestar meus respeitos à deusa e acabei cercado pela multidão — mentiu Atretes.

Vendo uma oportunidade, Sertes a agarrou:

— Eu conheço muito bem o procônsul. Tenho certeza de que, com uma palavra, ele vai colocar um grupo de legionários à sua disposição. Você vai poder entrar na cidade e prestar a devida homenagem à nossa deusa sempre que quiser, sem se preocupar se vai sobreviver.

O efésio sorriu por dentro. As medidas que ele sugeria chamariam a atenção. Uma vez que Atretes fosse reconhecido, a excitação se espalharia como uma febre, e uma febre como essa poderia aquecer o sangue-frio de Atretes. Que ele ouvisse as massas gritando seu nome; que visse como elas ainda o adoravam.

— Eu gostaria que a plebe esquecesse que eu existo — disse Atretes, sem se deixar enganar pelas maquinações de Sertes. — E essas suas medidas só serviriam para aguçar o apetite deles, não é? — inquiriu, erguendo uma sobrancelha com ironia.

Sertes sorriu e sacudiu a cabeça.

— Atretes, querido amigo, é desolador saber que você não confia em mim. Por acaso não sabe que eu sempre me preocupei com seus interesses?

Atretes soltou uma risada fria.

— Desde que eles coincidissem com os seus.

O lanista escondeu a irritação. A percepção de Atretes sempre havia sido um problema. Seu sucesso na arena não dependia apenas de coragem e proezas físicas; Atretes era surpreendentemente inteligente para um bárbaro germano. A combinação de ódio e sagacidade era perigosa, mas o tornava muito mais emocionante.

— Talvez possamos fazer arranjos mais adequados aos seus desejos — disse Sertes.

— Meu desejo é ficar sozinho.

Sertes era destemido. Conhecia Atretes melhor do que o gladiador se conhecia. Ele o observara na arena e fora dela.

— Você está sozinho — afirmou. — Há vários meses. Mas parece pouco satisfeito com sua solidão.

Observou Atretes soltar a toalha que havia enrolado na cintura e vestir uma túnica nova e ricamente tecida. Ele era o homem de corpo mais magnífico que Sertes já vira.

Colocando um cinto de couro grosso com tachas de latão, Atretes o fitou com olhos tão frios que Sertes entendeu que já o pressionara o suficiente. Não se chateou por não ter conseguido convencer Atretes a voltar à arena; haveria novas oportunidades. E faria uso delas quando surgissem.

— Muito bem — disse com um sorriso —, vamos falar de outras coisas.

E fez exatamente isso. Uma hora depois se despediu, não sem antes convidar o germano para um dos banquetes que ocorreriam antes dos jogos, argumentando que o procônsul de Roma estava ansioso para saudá-lo.

Atretes sentiu o alerta na voz de Sertes. Não se ignorava um alto funcionário de Roma sem consequências. Mesmo assim, recusou.

O efésio foi mais direto:

— Precisa ter muito cuidado ao insultar o romano errado.

— Eu aprendi muitas coisas durante o tempo em que fui escravo, Sertes. Até o próprio César tem medo da plebe. E, como você bem sabe, a plebe ainda me ama.

— Você também é sábio o bastante para saber que a plebe é como uma mulher volúvel. Se ficar longe dela muito tempo, ela o esquece. Além disso, o que a plebe mais quer é ver você lutar de novo.

Atretes não disse nada, mas Sertes viu que as palavras haviam atingido o alvo. *Ótimo.*

Enquanto descia os degraus com Atretes ao seu lado, Sertes viu uma jovem com um bebê no colo, andando sob a luz do sol no pátio vazio diante da casa. No início, achou que era Júlia Valeriano e se surpreendeu. Seus espiões haviam relatado que o relacionamento deles acabara havia alguns meses. Também o haviam informado de que Júlia Valeriano estava grávida de um filho de Atretes. Mandara seus espiões vigiarem a casa até o nascimento. Eles relataram que a criança havia sido jogada nas rochas para morrer. Uma pena. Se o bebê fosse de Atretes e estivesse vivo, poderia ser muito útil.

Sertes parou, esfregou o queixo e observou a jovem com explícito interesse. Era miúda e tinha belas curvas. Ela os olhou e abriu um sorriso. Ele se voltou novamente e desapareceu, virando uma esquina.

— Você sempre teve um olho bom para a beleza — disse, lançando um olhar divertido para Atretes. — Quem é ela?

— Uma escrava.

O lanista notou que Atretes fora evasivo e ficou imaginando por quê. Curioso, olhou na direção que a mulher havia tomado.

— E a criança? É sua?

— A criança é dela.

Sertes não disse mais nada, mas em sua mente fértil já germinava uma semente de dúvida.

---·−·---

Rispa se voltou e viu Atretes caminhando em sua direção. Sabia que ele estava furioso. Ele exalava mau humor. Mudou Caleb de braço e suspirou, imaginando o que havia feito de errado para lhe desagradar dessa vez.

— Você não pode sair daqui sem minha ordem!

— Quer fazer de seu filho um prisioneiro, meu senhor? — disse ela, esforçando-se para manter a calma.

— Eu quero protegê-lo!

— Eu também, Atretes. E eu *não saí!*

— Você vai ficar dentro de casa!

— Que mal pode acontecer a Caleb aqui? Você tem guardas...

— Mulher, faça o que eu digo!

Ela se arrepiou diante do tom imperioso. Aquele homem era impossível! Ela nunca aceitara receber ordens. Simei sempre a tratara gentilmente, não como aquele germano cabeça-dura.

— Se você for razoável, vou obedecer. Mas, neste caso, não está sendo.

Ele estreitou perigosamente os olhos.

— Se me provocar, vou expulsá-la daqui.

Ela o encarou.

— Não vai, não.

Atretes sentiu o rosto esquentar.

— O que lhe dá tanta certeza?

— O fato de que você se preocupa com a boa saúde de Caleb tanto quanto eu. Não sei por que está tão irritado, Atretes. Você me viu passear com Caleb no pátio ontem e no dia anterior e não fez objeções. E hoje parece prestes a explodir.

Atretes se esforçou para manter a calma. Ela estava certa, o que só o deixava ainda mais enlouquecido. Ele a *observara* nos dias anteriores e tivera prazer em fazê-lo, possivelmente pelas mesmas razões que Sertes havia gostado de observá-la. Ela era linda, graciosa e feminina. Estava fervendo de raiva. Ela sabia que, por causa do filho, ele não poderia simplesmente jogá-la na rua. Sentia as mãos coçarem de vontade de estrangulá-la. Notara o olhar especulativo nos olhos de Sertes antes de ir embora.

Rispa viu as emoções conflitantes no rosto dele, e a raiva dominando todo o resto. Deveria ter lidado com as coisas de um jeito diferente. Deveria ter mantido a boca fechada e entrado na casa, escolhido um momento melhor para expor suas opiniões. Encaixou Caleb no quadril.

— O que aconteceu para você achar necessário manter Caleb dentro de casa?

Atretes viu seu filho se agarrar à frente da túnica dela, puxando-a levemente.

— Minha ordem é o suficiente.

— Vamos ter que passar por isso de novo? — ela perguntou, tentando não perder a paciência. — Tem algo a ver com o amigo que veio visitá-lo?

— Ele não é meu amigo! Seu nome é Sertes, e ele é *editor* dos jogos de Éfeso.

— Ah. Ele veio para convencê-lo a lutar de novo, não é?

— Sim.

Ela franziu o cenho.

— E ele teve sucesso?

— Não.

Ela sentiu que havia algo muito sério por trás da raiva de Atretes, não apenas o orgulho masculino.

— Precisa me dizer qual é o perigo. Parece que fiz algo errado, mas não sei o que é.

Ele não via outra maneira de convencer aquela teimosa senão lhe contando a verdade.

— Se Sertes encontrasse uma maneira de me forçar a lutar de novo, ele a usaria. Ele perguntou quem você era, e eu disse que era uma escrava. Também perguntou sobre *ele*. — Acenou secamente para Caleb.

O coração de Rispa começou a bater rápido quando ela percebeu o perigo.

— E?

— Eu disse que a criança era sua.

Ela suspirou, dando um sorriso triste.

— Isso deve ter doído em você.

— Acha a situação divertida? — ele perguntou, rangendo os dentes.

Rispa suspirou. Mais um pouco, e ele não conseguiria pensar claramente com aquela névoa vermelha de ira ofuscando-lhe a mente.

— Não — ela respondeu calmamente. — Não acho divertido. Acho que é muito sério e farei o que me pediu.

A capitulação de Rispa pegou Atretes desprevenido. Mudo e frustrado, ele a observou se afastar. Ela deu a volta pela lateral da casa. Ainda querendo uma boa briga, ele foi atrás dela. Rispa já entrava pela porta dos fundos quando ele a alcançou. Ao ouvi-lo, olhou para trás.

— Quer brincar com seu filho um pouco?

Ele parou à porta.

— *Brincar?* — perguntou, surpreso.

— Sim, *brincar.*

— Não tenho tempo.

— Tudo que você tem é tempo — disse ela, entrando na câmara das termas.

— O que foi que você disse?

Ela se voltou para ele.

— Eu disse que tudo que você tem é tempo. Você iria gostar de brincar com Caleb mais do que correr pelas colinas, pular pedras ou passar horas em seu ginásio levantando pesos e aterrorizando seus guardas.

O rubor tomou o rosto dele.

— Tome — disse ela.

Antes que ele pudesse pensar em uma resposta inflamada, ela lhe entregou o bebê. Sua raiva evaporou, substituída pelo espanto.

— Aonde você vai?

— Preciso arranjar panos limpos. Caleb está encharcado. — Escondendo um sorriso divertido, ela se afastou.

Atretes fez uma careta. Podia sentir a umidade passando através da túnica fresca. Quando seu filho começou a acariciar-lhe o peito, ele o afastou.

— Ele está com fome! — gritou para ela.

Rispa parou debaixo do arco.

— Não se preocupe, Atretes. Ele não está com *tanta* fome. — Riu, e a música de seu riso flutuou na câmara de mármore. — Além disso, duvido que ele lhe arranque muito sangue. Pelo menos não até ter dentes.

Sozinho com seu filho, Atretes ficou andando de um lado para o outro, tenso. Caleb se contorcia e parecia pronto para chorar, então Atretes o segurou próximo ao peito de novo. Sentia o suor frio escorrendo pela nuca. Achou irônico que houvesse enfrentado a morte centenas de vezes sem nunca transpirar de medo como agora, segurando um bebê — *seu* bebê.

Os minúsculos dedos rechonchudos de Caleb agarraram a placa de marfim que Atretes levava no pescoço, pendurada em uma corrente de ouro, e a levaram à boca.

Atretes fez uma careta e puxou a corrente e a placa de marfim da boca de Caleb. Enfiou-as depressa dentro da túnica, fora do alcance dele, murmurando sobre mulheres que abandonam seus bebês. Viu o lábio de Caleb começar a tremer.

— Não comece a chorar — disse com aspereza, e o bebê abriu a boca. — Pelos deuses, de novo não — gemeu Atretes. — Estremeceu com o uivo que se seguiu. Como uma criança tão pequena podia fazer tanto barulho? — Muito bem. Coma! — resolveu Atretes, tirando a corrente de dentro da túnica e balançando-a diante do filho.

Ainda choramingando, Caleb pegou a placa e a colocou na boca. Atretes o levou até uma mesa de massagem e o colocou ali.

— Rispa!

O nome ecoou pelas paredes de mármore e pelos murais em volta. Assustado, Caleb soltou a placa de novo e chorou. Rangendo os dentes e prendendo a respiração, Atretes desenrolou os panos sujos e os jogou.

— Você precisa de um banho, garoto, está fedendo.

Ele o pegou e o levou à piscina. Caleb parou de gritar quando sentiu a água morna do tepidário o envolver. Gorgolejando feliz, pegou a placa mais uma vez e a bateu no peito de Atretes, jogando água no rosto dele.

Pegando o bebê pelas axilas, Atretes o mergulhou. Caleb gritava de alegria, batendo os punhos e espirrando água. Atretes esboçou um leve sorriso enquanto o observava. O bebê tinha os olhos e os cabelos escuros de Júlia. Franzindo a testa, ele se perguntou quanto mais dela haveria nele.

Rispa estava sob o arco com os panos pendurados no braço.

— Chamou, meu senhor? — ela perguntou com doçura. Em seguida foi até a beira da piscina e observou Atretes banhar o pequeno. Riu. — Ele é um bebê, Atretes, não uma roupa suja.

— Ele precisava de um banho — disse Atretes.

O rosto de Rispa estava pegando fogo de vergonha quando Atretes subiu os degraus, pois a túnica de linho molhada moldava-lhe o corpo. Ele não parecia nem um pouco preocupado com o quanto revelava, mas ela ficou nervosa. Desviou rapidamente os olhos, observando as paredes pintadas, mal notando as imagens.

Caleb não gostou tanto do ar frio quanto da água morna e começou a se agitar.

— Pegue-o — disse Atretes, estendendo-o para ela.

Jogando os panos sobre o ombro, ela fez o que ele lhe pedira, aliviada por se distrair. Deu um beijo na bochecha molhada de Caleb.

— Gostou do banho? — perguntou, se divertindo com a risadinha dele e jogando-o para o alto com suavidade enquanto se dirigia à mesa de massagem.

Atretes a observava. Havia notado o desconforto dela quando saíra da piscina, bem como a maneira como desviara o olhar de seu corpo. Recordou o constrangimento dela no dia em que dera de mamar ao bebê diante dele. Essa mulher parecia ser uma estranha combinação de contradições: ardente e rebelde, sem medo de desafiá-lo, mas, ainda assim, envergonhada ao ver o corpo de um homem. Franziu o cenho enquanto a observava.

Ela tinha uma voz doce e suave. Inclinada sobre Caleb, riu e o deixou apertar seus polegares. Beijando o peito do bebê, soprou em seu umbigo. Ele deu aquela risadinha engraçada de novo.

Com um leve sorriso, Atretes se aproximou para ver seu filho, que chutava e balançava os braços alegremente. Rispa ignorou sua presença e ficou conversando com o bebê enquanto o embrulhava nos panos de linho; mas, quando o levantou, olhou para Atretes, consciente da atmosfera que os envolvia.

A pulsação do germano disparou, bem como sua desconfiança. Ele já havia visto belos olhos escuros como aqueles.

Rispa ficou perturbada com a intensidade do olhar de Atretes, que mexia com uma parte instintiva dela. Quando o guerreiro desceu o olhar por seu corpo, ela sentiu uma onda de calor. Recuou um passo, segurando Caleb contra si como um escudo.

— Se me permite, meu senhor, vou... — disse ela, ansiosa para pegar Caleb e fugir daqueles olhos predatórios.

— Não.

Ela pestanejou.

— Como, meu senhor?

— Leve-o ao triclínio.

— Por quê?

— Preciso de um motivo?

Rispa hesitou, incerta e angustiada em virtude das emoções que se agitavam dentro dela.

— Preciso? — repetiu ele, estreitando os olhos.

— Não, meu senhor.

— Então faça o que eu digo.

Por que ele tinha que usar esse tom com ela?

— Caleb está pronto para mamar e dormir — ela explicou, tentando manter a calma.

— Ele pode fazer as duas coisas no triclínio.

Vendo que ele não tinha intenção de ceder, ela saiu da câmara das termas com Caleb. Felizmente, o corredor interno estava fresco. Ela entrou no triclínio luxuosamente mobiliado e se sentou em um divã. Caleb adormeceu enquanto mamava. Ela o envolveu com o xale e colocou algumas almofadas em volta dele. Suas mãos tremiam quando as cruzou com força sobre o colo e esperou.

Após alguns instantes, Lagos entrou.

— Senhora Rispa! — exclamou, surpreso.

Desde que ela havia sido admitida na casa, sempre fazia as refeições nos aposentos dos servos. O que estava fazendo na sala de jantar do mestre?

— Atretes mandou que eu viesse aqui — ela se apressou em dizer, vendo a pergunta nos olhos de Lagos.

— Oh...

Ela ficou tensa, como se o Espírito que nela habitava a alertasse sobre a batalha que enfrentaria.

— Por que falou nesse tom, Lagos?

— Por nada.

— Ele quer passar mais tempo com o filho.

Lagos não podia imaginar Atretes brincando com um bebê nos joelhos, mas, para tranquilizá-la, disse:

— Claro.

Ele havia visto Atretes na varanda com vista para o pátio quando Rispa levara o bebê para tomar ar. Silus e Gallus também haviam notado e comentaram. Apostaram quanto tempo levaria para Rispa aquecer a cama de Atretes.

A jovem viúva o observava arrumar os travesseiros.

— Diga alguma coisa, Lagos.

— O que quer que eu diga?

— Você o conhece melhor do que eu.

— Eu não o conheço, mas sei que ele é imprevisível e perigoso. E, para ele, as mulheres têm apenas uma utilidade.

— Você fala como se ele fosse um animal.

— Não está muito longe disso — disse Lagos, sombrio.

— Ele é um homem, Lagos, assim como você. Como qualquer outro.

Lagos deu um riso nervoso.

— Ele não é como eu nem como qualquer homem que eu já conheci. Ele é um gladiador bárbaro, e, acredite, senhora Rispa, isso é o mais próximo de um animal que se pode encontrar.

Ambos ouviram os passos de Atretes. Rispa pousou a mão em Caleb, protetora; Lagos foi até o arco e cumprimentou seu mestre.

— Deseja que sua refeição seja servida, meu senhor?

Atretes olhou para ela.

— Está com fome? — perguntou secamente.

— Não muito.

Na verdade, ela não estava com fome alguma. As palavras de Lagos haviam acabado com o pouco apetite dela.

— Traga vinho — ordenou Atretes, dispensando o empregado.

Sentindo o olhar dele sobre ela, Rispa pegou Caleb e o apertou contra o peito, sentindo-se consolada com o calor de seu pequenino corpo.

Atretes viu o jeito como ela segurava Caleb, carinhosamente aninhado sobre as coxas.

— Eu me dei conta de que sei muito pouco a seu respeito — disse ele, reclinando-se no divã diante dela e observando seu rosto.

Mesmo relaxado, Rispa notava que ele estava em estado de alerta.

— O que aconteceu com seu marido?

Surpresa e consternada com a pergunta, ela respondeu:

— Ele morreu.

— Eu sei que ele morreu — afirmou Atretes com um riso frio. — Você não seria viúva se ele não tivesse morrido. O que quero saber é *como* ele morreu.

Ela olhou para o precioso rosto de Caleb, o que aplacou a dor que crescia dentro dela. Por que ele tinha que perguntar sobre essas coisas?

— Meu marido foi atropelado por uma carruagem — disse ela baixinho.

— Você viu isso acontecer?

— Não. Ele estava a caminho do trabalho. Uns amigos o levaram para casa.

— Ele não morreu na hora do acidente?

— Ele morreu alguns dias depois.

A lembrança daqueles dias ainda estava profundamente gravada em seu coração.

Atretes observou seu perfil pálido e ficou em silêncio por um instante. Era evidente que essas lembranças eram dolorosas para ela. Ou seria fingimento?

Lagos entrou com uma jarra de vinho.

— Saia — pediu Atretes com frieza.

Ele deixou a bandeja depressa e saiu. Atretes continuou olhando para Rispa. Notou que havia mexido em feridas abertas.

— Descobriu quem conduzia a carruagem?

— Eu soube no dia em que aconteceu. Era um oficial romano.

— Aposto que ele nem parou.

— Não.

Atretes deu um leve sorriso.

— Parece que temos algo em comum: ódio de romanos.

O comentário provocou remorso em Rispa.

— Eu não odeio ninguém.

— Não?

Ela empalideceu. Acaso não havia superado seus sentimentos em relação ao que acontecera? Estaria ainda abrigando a raiva contra o homem que, pela falta de cuidado, tirara a vida de um homem de quem ela gostava profundamente? *Senhor, se assim for, tira isso de mim. Vasculha-me e muda meu coração, pai.*

— Não é da vontade do Senhor que eu odeie alguém.

— O Senhor?

— Jesus, o Cristo, o Filho do Deus vivo.

— O deus de Hadassah.

— Sim.

— Não vamos falar dele — disse Atretes, acabando com o assunto.

Levantou-se do divã e serviu vinho em uma taça de prata. Havia outra taça na bandeja, mas ele não a ofereceu a ela.

— É sobre isso que eu gostaria de falar com você — disse ela baixinho.

Ele bateu a jarra na bandeja com tanta força que ela se sobressaltou. Caleb acordou e começou a chorar.

— Acalme-o!

Ela levou Caleb ao ombro e lhe acariciou as costas. Ele chorou mais alto.

— Faça-o parar de chorar!

Ela se levantou, angustiada.

— Posso sair daqui?

— Não!

— Ele vai voltar a dormir se eu o amamentar.

— Então faça isso!

— Não posso com você me encarando!

Ele a fitou.

— Você mostrou seu seio na cozinha quatro noites atrás.

O rosto dela se aqueceu.

— As circunstâncias eram diferentes — admitiu com firmeza. Além disso, estava coberta e de costas para ele.

— Como assim? Ele estava chorando, e está chorando agora.

— Pare de gritar! — ela exclamou, sentindo-se imediatamente envergonhada pela explosão.

Aquele homem miserável provocava o pior nela! Com as desculpas ardendo na garganta, Rispa começou a andar de um lado para outro. Sentia tanta raiva que tinha certeza de que seu leite estava empedrando. Caleb chorava mais alto.

Atretes andava também, do outro lado da sala. Olhou para ela com o semblante rígido.

— Pelos deuses, mulher. Sente-se e dê a ele o que ele quer!

Tremendo de frustração, Rispa se sentou. Deu as costas a Atretes e amamentou o bebê. O xale estava enrolado em torno de Caleb, mas ela precisava dele para se cobrir. Suas mãos tremiam enquanto ela o despia.

Por fim suspirou quando Caleb começou a mamar, e a sala ficou em silêncio. Ouviu o barulho de metal contra metal e percebeu que Atretes estava se servindo de mais vinho. Acaso pretendia se embebedar? Já era bastante intimidante quando sóbrio; não queria nem pensar como seria embriagado.

Uma imagem de seu pai surgiu como um demônio, agarrando-se à sua mente com raiva e medo. Lembranças de violência. Ela estremeceu e afastou o pensamento.

Não julgueis para que não sejais julgados. Perdoai e vos será perdoado. Pedi, e dar-se-vos-á. Ela já ia perdendo o controle, mas se agarrou a ele de novo. *Senhor, anda comigo pelo vale. Fala comigo. Abre meus ouvidos e meu coração para que eu possa te ouvir.*

— O que você está murmurando? — rugiu Atretes.

— Estou rezando — respondeu ela.

Seu coração ainda batia rápido e forte. Ficou surpresa por Caleb não notar sua tensão.

— Ele já dormiu? — perguntou Atretes baixinho atrás dela.

— Quase.

As pálpebras de Caleb pareciam pesadas. Sua boca relaxou, mas logo começou a trabalhar de novo. Por fim, relaxou completamente.

— Graças aos deuses — disse Atretes com um suspiro e se reclinou.

Ficou observando Rispa enquanto ela ajeitava a roupa. Sentada de lado no divã, ela começou a cobrir o bebê no xale novamente.

— O que aconteceu com a sua criança?

Ela deteve as mãos, e ele viu a cor suave de suas faces se esvair. Passou-se um longo momento antes que ela respondesse, trêmula:

— Ela teve febre e morreu; tinha três meses. — Acariciou levemente a bochecha de Caleb. Voltando-se no divã, olhou para Atretes com os olhos cheios de lágrimas. — Por que me faz essas perguntas?

— Eu gostaria de saber um pouco mais sobre a mulher que amamenta meu filho.

Os olhos escuros dela cintilavam.

— Quanto você sabe sobre a mulher que comprou, além de que é germana?

— Talvez meu interesse em você tenha mudado.

O sorriso frio e cínico de Atretes teve um efeito consternador sobre ela. Seu corpo respondeu ao olhar dele; como havia sido casada, estava familiarizada com as necessidades de um homem, e o que Lagos havia acabado de lhe dizer sobre as inclinações de Atretes em relação às mulheres era angustiante. Certas coisas precisavam ficar claras de uma vez.

— Pode brincar com Caleb quando quiser, meu senhor, mas não pense que pode brincar comigo.

Ele ergueu a sobrancelha.

— Por que não?

— Porque quando eu lhe dissesse "não", isso prejudicaria um relacionamento já frágil.

Atretes riu.

— Eu sou sincera, meu senhor.

— *Parece* que sim — disse ele com aspereza. — Mas sinceridade não é um traço muito presente nas mulheres. Eu só conheço três que a possuíam: minha mãe, minha esposa, Ania, e Hadassah. — Deu um riso sombrio. — E as três estão mortas.

Rispa sentiu compaixão por ele.

Atretes notou que seus olhos castanho-escuros se suavizaram e se encheram de calor. Seu coração respondeu, mas sua mente se rebelou.

— Pode ir — disse, sacudindo a cabeça em rude despedida.

Rispa pegou Caleb nos braços e se levantou, ansiosa para sair. Sentia o olhar dele a seguindo. Parou embaixo do arco e o olhou. Apesar de toda ferocidade e do coração duro, ela sentia que aquele homem carregava uma dor terrível.

— Eu lhe prometo uma coisa, Atretes. Eu nunca irei mentir.

— Nunca? — ele repetiu com ironia.

Ela encarou seus lindos olhos, azuis e vazios.

— Nunca. Não importa o preço. Nem que isso custe minha vida — ela respondeu com suavidade.

E então deixou-o sozinho.

5

Sertes estava na varanda com vista para a arena de treinamento. Abaixo dele, dois gladiadores lutavam, um com espada e escudo, outro com rede e tridente. Contrariado diante da cena desinteressante, segurou-se na grade de ferro e gritou para o lanista:

— Use as brasas neles! — Sacudindo a cabeça, recuou. — Se isso é o melhor que temos para oferecer, não é estranho que as pessoas estejam entediadas! — E voltando-se para o homem que estava a seu lado: — O que você descobriu sobre a mulher que vive na casa de Atretes?

— O nome dela é Rispa, meu senhor. Ela é viúva. Seu marido era prateiro e foi atropelado por Ceius Attalus Plautilla.

— O sobrinho do procônsul?

— Ele mesmo. Ele bebe demais e...

— Esqueça — disse Sertes, gesticulando, impaciente. — Já sei tudo sobre ele. O que mais você descobriu sobre ela?

— Ela é cristã, meu senhor.

— Ah — disse Sertes, sorrindo largamente. — Isso pode ser útil. — Esfregou o queixo, pensando em quão útil poderia ser, especialmente se Atretes estivesse apaixonado por ela. — E o bebê?

— As informações sobre a criança são contraditórias, meu senhor. Uma fonte diz que a mulher tinha uma menina que morreu com poucos meses, enquanto outra afirma que ela tinha um filho vivo.

— Talvez o filho seja de Atretes.

— Acho que não. Ninguém nunca viu essa mulher com Atretes, meu senhor. Mas tem uma coisa estranha; quando perguntei sobre ela no edifício onde morava, disseram que certa manhã ela pegou o bebê e saiu. Um homem foi no dia seguinte para recolher as coisas dela. E ela não foi vista na cidade desde então.

— Continue investigando. Tenho a sensação de que tem mais coisa aí do que sabemos.

Atretes empurrou a porta da câmara de Rispa e espiou. O luar entrava por uma janelinha alta, lançando um brilho de luz sobre suave o aposento. A cama do bebê estava vazia. Rispa dormia em uma esteira no chão, de lado, com o bebê aninhado contra ela, aquecido e protegido.

Entrando em silêncio, Atretes se agachou e ficou olhando por um longo tempo para os dois. Depois observou o pequeno quarto. Encostado na parede da direita havia um único baú no qual estavam as poucas posses de Rispa. Sobre ele havia uma pequena lamparina de barro, apagada. Afora essas poucas coisas e a cama do bebê, o quarto estava vazio.

A câmara, pequena e estéril, fez Atretes recordar sua cela no *ludus*: de pedra, fria, vazia.

Olhou de novo para Rispa, subindo desde os pés descalços e passando pelas curvas esbeltas do corpo. O cabelo estava solto e caía, negro, por cima do ombro. Ele estendeu a mão e pegou uma mecha, esfregando-a entre os dedos. Era denso e sedoso. Ela se mexeu, e ele retirou a mão.

Abrindo os olhos, Rispa viu uma sombra agachada diante dela. Prendeu a respiração, pegou Caleb e correu depressa para a parede, com o coração batendo forte.

— Não grite — ordenou Atretes.

Ela respirou, trêmula.

— O que aconteceu? Por que está aqui no meio da noite?

Ele notou o tremor na voz dela e entendeu que a assustara.

— Não aconteceu nada — respondeu com aspereza, passando a mão pelo cabelo. Soltou uma risada rouca e levantou a cabeça. Os pesadelos o haviam acordado de novo.

Rispa viu seu rosto ao luar.

— Aconteceu sim.

Ele a fitou novamente.

— Por que esse nome, Caleb?

A pergunta foi inesperada.

— Meu marido me falou sobre ele.

— Seu marido comercializava homens?

Ela notou a raiva no tom de voz do guerreiro.

— Não! — disse ela, perguntando-se por que ele faria tal suposição.

— Caleb lutava em Roma — explicou ele. — Como seu marido saberia alguma coisa sobre ele se não negociasse com gladiadores?

Ela julgou entender.

— Existem muitos Calebs no mundo, Atretes. O Caleb que deu nome a seu filho viveu há centenas de anos. Ele saiu do Egito com Moisés. Quando o povo chegou à Terra Prometida, doze homens foram enviados a Canaã para espionar a terra. Quando voltaram, Caleb disse a Moisés e ao povo que a terra que Deus lhes dera era boa e que deveriam tomar posse dela; mas os outros estavam com medo. Disseram que os cananeus eram fortes demais e que não os conquistariam. Moisés aceitou o conselho deles, em vez de ouvir Caleb. Por causa disso, todo o povo daquela geração ficou vagando pelo deserto. E quando os quarenta anos chegaram ao fim, somente Caleb, filho de Jefoné, e Josué, filho de Num, puderam entrar na Terra Prometida. Somente eles haviam seguido o Senhor com todo o coração. Nem mesmo Moisés, o legislador, pôs os pés na Terra Prometida. — Esticou as pernas e colocou o bebê no colo. — Caleb é nome de homem de fé e coragem inabaláveis.

— Caleb é um nome judeu, e meu filho é *germano*.

Ela levantou a cabeça.

— Meio germano.

Atretes se levantou tão abruptamente que ela se sobressaltou. Ficou pairando sobre ela por um instante e logo deu um passo para trás, recostando-se na parede, à direita da janela. Ali onde estava, seu rosto ficava escondido nas sombras enquanto a suave luz do luar brilhava sobre ela.

— Ele deveria ter um nome germano — disse Atretes.

Imaginando uma discussão, esperou.

— Que nome gostaria de dar a ele, meu senhor?

Ele não havia pensado nisso até então.

— Hermun — disse, decidido. — Como meu pai. Ele foi um grande guerreiro, líder dos catos e morreu honrosamente na batalha contra Roma.

— Caleb Hermun — disse ela, experimentando o nome.

— *Hermun.*

Ela ia protestar, mas baixou a cabeça. Uma mulher briguenta era pior que um telhado com goteira. E o filho *era* dele. Levantou a cabeça de novo.

— Hermun... Caleb? — disse, hesitante, oferecendo um meio-termo. — Um guerreiro de fé e coragem inabaláveis.

Atretes não respondeu nem saiu das sombras.

Rispa estava desconfortável sob o olhar dele. Em que estaria pensando?

— Quem foi o Caleb de quem você falou?

— Um gladiador da Judeia. Um dos prêmios de Tito — ele respondeu com amargura.

— Ainda está vivo?

— Não. Nós lutamos, e eu venci.

A voz dele soou triste e monótona, e ela sentiu uma súbita compaixão.

— Você o conhecia bem?
— Um gladiador não tem o luxo de conhecer bem alguém.
— Mas, se você tivesse amigos, gostaria de tê-lo entre eles.
— Por que diz isso? — ele perguntou com frieza.
— Pela sua amargura e pelo fato de ainda se lembrar dele.
Ele riu.
— Eu me lembro de todos eles! — Apoiou a cabeça na parede de pedra fria e fechou os olhos. Não conseguia esquecê-los. Ele via o rosto deles todas as noites. Podia ver seus olhos enquanto seu sangue se esvaía na areia. Nem toda a bebida do mundo seria capaz de exorcizá-los.
— Sinto muito — disse ela com suavidade.
Descrente, ele a fitou. O brilho das lágrimas nos olhos dela o irritou, pois o pranto já havia sido usado contra ele antes. Afastando-se da parede, agachou-se diante dela novamente.
— Por que você deveria sentir muito? — perguntou com sarcasmo.
Ela não se intimidou.
— Sua vida tem sido difícil.
— Eu sobrevivi.
— A grande custo.
Ele soltou uma risada áspera e se ergueu, inquieto.
— Era melhor eu ter morrido, não é? Assim teria o bebê só para você.
— Se você tivesse morrido, Caleb não teria nascido. E ele é um presente de Deus, que vale qualquer tristeza.
Atretes olhou pela janela. Fitou o pátio nu e os sólidos muros mais além. Sentia-se como se estivesse no *ludus* novamente. Teve vontade de gritar e derrubar as paredes.
Rispa sentia a ira que emanava dele como um ser sombrio no quarto. Reconheceu sua presença maligna e o terrível perigo que representava. O que poderia dizer para acalmá-lo? Não tinha palavras; não podia nem imaginar como era a vida dele, nem tinha certeza de querer saber. A sua própria era bastante difícil, ela não tinha uma fé forte o bastante para ajudá-lo a carregar seus fardos também.
Ele se voltou.
— Nós não terminamos nossa conversa à tarde.
Ela percebeu que Atretes queria brigar, e, aparentemente, ela era o único oponente disponível com quem travar uma batalha.
Nós somos incompatíveis, Senhor. Ele pode aniquilar meu coração.
— Por quanto tempo foi casada?
— Por que me pergunta isso?

— Porque sim! — ele retrucou, e continuou de forma irônica: — Você disse que não mentiria.

— E não vou mentir.

— Então responda.

Ela deu um sorriso doloroso.

— Você vai embora se eu responder?

Ele não achou graça.

— Eu vou embora quando eu quiser.

Ela suspirou devagar, lutando contra a vontade de guerrear como ele queria.

— Fui casada por três anos.

Caleb fez um barulhinho suave e ela o pegou no colo.

Atretes a viu puxar o xale. Ela e o bebê se cobriram, os dois abraçados um ao outro.

— Você foi fiel?

Ela levantou a cabeça e o fitou.

— *Sim*, eu fui fiel.

Presumindo que ela estava escondendo algo, ele se agachou diante dela novamente, estreitou os olhos e fitou seu rosto pálido, iluminado pelo luar.

— Na minha tribo, uma esposa infiel é despida e chicoteada diante dos aldeões. Depois é morta.

As coisas ocultas do coração de Rispa despertaram-lhe a ira.

— E o homem?

— Como assim, o homem?

— O adultério envolve *duas* pessoas, não é?

— A mulher seduz.

Ela deu um riso suave.

— E o homem sucumbe como um boi sem cérebro?

Ele apertou os punhos ao pensar quão facilmente havia sido vítima dos encantos de Júlia.

Rispa deitou Caleb sobre as coxas.

— Homem e mulher são iguais aos olhos de Deus — disse ela, tentando manter a voz calma e firme.

Ele soltou uma risada cortante.

— Iguais!

— Shhh — fez ela, levando um dedo aos lábios. — Você vai acordá-lo.

Isso devia causar terror no coração do gladiador. Ela tirou o xale e cobriu o bebê.

— Desde quando uma mulher é igual a um homem? — ele inquiriu, apertando os dentes.

— Desde o início, quando o Senhor criou os dois. E segundo a lei mosaica. Tanto o homem quanto a mulher envolvidos em adultério eram executados para evitar que o pecado se alastrasse como uma doença sobre a nação de Israel. A justiça deve ser executada igualmente.

— Eu não sou judeu!

— Ah, se fosse, meu senhor...

Assim que proferiu as palavras, se arrependeu. Um silêncio quente caiu sobre o quarto. *Perdoa-me, pai. Faz-me muda! Eu o escuto e lembro minha vida antes de Simei, antes de ti. E quero lutar, mesmo quando sei que não posso vencer.*

— Seu marido permitia que você falasse assim?

Simei. Precioso Simei. Lembranças doces a resgataram das mais obscuras. Ela sorriu.

— Simei muitas vezes ameaçou me bater.

— Deveria ter batido.

Ela ergueu o queixo.

— Suas ameaças eram vazias e feitas em tom de brincadeira. Muito do que sei sobre a lei mosaica foi ele que me ensinou.

— Ah — Atretes disse com sarcasmo. — E o que ele lhe ensinou?

— Que o âmago da lei é misericórdia, mas o que Deus deu o homem corrompeu. Apesar disso, Deus prevalece. Deus nos enviou seu Filho, Jesus, para ser o sacrifício de expiação por toda a humanidade, homens *e* mulheres. Ele foi crucificado, sepultado e ressuscitado, cumprindo, assim, centenas de anos de profecias sobre o Messias. Deus enviou seu Filho unigênito para o mundo, e quem acredita nele não perece, mas tem a vida eterna.

Os olhos de Atretes cintilavam.

— Nenhum deus se importa com o que acontece conosco.

— O preço pago por nossa redenção mostra como Deus nos ama. Independentemente daquilo em que você acredita ou deixa de acreditar, Atretes, há apenas uma verdade; e essa verdade está em Cristo.

— Eu acredito em vingança.

Ela ficou triste ao vê-lo tão implacável.

— E em julgamento. Julgue e será julgado com a mesma medida de misericórdia que aplicar.

Ele riu alto.

— Deus é imparcial — disse ela. — Não se pode suborná-lo ou dominá-lo. Ele não pensa como os homens. Se você se opõe à lei, *qualquer* que seja ela, eféssia, romana ou germana, tem que suportar o julgamento por desobediência. E a sentença é sempre a mesma: a morte.

Ele se levantou e olhou para ela.

— Não foi escolha minha me tornar o que sou!

— Mas, por escolha sua escolha, você continua sendo o mesmo.

Ela o observou se afastar para as sombras novamente. Tudo nele revelava raiva e frustração. Acaso ele pensava que sua angústia e desesperança não eram óbvias? Ela sabia mais sobre o que Atretes sentia do que ele poderia imaginar.

Oh, Senhor, por que me deste o filho dele? Por que me enviaste aqui para este homem, para que eu me lembre das coisas que me fizeram? Simei intercedeu e me trouxe a ti, e tu me curaste. Agora, vejo Atretes e sinto as velhas feridas reabertas. Abraça-me, pai. Não me deixa escorregar; não me deixa cair. Não me deixa pensar como eu pensava ou viver como eu vivia.

— A vida *é* cruel, Atretes, mas você tem escolha. Escolha o perdão e seja livre.

— Perdão! — A palavra saiu das sombras escuras como uma maldição. — Certas coisas neste mundo jamais podem ser perdoadas.

Os olhos de Rispa ardiam por causa das lágrimas.

— Eu já me senti assim; mas isso volta para nós e nos come vivos. Quando Cristo me salvou, tudo mudou. O mundo não parecia mais o mesmo.

— O mundo não muda.

— Não. O mundo não mudou, fui *eu* que mudei.

Ele não disse nada por um momento e depois falou com dureza:

— Você não sabe nada sobre dor, mulher.

— Eu sei tudo que quero saber. — Ela desejava ver o rosto dele e olhar em seus olhos enquanto falava. — Todos nós carregamos feridas, Atretes. Algumas são físicas e óbvias; outras estão tão escondidas que ninguém vê, a não ser Deus.

— Que feridas você tem? — ele perguntou com ironia.

Ela não respondeu. Não se abriria para que ele desdenhasse dela.

Atretes franziu o cenho. Podia ver o rosto de Rispa ao luar, e não era uma postura desafiadora que a mantinha em silêncio.

— Que feridas? — repetiu com mais gentileza, verdadeiramente interessado.

— Feridas *particulares* — disse ela, obstinada.

A teimosia dela o enfureceu.

— Não há nada particular entre nós. Você está aqui e eu suporto a sua presença por causa do garoto. Agora diga do que está falando.

Ela sacudiu a cabeça.

— Talvez um dia eu fale, Atretes, mas não porque você me ordenou, e sim quando *nós* pudermos confiar um no outro, não antes disso.

— Esse dia nunca vai chegar.

— Então nunca vamos falar sobre o assunto.

Atretes saiu das sombras. Instintivamente, Rispa sentiu medo dele. Sabia que esse era o olhar que inúmeros homens haviam visto pouco antes de morrer. Ficou gelada por dentro, esperando o golpe.

O germano fitou seus olhos escuros. Ela não disse nada; apenas se sentou e esperou. Como outros haviam esperado.

Apertando os punhos, ele se lembrou do jovem gladiador cato parado diante dele com os braços estendidos, à espera do golpe final no coração. E se lembrava de muito mais...

Rispa continuou sentada, com medo, mas não protestou nem suplicou.

A calma resignação no rosto dela o deixou agitado; e, de repente, uma imagem surgiu em sua mente: Caleb de joelhos, a cabeça um pouco inclinada para trás, expondo o pescoço enquanto a multidão gritava: *Jugula!*

As palavras do gladiador judeu ecoaram na mente de Atretes mais uma vez: "Liberte-me, meu amigo". Quando Caleb pousara as mãos nas coxas de Atretes e inclinara a cabeça para trás, o germano ficara impressionado com a coragem de seu amigo... e com a estranha paz que parecia cair sobre Caleb enquanto se preparava para a morte. Atretes havia atendido ao desejo de seu amigo. Libertara-o. E, ao fazê-lo, fora tomado por um profundo anseio pelo que quer que fosse que fazia um homem tão forte, tão corajoso.

O que lhe deu essa paz, meu amigo?, ele se perguntava agora, assim como se perguntara muitas vezes. E recebeu o mesmo silêncio como resposta; o mesmo vazio profundo.

Atretes deu mais um passo para perto de Rispa; ele a viu estremecer em resposta à sua proximidade.

— Caleb é um nome forte, um nome de guerreiro — disse, baixando a voz em razão de uma emoção que ela não entendia. — Vamos mantê-lo.

Então pegou o cobertor que jazia sobre a esteira, jogou-o ao lado dela e saiu.

Rispa obedeceu às ordens de Atretes e não saiu mais para além dos muros da casa. Oferecia-se para ajudar os outros empregados, mas eles diziam que o mestre não gostaria disso. Era como se ela tivesse sido relegada a uma posição entre escrava e mulher livre, um lugar nebuloso e indefinido. Atretes a evitava, e os outros, por segurança, resolveram fazer o mesmo.

Frequentemente perambulava pela enorme propriedade da mesma maneira que Atretes vagava à noite. Quando Caleb não estava dormindo ou mamando, buscava um lugar ensolarado e o deitava sobre o xale. Sorrindo, via-o espernear, brincar e dar os primeiros balbucios.

Certa tarde, entrou em um aposento no segundo andar. Chamou-lhe a atenção porque a luz do sol entrava pela varanda. Não havia móveis ali, exceto uma grande urna de bronze com uma palmeira dentro. Deitou Caleb de bruços em seu xale sob um raio de sol. Ele balançava para a frente e para trás, chutando com as pernas fortes e rechonchudas; ela se sentou para observá-lo.

— Você parece um sapinho — disse ela, rindo.

Ele gorgolejou e esperneou mais rápido. Ela viu o que estava chamando a atenção dele e puxou a manta, arrastando-o pela superfície lisa de mármore.

— Você sempre quer o que não alcança — disse ela, dando um tapinha em seu bumbum.

Caleb estendeu a mão para a urna de bronze, grande e brilhante. Agitou as pernas novamente, enroscando os dedos no xale e se arrastando um centímetro mais perto. Roçou o bronze com os dedinhos; chutou mais forte, balançando e esticando os bracinhos. Suavizando o sorriso, Rispa puxou o xale e o virou para que ele ficasse ao lado da grande urna. Ele virou a cabeça e olhou com curiosidade para o outro bebê refletido no bronze.

— É você, Caleb.

Ele deixou as impressões digitais na superfície brilhante.

A solidão a envolveu inesperadamente enquanto ela o observava alcançar o próprio reflexo. Ficariam sempre sozinhos assim, isolados do restante da casa? Levantou-se e foi para a varanda, olhando para o pátio árido. Dois guardas passavam o tempo ao lado de um portão, rindo e conversando. Outros criados cuidavam da horta, dentro dos muros da propriedade.

Senhor, tu sabes como eu amo Caleb. Agradeço de todo o coração por ele. Não pense que sou ingrata, pai, mas sinto falta de Simei, de João e dos demais. Eu sei que não falei muito com eles quando tive oportunidade, mas sinto falta de estar com eles. Sinto falta de ficar à margem do rio e cantar, de ouvir tua Palavra.

A estrada que levava a Éfeso ficava bem em frente ao portão. Fazia uma curva para a esquerda, e ali havia um velho terebinto. Ela viu homens e mulheres embaixo dele, alguns dormindo, outros conversando, outros olhando para a casa. Seriam viajantes descansando à sombra? Ou eram os *amoratae* que Atretes tanto desprezava, esperando para ver seu ídolo?

As colinas, verdejantes graças à chuva recente, eram uma visão mais agradável. Que prazer seria caminhar até lá, sentar-se em uma encosta e deixar Caleb sentir a grama entre os dedos dos pés!

Olhou para ele e viu que havia adormecido. Sorrindo, ajoelhou-se ao lado dele. Ficou observando-o por um longo tempo, pensando como era bonito e perfeito. Tocou a palma de sua mãozinha. Ele apertou o dedo dela e começou a mexer a boca, como se estivesse mamando em um sonho.

— Você é um milagre — disse ela, e o pegou com carinho.

Então o acomodou com suavidade contra seu ombro e beijou-lhe com delicadeza a bochecha. Fechando os olhos, respirou profundamente seu aroma. Do inocência... Novos começos.

— O que está fazendo aqui?

A voz profunda e dura a assustou. Ela olhou para trás, se levantou e ficou de frente para Atretes, à porta.

— Desculpe, eu não sabia que não era permitido entrar nesta câmara.

Atretes entrou e viu o xale estendido no chão, ao lado da urna brilhante.

— Faça como quiser.

Ela pegou o xale e o sacudiu, cobrindo o ombro, longe de Caleb. Sorriu para ele, suplicante.

— O que eu queria era levar Caleb para passear nas colinas.

— Não — disse ele, irritado por se deixar abalar mais uma vez por sua beleza.

— Com os guardas?

— *Não.* — Foi em direção a ela e parou a alguns passos de distância. Estreitou os olhos. — E não fique na varanda de novo, onde pode ser vista.

Ela olhou para a sacada, franzindo o cenho.

— Onde você estava para me ver?

Atretes passou por ela e saiu à luz do sol.

— E pode ter certeza de que o espião de Sertes a viu.

— Espião? Onde?

Ele se recostou na mureta da varanda e indicou a estrada com a cabeça.

— Sentado debaixo daquela árvore, lá embaixo.

— Eles parecem viajantes.

— Eu o reconheci do *ludus*.

— Oh — ela suspirou baixinho. — Talvez ele pense que sou uma serva limpando os aposentos do andar de cima.

— Parada e olhando as colinas?

Ela corou.

— Tem certeza de que *estão* me espionando?

Atretes se afastou da mureta e entrou de novo na câmara.

— Sim. Eu mantenho você sob vigilância. Sei exatamente onde você está e o que está fazendo a cada minuto do dia. — Parou em frente a ela. — E da noite também.

Rispa forçou um sorriso; o coração batia rápido.

— Sou grata por saber que Caleb é tão bem cuidado — disse ela.

Atretes retesou a mandíbula e a fitou. Passou por ela de novo. Ela se sentia cercada por um leão faminto.

— Este já foi meu quarto — disse ele sem emoção na voz.

— Pilia me disse.

Ele passou pelo outro lado dela com olhos duros.

— Pilia lhe contou mais alguma coisa?

— Disse que você não gosta de vir aqui. — Olhou em volta, admirando as paredes de mármore e o piso decorado. — É um quarto adorável, muito bem iluminado pela luz do sol.

— É o maior e melhor desta casa — ele prosseguiu, em um tom acre.

Confusa, ela o fitou. Perguntas inundaram-lhe a mente, mas ela se manteve calada.

Ele lançou um olhar duro e superficial pelo quarto vazio.

— Um quarto digno de uma rainha.

— Desculpe-me por entrar onde não deveria. Isso não vai se repetir.

Então pediu licença e saiu da câmara, respirando aliviada quando chegou ao corredor externo, longe daquele olhar azul e frio. Passou o restante da tarde no átrio, segurando Caleb na beira da fonte e deixando-o espernear na água. Quando ele ficou com fome, foi para uma alcova e o amamentou.

Uma vez que Calebe estava satisfeito, foi até a cozinha e pediu algo para comer. O cozinheiro dispôs pão, frutas e fatias finas de carne em uma travessa. Encheu uma pequena jarra de vinho e levou tudo para uma sala, ornada com uma longa mesa destinada à refeição dos escravos. Deixou as iguarias sobre a mesa e saiu. Solitária, Rispa se sentou, deu graças e comeu. O silêncio era opressivo.

Pilia chegou com cestos de pão. Rispa sorriu e a cumprimentou, mas a garota só largou um cesto na mesa e se afastou depressa. Seus olhos estavam vermelhos e inchados de tanto chorar, e, quando olhou para Rispa, havia ressentimento em sua expressão. Confusa, Rispa a observou pôr as demais cestas e sair.

A jovem viúva soltou um suspiro e se levantou. Foi para o corredor e viu a garota voltando com uma bandeja de frutas. Pilia passou por ela e a ignorou. Contrariada, Rispa a seguiu no pequeno corredor.

— O que há de errado, Pilia?

— Nada.

— Você parece chateada com alguma coisa.

— *Chateada?* — Bateu a bandeja na mesa. — Que direito eu tenho de ficar chateada? — questionou, e saiu da sala.

Rispa mudou Caleb de braço e aguardou. A garota entrou novamente com uma pilha de pratos de madeira. Rispa a observou bater um a um no lugar, do lado oposto da mesa.

— Eu a ofendi de algum modo?

Pilia parou em uma extremidade da mesa, abraçando os demais pratos. Os olhos raivosos se encheram de lágrimas.

— Parece que não vou mais ser chamada para a cama de Atretes.

Rispa desconhecia o relacionamento entre eles e ficou consternada com o desconforto que sentiu ao saber.

— O que isso tem a ver comigo?

— Não finja que você não sabe — disse Pilia, começando a colocar o restante dos pratos.

— Eu *não* sei mesmo — rebateu Rispa, nervosa.

Pilia terminou sua tarefa e saiu outra vez da sala.

Perturbada, Rispa ergueu Caleb, enrolou-o no xale e aconchegou-o junto ao peito. Foi para o seu quarto e, quando abriu a porta, encontrou-o vazio. Ficou lívida. Procurou Lagos e o encontrou na biblioteca, cuidando das finanças domésticas.

— Onde estão minhas coisas?

— O mestre mandou que fossem levadas ao quarto do segundo andar.

Ela pensou em Pilia e sentiu o rosto se aquecer.

— Por quê?

— Ele não disse.

— Onde ele está?

Ele ergueu os olhos.

— Se eu fosse você, não...

— *Onde ele está?*

— No ginásio, mas...

Ela deu meia-volta e saiu.

Quando entrou no ginásio, encontrou Atretes só de tanga, sustentando uma barra nos ombros enquanto flexionava os joelhos. Seus olhos estavam fixos nela, como se a tivesse ouvido se aproximar pelo corredor externo e a esperasse. Respirando fundo, ela se aproximou. Ele não parou o exercício; o corpo musculoso estava coberto de suor.

— Por favor, mande levar minhas coisas para o andar de baixo.

— Você disse que o quarto era *adorável.*

— Sim, mas isso não significa que eu queria ficar nele.

Ele soltou a barra, que bateu no chão de mármore com um ruído alto, e o som ecoou pelas paredes. Assustado, Caleb acordou e gemeu, choroso. Rispa apertou mais o xale em torno dele enquanto a viga saltava ruidosamente e rolava até bater na parede. Acariciou as costas do pequeno para confortá-lo.

— Prefiro ficar lá embaixo, onde estava — disse ela, com mais calma do que sentia.

— Não me interessa o que você prefere — Atretes pegou uma toalha e enxugou o suor do rosto. — Você vai ficar no andar de cima, no quarto ao lado do meu.

Alarmada, ela sentiu um nó no estômago.

— Se eu ficar tão perto de você, os servos vão pensar que...

Atretes jogou a toalha no chão com raiva.

— Eu não me importo com o que as pessoas pensem!

— Mas eu me importo! É a *minha* reputação que está em jogo.

— Como desde o dia em que você chegou aqui.

— Por outras razões que não a situação que você está criando!

— Você acha que alguém de fato se importa com o que acontece entre nós?

Ela quase deixou escapar que Pilia obviamente se importava, mas se conteve. Não queria colocar a garota em uma situação mais difícil ainda. Só queria sair daquela confusão.

— Não é apropriado.

— Mas é conveniente — ele disse com um brilho decidido no olhar.

Ela sentiu o rosto se aquecer.

— Sempre que quiser ver seu filho, basta estalar os dedos e eu o levarei até você — replicou ela, fingindo não entender.

Com um sorriso débil, Atretes se aproximou. Colocou a mão sobre a dela, nas costas de seu filho. Ela retirou a dela; o coração batendo forte. Ele acariciou as costas de Caleb lentamente, olhando-a nos olhos. Ela sentiu o bebê relaxar contra seu peito. Atretes ergueu a mão e a colocou com leveza em torno da garganta de Rispa, forçando-lhe o queixo para cima com o polegar.

— E se eu quiser você, também basta estalar os dedos que virá até mim?

Ela recuou e tentou engolir, com o coração acelerado. Ainda podia sentir o calor onde ele a tocara.

— Não! — ela respondeu com firmeza.

Ele deu um leve sorriso.

— Você acha que não? — Ele havia sentido a pulsação dela na garganta. Era igual à dele. Algumas noites com ela e seu fogo se consumiria. — Seria fácil convencê-la do contrário.

Ela ficou rígida, envergonhada pela resposta que lhe deu:

— Eu não sou sua *amorata*, meu senhor.

Ele se afastou e pegou outra toalha.

— Eu não estou procurando alguém para me *amar* — disse ele. Sorrindo com ironia, secou o suor do peito.

— Eu lhe pedi para não brincar comigo, Atretes, e era a esse tipo de brincadeira que eu me referia.

— Você disse outro dia que eu *precisava* brincar.

— Com seu filho, não comigo.

— Acho que com você seria mais divertido.

Ela mesma mudaria suas coisas de quarto. Voltando-se, foi em direção à porta com essa intenção.

Atretes a pegou pelo braço e a fez virar de frente para ele.

— Não me dê as costas.

Caleb acordou e começou a chorar.

Atretes rangeu os dentes.

— Eu não a chamei aqui. Eu não a convoquei.

— Desculpe. Se me soltar, irei embora.

Ele a apertou dolorosamente.

— Agora que está aqui, só vai embora quando eu a dispensar — continuou, com os olhos azuis em chamas. — Você vai ficar no quarto de Júlia, quer goste ou não.

Vendo-a estremecer, ele a soltou.

— Eu *não* gosto — ela disse, sucinta, abraçando mais Caleb enquanto se afastava do pai dele.

— Você vai ficar onde eu a puser. Por bem ou por mal, *você* escolhe. Mas vai ficar! — Abriu um sorriso desdenhoso. — E não precisa me olhar assim. Eu nunca estuprei uma mulher na vida e não pretendo começar agora. — Passou os olhos nela com desdém. — Se você é tão *casta* quanto afirma, não terá problemas, certo?

Ela apertou os dentes.

Ele pegou a barra e a colocou nos ombros. Ao se voltar, viu que ela ainda estava parada no meio do ginásio, com os olhos fixos na parede distante. Notou seu desconforto e a razão disso.

— Posso ir *agora*, meu senhor? — ela perguntou, tensa.

— Ainda não.

Ele recomeçou seus exercícios, deixando-a em pé ali por vários minutos, em silêncio.

Ela se enrijeceu, em expectativa. Era um prazer olhar para ela, e ainda mais vê-la humilhada. Ela que cerrasse os dentes, como o fazia cerrar os seus. Deixou o momento se estender; dois, três, quatro... E então soltou a barra.

— Pode ir. Mas lembre-se: da próxima vez que quiser falar comigo, mande Lagos primeiro pedir minha permissão!

6

Gallus avisara que Sertes fora visto se aproximando pela estrada de Éfeso. Atretes praguejara baixinho; não estava com disposição para falar com ele. Quase dissera a Gallus que não permitisse sua entrada, mas, depois, pensara melhor. Embora não se importasse em ofender os oficiais romanos, instintivamente sabia que devia tratar Sertes com bastante cautela.

— Faça-o entrar e leve-o ao triclínio — disse, dispensando Gallus. — Lagos, traga vinho e peça ao cozinheiro que nos prepare comida.

— Sim, meu senhor — disse Lagos. — Mais alguma coisa?

Atretes franziu o cenho, pensando depressa. Lembrava-se muito bem do interesse que Sertes demonstrara por Rispa e pelo bebê em sua última visita.

— Diga à viúva para permanecer em seus aposentos. Certifique-se disso. Tranque a porta!

— Sim, meu senhor.

Lagos saiu rapidamente para fazer o que Atretes lhe ordenara.

— E que Pilia nos sirva! — gritou Atretes.

A garota era bonita, talvez bonita o suficiente para distrair Sertes e evitar a especulação sobre Rispa. Ele se certificaria de que isso acontecesse.

Sertes saudou Atretes com um aperto de mão, sorrindo diante da recepção calorosa, ciente de que havia alguma razão oculta para isso.

— Você parece ótimo, meu amigo — disse, apertando o braço de Atretes.

— Sente-se. Beba um pouco de vinho — ofereceu Atretes, apontando casualmente para um dos confortáveis divãs repletos de almofadas enquanto se reclinava em um.

— Depois de sua última recepção, achei que seria mandado embora ainda no portão — rebateu Sertes, aceitando o convite.

— Eu pensei nisso, mas só faria você persistir.

— Você me conhece bem — ponderou Sertes, sorrindo. — Assim como eu o conheço, Atretes. Após meses de reclusão, você deve estar louco por um pouco de distração. Caso contrário, não seria tão receptivo.

Atretes voltou um olhar cínico para Sertes.

— Talvez, mas não estou louco o suficiente para voltar para a arena.

— É uma pena — suspirou Sertes —, mas não perco a esperança.

Viu uma linda escrava entrar na sala com vinho. Ela serviu primeiro Atretes. Sertes notou que o olhar do gladiador passeava sobre as curvas exuberantes da garota em uma leitura íntima, quase afetuosa. *O que significa isso?*, pensou, aborrecido. A pele da garota se tingiu de uma tonalidade rosada. Ela parecia confusa quando Atretes lhe sorriu.

— Não se esqueça de meu convidado — disse ele com suavidade, passando a mão em seu quadril e acariciando-lhe levemente o traseiro.

— Claro, meu senhor — disse ela, gaguejando, e se voltou para Sertes.

Quando a serva saiu, Sertes levantou a sobrancelha e questionou:

— Nova aquisição?

— Eu a comprei para Júlia — Atretes respondeu com um sorriso malicioso. — Mas agora ela serve a mim.

Sertes riu, disfarçando o descontentamento enquanto bebia o vinho.

— E a linda viúva que vi da última vez?

— Pilia se encaixa melhor — ponderou Atretes.

Tentou recordar se havia dito a Sertes que Rispa era viúva. Se não tivesse dito, significava que Sertes sabia algo sobre ela.

Quanto mais saberia?

Sertes avaliou o semblante de Atretes.

— Então, já se cansou da outra?

— Suas expectativas eram maiores que minhas intenções.

— Ela é muito bonita.

— Sua língua tem o ferrão de um escorpião.

— Venda-a para mim.

Atretes sentiu o sangue ferver.

— Para desperdiçá-la com um homem que gosta das mulheres de pele clara da Bretanha? — ironizou.

Sertes havia notado o lampejo antes que Atretes o pudesse esconder. Sorriu por dentro. Pilia havia sido um truque e nada mais. Qualquer que fosse o relacionamento entre Atretes e Rispa, ele ainda estava vivo.

— Posso pensar em uma dúzia de gladiadores que gostariam da companhia dela — disse Sertes dando de ombros, fazendo seu jogo enquanto observava a reação de Atretes. — O que acha? — acrescentou, com um sorriso felino nos lábios. — Diga o preço dela.

O fogo virou gelo dentro de Atretes.

— Deixe-me pensar no assunto — ele respondeu, como se levasse em consideração a oferta do efésio, e se serviu de mais vinho. Recostando-se, sorriu. — Mas, claro, você teria que levar o pirralho chorão também.

Observou os olhos de Sertes com cuidado e os viu tremeluzir. A menção ao bebê sobressaltou Sertes. Se fosse de Atretes, certamente ele não estaria tão ansioso para se livrar dele, não é?

— Eu esqueci que ela tinha um bebê.

— De fato, ela tem um bebê. Você o viu na última visita. Ela fica o tempo todo com ele enrolado no xale e amarrado ao peito. Parece uma parte dela.

— Acho que a criança é a causa de seu desinteresse — observou Sertes.

— Digamos que sim — Atretes respondeu secamente.

Pilia entrou no triclínio com uma bandeja de iguarias. Seus olhos brilhavam enquanto as oferecia primeiro ao seu senhor. Atretes sabia o que ela estava pensando. Acaso todas as mulheres eram tão tolas? Ele pegou um pedaço de carne de porco e o mergulhou em um molho de mel, forçando-se a comer, apesar da falta de apetite. Sertes parecia se divertir.

— Falando em mulheres — disse o efésio, pegando um punhado de tâmaras —, as pessoas estão dizendo que o grande Atretes, jamais derrotado por um homem na arena, foi destruído por uma filha de Roma.

Não havia mais dúvidas sobre a fúria do germano. Ótimo. Seu orgulho sempre fora sua maior fraqueza.

— Quem começou a espalhar os rumores, Sertes? Você?

— E eu viria aqui falar sobre eles? Eu não sou tolo, Atretes, nem anseio morrer tão cedo. Talvez a senhora Júlia tenha falado de você... em termos não muito lisonjeiros.

— Por mim, aquela bruxa pode dizer o que quiser em qualquer esquina de Éfeso!

— Desde que o deixem em paz lambendo suas feridas no topo da montanha? Atretes olhou para ele.

— Lambendo minhas feridas? — disse baixinho.

Sertes sentiu um arrepio na nuca diante do olhar daqueles olhos azuis, mas procurou incitar ainda mais o orgulho do gladiador.

— Seja qual for a verdade, é o que parece, Atretes.

— Até para você?

Sertes hesitou deliberadamente e o semblante de Atretes endureceu. O germano se ofendeu com a mesma rapidez com que antes pegava uma espada.

— Devo admitir que fico pensando. Ou você esquece que fui eu quem providenciou a compra desta casa?

Atretes não havia esquecido, nem a razão pela qual ele a queria. Para Júlia Valeriano.

— Esqueça os rumores — finalizou Sertes, com a plena consciência de que, como desejava, plantara a semente que faria que um turbilhão de pensamentos crescesse dentro da cabeça de Atretes. O germano tinha um coração de guerreiro e não gostava que alguém pensasse que uma mulher o havia derrotado. — Rufus Pumponius Praxus mandou lembranças.

— Quem diabos é Praxus? — rosnou Atretes.

— Sobrinho do prefeito de Roma. Ele vai dar uma festa no aniversário de Tito. Você está convidado.

— Muito bem, Sertes — disse Atretes, recostando-se nas almofadas. — Suponho que você veja isso como uma oportunidade para encerrar a conversa sobre mim. Aproveite e diga a esse Praxus o que ele pode fazer com o convite.

— Não o insulte. Ele poderia acorrentá-lo de novo.

— Eu *conquistei* minha liberdade.

— Então, não ofenda um parente do imperador e seu irmão, Domiciano.

À menção de Domiciano, Atretes retesou a mandíbula.

— Praxus odeia esses cristãos que cantam quando vão morrer — prosseguiu Sertes. — Não há nada que lhe agradaria mais que caçá-los e exterminá-los.

— E o que eu tenho a ver com os cristãos? — questionou Atretes, sabendo muito bem por que o efésio oferecia essa informação. — A única cristã que eu conheci foi Hadassah, e ela está morta.

— Então sugiro que mantenha distância de qualquer outro.

Atretes pensou em Rispa, na câmara no andar de cima. Se Sertes sabia que ela era viúva, provavelmente sabia também que era cristã.

O negociante de gladiadores notou que sua advertência surtira efeito.

— Praxus o respeita por sua coragem. Você luta com o coração de um leão, e ele quer honrá-lo. Deixe que o faça. — Abriu um leve sorriso. — Sua recusa indelicada será tomada como um insulto.

— Então diga a ele que o leão ainda está lambendo as feridas que Roma lhe infligiu.

Irritado, Sertes apertou a tâmara que tinha na mão.

— Se Praxus suspeitasse de que você está encorajando a disseminação desse culto, mandaria acorrentá-lo novamente num estalar de dedos.

Atretes o fitou com frieza.

— E quem disse que eu estou fazendo isso?

Sertes jogou a tâmara na boca e a comeu. Bebeu o vinho e levantou-se.

— Vejo que abusei da boa recepção.

— E quando foi que isso o afastou daqui?

Sertes sorriu e sacudiu a cabeça.

— Um dia, seu orgulho o destruirá, Atretes.

— O orgulho é o que me mantém vivo. — Levantou-se, esvaziou a taça e a bateu na mesa. — Mas talvez você esteja certo. Eu estou nesta montanha há muito tempo. — Caminhou com Sertes pelo átrio até a antecâmara. — Mas não diga nada a Praxus por enquanto. Vou pensar no convite e mandarei minha resposta.

Sertes saboreou a vitória em segredo.

— Não demore muito. A festa é daqui a sete dias.

Um servo abriu a porta da frente quando eles se aproximaram. Sertes apertou o braço de Atretes.

— Você derrotou todos os inimigos na arena, Atretes. Chegou a hora de conhecer o inimigo do lado de fora!

— Vou seguir seu conselho — respondeu Atretes com um sorriso enigmático.

Com um olhar frio, ficou observando Sertes atravessar o pátio, trocar algumas palavras com Gallus e ir embora.

Rispa ouviu algo bater contra a parede. Assustada, parou de andar e apurou o ouvido. Desde que o guarda aparecera e dissera que Sertes havia chegado e que ela deveria permanecer dentro do quarto, fechara a porta e começara a orar.

Atretes gritou algo indiscernível. Ela estremeceu, tentando imaginar o que teria acontecido no andar de baixo que o deixara tão mal-humorado. Não que alguma vez ele estivesse de bom humor, pensou, meio divertida.

Alguém bateu duas vezes na porta. Respirando fundo, ela atravessou o quarto e a abriu. Silus estava do lado de fora.

— Atretes quer falar com você.

— *Agora?*

Pelo jeito, ele descontaria nela toda a fúria do que quer que houvesse acontecido minutos antes.

— Ele disse para deixar o bebê.

— Aos cuidados de quem? Seus?

Silus recuou um passo.

— Ele não disse.

Ela voltou para pegar Caleb. Com o bebê acomodado, aquecido e envolto no xale, seguiu Silus pelo corredor superior. A porta da câmara de Atretes estava aberta. Ela parou no limiar. Atretes se voltou. Viu o bebê e praguejou em germano:

— Eu disse para deixá-lo!

— Não havia ninguém para cuidar dele, meu senhor — retrucou ela, sem entrar no quarto.

— Onde está a ama de leite?

— Hilde trabalha na cozinha agora.

— Não esta noite. Chame-a! — ordenou Atretes, fazendo um movimento de cabeça para Silus.

O som das sandálias do guarda ecoou pelo corredor superior. Atretes andava de um lado para outro, resmungando em germano. As peles de sua cama haviam sido jogadas no chão. Ele as chutou para desimpedir-lhe o caminho.

Hilde chegou sem fôlego, com o rosto vermelho. Rispa desamarrou o xale e colocou Caleb nos braços da ama de leite.

— Ele vai dormir se o colocar de volta na cama — disse Rispa, pousando a mão no braço da mulher com gentileza. — Não o deixe sozinho.

— Não, minha senhora.

Ela lançou um olhar nervoso em direção a Atretes e saiu. Silus se afastou para ela passar.

— Vigie toda a propriedade — Atretes rosnou. — Quero falar em particular com a *senhora* Rispa.

Silus a deixou sozinha no limiar do quarto.

— Entre e feche a porta — ordenou Atretes com um tom que não deixava margem a discussão.

Rispa obedeceu; o coração batendo rápido. A agitação de Atretes só podia significar uma coisa.

— Sertes sabe sobre Caleb, não é?

— Não, mas sabe quem é você — Atretes deu um riso sombrio. — Na verdade, ele provavelmente sabe mais sobre você do que eu!

Rispa soltou um suspiro de alívio.

— Não há muito para saber. E que interesse um homem como Sertes poderia ter em uma mulher comum como eu?

— Ele pretende usar você para me fazer lutar de novo. — Notou o olhar confuso dela com crescente irritação e sorriu com cinismo. — Ele acha que você é minha amante.

As faces de Rispa coraram.

— Espero que tenha corrigido o equívoco, meu senhor.

— Eu disse a ele que você tem uma língua de escorpião, o que é verdade. E disse que estava cansado de você, o que também é verdade. Ele fez uma oferta generosa para comprá-la. Estou pensando no assunto.

Ela empalideceu.

— Você *o quê?* — perguntou ela.

— Eu sabia que você era uma maldição sobre mim no momento em que a vi! — Xingamentos germanos acompanharam suas palavras.

— Você não pode vender o que não possui! — disse, tremendo violentamente por dentro. Acaso esse homem estava maluco?

— Você é *cristã* — ele argumentou em tom de acusação.

— Você sabia disso antes de eu vir para cá.

— Parece que tê-la em minha casa me torna suspeito aos olhos de um homem que tem o poder de revogar minha liberdade.

Ela fechou os olhos.

— Oh... — Suspirou devagar e olhou para ele, perturbada. Não lhe ofereceria a opção de ir embora; não sem Caleb.

— Gostaria de poder expulsar você daqui.

Mordendo o lábio, ela cruzou as mãos à frente. *Não diga nem uma palavra*, disse a si mesma. *Senhor, mantém-me quieta.*

— Infelizmente, se eu a mandasse embora, os espiões de Sertes o informariam. E também contariam que o bebê ficou aqui comigo. Ele iria querer saber por que e com certeza descobriria.

— Oh, Deus, protege-nos — murmurou ela, percebendo com que facilidade uma criança inocente poderia ser usada por um homem tão insensível quanto Sertes.

Atretes praguejou.

— E então, por *sua* causa, eu tenho que prestar homenagem a um aristocrata romano ou acabar na arena! — ele gritou, chutando a mesa e quebrando uma elegante lamparina de barro.

Rispa estremeceu, mas continuou onde estava. *Pai, mostra-me um caminho. Dá-me palavras. O que devemos fazer?* Repentinamente, surgiu-lhe na mente uma ideia aterradora, apavorante. Não queria falar sobre isso, mas foi a única solução que encontrou.

— Você disse que queria retornar para a Germânia.

Ele se voltou para ela.

— Eu teria feito isso meses atrás, não fosse por duas coisas!

— Seu filho — disse Rispa, sabendo que Caleb tinha apenas quatro meses e viajar seria difícil e perigoso. — Mas qual é o outro motivo?

Atretes proferiu um breve e sórdido palavrão e lhe deu as costas. Passando as mãos pelos longos cabelos loiros, foi para a varanda. Rispa franziu o cenho. Qualquer que fosse a outra razão, estava claro que ele não queria lhe contar. Quando entrou, o ressentimento estava estampado em seus belos traços.

— Demoraram meses para me levar para Cápua — disse ele. — Depois, fui levado a Roma. Sertes fez um acordo com Vespasiano e me trouxe para cá. De navio. A viagem durou *semanas.* — Riu quase histericamente. — Eu voltaria para a Germânia agora se soubesse *como encontrá-la*!

Rispa percebeu como admitir isso era difícil para ele e respondeu com rapidez:

— Nós vamos descobrir como chegar lá.

Atretes inclinou a cabeça.

— *Nós?*

— Você disse que não deixaria seu filho para trás.

— Não mesmo.

— Aonde Caleb for, *eu* vou — disse ela.

Ele soltou uma risada.

— Você deixaria Éfeso e tudo que ela tem para oferecer? — ele questionou secamente, sem convicção.

— Eu preferiria ficar aqui, sim — ela respondeu com sinceridade. — Tudo que já ouvi sobre a Germânia não me atrai. — Viu os olhos de Atretes endurecerem diante de tal ofensa. — Mas a segurança de Caleb é mais importante que qualquer receio que eu tenha de deixar tudo que conheço — acrescentou. — Se Sertes é tudo que acha que é, e eu não duvido, ele não pensará duas vezes antes de usar um bebê inocente da maneira que puder para atingi-lo, não é?

— Sim.

— Então a única maneira de garantir que Caleb esteja seguro é levá-lo para o mais longe possível de Sertes.

O escrutínio contínuo dele a deixava cada vez mais constrangida. O que ele estaria pensando?

— A viagem vai custar muito dinheiro — disse ela.

Ele riu, sombrio.

— Uma fortuna, sem dúvida, e a maior parte do que ganhei gastei nesta casa. — Olhou em volta como se visse o quarto pela primeira vez. — Agora entendo por que Sertes estava tão bem-disposto a mediar a compra deste lugar — disse, tristonho. — Essas paredes me mantêm tão preso quanto o *ludus.*

— Você pode vendê-la.

— Não sem que ele soubesse, e duvido que conseguisse fazer isso antes do banquete de Rufus Pumponius Praxus! — praguejou, frustrado.

— Deus pode realizar o impossível.

Ele lhe lançou um olhar zombeteiro.

— O que a faz pensar que seu deus vai *me* ajudar?

— E o que o convence de que não vai? — Sem esperar pela resposta, acrescentou: — Vou falar com João. Ele vai nos ajudar.

— Você não vai sair desta casa!

— Preciso reunir as informações necessárias. Há pessoas de todas as classes sociais na congregação. Eu conheço um comerciante que viajou por todo o Império. Se tem alguém que pode nos dizer como encontrar a Germânia, é ele. Talvez possa nos fornecer mapas que indiquem o caminho.

Atretes parecia pronto para discutir, de modo que ela prosseguiu, rapidamente:

— Outra coisa que é preciso considerar: minha saída poderia reforçar as especulações de Sertes a meu respeito e sobre Caleb. Mas, se eu sair *com* Caleb, Sertes concluiria que eu não significo tanto para você como ele pensava. E você não me mandaria embora com um filho seu.

Atretes franziu o cenho, pensando que a ideia dela tinha seu mérito. No entanto, alguma dúvida ainda persistia.

— Sertes pode mandar levar você ao *ludus* para interrogá-la.

Ela olhou para a sacada, perturbada com o que ele havia dito.

— Ele está ali embaixo do terebinto, vigiando a casa?

— Ele foi embora, mas seus espiões continuam lá.

Ela levou a mão trêmula à garganta, um pouco aliviada.

— A menos que ele tenha dado ordens para me levar ao *ludus*, duvido de que eles ajam por iniciativa própria. Eles estão só observando. No mais, aguardam instruções dele. E, quando essas instruções chegarem, eu já estarei em Éfeso.

— E ao alcance — disse ele, irritado. — Pelo menos um deles vai segui-la.

— Eu já fui seguida, Atretes, sei me esconder.

Imediatamente, soube que não deveria ter dito isso.

Atretes estreitou os olhos, desconfiado.

— Então — disse com uma suavidade perigosa —, se você é tão boa em se esconder, como vou encontrá-la? — Riu com desdém. — Você quase me convenceu. Eu não sou tolo; acha que vou entregar meu filho a você e vê-la ir embora?

— Atretes, eu lhe dou a minha palavra...

— Sua palavra vale tanto quanto esterco para mim! — Ele se voltou, esfregando a nuca, agitado.

Ela suspirou, lutando contra a frustração. Ele não confiaria nela só porque ela dizia que ele poderia confiar. A confiança era algo que precisava ser conquistado, e não havia tempo.

— Talvez haja outro jeito — disse ela.
— É melhor que haja.
— E se você fosse a esse banquete e fingisse se divertir?
Ele se voltou com brusquidão.
A exasperação de Rispa cresceu.
— Ou você poderia ir de má vontade, olhar com raiva para todos do jeito que está me olhando e insultar esse oficial romano na cara dele! Isso salvaria seu orgulho, não é? E realizaria tudo que Sertes planejou para você!
Ele retesou a mandíbula.
Ela se aproximou, suplicando em desespero.
— Atretes, *por favor*. Deixe a raiva de lado por seu filho. *Pense* antes de fazer qualquer coisa.
Atretes soltou uma risada cínica.
— Talvez eu diga a Sertes que estou cansado de ficar nesta montanha e quero morar em Éfeso, onde está toda a agitação — ironizou. — Isso lhe agradaria.
Atretes se sentia como um leão impelido para a arena. Não havia escapatória. De alguma forma, Sertes conseguiria o que queria, não importa o que fizesse ou a quem usasse para consegui-lo.
— Deixe-me falar com João — Rispa disse baixinho. — Ele vai nos ajudar.
Atretes não respondeu. Ela se aproximou e pousou a mão levemente em seu braço. Seus músculos se retesaram, e ela afastou a mão.
— Por favor. Vou descobrir o que puder e mandar uma mensagem. Eu prometo, pela minha vida!
— Parece que não tenho escolha — disse ele, sombrio.
— É melhor eu ir o mais rápido possível — acrescentou, voltando-se para a porta. — Vou levar algumas coisas para fazer parecer que você me expulsou.
Atretes a deteve. Fazendo-a virar com uma mão, segurou-a pelo pescoço com a outra.
— Saiba, mulher, que, se eu não tiver notícias suas daqui a dois dias, vou atrás de você. Não tente fugir com o garoto, porque, se fizer isso, juro por todos os deuses do universo que vou usar *qualquer* recurso, inclusive Sertes, para encontrá-la de novo! E, quando a encontrar — disse, apertando seu pescoço devagar —, você vai preferir nunca ter nascido! — Então a soltou como se simplesmente tocá-la o deixasse irritado.
Trêmula, Rispa levou a mão à garganta. Lágrimas brotaram-lhe nos olhos como reação.
— Eu sei que você não confia em mim agora, mas, talvez, quando tivermos superado isso juntos, você vai saber que pode confiar.

Franzindo a testa, ele a viu caminhar até a porta.

— *Dois* dias — repetiu ele.

Rispa saiu, fechando a porta atrás de si. Com o coração acelerado, correu pelo corredor até seu quarto.

— Está tudo bem, minha senhora? — Hilde perguntou assim que ela entrou. — Você está pálida.

— Não está nada bem — Rispa respondeu com sinceridade. — Preciso ir embora.

Ela pegou o xale e enrolou Caleb nele, amarrando-o com firmeza contra o peito.

— Ele a expulsou? Aonde você vai?

— Eu tenho amigos na cidade. Vou procurá-los. — Olhou para o pequeno baú com seus pertences e sacudiu a cabeça. — Eu tenho Caleb, isso é tudo que importa.

— Ele nunca deixará você sair com o filho dele!

— Caleb é *meu* filho, e Atretes não fará esforço algum para me impedir de pegar o que me pertence — retrucou ela, ainda sentindo o local onde ele havia apertado sua garganta.

Quando saiu porta afora, seu coração quase parou ao ver Atretes no corredor. *Oh, Senhor, Deus de misericórdia, não deixa que ele mude de ideia!*

Ele parecia inseguro e estranhamente vulnerável.

— Lembre-se do que eu disse — murmurou ele quando ela passou.

Ela parou e olhou para ele, com os olhos marejados.

— Lembre-se do que eu disse também. — Desceu a escada depressa, atravessou o pátio e chegou ao portão, que Gallus vigiava.

— Aonde você pensa que vai? — o guarda perguntou, interceptando seu caminho.

— Deixe-a passar — ordenou Atretes, descendo os degraus da frente e caminhando pelo pátio em direção a eles. — Eu a mandei embora.

Gallus olhou para ela com pena e abriu o portão. Atretes estendeu uma bolsa para Rispa.

— Pegue isto — ordenou.

Ela obedeceu, fazendo uma careta. O couro estava molhado e viscoso. Era a mesma bolsa que ela jogara nele no dia em que se conheceram. Aparentemente, havia ficado na fonte até esse dia; era pesada, repleta de moedas de ouro.

— Considere isso o pagamento pelos serviços prestados.

Ela entendeu sua intenção. Assentindo, voltou-se e saiu. Foi depressa em direção à estrada, abraçando Caleb para protegê-lo do vento frio que soprava do leste, por onde o inverno se aproximava.

Ao passar pelo terebinto, viu vários homens sentados, conversando à sombra. Pareciam não ter interesse nela. Quando chegou à curva da estrada, olhou para trás sorrateiramente.

Um deles a seguia.

7

Apesar de todas as tentativas de despistar o homem que vinha em seu encalço, Rispa sentiu que ele ainda estava por perto quando chegou à casa de João. Exausta, bateu à porta. Cléopas abriu e a recebeu com uma exclamação de deleite.

— João foi chamado mais cedo, deve voltar em breve — disse ele, fazendo-a entrar. — Sente-se. Você parece cansada.

— E estou — disse ela, grata, afundando em um divã perto de um braseiro. O calor era bem-vindo após a longa caminhada no vento frio.

— Vim da casa de Atretes.

— Algum problema?

— Sim — afirmou ela, afrouxando o xale e deixando Caleb e a bolsa de moedas de ouro no divã ao lado. — Estremeceu.

Cléopas levou o braseiro para mais perto dela.

— Caleb parece bem — comentou ele, sorrindo para o bebê. — E muito mais crescido que da última vez que o vi.

— Ele está o dobro do tamanho de quando João o colocou em meus braços — ela observou, feliz, apesar de sentir o cansaço de carregar o bebê e a bolsa durante a longa caminhada até a cidade.

Sorrindo, deixou Caleb apertar seus dedos e tentar se levantar.

Cléopas pousou a mão no ombro dela.

— Vou lhe trazer um pouco de vinho e algo para comer.

Ela agradeceu e voltou a atenção para o bebê.

— Agora, querido, você não está mais preso. Mexa-se o quanto quiser — disse, fazendo cócegas na barriguinha dele.

Gorgolejando feliz, ele agitou as perninhas. Pegou o pé e o enfiou na boca, mordendo os dedos e sorrindo para ela. Ela lhe deu um tapinha no traseiro e se levantou.

Foi até a janela e espiou com cuidado. O homem que a seguira estava parado na escuridão da noite, ao lado de um edifício na mesma rua, observando a casa. Ela recuou, levando a mão ao coração.

Trêmula, voltou e se sentou ao lado de Caleb. Cléopas retornou.
— Posso fazer alguma coisa para ajudá-la?
— Talvez eu esteja trazendo problemas para João — disse, enquanto o amigo deixava a bandeja na mesa diante dela. — Um homem me seguiu. Tentei despistá-lo no caminho, mas não consegui. Veja, ele está com roupas negras, parado aqui na rua. Talvez eu deva ir embora agora antes que...
— E ir para onde?
— Não sei, mas o homem que está por trás disso é poderoso e tem ligação com as arenas. — Sentiu o medo crescer ao pensar nas consequências para João e os demais amigos, se ficassem no caminho de Sertes. — Eu não achei que...
Cléopas lhe entregou o vinho em uma pequena taça de barro revestida de cobre.
— É muito tarde. Beba, coma.
Sua tranquilidade a acalmou. Ele não tinha medo. Deus estava no comando, não Sertes. Nem mesmo o imperador de todo o Império Romano tinha o poder do Senhor. Ela sorriu para Cléopas.
— Senti sua falta, de João e de todos os outros.
— Nós também sentimos a sua.
O ruído da porta da frente se abrindo a assustou. Ela derramou um pouco de vinho ao deixar o copo na mesa; estava nervosa. Cléopas estendeu a mão em um gesto reconfortante e se levantou.
— É João ou um dos irmãos — disse, e foi para a antecâmara.
Ela ouviu vozes e reconheceu a do apóstolo.
— Graças a Deus! — exclamou, levantando-se e indo em direção a ele quando entrou na sala.
Então o abraçou; as lágrimas fazendo seus olhos arderem. Ele lhe retribuiu o abraço com ternura, como um pai faz a uma filha. Quando por fim ela o soltou, João segurou as mãos de Rispa e a beijou com carinho. Ficou consternado com as lágrimas dela.
Ela lhe ofereceu um sorriso molhado.
— É tão bom vê-lo, João.
— O mesmo digo eu — disse ele.
Caleb gritou no divã e Rispa deu um pulo. João pousou a mão no ombro dela e, rindo, pegou o bebê.
— Veja só quem veio nos visitar, Cléopas! — anunciou, sorrindo para o rostinho de Caleb.
Caleb agitou as pernas como um sapinho, feliz por ser o centro das atenções novamente. João o abraçou e passou o dedo no queixo de Caleb, ganhando outra risadinha.

Rispa relaxou um pouco ao ver o apóstolo com seu filho. Ao contrário de Atretes, João ficava perfeitamente à vontade com um bebê. Ela voltou e se sentou no divã, sorrindo enquanto os observava. O apóstolo se sentou e pôs o menino no colo, os pezinhos em sua barriga. Segurou seus tornozelos e balançou as perninhas, brincando. Caleb gorgolejou e agitou as mãos com alegria.

— Não existe nada mais bonito que a inocência de uma criança — disse João, sorrindo para Caleb. — Lembro que as crianças se aglomeravam em volta de Jesus enquanto passávamos pelas cidades. — Balançou a cabeça. — No começo, tentávamos afugentá-las, pensando nelas como um enxame de moscas desagradáveis — disse, rindo levemente —, mas Jesus as reunia e abençoava uma por uma. Ele dizia que não entraríamos no reino dos céus se não fôssemos como as crianças.

Rispa sorriu com ternura.

— Humildes e desamparados.

— E completamente abertos ao amor e à verdade de Deus — acrescentou João, sorrindo.

Em seguida olhou para Cléopas, e o criado se aproximou e pegou Caleb, indo se sentar em outro divã, perto de Rispa. Ficou balançando no ar um cordão cheio de nós para brincar com o bebê.

— Foi o medo por Caleb que me trouxe até você — disse Rispa. — Um homem chamado Sertes está indo longe demais para forçar Atretes a voltar a lutar. Se ele descobrir que Caleb é filho de Atretes, não hesitaria em usar inclusive um bebê para conseguir o que quer. Eu o esconderia, se pudesse, mas Atretes nunca permitiria que eu o levasse embora para sempre.

— Como podemos ajudá-los?

— Atretes precisa de ajuda para sair de Éfeso. Mas, agora que eu vim, não sei se você deveria se envolver. Sertes é muito poderoso.

— Mais poderoso que Deus?

Rispa suspirou com suavidade e fechou os olhos.

— Não — disse baixinho e o fitou de novo, meio embaraçada por sua falta de fé. — Sou fraca, João. Nas últimas semanas, longe de seus ensinamentos e de meus irmãos e irmãs, caí em tentação repetidamente. Viver com Atretes é... difícil. — De que maneira ela poderia explicar a um homem como João o quanto Atretes a afetava? — Ele não confia em ninguém. Menos ainda em mim.

— No entanto, ele permitiu que você viesse até mim.

— Porque não viu outra maneira de obter as informações e a ajuda de que necessita para sair de Jônia. Eu não quero criticá-lo, João, mas ele levou uma vida tão dura e violenta, e está tão cheio de ódio que dá para sentir. Só porque foi traído por uma mulher, acha que todas as outras não são dignas de confiança.

— Ele permitiu que você trouxesse Caleb.

Ela se levantou, agitada.

— Se Atretes tivesse seios para amamentar Caleb, ele o teria arrancado de meus braços e me jogado portão afora no primeiro dia!

Cléopas se levantou.

— Acho que este pequenino precisa de um banho.

Rispa o fitou, envergonhada por sua explosão.

— Eu não trouxe roupa limpa — disse ela, escusando-se.

Ele sorriu.

— Temos alguns panos que vão servir.

Rispa sabia que ele estava lhe dando a oportunidade de falar a sós com João.

— Obrigada, Cléopas — disse com suavidade.

Assentindo, ele saiu da sala com Caleb.

Ela olhou para João.

— Desculpe, eu nunca penso antes de falar — assumiu. Tantos pensamentos a afligiam!

— Você não é a única que tem uma língua de fogo, Rispa — ele disse com um sorriso. — Jesus chamava a mim e a Tiago de *Boanerges*. Filhos do Trovão.

Ela riu.

— Você? Bem, talvez haja esperança para mim, então.

— Você deu sua vida a Cristo, e com certeza ele vai moldá-la e guiá-la para seus propósitos.

— Sim, mas eu gostaria de saber qual é esse propósito.

— Você sabe. A vontade de Deus não está oculta como os mitos, as filosofias e os conhecimentos mundanos. Jesus nos disse aberta e diariamente qual é a vontade dele para nós. Amai uns aos outros. *Amai uns aos outros.*

— Mas como? Você nem imagina o tipo de homem que é Atretes.

— Ame o Senhor seu Deus com todo o seu coração, com toda a sua alma e com todas as suas forças. Em Deus vivemos, nos movemos e existimos. Em Deus, *podemos* amar uns aos outros.

Ela assentiu. Em se tratando de Atretes, precisaria de Deus para superar sua apreensão. Precisaria de Deus para protegê-la das forças que ela sentia se moverem ao redor dele.

— Jesus também nos disse para ir e fazer discípulos de todas as nações — disse João —, batizando-os em nome do Pai, do Filho e do Espírito Santo, ensinando-os a respeitar tudo que ele nos ordenou.

— Oh, João — disse ela, fechando os olhos.

Então, devo ir à Germânia, Senhor? Devo fazer de Atretes um discípulo? Como?

— Deixe seus fardos com o Senhor. Ele a sustentará.
— É um absurdo pensar que eu poderia levar Atretes a uma fé salvadora em Cristo.
— Cristo levará Atretes à fé salvadora se for a vontade dele, não você. Seu papel é lhe mostrar o amor de Deus, assim como Simei fez com você.

Os olhos de Rispa ficaram marejados. Simei, abençoado Simei.

— Eu entendo — disse ela com suavidade.

Ele sabia que sim.

— Reze comigo — pediu ele, estendendo-lhe as mãos.

Ela foi até ele e os dois se ajoelharam.

O medo e a tensão começaram a diminuir enquanto ela ouvia a voz forte e gentil de João. Certamente, as orações do apóstolo seriam ouvidas mais que as dela. Ele era fiel e cheio de confiança no Senhor, enquanto a mente e o coração de Rispa estavam divididos e tumultuados. Ele havia caminhado com Jesus.

Eu sou fraca, Senhor, perdoa-me. Por favor, protege Caleb e cria-o para que zele por ti. Eu te suplico, pai, redime Atretes. Tira-o da escuridão e traze-o para a luz. Usa-me como quiseres.

João agradeceu a comida que havia sido servida e a ajudou a se levantar. Rispa foi tomada por uma sensação de serenidade; uma paz que não sentia desde o dia em que João a procurara e lhe dissera que Atretes queria o filho de volta.

— Agora — disse João, sorrindo —, diga-me qual é o problema entre você e Atretes.

Ele pegou um pãozinho e o partiu, oferecendo-lhe a metade.

Ela contou todos os encontros com o ex-gladiador, desde o primeiro momento em que o conhecera até a última conversa, no triclínio.

— Ele precisa sair de Éfeso — disse Rispa. — Se ficar aqui, Sertes encontrará um jeito de fazê-lo lutar de novo. Esse homem tem espiões vigiando a casa a cada minuto. Ele até mandou homens fazerem perguntas sobre *mim* na cidade. Se Sertes descobrir que Caleb é filho de Atretes, não consigo nem imaginar como poderia usar essa informação contra o germano e que perigo isso representaria para Caleb. — Pegou a bolsa com as moedas de ouro que Atretes lhe dera e a entregou a João. — Atretes mandou isto. Ele quer voltar à Germânia. Até onde isto nos levará?

João abriu a bolsa e derramou as moedas de ouro na mão.

— Mais ou menos a meio caminho de Roma — afirmou e as guardou de volta, pousando o pequeno volume na mesa entre eles.

— Tenho que mandar avisar Atretes que precisaremos de mais dinheiro. Eu lhe dei minha palavra de que entraria em contato com ele em dois dias. Um já se foi.

João observou sua inquietação e rezou por ela em silêncio. Ela olhou pela janela de novo e recuou, pálida.

— O espião de Sertes ainda está ali fora — disse ela. — Ele me seguiu da casa até aqui. Eu tentei despistá-lo, mas... — Uma dezena de pensamentos aflitivos a atormentavam. — Eu não pretendia criar problemas para você, João.

— Sente-se e coma, Rispa. Você precisará de forças para o que virá pela frente.

— Todo o dinheiro dele está investido na casa — disse Rispa, sentando-se de novo.

— O Senhor proverá o que for necessário.

— Espero que o Senhor também proveja mapas. Atretes não sabe como encontrar o caminho para a Germânia, e tudo que sei é que fica em algum lugar ao norte de Roma. — Pestanejou para conter as lágrimas. — Ouvi dizer que é um lugar selvagem e bárbaro. Se Atretes for um exemplo da gente de lá... — Sacudiu a cabeça e apertou o pão no colo. — Não acredito que fui eu que sugeri que ele voltasse. O que eu estava pensando? Só de pensar na Germânia sinto um pavor indescritível.

— A Terra e tudo que há nela é criação de Deus — disse João, sorrindo. — Inclusive a Germânia.

— Eu sei, mas fica tão longe de *você*, de Cléopas e de todos os outros que eu amo! E eu ficaria sozinha com Atretes, dependente de sua boa vontade. — Deu um sorriso triste. — Não podemos ficar juntos na mesma sala sem que surja algum tipo de discussão entre nós.

— Ele lhe fez algum mal físico?

— Não, mas às vezes é intimidante.

Ela desviou o olhar, lembrando-se de Atretes se exercitando no ginásio.

— Você sente atração por ele?

Ela corou. Baixando a cabeça, não disse nada por um longo momento.

— Sim, sinto — por fim admitiu, envergonhada. — E o que é pior, ele sabe.

— O Senhor a colocou perto de Atretes com um propósito, Rispa.

Ela levantou uma sobrancelha.

— Para me tentar?

— Deus não pode ser tentado, nem tenta ninguém. Nossas próprias luxúrias nos seduzem e nos entusiasmam.

— Eu ainda não me entusiasmei. Nem pretendo. — Arrancou um pedaço de pão e o mergulhou no vinho. Comeu o bocado, desejando ganhar tempo para pensar. Suas emoções eram confusas demais para expressá-las com as palavras certas. Olhou para João, tão calmo de semblante e espírito. — Não é só a beleza física de Atretes que me atrai, João. É algo mais profundo, algo escondido firmemente dentro dele. Ele é duro, feroz e violento, mas guarda dores terríveis. Certa noite, ele me disse que se lembra de todos os homens que matou. — Lágrimas queimavam-lhe os olhos. — Eu o encaro e... — balançou a cabeça — ... o desejo de consolá-lo poderia abrir caminho para... outros desejos.

— Então, você deve se proteger. Deus é fiel, Rispa. Foque sua mente em lhe agradar. Ele não permitirá que você seja tentada além do que seja capaz de resistir e também proverá o meio de escape, para que você possa suportar.

— Vou tentar ser forte.

— Não confie na própria força. Nenhum de nós é forte sozinho. É o Senhor que nos sustenta.

Ela se levantou de novo, inquieta.

— Gostaria de voltar a morar em Éfeso. A vida lá era muito mais fácil.

Teria sido melhor nunca ter conhecido Atretes, pois, mesmo longe, não con seguia parar de pensar nele.

— Há dias em que eu também preciso lutar — disse João.

Ela se voltou, surpresa.

— Você? Mas você é um apóstolo.

— Eu sou humano, assim como você.

— Não há mais ninguém como você, João. Você é o último apóstolo. Todos os outros foram para o Senhor.

— Sim — disse ele —, e às vezes pergunto ao Senhor por que ainda estou aqui nesta Terra. Amo muito você e os outros, mas, oh, como anseio pelo dia em que estarei diante de Jesus novamente!

Rispa sentiu o intenso desejo em sua voz e sofreu por ele. Viu os cabelos e a barba grisalhos, as rugas ao redor dos olhos. Ajoelhou-se diante dele e, tomando-lhe as mãos, as beijou.

— Como sou egoísta — sussurrou —, porque minha vontade é que fique conosco por mais tempo. — Levantou a cabeça com os olhos marejados. — Quando você falecer, João, não sobrará ninguém que tenha caminhado com Jesus, que o tenha tocado e ouvido sua voz. Você é a última testemunha viva do Cristo.

— Não, amada — disse ele. — É por isso que Deus nos deu o Espírito Santo, para que cada um de nós que o aceita como Salvador e Senhor possa se tornar uma testemunha viva do seu amor. — Retirou as mãos e as levou ao rosto dela. — Assim como você deve ser uma testemunha viva para Atretes.

Ela fechou os olhos.

— Sou uma péssima testemunha.

— Deus pega as coisas ruins e tolas deste mundo para glorificar seu nome. Jesus não nasceu nos exaltados vestíbulos dos reis, mas em um estábulo. — Pousou a mão no ombro dela. — Somos todos um em Cristo, amada. Você sabe quem é o inimigo. Satanás é um poderoso adversário que a conhece quase tão intimamente quanto o Senhor. Ele ataca por meio da mente e da carne, tentando separar você de Cristo.

— Isso não me enche de confiança. Quem sou eu para lutar contra Satanás?

Ele sorriu com ternura.

— Não é você que vai lutar; o Senhor está com você e é ele que vai à sua frente na batalha. Você só precisa se manter firme na fé. Lembre-se da carta de Paulo. Deus nos proveu de armadura: o cíngulo da verdade, a couraça da justiça, as sandálias do evangelho da paz, o escudo da fé, o capacete da salvação e a espada do Espírito, que é a palavra de Deus.

— Sim, não esqueci.

— Cada peça é outro nome para o nosso Senhor. Cristo *é* nossa armadura. Ele nos envolve em sua proteção. Lembre-se das coisas que você aprendeu. Renove sua mente em Cristo.

— Minha cabeça entende, mas eu ainda luto. — Ela se levantou, afastando-se novamente. — Você sabe como minha vida foi difícil antes de eu conhecer Simei e ele me trazer até você. O que você não percebe é que Simei teve de ficar quase sempre me fazendo voltar para o Caminho. Ele era muito forte na fé. Mesmo quando estava morrendo, não questionou Deus. — Seus olhos queimavam por causa das lágrimas. — Eu não sou como ele; não sou como você. Eu vivi tanto nas ruas e lutei tanto pela sobrevivência que continuar fazendo a mesma coisa está arraigado em mim.

— Cristo fez de você uma nova criação.

Ela riu com tristeza.

— Então, talvez a salvação não tenha funcionado, porque sou a mesma garota teimosa e orgulhosa que roubava comida no mercado, se escondia das gangues e dormia nos umbrais das portas. Atretes me faz lembrar daqueles dias. Ele me faz querer brigar. — Ela se voltou. — Eu pensei que tinha mudado, João, mas quando encontrei um homem como ele, meu velho eu ressuscitou. Não sou digna de ser chamada de cristã.

João foi até Rispa e pousou as mãos nos ombros dela, fazendo-a girar de frente para ele.

— Nenhum de nós é digno, Rispa. É pela graça de Deus que somos salvos e recebemos uma herança no céu, não por justiça própria. Você *é* cristã. Sua crença em Jesus a faz cristã.

Ela deu um sorriso amargurado.

— Quem dera eu fosse melhor.

Ele a fitou com olhos calorosos.

— E vai ser. — Pegou a mão dela. — Tenho certeza de que aquele que começou um bom trabalho em você vai aperfeiçoá-lo.

Cléopas entrou na sala com Caleb inquieto nos braços.

— Ele quer a mãe — disse, aflito.

Rindo, ela pegou o bebê e o beijou.

— Ele está com fome e não há muita coisa a fazer em relação a isso.

Cléopas lhe indicou uma pequena alcova onde ela poderia ficar sozinha para amamentar o filho. Enquanto amamentava, pensou em tudo que João lhe dissera e se sentiu em paz. Deus sabia o que estava fazendo.

Perdoa meu coração duvidoso, Senhor. Coloca um espírito certo dentro de mim. Deixa-me ver Atretes por meio de teus olhos, e não dos olhos de meu eu antigo. E, se for tua vontade irmos à Germânia, bem... não me agrada, Senhor, mas irei.

Alimentado e enrolado em panos quentes e macios, Caleb dormiu contente enquanto ela se juntava a João e Cléopas no triclínio.

— Cléopas me disse que recebi visitas no início da noite, antes de você chegar — disse João. — Parece que Atretes não é o único que quer sair de Éfeso.

8

Atretes estava na varanda olhando a estrada, em direção ao terebinto. Não havia dormido muito na noite anterior pensando em Rispa e seu filho. Assim que ela partira, ele fora para a varanda e a observara caminhando pela estrada poeirenta que levava à cidade. Um dos homens sentados à sombra do terebinto a vira, se levantara e a seguira.

Eu já fui seguida antes, Atretes, eu sei me esconder.

Aquelas palavras lhe causaram desconforto e dúvida. Quem a seguira, e por quê? De que, ou de quem, ela andara se escondendo?

Ele quase fora atrás dela, mas pensara bem e ficara. Agora, ele se perguntava se acaso não havia cometido um erro. E se ela não voltasse? Ele conseguiria encontrá-la novamente? Ou seus amigos cristãos a tirariam de Éfeso?

Um dia se passou. Ele ficou pensando em como entraria na cidade e onde a procuraria. Começaria por encontrar e interrogar o apóstolo.

Eu sei me esconder.

Cerrou os dentes, frustrado; queria não ter confiado nela. Ela estava com seu filho, e ele não sabia onde a encontrar. Rispa havia dito que procuraria o apóstolo, mas isso não significava que era para lá que ela realmente havia ido.

Vou descobrir o que puder e mandar uma mensagem. Eu prometo, pela minha vida!

E, como um tolo, ele a deixara ir. Ele a deixara sair dali com seu filho. *Seu* filho.

Acaso ele não havia confiado em Júlia enquanto seu instinto lhe dizia o que ela era desde o dia que a conhecera no Artemísion? No entanto, ele correra para ela mesmo assim, permitindo que a luxúria destruísse a razão. Ele lhe entregara o coração em uma bandeja, e ela o devorara.

E, então, essa mulher amaldiçoada entra em sua vida com seus lindos olhos castanhos e suas curvas voluptuosas, e o que ele faz? Entrega seu filho a ela. Coloca sua liberdade nas mãos dela. Entrega a ela os meios para destruí-lo.

Praguejando, ele se afastou da mureta da varanda. Lutando para controlar as emoções desenfreadas, entrou novamente no quarto. Foi até a mesa de mármore junto à parede e se serviu de vinho em uma taça de prata. Esvaziou-a e serviu-se de mais.

Quando acabou o vinho do jarro, ficou segurando a taça. Torcendo os lábios, olhou as ninfas de madeira sendo perseguidas por sátiros. Júlia teria gostado. Teria agradado a seu gosto por aventuras carnais.

Eu farei qualquer coisa por você, Atretes. Qualquer coisa.
Rangendo os dentes, apertou a taça até deformá-la.

— Então pode morrer, sua bruxa. Morra por mim — disse, cerrando a mandíbula e largando a taça retorcida na bandeja.

Deitou-se na cama, olhando para o teto. Sentia-se oprimido. As paredes se fechavam. As vozes voltaram; vozes dos homens que havia matado. Rosnando, ele se levantou. Arrastando várias peles da cama, saiu do quarto. Lagos apareceu ao pé da escada, sempre pronto a lhe atender. Atretes passou por ele sem dizer palavra e seguiu pelo corredor interno. Só se ouvia o eco de seus próprios passos. Passou pelas termas em direção aos fundos da casa. Fazia frio lá fora, soprava um vento vindo do norte. Atravessou o pátio até o pesado portão, no muro dos fundos.

— Está tudo bem, meu senhor — disse Silus.

Ignorando-o, Atretes retirou a tranca, abriu o portão e saiu.

Lagos o seguiu, perturbado.

— O amo disse quanto tempo ficaria fora?

— Não, e eu não perguntei.

— Talvez alguém deva segui-lo.

— Se está sugerindo que esse alguém seja eu, esqueça. Você viu o olhar dele? O portão vai ficar aberto, e ele vai voltar quando quiser.

Gallus se aproximou, surgindo da escuridão.

— Atretes saiu de novo?

— Deve ter ido para a caverna como da outra vez — respondeu Silus.

Gallus saiu, e Lagos o viu fazer um sinal para alguém e voltar.

Preocupado, Lagos não disse nada.

———·-·———

Atretes respirava mais facilmente com as colinas ensombradas à sua volta. Quando chegou ao outeiro que se estendia para além da casa, agachou-se sobre os calcanhares e espalhou as peles ao redor. Ali, sob a vastidão do céu estrelado, ele se sentia mais perto da liberdade. Sem paredes para encerrá-lo, sem ninguém o observando. Podia sentir o cheiro da terra, e era bom. Não tão bom quanto o das florestas da Germânia, mas muito melhor que o do *ludus* ou de uma casa luxuosa.

Expirando devagar, baixou a cabeça sobre os joelhos. O vinho estava começando a fazer efeito. Sentiu uma onda de calor e tontura, mas sabia que não havia bebido o suficiente para conseguir o que queria. Esquecer. Deveria ter pensado em levar outro odre consigo para poder se embebedar a ponto de esquecer de tudo, até mesmo de quem era.

Ele daria tudo por uma noite de sono tranquilo e uma sensação de bem-estar pela manhã. Soltou uma risada triste que soou vazia na escuridão. Tudo que tinha não seria suficiente para desfazer o passado, para devolver a vida àqueles que havia matado, para apagar as memórias sombrias e sua própria culpa. Ele tinha vinte e oito anos de idade. Tinha oito quando seu pai começara a treiná-lo para o combate. Era como se desde aquele tempo as lutas consumissem seus pensamentos, suas ações, seu próprio ser. Seu talento era tirar vidas. Rapidamente. Brutalmente. Sem remorsos.

Deu um sorriso amargo. *Sem remorsos?*

Ele não sentira remorsos quando matara guerreiros de outras tribos que ousavam entrar nos limites dos catos. Não sentira remorsos quando matara romanos que haviam invadido sua terra natal. Sentira-se triunfante quando matara Tharacus, o primeiro lanista do *ludus* de Cápua, onde fora acorrentado.

Mas, e os outros? Ele ainda podia ver os rostos; não conseguia esquecer Caleb, o judeu, ajoelhado diante dele, a cabeça inclinada para trás. Nem podia apagar o rosto do cato que matara durante sua última batalha em Roma. As palavras do garoto ainda reverberavam-lhe na mente: *Você parece romano, cheira a romano... você é romano!* Como era ser uma criança correndo livre pela floresta? Ele não conseguia lembrar. Tentava se lembrar do rosto de sua jovem esposa, Ania, mas não conseguia. Ela havia morrido mais de dez anos atrás, uma frágil lembrança de uma vida que não existia mais — se é que alguma vez existira. Talvez ele houvesse sonhado com aqueles tempos mais felizes, talvez fosse um truque de sua imaginação.

Fechou os olhos com força e sentiu a escuridão o envolver.

Das profundezas a ti clamo, ó Senhor. Senhor, escuta a minha voz!

As palavras surgiram espontaneamente, fugindo, brotando de sua angústia Onde as ouvira? Quem as havia pronunciado?

Foi tomado por uma luz suave quando recordou Hadassah parada na entrada de uma caverna. Desejou que ela estivesse ali com ele, que pudesse falar com ela; mas ela estava morta. Outra vítima de Roma.

"Ainda que ele me mate, nele esperarei", dissera ela acerca de seu deus da última vez que ele a vira. Ela estava na masmorra da arena, aguardando a própria morte. "Deus é misericordioso."

Olhou para o céu noturno e outras palavras lhe voltaram em um leve sussurro: *Os céus contam a glória de Deus, e sua extensão declara a obra de suas mãos.*

Atretes enterrou a cabeça nas mãos, tentando afastar as palavras. Hadassah era outro fardo que o atormentava, outra pessoa cuja vida escorregara de suas mãos. Se o deus dela tinha tanto poder, se ele era realmente o "único Deus verdadeiro", como ela e Rispa alegavam, por que permitira que Hadassah morresse? Nenhum deus que valesse a pena seguir permitiria que um fiel seguidor fosse destruído! Mas o fato de o deus de Hadassah ter falhado com ela não o incomodava tanto quanto o fato de *ele* ter feito a mesma coisa. Hadassah salvara seu filho, e ele a deixara morrer. Ter ficado não a salvaria, ele sabia disso; mas ele poderia ter ficado ao lado dela e morrido junto. Isso teria sido honroso; teria sido certo.

Mas ele escolhera viver para encontrar seu filho. E, então, deixara-o partir outra vez.

Fechou os olhos e se recostou no chão frio.

— Mais um dia, Rispa, e então vou atrás de você — disse ele para a quietude. — Mais um dia e você morre.

9

João mandou Cléopas e outro jovem buscar aqueles que o haviam procurado anteriormente em busca de conselhos sobre como deixar a cidade. Em poucas horas, a casa do apóstolo estava lotada de homens, mulheres e crianças. Dos que chegaram com suas famílias, Rispa conhecia apenas Parmenas, o artesão de cinturões.

Parmenas chegou com sua esposa, Eunice, e seus três filhos, Antônia, Capeo e Filomeno. O artesão possuía uma loja, na qual exibia os cíngulos, pelos quais ele era mais conhecido. Esses cintos bastante elaborados feitos para membros do exército romano serviam como emblemas do ofício. O avental de tiras de couro decoradas protegia a virilha dos soldados em batalha, e, quando estes marchavam, a vestimenta emitia um barulho tão horrível que espalhava o terror na maioria dos adversários.

À chegada dos demais, João os apresentou. Timão, que tinha as marcas de uma surra selvagem, era um pintor de afrescos que se deparara com dificuldades quando fora convocado por um sacerdote do Artemísion para fazer um trabalho em homenagem à sua deusa.

— Eu recusei. Quando ele exigiu uma razão, eu disse que minha consciência me proibia de criar qualquer coisa que honrasse uma deusa pagã. Ele não ficou satisfeito com minha resposta.

Sua esposa, Pórcia, mantinha os filhos perto. Parecia assustada e angustiada.

— Alguns homens entraram na nossa casa na noite passada e destruíram tudo.

— Fizeram minha mãe chorar — disse um dos garotos, com os olhos escuros furiosos. — Queria eu fazê-los chorar.

— Silêncio, Pedro — pediu Pórcia. — O Senhor quer que perdoemos nossos inimigos.

O menino parecia rebelde, assim como seu irmão mais novo, Barnabé, enquanto a pequena Maria e Benjamim se agarravam aos flancos da mãe.

Próncoro era padeiro, e com ele estavam sua esposa, Rhoda, e sua irmã Camila com a filha, Lísia. O homem parecia esgotado, não tanto pela perseguição em virtude de sua fé quanto pelas duas mulheres, que o ladeavam. Uma não olhava para a outra. Lísia era a única que parecia serena.

Quatro jovens chegaram; haviam ouvido dizer que um grupo de cristãos estava saindo de Éfeso. Bartimeu, Níger, Tíbulo e Ágabo, todos ainda com menos de vinte anos, já haviam recebido as bênçãos das famílias para divulgar o evangelho mundo afora.

— Há vozes suficientes aqui — observou Níger. — Mas, e na Gália ou na Bretanha?

— Queremos espalhar a boa-nova para aqueles que ainda não a ouviram — disse Ágabo.

O último homem a chegar foi Mnason. Rispa ficou imediatamente impressionada com sua maneira de falar.

Eunice se inclinou para ela.

— Ele é um ator bem conhecido — sussurrou e sorriu.

Rispa notou que os olhos dela brilhavam. Aparentemente, a mulher estava bastante satisfeita com a perspectiva de estar na companhia de um renomado ator.

— Ele é frequentemente chamado para realizar leituras para o procônsul e outros oficiais romanos. Não é bonito? — acrescentou Eunice.

— Sim, é — concordou Rispa, embora o achasse um pouco afetado.

Mnason era nitidamente um homem de boas maneiras; sua voz era decidida e bem treinada. Ele chamava a atenção e ficava à vontade com isso, como se já esperasse.

— Mnason recitou um dos salmos do rei Davi para os convidados de um tabelião que se reuniram em um banquete na noite anterior aos Jogos Plebeus — disse Eunice em voz baixa, pegando a pequena Antônia no colo.

— Que música ele recitou?

— Do salmo dois: "Adorem ao Senhor com temor; exultem com tremor. Beijem o Filho..." No começo, os convidados pensaram que ele estava homenageando o recém-deificado imperador, Vespasiano, e seu filho, Tito, agora nosso ilustre César. Mas outros suspeitaram do contrário. Alguém exigiu uma explicação, mas Mnason disse que sua coragem falhou naquele momento. Disse que o escritor havia sido inspirado por Deus, mas que não sabia qual, e cada homem e mulher presentes deveria discernir o significado por si mesmos. "Se tiver ouvidos para ouvir, ouvirá", disse. A maioria dos convidados achou que era um enigma e fez um jogo de adivinhação. Mas alguns não acharam divertido.

Pórcia se juntou a elas.

— Acho que Mnason não deveria ir conosco. Ele vai chamar a atenção sobre nós.

Rispa pensou que Mnason chamaria muito menos atenção que Atretes. O germano ofuscaria Mnason em um instante. Atretes não precisaria nem abrir a boca ou pronunciar uma palavra. Sua beleza física era suficiente para atrair olhares e seu carisma selvagem era fascinante.

— O único navio que aceita passageiros é um de Alexandria — observou Cléopas. — Está programado para partir daqui a dois dias, se o tempo permitir.

— Qual é o destino?

— Roma.

— Roma! — exclamou Próchoro, consternado.

— Você já ouviu Mnason recitar? — Eunice perguntou a Rispa.

— Não — respondeu ela, preferindo que a mulher desse mais atenção a seus dois filhos, Capeo e Filomeno, que brigavam por causa de um brinquedo, e a deixasse em paz para ouvir o que os homens diziam.

— O Senhor o abençoou com voz e memória notáveis — continuou Eunice, alheia às disputas dos filhos, com os olhos fixos e cheios de admiração em Mnason. — Quando ele se tornou cristão, estava ansioso para aprender o que pudesse das Escrituras, e assim o fez. É capaz de recitar mais de cem salmos e conhece a carta de Paulo inteira para nossa igreja. Quando ele recita, parece que estou ouvindo a voz de Deus.

— Ouvi dizer que a perseguição lá é pior — disse Parmenas nesse momento.

— Nós vamos para Roma, mamãe? — perguntou Antônia, confusa e assustada com as emoções exacerbadas dos adultos.

Eunice lhe deu um beijo no rosto.

— Aonde nós formos, o Senhor irá conosco — ela respondeu, alisando o cabelo da criança.

— Como podemos ir para Roma? — perguntou Pórcia, pálida e tensa. — Quem nos protegerá?

— O Senhor nos protegerá — respondeu Mnason, ouvindo sua observação.

— Como ele nos protegeu aqui? — questionou Pórcia, com os olhos cheios de lágrimas. — Como ele protegeu Stachys e Âmplias? Como protegeu Júnia e Persis? Como protegeu Hadassah? — insistiu, listando companheiros cristãos que haviam sido condenados à morte na arena.

— Silêncio, Pórcia — pediu Timão, envergonhado por sua explosão.

Mas ela não se calou.

— Você foi espancado, Timão. Tudo pelo que trabalhamos foi destruído. Nossa vida foi ameaçada, nossos filhos, atormentados. E agora vamos para Roma, onde eles fazem tochas com cristãos para iluminar a arena para seus jogos? Prefiro ir para o deserto e morrer de fome.

A pequena Maria começou a chorar.

— Eu não quero morrer de fome.

— Você está assustando as crianças, Pórcia.

Ela aproximou os dois pequeninos.

— E nossos filhos, Timão? Maria e Benjamim são jovens demais para entender o que significa crer em Jesus como Senhor. O que vai acontecer se...

— Chega! — ordenou Timão.

Ela se calou, mas ficou resmungando enquanto lutava contra as lágrimas.

Rispa pôs a mão sobre a de Pórcia e a apertou. Ela entendia muito bem o medo da mulher, pois Caleb era sua principal preocupação. Acaso não havia ido até João para encontrar uma maneira de proteger Caleb de Sertes? Queria que Caleb crescesse forte no Senhor, e não em um cativeiro, como um peão usado contra seu pai. Se Atretes ou Sertes o tirassem dela, ele nunca teria a oportunidade de conhecer o Senhor.

Oh, Deus, mostra-nos uma maneira de tirar nossos filhos disso. Como seria viver em um lugar onde se pudesse adorar livremente, sem medo? Como seria ver edifícios serem erguidos para a glória de Deus, e não para algum ídolo pagão e vazio? Roma tolerava qualquer religião concebida pelo homem, mas negava o Deus vivo que a criara e o mundo em que viviam seus habitantes.

Rispa fechou os olhos e orou:

Pai todo-poderoso, tu criaste os céus. Todas as outras religiões são tentativas do homem de alcançar a Deus. O Caminho é a tentativa de Deus de alcançar o homem, abandonando seu trono e tornando-se encarnado. Toda religião que o homem criou o levou ao cativeiro, enquanto Cristo ficou de braços estendidos em amor, já tendo libertado os homens.

Oh, Pai, por que somos tão cegos? Em Cristo Jesus somos livres. Não precisamos temer nada. Até um escravo pode ter asas como uma águia e voar no céu. Até mesmo um escravo pode abrir o coração e Deus o habitará. Por que não podemos aceitar o presente sem questionar e ter certeza de que nenhum muro, nenhuma corrente, nem mesmo a própria morte pode prender a mente, o coração e a alma que pertencem a Cristo?

Foi necessário ouvir os medos de Pórcia para fazê-la ver as próprias falhas, onde ela mesma frequentemente errava.

Tu és meu sustento, Jesus, minha vida. Perdoa meu esquecimento.

Sentiu a alegria explodir dentro de si, crescendo brilhante e quente, fazendo-a querer gritar de exultação.

— Até o medo pode ser usado para o bom propósito de Deus — disse João enquanto pousava os olhos gentis em Pórcia. — Eu tive medo da morte na noite em que levaram Jesus do Jardim do Getsêmani. Fiquei desesperado quando o vi morrer. Mesmo depois de saber que Jesus havia ressuscitado, conheci o medo. Quando meu irmão Tiago foi cortado pela espada por ordem de Herodes, tive medo. Jesus havia deixado a mãe dele sob minha guarda, e eu e os irmãos precisávamos tirá-la de Jerusalém em segurança. Eu a trouxe aqui para Éfeso, onde permaneceu até se juntar ao Senhor. — Sorriu com tristeza. — Todos já conhecemos o medo, Pórcia, e ainda o sentimos em momentos vulneráveis da vida. Mas o medo não é de Deus. Deus é amor. Não há medo no amor, o amor perfeito expulsa o medo. Jesus Cristo é nosso refúgio e fortaleza contra todo e qualquer inimigo. Confie nele.

Rispa sentiu Pórcia relaxar ao seu lado. As palavras seguras de João eram um mero reflexo da segurança de Cristo dentro dele. Na presença do apóstolo, era impossível não acreditar. Mas e longe dele?

Timão se colocou atrás de sua esposa, com a mão em seu ombro, enquanto todos ouviam o apóstolo falar. Pórcia pousou a mão sobre a de Timão e o fitou.

— A perseguição nos expulsou de Jerusalém — continuou João —, mas Cristo a usou com bom propósito. Aonde formos, seja Éfeso, Corinto, Roma ou até as fronteiras da Germânia — disse, sorrindo para Rispa —, o Senhor irá conosco. Ele é nossa provisão enquanto levamos o evangelho a seus filhos.

Germânia, pensou Rispa. Não poderia ser um lugar bárbaro como ouvira falar.

Enquanto os homens conversavam sobre planos para sair de Éfeso e Jônia, Rispa cedeu à exaustão. Encolhida de lado com Caleb apertado contra si, adormeceu. Algum tempo depois, Caleb a acordou, faminto. Quando se levantou, notou que alguém a cobrira com uma manta e deixara o braseiro aceso. Os outros haviam ido embora. Enquanto amamentava Caleb, foi até a janela e espiou. O homem não estava mais parado ao lado do edifício.

Cléopas entrou.

— Está acordada...

— Ele se foi — disse ela.

— Outro homem o substituiu há algumas horas. Ele está no fano do outro lado da rua. Sente-se, você precisa comer. Logo terá que partir para encontrar Atretes, e tenho muito a lhe dizer antes disso. Vou acordar Lísia; ela concordou em trocar de roupas com você. Ela vai sair com um embrulho do tamanho de Caleb; tomara que o homem ali fora a siga. — Saiu e voltou alguns minutos depois com uma bandeja de comida e uma jarra de vinho aguado. Enquanto Rispa comia, explicou os detalhes do que havia acontecido na noite anterior enquanto ela dormia. — Os arranjos finais estão sendo feitos neste exato momento. Tudo que você precisa fazer é levar as informações para Atretes e estar no navio até a meia-noite de amanhã.

— Alguma daquelas pessoas que estavam aqui sabe como chegar à Germânia?

— Não, mas João foi falar com um homem que esteve lá dez anos atrás. Seu nome é Teófilo, e ele mencionou que quer levar o evangelho à fronteira. Se ele decidir ir com vocês, poderá guiá-los. Caso contrário, ele desenhará um mapa e dará instruções sobre a melhor forma de chegar a seu destino.

— Acho que não o conheci.

Cléopas sorriu.

— Você se lembraria dele se o tivesse conhecido.

10

Atretes passou pelo portão aberto e desguarnecido de vigilância no fim da tarde seguinte. Entrou pelos fundos da casa, atravessou a câmara das termas e o ginásio e chegou ao corredor interno. Lagos estava sentado na cozinha, fazendo uma refeição modesta e conversando com o cozinheiro, quando o amo entrou. Ambos ficaram surpresos ao vê-lo.

— Meu amo! — exclamou Lagos, batendo sem querer na mesa enquanto se levantava.

Atretes pegou um pão sem fermento, arrancou metade e se sentou para comer. Em poucos minutos, o cozinheiro colocou um prato de frutas, carne fatiada e ovos cozidos diante dele. Atretes olhou para Lagos enquanto descascava um ovo.

— Rispa voltou?

Lagos franziu um pouco o cenho.

— Não, meu senhor. Pensei que a tinha mandado embora.

— E mandei.

— Quer que eu mande buscá-la, meu amo?

— Você saberia onde? — perguntou ele secamente.

— É so me instruir, meu amo.

Atretes soltou uma risada sombria e comeu o ovo. Amaldiçoou a mulher. Ele sabia onde o apóstolo vivia; começaria com ele. E, quando a encontrasse, ela desejaria nunca ter nascido.

Em silêncio, terminou de comer as iguarias que haviam sido colocadas à sua frente. Desprezando a elegante taça de prata, bebeu o vinho da jarra. Esvaziando-a, bateu-a na mesa, fazendo os dois escravos pularem. Encarando-os com desprezo, limpou a boca com as costas da mão enquanto se levantava.

— Mande Silus a meu quarto — ordenou e saiu.

Quando o guarda chegou, Atretes havia vestido uma túnica nova e estava amarrando as tiras de couro do pesado cinturão.

— Vamos para a cidade — disse, pegando uma adaga e enfiando-a na bainha.

— Vou buscar mais guardas, meu senhor.

— Não, só você. Mais guardas vão chamar a atenção. — Enfiou a faca no cinto e vestiu um longo manto árabe. — Rispa pegou algo que quero de volta.

— Rispa, meu senhor? Ela esteve aqui há pouco.

Atretes levantou bruscamente a cabeça.

— Aqui?

— No portão, não mais de uma hora atrás — disse o guarda enquanto a cor se esvaía de seu rosto. — Ela queria falar com o senhor, mas eu a mandei embora.

— Sem me avisar?

Silus enrijeceu. A cor sumiu-lhe no mesmo instante do rosto.

— O senhor a expulsou. Suas ordens foram muito claras.

Atretes soltou um sórdido palavrão.

— Onde ela está agora? *Fale, seu idiota!*

Silus engoliu em seco.

— Ela foi embora, meu senhor.

— Que direção tomou?

— Eu não sei, meu senhor — gaguejou ele. — Ela deu meia-volta e eu fechei o portão.

Atretes o pegou pela garganta; seu coração batia como nas batalhas.

— Então eu sugiro que você a encontre; e *rápido* — disse, cerrando os dentes e empurrando-o.

O serviçal saiu depressa, o cíngulo tilintando alto enquanto corria em direção aos degraus. Atretes saiu na varanda e escrutou a estrada. Rispa não estava à vista. Praguejando, voltou para dentro. Ardendo de impaciência, tirou o manto e gritou uma profusão de palavrões na língua natal.

A casa estava quieta, absolutamente silenciosa. Sem dúvida, os servos já haviam corrido para os esconderijos habituais.

Atretes se dirigiu outra vez à sacada. O portão estava aberto. Silus corria pela estrada em direção à cidade. Atretes cerrou os dentes, frustrado.

— Atretes — disse uma voz abafada atrás dele.

Ele se voltou e viu Rispa parada à porta, com o dedo nos lábios. Ela entrou e fechou a porta sem fazer barulho.

Irritado pelo modo como seu coração pulara ao vê-la, ele foi conciso:

— Você está atrasada!

Ela riu, surpresa, enquanto ele ia a seu encontro.

— Eu não fui muito bem acolhida no portão. Tive de entrar escondido.

Atretes ficou furioso pelas fortes emoções que o atingiram. Ela estava corada, seus olhos brilhavam. Pior, ela parecia estar em paz, ao passo que seus dois últimos dias haviam sido completamente tormentosos.

— Silus disse que a mandou embora. Como conseguiu entrar? — perguntou como se desejasse que ela não tivesse voltado.

— Alguém deixou a porta dos fundos aberta — ela respondeu enquanto desamarrava o xale e atravessava o quarto. — Foi você?

— Foi um descuido. — Ele não havia pensado nisso quando voltara das colinas de manhã.

Ela lhe sorriu quando deixou Caleb na espaçosa cama.

— Se não a tivesse deixado aberta, eu teria escalado o muro.

O bebê deu uma risada borbulhante e agitou as pernas, feliz por estar à vontade.

— Eu estava indo atrás de você — disse Atretes, pousando a mão no quadril dela e a empurrando para o lado para pegar seu filho.

Rispa notou a adaga enfiada no cinto.

— Estava planejando cortar minha garganta quando nos encontrasse?

— Sim, estava pensando nisso — respondeu ele. Sorriu para Caleb enquanto o bebê tentava pegar seu cabelo. Acariciou o pescoço quente da criança, aliviado por ter seu filho de volta.

— Pode confiar em mim, Atretes.

— Talvez — ele respondeu, sem olhá-la. — Você manteve sua palavra. Desta vez, pelo menos. — Deitou Caleb na cama. Tirando a adaga embainhada do cinto, pousou-a ao lado do filho. Caleb rolou para o lado e estendeu a mão para a faca.

— O que está fazendo? — perguntou Rispa, assustada, apressando-se para tirá-la dali.

Atretes a segurou pelo pulso.

— Deixe.

— Não! — ela exclamou, tentando se soltar.

Ele ficou surpreso com a fragilidade de seus ossos e tomou cuidado para não a machucar.

— Ele não tem força para tirar a adaga do lugar.

— A questão é o que isso representa — continuou ela, tentando pegar a arma com a outra mão.

Atretes a puxou para trás. Ela o encarou, imóvel. Os olhos azuis dele fitavam os dela. Ela não conseguia entender o que ele estava pensando, nem sabia se queria entender. Ele desviou o olhar, causando uma agitação ainda maior dentro dela.

— Ele é filho de guerreiro — afirmou, olhando para a curva dos lábios de Rispa —, e um dia também será guerreiro.

— Mas não precisa começar a treiná-lo aos sete meses.

Ele deu um sorriso irônico enquanto passava com delicadeza o polegar na pele suave e macia do pulso de Rispa. Deixou que ela se soltasse. Ela se voltou abruptamente, tirou a adaga de perto de Caleb e, determinada, colocou-a na mesa, ao lado da cama. Privado do brinquedo novo e intrigante, Caleb rolou de costas e chorou. Rispa tirou um chocalho de madeira de uma dobra do cinto e o sacudiu. O som o distraiu por uns instantes, mas, quando ela colocou o brinquedo em sua mão, ele o sacudiu uma vez e o arremessou longe.

Atretes sorriu.

— Ele é *meu* filho.

— Sem dúvida — disse Rispa secamente, vendo o rosto de Caleb ficar vermelho à medida que chorava mais alto.

Atretes apertou os lábios. Pegou a adaga embainhada na mesa e a segurou na frente do rosto de Rispa.

— Está amarrada, está vendo? — Sacudiu a alça de couro com o dedo indicador e jogou a arma na cama, ao lado de Caleb. Quando Rispa tentou pegá-la mais uma vez, ele a agarrou pelo braço e a fez girar. — Deixe-o em paz. Ele não pode se machucar com isso. Agora me diga o que você descobriu nesses dois últimos dias.

Ela bufou, mas não tentou tirar a arma do alcance da criança, já que Atretes a devolveria.

— Podemos partir para Roma amanhã bem cedo. Tudo que precisamos fazer é ir até o navio.

— Ótimo — disse ele, tomado por uma grande onda de excitação. Até que enfim estava indo para casa! — Isso quer dizer que o dinheiro que lhe dei foi suficiente.

— Foi suficiente para parte da viagem, mas não precisa se preocupar. João e os outros cuidarão do restante das despesas.

Ele franziu o cenho e retesou a mandíbula.

— Outros? Que outros? — Seus olhos escureceram. — Para quantas pessoas você contou sobre esses planos?

— São vinte...

— *Vinte?!*

— ... que vão conosco. — Ela levantou as mãos ao ver sua expressão. — Antes que perca a razão, *escute*. — Então contou-lhe rapidamente sobre as dificuldades dos demais. Quando terminou de citar o nome dos vários membros do grupo, omitindo apenas a presença de Teófilo, Atretes proferiu uma palavra em grego que a fez corar e se encolher.

— Quer dizer que eu vou ser o guarda-costas desse seu grupinho? — questionou ele, fitando-a.

— Eu não disse isso. Nós vamos viajar com eles.

— Eu prefiro ir sozinho.

— Se a sua vontade é essa, só posso lhe desejar que Deus o ajude. Caleb e eu vamos ficar aqui.

Os olhos de Atretes ardiam de raiva.

Oh, Senhor, eu fiz isso de novo! Fechou os olhos brevemente e em seguida o fitou.

— Atretes, como você pode menosprezar o bem-estar dos outros, sendo que o seu bem-estar foi tão menosprezado por Roma? Como pode permitir que eles sejam usados como você foi? Eles têm uma necessidade enorme de sair de Éfeso — ponderou. — Se ficarem, acabarão na arena.

Ele retesou a mandíbula, mas não disse nada.

— Roma está ficando cada vez menos tolerante com o Caminho — continuou ela. — Oficiais de todas as esferas não entendem a nossa fé. A maioria acredita que pregamos a rebelião contra o Império.

— Rebelião? — indagou Atretes, interessado.

— Roma vê seu imperador como um deus, mas só existe um Deus, Cristo Jesus, nosso Senhor, que morreu por nós e ressuscitou. O próprio Jesus nos disse para dar a César o que é de César. Nós pagamos impostos, obedecemos às leis, respeitamos o que deve ser respeitado e honramos o que deve ser honrado. Mas entregamos a nossa vida e trabalhamos para a glória do Senhor. Por causa disso, Satanás os incita a nos destruir.

Só uma coisa do que Rispa havia dito fazia algum sentido para Atretes.

— Rebelião — repetiu ele, saboreando a palavra e sentindo-a doce como vingança. — Então, se essa fé se espalhar pelo Império, poderia fazer Roma cair de joelhos.

— Não do jeito que você quer dizer.

— Mas poderia enfraquecê-la.

— Não, mas poderia tirar a espada de sua mão.

Atretes riu baixinho, de um jeito apavorante.

— Se a espada for tirada de Roma, o que se segue é a morte.

Rispa nunca havia visto os olhos de Atretes mais vivos e acesos.

— Morte não, Atretes. Transformação.

— Vamos viajar com o grupo — disse ele, decidido. — Vou proteger qualquer coisa que amedronte Roma.

Ela ia contra-argumentar, quando ouviu uma batida na porta.
Atretes se aproximou.
— Quem é? — perguntou baixinho, apurando os ouvidos.
— Gallus, meu senhor. Silus ainda não encontrou a mulher.
— Ela está aqui comigo.
Caleb gorgolejou feliz quando colocou a bainha de couro na boca.
— Ele ficará muito aliviado, meu senhor. Ela trouxe seu filho?
Rispa ficou tensa com a pergunta.
— Atretes, não...
Ele abriu a porta e Gallus a viu.
— Sim, trouxe. Volte para seu posto agora. Vamos precisar de você mais tarde esta noite.
— Ela vai voltar para a cidade, meu amo?
— Eu irei com ela. — Então fechou a porta e se voltou para Rispa. Franziu o cenho levemente. — O que a incomoda?
Ela sacudiu a cabeça.
— Talvez eu esteja ficando desconfiada como você. Eu não teria dito a ninguém nesta casa que Caleb estava aqui ou que sairíamos esta noite. Menos ainda a Gallus.
Ele estreitou os olhos.
— Eu o comprei do *ludus*. Ele me deve a própria vida.
Ela mordeu o lábio e ficou calada. Suspeitava de que havia espiões dentro da casa e sabia que Gallus era um deles. Certa vez, enquanto estava na sacada do quarto ao lado, ela o vira falar com um homem por uma janelinha no portão. Um instante depois o homem se afastara, juntando-se a outro sob a sombra do terebinto. Conversaram um pouco, e, então, um deles pegara a estrada para Éfeso. O próprio Atretes lhe dissera mais tarde que os homens reunidos ali na árvore eram espiões de Sertes. Ela imaginara se Sertes não teria mais espiões além de Gallus ali dentro, observando e relatando cada passo de Atretes.
Agora, olhando para o rosto frio de Atretes, desejava não ter dito nada sobre suas suspeitas. Temia o que o gladiador poderia fazer com eles.
— Podemos partir sem dizer mais nada — disse ela. — Ele não sabe para onde vamos.
Atretes atravessou o quarto, ficou entre as sombras perto da varanda e olhou pela janela.
Caleb se agitou e Rispa se sentou na cama para distraí-lo. Mordiscou seus dedinhos dos pés e riu com sua risada. O bebê soltou o punhal embainhado, e ela ficou conversando com ele enquanto o deslizava com cuidado para fora do alcance de Caleb. Que brinquedo repugnante para dar a uma criança!

Atretes ainda estava perto da varanda, olhando o pátio, completamente quieto. A fria concentração dele a deixava preocupada. Por que havia comentado sobre suas desconfianças?

O germano praguejou baixinho e se voltou.

— Que foi?

— Você estava certa — disse ele, percorrendo o quarto.

Alarmada, Rispa sentiu o coração saltar. *Qual será o preço das minhas palavras descuidadas, pai?*

— Espere! — Ela se levantou, correu para a porta e parou na frente dele para barrar seu caminho. — Aonde você vai? O que vai fazer?

— O que precisa ser feito — ele respondeu, empurrando-a para o lado.

— Atretes, por favor...

— Dê de mamar ao bebê e o prepare para a viagem.

— Atretes, *não*...

A porta se fechou atrás dele.

Quando Rispa tentou abri-la, Atretes a trancou.

— Fique em silêncio — ordenou, quando ela voltou a chamá-lo.

Atretes desceu rapidamente os degraus e atravessou o átrio. Pegou o corredor que levava ao ginásio, e não o que levava à porta da frente. Cuidaria de Gallus mais tarde. Agora, tinha que impedir que a informação chegasse a Sertes.

Tirou uma frâmea da parede enquanto cruzava o ginásio. Entrou na câmera das termas e seguiu para o portão dos fundos. Quando já estava além do muro, correu para o lado sul, longe da estrada, onde Gallus e Silus não o veriam.

Alcançou depressa o homem com quem Gallus havia falado ao portão. Ele estava sozinho na estrada e andava rápido, levando informações a Sertes. Atretes o reconheceu do *ludus*.

— Gaius! — chamou.

O homem se voltou com brusquidão. Quando viu Atretes, ficou paralisado por uma fração de segundo antes de começar a correr. Sua hesitação foi fatal, pois a frâmea o acertou ainda em movimento, fazendo-o cair ao chão.

Agarrando o homem morto pelo braço, Atretes o arrastou para fora da estrada e largou o corpo atrás de uma moita.

Desenterrou-lhe a frâmea, olhou para cima e avaliou quanto tempo restava para o pôr do sol. Mais duas horas. Agora que a mensagem de Gallus para Sertes deixara de ser um problema, podiam esperar até o anoitecer.

Quando abriu a porta e entrou de novo no quarto, Atretes viu Rispa parada nas sombras, olhando para além da varanda. Ela se voltou bruscamente, com o rosto pálido e manchado de lágrimas.

— Oh, graças a Deus — disse, aliviada ao vê-lo, sabendo que Gallus ainda estava parado ao portão. — Tive tanto medo de que você o matasse. Rezei para que não trouxesse o pecado sobre si por minha causa...

Atretes ficou ali, olhando para ela, sem nenhuma emoção no rosto, os olhos sem vida. O alívio de Rispa logo desapareceu.

— Aonde você foi? — perguntou, trêmula. — O que aconteceu?

Ele lhe deu as costas.

— Vamos embora assim que anoitecer. — Pegou a adaga embainhada na cama e a enfiou no cinto. Voltou-se para ela novamente; os olhos como vidro azul, gelados e sem vida. — Não tente avisar Gallus. Lembre-se de que a vida de Caleb está em jogo.

Tensa, Rispa amamentou Caleb, banhou-o e o vestiu para a ida à cidade. Atretes não disse nada nas duas horas que se seguiram. Ela nunca conhecera um homem tão calado. O que estaria pensando?

— Fique aqui — ordenou ele, seguindo para o corredor e fechando a porta atrás de si.

Ela o ouviu chamar Lagos, e, um momento depois, dar ordens com impaciência, entre elas, que lhe preparassem rapidamente uma suntuosa refeição e que Pilia se banhasse e se perfumasse.

— Diga a ela que quero que dance para mim.

Rispa pensou que ele havia enlouquecido.

— Quantas moedas de ouro há em casa? — o germano perguntou.

Lagos respondeu.

— Traga-as imediatamente. Eu mesmo quero contá-las.

— Sim, meu amo — disse Lagos, acostumado aos estranhos modos de Atretes.

O servo saiu e voltou em poucos minutos. Rispa ouviu Atretes dizer:

— O portão dos fundos ficou aberto esta manhã. Diga a Silus para ficar de guarda lá até segunda ordem.

Todos os empregados da casa receberam ordens para executar.

— Primeiro o ouro. Vá! — disse Atretes.

Rispa ouviu as sandálias de Lagos batendo apressadamente pelo corredor de mármore.

Atretes abriu a porta, atravessou o quarto e pegou um manto. Vestindo-o, amarrou a bolsa de moedas dentro do pesado cinto de couro, cravejado de bronze. Então ela percebeu o que ele havia feito. Dera ordens aos criados que os manteriam longe do corredor superior e do átrio. Tremendo, Rispa pegou Caleb e o amarrou cuidadosamente em seu xale.

— Venha — disse ele.

Ela o seguiu.

Atretes foi na frente, descendo os degraus com atenção. Ninguém notou a partida deles até que saíram da casa e cruzaram o pátio vazio.

Gallus saiu das sombras, à espera dos dois.

O coração de Rispa bateu forte ao ver o rosto frio de Atretes.

— Atretes...

— Cale a boca — retrucou ele, impiedoso. — Se disser uma palavra, juro por todos os deuses que... — Deixou a ameaça suspensa no ar do fim de tarde.

Gallus saiu de seu posto no portão da frente.

— Devo chamar Silus e os outros, meu senhor?

— Não. Só você. — Passou por ele e abriu o portão. Indicou com a cabeça a Gallus que fosse na frente. Rispa ergueu os olhos e ele a segurou pelo braço, apertando-o dolorosamente. — Quando eu mandar você ir na frente, vá.

— Atretes, pelo amor de Deus...

Ele a empurrou para fora do portão.

Caminharam pela estrada. Passaram o terebinto. Não havia ninguém ali. Prosseguiram e pegaram a curva da estrada que ficava fora da vista da casa.

— Pare — ordenou Atretes a Gallus. — Continue andando, Rispa.

— Atretes.

— *Vá!*

Gallus parecia desconfortável.

— Devo acompanhá-la, meu senhor?

— Não.

Atretes pegou o braço de Rispa e a girou de frente para a estrada, empurrando-a com força. Ficou observando-a se afastar. Ela parou uma vez e olhou para trás; sabia o que ele ia fazer. Melhor que não visse.

O gladiador gritou para ela.

— *Faça o que eu mandei!*

Baixando a cabeça, ela apertou Caleb contra o peito e apertou o passo.

— Pensei que fosse com ela, meu senhor.

Atretes esperou até que ela alcançasse a curva antes de se voltar para responder.

— Foi isso que você disse a Gaius?

A expressão nos olhos do servo mudou.

— Meu amo, eu juro que...

Atretes o atingiu no pescoço, esmagando-lhe a garganta.

— Gaius está morto.

Gallus caiu de joelhos, sufocando. Atretes arrancou o elmo do guarda e o pegou pelos cabelos. Puxou sua cabeça para trás e olhou nos olhos aterrorizados do homem.

— Junte-se a seu amigo em Hades. — E bateu com a base da mão no nariz de Gallus, quebrando a cartilagem e fazendo-a entrar como uma lança em seu cérebro.

Gallus tombou para trás, convulsionou e ficou inerte.

Atretes ergueu os olhos e viu Rispa imóvel na curva da estrada. Ao vê-lo passar por cima do corpo do criado, ela se voltou e saiu correndo.

11

Atretes alcançou Rispa com facilidade. Quando a segurou pelo braço, ela gritou e tentou escapar.

— Oh, Deus! — clamou. — Deus! Deus!

Ele a fez girar e segurou suas mãos esfoladas.

— Eu lhe disse para continuar andando.

— Você o matou. Você...

Atretes tampou a boca de Rispa. Ela se debateu sem controle, fazendo Caleb acordar no tecido firmemente atado contra seus seios. Cavalos se aproximavam, e Atretes não tinha tempo para gentilezas. Ele bateu em Rispa. Quando ela caiu, Atretes a pegou nos braços e foi depressa para as sombras, bem longe da estrada. Rispa ficou atordoada por um instante, mas logo começou a se debater novamente.

— Cale a boca, a menos que queira matar todos nós — sussurrou ele em seu ouvido.

Ela não emitiu nenhum som, e Caleb se acalmou também. Mas Atretes podia senti-la tremer.

Uma tropa de soldados romanos passou. Atretes praguejou baixinho enquanto os observava. Havia esquecido que os romanos patrulhavam a estrada. Eles veriam o corpo de Gallus em poucos minutos.

— Temos que ir *agora* — disse, puxando Rispa.

Ela tremia violentamente, mas não opôs resistência. Atretes a segurava pelo braço, apoiando-a, enquanto caminhavam. Queria se afastar o máximo possível dos soldados.

Rispa tropeçou e Atretes se deu conta de que o ritmo que impunha era muito difícil para ela. Dois passos dela mal alcançavam um dele.

Rangendo os dentes, andou mais devagar para deixá-la recuperar o fôlego.

— Eles estão voltando — observou ela, ao ouvir o som dos cavalos atrás deles.

— Se nos pararem, não diga nada. Deixe que eu fale.

— Por favor, não mate nenhum...

Ele cravou os dedos em seu braço.

— O que você queria que eu fizesse? Que o deixasse avisar Sertes que eu estava partindo de Éfeso? O que acha que teria acontecido? Eu matei dois homens esta noite. Quantos mais você acha que eu teria que matar para ser livre novamente?

Ela levantou a cabeça e ele viu o brilho das lágrimas em seus olhos.

— Mantenha a cabeça baixa para eles não verem o seu rosto.

Então recomeçou a andar, impondo-se um passo mais vagaroso desta vez. Seu coração bateu mais forte e mais rápido quando ouviu os cavalos se aproximando. Levou a mão ao cabo da adaga e ficou satisfeito por ela estar ali; voltou-se levemente, mostrando respeito e curiosidade.

Quando chegaram mais perto, Atretes foi para a beira da estrada e esperou. Só dois. Os outros não estavam à vista.

— Atretes, por favor, não...

Ele a fitou e ela sentiu a boca secar.

— É tarde para estar na estrada — disse um dos soldados, ao se aproximar.

Atretes o encarou.

— Estamos andando desde cedo. Pretendíamos chegar antes de escurecer, mas...

Caleb começou a chorar baixinho.

O cavalo do soldado se esquivou e empinou, tenso.

— Viajar com um bebê sempre nos atrasa — disse o soldado. — Algum problema no caminho?

— Não, mas havia um homem morto na estrada a cerca de um quilômetro e meio daqui.

— Sim, nós sabemos.

— A visão perturbou minha esposa.

— Você viu alguém suspeito? — perguntou o soldado, aproximando-se mais e o observando.

— Não parei para olhar em volta. Desculpe-me, mas a única coisa em que pensei foi proteger minha esposa e meu filho.

— Vamos acompanhar vocês até os portões da cidade.

Atretes hesitou um instante.

— Tenho certeza de que minha esposa apreciará o reforço — afirmou em um tom que não revelava sentimentos. Olhou para ela e o humor frio na expressão dele a chocou.

Os dois soldados os escoltaram, um de cada lado. Rispa se perguntou se o que estava mais perto podia ver como ela tremia. Atretes deslizou a mão e pegou a dela. A força de seu aperto era um aviso claro para ficar calada. O soldado que ladeava Atretes perguntou de onde vinham, e ele mencionou o nome de uma aldeia a certa distância de Éfeso.

— Viemos homenagear a deusa Ártemis.

E então os portões da cidade surgiram à frente.

— Vocês estarão seguros a partir daqui — disse o soldado.

— Muito obrigado — Atretes agradeceu com uma profunda reverência.

Os guardas não notaram a ironia. Giraram os cavalos e seguiram para o leste.

— Escória romana — disse Atretes, e cuspiu no chão.

Esquivando-se, conduziu Rispa pelos becos escuros da cidade. Ela não questionou, sobrecarregada que estava com os próprios pensamentos que a atormentavam. Havia um caminho mais rápido para o porto, mas ela não estava com pressa de embarcar em um navio com aquele germano. Seria realmente da vontade de Deus que ela estivesse com Atretes?

Quando por fim chegaram às docas, Rispa estava exausta.

— Qual navio? — perguntou Atretes, as primeiras palavras proferidas durante horas.

— Um com Poseidon na proa.

Perambularam por ali, à procura da embarcação. O lugar estava repleto de homens que carregavam e descarregavam navios.

— Ali — disse Atretes, apontando.

O navio era muito parecido com o que o levara a Éfeso.

— Ali está João — disse Rispa, sentindo um alívio tão grande que desejou correr até o apóstolo.

Atretes a pegou pelo braço, impedindo-a.

— Não conte nada do que aconteceu. Apenas esqueça.

— Esquecer? Como?

— Eu disse para seguir em frente, lembra? Eu não queria que você visse.

— E não ver tornaria as coisas corretas? — Tentou escapar, mas ele apertou o braço dela. — Me solte.

— Não até você jurar.

— Eu não vou jurar. — Virou o rosto; a imagem de Gallus caído na estrada gravada na mente. — Quem dera eu não tivesse olhado para trás. — Ela o fitou, zangada e, pesarosa. — Quem dera eu não tivesse visto o que você é capaz de fazer com outro ser humano.

— Você só viu uma parte — disse ele, apertando os dentes.

Ela se sentiu gelar. Em um instante, Gallus estava vivo, caminhando na estrada, e, no outro, estava morto, caído no chão. Não houve luta, gritos ou palavrões. Nem acusações ou defesas.

— Eu nunca presenciei nada tão assustador na vida, nem quando morava nas ruas. Você não tem um pingo de misericórdia!

— Não tenho misericórdia? — Algo cintilou em seus olhos, mas logo eles pareceram sem vida novamente. — Eu poderia ter quebrado todos os ossos daquele ordinário e o despachado para Hades, que é o lugar dele. Mas o matei da maneira mais rápida que conheço. — Dois golpes curtos e rápidos. — Ele não sentiu nada.

— E agora ele está perdido.

— Perdido? Ele merecia morrer, mulher.

— *Perdido* para toda a eternidade.

— Como milhares de outros. Como você, Caleb e eu, se *ele estivesse* vivo.

— Mas não como *ele* — corrigiu Rispa. — Você nem sabe do que eu estou falando. Você nem sabe o que fez!

A expressão de Atretes era fria.

— Você está chorando por ele?

— Ele não foi salvo, e agora está morto. Sim, estou chorando por ele. Você o matou sem lhe dar a menor chance.

— Chance de fazer o quê? De me trair de novo? Eu não o matei. Eu o *executei*. Se eu o deixasse vivo, teria perdido minha liberdade e minha vida, assim como a de meu filho. Eu deveria tê-lo deixado vivo? Que seus ossos apodreçam!

— Nós poderíamos ter partido sem ele saber.

— Ele já tinha passado a informação a Gaius. Quão longe você acha que chegaríamos se Sertes ficasse sabendo? Onde acha que Caleb estaria neste momento?

O sangue se esvaiu do rosto dela ao perceber onde ele havia ido no início da noite e o que havia feito. Não um, mas *dois* homens estavam mortos porque ela havia falado demais.

— Oh, Deus, me perdoe — disse ela, cobrindo o rosto. — Deus, me perdoe; eu não devia ter dito nada.

Furioso, Atretes a pegou pelos pulsos e puxou suas mãos para baixo.

— Está pedindo perdão por quê? Por proteger meu filho do cativeiro? Por *me* proteger?

— Por lhe dar um pretexto para matar de novo!

— Fale baixo — alertou ele, sussurrando com aspereza e olhando para um homem que os encarava. Puxou-a para trás de alguns caixotes e prosseguiu: — Você me avisou de algo que fui estúpido demais para não ver. E evitou que todos nós fôssemos parar em uma arena.

— E isso faz tudo ficar bem? — ela indagou com a voz embargada de lágrimas. — Dois homens morreram por minha causa. Teria sido melhor se eu tivesse guardado minhas suspeitas só para mim.

— Onde você acha que o bebê estaria agora se você tivesse ficado calada?

— Onde ele está, sem sangue nas mãos de seu pai!

Atretes praguejou, frustrado.

— Mulher, você é uma tola que não sabe nada de nada. A essa altura, nós três estaríamos no *ludus*.

— Nós somos livres...

— Você acha que Sertes se importa com os seus direitos? Ou com os meus? Ele tem amigos influentes, amigos com mais poder político do que seu apóstolo e todos os seguidores dele juntos. Uma palavra no ouvido certo e sua liberdade terminaria assim. — Estalou os dedos diante do rosto dela. — Sabe o que acontece com as mulheres que trabalham no *ludus*? São entregues a qualquer gladiador que mereça uma recompensa. Talvez chegasse a minha vez com você também um dia.

Ela tentou se soltar.

— Isso a choca, não é? — indagou Atretes, sacudindo-a de novo. — Não sabia o que um gladiador ganha quando se apresenta bem para o seu mestre? — Deu um sorriso sardônico. — Uma mulher para copular enquanto os guardas observam pelas grades. Não é uma visão muito agradável para uma mulher com a sua sensibilidade, não é? E não pense nem por um minuto que Sertes se importaria com isso.

Rispa quis desesperadamente bloquear aquelas palavras e as possibilidades assustadoras que elas lhe criavam na mente.

— Mesmo que tudo o que disse seja verdade, o que você fez não foi certo.

O germano empalideceu de raiva.

— Eu matei dois homens esta noite. Por uma boa causa e sem remorsos. Quantos mais eu teria que matar para recuperar meu filho se eu fosse para a arena? E se eu fosse morto, que utilidade Sertes poderia encontrar para uma criança? Caleb poderia acabar em uma dessas tendas sob as arquibancadas ou tenho que lhe explicar o que isso significa também?

— Não — disse ela, incapaz de suportar ouvir mais.

— Então, guarde sua pena para os que merecem. — E a soltou com desprezo.

— Deus teria nos mostrado um caminho, Atretes. Eu sei que teria.

— Por que o seu deus me mostraria alguma coisa?

— Porque ele o ama, assim como amava Gallus e o outro que você matou esta noite.

Ele ergueu o queixo de Rispa.

— Diga, mulher. Seu coração sangra tanto quando você pensa no homem que traiu seu Cristo?

As palavras a feriram, espalhando uma dúvida que a contaminou.

— Eu também tenho culpa pelo que você fez.

Ele a soltou abruptamente.

— Então está absolvida — respondeu com sarcasmo. — O sangue de Gaius e Gallus está nas minhas mãos, não nas suas. Assim como o de homens melhores que matei antes deles. — E a girou em direção ao cais outra vez.

Enquanto o atravessavam, em meio à atividade dos estivadores, Rispa sentiu que Atretes não fazia questão de se apressar. Ela o fitou e viu seu olhar fixo no apóstolo.

Meu Deus, orou, aflita, *o que digo a este homem para fazê-lo entender? Pai, tira-o da escuridão, caso contrário vou me afundar nela também.*

— Não diga nada — pediu Atretes, sério.

— Nada é feito em segredo.

— Como quiser — disse ele, amargo. — Conte a ele e veja o que acontece.

Rispa o fitou e o sentiu estranhamente vulnerável.

— Eu estava falando do Senhor, Atretes, não de João.

João foi ao encontro deles. Pegou as mãos de Rispa e lhe deu um beijo no rosto.

— Os outros já embarcaram. Há camas para vocês, bem como suprimentos para a viagem. Tiveram algum problema?

— Não — mentiu Atretes.

João lhes entregou as passagens.

Rispa pegou o documento; lutou contra as lágrimas. Nunca havia se afastado de Éfeso, e agora estava indo para Roma e depois para a Germânia. Com um assassino.

João tocou-lhe a face. Ela fechou os olhos, pousando a mão sobre a dele. Não o veria nunca mais, e suas perspectivas de futuro lhe pareciam sombrias e assustadoras.

— O Senhor estará com você onde quer que esteja, amada — disse João gentilmente.

— Me dê o menino — pediu Atretes, estendendo os braços.

Rispa queria manter Caleb perto de si, mas entregou o bebê adormecido para acalmar o gladiador.

Com o bebê nos braços, Atretes olhou para o apóstolo.

— Muito obrigado — disse asperamente. — Nunca imaginei que receberia ajuda de você.

João sorriu.

— O Senhor usa caminhos inesperados para resgatar seu povo.

— Mas eu não sou seu povo, não é? — Olhou para Rispa e começou a subir a prancha, deixando os dois parados no cais.

— Acho que ele prefere que eu fique aqui — disse Rispa. — Talvez eu deva mesmo.

— Ele levou Caleb para ter certeza de que você não fique.

Rispa olhou para o apóstolo, demonstrando medo e desconfiança.

— Oh, João, não sei se essa viagem é a vontade de Deus ou de Atretes. Nunca conheci um homem com alma mais sombria.

Quase deixou escapar o que Atretes havia feito, mas ficou em silêncio. Não tinha o direito de revelar o segredo de outra pessoa. *O sangue deles está nas minhas mãos, assim como o de homens melhores que matei antes deles.* Suas palavras odiosas estavam repletas de angústia.

No fundo do coração, ela orava silenciosa e desesperadamente, pois se dava conta de que sentia mais dor por ele do que pelos dois homens que ele matara. Acaso ela já estava afundando em um atoleiro? Sua crescente atração por Atretes seria a ruína de sua fé em Cristo?

— Mantenha-se firme, amada — João a aconselhou com carinho. — Nós mesmos já nos enganamos. Nós não éramos diferentes do que ele é agora; vivíamos em desobediência, cheios de ódio. Mantenha-se firme na verdade. Cristo nos redimiu de todos os pecados e nos purificou para seu bom propósito.

— Mas Atretes...

— Alguma coisa é difícil demais para Deus?

— Não — disse ela, sabendo que era a resposta esperada.

— Que a luz de Cristo brilhe em você para que Atretes veja suas boas obras e glorifique Cristo Jesus. Em todas as coisas, mostre-se como um exemplo para ele. Para o puro, Rispa, todas as coisas são puras. Como você é pura em Cristo. Fale dessas coisas com ele; fale das coisas que edificarão e iluminarão seu caminho, afastando-o das trevas.

— Vou tentar.

— Não tente, faça. — Sorriu, cheio de confiança. — Ame-o como Cristo a amou. Carregue os fardos de Atretes. O Senhor vai terminar o bom trabalho que começou em você. — Vendo suas lágrimas, João pousou as mãos no rosto de Rispa. — Saiba que o Espírito Santo está em você em todos os momentos. Renda-se a ele. Deus lhe mostrará o caminho — acrescentou e beijou-lhe a testa. — Eu vou orar por você.

Ela sorriu, trêmula.

— Vou precisar. Serei grata por cada oração. — Então o abraçou, agarrando-se a ele. Envergonhada por sua pouca fé, pegou a mão de João e a beijou antes de se voltar.

Ao subir a prancha, viu Atretes parado no topo. Quanto tempo ficara ali? Segurando Caleb com um braço, ele lhe estendeu a mão. Hesitante, ela a pegou. Ele fechou os dedos firmemente ao redor dos dela, apoiando-a para descer os degraus até o convés. Sua expressão era velada, seus lábios, apertados.

— Eu não falei nada — disse Rispa. — O que aconteceu é entre mim, você e Deus. — Surpresa, ela sentiu a mão dele relaxar, como se suas palavras houvessem aliviado seus pensamentos perturbados. Os músculos de seu rosto também relaxaram, fazendo-o parecer menos cauteloso e distante.

— Quer pegá-lo? — perguntou Atretes, virando-se para que ela pudesse pegar o bebê de seus braços.

Ela reconheceu a oferta de paz e retribuiu o gesto:

— Ele parece feliz nos braços do pai.

Atretes a olhou nos olhos. Um olhar tão profundo que fez a pulsação dela se acelerar e seu rosto se aquecer. Perturbada, ela se obrigou a desviar o olhar.

João permanecia na plataforma, junto ao cais. Sua presença confortava Rispa, pois ele sempre lhe oferecera segurança e sabedoria divina. Mas não tardou muito e começou a se afastar, passando pelos trabalhadores em direção às ruas de Éfeso. Enquanto o observava desaparecer em meio à multidão, Rispa se sentiu completamente só e assustada.

— Se eu puder aprender a confiar em você, talvez você possa aprender a confiar em mim — disse Atretes com ironia.

Um dos oficiais do navio se aproximou e solicitou as passagens.

— Rispa! — chamou Pórcia, apressando-se, aliviada. — Fiquei com medo de que você não chegasse a tempo. O navio deve zarpar em poucas horas.

Rispa a abraçou brevemente antes de apresentá-la a Atretes. Sorrindo, Pórcia o fitou.

— É um prazer tê-lo entre nós — disse ela, as palavras e o sorriso aos poucos sumindo.

Atretes a fitou, impassível, sem pestanejar os olhos azuis. Rispa notou a crescente apreensão de Pórcia.

— Somos apenas cinquenta e sete passageiros no navio, de modo que teremos muito espaço — disse Pórcia, à medida que outras pessoas se aproximavam para cumprimentá-los.

Curiosos, todos olhavam para Atretes, mas ele não correspondia às demonstrações de interesse. Ficou ali parado, com o filho no colo, calado, sombrio e intimidador. Olhou em volta, como se estivesse ansioso para escapar — se do navio ou das pessoas, Rispa não sabia.

— Não tivemos tempo para trazer nada — explicou Rispa.

— João e Cléopas nos entregaram roupas de cama e suprimentos para darmos a vocês — disse Parmenas.

— São muitos passageiros além de nós?

— Uns vinte e cinco ou trinta. Alguns ilírios e os demais macedônios — respondeu Mnason. — O navio leva produtos caros destinados a Corinto. Dá para sentir o cheiro das especiarias de Sabá. As caixas que os estivadores carregam estão cheias de tecido púrpura de Quilmade e dos melhores tecidos bordados de Harã.

— Há também tapetes de Cane — acrescentou Timão.

Mnason riu.

— Acha que o capitão nos permitiria desenrolar alguns?

— Todos do nosso grupo já chegaram? — perguntou Rispa.

— Falta só um membro — respondeu Próloro.

— Teófilo — completou Pórcia, franzindo o cenho e olhando para as escadas. — Por que será que está atrasado?

— Fique tranquila, Pórcia — acrescentou Timão, acalmando a esposa.

— O navio não vai esperar.

— João disse que ele viria e ele virá; mas acho que, se não conseguir, ele estará mais seguro que qualquer um de nós aqui em Éfeso. O tabelião é amigo pessoal dele.

Atretes estreitou os olhos.

— Quem é esse Teófilo? — perguntou.

Rispa pousou a mão levemente em seu braço.

— É o homem que concordou em nos mostrar o caminho para a Germânia — explicou Rispa.

Ele olhou para os outros e, fazendo um movimento com o queixo, disse:

— Vamos procurar um lugar para nós.

— Fique conosco, Atretes — convidou Tíbulo, com seu rosto jovem e amigável. — A tripulação nos mostrou um lugar onde podemos montar uma tenda para nos proteger dos ventos.

— Vou ficar com Rispa e com meu filho.

Rispa sentiu o calor tomar-lhe o rosto. Surpresos, os demais ficaram calados. Acaso ele não havia pensado que os outros poderiam interpretar mal o relacionamento deles? O que estava pensando? Ou talvez ele soubesse exatamente o que estava fazendo.

— Eu vou ficar com as mulheres, Atretes — disse Rispa.
Ele deu um sorriso irônico.
— O lugar da esposa é ao lado do marido.
O rosto dela pegou fogo.
— Eu não sou sua esposa.
— Não é, mas suponho que essas mulheres estão viajando com o marido *delas*, e duvido que elas apreciem sua companhia intrusiva.
Seguiu-se um silêncio constrangedor; ninguém parecia capaz de pensar em algo para dizer. Furiosa demais para falar, ela ficou imaginando se por acaso ele pretendia piorar as coisas para ela.
Camila avançou, permanecendo entre Prócoro e Timão.
— Eu ouvi o que você disse, Atretes, e você tem razão. Rispa, eu estou viajando com o meu irmão e a esposa dele, e tenho certeza de que eles adorariam se eu *simplesmente* sumisse. — Sorriu para Rispa. — Eu ficaria muito feliz se você se juntasse a mim e a minha filha, Lísia. Venha, vou lhe mostrar onde colocamos nossas coisas.
— Obrigada — respondeu Rispa, respirando aliviada, ansiosa para sair dali.
— Bartimeu e os outros não estão longe — disse Rhoda, e os olhos de Camila brilharam levemente. Rispa entendeu que a observação de Rhoda pretendia mais sugerir inconveniência por parte da cunhada que tranquilizar Atretes.
— Se preferir que fiquemos com vocês, nós ficaremos — retrucou Camila, ignorando Rhoda e falando diretamente com seu irmão.
O pobre homem parecia exausto.
— Faça o que for melhor para você, Camila.
— Claro, faça o que for melhor para *você* — disse Rhoda baixinho e se afastou.
Caleb começou a se agitar.
— Pegue-o — disse Atretes, jogando-o nos braços de Rispa, que seguiu Camila.
A tripulação parou para sorrir para as duas.
— Atretes não é cristão, estou certa? — perguntou Camila, ignorando um marinheiro que fez um comentário quando ela passou.
— Sim, ele não é — respondeu Rispa, desanimada.
— Nós também não estamos nos comportando como cristãos — disse Camila com um sorriso. — Acha que foi a tensão entre mim e Rhoda que o deixou tão ansioso para sair dali?
Ela duvidava de que Atretes se importasse.
— Acho que não. Foi uma noite difícil. — Estremeceu ao recordar. Olhou para trás e viu Atretes se afastar dos outros. Estaria pensando no que havia feito aquela noite? Acaso sentia culpa ou remorso? Ele havia dito que não, mas havia angústia nas palavras odiosas que proferira na escura estrada de Éfeso.

Oh, Jesus, por favor, deixa-o sentir o arrependimento que leva à salvação. Vasculha-me, Senhor, e purifica-me. Deixa-me ser uma ferramenta em tuas mãos, e não uma escrava de minhas fraquezas.

Caleb se contorceu em seus braços e soltou um grito contrariado.

— Preciso pegar minhas coisas — disse Camila, parando para apanhar a roupa de cama e os suprimentos, recostados em uma pilha na parede interna do convés. — Há espaço ali, perto do mastro e daqueles barris. — Olhou para o bebê nos braços de Rispa. — Parece que ele está com fome. Amamente-o enquanto procuro os cobertores que João deixou para você. Atretes pode se cuidar sozinho.

Camila mal havia saído quando Atretes apareceu. Por sua expressão, Rispa sabia que havia algo terrivelmente errado.

— Temos que sair deste navio.

— Por quê?

— Amamente-o depois — disse Atretes, olhando para trás. — Um centurião romano subiu a bordo com seis soldados.

— Oh, Senhor.

— *Mexa-se*, mulher.

— Se eu parar de amamentá-lo, ele vai gritar e isso vai chamar a atenção sobre nós — ela se apressou em dizer. — Sente-se ao meu lado.

Ele ficou rígido; ela ouviu o som de sandálias tachonadas se aproximando. Atretes se voltou lentamente, pronto para lutar. Ela segurou a bainha da túnica dele quando viu os soldados. O líder estava falando com Parmenas e os outros.

— Não faça nada — disse ela, levantando-se depressa.

Caleb chorou quando ela parou de amamentá-lo. O coração de Rispa batia descontroladamente.

— Por favor. *Espere.*

— Nós fomos traídos — disse Atretes, quando o centurião se voltou e o encarou. Rispa nunca havia visto tanto medo e fúria no rosto do germano.

— Eles não vão me levar vivo desta vez.

— Atretes, não! — ela exclamou, estendendo a mão para detê-lo.

Ele a empurrou, sem se importar que ela segurava um bebê. Rispa perdeu o equilíbrio e bateu pesadamente contra o mastro. Caleb chorou. Abraçando-o de forma protetora, ela se equilibrou novamente.

— Não!

O centurião desviou do punho de Atretes, girou bruscamente e passou-lhe uma rasteira. Atretes pulou para trás, mas enroscou o pé em um rolo de corda e desabou no convés. Antes que pudesse atacar, o soldado romano puxou o gládio e o apontou para a garganta de Atretes.

— Não o mate! — gritou Rispa, angustiada. — Por favor!

O centurião romano permaneceu imóvel, firme e de prontidão. Era tão alto e forte quanto Atretes.

— Eu não vim para matá-lo — disse asperamente.

Atretes sentiu a ponta da lâmina se afastar da pele. O centurião recuou e embainhou o gládio com um movimento suave e fluido que revelava muitos anos de experiência.

— Desculpe, Atretes, foi um ato reflexo. — Estendeu a mão para ajudá-lo a se levantar.

Ignorando-o, Atretes se levantou sozinho.

— Fique à vontade — disse o centurião. — Tirou o capacete e o colocou embaixo do braço. Era um homem de aparência distinta, com cabelos grisalhos nas têmporas e uma face profundamente bronzeada e cheia de rugas. — Meu nome é Teófilo. — Então encontrou o olhar furioso de Atretes e deu um leve sorriso. — Eu vim para lhe mostrar o caminho de casa.

O SOLO

Outra semente caiu em boa terra...

12

Atretes sentiu uma mão apertar seu ombro, despertando-o. Acima, a vela quadrada ondulava e o vento dirigia o navio.

— Vai se juntar a nós para adorar esta manhã, irmão?

Atretes abriu um olho turvo e xingou o jovem Bartimeu, parado acima dele.

— Eu não sou seu irmão, garoto. E, se me acordar de novo, juro que quebro todos os ossos da sua mão.

Bartimeu se afastou.

Atretes puxou o pesado cobertor sobre a cabeça, apagando a luz das estrelas e o vento frio.

— Ele vem desta vez? — perguntou Tíbulo.

— Não.

— Não vamos desistir dele — disse Ágabo. — Homens mais teimosos que Atretes passaram a conhecer o Senhor.

— Ele disse que vai quebrar a minha mão da próxima vez que eu o acordar. Acho que ele realmente seria capaz de fazer isso.

— Então vamos pegar uma vara e cutucá-lo de uma distância segura — acrescentou Tíbulo, rindo.

Atretes jogou o cobertor para trás e se sentou. Só de olhar para o rosto dele os três jovens atravessaram o convés e foram para onde os outros os esperavam. Xingando baixinho, Atretes se deitou de novo, momentaneamente livre da presença irritante dos três. Haviam passado a maior parte da noite acordados, conversando sobre o sonho de "levar a boa-nova a um mundo moribundo". Que boa-nova? E que mundo moribundo? As coisas que eles diziam não faziam nenhum sentido. E por que fariam? A religião deles não fazia sentido. O deus deles não fazia sentido. Qualquer divindade poderosa vingaria a morte de seu filho, não perdoaria nem adotaria os que o haviam matado.

As mulheres conversavam ali perto. Caleb começou a chorar. Atretes se livrou do cobertor e se sentou para acudi-lo, mas o choro logo cessou. Pela posição em que estava, Atretes sabia que Rispa o estava amamentando. Com a fome atendida, o bebê estava feliz no calor do peito dela. Atretes se deitou, aplacando a própria frustração.

A atitude daquela mulher em relação a ele o deixara perturbado. Ele não conseguia parar de pensar nela e queria lhe explicar por que havia matado Gallus e o espião de Sertes. Queria que ela entendesse. Mas ela se mantinha distante.

Ele ficara furioso ao conhecer Teófilo e achara que Rispa sabia de antemão que o homem era um centurião. Ela havia dito que só sabia que ele era romano. Mesmo a contragosto, ele acreditara, mas isso não melhorara as coisas entre eles. Ela preferia a companhia de seus amigos religiosos à dele.

Ele a procurara no dia anterior e a encontrara sentada em um canto, com Caleb junto ao seio. Rispa falava baixinho com o bebê enquanto o amamentava. Estava tão bonita e serena que ele sentiu o coração se apertar. Ficou ali escondido, atrás de um barril, vendo seu filho mamar. O súbito desejo que o dominou foi tão intenso e agudo que o sentiu no próprio corpo. Achava que todas suas emoções, exceto a raiva, tinham morrido havia muito. Como um membro sem a circulação de sangue, ele estava morto por dentro. Mas agora o sangue fluía novamente, trazendo emoções entorpecidas de volta à vida — e com a vida, surgia uma dor excruciante.

Sentindo sua presença, ela erguera os olhos. Só de ver o olhar de Rispa, Atretes soubera que nunca seria capaz de dizer a coisa certa para fazê-la pensar que ele agira corretamente ao matar Gallus e o outro. Rispa se cobrira depressa, colocando o xale sobre ela e Caleb, como se formasse uma barreira protetora contra Atretes. Por alguma razão, esse simples ato o magoara e irritara mais que qualquer outra coisa que ela pudesse ter dito ou feito. Aos olhos dela, ele era um assassino.

Talvez fosse mesmo. Talvez isso fosse tudo que restava dele. Mas de quem era a culpa? Dele ou de Roma?

Desde que pisara naquele navio miserável, ele tinha de ficar longe dela. Ela estava sempre com os outros, mais frequentemente com as mulheres. Quando ficava sozinha, as circunstâncias eram tais que ele sabia que não devia procurar Rispa. Ele se incomodava com a influência que os outros tinham sobre ela. Era o filho dele que ela criava, e não o filho dela ou de algum deles. Acaso isso não lhe dava direitos sobre ela?

Aquele maldito centurião romano parecia não ter dificuldade para falar a sós com ela. Atretes os havia visto na proa do navio enquanto o vento açoitava o cabelo de Rispa. Ela falava à vontade com o centurião. E com frequência. Ele os vira rindo juntos certa vez e se perguntara se não estariam rindo dele.

Todos os membros do grupo consideravam o romano um líder; inclusive Mnason, que parecia desejar muito a atenção de uma pessoa de tão alta posição. Mas o romano rapidamente adotara o exemplo de João; levantava-se antes do amanhecer para honrar seu deus, em louvor e oração. Um a um, os outros se juntavam a ele até que o encontro da madrugada se transformava em uma celebração! Lá estavam eles de novo. Atretes cerrou os dentes por baixo do cobertor, os ouvidos atentos. Teófilo ensinava como agradar ao Messias crucificado.

— E não sede conformados com este mundo, mas sede transformados pela renovação do vosso entendimento.

— Amém — diziam os outros em uníssono.

Atretes sentia-se cada vez mais irritado.

— Tendo diferentes dons, segundo a graça que nos é dada, se é profecia, seja ela segundo a medida da fé; que o amor seja verdadeiro. Aborrecei o mal e apegai-vos ao bem.

— Amém.

— Amai-vos cordialmente uns aos outros com amor fraternal, preferindo-vos em honra uns aos outros. Não sejais vagarosos no cuidado; sede fervorosos no espírito, servindo ao Senhor.

— Amém.

— Sede pacientes na tribulação, perseverai na oração; comunicai com os santos nas suas necessidades, segui a hospitalidade; abençoai aos que vos perseguem, abençoai, e não amaldiçoeis.

Atretes retesou a mandíbula ao lembrar das maldições que havia invocado sobre a cabeça de Teófilo no primeiro encontro; maldições que repetia toda vez que o via. Já via Teófilo em Hades antes de pôr um pé na terra dos catos.

— Alegrai-vos com os que se alegram; e chorai com os que choram; sede unânimes entre vós; não ambicioneis coisas altas, mas acomodai-vos às humildes; não sejais sábios em vós mesmos.

Essas palavras eram de um *romano*? Atretes queria se levantar e rir da ironia de tudo aquilo.

— A ninguém torneis mal por mal; procurai as coisas honestas, perante todos os homens.

E o certo pelos padrões romanos era tirar a liberdade de todos os homens! Acaso não a haviam arrancado dele? O que era *certo*?

— Tende paz.

Pax Romana!, pensou Atretes com amargura. *Estar em paz com Roma? Não enquanto eu respirar!*

— Tende paz com todos os homens.

Nunca.
— Não vos vingueis a vós mesmos, amados, mas dai lugar à ira, porque está escrito: minha é a vingança; eu recompensarei, diz o Senhor.
Vou convocar todas as forças da Floresta Negra para me vingar de você, romano!
— Não vos deixeis vencer com o mal, mas vencei o mal com o bem.
— Amém.
— Lembrem-se, amados, que Deus demonstra o próprio amor para conosco, pois, enquanto ainda éramos pecadores, Cristo morreu por nós.
Não por mim.
— Porque Deus amou o mundo de tal maneira que deu o filho unigênito para que todo aquele que nele crê não pereça, mas tenha a vida eterna. Porque Deus enviou seu filho ao mundo, não para que condenasse o mundo, mas para que o mundo fosse salvo por ele.
— Amém — gritavam as vozes com alegria.
— Portanto, amados, amem uns aos outros.
— Amém.
— Amem uns aos outros.
— Amém!
— Amem uns aos outros como Cristo nos amou.
— Amém!
— Ouçam, filhos de Deus, e saibam.
— O Senhor é nosso Deus, o Senhor é uno — disseram todos juntos.
— Eu amarei o Senhor meu Deus com todo o meu coração, com toda a minha alma e com todas as minhas forças.
— Louvado seja Deus!
— Glória a Deus nas alturas!
— Que reina agora e para sempre!
Todos começaram a cantar, misturando as vozes lindamente:
— *Deus foi manifestado em corpo, justificado no Espírito, visto pelos anjos, proclamado entre as nações, acreditado no mundo, recebido na glória, destinado a voltar, a ele é a glória, agora e para sempre. Amém, amém!*
Fez-se silêncio no convés inferior enquanto os cristãos se ajoelhavam em círculo e compartilhavam o pão e o vinho. Atretes observara o ritual uma vez e fizera perguntas a Rispa. Ela havia dito que, por meio desse ato, eles comiam a carne e bebiam o sangue de Cristo.
— E eu é que sou o bárbaro? — perguntara ele, enojado.
— Você não entendeu.
— Nem quero.

— Se você... — ela começara a dizer, mas se calara. Certamente ele não entendera a infinita tristeza que se instalara nos olhos de Rispa momentos antes de ela se voltar e se juntar aos demais.

Assim como estava agora, em seu ritual horripilante.

Acaso havia deixado Caleb na pequena cama que fizera para ele? Teria deixado de lado suas obrigações para com o filho e abandonado o bebê por aquele seu deus?

Ele afastou o cobertor e se levantou. Se fosse esse o caso, ele a arrastaria daquele grupo de canibais e lhe daria motivos reais para rezar.

Passando por vários barris, viu as pessoas ajoelhadas. Seu filho estava aninhado nos braços de Rispa. Ao lado dela, uma cabeça mais alto, estava Teófilo. Um ódio obscuro o dominou quando viu o romano arrancar um pedaço de pão e dá-lo a ela e levar a taça com o sangue de Cristo aos seus lábios para que bebesse. Então ele próprio bebeu e passou a taça a Parmenas.

Quem visse, pensaria que Rispa e o bebê pertenciam ao romano!

O coração de Atretes batia forte; seu sangue fervia nas veias. Apertou os dentes. Teófilo levantou a cabeça levemente e o olhou. Atretes o fitou também. *Eu beberei sangue e será o seu*, jurou.

Terminada a ofensiva refeição, seguiram-se as orações. Eles falavam baixinho, citando nomes e necessidades. Rezaram por João; por Cléopas. Que diabos! Estavam rezando por *ele*. Cerrou os punhos e orou a Tiwaz, o deus do céu da Germânia. *Me dê vida de Teófilo! Ponha-o em minhas mãos para eu esmagá-lo para sempre!*

O calor que sentia era tão grande que ele sabia que, se não fosse para o outro lado do convés, onde os ilírios e os macedônios ainda dormiam, mataria Teófilo naquele mesmo instante sem pensar nas consequências.

Rispa o fitou com preocupação quando Atretes passou por eles.

Parado a barlavento; a brisa fria açoitava-lhe os cabelos e ofuscava-lhe o rosto. O navio subiu e desceu com o movimento do mar e uma onda espumante se quebrou sobre a proa. O sol estava nascendo.

O capitão do navio gritou uma ordem e os marinheiros subiram para o convés; reajustaram as cordas e prenderam duas caixas de carga que haviam se soltado inexplicavelmente. Outra onda salgada bateu na proa, e Atretes afastou os pés, passando os braços ao redor dos ombros. Melhor o rugido do mar e o frio cortante que as vozes baixas e o calor comunal de um grupo de fanáticos religiosos.

Segurando-se no costado do navio, percebeu que se aproximavam do continente.

— O que é ali? — gritou acima da tempestade para um marinheiro próximo.

— Delos!

As nuvens se abriram e a chuva caiu sobre ele e todo o convés. Frio e encharcado, o gladiador permaneceu onde estava, amaldiçoando a própria vida.

Rispa surgiu a seu lado. Caleb não estava com ela. Ele se voltou, irritado.

— Onde está meu filho?
— No abrigo, onde é mais quente.
— Sozinho?
— Não.

O sangue de Atretes ferveu.

— Quem está com ele? O centurião?

Ela pestanejou, surpresa.

— Camila está de olho nele.
— Camila. A mãe sem marido.

Ela deu meia-volta e Atretes a pegou pelo braço. Ela enrijeceu ao seu toque.

— Pare de me evitar.
— Não é minha intenção evitar você, Atretes.
— Eu notei sua resistência.

Ela se obrigou a relaxar.

— Por que saiu de seu abrigo?
— Acha que eu deveria ficar e ouvir? Me ajoelhar com vocês e seguir esse seu maldito romano?

Ela o fitou com os olhos escuros.

— Ele não é *meu* romano, Atretes, e é ao Senhor que seguimos, não a Teófilo.
— Ele a alimenta como a um animal de estimação.
— Minhas mãos e braços estavam ocupados com seu filho. Se você estivesse ao meu lado, eu teria recebido o pão de sua mão!

O coração dele batia rápido. Fitou os olhos escuros e viu algo que o aqueceu por dentro. Quando mirou os lábios de Rispa, ela baixou a cabeça. O temperamento do germano se mostrou novamente.

— Por que você sempre me evita? — ele perguntou rudemente.
— Eu não o evito.
— Evita, sim. Você me afastou do meu próprio filho.

Ela o olhou mais uma vez, pálida de frio.

— É você que nos evita.
— Não tenho interesse neles — retrucou Atretes, indicando os outros com o queixo.
— Nem em mim — acrescentou ela. — Às vezes até me pergunto se tem interesse em seu próprio filho. Você o ama? Ou é simplesmente uma questão de ter o que acha que lhe pertence?

— Vocês dois me pertencem.

— Cuidado onde pisa, meu senhor. Você está me pagando um denário por dia, lembra?

Ele se alegrou por irritá-la e sorriu para demonstrar.

— Você está mais natural esta manhã. Afiada.

Ela se virou, mas ele a puxou de volta. Segurou seus ombros e abaixou a cabeça para se aproximar mais dela.

— Erga sua espada, Rispa, cruze-a com a minha e vamos ver o que sobra. Faça isso. Estou desesperadamente precisando de uma luta.

Rispa não retrucou, mas ele percebeu que aquilo lhe custou muito. Obviamente não era o medo que a mantinha calada, porque ele não via nenhuma evidência disso em seu olhar firme. Afrouxou as mãos, pensando que poderia tê-la machucado; não era essa sua intenção.

— Eu gostaria que você se juntasse a nós e ouvisse a boa-nova — disse ela com uma calma exasperante.

Ele pousou a mão na nuca de Rispa e a puxou para perto, levando os lábios à sua orelha.

— Eu posso abraçar você, minha lindeza, mas nunca vou abraçar seu deus ou sua religião. — Aspirou o cheiro dela e a soltou, satisfeito por ver que a havia perturbado.

Ela se retirou para a tenda que compartilhava com Camila e Lísia.

De onde estava, Teófilo a viu entrar e olhou para Atretes.

Em segurança dentro do abrigo, Rispa pegou Caleb. Ele estava com vontade de brincar, e ela precisava se distrair dos sentimentos que Atretes lhe despertava. Seu coração ainda estava acelerado.

— Você está bem? — perguntou Camila, olhando para ela com curiosidade.

— Claro. Por que pergunta?

— Você está tremendo.

— Está frio hoje.

— Você não parece estar com frio. Parece estar... bem viva.

Rispa sentiu o calor tomar-lhe as bochechas e torceu para que a luz fraca do sol escondesse seu embaraço. Ela se *sentia* mesmo viva. Tremia, e seu coração ainda pulsava por causa do encontro com Atretes.

Oh, Deus, eu não quero me sentir assim de novo; não por ele!

— Lísia, por que não vai ver se Rhoda precisa de ajuda? — segeriu Camila.

— Sim, mãe.

Olhando para Rispa, Camila pegou o cobertor.

— Você falou com Atretes? — perguntou enquanto o dobrava.

— É tão óbvio assim?

Camila largou o cobertor e se sentou nele.

— Não a ponto de os outros notarem. A menos que estivessem olhando.

— E estavam?

Camila fez uma careta.

— Rhoda, sim. E Teófilo, embora por diferentes razões. Além disso — disse ela, divertida —, onde quer que Atretes esteja, todo mundo sabe.

— Quem poderia ignorá-lo se está sempre pisando duro e de mau humor?

— Eu não estava falando de momentos assim.

— Está falando da beleza dele.

— Eu nunca vi um homem tão bonito; mas até sua beleza perderia a importância se ele não possuísse certa qualidade indefinível também. — Camila pegou o xale e o colocou ao redor dos ombros. — Se Teófilo não estivesse a bordo, Atretes poderia com facilidade ter se tornado nosso líder.

— Deus nos livre.

— Aparentemente, ele nos livrou — disse com um sorriso, explicando-se: — Um homem como Atretes nunca passará despercebido. Ele levaria os homens a Deus ou à perdição.

Rispa virou Caleb de bruços e o observou enquanto ele tentava engatinhar.

— Atretes rejeita Cristo.

— Por enquanto.

Rispa a olhou.

— Se você puder levá-lo a Cristo, por favor, faça isso. Tem a minha bênção.

O sorriso de Camila se esvaneceu.

— Acho que não. Eu não ousaria chegar tão perto — rebateu, com uma expressão autodepreciativa. — Eu me conheço, sucumbo facilmente às paixões carnais. Lísia é prova disso. Se bem que eu preferiria abrir mão da minha vida a não ter minha filha. E os outros também têm as próprias lutas interiores. Sei que você notou o jeito como Eunice olha para Mnason, como sempre acaba perto dele, sem perceber o que os outros pensam. Parmenas, inclusive. — Sacudiu a cabeça com tristeza. — Não, nós já temos muitos conflitos. Acho que Atretes vai depender de você.

Pedro e Barnabé corriam em frente ao abrigo das duas, brincando, como faziam todos os dias.

— Você não me pega! Você não me pega! — gritava Pedro.

Então Barnabé enroscou o pé na corda que fixava a tenda e quase a derrubou.

— Meninos! — gritou Camila, irritada.

Às vezes, o entusiasmo juvenil dos dois era extremamente irritante, como nesse momento, quando o tumulto assustou Caleb e o fez chorar de novo. Rispa o pegou e o consolou. Algo caiu não muito longe, e ela ficou imaginando o que os garotos haviam destruído dessa vez. No dia anterior, como o tempo estava claro, eles incomodaram e atrapalharam os marinheiros com suas corridas intermináveis. Quando Timão por fim intercedera e os mandara brincar de outra coisa, Pedro já havia desatado os nós que prendiam vários caixotes.

— De certo modo, Atretes me lembra o pai de Lísia — disse Camila quando os meninos correram de volta para os outros. — Bonito, dominador, viril. Oh, eu a estou envergonhando? Não vou falar dele, se preferir.

Rispa não sabia se ela se referia ao pai de Lísia ou a Atretes.

— Um pouco — admitiu com tristeza —, mas não pelas razões que você talvez esteja pensando. Eu não sou mais forte que você, Camila.

Camila reconheceu a aceitação, bem como a confissão.

— Que bom — disse, pousando a mão sobre a de Rispa. — Vamos cuidar uma da outra para evitarmos a tentação.

Rispa riu. Caleb havia deslizado para longe. Ela o pegou e o colocou de volta perto dela, para que tentasse novamente.

— Ele vai engatinhar antes de vocês chegarem a Roma — afirmou Camila, observando-o.

— E já vai estar andando quando chegarmos à Germânia.

— Você não está muito ansiosa para ir para lá, não é?

— Você estaria?

— Muito. Mais do que qualquer outra coisa, eu anseio por um recomeço.

— Você pode recomeçar onde quer que esteja, Camila.

— Não tendo alguém recordando meu passado a cada minuto ou esperando que eu cometa os mesmos erros de novo.

Algo atingiu a tenda, assustando as duas. Uma bola improvisada rolou diante de Caleb.

— Aqueles garotos de novo — reclamou Camila, pegando a bola quando Pedro apareceu em um canto.

— É a nossa bola — disse ele sem fôlego.

— Sim, nós sabemos. Por favor, vão jogar em outro lugar — repreendeu ela, devolvendo-lhe o brinquedo.

O menino saiu correndo para longe dos olhos, mas não dos ouvidos.

———·———

O tempo melhorou. Pedro e Barnabé corriam pelo convés, desviando das pessoas e esbarrando nelas com seu entusiasmo. Capeo e Filomeno se juntaram a eles durante uma volta no convés, até que seu pai, Parmenas, interrompeu a brincadeira eletrizante e os fez se acalmarem com passatempos mais tranquilos. Por um breve momento, as crianças ficaram quietas, até que Pedro e Barnabé começaram a gritar, rir e correr novamente, incomodando a tripulação e os passageiros, educados demais para tomar alguma atitude. Timão e Pórcia não se esforçavam para conter a agitação de seus filhos, nem quando Pedro derrubou Antônia.

— Pelo amor de Deus, Pórcia! — exclamou Eunice, incomodada por ter sua conversa com Mnason interrompida. Abaixou-se para pegar a filha.

— Foi sem querer — defendeu-se Pórcia, expulsando Pedro enquanto Eunice enxugava as lágrimas da filha. — Além disso, quem é você para julgar? Nunca dá atenção para sua família!

Eunice enrubesceu. Olhou constrangida para Mnason e se calou.

Atretes ficou ao lado de Rispa. Camila olhou de um para o outro.

— Acho que Lísia e eu vamos dar uma volta no convés — disse, pegando a mão da filha.

— Não precisa sair.

— Sim, saia — disse Atretes com frieza.

Arrependida por ter aberto a boca, Rispa se voltou para o mar, envergonhada pela grosseria do germano. Sentia Atretes a observando e se perguntava o que estaria pensando.

— Queria falar alguma coisa comigo? — perguntou, quando o silêncio começou a incomodá-la.

Ele não respondeu.

— Quer pegar Caleb?

— Está desesperada para me distrair?

— Sim!

Sorrindo, Atretes pegou o bebê.

— Sempre honesta, não é?

— Eu disse que seria.

Ele apertou os lábios.

— Até consigo mesma?

Ela se recusou a aceitar a provocação. Ficou olhando o menino, contrariada por tê-lo entregado a um homem que podia tirar a vida das pessoas sem o menor remorso. Às vezes ela lutava com isso, querendo manter Caleb longe do pai. Essa era a primeira vez que Atretes o segurava, desde a terrível noite em que abandonaram a casa onde moravam; exceto quando subira com Caleb a bordo do navio. Então, por que ela o entregara com tanta ansiedade? Só para distrair o interesse dele por ela? Ela esperou, até desejou, que Caleb ficasse agitado. Mas ele não ficou. Em vez disso, pegou a placa de marfim no pescoço do pai e a levou à boca. Olhou o objeto interessante e o bateu no peito do pai. *Da... da... da...*

A expressão de Atretes mudou. Esquecendo-se de Rispa, começou a conversar com o filho. Toda dureza abandonou seu rosto, e Rispa vislumbrou o homem que ele poderia ter sido se as circunstâncias fossem diferentes. Ele falava com suavidade, usando palavras germanas que ela não conseguia entender, ao contrário do tom.

Atretes ergueu Caleb e o sacudiu, fazendo-o emitir um som encantador. Rispa ficou imóvel, observando-os.

Nesse momento alguém esbarrou nela, e, soltando um forte suspiro, ela caiu em cima de Atretes. Ele baixou Caleb depressa, segurando-o com uma mão enquanto a firmava com outra.

Barnabé tentou contorná-la, mas Pedro era muito rápido.

— Te peguei! — gritou Pedro, triunfante, dando um forte empurrão no irmão mais novo.

— Não é justo! Não é justo! — reclamou Barnabé, e os dois garotos começaram a discutir em voz alta.

Atretes colocou Caleb nos braços de Rispa. Com uma rasteira, derrubou os dois no chão.

— Ai! — gritou Barnabé.

Atretes se abaixou, pegou cada um por um tornozelo e os levantou, colocando-os para fora do costado do navio.

— Não! — gritou Rispa, assustada, certa de que ele pretendia soltá-los.

Aterrorizado, Barnabé gritou, agitou sem controle os braços e tentou se segurar em alguma coisa, mas não havia nada.

— Já está na hora de vocês dois aprenderem uma lição! — disse Atretes, e os sacudiu com força suficiente para fazer seus dentes baterem.

Quando parou, Barnabé gritou mais alto, mas Pedro ficou parado, em choque, atipicamente mudo, com os olhos arregalados.

Ouvindo a comoção, todos se voltaram; Pórcia e Timão por último. Quando Pórcia viu Atretes segurando seus filhos pelos tornozelos e balançando-os sobre o mar, gritou e correu enlouquecida até eles, tentando alcançá-los antes que caíssem.

— Alguém o detenha!

— Atretes, por favor, não — pediu Rispa, mal conseguindo respirar.

— Ninguém sentiria falta de dois malditos tagarelas que não servem para nada!

Barnabé continuava gritando, enquanto Pedro pendia de cabeça para baixo, e, ao que parecia, determinado a morrer com mais dignidade que seu irmão mais novo.

— Timão! — gritou Pórcia, chorando. — Faça alguma coisa! — Desesperada, olhou em volta procurando o marido, que chegava correndo, completamente lívido.

Atretes chacoalhou Barnabé mais uma vez.

— *Silêncio!*

O garoto parou de gritar, como se alguém tivesse apertado sua garganta.

Todos observavam, atônitos. Ninguém se atrevia a se mexer, nem mesmo Pórcia, que já estava onde Atretes segurava os meninos, chorando e retorcendo as mãos.

— Não os solte — pediu, chorando. — Por favor, não os solte. São apenas crianças. O que quer que tenham feito, foi sem querer.

— Cale a boca, mulher. Você é uma tola. — Abaixou os meninos como se fosse largá-los e todos prenderam a respiração. — Vocês vão me ouvir?

— Sim!

— Vocês não vão correr, nem gritar, nem brigar em nenhum canto deste navio. Se fizerem isso, vão servir de comida para os peixes, entenderam?

Com os cabelos balançando e os olhos arregalados, os dois assentiram rapidamente.

— Repitam o que eu acabei de dizer.

Eles repetiram.

— Quero que me deem sua palavra.

Barnabé falou tão rápido que quase engasgou, ao passo que Pedro respondeu solenemente. Atretes os deixou balançar por mais um momento, depois os levantou e os jogou no convés, aos pés de sua mãe.

Pórcia se atirou sobre os filhos para abraçá-los.

Dois soldados riram e vários membros da tripulação aplaudiram. Um passageiro disse que Atretes deveria tê-los soltado.

— Quanto a vocês dois — disse Atretes a Pórcia e Timão —, cuidem de seus filhos; senão, da próxima vez, vou jogá-los ao mar, e vocês vão logo atrás!

Pórcia os pegou no colo e se afastou de Atretes.

— Não cheguem perto desse homem de novo. Fiquem o mais longe possível dele. É um bárbaro e vai matar vocês — disse ela em alto e bom som, para que muitos ouvissem.

Atretes cerrou o maxilar. Com um olhar frio e desafiador, encarou os que o fitavam.

Barnabé chorava agarrado às saias da mãe, mas Rispa notou que Pedro ficara para trás, observando Atretes com admiração. Ela olhou para Atretes e viu que ele também notara. Ele sorriu levemente, e, com um movimento do queixo, mandou o garoto ir embora.

Timão pegou o filho pela nuca e o empurrou pelo convés, atrás da mãe e do irmão.

— Escute sua mãe.

Dando as costas às pessoas que ainda o olhavam, Atretes se debruçou na balaustrada do navio. Rispa nunca o vira tão sombrio. Ela se aproximou dele; ele a olhou, surpreso, com o semblante fechado.

— Por que está sorrindo? — perguntou.

— Você... — disse ela, baixando a guarda.

Ele estreitou os olhos, desconfiado do brilho ardente que viu nos olhos castanhos; e ainda mais desconfiado do anseio que sentia pela aceitação dela.

— Eles mereceram.

— Você não os teria soltado.

— Não? — Ele quase a fez lembrar que poucas noites atrás havia matado dois homens a sangue-frio.

— Não.

— Então acha que me entende?

— Não, eu não entendo você — respondeu ela com sinceridade. — Mas sei o suficiente a seu respeito para recomeçarmos. — E devolveu Caleb para os braços dele.

13

O navio chegou a Corinto sem nenhum incidente. Teófilo e os soldados retiraram o baú destinado ao imperador, enquanto os escravos, que haviam manejado os remos de Éfeso a Corinto, descarregavam tapetes, especiarias aromáticas e ânforas de vinho e carregavam as carroças para a jornada por terra sobre o istmo. *Sburarii* descarregaram o lastro de areia para a arena de Corinto. Do outro lado da colina, seria substituído por grãos destinados a Roma.

Uma vez livre da carga, o navio seria arrastado para fora d'água. Levaria dias para rebocar a *corbita* pelos poucos quilômetros até o golfo Sarônico, onde seria lançada ao mar para seguir viagem para a Itália. Nero havia começado a construir um canal através do calcário irregular do istmo, mas os trabalhos haviam sido interrompidos quando ele morrera, fazendo com que a árdua jornada terrestre ainda fosse necessária.

Os escravos esticaram as cordas de um navio ali próximo. O suor brilhava em seus corpos morenos enquanto eles se esforçavam para puxar o navio. Semanas de viagem para o sul e oeste pelo Mediterrâneo seriam poupadas levando o navio por terra. Setembro chegara e passara, e o mar era notoriamente perigoso em novembro. Atravessar o planalto varrido pelo vento podia ser difícil e cansativo, mas era mais seguro que desafiar a força da natureza.

Atretes não estava interessado nos detalhes de descarregar e rebocar navios. Andara inquieto, confinado a bordo de um, e agora se sentia tenso diante do nível de atividade nas docas e nas ruas próximas à cidade. Corinto era muito parecida com Éfeso. Os templos de mármore se erguiam, majestosos, tão brancos à luz do sol que feriam os olhos. Leiloeiros errantes e pregoeiros públicos anunciavam mercadorias e recompensas por escravos perdidos. Comerciantes lotavam os portos, e capitães de navios trocavam especiarias por mel, medicamentos e perfumes para levar a Roma.

Enquanto todos reuniam seus pertences, Bartimeu, Níger, Tíbulo e Ágabo disseram aos outros que tinham cartas de João para entregar aos membros da igreja de Corinto. Mnason os acompanhou.

— Atretes está esperando você — Camila alertou Rispa enquanto caminhavam. Rispa levantou a cabeça e o viu bem à frente. Seus modos em relação a ela haviam mudado sutilmente, dando-lhe motivos para ter cuidado. Ela sabia que teria que enfrentar as próprias tentações. Seria sábia em suas escolhas, atendendo à voz de Deus? Ou seria como Eunice e ansiaria pelo pecado?

O vento ondulava as roupas de Atretes e agitava seus cabelos loiros. Ele ficou parado por um longo momento, olhando para ela. Voltou-se e continuou andando. Mesmo a essa distância, ela notava que ele estava irritado. Acaso ele esperava que ela saísse correndo e o alcançasse? Ela se sentia triste por ele continuar tão determinado a ficar longe dos outros, mas grata também. Achava que ele não havia escutado as notícias sombrias sobre a igreja de Corinto, nem testemunhado as lutas de Eunice. Esperava que não. Ele julgaria aquela cristã, diria que ela não tinha fé. Eunice era uma mulher fraca e tola que brincava com o pecado sem perceber.

Atretes se deteve novamente.

— Acho melhor você ir — disse Camila.

— Eu não consigo acompanhar o ritmo dele.

Camila deu um sorriso divertido.

— É melhor vocês chegarem a um entendimento agora, antes de seguirem para a Germânia.

Rispa trocou Caleb de braço.

— Não posso me preocupar com o amanhã, Camila. O problema de hoje é mais que suficiente.

Camila riu.

— Bem, parece que certas pessoas anseiam pela companhia dele — disse ela enquanto as duas viam Pedro subir a colina.

O garoto chamou a atenção de Atretes. Falava depressa. Atretes o ouviu brevemente e em seguida se voltou e recomeçou a andar, ignorando-o.

Pórcia estava frenética.

— Pedro! Fique longe dele.

Seu filho assentiu rápido e correu para alcançar Atretes.

— Faça alguma coisa, Timão!

— Eu vou atrás dele — respondeu Barnabé, subindo a colina atrás do irmão mais velho.

Quando se aproximou, acompanhou os passos de Pedro, que seguia Atretes.

— Acho que eles vão ficar bem — disse Timão, voltando à conversa com Próncoro.

Pórcia segurou a mão de Benjamim com firmeza quando ele fez menção de ir atrás de Pedro e Barnabé.

— Lísia, por favor, pode levar Maria para mim?
— Sim, senhora — respondeu Lísia, ansiosa por agradar.
Camila riu.
— Bem, pelo menos as crianças não têm medo dele.

Rispa observou os dois meninos caminhando ao lado de Atretes, feito dois cãezinhos animados. O gladiador não diminuiu o passo; em vez disso avançou, ombros e cabeça erguidos. Depois de um tempo, os garotos seguiram mais devagar, incapazes de acompanhá-lo. Barnabé voltou para Pórcia e Timão, mas Pedro continuou no encalço de Atretes. Ombros eretos, cabeça erguida.

— Pedro! — Timão finalmente chamou, fazendo sinal para que voltasse.

Frustrado, o menino obedeceu. Logo Atretes estava fora de vista.

Teófilo voltou da guarnição onde ele e os outros soldados haviam passado a noite. Conseguira hospedagem para os demais e mostrara o caminho para uma pousada com vista para o porto e o golfo. O estabelecimento servia os viajantes que aguardavam enquanto os navios eram rebocados através do istmo.

— Descansem aqui — disse ele. — A comida é boa e farta. O nome do proprietário é Arrius. Ele não é crente, mas simpatizante. Mandarei avisar quando o navio zarpar e o capitão estiver pronto para embarcar os passageiros.

Os outros entraram, mas Rispa ficou para trás.

— Atretes está no porto — disse Teófilo.
— Você falou com ele? — ela perguntou, esperançosa.
— Não. Se estivéssemos longe dos outros, eu teria tentado, mas ele está ansioso para brigar. Não seria bom para ele que eu permitisse que isso acontecesse à vista de toda a tripulação. Certamente voltaria ao *ludus*. Ou pior, seria crucificado.

Ela se perturbou com as palavras.

— Você não lutaria com ele, não é, Teófilo?
— Poderia chegar a esse ponto.
— Mas ele o mataria.
— Se Deus permitisse.
— Ele foi treinado para lutar.

Ele sorriu com tristeza.

— Eu também. — Começou a se afastar, mas logo se voltou. — Você tem mais influência sobre Atretes que qualquer um de nós. Então a use.

Influência? Ela sentiu vontade de rir da ideia implausível de que poderia mudar o pensamento do germano. Entrou na pousada. Amamentou Caleb, o trocou e o deixou brincando sobre um cobertor enquanto lavava as roupas e as pendurava para secar na pequena área reservada a ela, Camila e Lísia.

Lísia se sentou no cobertor para brincar com Caleb. Sorrindo, Camila observava a filha.

Os jovens voltaram de suas tarefas no fim da tarde. Ágabo relatou o encontro casual de Mnason com um velho amigo, graças ao qual ele decidira permanecer em Corinto.

— Ele tem uma companhia de teatro, e um dos atores principais morreu de uma doença estomacal há alguns dias. Ele trabalhou com Mnason em Antioquia e ficou muito satisfeito por encontrá-lo em Corinto — disse Tíbulo.

— Mnason representou o mesmo papel em Éfeso há menos de um mês e ainda se lembra das falas — acrescentou Níger.

— E começou a recitar ali, na frente das termas — observou Tíbulo, sorrindo. — Todos que o ouviram ficaram impressionados.

— Ele decidiu ficar aqui, em vez de seguir para Roma — continuou Ágabo —, e nos pediu para expressar seu amor a todos vocês. Ele vai orar por nós.

— Talvez devêssemos pensar em ficar em Corinto — sugeriu Eunice.

A observação atraiu o olhar penetrante de seu marido, Parmenas.

— Nós vamos para Roma.

— Mas lá poderemos encontrar perseguições piores que em Éfeso. A igreja se reúne abertamente aqui.

— Porque eles diluíram o evangelho para torná-lo palatável para a população — repreendeu Níger. — Nós assistimos a uma pregação ontem e ficamos chocados com o que estão dizendo.

— Dois nicolaítas professavam suas filosofias — disse Ágabo.

— Com a aprovação dos anciãos — acrescentou Tíbulo.

— E anunciavam aulas — prosseguiu Níger. — Uma delas está sendo oferecida por uma autoproclamada profetisa que ensina que a liberdade de Cristo significa que podemos desfrutar dos prazeres de *qualquer* tipo.

— Você os corrigiu? — perguntou Timão.

Tíbulo deu uma risada sombria.

— Nós conversamos com vários diáconos. Dois concordaram conosco, mas meia dúzia de outros foram abertamente hostis. Disseram que estávamos nos intrometendo.

— Um disse que eu tenho uma visão muito estreita e plebeia do amor de Cristo — explicou Níger. — Disse que Cristo nos ensinou a estar em paz com todos os homens, portanto isso significa que não podemos condenar as práticas de ninguém. Alguns desses cristãos transformaram a liberdade de Cristo em licença para fazer todo tipo de mal.

— Os que têm ouvidos vão ouvir o que o Espírito diz — alertou Timão.

— Os que eu conheci eram surdos — afirmou Níger.

— Você só os viu um dia; não deveria julgar — defendeu Eunice.

— Nós não estamos julgando — retrucou ele, consternado.

Tíbulo tinha um semblante triste.

— Às vezes, um dia é suficiente para discernir a verdade da mentira, Eunice. O Espírito Santo nos diz; o evangelho pregado naquela igreja não se parece com o evangelho de Jesus Cristo. E vou lhe dizer: um dia naquela igreja foi suficiente para entender por que eles estão se reunindo abertamente sem nenhuma perseguição: não há diferença entre eles e o mundo.

— Nós tivemos nossas dificuldades em Éfeso — disse Prócoro.

— É verdade, mas tínhamos João para manter o exemplo de Cristo e nos corrigir.

— Os coríntios não leem as cartas que Paulo lhes enviou? — perguntou Prócoro.

— Não mais — respondeu Tíbulo.

— Um dos dois anciãos com quem falamos e que concordaram conosco disse que da última vez que leram uma das cartas de Paulo para a congregação houve um desconforto geral.

— Eles reconheceram o próprio pecado e não gostaram de ser lembrados disso — explicou Níger. — Muitos deles protestaram.

— Melhor o desconforto que leva ao arrependimento e à renovação que o conforto temporário e a condenação eterna — alertou Timão.

— Infelizmente, eles parecem ter escolhido o último.

— E se a igreja de Roma for a mesma que esta aqui? — questionou Pórcia, preocupada.

Timão passou o braço em volta dela.

— Nós saberemos quando chegarmos lá.

— Mas e se for?

— Nós temos a verdade do evangelho. Temos cópias da carta de Paulo aos efésios e as cartas de João.

— A igreja de Corinto não está morta — disse Tíbulo. — Restam dois anciãos que mantêm o evangelho original. Acho que João escrevia para eles falando sobre falsos pregadores.

— O que alguns poucos podem fazer quando lutam contra tantos? — indagou Pórcia.

— Não se esqueçam de quem está do lado deles — disse Tíbulo, sorrindo-lhe.

— Cristo superou o mundo, mas o mundo jamais vai superá-lo.

— E quanto a Mnason? — perguntou Eunice. — É melhor avisá-lo e encorajá-lo a nos acompanhar.

O semblante de Parmenas se entristeceu.

— Você pensa muito em Mnason.

— Ele é nosso irmão.

— E nosso *irmão decidiu* ficar em Corinto. Vamos deixá-lo.

Um silêncio tenso caiu sobre o grupo e então passaram a falar sobre outras coisas. Eunice ficou calada. Capeo, Filomeno e Antônia se reuniram em torno dela. Ela olhou para o portão. Nesse momento Parmenas chamou seus filhos. Eles obedeceram rapidamente, deixando a mãe sozinha. Ela passou os braços ao redor do corpo, parecendo confusa e desolada.

— Acho que ela está prestes a encontrar seu julgamento — disse Camila, desanimada.

— Rezo para que não — opinou Rispa, que notara crescer a paixão de Eunice por Mnason. Este também percebera, um dos motivos pelos quais decidira se afastar do caminho da tentação. Mas Eunice escolheria partir sem ele? E Parmenas a perdoaria em ambos os casos?

Rispa orou em silêncio.

Lísia riu quando Caleb espirrou. Rispa sorriu, encantada com a garota.

— Você poderia cuidar de Caleb um minutinho para mim?

— Claro! — exclamou Lísia, toda feliz.

Camila assentiu, assegurando a Rispa que ficaria por perto.

Quando atravessava o pátio em direção ao portão principal, Pedro correu para alcançá-la.

— Você vai falar com Atretes?

— Vou tentar.

— Posso ir com você?

— Acho que sua mãe não concordaria, Pedro.

— Mamãe! — gritou ele no pátio da pousada. — Posso ir com Rispa?

Ocupada com Benjamim e a pequena Maria, Pórcia estava distraída demais para ser interrompida e acenou, anuindo.

— Viu? — disse Pedro, sorrindo.

— Eu nem sei onde Atretes está, Pedro. Tenho que o procurar no porto.

— Eu te ajudo a encontrá-lo. — E correu para o portão.

Resignada, Rispa colocou o xale sobre a cabeça e o seguiu. A rua estava lotada de pessoas que chegavam e saíam, as mercadorias sendo carregadas e descarregadas.

— Lá está ele! — disse Pedro, correndo em disparada.

Rispa viu Atretes sentado diante de um fano. Ele a encarava com olhos frios como o mármore que o cercava. Reprimiu a contrariedade quando viu Pedro correr até ele. Não estava com disposição para ouvi-lo falar.

— Estávamos te procurando, Atretes — disse o garoto, entrando no templo.

— É mesmo? — disse ele, lançando um olhar superficial ao garoto e fixando a atenção novamente em Rispa, que caminhava em sua direção.

Ela tinha um corpo perfeito, magra, mas farta. O cabelo preto estava recatadamente coberto, mas alguns fios rebeldes escapavam, emoldurando o belo rosto. Os homens a olhavam com admiração, mas ela parecia não os notar.

Ela parou diante do fano, fitando-o com os olhos escuros e luminosos.

— Tem lugar para você na pousada — disse.

Ele desviou o olhar.

— É mesmo? — indagou, perguntando-se se ela tinha noção do efeito que provocava nele.

Como Rispa não respondeu, Pedro olhou para ela.

— Por que seu rosto está todo vermelho?

Atretes riu e bagunçou o cabelo do garoto.

— Volte para seus pais, menino.

— Mas...

— *Vá.* — Foi uma ordem desta vez.

— Eu vou me perder — disse Pedro, ainda resistindo.

— Siga a estrada de volta até a colina. A não ser que você seja um bebê que precise de uma mulher para segurar a sua mão.

Pedro obedeceu.

— Tem um quarto perto do nosso — disse ele, andando de costas. — Você pode dormir lá.

— Isso era necessário? — perguntou Rispa quando o menino já não a podia ouvir.

— Você preferiria que eu não o mandasse embora? — ele questionou, fazendo-se de bronco; mas os olhos brilhavam. — Vou chamá-lo de volta se você se sentir mais segura com ele por perto.

— Você me envergonhou de propósito — disse ela, reprimindo o aborrecimento.

O sorriso de Atretes se tornou sarcástico.

— Foi o que eu disse ou o que você pensou que a deixou envergonhada?

Uma leve carranca se formou no rosto de Rispa, e ele inclinou um pouco a cabeça, com um sorriso desafiador.

Ele achou que ela ia voltar para a pousada e para a segurança de suas amigas, mas ela ficou, embora claramente nervosa. Tinha alguma coisa na cabeça.

— Precisamos conversar.

— Se quer conversar, entre e sente-se. — Notou que ela entrava no templo como se estivesse entrando na jaula de um leão. Ela se sentou no banco de mármore de frente para ele e cruzou as mãos no colo.

— Precisamos chegar a um entendimento antes de prosseguirmos.

Atretes sorriu devagar.

— Ainda não fomos a lugar algum.

— Por favor, estou falando sério, Atretes.

— Mas eu também estou falando sério, muito sério — disse ele com frieza, sem querer questionar por que sentia as emoções agitadas. Ele sabia que tipo de entendimento desejava, mas duvidava de que ela aceitasse. A verdade era que ficaria desapontado com Rispa se ela concordasse.

— Como será nosso relacionamento quando chegarmos à Germânia?

— Como será? — repetiu ele, levantando a sobrancelha.

Ela apertou as mãos com mais força. Se sua expressão não fosse tão fechada e seu tom tão zombeteiro...

— Eu não sou exatamente uma serva, mas também não sou... — Franziu o cenho, em busca das palavras.

— Uma esposa — ele completou a frase por ela.

Ela era maravilhosa, mais bonita do que Júlia jamais havia sido. Rispa corou ainda mais. Nem Simei alguma vez a olhara com tanto desejo. O corpo dela respondeu ao que viu nos olhos de Atretes e o calor se espalhou. Com isso, ela percebeu.

— Eu lhe passei uma impressão errada — ela disse e se levantou.

— Aonde você vai?

— Voltar para a pousada — respondeu ela, ansiosa para escapar.

Antes que conseguisse, ele a segurou pelo pulso.

— Por quê?

Ela mal conseguia respirar.

— Deixe para lá, Atretes. Não é nem um bom momento nem um bom lugar para conversarmos sobre qualquer coisa.

— Por que você não está com um bebê no colo? — ele questionou, levantando-se. — Você se sente vulnerável sem seu escudo humano?

— Caleb não é um escudo, mas, pelo menos, quando estou com ele no colo, você me vê como mãe, e não como... como...

— Como mulher? — Passou o polegar pela pele macia e sedosa do pulso de Rispa e ficou imaginando como seria o restante. Seu coração batia forte, despertando a raiva defensiva. — Você me fez uma pergunta. O que acha desta resposta? Quando chegarmos à Germânia, meu filho não vai precisar de uma ama de leite.

— Mas ainda vai precisar de uma mãe.

— Uma mãe *adotiva*, parente dele. — Os ossos do pulso de Rispa pareciam frágeis como os de um pássaro, mas muito menos frágeis que o que ele via em seus olhos escuros. Ele a machucara profundamente com suas palavras afiadas. Pior, ele a assustara. Então a soltou.

Rispa voltou a se sentar; as pernas amolecidas. Lutou contra as lágrimas.

Atretes se amaldiçoou em silêncio. Queria dizer que sentia muito, mas as palavras o sufocaram. Por que a atacara? Para se vingar do que os outros lhe haviam feito? Ou pelo que sentira quando a vira descendo a rua em direção a ele?

Ela o fitou com os olhos castanhos marejados.

— Eu deixei minha casa e meu país para trás, Atretes. Fiz isso para você tomar Caleb de mim quando chegarmos à sua terra?

Na verdade, Atretes não podia imaginar outra mulher além dela cuidando de seu filho.

— Não — disse ele. — Eu não vou tirar Caleb de você. Juro pela minha espada.

Ela estendeu a mão impulsivamente e pegou a dele.

— Eu acredito em você sem que precise jurar.

Recostando-se em um pilar de mármore, ele a fitou com olhos frios, ao contrário de seu corpo. Quando ela soltou a mão, ele ficou desapontado — e grato. Ela o fazia se sentir vulnerável, e isso não lhe agradava.

Rispa se levantou, perturbada por seu olhar enigmático.

— Volte para a pousada comigo, Atretes. Você faz parte do nosso grupo.

— Acho que não.

— Teófilo está com os homens dele na guarnição — disse ela, pensando que essa poderia ser a razão pela qual ele hesitava. — Por favor. — Estendeu-lhe a mão. — Não fique no frio quando é bem recebido pelo fogo.

Quando ele pegou sua mão, ela sorriu e se voltou para sair do templo. Ele a segurou mais forte, mantendo-a ali.

— Ainda não.

Ela o fitou sem entender, mas logo arregalou os olhos, instintivamente alerta antes que ele a puxasse para os seus braços. Ficou rígida e abriu a boca para protestar. Com a mão na nuca de Rispa, ele cobriu os lábios dela, beijando-a com toda sua paixão reprimida. Puxou-a mais para perto de si e sentiu as mãos dela o empurrando para se libertar. Mas também sentiu seu calor e os batimentos selvagens de seu coração contra o dele.

Satisfeito por ela estar tão abalada quanto ele, ele a soltou.

— Ainda quer que eu volte com você?

Rispa recuou, tremendo e tentando recuperar o fôlego.

— Os arranjos são os mesmos que no navio — disse ela, apertando a frente da túnica e desejando acalmar o clamor do coração.

— E quanto a ser bem recebido pelo fogo? — perguntou ele, roçando levemente a face em brasa de Rispa.

Ela lhe deu um tapa na mão.

— Se você não puder se comportar direito, talvez seja melhor ficar aqui! — E, dando meia-volta, deixou-o sozinho.

Rindo, Atretes a alcançou.

— Mas eu me comportei direito — disse ele, caminhando ao lado dela. Ela nunca conseguiria fugir de Atretes. — Para um *bárbaro* — acrescentou. — Ou preferiria que eu a tratasse como um *berserker*? Já me chamaram disso também.

— Não me trate de nenhuma maneira.

— Por quê? Porque gostou?

Ela parou e o fitou, parecendo mais angustiada que furiosa.

— Porque isso não significa nada para você.

— E para você significa?

Com o rosto em chamas, ela o deixou parado na rua. Ele a alcançou de novo, mas não disse mais nada. Ela notou seu olhar divertido e concluiu que nunca havia conhecido alguém tão insensível.

Pedro estava no portão da pousada, ao lado de Barnabé. Os dois correram para encontrá-los e se puseram um de cada lado de Atretes, permitindo que Rispa se afastasse. Atretes a seguiu pelo pátio, praguejando baixinho quando Tíbulo e Níger foram cumprimentá-lo. Achara que estaria livre deles.

— Nós vamos dormir ali, Atretes — disse Ágabo, juntando-se a eles.

Atretes olhou por cima da cabeça do jovem para ver aonde Rispa havia ido. Estava com Camila e sua filha no lado oposto do pátio. Tirando o xale, ela se ajoelhou na palha e pegou Caleb. O bebê agitou as perninhas rechonchudas, entusiasmado ao vê-la. Ela olhou na direção de Atretes e ele quase pôde ver o alívio em seu rosto. Alívio por estar longe dele, fora de alcance, com seu escudo novamente.

Não por muito tempo, Rispa. Eu já derrubei seus muros uma vez. Da próxima, vou fazer isso diante de seu rosto.

— Por que ele está sorrindo para você desse jeito? — perguntou Camila baixinho, olhando de Atretes para Rispa, que estava bastante nervosa.
— Para ser desagradável.
— Vocês discutiram?
— Não exatamente. — Olhou para trás e o viu ir com Tíbulo e os outros para o quarto onde deveriam dormir. Pedro corria à frente deles, sem dúvida querendo se assegurar de que houvesse espaço para ele.

Atretes voltou a olhar para Rispa e ela sentiu o corpo se aquecer de vergonha. Por que ele se comportara daquela maneira? Pior ainda, por que ela fizera papel de boba? Se tivesse imaginado o que ele pretendia no templo, ela não teria nem entrado.

— Se importam se eu me juntar a vocês, senhoras? — perguntou Próocoro.

Camila o recebeu com carinho. Ele ficou com elas, fazendo companhia a sua irmã; sua afeição pela sobrinha era evidente enquanto a observava brincar com Caleb. Rhoda apareceu depois de um tempo, mas a conversa ficou mais forçada com a presença dela. Rispa viu que o afeto de Rhoda por Lísia era genuíno e recíproco, mas que tratava Camila com uma triste polidez, ao passo que Camila, claramente ressentida, se recluía no silêncio.

Do outro lado do pátio, Atretes observava Rispa. Em volta dele, os jovens tentavam memorizar as Escrituras. Tíbulo tinha uma cópia do Evangelho de Marcos e da carta de Paulo aos efésios. Os quatro decoravam esta última.

— "No demais, irmãos meus, fortalecei-vos no Senhor e na força do seu poder. Revesti-vos de toda a armadura de Deus, para que possais estar firmes contra as astutas ciladas do diabo" — disse Tíbulo, e os outros repetiram a passagem.

— Mais uma vez, Níger. Você esqueceu "na força do seu poder". — Releu a passagem e Níger a citou novamente.

Passagem por passagem, eles treinaram juntos, entalhando as escrituras na mente, palavra por palavra.

— "Estai, pois, firmes, tendo cingido os vossos lombos com a verdade, e vestida a couraça da justiça; e calçados os pés na preparação do evangelho da paz; tomando sobretudo o escudo da fé... Tomai também o capacete da salvação, e a espada do Espírito, que é a palavra de Deus."

Atretes desejou ter ficado no templo.

Tíbulo recomeçou a falar, mas Atretes o interrompeu.

— Acha mesmo que essas coisas vão salvar a vida de vocês?

Tíbulo ficou surpreso demais para responder.

— De que adianta a verdade contra a espada de Roma? — questionou Atretes, sombrio. — De que adiantam palavras de paz contra um império empenhado em derramar sangue? Me diga!

Os outros se entreolharam, cada qual esperando que outra pessoa aceitasse o desafio.

— Um escudo de fé! — debochou Atretes, levantando-se, incapaz de ficar os ouvindo. — Um capacete de salvação! Uma espada pode cortar os dois e *matá-los*.

Níger recuou diante da raiva de Atretes.

— O corpo sim, Atretes, mas a alma não — advertiu Ágabo.

Atretes direcionou sua raiva para ele.

— Aí é que está o problema — disse com escárnio. — Eu não tenho alma! — Nem tinha nada em comum com aqueles homens, filhos de mercadores e artesãos. Ele havia sido treinado como guerreiro desde pequeno; dez anos o haviam endurecido ainda mais. Acaso algum daqueles *garotos* sabia o que era enfrentar a morte?

— Você tem alma, sim, Atretes — disse Bartimeu.

— E ela clama por Deus — disse outra voz.

Atretes olhou para Tíbulo.

— Se eu tenho alma, ela clama por vingança.

— A vingança lhe trará a morte — replicou Tíbulo, encorajado pelos outros dois.

— Talvez; mas, no caminho, me trará *satisfação*.

— Temos boas-novas para você, Atretes — disse Níger. — Temos a vinda de um Salvador.

— Salvador — repetiu Atretes com desdém, lançando um olhar frio às pessoas do círculo. — Então quer dizer que estão salvos?

— Sim — respondeu Bartimeu. — E você também poderá estar.

— Eu já ouvi falar sobre seu Jesus e as *boas-novas* dele. Uma escrava me contou enquanto esperava para enfrentar os leões. E agora, ouço todos vocês falando disso, dia após dia. Vocês nunca calam a boca. Falam da vida, mas a morte paira sobre vocês como um abutre.

— A morte não tem controle sobre nós — disse Ágabo.

— Não? — perguntou Atretes, em tom de desafio e pouco-caso. — Então por que todos vocês estão fugindo dela?

———-¦-¦———

Rispa ouviu Atretes levantar a voz com raiva. Viu-o parado ao lado dos quatro jovens. Todos se levantaram, e Bartimeu avançou um passo. Sua postura era de apelo, não de desafio. Atretes o segurava pela frente da túnica e falava diretamente em seu rosto. O jovem levantou as mãos em um gesto de rendição e Atretes o largou com brusquidão e desprezo. Disse alguma coisa, cuspiu no chão e foi embora.

Quando Pedro e Barnabé o seguiram, Pórcia gritou, chamando-os. Barnabé parou e protestou, mas Pedro a ignorou. Ela o chamou de novo, com mais firmeza, mas só o caçula obedeceu. Quando Atretes se agachou perto do fogo, Pedro se agachou ao lado dele. Atretes disse algo e o fitou com raiva. Pedro falou também e Atretes sacudiu a cabeça. Pedro se levantou, desanimado, e foi embora. Pórcia o encontrou no meio do caminho. Olhando tensa para Atretes, passou o braço em volta dos ombros do filho e o levou rapidamente para suas acomodações. Atretes os observou e virou a cabeça.

Rispa sentiu o coração se apertar. Mal ouvia a conversa forçada entre Prócoro, Camila e Rhoda, pois se perguntava o que havia provocado a fúria de Atretes contra os jovens. A noite caiu e ele continuou perto do fogo, encarando as chamas com as feições de bronze endurecidas. Parecia tão sozinho, afastado de todos...

Em um impulso, ela pegou Caleb e se levantou.

— Com licença — disse ela, passando pelos outros.

— Você não vai falar com ele, não é? — questionou Rhoda. — Com aquele humor...

— Por que ela não deveria? — perguntou Camila.

Rhoda lhe lançou um olhar contrariado.

— Porque ela pode piorar as coisas — disse em voz baixa. — E um homem como ele é imprevisível.

— Você tem tanto medo dele quanto Pórcia — disse Camila.

— Por que não deveríamos ter medo dele? Lembre-se do que ele era.

— Então é isso? Você não consegue deixar ninguém esquecer o passado e recomeçar.

— Não acho que ele queira recomeçar. Ele só quer ir para casa.

Lísia recuou para o canto, apoiando a testa nos joelhos dobrados.

Rhoda olhou para Camila.

— Além do mais, eu não estava falando de você.

— Não?

— Eu não preciso lhe dar explicações.

— Não precisa. Você é clara como o dia. Está sempre lançando farpas contra mim.

— Camila — disse Prócoro com suavidade, mas a irmã não lhe deu ouvidos.

— A todo instante, você...
— Eu não faço nada. É sua consciência pesada que a faz se ofender com tudo o que digo!
— Meu irmão e eu estávamos tendo uma conversa agradável antes de você se juntar a nós. Por que não vai embora?
— Chega! — disse Prócoro, aflito.
Os olhos de Camila rapidamente se encheram de lágrimas.
— Eu estou farta de ser criticada e condenada por ela!
— Você está cansada de *mim*? Ouviu o que ela disse? Viu como ela me trata? — disse Rhoda a Prócoro, e se levantou. — Agora acredita no que eu falo? — Chorando de raiva, olhou para o marido em busca de aprovação. Mas ele ficou em silêncio, cansado. — Vamos, Prócoro?
— Não.
Rhoda empalideceu.
— Não? — Os olhos dela transbordaram de lágrimas.
— Eu vou daqui a pouco — disse ele, mas era tarde demais.
— Eu sou sua esposa, mas você sempre fica do lado dela.
— Eu não fico do lado de ninguém.
— Não? Tudo bem, fique aí. Eu não me importo. Afinal, meus sentimentos não importam mesmo, não é? — As lágrimas rolavam por suas faces. Olhou para Camila. — Nós levamos você para a nossa casa e você não faz nada além de tentar nos separar. Bem, finalmente você conseguiu, não é, Camila? Espero que esteja satisfeita. — Rompendo em lágrimas, deu meia-volta.
Prócoro ficou olhando sua esposa correr para o quarto deles. Olhou para Camila e recostou a cabeça na parede de barro.
— Jesus... — murmurou e fechou os olhos.
— Desculpe — disse Camila debilmente.
— Você está sempre se desculpando — observou ele, levantando-se devagar, parecendo velho e cansado. — Mas isso não ajuda muito, não é?
— Talvez eu deva ficar aqui em Corinto.
— Dizer tolices não ajuda, Cam.
— Quem está sendo tolo? *Você*, por pensar que daria certo! Eu deveria ter ficado em Éfeso.
— E como viveria?
— Não sei, eu daria um jeito.
— Você é minha responsabilidade.
— É isso que eu sou para você? Uma responsabilidade? Eu sou sua *irmã*.

— E Rhoda é minha *esposa* — disse ele rudemente. — O que nenhuma de vocês consegue entender é que eu amo as duas. E peço a Deus que vocês consigam se amar. Não é isso que devemos fazer?

— Eu tento, Prócoro. Eu tento.

— Como tentou agora, Cam? Foi você que começou.

Camila se sentia humilhada e desconfortável. Rispa mordeu o lábio, envergonhada por testemunhar a discussão, mas sem ter como escapar.

— Você sempre cede a suas emoções. E isso foi a causa dos seus problemas, não é?

— Vai começar a jogar o meu passado na minha cara também?

— Eu não preciso fazer isso. É você que não consegue esquecer. Você que fica o remoendo.

Nesse instante, Prócoro notou Rispa.

— Desculpe — ele disse, claramente envergonhado. — Desculpe — repetiu e saiu.

Camila olhou para ela.

— Você também acha que eu estou errada, não é? — disse Camila, com os lábios trêmulos. — Vá em frente, me culpe. Todo mundo faz isso.

Quando Rispa saiu, Camila enfim percebeu que sua filha estava encolhida, chorando baixinho em um canto.

— Lísia — disse, consternada.

Rispa estava triste por todos eles.

O que está acontecendo conosco, Senhor? Nós éramos tão próximos em Éfeso... Será a tensão da viagem? Ou escondemos nossos pecados tão bem que só pensávamos que nos conhecíamos? Se continuarmos assim, seremos inúteis para ti.

Ela se aproximou de Atretes por trás. Estava tão imóvel que ela pensou que ele não a ouvira chegar. Até que ele falou:

— Já está com seu escudo.

Remexendo-se no colo de Rispa, Caleb se voltou e esticou os braços para o pai.

— Ele quer brincar com você — disse ela, sorrindo.

Atretes se levantou e o pegou. Passou por ela e se afastou. Rispa o seguiu até um aposento desocupado ao fundo do pátio, isolado dos outros. Uma tocha ardia do lado de fora. Rispa hesitou, imaginando o que os outros poderiam pensar se ela entrasse ali com ele.

Atretes se reclinou na palha fresca e sentou Caleb ao seu lado. O bebê imediatamente rolou e tentou comer um punhado de grama seca.

— Não, não — disse ela, aproximando-se depressa. Ajoelhando-se, ela o sentou e retirou a grama de sua boca. — Não, Caleb — disse com firmeza quando ele tentou comer mais. Tirando o xale, ela o estendeu e sentou Caleb nele, que soltou um grito agudo, bateu os braços como um pássaro tentando voar e mergulhou para a frente de novo.

Atretes riu.

— É bom saber que meu filho não vai ficar parado enquanto uma mulher lhe diz o que fazer.

— Não quero que ele fique pastando — disse Rispa, aborrecida, sentando-se perto do bebê, atenta para ele não enfiar palha na boca novamente. Ele arqueou as costas e se balançou para a frente, fazendo barulhinhos engraçados. Dobrando as pernas, se ergueu nas mãos. — Ele vai engatinhar logo — disse ela.

Atretes a observou. Ela erguera um muro entre eles depois do encontro no templo.

— Se eu fosse um homem civilizado, pediria desculpa por...

— Eu já esqueci, Atretes.

Ele esboçou um sorriso.

— Posso ver como esqueceu — disse ele, admirando a cor que lhe tingia as faces.

O olhar lascivo a deixou tensa. Em vez de recuar, ela falou sobre o que estava pensando.

— Por que você ficou bravo com Ágabo e os outros?

Ele cerrou o maxilar, recostando-se na parede divisória.

— Eles são uns tolos. — Embora Atretes parecesse relaxado, ela sentiu a tensão e a raiva emanarem dele. Eram uma presença constante, sempre prestes a explodir. Um sopro era suficiente para despertá-las. Virou a cabeça e olhou para ela com os olhos azuis tão bonitos quanto assustadores. — Apesar de tudo o que dizem, eles têm tanta fé em seu deus quanto eu — disse ele. — Nenhuma!

Rispa ficou profundamente perturbada com a observação.

— Eles lutam contra as amarras desta vida, assim como todos nós — disse ela.

— Eles não acreditam no que pregam, e estou farto de ouvi-los falar sem parar nesse seu deus. Eles dizem que a morte não tem nenhum poder sobre eles — disse com uma risada sombria. — Mas bastou eu tocar em um deles para mostrar que ela tem.

— Ágabo se rendeu porque não queria brigar com você.

— Ele se rendeu porque ficou com medo de que eu o matasse. Eu só queria que ele soubesse que sua fé não é um escudo contra nada.

— Fé é tudo o que temos.

— Sendo assim, o que me manteve vivo? Eu não tenho fé.

— Você vive graças à fé, assim como nós, Atretes.

— Eu não acredito mais nos velhos deuses, nem vou me apegar ao seu!
Ela se recusava a se deixar intimidar por sua ira.
— Todos nós vivemos graças à fé neste mundo; fé em *alguma coisa*. Sua fé está em si mesmo. Não vê? Você pensa que porque sobreviveu dez anos na arena pode continuar sobrevivendo da mesma maneira, com força bruta e uma espada. Ágabo e os outros escolheram acreditar em um poder maior que eles. Mesmo quando nossa fé é fraca, Deus é nossa força.

Ele soltou uma risada seca e olhou para o pátio, onde os outros se reuniam com uma camaradagem calorosa. Ele era livre, mas, ainda assim, sentia-se acuado. Rispa fitou seu rosto de pedra e se entristeceu.

Por que não consigo alcançá-lo, pai? Por que ele se recusa a ouvir?

— Atretes, um dia tudo que aprendeu não terá utilidade para você.

Ele respondeu com sarcasmo:

— E você acha que as palavras que eles decoram vai mantê-los vivos?

— As palavras de Deus serão sempre verdadeiras e corretas, independentemente de quem as questione.

Atretes viu nela o que havia visto em Hadassah na noite em que falara com ela nas masmorras. Rispa tinha muito mais fogo que a escrava, mais paixão, mas elas compartilhavam a mesma paz, apesar das circunstâncias. Era o tipo de paz que ele ansiava, mas sabia que nunca poderia ter.

— Pelo menos você *acredita* no que diz.

— Eles também, Atretes, mas são jovens e inexperientes.

— Eles serão julgados — ele disse, sombrio. — Julgados e depois crucificados.

Rispa ficou em silêncio por um longo tempo; as palavras do germano deixavam o coração dela preocupado.

— Talvez você esteja certo. Eles podem morrer como tantos outros. Mas você não entende a plenitude disso, Atretes, nem a retidão. Aconteça o que acontecer, eles não estarão perdidos.

Ele estreitou os olhos.

— E você acha que eu estou perdido.

Ela o fitou profundamente.

— Sim.

A franqueza de Rispa sempre o surpreendia. Ele sorriu, divertido, mas seus olhos eram frios.

— Só se for geograficamente.

Caleb se enroscou no xale e gritou. Rispa o pegou e o sentou no colo, desenroscando o tecido. Quando sentiu as pernas livres, ele esperneou, querendo ser solto novamente. Esticando o xale, ela deu um beijo no pescoço de Caleb e o colocou de bruços. Ele se ergueu nas mãozinhas e soltou uma risada gorgolejante. Sorrindo levemente, Atretes observou seu filho.

— Nós somos muito parecidos com Caleb — disse ela. — Você, eu e o resto do mundo. Queremos ficar em pé e andar. Queremos correr. Mas ficamos enroscados em nossa própria vontade. Permitimos que o pecado nos amarre forte como um xale ao redor de um bebê. E não fazemos o mesmo que ele? Choramos pedindo ajuda, cada um em seu próprio caminho. Lutamos e fracassamos.

O semblante de Atretes era duro e enigmático, e ela ficou pensando se um dia ele entenderia o que ela desejava tão desesperadamente que ele compreendesse.

— Deus nos tira do lodo, Atretes. Não importa quantas vezes tropeçamos e caímos por sermos tolos e obstinados, Jesus sempre nos estende a mão. Quando a pegamos, ele tira o pecado de nossa vida e nos ergue novamente em rocha sólida. Jesus é a rocha. E pouco a pouco, com sua terna misericórdia, ele também nos transforma à sua imagem e semelhança e nos conduz ao trono de Deus.

A expressão do guerreiro era indiferente. Calado, ele a ignorou e ficou observando Caleb brincar por um longo tempo. Frustrada, o desejo de Rispa era fazê-lo entender todas aquelas palavras de uma vez por todas.

Ele se deitou na palha, apoiando a cabeça no braço.

— Pegue-o e vá embora.

Soltando um suave suspiro, ela se levantou e fez o que ele lhe ordenara.

Era noite avançada, e Atretes olhava para as vigas do teto. Sabia que seu silêncio deixara Rispa frustrada, e frustrá-la lhe dera certa satisfação. No entanto, as palavras dela continuavam o atormentando. E ele sabia por quê.

Um ano atrás, um sonho o atormentara noite após noite nas cavernas das colinas, nos arredores de Éfeso. Ele estava em um pântano, prestes a se afogar, quando um homem de branco aparecia e o chamava. "Atretes", ele dizia, e lhe estendia as mãos sangrentas e o salvava.

14

Teófilo chegou à pousada tarde da noite e pediu a atenção de todos. Atretes ficou em seu quarto e Teófilo não fez nenhum comentário.

— Há um navio zarpando para Roma depois de amanhã — anunciou. — É um cargueiro alexandrino, quarto cais partindo do norte, no fim do porto. Os estivadores o estão carregando neste momento. Consegui passagens para todos nós. — Jogou uma bolsa de moedas de ouro para Bartimeu. — Distribua o dinheiro para que todos possam comprar provisões para a viagem.

Enquanto os outros conversavam, Teófilo chamou Rispa de lado.

— Venha comigo até o portão — disse, olhando na direção de Atretes, que estava recostado na coluna.

O gladiador observava tudo com indiferença.

Enfiando os dedos no cinto, Teófilo sacou várias moedas de ouro.

— Como Atretes é teimoso demais para aceitar dinheiro de mim, vou entregá-lo a você.

Rispa pousou a mão sobre a dele.

— Agradeço sua preocupação, Teófilo, mas Atretes trouxe ouro.

Ele hesitou, escrutando o rosto dela para ter certeza de que não era orgulho que a impedia de aceitar o dinheiro. Como viu que não era, assentiu.

— Mas creio que só o suficiente para levá-los até Roma — disse ele. — Atretes deve ter deixado uma grande fortuna para trás.

— Isso não tinha importância comparado ao desejo dele de voltar para casa.

Teófilo esboçou um sorriso triste.

— De todas as raças que enfrentei em batalhas durante vinte e cinco anos, os germanos foram os mais ferozes e determinados a recuperar a liberdade. Eles são um povo implacável. Os judeus são parecidos, mas Tito quase conseguiu exterminá-los. Os poucos que sobreviveram ao holocausto na Judeia se espalharam pelo Império.

— A sede de liberdade é inata em todos os homens.

— Com propósito divino. A trombeta de Cristo retumba, e, por sua graça, eu a ouvi. Reze a Deus para que Atretes também a ouça.

— Eu rezo. Constantemente.

— Não tenho dúvidas — disse ele, tocando o rosto dela.

— Será muito dispendiosa a viagem para a Germânia?

— Sim. Os recursos dele não serão suficientes. Vamos ver se ele será sábio o bastante para aceitar ajuda.

Rispa observou Teófilo sair pelo portão. Quando se voltou, deparou-se com Atretes.

— Vocês tinham muita coisa para conversar — disse ele com olhos sombrios.

— Teófilo é meu amigo. — Ela se assustou com a ira que viu em seus olhos.

— Seu amigo, talvez. Não meu.

— Mas poderia ser, Atretes.

— O que ele lhe deu?

— Ele nos ofereceu dinheiro para comprar provisões para a viagem a Roma. — O rosto de Atretes endureceu. — Eu sabia que você não gostaria que eu aceitasse, então recusei.

— Vou comprar suprimentos amanhã cedo.

— Ele disse que o dinheiro que você tem não é suficiente para chegar à Germânia.

— Eu vou arranjar o necessário quando for necessário.

Rispa ficou consternada ao ouvir seu tom de voz. Não tinha intenção de perguntar como pretendia fazer isso.

— Da próxima vez que falar com ele, diga que, se tocá-la de novo, eu o mato.

Com essas palavras, saiu e tomou a direção oposta à de Teófilo.

Era tarde da noite quando Rispa ouviu Atretes bater no portão da hospedaria. O proprietário o deixou entrar; ela se levantou, observando-o atravessar o pátio até suas acomodações. Estava cambaleante e se jogou no feno. Ela se deitou de novo, o coração batendo inquieto.

Na manhã seguinte, quando se ajoelhou com os outros em oração, ela o viu se levantar e sair da pousada. Os outros também o notaram.

— Quer ir conosco ao mercado? — perguntou Pórcia.

Ela recusou, forçando um sorriso e uma confiança que estava longe de sentir. Acaso Atretes saíra para beber de novo? Ela orou para que não. Se ele voltasse sem ter cuidado de suas responsabilidades, ela decidiria o que seria melhor fazer.

Ficou brincando com Caleb até que ele adormeceu e se deitou ao lado dele sob um raio de sol. O calor era delicioso. Acariciou seus bracinhos, maravilhada com sua perfeição. Aconchegando-se em volta dele, adormeceu com a inexplicável convicção de que tudo daria certo se entregasse sua vida e a de Atretes nas mãos de Deus.

———-I--I-———

Quando o germano voltou, encontrou Rispa dormindo na palha com seu filho aconchegado contra ela. Ficou um longo tempo a observando. Era um luxo que raramente podia ter. Ele a desejava de uma maneira que ia além do aspecto físico, uma maneira que não conseguia entender, e isso o deixava muito desconfortável. Sua fraqueza por beldades de cabelos e olhos escuros o deixava cauteloso com essa mulher; tinha uma premonição de que ela poderia partir seu coração mais do que Júlia havia partido.

Irritado, soltou os pacotes que carregava. O barulho e o farfalhar do feno despertaram Rispa. Ela se sentou com os olhos nebulosos e afastou o cabelo escuro do rosto com as costas da mão.

— Você voltou — disse ela e sorriu.

O sangue de Atretes se aqueceu e suas defesas se ergueram.

— Dê uma olhada e veja se temos tudo de que necessitamos — disse ele secamente.

Rispa se perguntava como um homem podia guardar raiva por tanto tempo por causa de uma bobagem. Queria dizer algo sobre Teófilo, mas sabia que não adiantaria. Atretes pensaria o que ele quisesse, e os protestos dela só serviriam para piorar as coisas.

Atretes se agachou e a observou abrir um saco e passar os dedos por uma mistura de lentilhas, milho, feijão e cevada. Ele comprara frutas secas e algumas carnes salgadas também. Ela pegou outro saco.

— Sal — disse ele. — Essa ânfora contém azeite. A outra, mel. — Tirou os odres cheios dos ombros e os pousou mais delicadamente que os outros. — Vinho. Aguado, assim vai durar pelo menos uma semana.

Ela levantou a cabeça e o fitou, com o semblante iluminado. Ela era tão adorável que seu coração deu um pulo.

— Você se saiu bem — disse ela, e esse simples elogio derrubou as barreiras que ele havia meticulosamente erguido em torno de si. No entanto, quando as emoções ternas surgiram, seu alarme interior disparou.

Retraindo-se em sua fortaleza de raiva, ele a fitou.

— E você ficou surpresa — retrucou, com um sarcasmo mordaz. — Não tenha dúvidas, mulher; vou levar meu filho à Germânia com meus próprios recursos e sem ajuda!

Confusa e magoada, Rispa o observou se afastar, perguntando-se que diabos havia feito de errado dessa vez.

15

Eles embarcaram de madrugada no cargueiro alexandrino. Havia mais passageiros agora, cento e cinquenta e nove ao todo, e espaço no convés era algo precioso. Muitos viajantes ricos haviam mandado servos na frente para montar abrigos elaborados e arrumar as camas para seus senhores, deixando pouco espaço para os que tinham esposa e filhos.

Pequenas embarcações robustas movidas por meia dúzia de remadores rebocavam o navio das docas para as águas mais profundas do golfo de Corinto, puxando-o por cabos. Durante duas horas ficaram parados, até que o vento surgiu. As velas balançaram e se inflaram, e o navio deslizou pela larga passagem em direção ao Áccio e ao Mediterrâneo.

Camila estava quieta e pensativa enquanto observava sua filha conversar com Rhoda.

— Elas se gostam muito — disse Rispa, observando-as também.

— Rhoda nunca fez nada para magoar Lísia. É só a mim que ela tenta atingir.

— Como você faz com ela.

Camila se voltou bruscamente, entendendo a delicada repreenda.

— Ela consegue.

— Você também. Vocês são muito capazes nesse sentido. É doloroso ouvir e ainda mais doloroso assistir.

Camila franziu o cenho e ajeitou o cobertor em torno de si. Reclinou-se para trás, olhando para a vela.

— Não sei por que dizemos essas coisas — falou, cansada. — Nem me lembro de quando começou. Às vezes, o jeito como ela me olha me dá vontade de lhe dar um tapa na cara. Eu sei que cometi um erro, não preciso que fiquem me lembrando disso o tempo todo. Ela está sempre me analisando, esperando que eu faça algo errado.

— Assim como você também fica esperando que ela encontre defeitos em você.

— Isso não é verdade!

— É, sim — disse Rispa delicadamente. — Uma de vocês tem de parar.

Camila desviou o olhar.

— Se eu soubesse como, eu pararia.

— Você ouviu a Palavra de Deus tão claramente quanto eu, Cam. Reze por ela.

— Falar é fácil; quero ver fazer — retrucou ela, tão ressentida que não havia espaço para mais nada.

— Obedecer a Deus normalmente não tem nada de fácil, mas sempre traz bênçãos. — Pegou Caleb, que havia tirado uma soneca, e foi dar uma volta pelo convés. Estava frio; preferia o abrigo da pequena tenda, mas Camila precisava ficar sozinha para pensar.

— Junte-se a nós, Rispa — disse Rhoda, quando a viu se aproximar.

Rispa notou que ela dirigiu o olhar à tenda onde estava sua cunhada.

— Preciso me exercitar um pouco — disse Rispa, sensível aos sentimentos de Camila, sem querer tomar partido de uma ou de outra.

Ágabo e Tíbulo conversavam perto da proa com alguns passageiros. Parmenas e Eunice estavam com Teófilo, enquanto seus três filhos permaneciam sentados no deque ao lado, brincando com um jogo de varetas. Níger e Bartimeu estavam próximos ao mastro, conversando. Vários soldados jogavam perto da porta que levava ao porão. Timão e Pórcia tentavam reerguer juntos sua pequena tenda, que havia desmoronado. Maria, Benjamim e Barnabé brincavam por ali, com um rolo de cordas.

Rispa encontrou Atretes recostado na cabine do armador, de braços cruzados. Ele olhava para as colinas ao sul e parecia não ouvir nada do que Pedro lhe dizia. Sem saber se deveria ir até eles, ela acabou achando melhor ficar onde estava.

Outros caminhavam pelo convés. Um moreno macedônio passou por ela. Rispa ficou inquieta pela maneira como a olhou.

Embora o vento se mantivesse firme, demoraram para atravessar o golfo de Corinto. O sol nascera e se pusera várias vezes antes de passarem por Patras e Araxos, na costa da Grécia. Ao saírem do golfo, dirigiram-se para oeste, passando pela extremidade sul de Cefalônia. Mais além estava o mar Jônico.

Passou-se um dia inteiro até que avistaram um navio.

— É uma *hemiolia* de dois bancos! — gritou um oficial para o capitão, provocando alarme geral entre todos que sabiam que esse tipo de navio era o preferido dos piratas. — Está vindo direto na nossa direção!

O navio era movido por velas e remadores. Singrava rapidamente as águas, enquanto o navio alexandrino se movia lentamente, sobrecarregado pela carga e pelos ventos.

— É ilírio, capitão, e está avançando rápido!

Alguns passageiros começaram a entrar em pânico. Teófilo gritou pedindo que se acalmassem e ordenou que as mulheres e crianças subissem.

— Não tem espaço!

— *Arranjem* espaço!

— Fui informado de que a frota romana patrulhava essas águas! — gritou um rico passageiro. — Onde ela está? Por que não estão nos protegendo?

— Há um esquadrão depois de Brindisi, mas eles não podem estar em todos os lugares ao mesmo tempo. Agora, *mexam-se*!

Atretes observava enquanto alguns passageiros tentavam pegar suas posses e outros corriam em direção ao porão. Teófilo bradava ordens. Homens praguejavam; mulheres e crianças gritavam. Dois escravos que carregavam um baú pequeno, mas claramente pesado, tentavam abrir caminho através da multidão sob o comando de seu senhor.

— Preparem as catapultas! — gritava Teófilo, observando os remos da *hemiolia* subindo e descendo com velocidade e precisão.

Atretes praguejou e olhou ao redor, à procura de Rispa.

— Pedro! Onde está Pedro? — gritou Pórcia enquanto Timão a empurrava com os três filhos para a porta que dava para os deques de carga.

Atretes olhou para o garoto ao seu lado.

— Vá com seu pai!

— Eu quero ficar com você!

Atretes deu um forte empurrão no menino em direção a Timão e correu até Rispa, que estava do lado de fora de sua tenda, observando aterrorizada o navio que se aproximava. Ela ofegou de dor quando ele a pegou pelo braço e a puxou para a cabine do armador. A *hemiolia* estava tão perto que Atretes podia ver os homens armados no convés principal.

— Entre aí e tranque a porta! — ordenou em voz baixa e furiosa.

Sabendo que sua adaga não era páreo para a batalha que se avizinhava, Atretes procurou uma arma mais eficiente.

— Atretes! — gritou Teófilo, jogando-lhe uma lança.

Uma saraivada de flechas zumbiu ao passar sobre a estreita faixa de água entre os dois navios; uma passou raspando pela cabeça de Atretes. Outras atingiram passageiros que ainda tentavam descer. Gritos de dor e pânico encheram o ar. O capitão bradava ordens.

A fileira de remos de um lado da *hemiolia* subiu e se retraiu. O navio tombou. O coração de Atretes se apertou diante do que viu.

— Eles estão equipados com corvos, centurião! — gritou um soldado.

Teófilo já havia visto as pranchas articuladas sendo giradas em torno do mastro na proa da *hemiolia*. Nas pontas, vira os ganchos — os corvos. Se os jogassem no cargueiro alexandrino, os ganchos penetrariam a madeira e os imobilizaria rapidamente.

— Fogo! — ordenou.

As catapultas foram acionadas, lançando tanques de óleo, que se despedaçaram no convés inimigo ao mesmo tempo que os soldados dispararam uma saraivada de dardos flamejantes.

A *hemiolia* girou e bateu forte contra o cargueiro alexandrino. O golpe fez Atretes se desequilibrar e derrubou vários passageiros. Os corvos caíram e os ilírios atacaram, soltando gritos de guerra.

Em vez de jogar a lança, Atretes a usou como um bastão de luta. Soltando seu grito de guerra, golpeou forte a lateral da cabeça de um ilírio e cortou a garganta de outro. Esquivando-se de uma espada, bateu com o ombro no atacante, derrubando-o sobre vários outros.

O estrondo de lâmina contra lâmina ecoou pelo convés, assim como os gritos dos homens ao morrer. Ao pular para o convés superior, Atretes sentiu uma pontada no ombro direito, como uma flecha. Enfurecido, jogou a lança, empalando um arqueiro e prendendo-o contra um barril.

No entanto, imediatamente se deu conta de que havia sido um erro assim que a lança saiu de suas mãos, pois estava em campo aberto, praticamente indefeso. Alguém o derrubou quando três ilírios subiram os degraus.

Teófilo atingiu o ombro do primeiro homem e chutou a espada caída para Atretes enquanto bloqueava um golpe do segundo atacante. Chutou o homem escada abaixo, abatendo outros dois.

Atretes pegou a espada e quase a usou no homem que acabara de lhe salvar a vida. Rangendo os dentes, ele se levantou e firmou os pés enquanto Teófilo se voltava. Vendo sua posição de luta, o centurião sorriu.

— É irritante, não é? — E baixou a espada.

Afastando-o de lado, Atretes pulou para o convés principal e entrou em franca batalha, liberando a raiva em qualquer um que ousasse se aproximar.

Rispa podia ouvir o combate da cabine do armador. Ouviu dois baques fortes na porta. Alguém gritou, e então ouviu outro baque, mais forte desta vez. A trava cedeu. Abrindo um baú, ela tirou metade das roupas que havia ali, colocou Caleb dentro e fechou a tampa.

A porta se abriu no momento em que ela se voltou. No umbral estava o passageiro macedônio, que logo entrou com um gládio na mão.

— O prêmio que eu quero — disse ele com os olhos escuros cintilantes. — Ela vai me render uma boa quantia.

Afastou-se e outros dois entraram no pequeno aposento.

— Peguem-na — ordenou e saiu.

Aterrorizada, Rispa ficou imóvel. Quando os dois se aproximaram, usou tudo que havia aprendido nas ruas de Éfeso para impedi-los de a tocarem. Aos gritos, se debateu desesperadamente.

———|-|———

Atretes viu quando o macedônio entrou na cabine, mas estava tão envolvido na luta no convés principal que não conseguiu correr até lá. Esfaqueou um na barriga e chutou outro para trás. Atingindo um terceiro com o ombro, tentou abrir caminho em um combate corpo a corpo. Notou que dois ilírios entravam na cabine quando o macedônio saiu, guiando os outros para baixo.

O germano se desvencilhou dos demais oponentes ao perceber que os dois piratas arrastavam Rispa para fora da cabine. Ela lutava contra eles incessantemente. Um lhe deu um soco, e Atretes berrou de raiva. Então os alcançou antes que o ilírio tivesse tempo de jogá-la sobre o ombro. Ao verem o gladiador, ambos se afastaram, mas não a tempo de salvar a própria vida.

— *Galeras romanas!*

Vários piratas largaram o butim e recuaram, passando sobre duas pranchas articuladas. Atretes agarrou uma lança e pulou na terceira prancha, impedindo os outros de escapar.

— Atretes! — gritou Teófilo. — Deixe-os ir!

Soltando seu grito de guerra, Atretes não parou de golpear. Até que sentiu uma explosão de dor no ombro esquerdo e caiu para a frente. Perdendo o equilíbrio, caiu de cabeça na água gelada do mar Jônico. Choveram flechas ao redor dele, que quase o acertaram. Sem conseguir mexer o ombro esquerdo, foi subindo até a superfície. Quando emergiu, viu a prancha sendo levantada. Os remos da *hemiolia* fizeram um estrondo alto ao subir, e, ao descer, um deles o atingiu na cabeça.

———|-|———

No convés do alexandrino, Teófilo assistiu a tudo. Tirando o elmo e o peitoral, deu uma ordem e mergulhou. Com movimentos rápidos e fortes, chegou a Atretes enquanto este afundava. Pegando-o pelos cabelos compridos, puxou-o para a superfície e se agarrou à corda que haviam jogado. Atretes estava inconsciente, e tinha sangue escorrendo de um corte na testa. Esforçando-se para manter a si e a Atretes a salvo, o centurião o amarrou firmemente na corda.

— Puxem!

— Cuidado aí!

Os tripulantes jogaram outra corda e Teófilo a agarrou. Cravando os pés no costado do navio, foi subindo enquanto seus homens o puxavam.

Atretes jazia de bruços no convés; a flecha cravada no ombro esquerdo.

— Se ele se mexer, o imobilizem — disse Teófilo. Fincando o joelho no chão, pegou a flecha e a arrancou com um puxão firme. Atretes gemeu e levantou um pouco a cabeça, mas logo desmaiou de novo. — O machucado precisa ser cauterizado — disse, ordenando a um de seus homens que acendesse um braseiro.

———-¦-¦———

Uma dor lancinante rasgou o ombro esquerdo de Atretes, arrancando-o da escuridão que o rodeava. Ele tentou se levantar e se livrar da queimação, mas uma mão forte o empurrou para baixo novamente.

— Cauterizamos a ferida de seu ombro para conter o sangramento e prevenir infecções.

Reconhecendo a voz de Teófilo, Atretes se debateu.

— Tire as mãos de mim! — Ele se levantou, um pouco tonto por causa da perda de sangue. Um soldado segurou seu braço para firmá-lo, mas Atretes o empurrou. — Se me tocar, romano, eu o mato.

O soldado baixou as mãos e deu de ombros para Teófilo antes de dar meia-volta. Atretes girou e observou o convés.

— Onde está Rispa?

— Ela está bem — disse Teófilo. — Está na cabine com seu filho.

Um forte ruído ecoou subitamente quando uma galera romana bateu na *hemiolia*, destruindo remos e abrindo um grande buraco no costado do navio pirata. Voltando-se para olhar, Atretes praguejou enquanto os gritos de escravos ressoavam pelas águas. O mar foi entrando pelo casco da *hemiolia* quando os corvos romanos os acertaram e os soldados pularam para abater os piratas à espada.

Teófilo observava a cena em silêncio. Outra galera romana se aproximava a sota-vento, pronta para ajudar seus companheiros, se necessário. Mas não foi preciso.

Voltando-se, o centurião viu a carnificina que o cercava no convés. Fechou os olhos, se ajoelhou e baixou a cabeça.

— Deus, é tua a glória de nossa libertação — disse com voz profunda e trêmula, sofrendo pelo custo de cumprir suas responsabilidades como soldado. Que preço tinha a ganância dos homens...

Atretes caminhou sobre os feridos e se dirigiu à cabine do armador. Quando entrou, viu Rispa sentada no beliche, confortando Caleb. Quando ela ergueu os olhos, ele viu o hematoma e o inchaço em sua mandíbula, onde o ilírio havia lhe batido. Sentiu o sangue ferver outra vez, o coração batendo forte e rápido.

— Atretes — murmurou ela, demonstrando alívio e preocupação. Ao perceber um ferimento sangrar na testa dele, levantou-se depressa, deitando Caleb dentro do baú novamente para acudir o germano. — Você está sangrando. Sente-se aqui.

Emoções tumultuadas o dominaram, guerreando umas com as outras. Ele riu, sombrio, e a segurou.

— Já me feri antes.

— Sente-se!

Surpreso, ele obedeceu. Ainda confuso, ele a viu vasculhar apressadamente as roupas na pequena cabine. Quando encontrou a que queria, ela a rasgou ao meio.

— Quero ver o que o armador vai dizer quando notar que você rasgou uma túnica tão boa.

— Não me interessa o que ele vá dizer. — Abriu a ânfora de vinho e molhou outra valiosa peça de roupa.

Ele sorriu com sarcasmo.

— Pare de chorar, Rispa. Eu vou sobreviver.

— Mais uma palavra e eu enrolo isto na sua garganta!

Ele estremeceu quando ela limpou o sangue que havia em sua testa com o pano encharcado de vinho. O corpo dela tremia violentamente. Assim como o dele, como sempre acontecia após uma batalha. Seu sangue ainda fervia. Ele havia esquecido como era se sentir vivo.

A proximidade de Rispa despertou outros instintos há muito condicionados por um cuidadoso treinamento mediante o sistema de punição e recompensa. Ele a pegou pelos quadris e a puxou firmemente para si.

— Sempre que eu me saía bem na arena, sabia que haveria uma linda mulher me esperando em minha cela quando eu voltasse.

— Me solte, Atretes.

— Eu não quero te soltar. Eu quero... *ai*! — Ele a soltou abruptamente quando ela bateu no machucado com a bandagem encharcada de vinho. Praguejou em germano, mal contendo a vontade de retribuir o gesto.

— Só porque eles o tratavam como um animal não significa que você tenha se tornado um.

Ele fez uma careta e olhou para ela.

— Eu deveria ter deixado os ilírios te levarem!

Impassível, ela terminou de atar a bandagem, apesar dos protestos de Atretes. Pousou levemente as mãos em seus ombros e sorriu com tristeza.

— Fico feliz por não ter deixado.

Afastando-a para o lado, Atretes se levantou. Quando se inclinou sobre o baú para pegar Caleb, Rispa viu o outro ferimento.

— Seu ombro!

— Nem pense nisso! Vou arranjar uma mão mais gentil que a sua para cuidar disso. — Ignorando-a, ele deitou Caleb no beliche, o despiu e acariciou seu corpo. — Ele parece ileso.

— Ele estava bem escondido no baú. Ninguém tocou nele.

Atretes se abaixou, apoiou os antebraços de ambos os lados do filho e esfregou o rosto contra ele, aspirando o aroma de vida e inocência. Quando recuou, viu que sem querer sujara Caleb de sangue. Isso abriu feridas ocultas havia muito, mas momentaneamente esquecidas.

— Lave-o — disse com voz rouca e saiu da cabine.

Rispa fez o que Atretes ordenara. Então, ouvindo os gritos dos feridos do lado de fora, amarrou Caleb no xale. Não podia ficar presa naquela cabine, sem deixar de ajudar os necessitados.

No entanto, o que viu ao sair foi uma cena horripilante. Feridos e moribundos jaziam entre os mortos, enquanto tripulantes e passageiros erguiam corpos e os jogavam ao mar sem nenhum cuidado ou cerimônia. Não muito longe, a galera romana se afastava de seu adversário conquistado. O navio ilírio afundava, chamas lambiam o mastro e subiam para a larga vela. Homens saltavam ao mar e eram deixados para se afogar.

O grito estridente de dor de uma mulher fez Rispa se voltar bruscamente. Rhoda estava ajoelhada, com Prócoro nos braços. Ela embalava o corpo inerte do marido, o rosto atravessado de angústia. Impotente, Camila chorava, abraçada a Lísia.

Ali perto, outro homem chorava baixinho ao lado de sua mãe. Com lágrimas nos olhos, Rispa se ajoelhou próximo dele e segurou-lhe a mão. Ele a apertou com tanta força que ela pensou que seus ossos não resistiriam. O ferimento aberto em seu abdome era mortal, e as poucas palavras de consolo que ela conseguiu pronunciar antes de a mão dele pender, lânguida, nem sequer foram ouvidas.

Atretes abriu caminho entre os mortos, fitando os rostos sem vida. Encontrou Ágabo entre eles. Ajoelhando-se, fitou o jovem morto. Ele jazia de olhos arregalados, como se olhasse para o céu. O semblante era tranquilo. Ao contrário de muitos outros, não havia sinais de luta, dor ou medo. Não fosse pelo ferimento fatal no peito, daria para imaginar que ele estivesse vivo.

Perplexo, Atretes o observou. Ele se lembrava apenas de um rosto além desse que parecera tão pacífico após encontrar uma morte violenta; o de Caleb, o judeu que ele havia matado na arena.

Abalado de um jeito que não entendia, murmurou:

— Talvez o que você disse faça sentido. — Estendeu a mão delicadamente para fechar os olhos do jovem. Ergueu o cristão e o levou para estibordo, longe dos ilírios mortos, descartados apressadamente. — Você está com seu Cristo — disse com respeito, e deixou o corpo de Ágabo cair tranquilamente no mar.

O corpo do jovem flutuou por um instante, os braços estendidos, até que afundou devagar nas profundezas azuis.

— Que bom que o centurião o salvou, caso contrário você teria virado comida de peixe como os outros — disse um marinheiro, grunhindo enquanto carregava outro corpo por sobre o costado.

Atretes se voltou para ele com brusquidão.

— O que você disse?

— Quando você caiu — disse o outro, grunhindo novamente ao soltar seu fardo no mar —, um remo o atingiu. Ele tirou a armadura e mergulhou atrás de você.

Atretes se voltou e viu Teófilo parado em meio aos mortos.

Com o elmo debaixo do braço, o centurião parecia rezar. Atretes enlouqueceu ao saber que devia sua vida àquele maldito romano. Não uma vez, mas *duas*! Se o centurião não lhe houvesse dado uma arma, ele teria morrido bem antes de a batalha atingir o auge. E, agora, sabia que nunca teria recuperado a consciência dentro d'água. Foi tomado pelo ressentimento, mas a razão prevaleceu.

Se ele tivesse morrido, o que seria de seu filho e de Rispa? Graças aos deuses, fossem quais fossem, não havia sido seu destino sobreviver dez anos na arena para morrer nas mãos de piratas ilírios, a bordo de um navio alexandrino que levava uma carga preciosa para Roma! Que cruel ironia teria sido! Um dia morreria, mas, quando isso acontecesse, ele pretendia que tivesse propósito e significado. Era uma grande honra morrer em batalha, mas em luta contra Roma! Se ele tivesse morrido agora, teria sido *defendendo* um navio mercante a serviço do imperador. Teria sido uma grotesca ironia do destino. Isso nem sequer lhe havia ocorrido até o momento.

Como se sentisse o olhar de Atretes, Teófilo olhou em sua direção. Os olhares se encontraram e se sustentaram. Atretes apertou os dentes, o pescoço rijo de orgulho. O centurião havia salvado sua vida e Atretes sabia que tinha que lhe agradecer.

Teófilo permanecia imóvel, enigmático, sem dúvida esperando a oportunidade de se regozijar. Engolindo o próprio orgulho, Atretes acenou com a cabeça.

Teófilo esboçou um sorriso, sem zombaria ou triunfo, apenas com uma dolorosa compreensão.

16

O cargueiro alexandrino navegou sob a guarda das duas galés romanas até chegar ao estreito da Itália. A escolta seguiu para o leste quando o navio passou pela Sicília, rumo ao mar Tirreno.

Conforme navegavam para o norte, Atretes observava a devastação ao longo da costa.

— O monte Vesúvio entrou em erupção há um ano — disse um dos tripulantes. — Cobriu as cidades de Heracleia e Pompeia. Nem dá para saber que um dia existiram. Os judeus acreditam que é o julgamento de Deus sobre Tito pelo que ele fez a Jerusalém.

Atretes estava começando a gostar desse Deus.

Quanto mais longe da costa navegavam, mais navios avistavam. A remo e a vela, chegavam de todas as partes do Império, transportando carga para os mercados gulosos da Cidade Eterna.

Atretes estava perto da proa, temendo seu retorno a Roma. Lembranças sombrias o atormentavam. Ele havia dormido pouco, torturado pela premonição de que seria capturado e forçado a lutar para a plebe romana novamente.

— O que você tem na mão, Atretes? — perguntou Pedro, sentando-se em um barril ali perto.

Ele abriu o punho apertado e olhou para a placa de marfim na palma da mão.

— A prova da minha liberdade — disse ele, sombrio.

A única prova que tinha.

— E se alguém a roubar de você? Isso significa que você não vai ser mais livre?

— Não sei, garoto.

— O que você faria se tentassem te levar de volta a um *ludus*?

— Eu não me entregaria sem lutar.

Rispa viu pouco Atretes; preferia ficar dentro do abrigo, fazendo companhia a Rhoda. Estava preocupada com ela. Rhoda não dissera uma palavra desde que o corpo do marido fora entregue ao mar. Mantinha-se em silêncio, pálida, chorando. Igualmente sentindo a perda do irmão, Camila ficava no convés até anoitecer, evitando ao máximo a companhia da cunhada. A pobre Lísia, dividida entre o amor pela mãe e pela tia, ia e voltava entre as duas.

Por fim, Camila entrou no abrigo e se sentou. Olhou superficialmente para Rhoda e sorriu para Rispa.

— Um dos oficiais do navio acabou de me dizer que se os ventos continuarem estaremos em Óstia em meados de março. Falta pouco.

— Estou um pouco assustada com a ideia de ir a Roma — disse Rispa.

Caleb dormiu em seu seio. Ela o deitou na cama e o cobriu com um cobertor macio. Ele mexeu a boca como se ainda estivesse mamando.

— Ele é lindo — murmurou Rhoda, surpreendendo as duas mulheres. Então começou a chorar, as lágrimas rolando pelas faces alvas. Inclinando-se para a frente, colocou o dedo na palma de Caleb, que fechou os dedinhos instintivamente. — Eu sempre quis ter filhos. Desde que me lembro, meu maior desejo sempre foi esse. Próforo dizia que o Senhor nos abençoaria com um, no devido tempo. Eu rezava incessantemente por um bebê. Agora, nunca mais terei um filho. — Ela levantou a cabeça e olhou para Camila, que enrijeceu e recuou um pouco, esperando um ataque. Mas Rhoda falou com suavidade: — Quando você veio morar conosco, foi como se Deus estivesse zombando de mim. Acredito no Senhor desde que eu era criança e sempre lhe servi. Eu nunca me desviei... — Sua voz falhou e ela olhou para Caleb.

— Como eu — disse Camila com uma voz frágil. — Não é isso que você quer dizer?

— Cam — disse Rispa, contrariada.

— Não. É verdade. Vamos esclarecer tudo, agora. Ela perdeu o marido; mas talvez tenha esquecido que eu perdi o irmão! — Olhou para Rhoda com lágrimas nos olhos. — O que você vai dizer agora, Rhoda? Que ele morreu por minha culpa?

— Não — respondeu Rhoda, com a voz entrecortada.

— Não? — Camila indagou. — Você está sentada aí há dias, sem me dirigir uma única palavra, só pensando em um jeito de me culpar. Vá em frente, me culpe. — Ela se enrolou no xale e virou o rosto.

— Eu estive pensando... Sempre tive má vontade em relação a você e a caluniei. Eu errei. Não conseguia pensar em mais nada! — Pestanejou para conter as lágrimas, olhando para as mãos entrelaçadas.

Camila a fitou com desconfiança.

— Não era de você que eu tinha raiva, mas de Deus. Achava que ele tinha me abandonado. — Rhoda ergueu a cabeça, comovida. — Deus lhe deu o que eu mais queria: um bebê! Você veio a nós com um lindo bebê nos braços e meu coração gritou. Por que Deus a abençoou, e não a mim? Eu achava que merecia, mas não. Eu não merecia nada. — Sacudiu a cabeça, dominada pelo remorso. — O tempo todo eu pensava que estava servindo a Deus, mas não estava. Quando Prócoro morreu, percebi que coloquei meu desejo de ter um filho à frente dele. Fiquei esse tempo todo pensando no passado. Eu fiz tudo pelos motivos errados. Todas as boas obras que as pessoas creditam a mim não são nada, porque eu as fiz esperando que Deus me recompensasse. Eu achava que, se eu me esforçasse, Deus me daria o que eu queria. A verdade é que eu nunca servi ao Senhor; eu sempre servi a mim mesma. — Com as faces molhadas, olhou para Camila. — Eu fui cruel com você muitas vezes, Cam. Por favor, me perdoe.

Camila ficou sentada por um longo tempo sem dizer nada.

— Eu a perdoo — disse por fim, com tristeza. Em seguida se levantou depressa e saiu.

Rispa deixou Caleb com Rhoda e foi atrás de sua amiga.

Camila estava sozinha perto da proa, chorando. Rispa se sentou ao seu lado.

— O que foi? — perguntou com suavidade.

— Eu sempre quis que ela implorasse o meu perdão. Orei por esse momento, só para ela entender o que eu senti. E, agora, me sinto tão envergonhada! — Enxugou as faces e fitou a vela, pensativa. — Rhoda e eu somos muito parecidas. Ela queria um filho, e eu queria um marido que me amasse do jeito que meu irmão a amava.

— Agora vocês têm uma à outra.

— Talvez. Se pudermos aprender a aliviar os fardos uma da outra, e não o contrário.

— Agora é um bom momento para começar — disse Rispa delicadamente.

Camila observou o rosto da amiga por um momento e assentiu. Voltaram para a tenda. Lísia pegou Caleb e ficou brincando com ele enquanto sua mãe se sentava perto de Rhoda.

— Rhoda — Camila hesitou, com suavidade. — Eu queria falar com você sobre o passado.

— Não precisa me dizer nada.

— Por favor, Rhoda, só desta vez, me deixe falar sobre isso e nunca mais vou tocar no assunto. — Esperou que Rhoda assentisse. — Quando Calixto me abandonou, fiquei muito magoada. Você não pode imaginar como eu o amava e como fui tola. Quando larguei a minha família para ficar com ele, sabia que o que estava fazendo era errado, mas não me importei. Eu só pensava em ficar com ele. E então Calixto mostrou que era tudo o que a minha família e os meus amigos haviam dito que era. Eu não tinha para onde ir, ninguém para cuidar de mim. Pensei até em afogar Lísia e me suicidar.

Rhoda fechou os olhos, tremendo por causa do pranto silencioso. Camila baixou a cabeça.

— Você não sabe como foi difícil, Rhoda. Prócoro sabia, mas não me ofereceu ajuda. Por fim, eu engoli o meu orgulho e pedi, e ele disse que falaria com você antes de decidir. — Ficou calada por um momento. Desviou o olhar enquanto as lágrimas rolavam pelo rosto e ela as engolia convulsivamente. — Eu sabia que tinha me metido em uma encrenca, mas só conseguia pensar que o meu irmão se importava mais com os seus sentimentos do que com a minha vida. — Suspirou, trêmula. — Eu tinha ciúme de você. Entrei na sua casa cheia de mágoa e ressentimento. Eu me ofendia com tudo o que você dizia e fazia tudo o que podia para ficar entre você e o meu irmão. Eu deixei todos infelizes nos últimos anos, e agora você me pede perdão, sendo que quem precisa do seu perdão sou eu.

Rhoda se inclinou para a frente e estendeu as mãos. Camila as tomou e, deixando o orgulho de lado, chorou ostensivamente.

— Ele te amava, Rhoda. Você sabe disso. E adorava Lísia tanto quanto eu. Você disse que nunca terá um filho, mas Lísia é sua filha tanto quanto minha. Ela te ama. E eu também.

As duas conversaram a noite toda, sobre Prócoro, sobre suas preocupações quanto ao que fariam quando chegassem a Roma. Rispa se deitou com Caleb ao peito e ficou ouvindo. Quando a alegria da reconciliação a preencheu, olhou pela abertura da tenda e viu Atretes.

Ele estava apoiado na amurada; o cabelo loiro açoitado pelo vento. Parecia tão sério, tão implacável... Qual seria o futuro dela e de Caleb quando chegassem às florestas escuras da Germânia?

17

O cargueiro alexandrino entrou no porto imperial de Óstia em meados de março. Esse porto na foz do rio Tibre, construído por Anco Márcio setecentos anos antes, havia se tornado um centro comercial e de estocagem para o suprimento de grãos de Roma, bem como de reaparelhamento e reparo de navios que iam para o ancoradouro de Porto. Havia galés da frota romana em número considerável ao lado de uma barca real decorada para uma elaborada celebração.

Teófilo reuniu os cristãos enquanto o navio era rebocado ao porto.

— Eu só poderei me juntar a vocês novamente depois que entregar os presentes ao imperador e cumprir minhas obrigações. Quando desembarcarem, sigam a estrada principal que sai de Óstia. Ela os levará aos portões de Roma. Procurem o templo de Marte. Perto dele há um mercado. Quando encontrarem os vendedores de frutas e legumes, perguntem por um homem chamado Tropas. Ele tem uma barraca ali; é um de nós, e de confiança. Ele lhes indicará habitações seguras.

Rispa foi até Atretes para transmitir as instruções de Teófilo, mas ele as ignorou.

— Nós vamos por nossa conta — disse ele, pegando as mantas enroladas e os últimos suprimentos de comida.

— Isso é sensato? — perguntou Rispa, com medo de deixar os outros.

No entanto, notou o brilho de raiva nos olhos azuis do germano. Com os fardos já amarrados às costas, Atretes pegou Caleb e se dirigiu à fila de passageiros que desembarcavam.

Lutando contra a apreensão, Rispa correu atrás dele.

— Eu o levo, Atretes.

— Eu o devolvo quando estivermos fora deste navio.

Incapaz de detê-lo, ela olhou para os outros. Todos estavam ocupados recolhendo seus pertences; mas o germano não lhes daria ouvidos, de qualquer maneira. Pedro correu até Atretes antes que este desembarcasse.

— Aonde você vai? Não vai ficar com a gente?

— Não — respondeu Atretes, lançando um olhar impaciente ao menino.
— Teófilo disse aonde devemos ir.
— Volte para sua mãe.
— Mas...
— *Vá!*
Piscando para conter as lágrimas, Pedro obedeceu.
Rispa observou o garoto e se virou para Atretes.
— Por que foi tão cruel com ele? Ele adora você.
— Fique calada! — Começou a descer. Ela não teve escolha, senão segui-lo. Quando chegaram ao cais, Rispa teve de correr para acompanhá-lo. Atretes tinha pressa de sair dali. As pessoas saíam do caminho para não trombar com ele, enquanto ele descia em direção a uns grandes armazéns. Vários soldados que estavam ao lado de um homem que segurava um manifesto na mão o notaram. Um em particular o olhou longamente e disse algo a um dos outros.
— Ei, você aí! — gritou um deles, e o coração de Rispa deu um pulo e começou a bater forte.
Atretes praguejou baixinho e inclinou a cabeça com arrogância quando dois soldados se aproximaram e outras pessoas ao longo do caminho pararam para fitá-lo com curiosidade.
— Qual é seu nome? — perguntou um soldado ao mesmo tempo que o outro já dizia: — Atretes! Eu te falei, Anco. Eu juro que é ele. — Olhou para Atretes quase o reverenciando. — Eu vi você lutar contra Celerus, nunca vou esquecer. Foi a luta mais magnífica que já presenciei.
— Que bom que gostou — disse Atretes, impassível.
— Então, você *é* Atretes — disse Anco com descrença, observando o traje comum e o turbante enrolado na cabeça para cobrir os cabelos loiros.
— Sim — confirmou Atretes.
Rispa ergueu os olhos, surpresa por ele revelar sua identidade. Podia ver uma veia pulsando no pescoço dele. Um frio de advertência se espalhou sobre ela.
— É seu filho? — perguntou Anco, estendendo a mão para roçar a bochecha de Caleb.
Atretes se mexeu levemente, mas, quando o bebê saiu do alcance do soldado, a mensagem foi tão clara quanto uma trombeta anunciando uma batalha. Anco estreitou os olhos. Fez-se um frio silêncio. Rispa podia ouvir os próprios batimentos cardíacos nos ouvidos. Orou freneticamente, suplicando a Deus por ajuda.
— Úlpio, você que é especialista em gladiadores, me diga: Atretes não foi vendido e mandado para Éfeso?

— Há três anos — respondeu Úlpio. — Mas a plebe não o esqueceu. Ainda é apaixonada por ele, os artesãos ainda vendem estátuas dele em frente ao...

— Então ele ainda é um escravo — interrompeu Anco com presunção.

— Eu ganhei a minha liberdade — retrucou Atretes, tirando a corrente de ouro com o pingente de marfim debaixo da túnica. E com um olhar sombrio e zombeteiro, mostrou-a ao soldado.

— Que pena — disse Anco. — Mas as coisas podem mudar, dependendo das circunstâncias.

Atretes entregou Caleb a Rispa sem desviar o olhar do soldado.

Anco levou a mão ao cabo da espada. Úlpio deu um passo à frente, com a mão estendida entre eles.

— Não seja tolo.

— Há algum problema aqui? — interpelou uma voz dura.

Úlpio se voltou.

— Centurião! — exclamou ele, surpreso e aliviado. Bateu no peitoral em uma saudação formal. Anco imediatamente o saudou também.

— Eu lhe fiz uma pergunta, soldado — disse Teófilo a Anco, com toda dignidade e autoridade de seu posto.

Anco ruborizou.

— Este homem é um escravo do *ludus* imperial.

— Ele não é mais escravo, soldado; ou não notou o pingente que ele usa? — Teófilo olhou para Atretes e inclinou a cabeça respeitosamente. — Eu não tive oportunidade de me despedir de você e agradecer sua ajuda a bordo do navio. Faço-o agora. O imperador ficará feliz ao saber de sua participação na neutralização dos piratas Ilírios.

Atretes retesou a mandíbula e apertou os lábios.

Teófilo olhou para Anco.

— Fomos atacados e estávamos em menor número. Sem a ajuda deste homem, os ilírios teriam tomado o navio e os presentes que eu trouxe para Tito.

— Centurião, este homem é *Atretes*.

O semblante de Teófilo ficou sombrio.

— É por isso que o estão detendo? Para bajulá-lo como dois *amoratae*? Voltem a seus deveres, agora! — Quando já não o podiam mais ouvir, Teófilo olhou para Atretes e disse: — É uma pena que você seja reconhecido tão facilmente.

— Não pretendo ficar em Roma mais que o necessário.

— Seria mais seguro se ficasse fora da cidade. Vou providenciar para que fiquem nos arredores de Óstia e os encontro quando terminar minha missão junto ao imperador.

— Eu tomo minhas próprias providências.

— Deixe de ser arrogante. Tenha bom senso!

— Tenho sua permissão para me retirar, *senhor*? Ou pretende me deter também?

Os olhos de Teófilo cintilaram.

— Você é livre para ir aonde quiser, inclusive a Hades, se lhe agradar — respondeu Teófilo, dando um passo para trás e inclinando a cabeça. — Mas tome cuidado para não levar consigo seu filho e Rispa.

Atretes ficou rígido; seu sangue fervia. Apertando os dentes, disse:

— Eu conheço alguém em Roma que vai nos ajudar.

— Um ex-gladiador? — questionou Teófilo, lutando contra a impaciência com aquele germano teimoso.

— Gladiadores são mais confiáveis que romanos.

— Como Gallus, não é? — sugeriu Rispa, recebendo um olhar sombrio.

— Vá e ponha-se aos cuidados do seu ex-gladiador — disse Teófilo, furioso. — Espero que não acabe de volta ao *ludus*. Estou avisando, não conseguirei tirá-lo tão de lá com facilidade.

— Eu sei me cuidar.

— Dentro da arena, sou obrigado a concordar.

— Em qualquer lugar.

— Ele está apenas tentando nos ajudar — disse Rispa.

— Eu não preciso da ajuda dele, mulher, nem pedi.

— Por que você não o escuta? Ele conhece Roma, conhece o imperador. Ele sabe...

Atretes pegou Caleb nos braços e se afastou. Assustada e frustrada, Rispa ficou olhando para ele, até que se voltou para implorar a Teófilo.

— O que eu faço agora?

— Vá com ele, eu os encontrarei — disse ele, rindo sem humor. — Ele vai facilitar as coisas para mim.

Rispa alcançou Atretes. Caleb chorava em seus braços.

— Você o está assustando — disse ela. Ele lhe passou o bebê sem diminuir o ritmo. Ela fez o que pôde para acalmar Caleb enquanto praticamente corria ao lado de Atretes. Precisava de três passos para cobrir um dele e logo ficou sem fôlego. — Eu não consigo te acompanhar! — arfou, e ele diminuiu um pouco o ritmo, pegando-a pelo braço para mantê-la ao seu lado. — Você sabe aonde está indo? — perguntou, sentindo-se cada vez mais insegura à medida que se distanciava de Teófilo.

Atretes cerrou os dentes.

— Teófilo conhece o caminho...

Ele parou e se voltou para ela, lívido.

— Cale-se! Não fale o nome dele de novo, entendeu? Eu suportei a presença dele a bordo do navio porque não tive escolha, mas agora eu tenho!

Eles caminharam por horas entre a multidão de viajantes que se dirigiam à Roma. Mantinham-se à margem e fora do caminho dos numerosos veículos que passavam apressados em ambas as direções. Uma reda de quatro rodas e quatro cavalos passou carregando uma família. Um císio de duas rodas e dois cavalos passou correndo, enquanto um jovem e rico aristocrata incitava os cavalos, alheio ao risco que representava aos outros. Havia carroças de bois cheias de mercadorias e liteiras carregando oficiais, comerciantes e turistas ricos que iam à Roma levando mensagens, artigos diversos ou grandes esperanças de realizar seus sonhos. Centenas seguiam a pé; Atretes e Rispa, com Caleb no colo, estavam entre esses.

Pararam brevemente em um dos marcos que eram colocados a cada mil passos com o registro das cidades mais próximas e o nome do imperador de cujo reinado as obras haviam sido concluídas. Os reparos na estrada também eram anotados no marco, seguidos pelo nome do imperador sob cujo governo haviam sido feitos. Atretes não sabia ler nenhuma informação, e Rispa só as compreendia em parte. Aprendera com seu marido, Simei.

Atretes abriu a bolsa que levava ao cinto e deu a Rispa um punhado de grãos secos para comer. Jogou um bocado da rica mistura à boca. Pegou o odre de vinho e o colocou no colo dela.

— Está quase vazio — disse ela depois de tomar um gole e estendê-lo de volta.

— Vamos comprar mais — disse ele, colocando-o de novo no ombro. — Amamente o bebê no caminho.

Entraram na cidade quando o sol se punha. Do lado de fora dos portões os comerciantes resmungavam, obrigados a esperar até a manhã seguinte para poder entrar na cidade. Nenhum veículo de rodas era autorizado a entrar em Roma após o pôr do sol.

— Falta muito? — perguntou Rispa, exausta.

— Bastante — respondeu Atretes, sombrio. Viu o palácio do imperador ao longe; sabia que teriam que andar horas até chegar a uma parte de Roma que ele conhecia. Assim que encontrassem o *ludus*, ele tinha certeza de que encontraria o caminho para a pousada de Pugnax. Caso contrário, arranjaria alguém que levasse uma mensagem a Bato, o lanista do Ludus Magnus. Mas era longe demais para ir aquela noite ainda, pois Rispa estava exausta. Vislumbrou um parque não muito longe. — Vamos passar a noite lá.

Rispa notou um grupo de pessoas de aparência rude vadiando por ali, mas não protestou. Se fossem atacados, seria responsabilidade de Atretes.

Estava esfriando e nuvens escuras se acumulavam no céu. Atretes conduziu Rispa por uma trilha de paralelepípedos entre um arvoredo. Do outro lado havia um fano coberto de vinhas. Ela parou e olhou o lugar com receio.

— Está pensando na última vez que você e eu estivemos em um desses? — perguntou Atretes, ironicamente.

— Eu vou dormir lá — disse ela, apontando para uma fileira de arbustos.

— Acho que não.

— Não me interessa o que você acha! Estou cansada e com fome, e não vou discutir com você!

Ele notou o tremor na voz de Rispa; sabia que ela estava à beira das lágrimas.

— Vai esfriar, Rispa.

— Não se ofereça para me esquentar! — Tirou o cobertor da mochila que Atretes levava ao ombro, deixou o gladiador no caminho e foi até os arbustos.

Apertando os dentes, ele entrou no fano e fez sua cama. Ouviu Caleb chorar; um som lamentoso na crescente escuridão. As nuvens passavam diante da lua, deixando o jardinzinho do templo às escuras. O choro de seu filho o irritava. Ouviu o estrondo de um trovão e começou a chover, a água batendo contra o arco de mármore acima dele.

Atretes se levantou e foi atrás de Rispa; o choro de Caleb tornava mais fácil encontrá-los. Abaixando-se diante de um denso arbusto, ele a viu encolhida debaixo do cobertor molhado.

— Vá embora — disse ela.

Ele percebeu que ela chorava com o bebê.

— Mulher, deixe de ser teimosa. — A chuva fria o ensopava sob o pesado cobertor de lã, envolto ao redor dos ombros. — Pense no bebê.

Tiritando de frio, ela se levantou e o seguiu até o fano. Sacudindo a água do cobertor, ela se deitou nos ladrilhos de mármore. Ele se sentou no banco e não disse nada. Ela tremia. Atretes a ouvia falando baixinho com o bebê. Quando Caleb chorou mais alto, ela mudou de posição, ajeitando as roupas para poder amamentá-lo.

Recostado contra uma coluna de mármore, Atretes notou que aos poucos ela relaxava, tamanha sua exaustão. Quando teve certeza de que Rispa estava dormindo, ele se deitou atrás dela e cobriu os três com seu cobertor. Ela estava gelada. Atretes a encaixou com firmeza na curva de seu corpo para que seu calor a aquecesse. Ela se moldava perfeitamente. O cheiro de sua carne o excitou, mas ele desviou os pensamentos para outras coisas que esfriassem seu desejo. Gallus, por exemplo. O comentário de Rispa sobre Gallus serviu para esse propósito também. Ele só havia visto Pugnax uma vez, para falar de negócios. Bato o acompanhara, e Atretes sabia que, se não fosse pela presença do lanista, poderia não ter sobrevivido aquela noite. A pousada era um lugar pequeno comparado a outros estabelecimentos para onde ele havia sido levado desde então. Pugnax não tinha muito para ostentar depois de seus anos na arena.

Atretes sorriu com amargura. Quanto ele tinha para ostentar depois de dez anos lutando por sua vida? Tudo que ganhara fora gasto naquela mansão e seu requintado mobiliário em Éfeso. E para quê? Para Júlia. A bela, superficial e corrupta Júlia.

Dormindo, Rispa se aproximou mais e Atretes prendeu a respiração. Levantando a cabeça, olhou por sobre ela, para seu filho. Mesmo dormindo, ela aconchegava o bebê contra si, protegendo-o e amando-o. Ele afastou as mechas de cabelo escuro do rosto dela e tocou-lhe a pele suave e macia. Deitou a cabeça de novo e fechou os olhos, tentando dormir.

Sonhou que estava acorrentado em uma pequena cela escura, sem portas nem janelas. Não havia grades acima dele através das quais os guardas pudessem espiá-lo, apenas paredes que o pressionavam, a escuridão tornando-se cada vez maior. Abriu a boca para gritar, mas não saiu nenhum som. Sem conseguir respirar, começou a se debater.

— Atretes — alguém disse com suavidade, e ele sentiu uma mão gentil no rosto. — Está tudo bem. *Shhh.*

Voltou a flutuar em mares mais calmos.

Quando acordou, viu Rispa dormindo debaixo do banco de mármore. Irritado, ele a cutucou.

— Está amanhecendo.

Atretes gastou suas últimas economias em comida, a caminho do coração do Império. Quando pediu informação para chegar à arena, Rispa falou pela primeira vez em toda a manhã.

— Por que estamos indo para a arena?

Em Éfeso, ele sempre estivera determinado a evitar a arena; por que estava procurando esse lugar em Roma?

— O Ludus Magnus fica perto. Conheço um homem que pode me ajudar.

Adiante do movimentado edifício do colossal anfiteatro de Flávio, ficava o *ludus* onde ele passara os anos mais obscuros de sua vida.

— Não podemos ir para lá, Atretes.

— Não há outro lugar aonde possamos ir. Você estava certa sobre Gallus — disse ele, sombrio —, mas há um homem em quem eu posso confiar, e ele está no *ludus*.

— Como você pode confiar em alguém naquele lugar?

— Bato salvou a minha vida mais de uma vez.

— Um gladiador vale mais vivo que morto.

Ele a pegou pelo braço com brusquidão, quase a empurrando na direção que pretendia seguir.

— Estamos perdendo tempo. — Observou os grossos muros enquanto se aproximava do pesado portão de ferro. Havia quatro guardas de plantão para evitar que os *amoratae* entrassem. Apenas clientes pagantes podiam ver os treinos de gladiadores ou participar deles. Ali, ele havia visto Júlia na arquibancada. Ela fora vê-lo treinar com sua amiga promíscua.

— Vamos embora daqui enquanto é tempo — disse Rispa.

Ele apertou seu braço, fazendo-a calar.

— Bato ainda é o lanista? — perguntou a um dos guardas.

— Ele e nenhum outro — respondeu o homem, olhando de Atretes para Rispa. Sorriu levemente enquanto a olhava de cima a baixo, com explícita admiração.

— Cubra o rosto — ordenou Atretes, impaciente, dando um passo à frente.

— Diga a Bato que há um germano no portão que quer falar com ele — disse com frieza.

— Ele deveria ficar impressionado? — disse o guarda.

Outro guarda o observou, curioso.

— Ele me parece familiar.

— Dê o recado — disse Atretes.

O guarda com quem ele falava deu um assobio agudo. Assustado, Caleb começou a chorar nos braços de Rispa. Um mensageiro chegou correndo.

— Informe a Bato que um bárbaro deseja ter uma audiência com ele — disse o guarda.

Antes de tirar o turbante, Atretes esperou até ver Bato surgir no balcão acima da arena e se certificar de que ele olhava para o portão. Os guardas analisaram os longos cabelos loiros do germano.

— Pelos deuses — disse um deles em voz baixa. — Eu sei quem ele é.

Bato entrou e o mensageiro chegou correndo.

— Faça-o entrar e leve-o a Bato imediatamente.

O portão se abriu, mas Rispa ficou parada. Atretes passou o braço em seus ombros e a puxou. Os portões se fecharam atrás deles. Ele desceu a mão para as costas dela, incitando-a a avançar.

Atravessaram o pátio e entraram no edifício. Dois guardas os escoltaram por um longo corredor e subiram degraus de mármore até o segundo andar. Seguiram por um pórtico com vista para um pátio onde vinte homens, vestindo pouco mais que uma tanga, faziam uma série de exercícios marciais. O treinador gritava ordens e andava de um lado para o outro, observando seu desempenho. Rispa viu um homem recostado em uma das paredes, amarrado a um poste; nas costas, as listras ensanguentadas de um açoitamento recente.

Atretes a pegou pelo braço e a puxou para perto dele.

— Não diga nada.

Os dois guardas pararam diante de uma porta aberta e Atretes entrou. Soltou-a assim que passou pelo limiar. Havia um homem negro no meio da sala, alto e forte como Atretes. Embora ele houvesse lançado a Rispa nada mais que um olhar superficial, ela sentiu o impacto de sua aguda inteligência e sua grave dignidade.

Sem dizer uma palavra, Atretes tirou a corrente de ouro de dentro da túnica e deixou a placa de marfim bater contra o peito. O africano o fitou e sorriu.

— Isso responde à minha primeira pergunta — disse em grego, com forte sotaque.

A um leve movimento de cabeça, os dois guardas saíram. Rispa ainda podia ouvir a voz do treinador no pátio. Um chicote estalou quando uma ordem teve de ser repetida.

— Aceita um pouco de vinho?

— E comida — disse Atretes.

Bato acenou com a cabeça para um criado e o homem saiu. O lanista observou Atretes brevemente, e então olhou para Rispa de novo, com mais atenção desta vez. Ela era muito bonita e estava claramente aflita por estar naquele lugar. Viu o bebê enrolado em um xale amarrado em volta dos ombros dela e notou que ela abraçou a criança mais forte enquanto era observada. Um chicote estalou novamente e um homem gritou de dor. Trêmula e pálida, ela olhou para a direção do som.

Atretes fechou a porta e empurrou Rispa levemente para o centro da sala.

— Sente-se ali — disse em um tom que não admitia discussão.

Ela o obedeceu.

Bato serviu vinho.

— O que o traz de volta a Roma, Atretes?

— Preciso de dinheiro, acomodações e um mapa que me indique o caminho de volta à Germânia.

— Só isso?

Ignorando o sarcasmo do lanista, Atretes pegou a taça que ele lhe oferecia.

Bato serviu outra taça e a levou para a mulher. Ela também tinha belos olhos escuros, como os de Júlia Valeriano, mas não eram nada parecidos.

— Sertes enviou um representante há seis meses — disse ele, olhando para a criança. — Fui informado de que você ganhou sua liberdade em um combate eliminatório e que possuía uma casa maior que a do procônsul.

Rispa pegou a taça de sua mão e o fitou. Ele sorriu. Podia ver claramente que ela não confiava nele.

— Isso mesmo — disse Atretes, omitindo qualquer informação sobre Rispa, embora Bato a olhasse com interesse e curiosidade explícitos. Quanto menos ele soubesse sobre ela, melhor. As mulheres tinham pouco valor naquele lugar.

— O que aconteceu? — perguntou Bato, voltando-se para ele e abandonando a observação da mulher e da criança.

— Saí às pressas de Éfeso.

— Você matou Sertes?

Atretes riu com ironia e esvaziou a taça de vinho.

— Se tivesse tempo e oportunidade, teria sido um prazer.

Rispa olhou para ele e viu que falava sério.

— Então, por que saiu com tanta pressa?

— Ele encontrou uma maneira de me forçar a voltar à arena — disse, olhando incisivamente para a mulher e a criança.

— E você acha que aqui será diferente?

O coração de Rispa começou a bater descompassado.

— O que quer dizer? — perguntou Atretes com frieza, colocando a taça na mesa.

— Que você não partiu a tempo suficiente para que certas pessoas o esquecessem. Domiciano, por exemplo. Ou esqueceu o irmão do imperador?

— Eu ganhei minha liberdade.

— A liberdade é facilmente revogada. Você humilhou um de seus amigos mais próximos durante um treino.

— Isso foi há muito tempo, e Domiciano se vingou quando me fez lutar contra um membro da minha própria tribo.

— Foi uma vingança pequena para os padrões dele, Atretes. Domiciano não vai considerar o jogo empatado enquanto você não estiver morto. Sorte sua que não partiu há tempo suficiente para que a plebe o esquecesse também.

— Com certeza você não está sugerindo que Atretes lute de novo.

Bato se surpreendeu ao ouvi-la falar. Ela parecera uma coisinha bonita, mas submissa, quando entrara na sala. Agora, ele tinha dúvidas; havia fogo nos olhos dela.

— Talvez ele não tenha escolha.

Ela se levantou do divã e parou na frente de Atretes.

— Vamos sair daqui agora. Por favor.

Atretes a ignorou, como se fosse surdo.

— Se Domiciano descobrir que está aqui, talvez não saia vivo — disse Bato abertamente.

— Você pretende lhe contar? — indagou Atretes, estreitando os olhos.

— Não, mas ele tem amigos entre os guardas. Um estava no portão quando você chegou — disse, e acrescentou, indicando a mulher. — Este é o último lugar para onde você deveria tê-los trazido.

Os olhos de Atretes se tornaram sombrios.

— Se Pugnax for confiável, vou me hospedar lá.

— Como quiser. Sua presença na pousada lhe garantirá negócios extras. Garanta que ele lhe pague bem. Você se lembra de como chegar lá?

— Não. Você me levou no meio da noite, lembra?

Bato riu.

— Eu me lembro muito bem daquela noite.

O servo entrou. Quando deixou a travessa na mesa, Bato o dispensou com um aceno de mão.

— Comam enquanto lhes dou as instruções — disse a Atretes e Rispa.

Rispa estava sem apetite. Ouvia atentamente as instruções de Bato enquanto observava o lanista. Seria de confiança? Ou seria da laia de Gallus, fingindo ser amigo enquanto planejava um jeito de manipular Atretes?

Atretes comeu uma boa porção de carne, pão e frutas, e bebeu mais duas taças de vinho antes de estar satisfeito.

— Vamos pelos túneis — disse Bato. — Os guardas não vão vê-los e pensarão que você ainda está aqui.

Então os conduziu pelo pórtico, com vista para os campos de treinamento. Os gladiadores faziam exercícios com espadas de madeira. Atretes não parou nem olhou de lado. Agora que ela havia tido um vislumbre da vida brutal do *ludus*, Rispa sofria por ele.

Desceram os degraus até as termas e seguiram por outro corredor. Bato pegou uma tocha acesa na parede enquanto abria uma pesada porta.

— Por aqui.

Rispa ficou imaginando quantos homens haviam passado por aquele corredor longo e escuro, sabendo que enfrentariam a morte do outro lado. Bato e Atretes caminhavam calados à frente. O silêncio deles era respeitoso, carregado da história sombria que havia entre eles. Uma porta estava aberta no final, e dava para mais corredores subterrâneos com celas. Subiram os degraus de granito até uma grande sala com bancos encostados nas paredes de pedra. Rispa viu a arena através do portão de ferro.

Atretes parou e olhou para a ampla extensão de areia recém-rastelada e para as fileiras de mármore onde milhares de espectadores se sentavam durante os *ludi*. Havia momentos, como aquele, em que a fúria excitada da multidão ainda ecoava em seus ouvidos como um forte batimento cardíaco, acelerando-lhe o sangue.

Quantas vezes ele estivera naquela sala, com a armadura polida, a espada afiada, as grevas no lugar, esperando para sair à luz do sol e enfrentar a morte e a multidão apaixonada gritando seu nome repetidas vezes? Ele odiara aquilo, odiara todos. Às vezes, odiara até a si mesmo.

Então, por que sentia falta daquilo?

Voltando-se, viu Bato parado, perto de outra porta.

— Você está começando a entender — disse o lanista, solenemente.

— Eles tomaram mais que a minha liberdade. Tomaram a minha alma.

Rispa foi tomada pela compaixão ao sentir o desconsolo na voz de Atretes. Aproximou-se dele. Ele a fitou com olhos assombrados e ela pegou sua mão.

— Você tem alma, Atretes — disse ela. — Perante Deus, você tem alma. Ele a deu a você.

Bato não ofereceu nenhum conselho ou conforto; Atretes era o tipo de homem que não aceitava nenhum dos dois e abominava ambos. No entanto, quando a mulher pegou a mão de Atretes e a pousou na criança adormecida, Bato o viu se suavizar; não quando ele tocou o bebê, mas quando olhou para a mulher. Ele tinha a sensação de que ela era muito melhor do que Júlia Valeriano.

— Por aqui — disse Bato, abrindo caminho por outro corredor que levava a uma grande sala, onde havia um portão de ferro que dava para a arena.

— Que lugar é este? — perguntou Rispa baixinho, sentindo o espírito se oprimir.

— Os mortos são trazidos por este portão — disse Atretes.

— Esta é a melhor saída — disse Bato, mostrando-lhes o corredor por onde os corpos eram carregados até as carroças que os levavam para ser enterrados para além dos muros da cidade.

Rispa soltou a mão de Atretes. Mal conseguia respirar, olhando para o longo e escuro corredor. Atretes passou o braço em volta de seus ombros e a conduziu. O coração dela batia forte enquanto seguiam o lanista.

Bato deixou a tocha em um suporte, no final do corredor de pedra. Tirou várias moedas do cinto e as entregou a Rispa.

— Seu apetite vai voltar quando sair daqui.

Ela as pegou e lhe agradeceu a gentileza.

— Que o deus dela o proteja — ele disse a Atretes, ao abrir o pesado portão.

Do lado de fora, se estendia uma rua romana banhada de sol.

18

Pugnax crescera tanto em tamanho quanto em riqueza nos últimos três anos desde que Atretes o vira pela última vez. O cabelo curto estava grisalho nas têmporas e as rugas do rosto, mais profundas. Atretes observou o entorno elegante, ciente de que a bonança se devia ao mural pintado na frente da pousada, que representava ele mesmo em combate. Não podia ler o cartaz, mas fazia ideia do que dizia.

— Então, você ganhou sua liberdade — disse Pugnax, notando a placa de marfim pendurada na corrente de ouro no pescoço de Atretes. Surpreendeu-se ao ver Rispa, com o bebê em seus braços, e acrescentou sorrindo: — E tem mais a ostentar do que eu.

Atretes não gostou do modo como Pugnax olhava para Rispa.

— Preciso ganhar dinheiro suficiente para viajar de volta à Germânia.

Pugnax riu alto.

— Quanta ilusão, Atretes. Você não pode voltar. Você não é mais germano, assim como eu não sou mais gaulês.

— Fale por si mesmo.

— Acha que estou errado? Gostando ou não, você não é o mesmo homem que os romanos capturaram dez anos atrás. Roma o mudou.

— Pode ser verdade, mas ainda sou cato.

— O que quer que tenha sido, seu povo notaria a diferença agora, mesmo que você não note nada. — Fez um leve aceno com a mão. — Mas isso não importa. Os catos morreram há muito tempo.

— *Eu estou* vivo. Outros também vão estar.

— Espalhados e desorganizados. — Percebeu o silêncio no salão e olhou ao redor. Viu que seus clientes olhavam para Atretes e sussurravam.

Atretes também percebeu, embora isso lhe agradasse menos que a Pugnax.

— Quanto vai me pagar para eu ficar aqui?

Pugnax riu.

— Você não é nem um pouco sutil, não é?

— Já joguei o suficiente na arena.

— Filo, Atretes e eu vamos beber o melhor vinho — anunciou em voz alta, para ser ouvido por todos.

Rispa sentiu um arrepio de advertência quando viu uma onda de entusiasmo se espalhar.

— É ele — sussurrou alguém enquanto eles passavam.

— Pelos deuses, eu daria metade do que tenho para vê-lo lutar de novo — disse outro.

Bastante satisfeito com a agitação que Atretes causava, Pugnax fez um gesto grandioso e disse:

— Venha, meu amigo. Sente-se e tome um pouco de vinho. Vamos conversar sobre os velhos tempos.

Os homens olhavam para Atretes e Rispa. Ele a segurava pelo braço, mantendo-a ao seu lado enquanto seguiam Pugnax até uma mesa claramente reservada para os clientes mais abastados. Reclinado no divã de honra, Atretes fez um gesto para Rispa se juntar a ele. Ela se sentou com Caleb no colo; o bebê mantinha a cabeça confortavelmente apoiada nos seios dela enquanto dormia. Ela se sentia constrangida por ser foco de tanta atenção.

— Eles não o esqueceram — disse Pugnax com uma pontinha de inveja.

— Um fato que lhe trará benefícios. Pense em quantos vão vir e comprar seu vinho quando souberem que estou aqui — disse Atretes secamente.

— Eles vão trazer presentes para pôr aos pés do ídolo.

Atretes estreitou os olhos.

— Está zombando de mim, Pugnax?

— Não mais que de mim mesmo. A luz da glória não brilha muito tempo sobre nenhum homem. Aproveite ao máximo enquanto puder.

— Tudo o que eu quero é ouro suficiente para me levar para casa.

Pugnax sorriu.

— Com uma luta nos jogos marcados para a próxima semana você teria o ouro. Poderia dar seu preço que Tito pagaria.

Rispa olhou para Atretes, preocupada com que ele pudesse pensar em lutar de novo. Mas a expressão dele era insondável.

Atretes sorriu sem vontade.

— Eu prefiro que você pague — respondeu. — Meus termos são simples: metade dos seus lucros enquanto eu permanecer nesta hospedaria.

Quando Pugnax começou a protestar, ele acrescentou:

— Se preferir, desço a rua e faço a mesma oferta a seu concorrente.

— Não precisa. Eu concordo com seus termos.

— Cem denários...

— *Cem?!*

— ... antecipados, e providencie guardas para evitar que se repita o que aconteceu na minha última visita. Não quero uma multidão de mulheres arrancando minhas roupas. — Ignorou a sobrancelha levantada de Rispa. — E providencie acomodações confortáveis e seguras para a mulher e seu filho — acrescentou, acenando com a cabeça em direção a Rispa, como se só então tivesse pensado nisso.

Pugnax aproveitou a oportunidade para observá-la novamente.

— Aqui mesmo ou prefere que ela fique em outro lugar? — indagou Pugnax, dando um sorriso cúmplice. — Talvez você queira entreter suas admiradoras.

Atretes entendeu o que ele queria dizer e ficou inexplicavelmente aborrecido.

— Quero que ela fique por perto, mas não na minha cama. — Rispa corou e lhe lançou um olhar furioso. — A não ser que eu a queira lá — acrescentou.

— Pode deixar — disse Pugnax, levantando-se para tomar as providências.

Atretes olhou para Rispa com um sorriso divertido nos lábios.

— Você parece perturbada, minha senhora. Foi algo que eu disse?

— Você sabe muito bem o que disse e o que estava sugerindo a seu amigo.

— Ele não é meu amigo e achei melhor fazê-lo entender que você é minha.

— O fato de eu ter vindo aqui com você já seria suficiente.

— É necessário deixar claro.

Ela sentia as pessoas os olhando e isso a deixava desconfortável.

— Tem certeza de que estaremos seguros neste lugar? — ela perguntou, olhando em volta. Ele apertou os lábios. — Nunca imaginei o quanto você era conhecido por aqui.

Ele virou a cabeça devagar. Os olhos duros e desafiadores fizeram a maioria dos clientes desviar o olhar.

— Há certas vantagens em ser reconhecido — disse ele com frieza, fazendo desaparecer todos os vestígios da diversão anterior.

— Que vantagens? Bato nos alertou sobre Domiciano. Você está colocando sua vida nas mãos de Pugnax, que, sem dúvida, vai contratar pregoeiros para anunciar pela cidade sua presença aqui.

— Eu não pretendo ficar muito tempo.

— Você pode ficar em Roma para sempre se o irmão do imperador quiser vê-lo acorrentado.

— Mulher, por que você tem sempre que testar a minha paciência? — indagou ele, endireitando-se e se inclinando para ela.

Que homem impossível!

— E por que você tem que ficar furioso com tudo que eu digo? Você está se expondo ao perigo ficando aqui, e expondo Caleb também. Não espere que eu fique feliz com isso.

Ele retesou a mandíbula.

— Não me interessa se você está feliz ou não. O fato é que eu preciso de dinheiro para chegarmos ao nosso destino. E essa é a maneira mais limpa e rápida que posso pensar para conseguir isso.

— Maneira mais limpa?

— Sem dúvida, você prefere me ver na arena.

Ela preferia que ele confiasse em Teófilo, mas sabia que dizer isso só exacerbaria seu mau humor. Já havia aprendido que Atretes não conseguia fazer nada do jeito mais fácil, especialmente se isso significasse ter de engolir seu enorme orgulho.

— Não, eu não quero você na arena. Quero você seguro e em paz consigo mesmo e com Deus.

— E você acha que teria sido esse o caso se eu tivesse confiado no seu maldito centurião.

— Teófilo salvou sua vida duas vezes. Ele disse que...

Atretes rosnou.

— A arena seria o caminho mais rápido — disse ele, passando as mãos pelos cabelos. — Eu teria o ouro para voltar para casa ou morreria. De qualquer maneira, eu venceria.

Chocada com aquelas palavras, ela o fitou.

— Você não pode estar falando sério.

— Estou. Ah, estou mesmo.

— Se foi minha língua rebelde que colocou esse pensamento na sua cabeça, me perdoe, Atretes, por favor — disse ela, pousando a mão no rosto dele. — Você tem muito o que viver ainda, não pode se permitir pensar assim.

O toque de Rispa lhe provocou uma onda de sensações, despertando um intenso desejo físico, bem como um mais profundo que ele não queria analisar. Ele a encarou, ela arregalou os olhos e afastou a mão do rosto dele.

— Por que você sempre me entende mal? — indagou ela, desviando o olhar.

Ele puxou o rosto de Rispa novamente e sorriu com sarcasmo.

— Talvez eu tenha algo pelo que viver, mas duvido que as razões em que penso agora tenham alguma semelhança com as suas. — Apreciou o tom rosado que cobriu as faces dela e o calor de sua pele quando a roçou com a ponta dos dedos.

Ela recuou.

— As pessoas estão nos olhando — disse ela, constrangida.

— Ótimo. Assim vão saber que devem ficar longe de você.

Pugnax os levou ao andar de cima e abriu a porta de um quarto espaçoso. Rispa ficou parada no corredor até que Atretes a pegou pelo braço e a puxou para dentro.

— Por aqui, minha senhora — disse Pugnax, mostrando a Rispa um quartinho anexo destinado a acomodar um servo pessoal. — Perto o suficiente? — Ela o ouviu dizer a Atretes. — Ou prefere mais privacidade, com ela em uma câmara longe da sua?

— Ela estará segura onde está.

— E se quiser outras mulheres?

Atretes disse algo baixinho e o dispensou.

Pugnax fez exatamente o que ela temera.

— *Atretes voltou a Roma* — gritou um pregoeiro embaixo da janela. — *Venham vê-lo na pousada de Pugnax, gladiador do grande Circo Máximo!*

Em poucas horas, as pessoas começaram a chegar. Pugnax cobrava uma taxa para entrarem em sua pousada, que crescia conforme aumentava o número de visitantes.

Atretes concordara em passar várias horas na sala de banquete para que os convidados pudessem vê-lo, mas não fazia nenhum esforço para entreter as pessoas com histórias de suas façanhas na arena. De fato, ele não fazia nenhum esforço para conversar com quem se aproximasse. As mulheres se sentiam atraídas por sua reticência; os homens ficavam ressentidos.

Rispa permanecia no quarto no andar de cima, ansiosa para evitar os olhares curiosos e as especulações embaraçosas. Atretes sempre voltava inquieto, pior a cada dia que passava.

Caleb também estava muito agitado. Rispa temia que ele estivesse doente; até que sentiu duas pequenas protuberâncias afundarem em seu seio e percebeu qual era o problema. Esfregou as gengivas doloridas do bebê. Mesmo assim, ele chorava, frustrado. Ela o deixou de bruços sobre um cobertor, observando-o engatinhar e atravessar o quarto em direção às pernas esculpidas de um divã. Quando ele começou a mastigar uma delas, ela o pegou e o colocou de novo sobre o cobertor. Ele gritou, contrariado.

Como o som atravessava as paredes, Rispa pegou uma almofada e ficou segurando-a acima dele.

— Caleb — disse, fazendo cócegas em seu nariz com um pompom. Ele parou de chorar e estendeu a mão para pegar a borla. Ela ficou olhando enquanto ele mastigava a almofada, mas a distração não durou muito.

Ela estava exausta quando Atretes entrou no quarto. Ele jogou uma bolsa de moedas na cama e olhou para ela por um momento.

— Fui convidado para ir a um banquete — disse por fim.

Ela sabia que não era o primeiro nem o único tipo de convite que ele havia recebido nos últimos dias. Ousara descer apenas uma vez, curiosa para ver seus muitos *amoratae* e como eles se comportavam diante dele. Em alguns minutos, pôde ver as tentações que ele enfrentava. Mulheres o cercavam; mulheres bonitas e ousadas que o desejavam.

— Você irá?

Ele voltou a cabeça para ela. Acaso ela queria que ele fosse embora? Sua companhia era tão desagradável assim?

— A senhora Perenna tem certo charme — disse ele com cinismo, testando a reação de Rispa.

Ela lutou contra um súbito desejo de se levantar, dar-lhe um tapa e gritar com ele do mesmo jeito que Caleb gritara a tarde toda. Mas, em vez disso, ergueu-se e pegou Caleb, altiva.

— Faça o que lhe agradar, meu senhor, com a senhora Perenna ou com qualquer outra pessoa que deseje beijar seus pés. — E levou o bebê para o quartinho dos servos.

Quando Caleb recomeçou a chorar, ela tentou abraçá-lo e consolá-lo, mas ele gritou mais alto e a empurrou.

— Caleb — sussurrou ela, lutando contra as lágrimas.

— Por que não o amamenta? — perguntou Atretes, parado na porta e sorrindo.

— Com você olhando? Acho que não.

Ele retesou a mandíbula.

— Há mais coisas para ver lá embaixo.

— Então *desça*.

— Deixe-o mamar, mulher, senão ele vai derrubar as paredes.

Os olhos de Rispa ardiam em virtude das lágrimas de raiva.

— Não vai adiantar nada. Ele não está com fome.

Atretes franziu o cenho, endireitando-se. Entrou no pequeno recinto e se ajoelhou diante dela.

— Por que você não me disse que há algo errado com ele?

— Não há nada errado. Os dentes estão nascendo; isso dói, e não posso fazer nada para acalmá-lo...

— Dê-o aqui para mim.

— Achei que você fosse a um banquete esta noite.

Ele a fitou com as sobrancelhas um pouco arqueadas.

O calor tomou as faces de Rispa, e ela ficou imediatamente envergonhada. Parecia uma esposa chata e não era nada para ele. Ele pegou Caleb e ela baixou os olhos, mortificada. Quando ele se levantou, ela sentiu que ele a observava, desejando que ela olhasse para ele. Ela fechou os olhos, lutando contra as emoções agitadas. Se ele não saísse logo, ela se humilharia completamente, desmanchando-se em lágrimas.

Ele saiu do pequeno aposento e ela respirou fundo, aliviada por não ter sido alvo de zombaria.

Ela sabia qual era o problema. Oh, Senhor, ela sabia, mas rezou para que Atretes não percebesse. Ela estava apaixonada por aquele miserável e tinha ciúmes das mulheres amáveis e ricas que o bajulavam e o acariciavam. Ela amara Simei, mas havia sido um amor doce, cheio de ternura, enquanto ele a levava para mais perto do Senhor. Ela nunca sentira as paixões ferozes, assustadoras e emocionantes que Atretes despertava nela. Certamente esses sentimentos não eram de Deus e a faziam se sentir vulnerável. Ele a tocava e ela tremia. Ele a olhava e ela se derretia por dentro. Apertou os punhos sobre os olhos em brasa.

Atretes se esticou na cama, esperando que Rispa voltasse para o quarto dele; desejando que voltasse. Deitou o filho inquieto sobre o peito e o deixou morder a placa de marfim. Quando Caleb começou a se acalmar, pegou a placa, sabendo que seu choro faria Rispa aparecer mais rápido que qualquer ordem que ele desse. Aquela mulher não tinha nada de submissa. Como ele imaginara, um instante depois, ela apareceu. Então, ele devolveu a placa a Caleb para acalmá-lo de novo. Ela começou a se afastar.

— Conte o dinheiro e me diga quanto tem — disse ele, contrariado, observando-a enquanto ela ia até o pé da cama, pegava a bolsa e punha as moedas de ouro na mão. Rispa disse quanto dinheiro havia.

— É mais do que você tinha quando saímos de Éfeso.

— Mas não o suficiente para nos levar à Germânia.

Ela despejou as moedas de volta na bolsa. Sua expressão a delatava.

— Quer me dizer alguma coisa? — perguntou ele, em tom desafiador.

Ela levantou a cabeça, pousando os belos olhos escuros nos dele.

— Você ouviria? — disse ela com suavidade.

— Se suas palavras tiverem algum mérito...

— Você já tem o suficiente, Atretes — disse ela, sem ceder à sua provocação. — O Senhor lhe deu os meios para voltar para casa.

— Há outras coisas a considerar — disse ele com frieza.

— Que coisas? — Ele retesou a mandíbula, mas não respondeu. Ela foi até a mesa perto da cabeceira da cama e deixou a bolsa ali. — Às vezes eu me pergunto se você está tão condicionado a lutar pela vida que só se sente confortável quando está em risco.

— Não fale como uma tola.

— Qual é a tolice? Quanto mais tempo ficarmos aqui, maior será o risco. E você sabe disso. — Ela se inclinou para pegar Caleb. — Acho que o dinheiro é o menor dos motivos pelos quais estamos aqui — ponderou, endireitando-se.

— Então por que acha que estamos aqui?

Ela hesitou, mas logo lhe disse a verdade.

— Há uma parte de você que quer lutar de novo.

19

Bato apareceu na noite seguinte. Abriu um mapa na mesa, enquanto Atretes segurava uma lamparina de barro sobre ele.

— Aqui está Roma — disse o lanista, batendo no pergaminho. — Tudo isto é a Germânia. Espero que você saiba exatamente aonde está indo.

Atretes baixou a lamparina e manteve o pergaminho aberto, olhando desolado para ele.

O que Rispa havia dito o atormentara nos últimos dois dias. Ela estava certa, e isso não o perturbava nem um pouco. A batalha a bordo do alexandrino havia provocado o entusiasmo e o calor que ele sempre sentira na arena. Ele não havia notado como sentia falta disso, como às vezes era bom. E sentia isso ali, naquela hospedaria, diante da multidão, enquanto esperava.

Mas o que de fato ele esperava? Ser trancado em uma cela novamente e sair apenas para treinar, ser exibido e lutar na arena?

Afastou os pensamentos da cabeça. Tinha questões mais importantes para tratar no momento. Olhou para o mapa na mesa e se sentiu invadido por uma terrível percepção: haviam se passado dez anos desde que atravessara as montanhas acorrentado dentro de uma carroça, passando por Roma até Cápua. A jornada levara meses; longos e árduos meses de viagem, tentativas de fuga e surras selvagens. Não havia pensado em memorizar marcos ou cidades. Só alimentara o ódio, o que lhe dera motivos para viver e o cegara para aquilo que precisaria lembrar para voltar à sua terra natal.

Estudou o pergaminho e se deu conta do vasto território que representava. Quantos rios e montanhas haveria entre ele e sua casa?

Rispa o observava com Caleb nos braços. A pergunta que ele fazia a si mesmo estava nos olhos dela também. Ele conseguiria encontrar o caminho de volta a seu povo?

— Ainda pretende ir? — perguntou Bato, consciente da enorme tarefa que seria se o germano decidisse seguir em frente com a ideia.

— Sim.

— Você poderia pedir seu preço para ir para a arena — sugeriu Bato, ganhando um olhar duro de Atretes. — Então, meu amigo, sugiro que parta logo. Domiciano sabe que você está aqui. Ele me chamou ontem e me mandou lhe fazer uma oferta.

— Nem perca seu tempo.

Bato lhe desejou boa sorte e saiu.

— Vamos partir na primeira hora — disse Atretes, vendo o alívio no rosto de Rispa.

— Graças a Deus — murmurou ela.

— Pugnax me deve pelos dois últimos dias. Será o suficiente para os nossos propósitos. — Saiu do quarto para buscar o dinheiro.

Quando entrou no salão, um zumbido de excitação se ergueu. As pessoas o saudaram, alguns o olhando com admiração, outros lhe falando com uma familiaridade que não tinham. Atretes viu Pugnax conversar com um homem que usava uma bela toga branca, ricamente adornada de vermelho e dourado.

— Quero falar com você, Pugnax — disse Atretes, acenando com a cabeça.

O convidado de Pugnax se voltou e Atretes o reconheceu de imediato. Havia mudado pouco nos quatro anos desde que o vira pela última vez, e Atretes não tinha dúvidas do motivo pelo qual ele estava ali.

— Eforbo Timalchio Calixto — disse Pugnax, com o respeito que se deve a um homem de poder e posição.

Atretes ignorou seu olhar de advertência, bem como o cálice de vinho.

— Atretes — disse Calixto com um sorriso felino, erguendo a taça em uma saudação fingida. — Nós nos encontramos uma vez, mas duvido de que você se lembre do meu rosto.

Na verdade, ele se lembrava. Aquele filho de senador havia ido ao *ludus* para treinar com um gladiador, como era de costume. Bato tentara alertar Calixto a ficar longe de Atretes, mas o aristocrata pequeno e orgulhoso insistira. Sem escolha, Bato explicara as regras a Atretes. Ele os acompanhara até certo ponto e depois os deixara à vontade. Atretes brincara com aquele jovem arrogante com a intenção de matá-lo no final. Teria lhe dado grande satisfação matar aquele aristocrata romano que se achava melhor que um escravo germano. Se Bato não o houvesse detido, Calixto não estaria ali com apenas uma cicatriz na face e outra escondida sob a cara toga bordada. Estaria sepultado na Via Ápia.

Atretes sorriu com frieza.

— Você ainda vai ao *ludus* treinar com gladiadores?

Calixto estreitou os olhos diante do desafio.

— Sim. Já matei treze desde que lutei com você.

Um grito de guerra ecoou na cabeça de Atretes.

— Lutou? — repetiu, desdenhoso. — Você acha que aquilo foi uma luta? Imagino que seus oponentes receberam a mesma ordem que eu: não tirem sangue do menino.

A expressão de Calixto mudou. Ele olhou para as pessoas ao redor, ouvindo o silêncio e os sussurros enquanto as palavras de Atretes eram espalhadas pelo salão.

Atretes sorriu ao ver empalidecer a cicatriz que havia deixado no rosto de Calixto.

— Talvez você tenha esquecido os resultados do seu último insulto — disse Calixto em voz baixa.

— Resultados? — disse Atretes com sarcasmo. — Eu sei o que você esperava; que me crucificassem. Me disseram que Vespasiano achou que seria um desperdício do dinheiro gasto com o meu condicionamento e o meu treinamento. Então, ele me mandou para a arena alguns meses antes do previsto. Como pode ver, eu sobrevivi. E conquistei minha liberdade.

— Só um tolo falaria comigo dessa maneira.

— Ou um homem que sabe quem e o que você é — retrucou Atretes com indiferença.

Pugnax pegou o braço do germano em um gesto de advertência.

— Chega — murmurou.

— Você está pedindo para morrer — disse Calixto, tremendo de raiva.

Atretes o encarou e riu, condescendente.

— Você acha mesmo que poderia me matar? — Deu um passo à frente e viu o medo nos olhos do aristocrata. — Acha que sairia vivo lutando comigo? Sabe o que eu penso? Que você ainda é o mesmo garoto mimado que enfiou o rabo entre as pernas e correu para Domiciano.

Vários espectadores ofegaram ao ouvir as palavras, sussurrando entre si.

Com o rosto vermelho, Calixto deu meia-volta. No meio do salão, voltou-se, tomado de raiva.

— Aproveite sua liberdade enquanto pode, bárbaro, pois ela está prestes a acabar!

Atretes avançou, mas Pugnax bloqueou seu caminho. Ele tentou passar, mas foi ajudado por dois guarda-costas.

— Vai correndo para Domiciano de novo, seu covarde? — gritou Atretes.

— Você ficou maluco? — inquiriu Pugnax, segurando-o.

— Quer lutar, Calixto? Vou lhe dar uma chance. Quando e onde quiser!

— Cale-se!

Atretes conseguiu se soltar e empurrou um dos guardas, mas Calixto já havia partido. As pessoas recuavam como se ele tivesse enlouquecido. Que homem em sã consciência insultaria e desafiaria um amigo de Domiciano, irmão do imperador Tito?

Parado no meio do salão, Atretes sentiu a intensidade dos olhares. Olhou para a pequena multidão e percebeu que ela tinha conseguido ver o que queria e esperava. E ele sabia que, se ficasse ali, muitas coisas mais aconteceriam.

―――――-I-―――――

Rispa deu um pulo no momento em que a porta se abriu e bateu com força na parede quando Atretes entrou. Caleb gritou de susto e começou a chorar. Ela o pegou do chão onde ele estava brincando e se levantou.

— O que aconteceu? — perguntou baixinho, mas não obteve resposta.

Atretes andava de um lado para o outro como um animal enjaulado, parando apenas o tempo necessário para pegar uma taça de vinho e jogá-la na parede enquanto praguejava em germano.

Pugnax entrou e jogou uma bolsa de moedas de ouro na mesa.

— Pegue isto e saia daqui o mais rápido possível.

Atretes jogou a bolsa no chão.

— Eu não vou enfiar o rabo no meio das pernas e fugir daquele...

— Então pode contar que vai voltar ao *ludus* amanhã à noite! Bem a tempo de ter uma boa noite de sono antes de os jogos começarem!

Atretes soltou um palavrão e chutou a mesa.

Rispa recuou, assustada.

— Você sabia o que estava fazendo! — disse Pugnax. — Salvou seu maldito orgulho? E quando estiver acorrentado? Pelos deuses, eu posso ser acorrentado por sua causa também!

— Lembre a Calixto que você me impediu de quebrar o pescoço dele!

— E quanto a ela? — indagou Pugnax, apontando para Rispa, que estava do outro lado do quarto, tentando acalmar Caleb.

Atretes parou e se voltou com uma expressão perigosa.

— O que tem ela?

— Você esqueceu como as coisas funcionam? Domiciano e Calixto a envolverão no que quer que estejam planejando contra você. E não vai ser nada bonito.

Atretes olhou para o rosto pálido de Rispa e se lembrou de algumas coisas que havia visto fazerem com as mulheres na arena; coisas sórdidas e depravadas demais para pensar que pudessem acontecer com uma estranha, muito menos com ela. Preferiria perder a vida a ver Rispa prejudicada de alguma forma, e essa percepção o chocou.

— Me deixe ficar com ela — disse Pugnax.

Atretes se voltou para ele.

— Saia!

— O destino dela está em suas mãos.

Quando Pugnax saiu, Rispa se aproximou dele e pousou a mão em seu braço.

— O meu destino está nas mãos do Senhor, Atretes. Nem nas suas nem nas minhas.

Atretes a fitou. Se pudesse acreditar em algo tão fortemente quanto ela acreditava em seu Cristo! O que havia nesse Cristo que fazia que seus seguidores tivessem tanta segurança nele? Sacudiu a cabeça. Havia perdido a fé em qualquer coisa desse mundo havia muito.

— Pegue o ouro e vá com seus amigos. Eles vão mantê-la segura.

— O meu lugar é com você. Deus me colocou ao seu lado.

Atretes a pegou pelo braço, afundando os dedos dolorosamente em sua carne.

— Não discuta, mulher! Faça o que eu disse! — Ele a empurrou para seu quarto no momento em que alguém bateu forte na porta.

— Um centurião e quatro soldados acabaram de entrar — disse um dos guarda-costas, através da porta fechada.

— *Vá* — Atretes rosnou para Rispa, mas ela permaneceu firme e confiante.

— Se for a vontade do Senhor que sigamos para a Germânia, ele vai nos guiar.

Ele se voltou ao ouvir o familiar ruído de sandálias tachonadas e o tilintar de cintos cravejados de bronze. Os soldados estavam no corredor.

— Volte para lá — disse ele, empurrando-a em direção à porta do pequeno aposento. — E mantenha o bebê quieto.

— Eu não vou deixar você.

— Faça o que eu disse!

Ela permaneceu impassível e ele percebeu que não seria capaz de subjugá-la.

— Você vai me atrapalhar.

Antes que ele pudesse fazê-la obedecer, a porta se abriu e dois legionários se posicionaram um de cada lado, enquanto um terceiro, com o traje vermelho e bronze polido de um centurião romano, entrava.

— *Você?!* — disse Atretes, tomado pela raiva.

— Você está preso, Atretes — respondeu Teófilo, em um tom inflexível. — Dê-me sua espada.

Atretes a desembainhou.

— Onde quer que a enfie?

Teófilo estalou os dedos e dois soldados se moveram, de modo que Atretes teve de virar a cabeça para observá-los. Mais dois entraram na sala logo atrás de Teófilo.

— Vou ser mais claro. Você está preso, quer queira, quer não.

— Não faça isso, Teófilo — disse Rispa com o coração apertado ao ver um chicote na mão de um soldado e algemas e correntes na de outro.

— Ele não me deixou escolha — retrucou Teófilo, sombrio.

— O que foi que eu disse sobre confiar em um *romano*? — questionou Atretes, cuspindo aos pés de Teófilo e assumindo posição de luta.

— Afaste-se, Rispa — pediu Teófilo.

— Isso não está certo — disse ela debilmente, dando um passo à frente e ficando quase entre os dois.

— Facilite as coisas, Atretes, ou Rispa pode se machucar.

— Não faça isso — disse ela. — Por favor.

— *Não implore!* — ordenou Atretes, furioso ao ouvi-la suplicar por ele.

Ele a pegou pelo braço e a empurrou para o lado. Com isso, deu a Teófilo a abertura de que ele precisava.

— *Agora!* — Os dois soldados agiram depressa, enquanto mais dois entravam.

— Não! — gritou Rispa.

Atretes sentiu a mordida do chicote serpenteando ao redor do braço que segurava a espada. O condicionamento foi mais forte que o instinto, e ele não soltou a arma. Virou a lâmina e cortou o chicote, mas não a tempo de evitar o punho de Teófilo.

Com o golpe estonteante, Atretes sentiu o ardor de outro chicote que se enrolava em volta dos tornozelos. Correntes lhe prenderam o pulso, impedindo que ele atingisse a cabeça de Teófilo. O centurião o golpeou de novo, desta vez mais forte. Lançado para trás, Atretes sentiu os pés perderem o chão. Caiu com força. Quando tentou se levantar, alguém o chutou para trás e um pé pesado desceu sobre a mão que segurava a espada; mas ele não a soltou.

Proferindo um grito de raiva, Atretes se debateu entre os quatro soldados que o imobilizavam, até que o cabo do gládio de Teófilo o atingiu na lateral da cabeça. Ele sentiu uma forte explosão de dor, ouviu Rispa gritar e foi envolvido pela escuridão.

Teófilo embainhou a espada e olhou para o outro lado do quarto, onde Rispa estava com o bebê, chorando em seus braços. Lágrimas rolavam por suas faces pálidas. Ela tentou ir até Atretes, mas um dos homens do centurião bloqueou seu caminho. Ela fitou Teófilo com acusação e descrença.

Ele sorriu, sombrio.

— Ele tem uma cabeça dura, Rispa. — Seus homens algemaram Atretes. — Vai sobreviver.

20

Atretes acordou sobre as tábuas de madeira de uma carroça saltitante, com a luz do sol batendo no rosto.

— Graças a Deus — murmurou Rispa.

Ele sentiu a mão dela, fria e macia, na testa. Desorientado, percebeu que estava com a cabeça em seu colo. Quando tentou se sentar, pesadas correntes em torno dos pulsos e tornozelos o impediram.

— Não tente se mexer. Só vai se machucar mais.

Ele proferiu um palavrão sórdido em germano e tentou se erguer novamente, puxando com força as amarras. A dor explodiu em sua cabeça. Ela inclinou o rosto sobre ele. Náuseas dissolveram suas forças; gemendo, ele se recostou.

— Descanse — disse ela, secando suavemente o suor frio da testa de Atretes. — Tente relaxar.

Descansar? Ele apertou os dentes, lutando contra a náusea. Relaxar? Ele se lembrava de Teófilo e seus soldados o derrubando, e sabia que cada giro das rodas daquela carroça o levava para mais perto da morte; e a Rispa também. Certamente ela não entendia o que os esperava, caso contrário não estaria tão calma, acariciando-lhe atesta.

Ele deveria ter abandonado o salão assim que reconhecera Calixto, em vez de ceder a seu maldito orgulho. Aquele lanista de Cápua não lhe havia dito que seu temperamento seria sua sentença de morte? E Bato não repetira o mesmo alerta na Grande Escola? A raiva lhe dera vantagem na arena; dera-lhe forças e o mantivera vivo. Mas nem uma vez pensara no que sua raiva poderia fazer com pessoas inocentes.

Cada balanço da pesada carroça provocava pontadas de dor em sua cabeça. Ele precisava encontrar uma maneira de fugirem, mas imagens sombrias povoaram-lhe a mente. Pela primeira vez em anos, sentiu medo, um medo que o corroía por dentro. Não queria nem imaginar o que Domiciano e Calixto poderiam fazer com Rispa e com seu filho. Seria melhor tirar-lhe a vida agora que deixá-la sofrer a tortura e a degradação da arena.

E quanto a Caleb? Se não o matassem, seria escravizado. Melhor que morresse agora também.

Fechou os olhos com força.

— Onde está o bebê?

— Caleb está conosco, dormindo em uma cesta.

Ele testou as correntes de novo, apertando os dentes com a dor.

— Não se mexa, Atretes.

— Eu preciso me soltar! — Sacudiu-se com força e tentou se sentar. A escuridão se fechava como um túnel estreito, provocando-lhe náuseas. Ele lutava contra as duas.

— Você não pode. — Ela pousou o braço sobre o peito dele. — Deite-se, por favor.

A escuridão foi desaparecendo devagar. Ele sabia que não poderia correr nem lutar, mas conseguiria fazer o que tinha que ser feito. Tinha que fazer imediatamente, antes que chegassem a seu destino e ela fosse tirada dele.

Há uma parte de você que quer lutar de novo. Lágrimas queimavam-lhe os olhos e ele sentiu a garganta se fechar. Essa parte dele o fizera esperar, e a consequência era que Rispa e Caleb seriam mortos. Engoliu em seco e prendeu a respiração, lutando contra a náusea e levantando a cabeça.

— Você consegue me soltar?

— Não. Eu tentei várias vezes, mas as correntes estão presas na lateral da carroça. Teófilo as prendeu antes de sairmos da hospedaria.

— Ninguém tentou impedi-lo de me levar?

Rispa mordeu o lábio ao recordar a multidão de pessoas e os gritos. Temera uma revolta quando Atretes fora levado, mas Teófilo anunciara que o grande Atretes lutaria de novo. Ninguém interferira depois disso.

— Não — disse ela.

Ele entendeu muito bem. A turba conseguira o que queria.

— Me ajude a sentar.

— Por quê?

— Não questione, só me ajude — disse ele, cerrando os dentes.

— Por que você é tão teimoso? — perguntou Rispa, colocando os braços ao redor dele e ajudando-o a se levantar.

Ele apertou o ombro de Rispa com seus dedos fortes, e ela sentiu contra o peito o peso das correntes que prendiam os pulsos dele. Estremeceu. Quando se sentou, ele agarrou a lateral da carroça, forçando-a para trás. O coração de Rispa deu um pulo quando ele ergueu a mão devagar para pegá-la pela garganta.

— Ele está nos levando de volta ao *ludus* — disse ele, com a voz profunda e cheia de emoção. A visão ficou turva, e ele lutou contra a dor. Tinha que se manter consciente. Tinham pouco tempo. — Você não sabe o que a espera lá. Não posso deixar que... — Quebrar-lhe o pescoço seria mais rápido e menos doloroso que a estrangular. Deslizou a mão levemente, sentindo a pulsação dela. — Rispa — disse pesadamente —, eu...

Faça, disse a si mesmo, *acabe logo com isso.*

Fitando seus olhos azuis, ela notou sua angústia e percebeu o que ele pretendia. Em vez de sentir medo, foi tomada por uma profunda compaixão. Tocou o rosto dele com ternura. Atretes fechou os olhos, como se o toque dela doesse.

— Ele não está nos levando para o *ludus*, Atretes. Eu também pensei isso no começo, mas sei que não poderíamos ir para lá.

— Aonde mais ele poderia nos levar? — Passou o polegar sobre a veia que pulsava na garganta dela. Calor, vida. Por que justo ele teria que tirar isso dela?

— Nós passamos pelos portões da cidade.

— Pelos portões?

— Nós não estamos mais em Roma. Estamos fora dos muros da cidade.

Ele afrouxou a mão.

— Não pode ser. O *ludus*...

A carroça deu um solavanco e Atretes sentiu uma explosão de dor na cabeça. Gemendo, segurou-se na lateral da carroça com mais força, tentando se equilibrar enquanto a escuridão se fechava em volta dele novamente.

Ela o apoiou como pôde. Nunca o vira tão pálido e sentiu medo por ele.

— Teófilo não o está levando de volta ao *ludus*, Atretes.

— Aonde mais ele me levaria?

— Eu não sei. — Ela pousou a mão no rosto dele. — Você precisa se deitar.

A visão de Atretes era um longo túnel escuro.

— Cápua — disse ele com um gemido, reclinando-se. Ele era pesado demais para ela e a arrastou junto. A cabeça dele bateu nas tábuas da carroça, e ele gemeu. — Ele está me levando de volta para Cápua. — Então se lembrou da minúscula cela onde os guardas o haviam trancado. Não havia nem espaço para se sentar ou esticar as pernas. Ficara preso na escuridão durante dias, achando que ia enlouquecer. — É melhor morrer.

Ela o levantou levemente e colocou a cabeça dele no colo de novo.

— Nós não estamos indo para o sul. Estamos indo para o leste.

Leste?

Para onde Teófilo os estava levando?

Rispa enxugou as gotas de suor da testa de Atretes e desejou poder acabar com a dor com a mesma facilidade.

— Fique em paz, Atretes. Estamos nas mãos de Deus.

Ele soltou uma risada rouca e estremeceu.

— Acha que seu deus vai nos tirar daqui?

— Deus tem planos para o nosso bem. Ele vai nos dar um futuro e esperança.

— Esperança — repetiu ele com amargura. — Que esperança há nesta carroça?

— Todas as coisas concorrem para o bem dos que acreditam.

— Eu não acredito em nada.

— Eu *acredito*, e, mesmo que você não acredite, nós dois fomos chamados para o propósito do Senhor.

A fé tenaz daquela mulher desafiava toda lógica.

— Eu estou acorrentado de novo, e desta vez você e o bebê também. Só há um propósito nisso.

Ela passou devagar os dedos pela testa dele e sorriu.

— Deus já me tirou de situações piores do que esta.

Ele abriu os olhos e a fitou. Acaso ela se referia à noite em que haviam deixado a casa de Éfeso? Ou à luta no navio alexandrino?

— Deus não tirou você de nada. Fui *eu* que a tirei. — Fechou os olhos diante do olhar penetrante dela e se perguntou como ela podia estar em paz naquelas circunstâncias. O que poderia sustentá-la? — E também vou tirá-la desta. De alguma forma.

— Você não nos tirou de nada. Você está sempre correndo na direção dos problemas, e não o contrário.

Ele a fitou, ofendido.

— Você acha que é seu deus que a está protegendo?

— Eu sei que sim.

Ele soltou uma risada rouca.

— Quem a salvou de Sertes? Quem a salvou do macedônio?

— Quem o salvou da morte inúmeras vezes? É por acaso que você está vivo agora?

— Eu mesmo me salvei. — Fez uma carranca ao recordar Teófilo bloqueando um golpe de espada. Os esforços anteriores do centurião eram contraditórios em relação a suas atitudes agora.

— Nunca houve alguém entre você e a morte?

— Quando serviu aos propósitos de alguém. — Quanto o romano ganharia quando o entregasse a Domiciano?

— Deus nos resgatará de novo.

— Não ponha suas esperanças em um deus que você não pode ver e que deixou seu filho ser crucificado. Que bem ele fez para Hadassah?

— É por causa do Filho de Deus que eu tenho esperança. Toda a minha esperança repousa nele. — Passou os dedos pelo cabelo de Atretes, afastando-o da testa e das têmporas. — Até minha esperança em relação a você.

A cabeça de Atretes doía demais para discutir ou para pensar mais profundamente no que ela dizia.

Ouviu cavalos galopando, aproximando-se por trás. O som dos cascos batendo nas pesadas pedras da estrada romana reverberava no crânio dolorido. Sabia que eram soldados romanos pelo barulho dos cintos cravejados de bronze.

— Ninguém nos seguiu — disse um homem.

— Por aqui. — Ele ouviu a ordem de Teófilo e a carroça deu um forte solavanco ao sair da estrada. Atretes soltou um gemido e viu luzes brilhantes, mesmo com os olhos fechados. Queria a escuridão, o esquecimento onde não havia dor, nem pensamentos tortuosos sobre o que o esperava. Mas não conseguiu nenhum dos dois.

Viajaram por muito tempo por um terreno mais suave. Ele sabia que estavam bem longe da estrada principal.

Teófilo falava ocasionalmente, mas as palavras eram indistintas. Quando pararam, o romano se aproximou.

— Fique de olho enquanto eu o tiro da carroça.

Atretes ouviu as correntes sendo soltas e as sentiu serem puxadas pelos anéis nos tornozelos.

— Estamos no hipogeu de Gaudêncio Servera Novaciano. Sua bisneta, Alfina, é cristã — disse Teófilo, largando as correntes e tirando as algemas de Atretes. — Desculpe ter batido tão forte, meu amigo. — Pegou Atretes pelo braço e o puxou facilmente. — Não tive tempo para explicar. — Apoiou Atretes no ombro. — Não que tivesse me ouvido...

Atretes resmungou alguma coisa baixinho e Teófilo sorriu enquanto carregava o pesado germano.

— Em vez de me amaldiçoar em germano, você poderia me agradecer em grego.

— Pensamos que você o estava levando de volta ao *ludus* — disse Rispa, envergonhada por ter duvidado dele.

— Assim como todos na pousada — disse Teófilo, ajudando Atretes a descer a rampa que havia baixado da traseira da carroça. — Por isso não houve tumulto. Roma inteira gostaria de ver este idiota teimoso de volta à arena.

Ela pegou a cesta onde Caleb dormia. Dois homens saíram correndo de um lugar que parecia um mausoléu. Teófilo entregou Atretes aos cuidados deles e voltou a seus homens.

— Apuleio, meu amigo, muito obrigado. — Eles se saudaram, amigavelmente. — Não dê a Domiciano a oportunidade de questioná-lo. Não volte à guarda pretoriana. — Tirou um pequeno pergaminho de dentro do peitoral da armadura. — Pegue isto e vá para Tarento. Entregue-o a Justo Minor e a mais ninguém. — Deu um tapinha no ombro do amigo. — Agora vá.

O soldado disse algo em voz baixa e lhe entregou uma bolsa antes de montar no cavalo. Estendeu a mão em saudação.

— Que Deus o proteja, meu senhor.

Os outros fizeram o mesmo.

— A vocês também, meus amigos. Deus esteja com vocês.

Apuleio girou o cavalo e saiu a galope pelo campo em direção à estrada principal; os outros o acompanharam.

Rispa colocou Caleb na cesta e foi até Teófilo. Com lágrimas nublando a visão, caiu de joelhos e pousou as mãos a seus pés.

— Me perdoe — disse, chorando. — Eu não deveria ter duvidado de você.

Ele a segurou firme e a ergueu. Levantou-lhe o queixo e sorriu.

— Está perdoada, Rispa. — Acariciou-lhe com delicadeza a face e disse mais energicamente: — Não pense mais nisso. Se sua aflição não tivesse sido genuína, tudo poderia ter sido diferente na pousada. Sua dúvida serviu a um bom propósito.

Caleb acordou. Teófilo passou por ela e o tirou da cesta. O bebê chorou mais alto.

— Parece que só a mãe serve — disse ele, rindo, entregando-lhe o bebê. — Eu levo a cesta.

Caleb olhou para Teófilo, aconchegado na segurança dos braços de Rispa. Soltou um gritinho e se inclinou para ele, que lhe fez cócegas no queixo.

— Foi sorte ter nos encontrado — disse ela enquanto caminhavam.

— Eu sabia onde os encontrar. Não lhe disse que Atretes facilitaria as coisas?

— Sacudiu a cabeça. — Ele tem mais coragem que juízo.

— Que tipo de problema isso vai lhe causar, Teófilo? Você ainda está a serviço do imperador.

— Não mais, desde dois dias atrás. Meus vinte anos de serviço exigidos foram cumpridos há cinco anos. Agora, pedi permissão para me aposentar, e Tito a concedeu. Tenho uma declaração com seu selo dando-me o direito de reivindicar um pedaço de terra em qualquer província fronteiriça que eu escolher. Ele sugeriu vários lugares onde há *civitates* administradas por soldados aposentados; Gália, por exemplo, e Bretanha. — Deu um sorriso torto. — Não fez menção à Germânia, e eu também não o fiz.

Chegaram ao estreito portal de pedras que levava às catacumbas.

Teófilo desceu à frente a escadaria íngreme recortada na suave rocha vulcânica lácia, segurando-a pelo braço para apoiá-la.

— Não se assuste com a aparência deste lugar — disse ele. — Seus costumes eram um pouco diferentes na Jônia. Esses túneis estão aqui há várias gerações. Gundério Severas Novaciano foi o primeiro de muitos a ser sepultado aqui. Seu bisneto, Tiberíades, ouviu o apóstolo Paulo falar diante de César e foi redimido por Cristo naquele dia. Antes de morrer de febre, ele disse a sua irmã que usasse este lugar como um santuário para os que necessitassem.

A escada terminava e seguia-se uma passagem de terra estreita até uma câmara subterrânea, chamada *cubicula*, que constituía o núcleo da cripta da família. Era iluminada por uma abertura no teto que servia para remover a terra durante a escavação.

A sala era fria e continha uma grande fonte natural que enchia um *refrigeria* azulejado usado para libações funerárias. As paredes da *cubicula* eram de gesso e tinham pinturas de flores, pássaros e animais.

Havia dois arcossólios diante dela. Essas celas para os mortos haviam sido escavadas na rocha vulcânica, recobertas de gesso e fechadas com lajes horizontais, encimadas por dois arcos. Na luneta de um deles havia um afresco de Hércules tirando a heroica Alceste de Hades e levando-a de volta a seu marido, Admeto, por quem ela havia sacrificado sua vida. Essa cena mitológica simbolizava o amor conjugal. Na outra luneta, havia um afresco de Hércules matando a Hidra.

Outra *cubicula* se abria à direita de Rispa. Nela, havia um único arcossólio. Na luneta, o afresco de um *orant*, homem ou mulher ornado com os braços estendidos em oração. Na tampa, a menção a Tiberíades.

— Por aqui — disse Teófilo, a voz profunda ecoando na quietude.

Rispa o seguiu, passando por uma porta à esquerda. Suspirou quando viu o túnel que se estendia à sua frente. A catacumba cheirava a terra úmida, especiarias doces e incenso. Nichos retangulares, lóculos, haviam sido escavados nas paredes de rocha e selados com uma porta de tijolo ou mármore. Ela sabia que cada lóculo continha um corpo. Havia pequenas lamparinas de terracota cheias de óleo perfumado em muitas tumbas, enchendo a galeria sombria de uma luz bruxuleante e de um aroma enjoativo de perfume misturado ao cheiro de deterioração.

Apertando Caleb junto a si, ela caminhou pelo corredor, observando as portas dos túmulos nas laterais e acima. Cada uma tinha um nome: Pânfilo, Constância, Pretextato, Honório, Commodilla, Marcelino, Maius. Viu uma âncora entalhada em uma laje, um pavão simbolizando a vida eterna em outra, dois peixes e um pedaço de pão em uma terceira.

Teófilo virou uma esquina e ela o acompanhou por outro arcossólio, cujo afresco representava com cores vivas o Bom Pastor carregando o cordeiro perdido nos ombros.

— Todos esses mortos eram cristãos? — perguntou, a voz soando estranha aos próprios ouvidos.

— Oitenta e sete deles eram. A maioria jaz nesses túmulos mais recentes, aqui embaixo. Os túmulos mais altos são mais antigos e abrigam membros da família Novaciano. Amigos da família também foram autorizados a enterrar seus mortos aqui. Há também várias gerações de escravos nos lóculos.

Ela ouviu vozes à frente. Teófilo a conduziu por outra escada de terra e pedra até uma passagem que se abria para outra grande *cubicula*. Entrava luz de cima. Atretes estava sentado em um catre junto à parede, pálido.

Havia vários homens em torno dele, todos falando ao mesmo tempo, mas foi a pequena idosa que Rispa notou imediatamente. O cabelo grisalho e cacheado estava trançado, formando um penteado que demonstrava elegância e dignidade. Usava um sobretudo de linho azul simples de muito boa qualidade, mas poucas joias. Entregou a um dos homens uma taça de prata, que foi oferecida a Atretes. A idosa se voltou, mostrando o rosto enrugado, adorável e sereno.

— Teófilo — disse ela, demonstrando-lhe grande afeição. Estendeu-lhe as mãos, sorrindo.

— Estamos em dívida para com você, senhora Alfina — respondeu ele, curvando-se, e, tomando-lhe as mãos, as beijou.

— Vocês não estão em dívida para comigo, e sim para com Deus — disse ela.

— Nossas preces foram atendidas, não é? — Seus olhos brilhavam de alegria enquanto acariciava o rosto de Teófilo como se fosse um menino, e não um velho soldado.

Ele riu.

— Tem razão, minha senhora.

— E esta linda garota deve ser Rispa — disse ela, estendendo a mão. — Bem-vinda, minha querida.

— Obrigada, minha senhora — respondeu Rispa, encantada com a calorosa recepção.

— Por favor, me chame de Alfina. Somos todos um em Cristo Jesus — disse, e, com rápido olhar para Atretes, acrescentou: — Devo admitir que estava curiosa para ver o grande Atretes.

— Ele já esteve melhor — disse Teófilo secamente.

— Ele é mesmo como Rufus o descreveu: forte como Marte, com o rosto de Apolo. Rufus é meu filho — explicou a Rispa. — Ele foi à pousada duas noites atrás, mas não conseguiu se aproximar para falar com Atretes. Disse que havia tantos *amoratae* quanto políticos corruptos em nosso senado. Esperávamos trazê-los para cá antes.

— Atretes não teria vindo — disse Rispa.

— Precisávamos de mais ouro — explicou Atretes de onde estava, só então olhando para ela. — Já devemos ter o suficiente. Onde está?

Rispa sentiu o sangue fugir do rosto e depois o tomar de novo, queimando-a.

— Oh, meu Deus...

— Você esqueceu? — perguntou ele, consternado, a dor de cabeça quase o cegando ao praguejar.

— Apuleio se assegurou de que todas as suas posses fossem trazidas — disse Teófilo. Desamarrou uma pesada bolsa de couro e a jogou aos pés de Atretes. — Incluindo seu ouro. — E com um sorriso pesaroso, acrescentou. — Rispa só pensava em você.

Atretes olhou da bolsa de moedas para Teófilo. Apreensivo, encostou a cabeça na fria parede de gesso.

— Preciso voltar para fazer os preparativos para esta noite — disse Alfina. — Domiciano vai dar um banquete para celebrar um evento importante. — Notou o olhar penetrante e desconfiado de Atretes e sorriu. — Ele terá que inventar outro motivo para comemorar, agora que você escapou. Rufus disse que ouviu rumores de que você seria levado e exibido no banquete.

— Tem certeza de que é prudente ir ao palácio? — perguntou Teófilo.

— Seria imprudente não ir. Além disso, estou preocupada com a sobrinha de Domiciano, Domitila. Seu coração é do Senhor, e quero aproveitar toda oportunidade que Deus me der para falar com ela. — Pousou a mão no braço de Rispa. — Não precisa ficar aqui, Rispa. Se desejar, pode seguir essa passagem até o criptopórtico. É muito bonito e fica bem embaixo da casa. Caleb ficaria encantado com os belos ladrilhos do chão, e vocês dois ficariam bem seguros lá.

— Ela vai ficar comigo — disse Atretes.

Alfina o fitou.

— Meus servos são todos de confiança.

Atretes a fitou com frieza.

— Ela fica.

Alfina suavizou a expressão, compreensiva.

— Como quiser, Atretes. Imagino que deve ser difícil para você confiar em qualquer romano, mesmo naqueles que só lhe desejam o bem.

— Especialmente quando se tem uma cabeça mais dura que o granito — disse Teófilo. — Eu a vejo em sua casa, minha senhora.

Ele acompanhou Alfina pela longa passagem subterrânea e entrou no criptopórtico, um lugar tranquilo, bonito, com arcos de mármore, murais coloridos, afrescos e uma pequena piscina com fonte. Raios de sol entravam por aberturas cuidadosamente instaladas no teto da abóbada. Era um refúgio subterrâneo, protegido da pressão da vida cotidiana, um local reconfortante que se tornara um santuário para os que compartilhavam a fé em Cristo.

— Talvez Atretes se junte a nós aqui amanhã de manhã e ouça a leitura das palavras do apóstolo Paulo.

— Eu precisaria de algemas, correntes e quatro homens para carregá-lo.

Alfina se voltou e o fitou.

— Apesar do que diz, Teófilo, sinto que você o admira muito.

— Como não admirar um homem que sobreviveu dez anos na arena? — Sacudiu a cabeça. — Mas não sei como chegar até ele. Atretes olha para mim e não vê um homem; vê Roma.

— Mas é claro — disse Alfina com gentileza, fitando-o incisivamente. — O exército romano destruiu o povo dele e o fez cativo. Ele está sob guarda desde então. Mesmo durante seu breve tempo como homem livre, imagino que foi vigiado por soldados. Talvez seja como você diz; ele só vê o homem exterior. Mas Deus vê o coração, Teófilo, e ele o colocou na companhia desse homem por um bom propósito. Deixe que o Senhor o guie. — Sorriu e tocou-lhe o braço com carinho, depois se afastou.

Teófilo ficou um longo tempo naquela câmara tranquila. Tirou o elmo e acariciou o metal brilhante. Passando os dedos pelas plumas vermelhas aparadas, suspirou fundo e ergueu os olhos.

Ele havia sido treinado para ser soldado desde a infância, determinado a seguir os passos de seu pai. Assim que tivera idade suficiente, alistara-se no exército. Servira sob Cláudio antes que o sobrinho corrupto e caprichoso deste, Nero, fosse nomeado imperador. Depois daquele desastroso governo, houvera outro ainda pior. Roma explodira em guerra civil quando uma sucessão de políticos ambiciosos lutara para governar o império. Galba, Otão, Vitélio — todos lutaram pelo poder, cada um deles assassinado por seu sucessor. Teófilo havia escapado dos mais sangrentos acontecimentos na Cidade Imperial, pois na época estava envolvido na revolta germânica, lutando contra o rebelde civil e as tribos unidas, incluindo o povo de Atretes, os catos.

Quando Vespasiano tomara as rédeas do poder, Teófilo se regozijara por ter um comandante militar capaz no poder. Roma precisava de estabilidade. Ao longo dos dez anos de governo de Vespasiano, Teófilo servira na guarda pretoriana, fora alocado em Alexandria e enviado a Éfeso para comandar exércitos.

Deus o chamara quando era soldado, e ele servira ao Senhor fielmente enquanto continuava cumprindo seus deveres. Nem uma única vez ele se deparara com a necessidade de escolher entre Deus e o imperador, e sabia que muitas vezes isso se devera à intervenção divina. Certas perguntas nunca haviam sido feitas.

Agora, Deus lhe dera outra missão: levar Atretes de volta à Germânia. Durante seu primeiro encontro com João, o apóstolo havia dito poucas palavras quando Teófilo se sentira compelido a fazer isso. Mesmo sabendo o que poderia enfrentar na Germânia entre os catos, tinha certeza de que estava seguindo instruções de Deus: proteger aquele homem e levá-lo para casa. Deus tinha um plano para Atretes, e Teófilo fazia parte desse plano.

O exército havia sido sua vida, mas Deus o colocara em outro caminho. Sua escolha era simples: obedecer ou não, dedicar-se ao trabalho ou a Deus. Ele sorriu com tristeza. Deus conduzira a vida dele desde o início, pois seus anos no exército romano o haviam preparado para esse momento. O exército lhe ensinara a obedecer à autoridade, a se disciplinar diante das dificuldades, a ser leal a seus comandantes, a superar o medo diante da morte.

Dispa-se do velho e vista o novo.

Não fora fácil. Ele amava sua vida no exército, a disciplina, a rotina, o respeito. Dedicara vinte e cinco anos de sua vida à carreira, e o que ele vestia proclamava suas realizações.

Dispa-se do velho. Vista o novo.

Deixou o elmo polido em um banco de mármore. Tirou a capa vermelha, dobrou-a com cuidado e a deixou também. Retirou o pingente que indicava sua patente e o apertou na mão por um longo momento. Depois, jogou-o sobre o leito vermelho formado pela capa e saiu.

— Seja feita tua vontade, Pai — disse.

Deu meia-volta e voltou pela passagem estreita até o hipogeu, onde Rispa e Atretes esperavam.

21

A atmosfera perturbadora do hipogeu deixava Atretes cada vez mais desconfortável. Ele sabia que as pessoas a seu redor viam o local como um refúgio onde podiam livremente adorar e falar sobre seu deus, mas, para ele, não era mais que um cemitério subterrâneo, um prenúncio do Hades.

A morte não se aproximava mais dele; ela simplesmente o rodeava.

Quando Rufus levou comida e a colocou diante dele, Atretes não conseguiu comer, por mais apetitosa que parecesse, porque a mesa onde o homem a deixara era um sarcófago. Pessoas civilizadas queimavam seus mortos! Mas os malditos romanos os embrulhavam para presente e os escondiam em nichos ou grandes caixas de pedra para a posteridade. Os suficientemente ricos para ter uma *cubicula* chegavam a cear com seus parentes e amigos falecidos. E os germanos é que eram chamados de bárbaros! Ainda mais repugnante para ele era o costume dessas pessoas de comer pão e vinho e se referir a isso como o corpo e o sangue de Cristo.

— Tenho que sair daqui — disse ele a Rispa.

— Teófilo disse que ainda não é seguro.

— Os jogos começaram há dois dias!

— Domiciano pôs soldados à sua procura em todos os lugares. Vários deles vieram a esta casa. Você sabe que o que Domiciano mais quer é exibir você...

Ele se levantou abruptamente, mas a tontura o fez cambalear.

— Atretes! — Alarmada, ela se levantou depressa e passou o braço por sua cintura para lhe apoiar.

Ele a afastou.

— Posso ficar em pé sozinho. — Abaixou-se com cuidado e pegou a roupa de cama e o pequeno pacote de pertences, incluindo a bolsa com o ouro, e caminhou com dificuldade até a porta, esperando que ela o seguisse.

— Esse caminho vai levá-lo às catacumbas mais profundas — disse ela com calma, pegando Caleb e apoiando-o no quadril. — Por aqui chegaremos ao criptopórtico.

— Eu não quero ir ao criptopórtico! Eu quero *dar o fora daqui!*
Ela desapareceu por uma porta estreita.
— Rispa! — A voz áspera de Atretes reverberou na *cubicula*, irritando-o ainda mais. Soltou um palavrão em germano.
Se ela estava seguindo aquele caminho para chegar ao criptopórtico, faria sentido para ele sair pela porta oposta para fugir do hipogeu. Chegou a um longo corredor com lóculos de ambos os lados. Tentou não tocar as paredes, ciente do que estava se deteriorando dentro delas.
A passagem era reta por certa distância e depois fazia uma curva. Quando se ramificou em três direções, pegou a da esquerda. Acabou em uma escada que descia, em vez de subir, e viu que não ia dar onde ele queria. Praguejou em voz alta, o som da voz no túnel úmido parecendo estranha aos próprios ouvidos. Aquele lugar o arrepiava.
Voltando, refez os passos e pegou o corredor da direita. Chegou a outra curva, e o corredor se dividiu em mais três direções. Algumas lamparinas cintilavam ali, mas a escuridão parecia mais pesada, e o ar, mais frio. Seu coração começou a bater forte. Um suor frio cobriu-lhe o corpo. Estava perdido em um labirinto de catacumbas, preso em meio aos mortos. Lutou contra o pânico e refez os passos de novo. Não conseguia lembrar por qual passagem havia chegado ali.
O silêncio se fechou à sua volta. Tudo que podia ouvir era a própria respiração, tensa e superficial, as batidas do coração provocando-lhe uma dor de cabeça agoniante. Podia sentir os olhos dos mortos o observando, o cheiro de carne em decomposição misturado ao odor de terra seca e envelhecida. Suspirando, olhou ao redor, desesperado.
— Atretes — disse uma voz baixa e profunda.
Ele girou e assumiu uma postura defensiva, pronto para lutar contra o que aparecesse. Havia um homem na esquina de outra passagem.
— Por aqui — disse, e, embora o rosto estivesse ensombrado e a voz diferente naquela estreita passagem de terra, Atretes sabia que era Teófilo. Pela primeira vez desde que conhecera o romano, estava feliz em vê-lo.
Teófilo o levou ao criptopórtico onde Rispa o esperava.
— Você o encontrou — disse ela, aliviada, levantando-se quando Atretes surgiu atrás de Teófilo na grande câmara. — Desculpe, Atretes, pensei que você estivesse atrás de mim.
Sem uma palavra, ele largou a roupa de cama e os pertences e foi até a fonte. Jogou água no rosto, uma, duas, três vezes. Sacudindo a cabeça, endireitou-se e suspirou devagar.
— Prefiro me arriscar na arena a ficar neste lugar.

— Uma companhia de soldados veio aqui ontem — disse Teófilo. — Ainda estão patrulhando a área. Se quiser se entregar, vá em frente.

Irritado pelo tom casual de Teófilo, Atretes aceitou o desafio.

— Me mostre a saída.

— Volte para lá, continue seguindo as passagens à direita. Quando chegar a uma escada...

Atretes praguejou e bateu a mão na água.

— Quanto tempo vou ter que ficar neste lugar?

Teófilo entendia a frustração de Atretes. Ele sentia o mesmo. Os dias de inatividade também não lhe faziam bem. Uma coisa era visitar as catacumbas e adorar com outros cristãos, mas outra coisa era *viver* no meio delas.

— Depende da determinação de Domiciano.

— Você o conhece melhor do que eu — retrucou Atretes com ironia. — Ele é muito determinado?

— Eu diria que é melhor nos ajeitarmos confortavelmente aqui.

Atretes soltou outro palavrão em germano e se sentou à beira da fonte. Esfregou a cabeça; ainda estava um pouco dolorido onde Teófilo o atingira com o cabo do gládio. Olhou para o romano. Teófilo ergueu levemente a sobrancelha.

Caleb engatinhou entre os pés de Atretes e pegou uma das correias atadas ao redor da panturrilha musculosa. O germano colocou as mãos entre os joelhos e pegou as mãos do filho. Com um grito de prazer, Caleb se esforçou até se levantar.

— Ele logo vai andar — disse Rispa.

— Eu sei — concordou Atretes, sombrio. — Dentro de um cemitério. — Pegou o filho e o sentou sobre o joelho, segurando-o e observando-o. Ele tinha os olhos e os cabelos de Júlia. Caleb agitou os braços e gritou de alegria.

Rispa riu.

— Ele está tentando falar com você.

Como ela conseguia rir naquele lugar? Como podia ficar sentada e parecer serena, conversando com Teófilo e os outros como se estivessem em uma casa ou em um banquete, em vez de em um cemitério subterrâneo? Ela era tão indiferente ao entorno quanto o bebê. Onde quer que estivesse, era sempre a mesma. Mas ele queria que seu filho aprendesse a andar na grama fresca, não na terra escura de uma passagem subterrânea cercada de morte.

Rispa notou o olhar perturbado no rosto de Atretes e se sentou ao lado dele à beira da fonte.

— Nós não vamos ficar aqui para sempre.

Para sempre. Como a morte. Ele nunca permitira que o medo da morte o atormentasse, pois o enfraqueceria, atrapalharia sua concentração, daria uma abertura ao oponente. Mas, agora, não conseguia pensar em mais nada. E só porque estavam naquele lugar!

Colocou Caleb nos braços de Rispa enquanto se levantava.

— Já estamos aqui há tempo suficiente.

O choro de Caleb encheu o criptopórtico.

— Aonde mais poderíamos ir e estar seguros? — questionou Rispa, segurando a criança e dando-lhe palmadinhas nas costas. Em seguida o beijou e murmurou palavras reconfortantes.

Vê-la verter todo seu carinho em seu filho o deixou furioso.

— Qualquer lugar seria melhor que aqui!

— Até um calabouço? — indagou Teófilo, para desviar a raiva de Atretes. O germano estava ansioso por uma briga e Rispa não daria o que ele queria. — Ou talvez você se sentisse mais à vontade em uma cela de um metro e meio de largura por dois e meio de comprimento.

Atretes lhe lançou um olhar zangado e nada mais.

Quando Caleb parou de chorar, Rispa o colocou diante de um mural de golfinho. Distraído pelas cores, formas e texturas dos azulejos, ele começou a arrulhar de alegria de novo, engatinhando até chegar a um feixe de luz. Sentando-se, tentou pegar o raio de sol que descia de uma pequena abertura no teto da cúpula pintada.

Atretes o observava, sombrio.

— Ele deveria estar com os vivos, não aqui com os mortos.

— Ele vai estar, Atretes — respondeu Teófilo.

— Tire Rispa deste Hades; ou ela e meu filho também são prisioneiros?

— Nós vamos ficar com você, onde é nosso lugar — afirmou Rispa.

— Nenhum de vocês é prisioneiro — corrigiu Teófilo, notando como Atretes a ignorava.

O único momento em que ele olhou para Rispa foi quando ela olhava para outro lado, e a observou de uma maneira intensa e reveladora para qualquer um que prestasse atenção.

— Quanto a ir para outro lugar, fale com a senhora Alfina quando ela vier hoje à noite.

Atretes olhou a grande câmara, ornada de arcos e afrescos.

— Aqui é melhor que aquele outro lugar onde você me colocou. Vou ficar aqui.

Teófilo riu.

— Alfina lhe ofereceu esta câmara desde o primeiro dia.

— Ela ofereceu a Rispa e ao bebê.

— O convite incluía você. Ela ficará feliz pela sua decisão de se instalar aqui. Ficou surpresa quando preferiu a *cubicula*. Aquele lugar a deixa deprimida. — Divertido pelo olhar de consternação de Atretes, Teófilo se recostou em um banco de mármore, colocou o braço atrás da cabeça e cruzou os tornozelos confortavelmente. — Aqui é muito melhor.

Atretes estreitou os olhos.

— O que está achando tão divertido?

— A maneira como Deus age — respondeu Teófilo, rindo e fechando os olhos.

O Senhor havia colocado aquele cabeça-dura bem no meio de seu santuário.

———·—·———

Rufus e Alfina se juntaram a eles naquela noite, acompanhados de dois servos que traziam bandejas com comida e vinho. Alfina ficou encantada por terem decidido ficar no criptopórtico.

— É muito melhor aqui — disse ela. — É mais arejado.

Rufus sorriu quando Atretes pegou uma maçã da bandeja e a mordeu.

— Que bom que seu apetite voltou. Estávamos começando a ficar preocupados.

— Se algum soldado vier revistar a casa, um dos criados virá avisá-los — disse Alfina.

— Alguns soldados foram chamados de volta. Há um incêndio na cidade — disse Rufus enquanto um servo enchia as taças de vinho.

Teófilo pegou duas e entregou uma a Atretes.

— Começou em uma das ínsulas mais pobres ao sul do Tibre e parece que está se espalhando depressa.

— Dá para ver a fumaça das varandas — disse Alfina com tristeza. — Isso me lembra o Grande Incêndio durante o reinado de Nero.

— Tito mandou mais legionários para ajudar os bombeiros, mas o fogo está fora de controle — prosseguiu Rufus. — O problema é que algumas ínsulas são tão velhas que explodem. Centenas de pessoas morreram e outras estão sem abrigo.

Atretes saboreava as notícias que Rufus dava. Roma estava ardendo em chamas! O que mais ele poderia pedir além de que Calixto e Domiciano tivessem um fim semelhante?

— Haverá doenças depois — disse Teófilo, sombrio. — Já vi isso antes.

Rispa notou como Atretes recebia as novidades e ficou perturbada com sua insensibilidade.

— Não fique satisfeito, Atretes. Pessoas inocentes estão perdendo a casa e a vida.

— Inocentes? — repetiu Atretes com ironia. — Eram todos *inocentes* quando enchiam as arquibancadas da arena e gritavam pedindo o meu sangue ou de qualquer outra pessoa? Que queimem. Que essa podridão de cidade arda inteira em chamas! — Soltou um riso rouco e ergueu a taça em um brinde, sem se importar se estava ofendendo ou magoando alguém presente. Afinal, eram todos romanos. — Gostaria de ter o prazer de assistir.

— Então você não é diferente dele — disse Rispa, chocada com sua falta de compaixão.

— Eu sou diferente, sim — retrucou Atretes, com os olhos ardentes.

— Se sofreu, não sente pena dos que sofrem agora?

— Por que eu deveria sentir? Eles estão tendo o que merecem. — Esvaziou a taça e olhou em volta, desafiando alguém a contrariá-lo.

— Os judeus concordam com você, Atretes — disse Rufus. — Eles acham que Deus amaldiçoou Tito pelo que ele fez a Jerusalém. Primeiro o Vesúvio entrou em erupção e matou milhares de pessoas, e agora esse incêndio.

— Gosto cada vez mais desse seu deus — disse Atretes, arrancando uma coxa do faisão assado.

Rispa o fitou com tristeza e descrença.

Teófilo preencheu o silêncio constrangedor.

— Talvez isso nos dê oportunidade de sair do Lácio.

Chegaram várias outras pessoas, a maioria pobres que viviam nos arredores da cidade. Alguns atuavam nos serviços de transporte da Via Ápia, ao passo que outros trabalhavam nos mercados que atendiam as centenas de viajantes que chegavam a Roma todos os dias. Alguém começou a cantar, e as pessoas ali reunidas começaram a tomar seus lugares para a leitura da carta do apóstolo Paulo aos romanos.

Apesar dos inúmeros convites calorosos para se juntar a eles, Atretes pegou uma jarra de vinho e uma taça e foi para os cantos mais afastados da câmara. Ficou um pouco surpreso ao ver que não era Teófilo que liderava a adoração; era o escravo que servira o vinho. Ele era mais jovem, sem a corpulência de um soldado, um homem de aparência humilde e voz suave, mas poderosa.

— "Portanto, és inescusável quando julgas, ó homem, quem quer que sejas, porque te condenas a ti mesmo naquilo em que julgas a outro; pois tu, que julgas, fazes o mesmo. E bem sabemos que o juízo de Deus é segundo a verdade sobre os que tais coisas fazem. E tu, ó homem, que julgas os que fazem tais coisas, cuidas que, fazendo-as tu, escaparás ao juízo de Deus?"

Atretes sentiu um inexplicável arrepio de medo o percorrer ao ouvir a leitura dessas palavras. Era como se quem as houvesse escrito visse dentro de seu coração. As palavras se sucediam, e então alguma coisa explodiu em sua mente, despejando brasas sobre ele.

— "Porque todos os que sem lei pecaram, sem lei também perecerão No dia em que Deus há de julgar os segredos dos homens, por Jesus Cristo, segundo o meu evangelho..."

O jarro de vinho estava vazio, e ele queria mais. Queria afogar o medo mesquinho que o corroía.

— "... a sua garganta é um sepulcro aberto..."

Aquela carta havia sido escrita aos romanos! Por que então o feria e o fazia sangrar? Apertou os ouvidos com a palma das mãos para calar a voz daquele homem.

Teófilo viu e deu graças a Deus. *Ele te ouve, Pai. Planta tua palavra no coração dele e traze um novo filho de Deus.*

Rispa chorava em silêncio, sem notar, ao lado do romano; não de esperança por Atretes, mas de desespero por seus próprios pecados. Acaso ela não julgara Atretes quando ele julgara os outros? E lhe dissera que ele não era diferente. E acaso ela também não era igual?

Oh, Pai, quero ser igual a ti, e é isso que eu sou! Perdoa-me. Por favor, Abba, perdoa-me. Purifica meu coração perverso e faze de mim teu instrumento de amor e paz.

Tudo já havia terminado e a noite caíra; Atretes jazia inquieto na cama; as palavras que ouvira ainda o atormentavam. Homens haviam tentado matá-lo com lança e espada. Ele fora acorrentado, espancado, marcado e ameaçado de castração. Mesmo com tudo isso, o medo jamais o tocara como na leitura de uma única carta feita por um homem que ele nem conhecia.

Por quê? Que poder tinha aquele pergaminho para atormentar sua mente com o peso do que estava à sua frente? Morte. Por que deveria ter medo agora, se nunca o tivera antes? Todos os homens morrem.

"... sepultados com ele pelo batismo na morte..."

Seu objetivo sempre fora sobreviver. Agora, ouvia um ressoante eco: *Viva! Levante-se e viva!* Mas levantar-se de onde?

Quando por fim adormeceu, o velho sonho voltou — o sonho que o afligira nas cavernas das colinas.

Ele andava em meio a uma escuridão tão intensa que podia senti-la apertar-lhe o corpo. Tudo que podia ver eram as mãos. Continuou andando, sem sentir nada. E então viu o Artemísion. A beleza do templo o atraía, mas, quando se aproximou, viu que as esculturas estavam vivas, contorcendo-se e se desenrolando sobre a estrutura de mármore. Rostos de pedra o fitaram quando entrou no pátio interno. Quando chegou ao centro, viu a deusa grotesca. As paredes ao redor dela começaram a desmoronar. Ele correu para escapar enquanto enormes blocos caíam em cima dele. O templo ruiu ao seu redor em fogo e poeira. Ele sentia o calor e ouvia os gritos das pessoas que estavam dentro. Também queria gritar, mas não tinha ar enquanto corria entre as grandes colunas. Caiu quando o templo desabou. A terra tremeu.

Tudo ficou escuro de novo, um frio sem luz, cor ou som. Ele se levantou e tropeçou; o coração batia mais e mais rápido enquanto procurava algo que não sabia dizer o que era.

Diante dele havia um escultor. O pedaço de pedra no qual trabalhava tinha a forma de um homem. Quando Atretes chegou mais perto, a pedra foi tomando forma. Era uma estatueta dele, como as vendidas em frente à arena. Ele ouviu o rugido da turba como se fosse um animal faminto, mas não conseguia se mexer.

O escultor levou o cinzel para trás. Atretes gritou: "Não!", sabendo o que ele ia fazer. Ele queria correr e impedi-lo, mas uma força o mantinha no lugar. O escultor baixou o cinzel com um forte golpe e quebrou a estátua.

Atretes desabou no chão, envolto um longo tempo na escuridão até que, por fim, se levantou. Não conseguia mexer as pernas. Uma pressão gelada o comprimiu, e ele começou a afundar.

Estava cercado pela floresta de sua terra natal, imerso em um pântano, seus conterrâneos o observando, sem fazer nada para ajudá-lo. Ele viu seu pai, sua esposa, seus amigos, todos mortos havia muito, mirando-o com olhos vazios. Pediu ajuda, sentindo um peso puxar-lhe as pernas. A pressão gelada do pântano o sugou até a altura do peito. Pediu ajuda de novo, e então apareceu um homem diante dele e disse: "Pegue minha mão, Atretes".

Ele franziu o cenho, pois não conseguia ver o rosto claramente. Estava vestido de branco e era diferente de todos os homens que já havia visto. Com medo de tentar, Atretes disse: "Eu não o alcanço".

O homem o encorajou: "Pegue minha mão, eu vou tirá-lo desse pântano", e de repente estava tão perto que Atretes sentiu seu hálito quando lhe estendeu as mãos.

Viu que as palmas dele estavam sangrando.

Atretes acordou sobressaltado, respirando com dificuldade. Sentiu alguém o tocar e soltou um grito rouco. Sentou-se.

— *Shhh!* Está tudo bem, Atretes — murmurou Rispa. — Você estava tendo outro pesadelo.

O coração de Atretes estava disparado; o suor escorrendo do corpo. Trêmulo, sacudiu a cabeça como se quisesse apagar a sensação do sonho.

Rispa tirou o cobertor dos ombros e o cobriu.
— Estava sonhando com a arena?
— Não. — Sentiu a quietude do criptopórtico ao redor.
A chama de uma pequena lamparina de barro cintilou na câmara. Teófilo não estava no catre. Atretes lembrou que o romano havia saído com Alfina e Rufus assim que as pessoas foram embora.
Rispa notou seu olhar.
— Teófilo ainda não voltou. Queria ver pessoalmente o que está acontecendo na cidade. Ele me disse que voltaria ao amanhecer.
— Eu quero sair daqui.
— Eu também — disse ela com suavidade.
— Você não entende. Eu *preciso* sair.
Ela afastou o cabelo do rosto dele.
— Vai dar tudo certo — disse, acariciando-lhe as costas. — Tente pensar em outra coisa. Você precisa dormir.
Ela falava como se ele fosse uma criança! *Tocava-o* como a uma criança! Quando ele passou o braço pela cintura dela, ela se assustou.
— O que está fazendo?
— Quer me confortar? Me conforte como a um homem! — Ele a segurou pelo queixo e a beijou com fúria, mantendo-a cativa apesar de ela se debater.
Quando por fim a soltou, ela ofegou.
— O que eu sou para você, Atretes? Mais um rosto gritando na multidão? Eu não estava lá! Eu juro diante do Senhor que *nunca* estive lá — insistiu com voz trêmula, e, girando a cabeça, começou a chorar.
Tomado por um súbito sentimento de vergonha, ele recuou. Empurrando-o com força, ela se sentou e tentou sair. Ele a segurou pelo braço; podia ver seu rosto à luz fraca da lamparina e se amaldiçoou por ter sido tão tolo e bruto.
— Espere — ele disse com suavidade.
— Me solte — ela pediu, tremendo violentamente.
— Ainda não.
Ele acariciou os cabelos dela, mas ela se afastou. Tentou se soltar, mas, como não conseguiu, virou o rosto e chorou. Os soluços partiram o coração do germano.
— Não chore — disse ele rudemente.
— Eu o amo. Que Deus me ajude, eu o *amo*; por que faz isso?
As palavras surpreendentes de Rispa provocaram-lhe alívio e remorso. Ele se ajoelhou e a puxou para os seus braços, prendendo-a ao senti-la resistir.
— Eu não vou machucá-la, juro. — Apoiou a cabeça na curva do ombro dela.
— Só me deixe abraçá-la.

O corpo de Rispa tremia pelo pranto praticamente silencioso, o que só piorava a situação. Ela não confiava nele; e por que deveria?

"Eu sou diferente", ele havia dito; mas quão diferente fora quando jogara sua ira contra ela? E por quê? Porque ela o tocara com a ternura que demonstrava por seu filho, em vez de com a paixão que ele ansiava?

— Quando você me tratou como a uma criança, eu fiquei furioso — disse ele com os lábios em seus cabelos, tentando encontrar uma explicação para o inexcusável. — Não consegui raciocinar.

— Você está sempre furioso. E nunca raciocina. Me solte — implorou ela, chorosa.

— Não enquanto eu não conseguir fazê-la entender.

— Entender o quê? Que eu não sou nada para você? Que me considero igual às mulheres que se entregavam a você no *ludus*? — Ela se debateu de novo, soluçando enquanto ele a controlava com extrema facilidade.

— Você está começando a significar *muito* para mim — ele disse com a voz rouca, sentindo-a enrijecer em seus braços. — Eu só amei três mulheres na vida: minha mãe, minha esposa, Ania, e Júlia Valeriano. As três se foram. Minha esposa morreu no parto com meu filho. Minha mãe foi assassinada pelos romanos; e Júlia Valeriano... — Fechou os olhos com força. — Eu não vou sentir esse tipo de dor de novo. — E a soltou.

Ela se voltou e o fitou com os olhos escuros, cheios de lágrimas.

— E por isso você fecha seu coração para as coisas boas.

— Nunca mais vou amar assim de novo.

Ela não lhe contou sobre suas perdas. Família, marido, filho. Para quê?

— Você preferiria que eu me entregasse como uma prostituta, não é? Você prefere a escória ao ouro.

— Eu não disse isso.

— Nem precisava. Você demonstra isso toda vez que olha para mim, toda vez que me *toca*! — A dor e a raiva se misturavam no rosto pálido. — Você me julga pelas atitudes *dela* e se vinga em mim.

— Eu já devia saber que você não entenderia. Como uma mulher pode entender um homem?

— Eu entendo que você se recusa a amar seu próprio filho porque ele pode morrer ou ser feito prisioneiro, ou crescer e o desapontar como a mãe dele fez. Como um *homem* pode ser assim tão tolo?

Atretes retesou a mandíbula e estreitou os olhos, furioso.

— Cuidado...

— Com o quê? Com a sua ira? Você já me mostrou o seu pior. Você é corajoso com uma espada ou uma lança na mão, Atretes. Na arena, não tem igual. Mas nas coisas da vida que realmente importam, você é um *covarde*! — Ela se levantou depressa e voltou para o outro lado da câmara. Jogando-se no catre ao lado da cesta de Caleb, encolheu-se e cobriu o corpo e a cabeça com o cobertor.

Atretes se deitou, mas não conseguiu dormir, ouvindo o choro baixinho de Rispa.

22

Quando Teófilo voltou, Atretes estava deitado na penumbra, observando-o. O romano atravessou a câmara em silêncio e parou diante de Rispa. Caleb havia acordado e ela o amamentava. Em seguida, ficou com ele no colo. Teófilo se abaixou e ajeitou o cobertor para cobri-la.

Atretes se levantou devagar; sentira um calor desconfortável oprimir-lhe o peito quando vira o gesto carinhoso do centurião. Teófilo o fitou e se endireitou; não parecia surpreso ao vê-lo acordado. Sorriu ao ir em direção a ele, mas o semblante mudou ao notar sua expressão.

— Qual é o problema?
— Quando vou poder sair daqui?
— Vamos partir hoje — disse Teófilo em voz baixa. — A cidade está um caos. Soldados foram chamados para combater o incêndio e controlar o pânico. Vai ser fácil nos misturar à multidão que está deixando a cidade neste momento.

Atretes esqueceu a raiva.
— E quanto aos cavalos?
— Vamos comprá-los mais ao norte. São mais baratos lá. Além disso, se sairmos com muita pressa, chamaremos a atenção dos soldados que patrulham a estrada.
— Vamos precisar de suprimentos.
— Rufus já providenciou. Levaremos provisões suficientes para uma semana e seguiremos pelas estradas principais, onde será menos provável que os soldados de Domiciano o procurem.
— E quanto a Domiciano?
— Parece que por enquanto a ira dele aplacou um pouco.

Pelo tom do centurião, Atretes soube que não estava tudo bem.
— O que você descobriu que não está me contando, romano?

Teófilo o fitou, sério.
— Pugnax está morto.
— Morto? Como?

— Foi mandado para a arena sob a acusação de abrigar um inimigo do imperador.

Atretes praguejou e se afastou. Esfregou a nuca.

— Bem, Pugnax conseguiu o que queria: uma oportunidade para mais dias de glória.

— Receio que não.

Atretes se voltou para ele.

— Domiciano o jogou a uma matilha de cães selvagens — explicou.

— Cães? — repetiu Atretes, enojado. Não havia pior vergonha que um homem servir de alimento para animais selvagens. Era uma morte humilhante. Olhou para Teófilo e franziu o cenho.

— Há algo mais, não é?

— Domiciano ordenou que o lanista da Grande Escola fosse interrogado.

— Bato — disse Atretes com frieza, mas com o coração apertado.

— Domiciano o prendeu e torturou. Como não conseguiu a informação que procurava, colocou o lanista para lutar contra outro africano. Bato o feriu e a multidão pediu *pollice verso*. Mas seu amigo virou a adaga contra si.

Atretes foi tomado por um sombrio desespero. Suspirando, virou-se; não queria que o romano notasse seus sentimentos. Mais duas mortes nas costas.

Teófilo sabia que ele estava abalado.

— Domiciano vai responder pelo que fez — murmurou, pousando a mão no ombro de Atretes, que a repeliu.

— Responder a quem? Ao irmão dele, o imperador? — questionou com sarcasmo, e lágrimas de raiva brilharam nos olhos azuis pálidos. — A Roma, que anseia por sacrifício humano em seus altares de *entretenimento*?

— A Deus — respondeu Rispa, do outro lado do criptopórtico, com Caleb no colo.

— Desculpe, Rispa — disse Teófilo —, eu não queria acordá-la.

— Logo vai amanhecer — disse ela, olhando para as aberturas no teto abobadado. — Vou me arrumar e preparar Caleb.

Teófilo olhou para ela e Atretes, sentindo a tensão entre ambos.

— O que está olhando? — perguntou Atretes.

Teófilo o fitou com frieza.

— Recolham o que pretendem levar; partiremos em uma hora — acrescentou e foi fazer o mesmo.

Quando o sol nasceu, Teófilo, Atretes e Rispa, com Caleb amarrado às costas, confundiram-se com a multidão que partia de Roma. O céu estava escuro e o ar cheirava a cinzas e fuligem. Seguiam pela lateral da via, com os camponeses, enquanto cidadãos abastados em carruagens se apossavam da estrada, correndo para a segurança de suas casas de campo.

Rispa ajeitou Caleb. Embora o houvesse acomodado com facilidade ao amanhecer, cada marco parecia adicionar alguns quilos ao corpinho do bebê. Quando ele começou a se contorcer e chorar pelo longo confinamento, ela desamarrou o xale e o pegou, carregando-o encaixado no quadril. Após mais alguns quilômetros, ele estava petulante; e ela, exausta.

Teófilo notou seu cansaço.

— Vamos descansar um pouco à beira deste riacho.

Atretes não disse nada, mantendo a mesma distância que havia estabelecido pela manhã. Teófilo o observou quando largou a bolsa. O que quer que houvesse acontecido entre eles na noite anterior ainda pesava tanto na cabeça de Atretes quanto na de Rispa. Os dois faziam de tudo para não se olharem.

Rispa estremeceu quando colocou Caleb no chão. Sentou-se ao lado dele perto do riacho. Com um grito de alegria, o bebê saiu engatinhando rapidamente para a água borbulhante.

— Oh, Caleb! — disse ela, exausta e contrariada. Estava louca para se sentar e mergulhar os pés doloridos na água fria, mas sabia que não poderia mais manter Caleb enjaulado.

— Sente-se e descanse — disse Atretes, frustrado. Ela não lhe deu ouvidos e se levantou. Murmurando algo em germano, Atretes pousou a mão firme no ombro dela e a empurrou para baixo de novo. — Eu disse *sente-se*! — Levantando Caleb da grama, desceu pela margem com a criança debaixo do braço como se fosse um saco de comida.

Com as faces pegando fogo, Rispa se ergueu, a contrariedade e a preocupação momentaneamente superando o cansaço.

— Não o carregue assim, Atretes. Ele é uma criança, não um saco de farinha.

Teófilo reprimiu um sorriso enquanto observava Caleb agitar as pernas.

— Deixe-o. Ele não vai se machucar nos braços do pai.

Ela olhou para Atretes, lutando contra as lágrimas.

— Eu gostaria de ter a mesma confiança que você — ela acrescentou com tristeza e, mordendo o lábio, desviou o olhar.

Teófilo se recostou na bolsa.

— Vamos, Rispa, chore por ele. Vai ficar mais aliviada.

— Se eu chorasse, não seria por ele, mas por mim. — Engoliu o nó que fazia a garganta doer. — Ele é a pessoa mais teimosa, cabeça-dura, casca-grossa...
— Lutando contra as emoções tumultuadas, se sentou e baixou a cabeça para esconder o rosto do escrutínio de Teófilo.
— O que aconteceu ontem à noite?
Ela corou vividamente.
— Nada que eu não pudesse imaginar — disse ela com seriedade.
Teófilo não entendeu. Imaginava algumas coisas, mas esperava que estivesse errado. Ele havia visto como Atretes olhava para Rispa. Sorriu para si mesmo. Se fosse alguns anos mais novo, ou ela um pouco mais velha, Atretes não teria o terreno livre.
— Ele é um tanto rude, mas dê um tempo a ele. — Recebeu um olhar furioso que o surpreendeu e lhe deu uma pista do que poderia ter acontecido. Ficou indignado. — Por acaso ele...
— Não — ela se apressou em dizer e desviou o olhar, envergonhada. — Ele mudou de ideia.
Pelo menos isso, pensou Teófilo. A decência de um homem poderia ser destruída depois de alguns anos em um *ludus*. Atretes havia passado mais de dez anos neles.
— Ele foi acorrentado, espancado e treinado como um animal premiado, Rispa — explicou Teófilo, sentindo-se compelido a justificar o bárbaro. — Ele não vai se tornar civilizado da noite para o dia.
— Eu não fiz nada disso com ele.
— Não, mas para Atretes você é uma ameaça maior do que qualquer outra coisa que ele já tenha enfrentado. As emoções dele estão à flor da pele.
— Não por minha causa.
— Sua proximidade é suficiente para isso; ou será que você não percebe?
— A única emoção que Atretes possui é *raiva*! — disse ela, com os olhos escuros cintilando.
— Ele teve que aprimorar esse sentimento para sobreviver. Você pode culpá-lo?
— Eu posso culpá-lo pelo que ele faz comigo — respondeu ela, magoada por Teófilo o defender.
— E como isso vai levá-la na direção do que você quer? — Ele percebeu que a pergunta a deixara desconfortável. Aparentemente, não eram só as emoções de Atretes que estavam à flor da pele. — Acaso você não está se escondendo atrás da própria raiva agora porque ele a magoou? Ame-o do jeito que você foi chamada a amá-lo. Se não puder, em nome de Deus, como ele vai saber a diferença entre o que ele recebeu e o que você e eu lhe oferecemos?
O que ela estava oferecendo?

— Não é assim tão fácil.
Ele sorriu com gentileza.
— E alguma vez é fácil?
— Você não entende — disse ela debilmente, fitando as próprias mãos entrelaçadas. Como ele poderia entender se ela mesma não se entendia completamente?
Ele riu baixinho.
— Eu apostaria meu sal que ele disse a mesma coisa sobre você na noite passada — disse Teófilo, deitando-se, apoiado em seu equipamento. — Teimosa, cabeça-dura, casca-grossa... — repetiu as palavras dela enquanto se ajeitava. Então deu um grande bocejo e fechou os olhos. — Vocês dois são iguais — concluiu.

Despeitada, Rispa ficou sentada, em silêncio. Enquanto Teófilo cochilava ao sol, ela ficou pensando, rezando para que o Senhor a livrasse de seus maus sentimentos e renovasse um espírito correto dentro dela.

— Mantém minha mente em ti, Pai. Atretes é teimoso, insensível, grosseiro, impossível — sussurrou para não acordar Teófilo.

Perdoa como foste perdoada.

— Senhor, eu não merecia ser tratada desse jeito. Eu pretendia consolá-lo, não seduzi-lo. E ele pensou em me usar como quem usa uma prostituta.

Perdoa...

— Pai, retira minha atração por ele. Dissolve meus sentimentos por ele. Isso está me distraindo e perturbando, e é difícil andar nessa estrada guiada por minha carne fraca. Eu não quero ir para a Germânia. Acaso não poderias fazê-lo mudar de ideia? Talvez uma pequena aldeia no norte da Itália... A Germânia é tão longe, e se o povo dele for como ele...

Eu desejo misericórdia, não sacrifício.

Essas escrituras de que se recordou não faziam sentido para ela em face de seus sentimentos tumultuados, mas sabia que independentemente do que pensasse ou sentisse Deus a chamara para obedecer. Jesus disse: "perdoa", e ela deveria perdoar, gostasse ou não.

Orando, levantou-se e caminhou ao longo da margem.

— Senhor, eu não quero perdoar Atretes. Eu preciso de seu coração para fazer isso. O meu está murchando sob o calor da raiva que sinto dele e da minha própria raiva. Tenho vontade de dar um tapa no rosto dele, gritar com ele. Se eu fosse homem e tivesse a força que ele tem...

Amada, fica quieta.

Envergonhada, Rispa se interrompeu e inclinou a cabeça, sentindo o coração doer.

— Se é da tua vontade que eu o perdoe, Senhor, por favor, muda meu coração, porque ele está escuro agora; tão escuro que não consigo ver o caminho para sair do buraco onde Atretes me atirou na noite passada. Ajuda-me a fazer tua vontade. Mostra-me outro lado dele.

Ela ouviu o grito de Caleb e voltou pela margem. Viu-os mais embaixo, através de um emaranhado de galhos frondosos. Atretes estava sentado no banco de areia com as pernas abertas e Caleb no meio, de frente para ele. Caleb segurou firme as mãos enormes do pai, ficou em pé e deu um passo hesitante. As pernas rechonchudas se dobraram e ele caiu sentado.

Quando começou a chorar, Atretes o pegou, acariciou-lhe o pescoço e deu-lhe um beijo.

Rispa sentiu o peito se apertar e a raiva se dissipou. O mesmo bárbaro que a ofendera na noite passada acalentava seu filho com uma ternura que anunciava seu amor, mais alto que qualquer leiloeiro. Quando Caleb se acalmou novamente, Atretes o colocou na areia mais uma vez e passou a mão com suavidade em seus cabelos finos e escuros. Caleb bateu os braços com alegria.

Rispa os observava com os olhos marejados. *Eu pedi, Senhor, e tu me respondeste.*

Aprumando-se, ela desceu o barranco. Ainda tinha dúvidas sobre os modos de Atretes, pois a noite passada ainda era uma ferida aberta que a deixava cautelosa. Uma pequena cascata de pedras soltas deslizou sob os pés dela. Ela viu Atretes enrijecer e olhar para trás. Seu semblante era tenso, e ele se virou para Caleb, ignorando-a. O bebê deu um gritinho de alegria, agitando os braços.

— Mamã... mamã... mamã...

Ela se sentou em uma pedra e puxou o xale em volta dos ombros. O ar estava frio — ou era apenas seu estado de espírito? Observou seu filho segurar os dedos de Atretes e se levantar novamente. Ele deu um gritinho e se inclinou, quase virando. Atretes mexeu a perna, apoiando-o. Caleb cravou os dedos minúsculos na pele bronzeada da coxa musculosa de Atretes.

Perturbada pela beleza física do germano, Rispa baixou o olhar para as mãos. Reunindo coragem, disse antes de deixar o orgulho entrar em seu caminho:

— Por mais que você queira proteger seu coração, já é tarde demais, não é, Atretes?

Diante do silêncio do gladiador, ela o fitou, imaginando se acaso teria cravado mais fundo o espinho. Não era sua intenção.

Senhor, dá-me as palavras. Não as minhas, que ferem, mas as tuas, que curam.

Ela se levantou e se aproximou, mas não tão perto que não pudesse recuar se Atretes decidisse agir como um bárbaro novamente. Não queria nenhum mal-entendido quanto a suas razões de ir até ele.

Como se lesse seus pensamentos, Atretes lhe lançou um olhar impaciente.

— Se você veio pegá-lo, *pegue-o*.

— Você não consegue facilitar as coisas, não é? — replicou ela, mas logo se calou, lutando por dentro. Tinha vontade de bater em Atretes e chorar por ele ao mesmo tempo. Com que direito ele estava zangado com ela? Fora ele que causara a distância entre os dois com seu comportamento repreensível.

Ele teve que aprimorar a raiva para sobreviver... Consternada, recordou as palavras de Teófilo. Queria entender Atretes, fazê-lo ver como a vida seria diferente com o Senhor. Mas como chegar a um homem como ele, que fora acorrentado, espancado, usado e traído? Alguém conseguiria tal façanha, sendo ele tão contrário ao amor?

Oh, Deus, ajuda-me.

— Nós somos todos como crianças, Atretes. Queremos ficar em pé e andar sozinhos. E, assim como Caleb, temos que nos agarrar a algo para nos levantar do chão. — Ela o fitou. Acaso a ouvia? Alguma coisa do que ela dizia era importante para ele? — Às vezes nos agarramos às coisas erradas e desmoronamos. — Soltou uma risada suave e trêmula. Fechando os olhos, baixou a cabeça e suspirou. — Eu tinha tanta desesperança quanto você. De certa forma, ainda tenho. Não posso dar um passo sem que o Senhor me sustente. Toda vez que me solto, mesmo que por um instante, caio de cara no chão de novo. Como na noite passada. — Ergueu a cabeça, abriu os olhos e viu que Atretes a olhava. Sentiu a boca secar e o coração começou a bater descontroladamente. O que havia dito para fazê-lo olhar assim para ela? O que ele estava pensando? Com medo das possibilidades, ela prosseguiu, apesar da dura intensidade do olhar que recebia, ansiosa para se afastar dele. — Desculpe por ter dito palavras dolorosas ontem à noite. — Estreitou os olhos, perguntando-se se ele acreditava nela. — Desculpe — repetiu, de coração. — Eu gostaria de poder prometer que não vai acontecer de novo, mas não posso. — Centenas de justificativas para o que havia dito surgiram-lhe espontaneamente na cabeça, mas ela sufocou cada uma delas com um único propósito: fazer as pazes e construir uma ponte entre ela e aquele homem frio e calado que estava à sua frente. — Por favor, Atretes, não fique com raiva. Isso vai acabar o destruindo. — Como ele não respondeu nada, ela ficou desolada. — Isso é tudo que eu queria dizer — disse Rispa, e começou a se afastar.

Atretes se levantou.

Surpresa, ela prendeu a respiração e avançou alguns passos para longe dele. Foi um ato instintivo, de autopreservação, e isso foi mais claro para ele do que qualquer palavra. Ele deveria se surpreender ou se magoar pela desconfiança dela depois de seu comportamento na noite passada?

Caleb começou a engatinhar em direção ao riacho. Atretes deu um passo e colocou o filho debaixo do braço.

— Você não deveria segurá-lo assim.

Ele ignorou sua preocupação materna e voltou ao assunto em questão:

— Não precisa ter medo de mim. Não vou repetir o que fiz ontem à noite.

— Não achei que o faria.

— Não? — ele indagou secamente, notando a pulsação dela na garganta.

— Você me assustou, só isso.

Ele a observou, desejando-a outra vez. Quando a ouvira se aproximar, esperava palavras de retaliação, insultos e até mesmo zombaria. Estava preparado para essas coisas, equipado com as próprias armas. Se ela o houvesse criticado, poderia evitar a culpa. Mas, em vez disso, *ela* se desculpara... e o desarmara. Ele procurava as palavras, mas não conseguia encontrar nenhuma.

Ela esperou que ele falasse. Observando o rosto do germano, o semblante dela se suavizou, e os olhos escuros se encheram de compaixão e ternura.

— Eu o perdoo, Atretes. Não vou falar disso de novo. — Ela se voltou e subiu a margem. Ele viu a pele ferida nos tornozelos dela, onde as correias de couro de suas gastas sandálias haviam atritado durante as longas horas de caminhada. Nem uma vez ela reclamara. Ele sentiu vontade de lavar os pés dela, passar unguento e enfaixá-los. Queria abraçá-la e confortá-la.

— Rispa — disse ele com voz áspera e dura, não do jeito que pretendia. Esperou até que ela olhasse para ele. — Se você não tivesse falado comigo como falou, eu não a teria soltado e teria ignorado seus sentimentos — admitiu ele, com dolorosa honestidade.

— Eu sei — respondeu ela com igual franqueza. — Eu conheço outros meios de me proteger, mas não queria te machucar.

Ele riu. Era uma declaração absurda. Ela sorriu também, com calor e sinceridade nos olhos escuros. O riso dele sumiu. Novamente se deu conta de como eram profundos seus sentimentos por ela.

— Não posso prometer que não vá acontecer de novo — disse ele, sorrindo com amargura. — Isso é resultado de eu ser o que sou.

— Isso é resultado do que você *permitiu* que Roma lhe fizesse.

Ele apertou os lábios, mudou Caleb de braço e se aproximou mais dela.

— Eu não toquei em nenhuma outra mulher desde que você foi para minha casa. E não foi por falta de oportunidade.

Ela corou, imaginando se ele sabia o que estava lhe revelando. Sua força e sua beleza sempre a haviam intimidado, mas nunca tanto quanto aquela confissão, que era o mais próximo de uma admissão de que ele sentia alguma estima por ela. Sua resposta a ele foi terrivelmente forte.

Senhor, não deixes que este homem seja a minha ruína. Tu conheces todas as minhas fraquezas. Senhor, coloca percalços entre mim e Atretes; caso contrário, não sei se serei capaz de me manter firme.

Atretes a observou atentamente e viu muita coisa que sabia que ela não pretendia que visse. Foi indo em direção a ela devagar, sentindo a tensão aumentar a cada passo. Ela levou um pé para trás. Ele entendeu; Rispa queria distância entre eles. Mas a olhou nos olhos e viu outra coisa. Ela não queria distância porque o odiava, mas porque ele podia derrubar seus muros.

— Leve Caleb com você — disse, estendendo-o para ela.

Ela desceu dois passos para pegá-lo e então o fitou de novo. Atretes viu as pupilas de seus olhos castanhos se arregalarem e se sentiu atraído para dentro dela. Foi envolvido por uma forte carência e sorriu com tristeza.

— É melhor manter seu pequeno escudo bem perto.

23

Teófilo estava pronto para partir quando eles voltaram. Atretes jogou o equipamento nos ombros, e andaram cerca de mais dez quilômetros, acampando ao lado de outro riacho. Rispa desceu até uma pequena lagoa e mergulhou os pés doloridos enquanto banhava Caleb. A água estava fria, mas a criança adorava, balbuciando de puro prazer. Ela riu ao vê-lo brincar.

— Agora chega — disse e o tirou da água.

Em seguida o levou até a margem; ele se contorcia, querendo se libertar. Ela o abaixou, segurando-o por baixo dos braços para que pudesse andar. As folhas macias da grama nova faziam cócegas em seus dedinhos, e ele levantava repetidamente os pés do chão. Rindo, ela o deixou engatinhar, observando-o para que não colocasse nada na boca. Parecia que ele queria provar tudo o que estava em volta.

Teófilo prestava atenção em Rispa, que seguia Caleb. Ela riu e o fez sorrir.

— Ela é uma boa mãe.

Atretes estava sentado em silêncio, taciturno, recostado a um carvalho. Ele a examinou por um longo momento, depois descansou a cabeça, olhando para o norte, sombrio. Teófilo suspeitava de que Atretes estava começando a perceber a enorme tarefa que havia posto nos ombros de uma mulher que cuidava com tanta dedicação de uma criança, que crescia e se tornava mais ativa e exigente durante o caminho.

O sol se pôs e Teófilo fez uma fogueira. Ele e Rispa compartilhavam canções e orações das escrituras. Desconfortável, Atretes se levantou e os deixou ali, buscando a solidão de um arvoredo distante. Voltou mais tarde e viu Rispa alimentando Caleb com mingau de cereais. Quando o bebê ficou satisfeito, quis brincar. Intrigado pelo fogo crepitante, engatinhou em direção à fogueira.

— Não, não — disse Rispa com gentileza. Repetidamente, ele tentava ir até a fogueira, e ela se levantava e o pegava. Caleb chorava de frustração, e ela parecia prestes a chorar também.

Irritado, Atretes se levantou e contornou a fogueira.

— Dê-o aqui para mim.
— Ele logo vai se acalmar — disse ela.
Atretes se abaixou e pegou a criança. Em seguida, voltou para seu lugar do outro lado do fogo. Ajoelhando-se, o soltou.
— Ele está muito perto do fogo, Atretes.
— Ele vai aprender a ficar longe.
Rispa se levantou quando viu Caleb engatinhar direto para as chamas.
— Sente-se!
— Ele vai se queimar!
— Caleb tem que aprender limites.
Atretes não fez nenhum movimento para detê-lo.
— Não, Caleb — disse com firmeza. Inclinando-se para a frente, bateu levemente na mãozinha que tentava pegar as brasas brilhantes. Assustado, Caleb recuou e hesitou. No entanto, o fascínio venceu a obediência, e ele estendeu a mão de novo. — *Não* — repetiu Atretes, batendo com mais força desta vez. O lábio de Caleb começou a tremer, mas, após uma breve hesitação, a tentação foi mais forte.

Rispa se levantou depressa, mas já era tarde demais. A expressão de encantamento de Caleb se transformou em dor e surpresa.

Teófilo a segurou pelo pulso enquanto Atretes levantava o filho do chão.
— Como você pôde? — gritou ela.
— Algumas bolhas não vão matá-lo — disse Atretes. — E ele vai aprender a obedecer. — Colocou o filho na dobra do braço. — Da próxima vez já sabe, *ja?*
— Deixe-me pegá-lo antes que se machuque mais.

Atretes a ignorou e falou com suavidade com seu filho, em germano, enquanto examinava os dedinhos chamuscados. Chupou-os e o choro de Caleb se suavizou. Quando o bebê parou de chorar completamente, Atretes examinou seus dedos de novo.
— Nada sério.

Rispa o fitou sem palavras, com os olhos cheios de lágrimas. Caleb puxou o lábio de seu pai, feliz por ser o centro de sua atenção.

Atretes grunhiu, brincando, e pegou os dedinhos intrusos, provocando um gritinho de alegria em Caleb. Mordiscou os dedos do filho e chupou com delicadeza os machucados, antes de colocá-lo no chão.

Caleb olhou para o fogo.
— Oh, Senhor — disse Rispa.

Teófilo a apertou mais, mantendo-a onde estava.
— Atretes, não o deixe...

— Ele é um *menino* e não deve ser mimado!

— Ele é um *bebê*!

Ainda fascinado, Caleb ficou balançando para a frente e para trás, pensativo. Atretes se recostou e observou.

— Ele é voluntarioso como você — comentou Rispa. — Se o deixar se machucar de novo, que Deus me ajude, porque vou...

Caleb começou a engatinhar em direção às luzes bruxuleantes.

— Não! — disse Atretes com firmeza.

Caleb caiu sentado de novo e agitou os braços, tagarelando alto, demonstrando frustração. Teófilo riu e soltou Rispa.

Ela suspirou, mas continuou observando Caleb, para ver se não voltava para o fogo. Ele foi até as bolsas e brincou com as tiras de couro.

— Ele é voluntarioso, não burro — disse Atretes, sorrindo com presunção.

Ela não achou divertido nem se acalmou.

— Graças a Deus ele não estava em um precipício.

Atretes retesou a mandíbula. Os olhos azuis eram duros e zombeteiros.

— Você acha que cuida do meu filho melhor do que eu? É muito difícil aprender uma lição dolorosa, mas nunca mais a esquecemos. — Ele a olhou diretamente nos olhos. — A dor ensina um homem a não cometer o mesmo erro duas vezes.

Rispa entendeu que ele havia acabado de destruir a ponte que fora construída entre eles à tarde. E por culpa dela. *Senhor, quando vou aprender a controlar a minha língua?* Ela olhou com tristeza para Atretes e sentiu os limites que ele havia definido em torno de si. Depois de todos aqueles meses juntos, ele ainda a confundia com Roma e Júlia Valeriano. Ele gostaria de tê-la como amante, mas que os céus não permitissem que a deixasse chegar perto o suficiente para ser uma amiga e companheira.

Oh, Abba, Abba...

Virou a cabeça na esperança de que ele não soubesse quão facilmente poderia derrubar as barreiras dela. Rispa havia quase recuperado o controle quando Teófilo pousou a mão sobre a dela. Esse gesto doce destruiu todas as suas defesas.

— Com licença — ela sussurrou com voz abafada e se levantou.

Atretes também se levantou quando ela se afastou na escuridão.

— Sente-se, Atretes.

— Fique fora disso.

— Você conseguiu sua vitória. Aproveite-a, se precisar, mas deixe-a se retirar com dignidade.

— Cuide da sua vida, romano.

— Como quiser, mas, se vai persegui-la, leve Caleb. — Acomodou-se confortavelmente no cobertor. — Porque eu vou dormir.

Frustrado, Atretes cerrou os punhos e ficou onde estava.

Rispa desceu a margem e desapareceu de vista. Ele queria ir atrás dela, mas sabia que, se o fizesse, diria ou faria mais alguma coisa da qual iria se arrepender mais tarde. Já sabia o efeito que suas palavras tinham sobre ela.

Abaixando-se, pegou um galho grosso, partiu-o ao meio e o jogou no fogo, provocando uma explosão de fagulhas.

— Vamos tentar chegar em Civita Castellana amanhã e depois seguir para oeste, rumo ao mar Tirreno — disse Teófilo, sem abrir os olhos.

———⊢⊢———

Sentada à margem do riacho, Rispa abraçava os joelhos.

— Oh, Senhor, eu preciso de ti — sussurrou. — Será que terei de lutar com esse homem pelo resto da vida? Sinto falta de Simei. Sinto falta da segurança que eu sentia quando estava com ele. Por que não pude ir por esse caminho? — Descansou o queixo nos joelhos, pensando que deveria voltar e vigiar Caleb. Mas Atretes havia demonstrado ser mais do que capaz disso. O luar provocava reflexos, como joias cintilantes, no escuro rio em movimento. Ela expirou devagar, inspirando fé.

— Tu és o Deus da criação e nos deste Jesus. Como posso me sentar aqui e dizer que não entendes? Quem além de ti pode entender, Senhor? — Então se levantou com as mãos erguidas, olhando para o céu. — Pai, eu te agradeço pelas bênçãos que me deste. Tu me tiraste da escuridão em que eu vivia e colocaste Simei em minha vida. Ele era um homem puro e doce; nunca cometeu os erros que eu cometi. Ele merecia alguém melhor que eu. Algumas pessoas nascem obedientes à tua vontade, Senhor, e Simei foi um homem assim. — A voz tremia por causa das lágrimas. — Ajuda-me a lembrar que me fizeste como sou para atingir os teus propósitos. Eu não tenho que saber quais são. Não sei por que tive que perder Simei, ou por que Raquel teve que morrer. Não sei nada além de que tu me sustentaste, Senhor. Para compensar minha tristeza, tu me deste Caleb e alegria. — Baixou as mãos. E, então, havia Atretes... Sacudiu a cabeça levemente, fechando os olhos e levantando o rosto para a noite fria. — É tão tranquilo e bonito aqui, Senhor — murmurou. — Quando estou sozinha assim, consigo pensar e me convencer de que tu me sustentarás, aconteça o que acontecer. Mas, *Abba*, o que sinto por ele é um fardo. Tu conheces a mulher que eu sou. Tu me fizeste. Mas não poderias ter me feito um pouco diferente? Não me deixes cair em tentação, Senhor. Eu sei que sou um vaso frágil. Quando Atretes fala, as palavras dele tocam o meu coração. Ele olha para mim e eu me derreto por dentro. Ele me toca e eu queimo por ele.

A suave brisa noturna acariciava as folhas da árvore perto do riacho, provocando um som reconfortante.

— Senhor, que tua Palavra esteja gravada em meu coração, que seja teu amor que eu anseie. Abre minha mente e meu coração para beber da palavra que Teófilo me oferece todas as manhãs. Fortalece-me para teu propósito. Afasta as dúvidas que me atormentam quando Atretes olha para mim. Eu me lembro como era ser amada por um homem. Às vezes, anseio por esse tipo de amor de novo. Ajuda-me a vê-lo através dos teus olhos, Senhor, e não através dos olhos de uma mulher de carne e osso. Resgata-o, Pai. Tira-o do poço e firma os pés dele na rocha.

Insetos chiavam em volta dela e o suave burburinho do riacho a acalmava. Uma forte sensação de paz a dominou e ela ficou em silêncio, sufocada demais pela emoção para conseguir falar. *Música, Senhor. Tudo ao meu redor é a música da tua criação.* Deixou que os sons fluíssem em doce harmonia, pensando em todas as vezes que o Senhor a sustentara e a provera, e seu coração se elevou, renovado.

Senhor, tu estás sempre comigo. Posso descansar em tua promessa. Minha confiança descansará em ti.

Mais leve e renovada, ergueu a túnica e a amarrou para entrar no riacho. Com as mãos estendidas, girou devagar, deleitando-se ao luar. Abaixando-se, pegou a água gelada nas mãos e a jogou ao céu noturno — joias cintilantes oferecidas àquele que lhe saciara a sede de água viva.

O coração cantava dentro dela, transbordando de amor.

──────·|·──────

Sentado junto ao fogo, Atretes esperava, sério. Parecia que horas haviam se passado desde que vira Rispa sair do riacho. Baixou levemente a cabeça para ela não perceber que ele aguardava seu retorno. Quando ela se aproximou, ergueu os olhos e notou os cachos úmidos em volta do rosto de Rispa. Teria ela se banhado naquela água gelada? Ela olhou para Caleb, que ainda brincava com ela as bolsas, e depois para Teófilo, que roncava. Sorriu, divertida, e Atretes sentiu o peito se apertar.

Ela olhou para ele meio tímida e se sentou no cobertor, cansada, do outro lado do fogo. Por que estava tão quieta, com aquele olhar beatífico no rosto? Queria lhe perguntar por que se demorara tanto.

— Mamã — balbuciou Caleb, engatinhando até ela.

Quando ela o pegou no colo, o bebê esfregou os olhinhos com os punhos. Ela beijou-lhe o topo da cabeça e acariciou-lhe o cabelo escuro. Ele esfregou o rosto nos seios dela, as pálpebras pesadas. Ajeitando-o com suavidade, ela se deitou e o abraçou para aquecê-lo. Puxou o xale para se cobrir antes de abrir a roupa e amamentá-lo para que dormisse.

Atretes a observava com ousadia, desejando que ela o olhasse. Quando o olhou, ele sentiu o sangue se aquecer pela suavidade que viu em seus olhos. Nenhuma mulher jamais o fitara assim. Seu rosto era ouro puro à luz das brasas brilhantes do fogo que ele deixara morrer enquanto ficara sentado ali, imaginando quanto tempo ela se demoraria para voltar.

— Boa noite, Atretes — disse ela com suavidade e fechou os olhos.

Ele sentiu um anseio profundo. Perturbado, jogou mais galhos no fogo; olhou de novo para Rispa. Ela já estava dormindo. Aborrecia-o o fato de que ela conseguisse estar tão em paz enquanto dentro dele só havia tumulto. Teria sido novamente seu Cristo que lhe propiciara essa paz?

Pousou o olhar em Caleb.

Como esse deus poderia ter tanto poder e permitir que seu filho... *seu filho* morresse nas mãos de seus inimigos? Que poder havia em tal ato?

Olhou de novo para o rosto de Rispa e apertou os punhos. Queria acordá-la, mas... e depois? Admitiria suas dúvidas, seus questionamentos, seu interesse naquele deus infernal? Admitiria o anseio, o vazio que o corroía sempre que via a paz que ela e Teófilo compartilhavam?

Tolo. *Tolo!* Eles viajariam por quilômetros na manhã seguinte, e, em vez de descansar, estava sentado ali, olhando para uma mulher sem poder evitar.

Ficou sentado durante muito tempo, observando-a dormir, todos os contornos do rosto e do corpo. Como era possível uma mulher ficar cada dia mais bonita? Estendido no chão, olhou longamente o céu estrelado azul-escuro.

Disposto a dormir, fechou os olhos. Já quase adormecendo, as palavras de Rispa ecoaram-lhe nos ouvidos com suavidade:

Por mais que você queira proteger seu coração, já é tarde demais, não é?

24

Eles viajaram pela estrada através da antiga cidade etrusca de Tarquinia, com seus túmulos pintados, e seguiram para Orbetello, perto da base do monte Argentario. Cruzaram a ponte sobre o Albegna, seguiram para o norte em direção aos rios Ombrone e Grosseto. Andavam não mais que dezoito quilômetros por dia, distância máxima que Rispa suportava.

O tempo ficou frio e úmido.

— Chegaremos a Grosseto daqui a uma hora — disse Teófilo enquanto uma companhia de soldados passava por eles, rumo ao sul.

Rispa olhou a estrada adiante. Embora ela não dissesse nada, Atretes notava seu cansaço. As nuvens derramaram uma forte chuva sobre eles. Muito antes de chegarem à periferia da cidade, ela já estava encharcada, com a bainha da túnica enlameada.

— Por aqui — indicou Teófilo, conduzindo-os pelas ruas.

Passaram por um bazar, onde os comerciantes negociavam dentro das tendas. Atretes ficou inquieto quando viu mais soldados na rua à frente.

— Aonde está nos levando?

— Conheço uma pousada perto do forte — respondeu Teófilo. — Faz dez anos que passei por esta cidade, mas, se a estalagem ainda existir, encontraremos abrigo e boa comida lá.

A pousada pertencia a vários soldados romanos aposentados e havia crescido desde a última visita de Teófilo. O valor do pernoite também subira, mas Teófilo pagou de bom grado para tirar Rispa e o bebê da chuva fria.

Atretes estava tenso e vigilante no pátio. Havia legionários indo e vindo de todas as direções. Muitos acompanhados de prostitutas.

Caleb se agitou quando um jovem soldado passou com uma mulher agarrada a seu braço. O legionário sorriu para o bebê e estendeu a mão para lhe fazer cócegas no queixo.

— É uma noite úmida para viajar, pequena — disse ele e ficou em silêncio enquanto Rispa o fitava. O jovem ergueu levemente a sobrancelha, encantado.

— Minha senhora — disse, fazendo uma leve reverência e irritando a mulher que o acompanhava.

Atretes se aproximou e tirou o capuz que cobria os cabelos.

— Vá andando.

A mulher o fitou, boquiaberta. Atordoada, passou os olhos por ele, admirando-o. Sorriu com um brilho no olhar.

O soldado se endireitou levemente, sentindo-se insultado por um civil pensar em lhe dar ordens. Notou a altura de Atretes, a forte compleição e o olhar frio.

Atretes pegou Rispa pelo braço. Não disse mais nada, mas a mensagem era clara, e o soldado entendeu. Pegou o braço da mulher que o acompanhava e se dirigiu às escadas. Ela sussurrou algo enquanto se afastavam. Eles se juntaram a um grupo. Enquanto falavam entre si, outros dois os olhavam.

— Ele não teve má intenção — explicou Rispa com suavidade. — As pessoas sempre notam os bebês.

— Ele estava olhando para você.

Teófilo voltou depois de pagar o proprietário.

— Não vamos ficar aqui — disse Atretes.

Teófilo viu seu olhar ardente e aonde se dirigia.

— Sossegue, eles estão indo embora. — Ele havia esquecido as outras comodidades que o estabelecimento oferecia. — Eles nos deram uma câmara naquele corredor. Providenciei comida para nós.

Então entraram em um enorme pátio interno com uma fonte de mármore. A chuva caía enquanto atravessavam o pórtico. Rispa tremia; o frio se infiltrara através de sua roupa molhada. O quarto deles era grande e confortavelmente mobiliado, com vários divãs e mesinhas. Um servo os seguiu; tirou pedaços de carvão em brasa de um balde para alimentar o braseiro.

Jogando o manto molhado, Atretes pegou Caleb e o colocou no chão. Tirou o manto encharcado dos ombros de Rispa.

— Vá se aquecer — disse, indicando o braseiro.

Ela foi pegar Caleb, mas Atretes a pegou pelo braço e a puxou. Pegando Caleb, despiu-o e jogou suas roupas no chão, como fizera com a própria capa. Deitou o filho no divã e o esfregou com um dos cobertores. Caleb chorou sem cessar em razão da rude manipulação, até que se sentiu aquecido e abraçado pelo pai.

Teófilo se saíra melhor na chuva com seu grosso manto de lã, o peitoral de couro e a túnica. Pegou um cobertor ao pé de outro divã e o colocou nos ombros de Rispa. Tremendo, ela agradeceu e pegou seu manto no chão. Sacudiu-o e o colocou na ponta do divã, na esperança de que secasse antes do amanhecer.

Apertando o cobertor em volta do corpo, ficou o mais perto possível do braseiro, de onde subiam nuvens de vapor. Atretes se aproximou com Caleb, que espiava pelos cobertores que o envolviam; o cabelo escuro todo espetado. Ela riu e mexeu no nariz dele, grata por estar seco e aquecido.

— Vamos descansar aqui por um dia — disse Teófilo. — Ninguém vai nos incomodar.

— Talvez a chuva diminua — supôs Rispa, quase torcendo para que não diminuísse. Precisava desesperadamente de um dia de descanso.

Um criado surgiu com uma bandeja de comidas deliciosas. Teófilo partiu o frango cozido no mel e temperado com coentro e cebola fatiada. Havia ovos cozidos cortados e cobertos com ovas em um leito de alface e tiras de cogumelos. E também almôndegas com molho vermelho picante acompanhadas de pães e maçãs invernais maduras.

— O maná dos céus — disse Rispa, dando pedaços de frango a Caleb antes de comer.

Ele preferiu os ovos cozidos com ovas.

Enquanto ela dava atenção a Caleb, Atretes encheu uma taça de vinho e a colocou diante dela. A túnica de Rispa ainda estava úmida, a pele, pálida. O vinho a aqueceria e lhe daria uma boa noite de sono. Examinou a túnica suja e as sandálias gastas de Rispa. Ela congelaria nas montanhas.

— Comida maravilhosa, um lugar quente para dormir — disse Rispa, olhando o quarto lindamente mobiliado. — Só falta um banho para eu sentir que estou no céu.

— As termas não ficam longe daqui — explicou Teófilo. — Não há motivo para não ir.

— Ela está muito cansada — disse Atretes, com a boca cheia de faisão.

— Eu adoraria tomar banho.

Ele jogou o osso no chão.

— Você se banhou no riacho na noite passada.

— Só lavei o rosto.

Atretes fez uma carranca.

— E o bebê?

— Ele vai comigo, claro.

— Nós vamos com ela — disse Teófilo, curioso com a reação de Atretes.

— E o ouro? Quem vai cuidar dele?

— Vamos revezar. Eu fico com ele enquanto você se banha. Depois, trocamos.

— Talvez possamos lavar nossas roupas também — disse Rispa, esperançosa.

— Deve haver uma lavadeira — observou Teófilo, atravessando o quarto e vasculhando a bolsa. Pegou um estrígil e um frasco de óleo.

— Deixei minhas coisas de banho em Éfeso — disse Rispa. — Não tivemos tempo de...

— Podemos comprar o que você precisar lá — sugeriu Teófilo.

Atretes olhou para os dois. Era evidente que qualquer objeção que fizesse seria rebatida. Ele não contaria a ninguém que nunca havia estado nas termas públicas, mas que ouvira falar muito delas. Esvaziou a taça de vinho e se levantou, resignado.

— Vamos, então.

Teófilo indicou o caminho. O edifício das termas não ficava longe da pousada, o que provavelmente era outro motivo pelo qual era tão popular. Havia uma fila de clientes na porta, e Teófilo pagou com poucas moedas de cobre pela entrada dos três.

Receoso, Atretes entrou na antecâmara ecoante. Ele odiava multidões, e o local estava lotado de homens e mulheres.

Rispa olhou para Atretes, que parecia desconfortável e deslocado. Ele passou pela porta dos vestiários e ficou perto das arcadas, espiando o tepidário. Várias mulheres seminuas saíram do vestiário e passaram por ele em direção às piscinas.

Rispa se voltou para o vestiário das mulheres, mas parou quando Atretes pegou seu braço.

— Não — disse ele asperamente.

— Não? — repetiu ela, confusa. — Não entendi.

Ele se dirigiu à câmara principal e a puxou.

— Atretes! — exclamou ela, confusa e envergonhada, pois as pessoas os olhavam. — O que está fazendo?

Teófilo os seguiu, suspeitando de qual seria o problema. Deveria ter percebido antes.

Eles entraram na enorme câmara que continha o tepidário. Atretes parou e ficou olhando. A piscina estava cheia de gente, a maioria nua, algumas com túnicas curtas. Havia várias mulheres sentadas em divãs perto da piscina, com toalhas descuidadamente jogadas sobre o corpo. Dois homens completamente nus estavam sentados à beira, conversando com elas. O ambiente fumegante cheirava a incenso e óleos adocicados. Atretes olhava ao redor com repugnância. A maior parte dos homens, mulheres e crianças parecia não ter o menor pudor. Vários garotos passaram por ele e mergulharam na piscina. Atretes esqueceu que segurava Rispa quando uma jovem curvilínea subiu os degraus. Como Vênus saindo do mar, ela torceu os longos cabelos enquanto andava à frente dele, sorridente. Em seguida pegou uma toalha na prateleira e secou o cabelo, deslizando o olhar sobre ele, fazendo-o recordar Júlia.

Rispa viu a atenção dele fixa na jovem. Sentiu o coração se apertar.

— Por favor, solte meu braço, Atretes.

Ele a soltou sem dizer nada.

Teófilo deu algumas moedas a ela.

— Há artigos de banho à venda no corredor. Escolha o que quiser — disse.

— Obrigada — respondeu ela, passando por um grupo de jovens com toalhas enroladas na cintura. Eles riam e conversavam. Dois olharam para Rispa. Atretes a pegou pelo braço de novo.

— Você fica comigo.

— Eu prefiro tomar banho com Caleb sozinha.

— Sozinha? Neste lugar? Não me faça rir.

— Você nunca esteve nas termas públicas, não é? — perguntou Teófilo enquanto duas mulheres passavam com toalhas jogadas sobre os ombros. Elas pararam para conversar com os dois homens sentados à beira da piscina. Várias garotas nuas correram e pularam no tepidário, depois emergiram e ficaram jogando água umas nas outras. — Ninguém vai incomodá-la — disse Teófilo.

— Se alguém se aproximar dela, eu mato.

Rispa arregalou os olhos. Não tinha dúvida de que ele falava sério.

— Existem regras tácitas de comportamento em lugares como este — explicou Teófilo com seriedade.

— Acho melhor eu voltar — disse ela. — Vocês dois ficam. Eu virei mais tarde, quando houver menos gente.

Outra mulher passou e olhou para ele com explícito interesse.

— Não vou me banhar com um monte de mulheres boquiabertas em volta — disse Atretes com a voz alta o bastante para ser ouvido.

A mulher corou e desviou o olhar.

— Já tive o suficiente disso na arena — acrescentou.

Outras pessoas próximas o encararam sem conseguir disfarçar o interesse.

— Vamos deixar Rispa na pousada e ir para o forte — disse Teófilo. — Nas termas de lá só haverá homens.

— Tomar banho com soldados romanos? Prefiro que minha pele apodreça e caia! — Sua voz ecoou, atraindo olhares de vários jovens.

— Nem se estiver cheirando como um chacal? — perguntou Rispa e passou pelo arco, voltando.

— Um chacal? — indagou Atretes, seguindo-a.

— Desculpe — respondeu ela sem se deter —, como uma *cabra*. Uma cabra resmungona e mal-humorada. — Em seguida colocou Caleb nos braços de Atretes, e, ignorando seus protestos, foi até o vendedor de artigos de banho e comprou dois conjuntos. Voltou-se e viu que Atretes havia entrado na antecâmara atrás dela.

— Não faça isso de novo — rosnou ele.

Ela guardou um estrígil no cinto, estendendo o outro e o frasco de óleo. Pegou Caleb, dizendo:

— Não vai doer tomar banho. Não se preocupe com todas aquelas mulheres. Tenho certeza de que Teófilo vai garantir que ninguém o incomode.

Teófilo reprimiu um sorriso ao ver a consternação no rosto de Atretes enquanto ela se afastava com o bebê.

— Aonde você vai? — perguntou Atretes.

— Voltar à pousada. — Atravessou a antecâmara e desapareceu pela porta, por onde meia dúzia de pessoas entrou.

— Tenho a sensação de que não vou conseguir dar um mergulho relaxante — disse Teófilo secamente. — Quer ir primeiro ou vou eu?

Xingando baixinho, Atretes tirou o estrígil do cinto. Segurando-o entre os dentes, passou pelo arco para voltar às piscinas principais, tirando o cinto enquanto andava.

— Atretes, espere um minuto! O vestiário é... — interrompeu Teófilo, indo atrás dele, grunhindo quando Atretes bateu o cinto e as bolsas de dinheiro em seu estômago.

Atretes tirou a túnica e a jogou para ele também. Dando alguns passos, mergulhou no tepidário. Emergiu no meio e sacudiu o cabelo para trás. O local parecia mais quieto. Saiu nadando, e, quando chegou ao final, apoiou as mãos na lateral e saiu da água. Homens e mulheres interromperam o que estavam fazendo para vê-lo atravessar o pórtico. Então entrou no caldário.

Para um homem que detestava ser o centro das atenções, ele certamente sabia como atrair os olhares. Divertindo-se, Teófilo sentou em um banco e se recostou para esperar. Não demoraria muito.

No caldário, Atretes abriu o frasco e derramou óleo perfumado na palma da mão. Esfregou-o com força no peito, ombros, debaixo dos braços e nas pernas; tinha pressa de sair dali.

Um homem se aproximou.

— Quer que eu o massageie com... — As palavras desapareceram quando Atretes levantou a cabeça. O homem ergueu as mãos e recuou depressa.

Murmurando, Atretes foi raspando o óleo rapidamente com o estrígil e o sacudindo. Quando terminou, dirigiu-se ao frigidário e deu um mergulho rápido. Teófilo viu Atretes caminhando em sua direção com uma toalha enrolada na cintura. O germano pegou a túnica e a vestiu.

— Pronto — disse e pegou o cinto. Assim que o colocou, pegou as bolsas de dinheiro, guardou-as firmemente no lugar e acenou com a cabeça em despedida. — Não tenha pressa. — E atravessou as arcadas.

Rindo, Teófilo o seguiu porta afora e o alcançou.

— Nunca vi um homem tão ansioso para abdicar do prazer de um banho relaxante.

— Vá tomar seu banho, romano. Posso encontrar o caminho para a pousada sozinho — rosnou Atretes, sem diminuir o passo.

— Como você, eu também não me sinto muito confortável com mulheres por perto. Vou me banhar no forte. Além disso, uma boa massagem cairia bem a esta velha mula de Mário — disse Teófilo.

Mulas de Mário era como as pessoas comumente se referiam aos legionários, em virtude da grande quantidade de equipamentos que carregavam.

Seguiram pela rua de pedra. Havia seixos brancos entre os paralelepípedos maiores para refletir a luz do luar e iluminar o caminho.

— A que distância estamos das montanhas? — perguntou Atretes, sombrio.

— Há montanhas por todo o caminho. Mesmo seguindo a estrada costeira de Gênova, não é fácil para alguém não condicionado a viagens difíceis.

— Ela não reclamou.

— Nem vai.

Atretes observou as placas pintadas sobre várias lojas ao longo da rua. Viu duas interessantes.

— Vamos descansar *dois* dias, em vez de um.

Teófilo ergueu as sobrancelhas levemente, mas assentiu.

— Que assim seja.

— Quaisquer que fossem as razões de Atretes, Rispa precisava descansar. E isso lhe daria mais tempo para fazer perguntas no forte e descobrir que problemas poderiam ter de enfrentar. Tinha ouvido dizer que bandidos agiam na estrada que atravessava os Alpes Graios. Talvez houvesse outro caminho mais seguro. Por mar até o Reno ou por outra passagem. Ele precisava descobrir.

— Vou deixar você aqui — disse Teófilo. — A pousada fica no final da rua. Vou demorar; talvez minha ausência lhes dê a oportunidade de resolver as coisas. Seja o que for que aconteceu na outra noite, está fazendo mal a vocês dois. Resolvam.

Atretes estreitou os olhos enquanto observava o centurião descer a rua em direção ao portão oeste do forte. Havia um guarda a postos e Teófilo parou para falar com ele.

Quando Atretes entrou na câmara, Rispa, que estava no chão brincando com Caleb, o olhou, surpresa.

— Não demorou muito — disse. — Onde está Teófilo?

O ciúme tomou conta de Atretes.

— Foi às termas do forte. — Jogou a capa em um dos divãs e fitou-a, sério. Caleb se segurava na frente da túnica dela e tentava se levantar sozinho. A expressão de Rispa demonstrava sua perplexidade.

— Nem vou perguntar se gostou do banho — disse ela. — Não demorou tempo suficiente para isso. — Pegou Caleb antes de ele cair, segurando-o até que se equilibrou de novo.

— Ele está ficando pesado demais para você carregar.

— Por longas distâncias, sim.

— Eu vou levá-lo a partir de agora.

— Isso quer dizer que eu vou carregar o equipamento?

— Não — negou ele, sério. — Você não aguentaria um quilômetro.

— Não precisa acrescentar o peso de Caleb ao que já está carregando nas costas.

— Você é fraca — ele disse com tanta frieza que quase anulou a preocupação inicial com ela.

— Realmente sou mais fraca que você, mas não a ponto de não poder carregar a minha parte. E Caleb é a minha parte — enfatizou, beijando o pescoço do bebê e o levantando. — Quando eu chegar à sua terra natal, talvez já esteja forte como qualquer germana.

Rispa levou Caleb para o divã, e Atretes viu que estava descalça. Seus pés estavam sujos e machucados pelos dias de caminhada. Viu outras coisas também.

— Como rasgou a túnica?

— Enrosquei em uma roseira quando voltava do córrego ontem à noite. — Ela se sentou no divã, um pouco menos relaxada do que estivera até aquele momento. Estava suja e se sentia desleixada. E por que ele a olhava daquele jeito? Ela acomodou Caleb nos joelhos. — Vou voltar às termas mais tarde, quando estiver mais calmo.

— Só por cima do meu cadáver.

— Se você insistir... — O olhar que ele lhe lançou não tinha nada de humor.

— Atretes, eu *preciso* de um banho. E Caleb também. Vou ficar de túnica, se isso o deixar mais tranquilo. E posso lavá-la enquanto estiver me lavando.

Notando a determinação dela, ele a observou de novo e concluiu que Rispa estava certa.

— Quanto tempo falta para a multidão ir embora?

— A maioria irá daqui a algumas horas. Há uma salinha reservada para mães que amamentam. Eu teria ido lá.

— Devia ter me dito.

— Você não me deu oportunidade. Por favor, pode se sentar? Está me deixando nervosa andando desse jeito.

Ele parou para se servir de um pouco de vinho. Seu coração estava acelerado. Ele estava nervoso, embora não conseguisse entender por quê. Queria que Teófilo tivesse voltado com ele. Independentemente do que sentia em relação ao romano, sua companhia era uma distração de seus sentimentos sobre Rispa. Ficar sozinho com ela o fez lembrar o que fizera no hipogeu. Acaso ela pensava nisso também?

— Os germanos não tomam banho?

Ele se voltou para ela.

— Sim, os germanos tomam banho, mas não juntos. Eles têm senso de *decência*.

Rispa achou melhor mudar de assunto.

— Como era Ania?

— Ania?

Ela não pretendia perguntar, mas, como a questão surgira espontaneamente, prosseguiu:

— Sua esposa. Você disse que o nome dela era Ania.

— Por que quer saber sobre ela?

— Para ter ideia de como você era antes de Roma o transformar em um gladiador.

— Ela era jovem.

— Só jovem? É tudo que você lembra?

— Eu me lembro de tudo sobre ela. Ela era linda, loira, de pele clara e olhos azuis.

Rispa corou diante das observações. Nunca havia sido tão consciente do cabelo preto, da pele morena e dos olhos escuros.

— Ela morreu no parto — disse ele, esvaziando a taça. — Meu filho também.

O jarro estava vazio e ele o bateu na mesa.

Ela fechou os olhos, desejando não ter perguntado nada. Pensou em Simei e Raquel, e em como seu coração ainda sofria por eles. Abriu os olhos e o fitou.

— Sinto muito; eu não devia ter perguntado.

A compaixão que viu nos olhos dela fez Atretes se suavizar e relaxar.

— Foi há muito tempo. — Na verdade, ele havia mentido. Não conseguia nem se lembrar do rosto de Ania. E o pior era que a dor que ele sentira quando ela morrera desaparecera. Não sobrara nem uma pontada. Eles haviam estado juntos em outro tempo, em outro mundo, distante de Roma. Inclinou a cabeça para ela. — Fale sobre seu marido.

Ela sorriu e acariciou o cabelo de Caleb, deixando-o no chão novamente para poder se movimentar à vontade.

— Ele era gentil; gentil como João e Teófilo.

Atretes retesou a mandíbula. Reclinou-se no divã, forçando-se a parecer relaxado.

— Só gentil? É tudo que você lembra?

— Está usando minhas perguntas como isca?

— Se quiser falar... Você nunca disse nada sobre ele. Queria saber como você era antes de se tornar mãe do meu filho.

Ele estava com um humor estranho, pensativo. Ela desejou ter ficado calada, pois havia correntes de emoção entre eles que poderiam sugá-la.

— Ele era prateiro e trabalhava muito. Tudo que fazia era pelo Senhor.

— Imagino que era bonito e forte como Apolo.

— Ele não era nada bonito; não para os padrões da maioria das pessoas. Era baixo, corpulento e calvo. Mas tinha olhos lindos. Foi uma das coisas que me impressionaram quando ele falou comigo pela primeira vez. Já conheceu alguém que olha para você e parece que não há nada atrás de seus olhos? Que nos olha e parece que não nos vê?

Atretes já conhecera gente assim. Muitas vezes.

— Simei não era assim. Quando ele olhava para mim, eu me sentia amada pelo que eu era.

Algo no modo como ela falava despertou o interesse de Atretes.

— Quem você era, que as pessoas a olhavam sem ver quem você era? — Quando ela baixou os olhos, ele franziu o cenho. O que quer que houvesse sido antes de se casar era algo que ela hesitava em compartilhar com ele. — Talvez eu devesse perguntar *o que* você era?

— Sozinha.

Ele estreitou os olhos. O que ela estava escondendo?

— Uma resposta segura, que não diz nada. Eu sou sozinho, o que não diz nem metade do que eu sou.

— Talvez fosse melhor conversarmos sobre outras coisas — disse ela, com o coração batendo forte.

Oh, Deus, agora não. Ele nunca vai entender, com seu humor atual ou seu estado de espírito.

Atretes se levantou, agitado.

— Você prometeu que nunca mentiria para mim.

— Eu não menti.

— Então me diga a verdade.

Ela ficou calada por um longo tempo.

— Quanta verdade você quer, Atretes?

— Toda ela.

Ela o fitou por um longo tempo. Sentiu-se tentada, fortemente tentada a cair em velhos padrões de autopreservação. Mas, se fizesse isso, estaria se afastando do Senhor também. *Oh, Deus, faz que ele se satisfaça com um pouco da verdade e não a exija inteira.*

— Meu pai bebia — começou ela, devagar. — Muito. Às vezes, a ponto de não saber o que estava fazendo. Ele ficava cego de fúria, como você, e quebrava as coisas; às vezes, as pessoas. Minha mãe, por exemplo. — Respirou fundo, trêmula ao recordar. Não queria falar sobre o pai, assim como Atretes não queria falar sobre a arena. Apertando as mãos, tentou parar de tremer. Viu Caleb engatinhando ao redor das pernas do divã, onde Atretes havia acabado de se recostar.

— Eu fugi logo depois que ela morreu — disse, sem querer recordar o que havia acontecido desde então.

— Quantos anos você tinha?

— Onze.

Ele franziu o cenho, pensando em uma garotinha se defendendo em uma cidade como Éfeso.

— Onde você morava?

— Eu morava onde era possível. Debaixo de pontes, em caixas vazias nas docas, em ínsulas desertas, à porta das casas... em qualquer lugar onde pudesse encontrar abrigo.

— E o que comia?

— Eu roubava tudo que podia carregar e mentia quando era pega. Eu me tornei muito habilidosa em ambas as coisas. Sobrevivi como aqueles ratos que vemos se escondendo em qualquer canto que possam encontrar. A única coisa que eu não fiz foi mendigar. — Soltou uma risada suave e sombria ao recordar o desespero. — Eu era orgulhosa demais para isso.

Ele não disse nada por um longo tempo.

— Você já...

Ela apertou as mãos até ficarem brancas. Olhou para ele. Os olhos escuros se encheram de dor e lágrimas. Ela sabia o que ele queria perguntar. Mesmo depois de Simei, da redenção e da salvação, as coisas que ela havia feito ainda a enchiam de angústia e vergonha.

— Se eu me vendi? — indagou ela. — Sim. Quando estava com tanta fome e frio que pensava que não sobreviveria mais uma noite.

Ele se sentiu nauseado.

— Quantas vezes?

— Duas.

— Simei?

Ela sacudiu a cabeça.

— Não; ele me encontrou inconsciente à porta da ínsula onde morava. Então me levou até Claudia, uma idosa de profunda fé, que morava sozinha. Ela me alimentou e cuidou de mim até que fiquei bem. Simei ia me ver com frequência. Ele me ensinou a ler; ambos me amavam. Eu nunca havia sido amada daquela forma. Eles me apresentaram aos cristãos, que também me amaram. Do jeito que eu estava: miserável e perdida; arruinada. Para sempre, eu pensava. Quando Jesus me redimiu e se tornou meu Salvador, Simei me pediu em casamento.

— E isso a tornou virtuosa para os padrões deles — disse ele secamente.

— As virtudes que eu possa ter vêm do Senhor, não de mim, Atretes. Quando eu pedi de coração a Jesus, ele me lavou...

— No rio — completou ele, quase desdenhoso.

— Deus me fez inteira de novo. Eu senti que renasci. — Ela notou a luta de Atretes ao absorver tudo que havia revelado sobre si mesma. Ele não queria acreditar nela. Queria que não fosse verdade. — Eu nunca mais menti, trapaceei, roubei ou me vendi desde que entrei na casa de Claudia. Nunca mais em minha vida diante de Deus, Atretes, vou fazer isso de novo.

Ele acreditava nela, mas o que isso importava?

— Eu esperava que você nunca fizesse certas perguntas — disse ela com a voz embargada, observando seu rosto. — Lamento que a verdade o machuque tanto.

A angústia o dominou, retorcendo-lhe as entranhas. E a raiva também, mas, de que ou de quem, ele não sabia. Não sabia o que sentia; só sabia da guerra que travava consigo mesmo e com o que ela havia acabado de lhe contar. Mas algumas coisas haviam ficado bem claras.

— Sabe o que fazem com mulheres como você na Germânia? — indagou ele com voz rouca. — Raspam seus cabelos e as jogam no pântano. Esse é o jeito rápido. Na maioria das vezes, o pai ou o marido da garota corta seu nariz e a chicoteia. Se ela sobreviver, é expulsa da aldeia e tem que se defender sozinha.

Rispa não disse nada. Caleb engatinhou de volta para ela e se sentou a seus pés, batendo os braços com alegria.

— Mamã... mamã...

Ela se inclinou para a frente para pegá-lo.

— Não toque nele!

Ela estremeceu e recuou devagar, as mãos apertadas sobre o colo e os olhos fechados. Caleb começou a chorar.

Atretes o pegou, socou umas almofadas de pompons no divã e o sentou entre elas. Momentaneamente distraído, Caleb ficou satisfeito.

— Quem mais sabe do seu passado? — perguntou Atretes, começando a andar de novo.

— Todos da igreja de Éfeso.

Ele parou e a fitou, retesando a mandíbula.

— E você tem *orgulho* de contar isso a tantas pessoas?

Os olhos dela se encheram de lágrimas.

— Não! Eu compartilhei meu testemunho quando aceitei Cristo e sempre que o Senhor me chamou a fazê-lo.

— *Por quê?*

— Para ajudar outras pessoas a encontrar o caminho para sair do mesmo tipo de escuridão em que eu vivi.

Ele foi tomado de raiva.

— E por que me contou? Por que diabos foi me contar *agora*?

— Porque você perguntou. Eu disse que nunca mentiria para você — disse ela bem baixinho.

— Teria sido melhor se mentisse!

— Melhor para quem?

— O que devo fazer em relação a isso?

Oh, Senhor, é isso que vai acontecer? Ela olhou nos olhos azuis de Atretes e viu a morte.

— O que espera que eu faça agora que sei tudo sobre você?

Deus, sustenta meu coração trêmulo. Ele está magoado, furioso, e tem o direito de tirar a minha vida. Seja feita tua vontade. Eu confiarei em ti. Deixarei Caleb a teus cuidados. Mas, Senhor, por favor...

— Diga!

— Faça o que achar que deve.

Ela o estava desafiando? Como ousava? Atretes tirou a adaga do cinto e atravessou o quarto. Pegou-a pela garganta e a fez levantar.

— O que eu achar que devo... — Ela pestanejou, mas logo se acalmou, aceitando. Quando ele apertou sua garganta, ela não levantou as mãos para se defender. — O que eu achar que devo... — Ele sentia a pulsação dela sob o polegar, mas ela não suplicou.

Sem pedir licença, a lembrança de seu último encontro com Júlia surgiu-lhe na mente. Ela ficara histérica, agarrando-se a ele, jurando que o filho que carregava era dele. Se ela não estivesse grávida, ele a teria matado por ser infiel. Mais tarde, Atretes dissera a Hadassah que, mesmo que Júlia colocasse o bebê a seus pés, ele lhe daria as costas e iria embora, mesmo sabendo que o filho era dele.

Mentiras, mentiras... Júlia, Roma, todo o resto, mentiras.

Ele olhou nos olhos escuros de Rispa e soube que ela lhe havia contado toda a verdade. "Eu nunca irei mentir", ela havia dito logo depois que chegara à sua casa, em Éfeso. "Não importa o preço."

Ele não via medo nos olhos dela, só tristeza. Ela estava ali, com a vida em suas mãos, e não dizia uma única palavra para se defender. *Eu lhe prometo uma coisa, Atretes. Eu nunca irei mentir.* Seu coração batia rápido. Um golpe da adaga e estaria tudo terminado. Ou ele poderia apertar...

Atretes sentiu a mão pegajosa de suor.

— Eu devia matá-la.

Fez-se silêncio no quarto, exceto pela respiração forte de Atretes.

— Eu mereço a morte, eu sei. Cem vezes.

Atretes sentiu o peito se apertar ao ouvir as palavras dela e ver a dor em seus olhos. Surgiram-lhe na mente todos os rostos dos homens que ele matara.

— É pela graça de Deus que minha vida é diferente — disse ela.

Ele a soltou. Rangendo os dentes, sacudiu a cabeça, tentando negar tudo que ela havia dito.

— Desculpe, Atretes — continuou ela, tentando não chorar e piorar a situação para ele. — Eu nunca pensei que as escolhas que eu fizesse teriam importância. Minha mãe estava morta. Meu pai... — Baixou a cabeça. — Eu não me importava com o que acontecesse. Já era muito doloroso permanecer viva sem ter que pensar como. Mas eu estava errada; tão errada...

Ela pousou a mão no braço dele. Quando ele recuou com brusquidão, ela ficou rígida, instintivamente esperando que lhe batesse. Ele estreitou os olhos, sombrio, e recuou, apertando os punhos.

Independentemente do que ele quisesse fazer com ela, Rispa precisava terminar.

— Jesus derramou seu sangue para que eu me limpasse do que havia feito. Ele deu a própria vida por nós, para perdoar todos os nossos pecados. Ele abriu um novo caminho para quem o quisesse seguir, e eu o quis. E continuarei o seguindo, não importa o preço. Eu me apego a Cristo de todo o meu coração. E não vou soltá-lo.

Atretes se lembrou de Hadassah no corredor da masmorra. *Ainda que ele me mate...*

— Ele lhe oferece uma nova vida, Atretes — disse Rispa —, basta recebê-la. Toda a preocupação de Rispa parecia ser com ele, não consigo mesma.

— Então, como esse seu deus invisível, eu devo esquecer tudo o que você fez? Devo *perdoar*?

— Você não vai esquecer nada disso, como eu também não vou esquecer — explicou ela baixinho. — Lembrar como vivi e no que permiti me transformar me faz muito mais grata pelo que Jesus fez por mim.

— Fico feliz por você — disse ele com um sorriso de escárnio —, mas não espere nada de mim. — A adaga pesava como chumbo em sua mão. Ele a enfiou na bainha, presa ao cinto. — Eu não perdoo *nada*.

Ela estremeceu, mas continuou calada. Não protestou, não argumentou, não implorou — tudo que ele esperava que ela fizesse.

— Preciso pensar no que vou fazer agora — disse ele, impassível.

— E Caleb? — perguntou ela com um leve tremor na voz.

— Comece a desmamá-lo, agora.

Ela fechou os olhos, as palavras mais difíceis de suportar do que qualquer agressão física.

Ele se dirigiu à porta.

— Não saia deste quarto, entendeu? Se fizer isso, juro por Tiwaz que te mato.

———|-|———

Teófilo voltou e encontrou Rispa sentada no chão com Caleb dormindo em seus braços. Percebeu que as coisas não haviam corrido bem com Atretes.

— Onde ele está?

— Estava aqui antes, mas saiu.

— Ele disse aonde ia?

Ela sacudiu a cabeça.

Considerando o caráter de Atretes, ele sabia que o germano poderia fazer muitas coisas para arrumar problemas. Embebedar-se, provocar uma briga com um soldado romano ou algo pior. Encontrar uma prostituta e passar a noite com ela, muito provavelmente partindo o coração de Rispa.

— Vou levar você às termas.

— Atretes me mandou ficar aqui — disse ela com voz trêmula e o fitou, sombria. — Eu contei a ele sobre o meu passado. Contei tudo. — Seus olhos se encheram de lágrimas e transbordaram. — Tudo.

— Que Deus nos ajude. — Ele se ajoelhou ao lado dela e a abraçou, sentindo seu corpo tremer de tanto soluçar.

25

Atretes vagou pelas ruas de Grosseto até encontrar uma pousada no extremo norte da cidade, longe do forte e dos legionários. Pediu vinho e se sentou a uma mesa, nos fundos. Era um lugar abjeto, que atraía trabalhadores das docas e carroceiros que queriam se embebedar. Eram ruidosos e profanos, mas ninguém o incomodou.

A chuva batia no telhado, aumentando o estrépito. Ele bebeu muito, mas não conseguiu tirar da cabeça o que Rispa havia lhe contado.

Mentirosa, ladra, prostituta.

Via os olhos dela, escuros de tristeza ao lhe contar tudo. Ela não se parecia em nada com a pessoa que descrevera. Rispa havia abandonado tudo que conhecia para ir com ele à Germânia por causa dele e de Caleb, e nenhuma vez reclamara das dificuldades. Ela salvara seu filho da morte. Mantinha-se longe dele, apesar dos esforços de Atretes que atentavam para sua moralidade.

Mentirosa? Ladra? Prostituta?

Suspirou, batendo os punhos na mesa.

Todos ficaram calados e imóveis. Ele levantou a cabeça e viu que todos o fitavam.

— O que estão olhando?

As pessoas se voltaram, fingindo estar interessadas em outra coisa, mas ele podia sentir a tensão ao redor. Sem dúvida, achavam que ele estava louco. Atretes sentia o coração bater forte e pesado, o sangue ferver. Talvez estivesse mesmo louco.

Pediu mais vinho. O proprietário o serviu rapidamente, sem ousar fazer contato visual. Atretes encheu a taça e ficou segurando-a.

O que deveria fazer a respeito do que Rispa lhe contara? Na Germânia, ele a teria matado. Os anciãos o exigiriam. Começou a suar frio só de imaginar, mas não queria pensar por que reagira daquela maneira.

Mentirosa, ladra, prostituta, continuou repetindo na cabeça.

Enterrou o rosto nas mãos. E ele, era o quê? Um assassino.

Queria ir para casa, seu lar na Germânia! Queria voltar à vida que conhecera antes de ter ouvido falar de Roma. Não queria pensar em mais nada. Queria que a vida fosse simples novamente. Queria paz.

Mas alguma vez a vida fora simples? Já conhecera algum tipo de paz? Desde o momento que tivera idade suficiente para segurar uma faca e uma frâmea, havia sido treinado para lutar. Havia guerreado com outras tribos germânicas que invadiram seu território e depois com os romanos que queriam escravizá-los. E acaso não haviam conseguido?

Durante dez anos ele havia vivido com a mão deles ao redor da própria garganta, lutando pela vida, enquanto os entretia.

Empurrando o banquinho para trás, ele se levantou e cambaleou até a porta. A chuva ainda caía. Quando saiu, tropeçou em algo e ouviu um leve gemido. Xingando, apoiou-se no batente e olhou para baixo. Alguém pequeno e magro saiu do caminho. Uma jovem. Ela se encolheu contra a parede, fitando-o com os olhos arregalados e escuros. O rosto era fino e pálido, o cabelo, escuro e emaranhado. Ele calculou que não teria mais que dez ou doze anos e fez uma careta ao ver os trapos sujos que ela usava.

Eu morava onde era possível. Debaixo das pontes, em caixas vazias nas docas, em ínsulas desertas, à porta das casas...

Fechou os olhos e os abriu, pensando que o cérebro entorpecido de vinho havia inventado uma Rispa criança. Mas a garota ainda estava lá. Tremia violentamente — se de frio ou medo, ele não sabia dizer. Talvez de ambas as coisas.

Quando Atretes se mexeu, ela se encolheu e pareceu ficar menor ainda diante de seus olhos.

— Eu não vou machucá-la — disse e tirou uma moeda da bolsa de dinheiro que levava ao cinto. — Tome, compre algo para comer. — Jogou a moeda.

Ela tentou desesperadamente pegá-la, mas os dedos frios não conseguiram se fechar em torno dela. A preciosa moeda caiu em uma poça de lama. Com um grito de desespero, ela caiu de joelhos na frente dele e começou a tatear na lama, tentando encontrá-la.

Atretes olhou para a garota, o coração se contorcendo de nojo e pena. Nenhum ser humano deveria viver assim, especialmente uma criança! Fechou os olhos de novo e viu Rispa com as mãos e os joelhos na lama.

Se eu me vendi? Sim. Quando estava com tanta fome e frio que pensava que não sobreviveria mais uma noite.

O choro da menina era como sal em uma ferida aberta.

— Esqueça — disse Atretes asperamente. Faminta e desesperada, ela não lhe deu atenção. — Eu disse *esqueça!* — Ela se arrastou para trás de novo, assustada.

Quando ele se aproximou, ela levantou os braços para se defender do golpe. — Eu não vou machucar você — afirmou, pegando outra moeda na bolsa. — Tome. — Ela não se mexeu. — Pegue — disse ele, estendendo a moeda. Ela olhou para ele e depois para a moeda. — Pegue — repetiu em voz baixa, como se adulasse um animal faminto e assustado com um pouco de comida. Ainda desconfiada, ela o observava com cautela enquanto fechava os dedos enlameados ao redor da moeda. — Segure firme desta vez.

— Um *áureo*! — Ele a ouviu dizer ao sair na chuva. — Você me deu um *áureo*! Que os deuses o abençoem, meu senhor. Oh, que os deuses o abençoem! — disse ela, chorando.

Atretes caminhou sem destino, mal sentindo o vento frio. O efeito do vinho aos poucos foi passando, deixando seus nervos ainda mais à flor da pele. Chegou a uma ponte estreita que cruzava sobre um riacho, ao norte de Grosseto. O céu foi se iluminando enquanto o amanhecer despontava. Estava cansado e deprimido. A cabeça latejava.

Ele se perguntava se Rispa teria ficado no quarto como ele ordenara ou se teria ido às termas. Considerando o que havia lhe dito e seu estado de espírito quando ele saíra, era de esperar que tivesse partido quando ele voltasse.

E seu filho?

Que idiota! Dirigiu-se à cidade.

Legionários romanos passaram por ele. O som das sandálias tachonadas fez os músculos de Atretes se retesarem. Ele viu os portões do forte. Os tabernáculos estavam abrindo. No dia anterior, ele quisera comprar algumas coisas, mas duvidava de que fossem necessárias agora.

A pousada estava quieta quando chegou. Atretes seguiu pelo corredor e parou na porta de seu quarto. Colocou a mão no trinco, mas parou. Em vez de entrar, ficou do lado de fora, tentando ouvir, tenso. Não se ouvia nenhum som. O dia já havia amanhecido. Onde estava a obediência dela? Praguejando baixinho, abriu a porta e entrou. Descansaria um pouco antes de ir atrás dela.

Rispa estava parada perto da janela. Ela se voltou, aliviada.

— Você está bem! Graças a Deus.

Ainda estava com a mesma túnica, suja e rasgada. Não havia sequer lavado os pés.

— Você não foi às termas.

— Você disse para eu ficar aqui. — Como ele não falou nada, ela foi até o divã e se sentou; os joelhos estavam fracos demais para sustentá-la.

Ele se perguntou se ela havia ficado parada à janela a noite toda, esperando-o. Era o que parecia. Afastou-se dela, perturbado pelas emoções que se agitavam dentro dele. Ela não havia fugido. Fizera como ele ordenara e esperara seu retorno.

Não importa o preço.

Olhou em volta e viu Caleb enrolado em um cobertor, dormindo confortavelmente entre os travesseiros que ele havia jogado no chão na noite anterior.

— Onde está Teófilo?

— Saiu para procurar você há algumas horas.

Atretes olhou para ela de novo e entendeu que, independentemente do que houvesse sido, Rispa era outra pessoa agora. Não conseguia ver a pessoa que fora no passado, por mais que tentasse. E entendeu outra coisa: ele confiava nela. Foi uma percepção penetrante, que o preencheu com uma sensação de paz que ele não conhecia havia anos. Não importava o que ela havia sido; ele sabia o que ela era agora.

— Você nunca matou ninguém — ele disse. Nada do que ela havia feito para sobreviver era pior do que o que ele fizera.

As palavras de Atretes a surpreenderam, pois sabia que, com elas, ele a isentava de tudo que ela havia feito. Gratidão e alegria a dominaram, mas se suavizaram quando percebeu que ele também havia revelado algo profundo, obscuro e doloroso sobre si. Ele se condenava.

Ela se levantou e foi até ele.

— Seus pecados não são maiores que os meus, Atretes. O Senhor não mede as coisas do jeito que os homens fazem. Ele...

— Não vamos falar sobre isso de novo — disse ele, passando por ela.

Ela se voltou e o viu atravessar o quarto e pegar o jarro de vinho. Encontrando-o vazio, praguejou e o largou. Olhou ao redor, distraído, indeciso, inquieto. Ela nunca o vira tão esgotado.

— Descanse, Atretes — disse ela com gentileza. — Seguiremos viagem quando você estiver pronto.

Ele se esticou no divã maior e colocou o braço atrás da cabeça. Ficou olhando para o teto, com o corpo tenso.

Ela pegou um cobertor no divã dela. Ele a observou quando ela se aproximou; observou cada traço como se nunca a houvesse visto antes e tentasse saber por sua aparência quem ela era. Ela colocou o cobertor sobre Atretes. Ele a pegou pelo pulso quando ela começou a se afastar.

— Você disse que havia uma sala nas termas onde poderia se lavar com privacidade.

— Sim — disse ela, com o coração acelerado.

Ele a soltou. Remexendo no cinto, jogou as bolsas de dinheiro no chão, ao lado do divã.

— Pegue o que precisar e vá. Leve Caleb e dê um banho nele também.

Ela se surpreendeu.

— O-obrigada — gaguejou baixinho, tentando imaginar quais seriam suas razões. A decisão dele seria um teste ou um sinal de confiança? Fosse qual fosse, o que significava? Ela se ajoelhou e pegou algumas moedas de cobre na bolsa. Levantou-se e pegou Caleb. Abriu a porta, olhou para trás e viu Atretes a observando. — Não vamos demorar muito.

Havia poucos clientes nas termas pela manhã, a maioria mulheres com filhos. Por mais um cobre uma atendente lavou sua túnica enquanto ela se banhava com Caleb. Ele adorava brincar na água. Quando terminou, ela esfregou óleo perfumado na pele e a raspou com o estrígil.

No caminho de volta para a pousada, usou as últimas moedas para comprar pão e frutas para alimentar todos. Teriam que beber água, pois não tinha dinheiro suficiente para comprar vinho; mas talvez Atretes já se satisfizera na noite anterior.

Entrou no quarto em silêncio, certa de que Atretes estaria dormindo. Mas não estava. Estava deitado no divã, como quando ela saíra. Teófilo também havia voltado e dormia no divã mais próximo da parede. Atretes relaxou quando ela entrou no quarto. Ajeitou-se mais confortavelmente e adormeceu enquanto ela o observava.

Um teste, pensou, desejando afastar o cabelo do rosto dele.

Rispa ansiava dormir também, mas tinha Caleb para cuidar. Tendo dormido a noite toda, ele estava bem acordado e com vontade de brincar. Ela se certificou de que não houvesse nada no chão ou ao alcance dele que o machucasse e se sentou recostada na porta para vigiá-lo. Contente, Caleb se entretinha em meio às almofadas.

Os barulhinhos da conversa do bebê despertaram Atretes. Virando-se de lado, ele viu seu filho empurrando uma almofada pelo chão. A luz do sol entrava pela janela, indicando uma hora da tarde. Rispa estava encolhida de lado contra a porta. Atretes a observou, sentindo prazer em vê-la. Levantou-se e atravessou o quarto em silêncio.

Quando a ergueu, ele sentiu a leve umidade da túnica lavada. Deitou-a no divã e ficou parado, deixando o olhar observar cada curva de seu corpo. Enrolou o dedo em uma mecha de cabelo escuro, esfregando-o entre os dedos. Olhando para ela, ninguém imaginaria que havia vivido nas ruas de uma cidade como Éfeso, roubando e oferecendo o corpo para sobreviver. Ela parecia jovem e imaculada. Ele deixou o fio de cabelo se desenrolar e Rispa estremeceu levemente, aninhando-se de lado. Atretes procurou o cobertor dela e percebeu que ela lhe dera.

Viu o próprio manto pendurado perto do braseiro. Ele o jogara no chão quando chegaram à pousada e esquecera de vesti-lo quando saíra, decidido a ficar sozinho para pensar no que ela lhe dissera. De qualquer maneira, a pesada capa estava encharcada e teria tido pouca utilidade. Ele a pegou e a sentiu seca e quente.

Cobriu-a com o manto. Passou os dedos levemente pelo rosto de Rispa e se surpreendeu ao sentir a maciez de sua pele.

Quando Rispa acordou, no fim da tarde, Atretes não estava no quarto.

Nem Caleb.

26

— Vou pegar um cavalo emprestado no forte e seguir a estrada para o norte — disse Teófilo. — Atretes conhece esse caminho. Você fica aqui e espera, caso ele mude de ideia e volte.

— E se ele voltar?

— Partam. Acampem perto de um marco. Eu os encontrarei. — Deixou dinheiro suficiente para Rispa pagar dois dias de hospedagem.

Andando de um lado para o outro, Rispa rezava fervorosamente para que Atretes voltasse, certa de que não voltaria. *Senhor, tu és minha rocha e meu escudo, minha ajuda sempre presente nos tempos de angústia. Oh, Deus. Caleb. Caleb!*

Os seios se encheram de leite, até que começaram a doer. Com a dor física surgiu a dúvida, apertando-lhe o coração com suas garras.

"Comece a desmamá-lo, agora."

Oh, Deus.

"Eu não perdoo nada!"

Senhor, por favor.

Ela se sentou, chorando, na escuridão crescente, os braços cruzados sobre os seios, pressionando-os para aliviar a dor.

Tua vontade, Senhor. Dá-me o coração para aceitar tua vontade.

Acendeu a lamparina. Andando sem cessar, murmurou as palavras que Simei lhe ensinara, agarrando-se a elas com determinação, enquanto lutava contra as dúvidas que a assediavam. *Tu tens planos para mim, planos para o meu bem, e não para o meu mal; para me dar um futuro e uma esperança. Senhor, tu me encontraste e me restauraste. Tu me acolheste em teu peito. Tu me tiraste do fundo do poço.* Lágrimas escorriam-lhe pelas faces. *Senhor, tua vontade... tua vontade... Senhor...*

A porta se abriu.

Ela se voltou quando Atretes entrou com Caleb nos braços.

— Está acordada — disse Atretes com um sorriso, tirando dos ombros um pacote pesado e jogando-o no chão.

Rispa o fitou.

Atretes a olhou, o sorriso transformando-se em uma expressão de perplexidade.
— Qual é o problema?
— Problema? — repetiu ela debilmente.
— Você parece... — ele deu de ombros, procurando a palavra certa — chateada.
— Qual é o problema?! — O sangue de Rispa fervia. — Você pega Caleb, sai sem dizer nada e me pergunta qual é o problema?

— Você estava dormindo e alguém tinha que cuidar dele — explicou Atretes com uma lógica estarrecedora. — Tome — disse, jogando a criança nos braços dela. — Ele está com fome. E eu também. — E foi para a mesa.

Ela ficou boquiaberta.

— Não há nada aqui — constatou ele, vendo um pedaço de pão amanhecido. Olhou para ela.

— Teófilo comeu o pão que havia sobrado.

— E não há mais nada?

— Eu estava sem apetite — disse ela, apertando os dentes, certa de que teria forças para matá-lo com as próprias mãos. Tremendo de raiva, deu-lhe as costas, sentou-se no divã e abriu a túnica para amamentar Caleb.

— Você está doente? — perguntou Atretes.

— Não.

Atretes franziu o cenho. Ela não estava agindo como de costume e isso o deixava nervoso.

— Vou buscar algo para comer — disse e saiu.

Rispa não se importava com o fato de ele voltar ou não; mas, então, teve medo de que não voltasse. Quando Atretes por fim voltou, tinha consigo pão, uvas, duas galinhas assadas e dois odres de vinho. E despertou a mais profunda ira de Rispa com seu humor jovial.

— Onde está Teófilo? — perguntou. — Nas termas ou no forte com seus malditos colegas?

— Nem uma coisa nem outra. Ele foi procurar você. *De novo.*

— Para onde ele acha que fui?

— Para o norte.

Atretes a fitou.

— Para o norte? — Riu. E riu ainda mais quando pensou no romano tentando alcançá-lo. — Para o norte — repetiu, partindo uma galinha ao meio. Quanto tempo levaria para o romano descobrir que ele não havia saído de Grosseto? Sorrindo, arrancou um pedaço de carne com os dentes.

Satisfeito, Caleb adormeceu nos braços de Rispa. Ela o colocou no divã e o cobriu com o manto de Atretes. Endireitando-se, olhou para o germano, irritada por sua alegria.

— Como você pode rir de uma coisa dessas?
— Ele vai ter que andar muito para me encontrar.
— Ele ia arranjar um cavalo.
— Cavalgar, então. Melhor ainda! Gosto de manter bastante distância entre nós — disse ele, rindo de novo e arrancando outro pedaço de carne com os dentes. Acenou com a carcaça, indicando a ela que se sentasse e comesse com ele.

Ela atravessou o quarto, sentou-se à frente dele, pegou a outra metade da galinha assada e pensou se deveria bater com ela na cabeça dele.

— Você poderia ter nos avisado — comentou, arrancando a coxa da ave.
— Já disse que você estava dormindo.
— Você não deveria ter saído.

Atretes estreitou os olhos.

— Eu não lhe devo satisfações, mulher. E pode ter certeza de que muito menos a *ele*.
— Ele está lhe mostrando o caminho para sua casa.
— Outra pessoa poderia me indicar o caminho — retrucou Atretes, dando de ombros.
— Se seu orgulho insuportável lhe permitisse perguntar.

Ele ficou parado um instante e então jogou a galinha no prato. Seu bom humor acabara.

— *Meu* orgulho?
— O que eu deveria pensar? — indagou ela, à medida que a raiva se transformava em exasperação. — "Comece a desmamá-lo", você disse. "Eu não perdoo nada", você disse. — Jogou a coxa da galinha na cabeça dele. Os reflexos de Atretes eram bons como sempre, e ela errou. Ela nunca o vira surpreso até aquele momento. — Eu pensei que você tinha partido e levado Caleb! — Desmanchou-se em lágrimas. Humilhada por não conseguir se controlar, levantou-se depressa e saiu da mesa.

Houve um longo silêncio.

— Eu cobri você com meu manto — disse Atretes calmamente, como se isso explicasse tudo.

Ela se voltou e o fitou, sem entender. Atretes olhou para Rispa como se houvessem brotado chifres na cabeça dela. Talvez houvessem mesmo.

Ele se sentia desconfortável. Por que ela o olhava daquele jeito? Apertando os lábios, pegou sua galinha de novo.

— Sente-se e coma, mulher. Talvez consiga *pensar* melhor com um pouco de comida no estômago.

Rispa voltou e se sentou.

— "Eu cobri você com meu manto" — repetiu Rispa, esperando que ele olhasse para ela de novo, mas ele parecia disposto a comer seu jantar e fingir que ela não estava ali. — Eu pensei que você tivesse esquecido seu manto de novo — disse ela baixinho.

— Eu não esqueci. — Jogou os ossos no prato, e não no chão. Seus modos estavam melhorando.

— Desculpe ter jogado a coxa da galinha em você.

Como uma mulher conseguia estar furiosa em um segundo e totalmente calma no outro?

— Que bom que não me acertou — disse ele, pegando um cacho de uvas.

— Eu não deveria ter concluído que...

— Coma!

Sorrindo, ela pegou a galinha e partiu uma asa. Comeram em silêncio — o dele tenso; o dela tranquilo. Atretes terminou primeiro e limpou as mãos em um cobertor. Parecia querer se afastar da mesa e dela o mais rápido possível.

— Que instruções Teófilo lhe deu?

— Ir para o norte e acampar perto de um marco. Ele disse que nos encontraria.

Atretes foi até o pacote que havia deixado no chão. Desamarrou os barbantes e abriu o cobertor. Jogou uma bola de pano pesada para ela. Quando caiu solta em suas mãos, ela percebeu que era uma grossa túnica de lã.

— Pode usar a sua debaixo dessa. — Jogou também uma bota forrada de lã, parecida com as usadas pelos soldados no inverno. Assim que ela a pegou, ele jogou a segunda. As solas eram tachonadas e feitas de couro grosso. — Seus pés ficarão secos e quentes. Esfreguei cera de abelha nelas. — Tirou um pesado manto de lã e se levantou. — Isto vai impedir que você congele na neve, e haverá muita no caminho.

Soltando as botas, ela apertou a túnica de lã no rosto e chorou.

Atretes ficou calado, envergonhado. Ouviu os soluços e quis confortá-la, mas sabia que não poderia. O bebê estava dormindo, Teófilo a quilômetros de distância, e eles sozinhos naquele quarto. O que ele sentia era muito forte. E sabia que Rispa também sentia. Se a tocasse, ele não conseguiria ouvir nenhuma objeção que ela pudesse fazer. Ele não confiava em si mesmo em relação a ela. Seus instintos mais básicos haviam sido aperfeiçoados para durar muito tempo. Não queria mais arrependimentos; já vivia com bastantes.

— Se você vestir essas coisas *agora*, Rispa, talvez possamos avançar alguns quilômetros antes que escureça.

Fungando, Rispa se levantou e afrouxou a faixa. Vestiu pela cabeça a pesada túnica de lã, que caiu em dobras soltas e confortáveis até os tornozelos. Amarrou a faixa e se sentou de novo, calçando as botas. Pegou os cordões de couro e os puxou para amarrá-los, dobrando as pontas e escondendo-as à altura da metade da perna. Levantou-se e agradeceu a Deus por não ter que andar nem um quilômetro mais com as sandálias gastas.

— Obrigada — agradeceu, tentando não chorar de novo. — Serviram perfeitamente. Como você sabia?

Ele se aproximou e pousou o manto nos ombros dela.

— Eu levei uma de suas sandálias. — Segurou as bordas da capa e a encarou. Seu coração batia forte e foi tomado por uma grande ternura e um enorme desejo de protegê-la. Mas não gostava do que ela o fazia sentir, então a soltou. — Quando chegarmos à Germânia, não conte a ninguém o que me contou — disse ele, reorganizando o equipamento para facilitar o transporte. Como ela não disse nada, ele pegou a bolsa e se voltou. — Me dê sua palavra.

— Eu não posso. Você sabe que não posso.

Ele não podia acreditar que ela se recusava.

— Eu lhe disse o que eles farão com você. Meu povo não dá segundas chances.

Houve um tempo em que ele também não teria dado uma segunda chance. Ela estava amolecendo o coração de Atretes.

— Eu não vou mentir.

Ele a fitou.

— Eles vão matá-la, se descobrirem.

— Não importa.

"Não importa o preço", ela havia dito e se mantinha firme. Não havia meio-termo. Por um lado, ele ficou feliz, pois se sentia seguro com sua resposta, sabia que podia confiar nela. Mas, por outro, tinha medo. Ela já era muito mais importante para ele do que queria admitir, e os catos não demonstravam piedade.

— Tudo bem, como quiser. Não minta; só não diga nada — disse ele, colocando a bolsa nas costas.

— Assim como não disse nada a você. Eu deveria ter lhe contado tudo sobre mim quando você começou a fazer perguntas, em vez de lhe dar informações fragmentadas.

Ele atravessou o quarto e se inclinou para falar diretamente em seu rosto.

— Se você tivesse me contado tudo no dia em que chegou, não estaria viva agora! Eu a teria matado sem pestanejar e ficaria satisfeito.

Ela não se intimidou, nem sequer estremeceu. Ele se endireitou.

— Eu não teria convivido meses com você para saber que tipo de mulher é *agora*.

— Então sou *boa* agora, Atretes? Eu só joguei uma coxa de galinha na sua cabeça.

Ele sorriu.

— E errou.

— Eu ainda luto contra a carne. Todos os dias, às vezes a cada hora.

— E você acha que eu não? — indagou ele, deslizando o olhar sobre ela.

Ela corou, sentindo-se aquecer completamente.

— *Não* foi isso que eu quis dizer.

— Pegue o menino e vamos embora — disse ele, sentindo que tinha de sair dali *imediatamente*.

Ela fez o que ele pedira. Desceram pelo pórtico e saíram pelo pátio principal até a antecâmara. Havia soldados por toda parte e muitos deles olhavam para Rispa. Ignorando-os, Atretes a pegou pelo braço e foi direto para a larga porta da rua, ansioso por estar ao ar livre.

— Você está me machucando — disse Rispa, suspirando quando ele a soltou. Atretes andava rápido demais; ela precisava dar dois passos para cada um dele, e logo ficou sem fôlego. — Eu não consigo acompanhar seu ritmo, Atretes — disse ela, odiando reclamar.

Ele diminuiu o passo.

— Por aqui — sugeriu ele, pegando uma via principal que seguia para o norte.

Cruzaram os portões, atravessaram uma ponte e seguiram pela estrada rumo à crescente escuridão. Passaram um marco, depois outro. Quando as estrelas começaram a surgir, passaram outro marco. Com os braços doloridos, Rispa mudou Caleb de posição.

Assim que atingiram o quarto marco, ela parou.

— Está quase escuro.

— Podemos andar mais um quilômetro.

— Pensei que você queria distância de Teófilo — disse ela, saindo da estrada. Cansada, sentou-se e se recostou em um tronco de árvore. Caleb ainda dormia. O dia com Atretes devia tê-lo esgotado. Ela o colocou na grama e se deitou ao lado dele, aconchegando-o contra si para mantê-lo aquecido.

Atretes jogou os fardos, claramente irritado por pararem.

— Vou tentar melhorar o ritmo amanhã, Atretes — disse ela.

Ele andou um pouco por ali, inquieto, depois se sentou a alguns metros de distância, com os joelhos dobrados e os antebraços apoiados neles. Olhou para o céu.

— Poderíamos ter avançado mais um quilômetro.

Partiram quando o sol estava nascendo, depois de Rispa amamentar Caleb. Atretes comprara pão e maçãs quando passaram por uma aldeia. Rispa dava pedacinhos a Caleb enquanto ele cavalgava contente em seu quadril. Ajudou-o a beber vinho aguado de um odre.

Perto do meio-dia, uma companhia de soldados se aproximou deles. Rispa viu Teófilo e o chamou. Pararam quando o romano desmontou e desamarrou a bolsa do cavalo. Jogando-a por cima do ombro, ele se despediu alegremente dos outros antes de se dirigir a eles. Um dos soldados pegou as rédeas do cavalo de Teófilo e continuaram descendo a estrada.

Teófilo olhou para Rispa, notando o manto novo, a túnica e as botas.

— Então foi para isso que você saiu — disse a Atretes.

Olhando feio para ele, Atretes saiu andando de novo.

Teófilo caminhava ao lado de Rispa.

— Vocês dois estão se dando bem sem mim? — perguntou com um leve sorriso.

— O suficiente — respondeu Atretes no lugar dela e continuou caminhando.

Teófilo sorriu para Rispa.

— Pelo menos *você* está feliz em me ver — disse.

Cobriram uma boa distância nos dias seguintes, passando por Campiglia Maritima, Cecina, Livorno, Pisa e Viareggio. Acampavam todas as noites perto da estrada. Teófilo comprou mais suprimentos em La Spezia. Atretes insistiu em tomar o caminho mais curto, pela estrada que beirava a montanha, em vez da que ia para o interior.

Quando chegaram à Gênova, Teófilo cuidou novamente dos alojamentos, desta vez em uma pousada não frequentada por soldados e mais longe das termas públicas. Atretes entrou nas piscinas sem comentários desta vez. Quando Rispa pediu permissão para sair de seu lado, ele anuiu, sem hesitar. Ela levou Caleb para uma câmara onde havia outras jovens mães enquanto ele seguia Teófilo para as câmaras principais.

Havia menos pessoas se banhando nuas nesse lugar. Atretes concluiu que quanto mais se afastavam de Roma, mais provinciana era a moral. Surpreendeu-se descontraído naquele ambiente, até gostando. Não teve pressa enquanto Teófilo esperava, segurando as bolsas de dinheiro e conversando com alguns homens que, pelo comportamento, pareciam soldados.

— As estradas são seguras através do desfiladeiro — disse Teófilo, quando Atretes voltou para pegar suas roupas.

— Ótimo. Vamos fazer um tempo melhor. — Vestiu a túnica, pôs o cinto e pegou as bolsas.

Teófilo se perguntava se Atretes se dava conta de que seu sotaque germano ia ficando cada vez mais forte à medida que se aproximavam do norte.

— Não vamos conseguir manter o mesmo ritmo — disse, tirando a túnica.

— É uma escalada difícil até Novi. Depois, poderemos retomar o ritmo em Alexandria e Vercelli. Seguiremos o Dora Baltea de lá até Aosta, e será uma subida mais difícil. Atravessar as montanhas até Novi vai ser penoso para Rispa, mas nada comparado com o que nos espera à frente. Vamos ter que atravessar os Alpes Graios e os Apeninos.

— Podemos comprar dois burros. Um pode carregar o equipamento, e o outro, Rispa e Caleb.

— Posso conseguir um bom preço no forte.

O semblante de Atretes escureceu.

— Já é ruim o bastante aturar sua companhia sem ter que fazer negócios com soldados romanos!

Teófilo se recusou a se ofender.

— Um burro do exército é tão bom quanto um civil, e mais barato. — Jogou a túnica no banco de pedra e mergulhou na piscina. Quando emergiu, Atretes havia ido embora. Sacudindo a cabeça, entregou o bárbaro a Deus. Nada que ele pudesse dizer ou fazer mudaria a opinião de Atretes sobre qualquer coisa. Só o que o germano via era seu inimigo, Roma, parado diante dele. Era cego e surdo para tudo o mais.

Senhor, se eu não puder chegar a Atretes com teu evangelho agora, como poderei chegar aos catos?, perguntou-se tristemente.

De uma coisa Teófilo tinha certeza: a praticidade germânica de Atretes era mais forte que seu orgulho insuportável. O dinheiro deles era pouco e ainda tinham um longo caminho a percorrer. Os burros do exército teriam que servir.

27

Os dois burros que Teófilo comprara do exército tornaram as viagens pelas montanhas muito mais fáceis. Em um foram atados os equipamentos; em outro, Rispa montara um assento para Caleb com fardos, cobertores e tiras de couro. Ela caminhava ao lado deste, segurando uma corda e uma vara. Caleb estava encantado com a marcha saltitante do animalzinho, que com uma carga tão leve precisava de pouco estímulo.

O inverno estava no fim e a primavera se aproximava, enchendo os rios de neve derretida. As estradas íngremes eram extenuantes, e o ar ficava progressivamente mais frio. Faias e bétulas deram lugar a abetos e pinheiros enquanto subiam a estrada romana.

Rispa enchia os pulmões com aquele maravilhoso perfume, dando graças. Adorava a imponência das montanhas em volta, embora houvesse lugares de alturas assustadoras e quedas acentuadas. O caminho era traiçoeiro, pois a regra para a construção de estradas romanas era ligar cidades e territórios pelo trajeto mais curto, que não era necessariamente o mais fácil. Perto do meio-dia, as pernas costumavam doer, e, quando acampavam, os músculos tremiam de exaustão.

Encontraram um contingente considerável de soldados alocados em Aosta. Teófilo os alertou de que isso era sinal de problemas à frente e foi até o forte para descobrir sobre as condições que enfrentariam nos Montes Apeninos. Rispa ficou no acampamento com Caleb e Atretes.

As montanhas ao redor deles eram escarpadas e repletas de neve, o ar, gelado.

— Nunca imaginei um lugar tão bonito e implacável — disse ela.

Atretes estava sentado em frente ao fogo, e ela sentiu que estava começando a entendê-lo.

— Temos que descer essas montanhas para chegar às florestas da minha terra natal — disse ele, sem levantar a cabeça para olhá-la. — Lá o ar não é tão rarefeito e não há montanhas como estas.

— Você se lembra de tudo desde quando foi levado para Roma?

Ele olhou para a imensa montanha a nordeste. Sim, ele se lembrava.

— Nós descemos daqui até o rio Ródano e seguimos por ele até o Reno. A partir de lá, consigo encontrar o caminho.

Rispa sentiu um calafrio.

— Teófilo é nosso amigo, Atretes.

— Ele é romano.

Ela nunca havia visto olhos tão frios.

— Depois de tanto tempo de convivência, você ainda não consegue confiar nele?

— Por que eu deveria confiar nele? Por que razão um centurião romano iria à Germânia?

— Ele quer levar a boa-nova a seu povo.

Ele soltou uma risada sarcástica.

— Um soldado só quer conhecer a força e a fraqueza do inimigo para poder relatar a seu comandante.

— Ele não faz mais parte do exército romano.

— Isso é o que ele diz — retrucou Atretes, erguendo o queixo. — Ele servia a Tito antes de sairmos de Roma. E ele nunca passa por uma cidade sem ir ao forte, não é?

— Você está errado ao suspeitar dele, Atretes. Teófilo vai até os fortes para saber o que nos espera à frente, para estarmos preparados.

— Você é mulher. O que sabe sobre guerra?

— Tem razão, Atretes, eu não sei nada sobre guerra. Mas conheço Teófilo. Confio minha vida a ele. Confio a vida de Caleb a ele. — Ouviu passos e viu Teófilo se aproximando.

— Salteadores — disse Teófilo, agachando-se perto do fogo. — Um oficial romano foi assaltado e assassinado há poucos dias.

— Devemos esperar antes de prosseguir? — perguntou Rispa, preocupada com a segurança de Caleb.

Atretes jogou um graveto no fogo e se levantou.

— Vamos prosseguir. — Nada o impediria de chegar em casa; nem romanos, nem bandidos, nem mesmo os deuses. Só quando passassem as montanhas e descessem para as florestas negras de sua terra natal ele respiraria o ar da liberdade. E uma vez lá, decidiria o que fazer com Teófilo. Ele se abaixou, pegou o odre e saiu para a escuridão.

Teófilo notou a angústia de Rispa e lhe ofereceu a segurança que podia:

— Há patrulhas extras na estrada.

— Quanto mais avançamos, mais difícil se torna. Às vezes penso que, quanto mais nos aproximamos da Germânia, mais nos afastamos de Deus.

— Deus está conosco, Rispa.

— Está tão frio! — disse ela, puxando a capa que Atretes lhe dera. — Ele ainda não confia em você.

— Eu sei.

— Ele conhece o caminho a partir do Reno.

Teófilo assentiu.

— Eu e você sabemos que, se for da vontade de Deus que cheguemos à Germânia juntos, nós chegaremos.

Rispa orou com fervor para que os olhos e o coração de Atretes se abrissem para a verdade.

Assim que amanheceu, eles partiram.

28

A respiração de Rispa formava leves nuvens enquanto ela andava penosamente na neve do estreito caminho da montanha. Caleb enfim parara de chorar depois que ela o colocara dentro da túnica pesada, junto ao calor de seu corpo. Os músculos de Rispa doíam. Os pulmões ardiam; os pés estavam dormentes. Haviam chegado ao cume dois dias antes e desciam das alturas glaciais, bem devagar. A cada dia se tornava mais difícil, mais desgastante fisicamente.

O vale abaixo parecia o paraíso, e ela se regozijou à vista de um lago cristalino, cercado de prados verdes.

— Amanhã é Sabá — disse Teófilo. — Dia de descanso.

Graças a Deus, pensou ela. Nem uma semana seria suficiente, pois a longa jornada minava-lhe as forças. Parou para ajeitar Caleb. Ele estava crescendo, o que aumentava o fardo. Atretes também parou e a olhou. Ela sorriu e recomeçou a andar, rezando para ter energia para descer a montanha.

— Já estamos em solo germano?

— Ainda não — respondeu Teófilo, soltando nuvens brancas pela boca. — Mais alguns dias e chegaremos ao Reno. E mais dois dias adiante há um forte.

Atretes olhou para Rispa de novo e ela sentiu a intensidade de seu olhar. *Viu? E eu deveria confiar nesse romano?*, dizia.

— Temos que parar no forte, Teófilo?

— Os *foederati* talvez possam nos informar sobre os catos.

— *Foederati?* — disse Atretes com escárnio, incapaz de acreditar que um germano se juntasse ao exército romano de bom grado. — Germanos escravos, mais provavelmente.

— Nem todos os germanos veem Roma como um inimigo.

— Sei! Os tolos e traidores.

— Faz onze anos que você saiu de sua terra. Muita coisa mudou.

— *Nem* tanto.

— A rebelião foi subjugada.

— Roma pode construir cem fortes, mas esta terra ainda não pertencerá ao Império!

— Concordo — assentiu Teófilo, sem se deixar intimidar pela ira de Atretes. Desconfiado, Atretes o fitou.

— Concorda? — questionou, descrente. — Você, um centurião romano, que jurou servir a Roma?

— A Gália foi subjugada e ocupada, mas os germanos ainda são *feri* — continuou Teófilo, usando uma palavra que indicava selvageria. — Eles ficarão quietos por um tempo, talvez por um longo tempo, mas não serão conquistados. Minha esperança é conquistá-los para o Senhor. Se eles se converterem, toda a força de suas qualidades será para o Senhor.

Atretes soltou uma risada desdenhosa.

— Nenhum cato aceitará um deus que deixou o próprio filho ser crucificado. De que adianta um deus fraco e inútil? Esta terra pertence a Tiwaz — retrucou Atretes, fazendo um gesto amplo em direção às florestas.

— Mas foi criada pelo Deus todo-poderoso — emendou Teófilo. — Então, deixe que ele tente resgatá-la.

Atretes deu meia-volta e começou a descer, rumo à estrada.

Acamparam ao lado do lago cristalino. Teófilo e Atretes foram para a margem tentar pescar enquanto Rispa coletava pinhas. Retirava os pinhões e mantinha os olhos em Caleb, que andava pelo acampamento, encantado com tudo ao redor, cambaleando de uma pedra a uma árvore e a um trecho de neve.

Em seguida Rispa usou os cones secos para alimentar a pequena fogueira que Teófilo fizera. O centurião voltou com três peixes grandes e os deixou ao lado dela. Colocando-os em um espeto, ela os pôs sobre o fogo para assar.

O sol se pôs e as cores espalharam um reflexo espetacular sobre a superfície calma das águas. Ela nunca havia visto nada tão bonito.

Atretes surgiu — uma forma negra contra o colorido pôr do sol. Subiu a encosta de mãos vazias. Rispa retirou o terceiro peixe do espeto quando ele entrou no acampamento e Teófilo se ajoelhou para orar.

— Senhor, damos graças por este alimento que nos proveste. Que ele renove a força de nosso corpo e abra nosso coração para tua constante presença e misericórdia sobre nós. Abençoa as mãos que prepararam este alimento para nosso corpo. Em nome de teu abençoado Filho, Jesus. Amém.

Atretes retesou a mandíbula e se juntou a eles para a refeição. Feria seu orgulho o fato de Teófilo conseguir pegar peixes sem se esforçar, ao passo que ele não pegara nada. Tirou a pele do peixe e arrancou um pedaço de carne suculenta. Sentiu gosto de areia, pois era seu orgulho que ele estava engolindo.

Teófilo pôs em uma tigela uma colherada de mingau de cereais e alguns pinhões por cima. Deixou a tigela diante do bárbaro calado.

— Eu gostaria de saber sobre o deus que você adora, Atretes — disse, pegando sua tigela e se reclinando contra os fardos. Comeu a refeição em silêncio enquanto esperava.

Atretes hesitava em dizer alguma coisa. Pensar em Tiwaz despertava velhas dúvidas. Rispa estava sentada com Caleb no colo, dando-lhe pedaços de peixe. Ela parecia tão tranquila... Será que continuaria tranquila quando tivesse que enfrentar a *Ting*? Sentindo que Atretes a observava, ela levantou a cabeça e lhe sorriu. O brilho suave dos olhos dela acalmou a mente do germano, mas acelerou seus sentidos. Acaso suportaria perdê-la?

— Vai nos falar sobre Tiwaz? — perguntou ela, baixando a cabeça de novo e colocando mais uma colher de mingau na boca do filho.

— Tiwaz é o supremo deus do céu — disse ele, jogando a espinha do peixe no fogo. — Sua esposa é Tellus Mater. Mãe Terra. Ele é o deus das batalhas e preside a *Ting*.

Teófilo franziu o cenho.

— *Ting*?

— A assembleia do meu povo. Onde os homens se reúnem para resolver disputas e estabelecer leis. Um homem só pode ser açoitado, preso ou executado por decisão dos sacerdotes em obediência a Tiwaz, que preside a batalha. Tiwaz é o deus do lobo e do corvo, deus dos mortos e mestre supremo da magia.

A descrição de Atretes deixou Rispa apreensiva.

— Ele é um deus de coragem também. Tiwaz foi o único deus com coragem suficiente para enfrentar o lobo, Fenrir. Ele deu a própria mão à fera para poder amarrá-lo. Não há deus mais corajoso em Roma ou em qualquer outro lugar.

— Sendo assim, por que seu deus permitiu que seu povo fracassasse na rebelião contra Roma? — perguntou Teófilo.

Atretes hesitou, mas se sentiu compelido a responder com sinceridade.

— Tiwaz também é conhecido como o arquitrapaceiro. — Ele havia pensado em Tiwaz mais dessa maneira nos últimos anos em Roma e Éfeso. Tiwaz havia sido seu grito de guerra na Germânia, e Roma o vencera. De fato, toda vez que ele clamava a Tiwaz em júbilo ou angústia, outro desastre se abatia sobre sua vida. — Ele distribui vitória ou derrota com a indiferença e a arrogância de um tirano terreno ou de qualquer outro deus.

— Então por que adorá-lo? — perguntou Rispa.

Atretes lhe lançou um olhar sombrio.

— Eu não o adoro. Não mais. Mas vou homenageá-lo quando voltar para casa. Ele é mais deus que o seu. Tiwaz pode ser caprichoso, mas é *poderoso*. Ele nunca deixaria seu filho morrer em uma cruz romana, nem seus crentes serem jogados às feras.

— Ele deixou que você fosse escravo de Roma por dez anos — disse ela, vendo que o havia irritado. — Tiwaz não existe, Atretes.

— Vocês estão esquecendo o adversário — disse Teófilo, surpreendendo os dois. — O inimigo de Deus atende por muitos nomes, mas seu propósito é o mesmo: cegar os homens para a verdade e mantê-los longe da comunhão com Cristo.

Atretes jogou de lado a tigela vazia.

— Por que alguém iria querer participar de uma irmandade com um homem morto ou com um deus que deixa o próprio filho morrer?

— Cristo está vivo — disse Rispa com fervor.

— Jesus Cristo foi crucificado! — retrucou Atretes.

— Sim, e ressuscitou.

— É o que dizem, mulher, mas eu nunca o vi. Nem você, se for sincera.

— Não no sentido físico, mas eu sei que ele está vivo — disse ela com convicção. — Eu sinto sua presença no ar que respiro.

— Jesus morreu para que todos nós pudéssemos viver, Atretes — disse Teófilo. — Ele obedeceu ao Pai e foi crucificado para expiar todos os nossos pecados. Quando Jesus se levantou do túmulo, ele removeu todas as barreiras entre Deus e o homem, incluindo o medo da morte. Nossa fé em Cristo Jesus nos liberta de qualquer coisa que o homem possa fazer conosco. Jesus é o caminho, a verdade e a vida. Não há morte nele. Com Cristo, *em* Cristo, nós vencemos o mundo.

— Então — retrucou Atretes, sorrindo com sarcasmo —, se eu o matasse aqui e agora, você acredita que ainda estaria vivo pelo poder desse seu deus?

— Sim.

Divertido, Atretes puxou casualmente o gládio, girando a lâmina.

— Talvez eu deva testar sua fé.

— Talvez cheguemos a isso — respondeu Teófilo, ciente de que Atretes ainda o odiava e desconfiava dele a ponto de tramar seu assassinato.

— Por que você o pressiona? — inquiriu Rispa a Teófilo, com medo de que ele fizesse o que ameaçava. Olhou para o rosto frio de Atretes, com o coração batendo freneticamente. Voltando Caleb para si para que ele não testemunhasse seu pai cometendo um assassinato, ela o abraçou forte. — Se você matar Teófilo, vou pegar meu filho e voltar para Roma — disse ela com voz trêmula.

— Ele é *meu filho*, e você nunca mais verá o outro lado das montanhas — retrucou Atretes, apertando o cabo da arma.

— Quer me matar também? — disse ela, irritada, mas não surpresa, com a obstinação dele. — Vá em frente, se isso lhe agradar.

— Fique quieta, Rispa — murmurou Teófilo. — Atretes não quer machucá-la. Ele pretende mantê-la com ele. — E olhando para Atretes: — Ele acha que tem motivos para se voltar contra mim.

Atretes se surpreendeu por Teófilo o justificar.

— Eu *sei* que tenho motivos para me voltar contra você.

— Porque eu sou romano.

— E por outras razões.

— Ele acha que você está passando informações para todos os fortes por onde passamos — explicou Rispa, aflita, ao que recebeu um olhar furioso vindo de Atretes.

— Se fosse assim, Atretes, você já estaria preso — argumentou Teófilo, olhando diretamente nos olhos do germano, sem ter nada para esconder.

— Não se sua intenção fosse conhecer os pontos fracos e fortes dos catos — continuou Rispa.

— Você fala demais, mulher! — repreendeu Atretes.

— Talvez você devesse falar mais — retrucou Teófilo. — Eu poderia buscar as informações em outros lugares, sem despertar suspeitas desnecessárias da sua parte. Peço desculpa por minha falta de sensibilidade. Eu tenho um propósito, Atretes, somente um propósito em lhe mostrar o caminho de volta a seu povo. Eu quero levar o evangelho a eles. Fui chamado por Deus para fazer isso, independentemente do que acontecer. Se isso o deixar mais tranquilo, não pararemos mais em fortalezas romanas.

De um modo estranho, Atretes acreditou nele e ficou ainda mais perplexo.

— E os suprimentos? — quis saber Rispa. — Temos poucos grãos.

— As florestas estão cheias de caça — disse Teófilo, recostando-se novamente nas bolsas. — Além do mais, a primavera está chegando e encontraremos muito alimento no caminho.

Atretes o observou. O Reno estava a poucos dias de distância, mas, ainda assim, faltava muito para entrarem no território dos catos.

Deslizando o gládio de volta à bainha, Atretes se reclinou, fitando as chamas. Esperaria para matar Teófilo.

Afinal, quando voltasse para casa, que melhor sacrifício poderia oferecer a Tiwaz que o sangue de um centurião romano?

29

Quando chegaram a um penhasco acima do Reno, Atretes ergueu os punhos e soltou um rugido que fez os pelos da nuca de Rispa se arrepiarem. Teófilo riu, compartilhando a alegria de Atretes.

Haviam viajado para o norte por altos penhascos e depois pelo interior, para evitar entrar no território de vangiões, triboques, nêmetes e úbios, que viviam perto do rio. Acamparam próximo de mornas nascentes, e Rispa se banhou à vontade com Caleb enquanto os homens foram caçar. Quando voltaram, Atretes carregava nos ombros uma corça pronta para assar.

A noite caiu rapidamente nas florestas da Germânia. Lobos uivavam. Sombras se moviam. Os sons não eram familiares. Rispa não conseguia se livrar de uma apreensão atroz, nem mesmo com o nascer do sol. A terra se eriçava em florestas e ela se sentia cercada por uma escuridão opressiva. Era como se alguém os observasse e os seguisse em silêncio por entre as árvores.

Um corvo pousou em um galho acima dela, e Rispa se sentiu arrastada para tempos e crenças mais sombrios. Aquele pássaro enorme era um mau presságio, não era? Obrigou-se a lembrar que o corvo que os observava havia sido criado por Deus, assim como as montanhas que a separavam da civilização que ela conhecia e as florestas pelas quais andava — até o ar que ela respirava existia pela mão de Deus.

Oh, Deus, a Terra e tudo que há nela é tua criação. Tu és soberano de tudo que vejo, e até daquilo que não posso ver. O que tenho a temer?

— Qual é o problema? — perguntou Atretes, notando sua tensão.

— Não sei — disse ela, e olhou para Teófilo. — Sinto a sombra da morte à nossa volta.

Franzindo a testa, Atretes olhou ao redor. Havia aprendido a acreditar que as mulheres tinham poderes proféticos e intuição aguçada. Não ignoraria os instintos de Rispa simplesmente porque ela era efésia.

Nada se mexia. A quietude fez o estômago de Rispa se apertar e seu coração bater forte.

Nenhum pássaro cantava. Nenhum animal se mexia. Estavam todos escondidos. Já haviam se passado onze anos desde que Atretes lutara contra os romanos nessas florestas, mas a lembrança voltou e, com ela, a consciência. O silêncio indicava o que estava por vir. Ele puxou o gládio e gritou em germano para se identificar, mas era tarde demais. O *baritus* começou antes mesmo de ele abrir a boca. O grito de guerra arrepiante ecoou nas árvores e acima deles.

Rispa sentiu um arrepio.

— Que foi isso?

O rugido áspero e intermitente cresceu como um canto profano, mais alto e reverberante quando os guerreiros ergueram os escudos diante do rosto, gritando e batendo neles ferozmente. O som era horrível. Aterrorizante, sombrio, sinistro.

Ao ouvir o som crescente, Atretes entendeu que havia cometido um erro, talvez um erro fatal. Estavam em um pequeno vale sem proteção.

— Ali! — disse ele a Rispa, empurrando-a com força em direção a um tronco caído. — Esconda-se e fique abaixada! — Foi para a estrada aberta e ergueu os braços, o gládio em uma mão, a outra em um punho fechado, e gritou mais alto:

— Eu sou cato!

— Não adianta nada — disse Teófilo, desembainhando a espada.

Os gritos de guerra provocaram lembranças de antigas batalhas em Atretes. Ele sabia o que esperar, e seu coração se apertou. A luta não duraria muito, e, se sobrevivesse, seria pela graça de Deus.

O rugido parou abruptamente, até que ouviram o som de passos pesados correndo.

— Estão vindo — disse Atretes.

Teófilo apurou os ouvidos, sombrio.

Guerreiros germanos surgiram na estrada, à frente e atrás. Setas e lanças voaram. Esquivando-se de uma frâmea, Atretes cortou o primeiro homem que alcançou. Soltando seu grito de guerra, atacou o homem caído. Caleb gritava. Atretes foi para cima de dois guerreiros sem sequer sentir a ponta de uma espada roçando seu flanco enquanto os acertava.

Teófilo bloqueou golpes e usou o cabo do gládio para derrubar um dos atacantes. Abaixando-se bruscamente, por pouco não foi decapitado quando uma espada passou por cima de sua cabeça. Socou o plexo solar do jovem guerreiro.

Atretes arrancou uma frâmea do chão e a lançou. Ela atravessou um guerreiro que estava prestes a atacar Teófilo por trás. O homem soltou um grito e caiu.

Tão rápido quanto o ataque começou, acabou. Os germanos desapareceram na floresta e o silêncio voltou a reinar.

Atretes arfava, o sangue fervendo. Soltou um grito de escárnio.

Um dos jovens guerreiros que Teófilo derrubara começou a gemer quando recuperou a consciência. Atretes caminhou em sua direção com o rosto vermelho e suado, e uma clara intenção. Teófilo o interceptou.

— Já houve mortes suficientes.

— Saia do meu caminho!

Teófilo bloqueou o gládio de Atretes com o seu.

— Eu disse que *não*! — gritou no rosto de Atretes.

— Eles são mattiaci. — Praguejando, empurrou Teófilo com o ombro e fez outro movimento com o gládio. Teófilo o bloqueou de novo e o acertou na lateral da cabeça com seu punho de ferro.

— Eu quebrei seu crânio uma vez — disse quando Atretes cambaleou. — Que Deus me ajude, pois vou quebrar de novo. — Colocou a mão de ferro em volta da garganta de Atretes. — Eu não vim à Germânia para matar. Nem para ver você matar! — acrescentou, empurrando-o para trás.

O sangue fervente que pulsava na cabeça de Atretes foi esfriando. Respirando pesado em razão da batalha, com os pulmões ainda ardendo, voltou-se para o romano.

— Eu deveria ter te matado quando vi o Reno — disse, apertando os dentes e dando um passo à frente. — E deveria te matar *agora*!

Teófilo bateu com força no peito de Atretes, empurrando-o. Em seguida assumiu uma postura de luta.

— Vamos lá, tente, se acha que tem que fazer isso. *Vamos!*

Os gritos de Caleb penetraram a névoa de raiva de Atretes. Franzindo a testa e baixando o gládio, ele recuou.

— Onde está Rispa?

— Você a mandou se esconder atrás do tronco.

Como Atretes não a podia ver, foi em direção a ela, pensando por que não estava socorrendo Caleb. Estaria encolhida e assustada? Teria fugido para a floresta, deixando o garoto para trás?

— Rispa! — Apoiando a mão no tronco, pulou sobre ele. Aterrissou do outro lado, em perfeito equilíbrio.

Caleb estava sentado no colo de Rispa, coberto de sangue e gritando. O coração de Atretes deu um salto.

— É grave? — perguntou com voz rouca quando viu Rispa acariciar o rosto da criança, em um esforço para acalmá-la. — Onde ele está ferido? — Ele se aproximou e pegou o filho do colo dela.

Foi então que viu a flecha se projetando do peito de Rispa e percebeu que era o sangue dela que cobria Caleb. A criança estava ilesa.

Ouvindo o grito gutural de Atretes, Teófilo deixou os dois mattiaci onde estavam. Correu pela pequena clareira e deu a volta no tronco, onde viu Atretes ajoelhado, pálido, tocando com carinho o rosto de Rispa. Ele falava com ela em germano. Aproximando-se, Teófilo viu a ferida. Era mortal.

— Oh, Jesus — murmurou baixinho.

Atretes apoiou com força a mão esquerda contra o peito de Rispa enquanto extraía a flecha com a direita. Em choque, ela gemeu baixinho. O sangue jorrou do ferimento quando ele jogou a flecha no chão. Com a palma da mão, tentou conter o sangue, em vão. Ergueu o rosto pálido de Rispa com a mão ensanguentada e implorou.

— Não morra, está me ouvindo? *Não morra.*

Ela fez um som rouco ao respirar; o sangue saía borbulhando dos lábios entreabertos, escorrendo pelo canto da boca.

— Jesus, oh, Jesus — murmurou Teófilo, ajoelhando-se.

— Rispa — chamou Atretes, acariciando seu rosto. — *Liebchen,* não! — O olhar de Rispa mudou sutilmente e Atretes entendeu o que isso significava. — *Não!* — gritou, com um medo que jamais conhecera.

Ele ia perdê-la. O que faria?

— Apele a seu deus! — ordenou rudemente enquanto as lágrimas rolavam por seu rosto e ele cravava os dedos no rosto lívido de Rispa. — *Apele a seu deus agora!* — Ele já havia visto a morte o suficiente para saber que ela estava ali, prestes a levá-la.

A respiração de Rispa se alterou. O ritmo áspero e rápido diminuiu.

— Eu preciso de você — disse ele com voz rouca.

A mão dela tremulou, como se quisesse tocá-lo e não tivesse força. Soltou um longo e suave suspiro e ficou em silêncio. O corpo relaxou, imóvel.

— Não! — gemeu Atretes. Colocando a mão na garganta dela, viu que não tinha pulsação. — *Não!* — repetiu em agonia, derramando palavras em germano, sentimentos que mantivera escondidos, contra os quais havia lutado. Pegou o rosto dela com as duas mãos; estava com os olhos abertos, dilatados e fixos, cegos, os lábios entreabertos. O sangue parou de escorrer pela boca. A ferida no peito parou de sangrar.

Erguendo-se, Atretes levantou as mãos cobertas de sangue e berrou sua angústia. De novo e de novo, gritou enquanto seu filho chorava, esquecido.

Ao lado de Rispa, Teófilo pousou as mãos sobre ela. Enquanto Atretes derramava sua dor e desesperança, Teófilo derramou sua fé, em oração a Cristo.

Nada é impossível para Deus. Nada.

Nenhuma palavra saiu de seus lábios, não tinha um pensamento claro na cabeça, mas sua alma clamou a Deus que Rispa lhes fosse devolvida. Pela criança. Pelo homem ainda perdido na escuridão.

Cambaleando, Atretes se afastou. Não conseguia respirar. Era como se alguém o sufocasse. Sua mente foi tomada pela visão de todas as vidas que já havia tirado, de todas as pessoas amadas perdidas. Desabou no chão, sentando-se com os braços apoiados nos joelhos. Baixando a cabeça, chorou.

Teófilo continuou rezando.

Caleb se levantou e foi em direção à sua mãe morta. Abaixando-se, deitou a cabeça em seu colo e começou a chupar o polegar.

Quando Caleb parou de chorar, Atretes levantou a cabeça para procurá-lo. Quando viu onde estava, fechou os olhos. Como o criaria sozinho? Teófilo estava de joelhos, cobrindo firmemente o ferimento de Rispa com as mãos. O que o centurião achava que poderia fazer? De que adiantavam suas orações?

— Deixa-a em paz, ela está morta — repreendeu Atretes, mas Teófilo permaneceu onde estava. — Ela está *morta*, já falei — disse e se levantou. — Acha que não sei reconhecer a morte?

As palavras carregadas de raiva pairavam no ar frio enquanto uma súbita quietude caía sobre a floresta. Por um instante, foi como se toda a criação houvesse parado; depois, o vento soprou levemente. Atretes olhou ao redor, apreensivo, enquanto o vento sussurrava. Começou a tremer de medo das forças que se moviam em torno deles.

Um suspiro chamou sua atenção; Atretes arregalou os olhos, incrédulo, quando Rispa respirou fundo e abriu os olhos, olhando para além de Teófilo.

— Jesus — disse ela baixinho, maravilhada, enquanto Atretes desabava, tremendo violentamente.

Teófilo tocou a face de Rispa, com mãos trêmulas.

— Louvado seja Deus — orou, atônito, com a voz embargada. Fascinado, tocou-a de novo.

— Ele estava comigo — disse Rispa, com os olhos brilhando. — Eu senti Jesus me tocar.

A força que mantivera Atretes prostrado desaparecera tão rápido quanto surgira, e ele se levantou. Com o coração acelerado, aproximou-se, boquiaberto.

— Ela estava morta! — sussurrou.

Com um grito vitorioso, Teófilo se levantou e se afastou, tomado de entusiasmo. Rindo e chorando, pegou os braços de Atretes.

— Diga agora que Cristo não tem poder! Diga que ele não está vivo! Ele estava vivo no começo, está agora e sempre estará. Nosso Deus *reina*! — Soltou o germano e ergueu as mãos, em jubilosa ação de graças. — *El Roi!* — exclamou, elevando a voz, a qual atravessou a floresta escura, dominando-a. — *El Elyon*, Deus Altíssimo!

Tremendo, Atretes se ajoelhou na frente de Rispa, incapaz de acreditar no que seus olhos viam. Engolindo em seco, estendeu a mão para tocá-la, mas logo a retirou. Sentiu um arrepio na nuca, pois o rosto dela brilhava como ele nunca havia visto, assim como seus olhos. Ela estava viva, mais viva do que ele jamais a vira, cercada de resplendor.

Ela o olhou nos olhos.

— Ele estava aqui conosco.

— Eu acredito em você.

— Não tenha medo — disse ela, estendendo-lhe a mão. — Não há nada a temer. — Pousou a mão com ternura no rosto dele. — Deus o ama.

Atretes sentiu a garganta se fechar de emoção. Não conseguia falar. Pegou a mão dela e a beijou, chorando. Tocou-lhe o rosto, maravilhado. Então, notou a túnica encharcada de sangue. Queria ver a ferida, com medo de que ainda sangrasse. Tirando a adaga da bainha com as mãos trêmulas, cortou a lã com cuidado. Quando afastou o pano, encontrou sua pele macia embaixo. Franzindo a testa, procurou a ferida.

Admirado, tocou sua pele, o corpo todo arrepiado. A única evidência de que havia existido uma ferida ali era uma pequena cicatriz circular logo acima do seio direito, perto do coração. Ninguém poderia ter sobrevivido a um ferimento daquele.

Rispa *morrera*. Ele sabia disso tão bem quanto sabia que agora ela estava viva. E assim como sabia que não fora Teófilo que operara esse milagre. Nem Tiwaz. Só um deus havia feito isso — o Deus de Hadassah. O Deus de Rispa. O Deus que com tanta segurança ele rejeitara por ser fraco agora fizera o impossível.

Afastou as mãos dela e recuou. Não entendia como esse Deus operava, mas não podia negar o poder que vira e sentira. Quando falou, foi com a voz cheia de certeza:

— Seu Deus é o deus dos deuses e o senhor dos reis!

Teófilo se voltou.

— Ele é o único deus, Atretes. O *único* Deus.

Atretes fitou Teófilo, e toda animosidade em relação ao romano fora substituída pela admiração por aquilo que havia acabado de testemunhar.

— Eu lhe ofereço minha espada!

Teófilo sabia que essa promessa significava a honra e a vida para um germano.

— Como eu lhe dei a minha quando me juntei ao reino dele — disse Teófilo, estendendo a mão.

Atretes a pegou.

— Me batize — disse. Não foi um pedido, e sim uma exigência. — Me batize para que eu possa pertencer a ele.

Teófilo segurou-lhe os ombros.

— E assim começamos.

A GERMINAÇÃO

A semente germinou...

30

— Eu o batizo em nome do Pai, do Filho e do Espírito Santo — disse Teófilo, batizando Atretes na primeira nascente que encontraram.

Atretes se ajoelhou. Segurando-o, Teófilo o fez reclinar para trás.

— Sepultado em Cristo — disse, submergindo-o —, e ressuscitado na nova vida — e o fez emergir.

Pingando água, Atretes se levantou. Voltou-se e viu Rispa dentro do riacho com seu filho e tomou outra decisão que afetaria sua vida para sempre.

— Eu reivindico Rispa como minha esposa.

O olhar de Rispa perdeu o ar sonhador.

— *O quê?*

— Você disse que me ama!

O olhar de Atretes enquanto avançava através da água em direção a ela fez a pulsação de Rispa disparar. Teve vontade de sair correndo e recuou até a margem.

— Eu também amo Teófilo, como amava Timão e Pórcia, Bartimeu, Camila, Tíbulo e Mnason, e...

— Você disse que nunca mentiria para mim — disse Atretes, fixando os olhos nela.

— Eu não estou mentindo!

Ele saiu da água e parou diante dela, esticando os braços.

— Me dê o menino.

— Por quê?

— Me dê meu filho.

Ela o entregou, insegura. Atretes o pegou, deu-lhe um beijo na face e o colocou em pé. Ao se endireitar, sorriu levemente. Rispa sentiu um frio no estômago e deu um passo para trás. Não adiantou nada, porque ele a pegou. Quando a puxou para seus braços, ela só teve tempo de proferir um suspiro suave antes de ele a beijar. Ele demorou para soltá-la, e, a essa altura, Rispa não conseguia pensar com clareza.

— Você ama os outros — aceitou ele, igualmente emocionado —, mas não do jeito que me ama.

— Não sei se casar com você é uma boa ideia — disse ela com a voz trêmula, alarmada pelo poder das sensações que ele lhe despertava. — Nem para você nem para mim.

Teófilo permanecia dentro d'água, rindo.

— Será um abençoado alívio! — disse, caminhando em direção a eles e sorrindo. — Ou esqueceram que foi Deus que fez cruzar o caminho de vocês em Éfeso?

— Não como marido e mulher! — retrucou Rispa, tentando manter certa distância de Atretes. Precisava de tempo para pensar e não podia fazer isso com Atretes abraçando-a daquele jeito. Era correto querer tanto um homem? Era *cristão*? Olhou para Teófilo em busca de ajuda, mas ele parecia contente.

Atretes não tinha intenção de soltá-la até que ela cedesse.

— Nós somos mãe e pai da mesma criança. Faz sentido sermos marido e mulher também. Diga que aceita.

Quando ela gaguejou, ele pousou a mão em sua nuca.

— Diga "sim". Uma palavra; *sim*. — E a beijou de novo, profundamente, como da última vez.

— Teófilo! — exclamou ela, ofegante, quando Atretes a deixou respirar.

— Diga "sim", Rispa — respondeu Teófilo, divertido. — Você deve ter aprendido uma coisa sobre esse homem há muito tempo. Quando ele decide uma coisa, só Deus para fazê-lo mudar de ideia!

Atretes a afastou à distância de um braço, fitando-a com a expressão sombria.

— Por que hesita?

— O que o fez tomar essa decisão?

— Sua *morte* abriu meus olhos. Eu preciso de você, não só por causa de Caleb, mas por mim.

Ela não podia olhar nos olhos dele sem se sentir fraca. Fechou os olhos e rezou fervorosamente, o coração clamando ao Senhor. *É isso que queres para nós? Ou é nossa carne que anseia por isso?*

Não é bom que o homem esteja só.

As palavras surgiram-lhe com tanta suavidade na mente que ela pensou que alguém as havia sussurrado.

Então sentiu a ponta dos dedos de Atretes tocando-lhe o pescoço com ternura e estremeceu. Abriu os olhos, fitou-o e viu uma vulnerabilidade que nunca imaginara existir nele. Não fora apenas o desejo que o levara a tomar aquela decisão. Ele a amava. Amava de verdade.

Deus, não me deixes ser um obstáculo. Não deixes que ele seja também. Ajuda-me a iluminar o caminho dele. Tu sabes como minha língua tem vida própria.

Mais uma vez, ouviu o suave sussurro:

Confia no Senhor de todo o teu coração, e não te fundamentes no teu próprio entendimento.

Ela pegou a mão dele e disse:

— Não só por Caleb, Atretes, mas por mim, eu me casarei com você. — Lágrimas encheram-lhe os olhos ao ver a alegria nos olhos dele. Acaso isso era realmente tão importante para Atretes? Nunca pensara que seria possível que aquele homem duro e violento tivesse sentimentos e necessidades tão carinhosos e profundos.

Como sou tola, Senhor! Conseguirei ver através de teus olhos e com teu coração?

Teófilo saiu da água e caminhou em direção aos dois. Estendeu-lhes as mãos. Atretes pegou a direita, Rispa a esquerda.

— Deus, estamos diante de ti neste dia para unir Atretes e Rispa em casamento. Estás conosco, Jesus, na criação destes laços — disse e olhou para Atretes. — Em um casamento cristão, Atretes, o marido é a cabeça da esposa, como também Cristo é a cabeça da igreja, sendo ele mesmo o Salvador do corpo. Mas como a igreja se sujeita a Cristo, assim você se sujeitará a ele e Rispa a você, em tudo. Ame-a como Cristo o ama e se entregou por você. Com sacrifício, disposto a morrer por ela. Ame-a como ama seu próprio corpo. Sustente-a e proteja-a em todas as circunstâncias.

— Sim.

Teófilo olhou para Rispa e sorriu.

— Sujeite-se a Atretes, amada. Sujeite-se a ele como ao Senhor. E respeite-o como seu marido.

— Sim.

No meio deles, Caleb os fitava enquanto Teófilo juntava as mãos de seus pais sobre sua cabeça.

Atretes segurou a mão de Rispa, possessivo. Teófilo envolveu a mão de ambos.

— Sujeitem-se um ao outro no temor a Cristo. Não há homem nem mulher; porque vocês são um em Cristo Jesus, chamados a viver segundo a vontade de Deus, não a sua. Lembrem-se de que nosso Senhor Jesus Cristo morreu na cruz por nós e ressuscitou no terceiro dia. Nosso Deus é paciente e gentil. Não é ciumento, não se vangloria, nem é arrogante. Jesus nunca visou a seus próprios interesses, nem foi provocado, nem nunca foi responsável por um dano causado. O Senhor nunca se alegra com a injustiça. Cristo Jesus suportou tudo, e suportou tudo por nossa causa. Seu amor não falha nunca. Portanto, amados, lembrem-se e sigam no caminho dele. Andem como filhos da luz. Apeguem-se um ao outro. Submetam-se um ao outro no amor de Cristo e vivam de uma maneira que agrade a Jesus Cristo, nosso Senhor.

Soltando as mãos deles, pediu que se ajoelhassem diante de Deus e se ajoelhou também. Calado e de olhos arregalados, Caleb abraçou Rispa de lado enquanto Teófilo colocava uma mão em sua cabeça e outra na de Atretes.

— Senhor Deus, criador de todas as coisas, criador deste homem e desta mulher, peço tua bênção para eles como marido e esposa.

— Por favor, Senhor — murmurou Rispa, com a cabeça baixa.

— Que eles criem seu filho Caleb para louvar teu nome.

— Faremos isso — jurou Atretes.

— Põe anjos ao redor deles e protege-os do inimigo que tentar separá-los.

— Por favor, protege-nos, Senhor — murmurou Rispa.

— Dá a eles filhos para louvarem o teu nome.

— Filhos e filhas — acrescentou Atretes com ousadia.

Rispa sentiu o rosto se aquecer.

Teófilo sorriu e prosseguiu:

— Senhor Jesus, que Atretes e Rispa possam te servir com alegria e entrar em tua presença todos os dias com ação de graças, sabendo que somente tu és Deus. Tu os criaste a tua imagem e semelhança e tens um propósito divino para eles. Tu és o escudo e a força deles. Que eles nunca se baseiem em seu próprio entendimento, Senhor, mas que confiem em ti, reconhecendo-te em todos os seus caminhos, para que tu faças que seus caminhos sejam retos.

— Que possamos te agradar, Senhor — disse Rispa.

— Senhor Jesus — disse Teófilo —, quaisquer que sejam as circunstâncias, que tua infinita graça e misericórdia possam ser estendidas aos outros por meio de cada um deles. Amém.

— Amém! — repetiu Atretes, e, levantando-se, trouxe Rispa para seu lado. Os olhos azuis estavam iluminados e ele tremia. Ela corou; tinha medo de que ele a puxasse para seus braços e recomeçasse a beijá-la na frente de Teófilo.

Mas ele baixou a cabeça para beijar-lhe as duas mãos e a soltou.

— Precisa lavar o sangue da túnica — disse e agachou-se diante do filho. — Venha, garoto, você precisa de um banho.

Pegando-o no colo, ele se levantou e jogou a criança para o alto. Caleb gritou de alegria. Atretes o pegou e correram para a nascente, enquanto Rispa o fitava, boquiaberta. Decepção e alívio guerreavam dentro dela. Ela nunca entenderia aquele homem. Nunca!

— Diga a Atretes que vou montar o acampamento e vigiar — pediu Teófilo, colocando o equipamento deles nas costas.

Ela o fitou, envergonhada por ter esquecido sua presença. Ele sorriu, divertido.

— Foi um dia e tanto.

— Obrigada — disse ela, com os olhos cheios de lágrimas de gratidão. Jogou os braços ao redor do pescoço dele e deu-lhe um beijo no rosto. — Obrigada por orar por mim — agradeceu com voz rouca, incapaz de dizer mais alguma coisa.

Soltando os fardos, ele a abraçou brevemente.

— Eu venho orando por vocês dois há muito tempo.

Quando Rispa o soltou, ele acariciou seu rosto como se ela fosse sua filha.

— Seu marido mandou você lavar a túnica.

— E vou obedecer — disse ela com os olhos brilhantes, pegando a mão dele.

— Eu amo você, Teófilo, e agradeço a Deus por ser meu irmão. O que teria acontecido se... — Sua voz sumiu.

— Vá, amada. Seu marido a espera.

Pestanejando para conter as lágrimas, ela sorriu e se voltou.

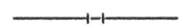

Teófilo pôs as provisões nos ombros e a observou caminhar até a nascente onde Atretes brincava com Caleb. Ela entrou na água e Atretes foi a seu encontro. Curvando-se, ele a beijou.

Enquanto observava, Teófilo se sentiu inexplicavelmente só. Havia momentos em que sua vida solitária o irritava, como agora, quando o vínculo sagrado entre Rispa e Atretes mudaria a relação do casal para um relacionamento íntimo. Ele vira a atração dos dois de Éfeso à Germânia e rezara para que não fossem atraídos para o pecado. Deus conhecia a natureza e a necessidade deles. E provera seus desejos. Estavam casados.

Mas soldados não podiam se casar. Essa restrição algumas vezes criara problemas. Antes de ter sido salvo por Jesus, ele cedera ao pecado. As mulheres haviam sido um importante prazer em sua vida.

Tudo isso mudara quando ele se tornara cristão. Mas, agora que não estava mais no exército, a vida seria diferente. Ele poderia ter uma esposa, embora não acreditasse que isso estivesse nos planos de Deus. O desejo de ter uma esposa fora diminuindo. Vinte e cinco de seus quarenta anos haviam sido gastos travando batalhas e construindo estradas, de Roma à Germânia, à Jônia. Ainda tinha alguns anos nesta Terra e queria dedicá-los ao Senhor.

Mas havia momentos...

Atretes colocou seu filho nos ombros e se inclinou para beijar Rispa novamente. Teófilo sentiu uma pontada de inveja, rápida e inesperada. Ela era uma jovem extraordinária. Ficara claro, pela resposta dela, que eles teriam pouca dificuldade para se adaptar um ao outro. A vida de Atretes havia sido dura e sombria até aquele momento, mas Deus lhe daria alegria com Rispa.

— Senhor, abençoa-os com uma vida cheia de crianças — disse e, afastando-se, subiu a colina para preparar o acampamento e a refeição.

———·-·———

Horas depois, Teófilo viu Atretes e Rispa se aproximando por entre o pinheiro e o abeto perfumado. Caleb dormia apoiado no ombro de Rispa, e Atretes a abraçava pela cintura. Teófilo nunca os vira tão descontraídos e soube que Deus havia abençoado a tarde que passaram juntos. Rispa olhou para Atretes e lhe disse algo, e ele parou e acariciou seu cabelo levemente. Ela ergueu o queixo e ele a beijou, descendo com a mão do ombro ao braço, em um gesto terno e natural de posse.

Teófilo desviou o olhar, lamentando ter se intrometido em um momento tão íntimo.

Eles se aproximaram do fogo quase com relutância. Ele ergueu os olhos e sorriu.

— Comam o coelho. — Ele sabia que Rispa estava constrangida e tentou deixá-los à vontade. — Há bastante feijão cozido na panela e bagas naquela pequena bacia.

Atretes tirou o braço dos ombros de Rispa e pegou seu filho. Teófilo a olhou e a viu corar. Atretes acomodou Caleb no meio das bolsas e o cobriu com um cobertor.

— Sente-se — disse, ao notar Rispa ainda em pé perto do fogo.

Quando ela se aproximou, Atretes olhou para Teófilo, que gesticulou indicando que comessem.

Agachando-se, Atretes retirou um dos três coelhos assados do espeto e o colocou em um prato de madeira. Serviu-se de feijão, lentilha e mingau de milho.

— Sente-se aqui — disse a Rispa.

Quando ela obedeceu, ele lhe entregou o prato. Acariciou levemente seu rosto e em seguida se serviu. Rispa baixou a cabeça para rezar, e Atretes a observou e esperou até que ela terminasse.

Atretes foi tão voraz com a comida quanto fora com Rispa a tarde toda. Comeu depressa, jogando os ossos no fogo. Terminou seu coelho antes de Rispa.

— Pegue outro no espeto, Atretes — sugeriu Teófilo, divertido; nunca vira Atretes tão faminto. — Eu já comi.

Atretes ergueu a sobrancelha, olhando para Rispa. Ela assentiu.

— Há bastante aqui para mim e Caleb quando ele acordar.

— Vou caçar amanhã — Atretes disse a Teófilo enquanto tirava o último coelho assado do espeto. — Existem muitos cervos aqui.

Sem conseguir se conter, Teófilo riu. Parecia que a vida de casado exigia nutrição extra, mas ficou quieto. Atretes poderia apreciar o humor masculino, mas Rispa se sentiria ainda mais constrangida. Reclinou-se para trás, ajeitando-se contra a bolsa.

— Achei que estivesse com pressa de encontrar seu povo.

— Vamos esperar — respondeu Atretes, decidido, jogando o osso da coxa de coelho no fogo. — E ficar aqui até você me falar tudo que sabe sobre Jesus Cristo.

Embora satisfeito com o pedido de Atretes, Teófilo era um soldado e pensava sempre no lado prático das coisas.

— E os mattiaci?

— Estamos em um lugar muito alto — disse Atretes, nem um pouco preocupado.

— Eles atacaram uma vez; podem tentar de novo.

— Eles atacam os inimigos em uma clareira, como aquela em que estivemos hoje. Você feriu dois, eu matei quatro. Eles não virão atrás de nós — disse, jogando o último osso no fogo. — Os mattiaci são covardes. — E, encerrando futuras discussões sobre disputas tribais, voltou à sua demanda anterior: — Fale-me a respeito de Jesus. Hadassah me contou sobre a crucificação e a ressurreição. Eu o considerava fraco, mas agora sei que não era. Ele é o verdadeiro Deus, mas tenho dúvidas. Você disse que Deus enviou Jesus, mas disse também que Jesus é Deus. Não entendo.

— Jesus é Deus, Atretes. Deus Pai, Deus Filho e Deus Espírito Santo, que habita em você agora, são todos *um*.

— Como isso é possível?

— Algumas coisas são maravilhosas demais para o homem entender — disse Teófilo, abrindo as mãos e desejando que o germano fizesse uma pergunta mais fácil. — Eu sou um simples soldado de Cristo, e a compreensão mais clara que tenho é que existe o Deus Pai, impressionante e inalcançável, porque o pecado veio ao mundo. E existe Jesus Cristo, Deus Filho, enviado para expiar o pecado e remover o véu do Santo dos Santos para podermos chegar diante do Todo-Poderoso e ter um relacionamento íntimo com ele como Adão e Eva tiveram no Jardim do Éden. — Viu Atretes de cenho franzido, mas prosseguiu: — O Espírito Santo vem habitar em nós quando acreditamos em Cristo e somos redimi-

dos. É por meio do Espírito que Deus nos revela mistérios, pois o Espírito vasculha todas as coisas, até as profundezas de Deus.
— E esse espírito vive dentro de mim agora?
— No momento em que você aceitou Cristo, o Espírito Santo passou a habitar dentro de você.
— Então sou possuído por esse espírito.
— Eu não usaria essa palavra para descrever isso. O Espírito Santo habita em você a seu convite e atua como seu ajudante.
— Mas eu não o convidei.
— Você acredita que Jesus é o Cristo, o Filho do Deus vivo?
— Sim. Acredito que ele é o Deus Vivo.
— E aceita que ele é seu Salvador e Senhor?
— Ele é meu Deus. Eu jurei isso.
— Então saiba que Jesus também lhe deu o Espírito Santo. Ele disse a seus discípulos depois que ressuscitou e antes de ascender ao Pai que eles seriam batizados com o Espírito Santo. Disse que eles receberiam o poder quando o Espírito Santo baixasse sobre eles. Você faz parte dessa promessa porque acredita.

Quando Atretes perguntou quem eram os discípulos, Teófilo lhe explicou.
— Talvez eles também fossem mais do que simples homens — disse Atretes.
— Eles eram homens comuns. Muitos deles eram pescadores, um era cobrador de impostos, outro era insurgente como você. Não havia nada de especial em nenhum deles, exceto que Jesus os escolhera para serem seus seguidores. Deus escolhe o comum e o torna extraordinário. — Notou que Atretes estava confuso e se sentiu incapaz para a tarefa de responder e discutir questões espirituais. O cenho franzido do germano era uma indicação explícita de que ele o desconcertava ao invés de esclarecer as coisas.

Deus, ajuda-me. Dá-me tuas palavras.

— Eu sou um homem simples, Atretes, com pensamentos simples e fé simples.
Atretes se inclinou para a frente, determinado a entender.
— Quem são Adão e Eva, e onde fica esse Jardim do Éden do qual você falou?
Teófilo sentiu alívio. *Pede em meu nome e te será concedido.* Recebeu a resposta: comece pelo começo. Riu baixinho, regozijando-se. Deus responde. As Escrituras precisavam ser conhecidas.
— Deixe-me contar a história *toda*, não apenas o final.
O rosto de Teófilo brilhava à luz do fogo, angelical e fortemente esculpido, atraindo toda a atenção de Atretes.
Rispa ouvia enquanto Teófilo contava a história da criação dos céus e da terra e de tudo que havia nela, incluindo o homem. Como uma música, a voz pro-

funda do romano afastava os sons da escuridão envolvente, deixando Rispa consciente das estrelas no céu e da esperança de Deus.

— E então o homem foi criado à imagem e semelhança de Deus, e a mulher foi moldada de sua costela para ser sua ajudante e companheira.

Rispa se maravilhou novamente. Deus *falou* e todas as coisas passaram a existir. A Palavra era o sopro de vida no começo, como seria até o fim dos tempos.

Teófilo falou de Satanás, a mais bela criação de Deus, o ancião dos anciãos que foi expulso do céu em razão de seu orgulho e que entrou no Jardim na forma de uma serpente, incitando Eva a comer o fruto da árvore do conhecimento com a promessa de que ela seria como Deus. Ludibriada, ela comeu, enquanto seu marido permanecia calado ao seu lado, e o pecado foi concebido. Eva deu do fruto ao marido, que também o comeu, e por causa de sua desobediência, Deus os expulsou do Jardim. Eles não mais viveriam para sempre nem estariam na presença do Senhor; viveriam uma vida inteira de luta pela existência. E assim a morte, a consequência do pecado, veio a existir.

— Adão e Eva tiveram filhos, que carregavam a semente do pecado dentro de si — continuou Teófilo. — O pecado criou raízes e cresceu na inveja de Caim, que assassinou seu irmão, Abel. Conforme os homens se multiplicavam sobre a Terra, sua iniquidade aumentava, até que toda a intenção do homem era má. O Senhor se arrependeu de ter feito o homem e decidiu apagá-lo, bem como aos animais e todos os seres rastejantes que criara. Apenas uma criatura mereceu seu favor aos olhos de Deus: um homem chamado Noé.

Fascinado, Atretes absorvia cada palavra, como se alguma parte profunda e adormecida dentro dele despertasse. Como uma criança, ouviu a história da construção da arca de Noé, dos animais entrando nela aos pares e das chuvas que inundaram a terra e destruíram toda a vida que havia sobre ela.

— Todos os seres vivos morreram, exceto os da arca. E então Deus permitiu que as águas recuassem e colocou a arca sobre uma montanha, onde fez um pacto com Noé. Deus disse que nunca mais destruiria o homem pela enchente e pôs um arco-íris no céu como sinal de sua promessa. E assim Noé e sua esposa, seus filhos e noras deixaram a arca e começaram a povoar a Terra novamente.

Caleb acordou com fome, e Rispa se levantou para lhe dar o mingau nutritivo com carne de coelho.

Teófilo prosseguiu:

— Então, a Terra inteira compartilhou uma só língua, e as pessoas se reuniram para construir uma torre de tijolos e cimento para alcançar o céu. Vendo o que estavam fazendo, Deus confundiu a linguagem dessas pessoas e as espalhou por toda a face da Terra. Milhares de anos se passaram antes que Deus falasse com o homem novamente. Foi quando ele se aproximou de um homem, Abrão, a quem disse para deixar sua cidade, Ur, seus parentes e a casa de seu pai, e ir para a terra que ele iria lhe mostrar. Deus prometeu fazer de Abrão uma grande nação por meio da qual todas as nações da Terra seriam abençoadas. — Cutucou o fogo, espalhando as brasas incandescentes e acrescentando galhos mais grossos enquanto continuava a falar. — Abrão fez o que Deus disse porque acreditava nele, mas levou consigo Sarai, sua meia-irmã que também era sua esposa, Ló, um sobrinho ambicioso, e seu pai, Terá. Levou igualmente todas as suas posses, incluindo os escravos que havia adquirido. Quando chegou à terra que Deus lhe mostrou, irrompeu uma disputa entre ele e Ló, e Abrão deu ao sobrinho o direito de escolha das terras. Ló se estabeleceu nas cidades do vale e viveu em Sodoma, e Abrão na terra. Deus disse novamente a Abrão que faria dele uma nação, grande em números. O marido acreditou em Deus, mesmo sabendo que sua esposa, Sarai, era estéril. Sarai acreditou por um tempo, mas perdeu a paciência e se encarregou de convencer o marido de que ele deveria gerar um filho com sua criada egípcia, Agar. Abrão fez o que ela sugeriu, e Agar deu à luz um filho, Ismael. O problema surgiu imediatamente. Agar ficou orgulhosa; Sarai, enciumada. Quando Abrão tinha noventa e seis anos, o Senhor surgiu e fez um pacto com ele. Deus mudou o nome de Abrão para Abraão, que significa "o pai das nações". O sinal dessa aliança era a circuncisão. Todo homem com oito dias de vida deveria ser circuncidado. Abraão, Ismael e todos os meninos e homens de sua tribo foram circuncidados em obediência a essa aliança. Quanto a Sarai, Deus disse que ela daria a Abraão um filho na velhice e que o chamariam de Isaque, que significa "riso".

Uma brisa fresca agitava as árvores enquanto Teófilo continuava contando a animosidade entre as mulheres e seus filhos. Atretes balançava a cabeça e ouvia como Agar e Ismael haviam sido expulsos, pois seria por meio de Isaque que nasceria a nação prometida.

— Deus testou Abraão, porque o mandou fazer uma oferenda sacrificando Isaque. Abraão se levantou cedo, pegou seu filho e um pouco de lenha e foi para o lugar onde o Senhor o mandara ir. Lá, construiu um altar, amarrou seu filho e o colocou sobre a lenha. Mas, quando pegou a faca para matá-lo, um anjo do Senhor o mandou parar. Abraão obedeceu e isso contou a seu favor. Deus providenciou um cordeiro para o sacrifício e renovou seu pacto com Abraão, dizendo-lhe mais uma vez que, por meio de sua semente, todas as nações da Terra seriam abençoadas. — Teófilo se inclinou para a frente, com o rosto iluminado. — Porque foi por intermédio de Abraão que um povo de fé passou a existir e Deus prometeu a toda a humanidade o Messias, o ungido, que venceria o pecado do Jardim do Éden e daria a vida eterna àqueles que cressem nele. — Sorriu. — Mas estou me antecipando.

Retrocedendo, contou a Atretes que Isaque se casou com Rebeca, que lhe deu filhos gêmeos, Esaú e Jacó. Esaú, o mais velho, vendeu seu direito de primogenitura ao irmão mais novo por uma tigela de comida, e depois Jacó roubou a bênção de seu irmão com truques e enganação. Surgiu a inimizade entre os dois irmãos, e Jacó foi procurar Labão, irmão de sua mãe. Ele se apaixonou pela filha mais nova de Labão, Raquel. Graças às ciladas e artimanhas de Labão, Jacó se casou com Lea e depois com Raquel, e ficou ligado a seu tio por mais de catorze anos. Com essas duas mulheres e as duas servas delas, Jacó teve doze filhos. O filho favorito era José, filho da amada esposa de Jacó, Raquel. José era um sonhador de sonhos e profetizou uma época em que ele governaria seus irmãos e o próprio pai. Seus irmãos o desprezavam, e, por inveja, conspiraram contra ele. Jogaram-no em uma cisterna e o venderam a uma caravana itinerante que o levou ao Egito, onde ele se tornou escravo de Potifar, um oficial egípcio do faraó. José era um jovem bonito, e a esposa de Potifar o queria como amante; mas José recusou. Quando ela tentou seduzi-lo, ele fugiu. Desprezada e furiosa, ela disse ao marido que José tentara estuprá-la, e, assim, Potifar jogou José na masmorra.

Atretes riu com cinismo.

— As mulheres têm causado problemas aos homens desde o começo — disse, deitando-se de lado.

Rispa, que trocava os panos de Caleb, olhou para ele.

— É verdade — ela disse, sorrindo. — Quando os homens são fracos e dados à paixão, em vez de à obediência ao Senhor, geralmente se deparam com problemas.

Atretes ignorou a observação e ergueu a sobrancelha para Teófilo.

Escondendo um sorriso, Teófilo continuou, contando sobre a capacidade de interpretar sonhos dada por Deus a José, e como esse dom o levou ao palácio do faraó e o transformou no segundo homem mais poderoso em todo o Egito. Quando chegou a profetizada fome, os irmãos de José foram para o Egito em busca de grãos, cumprindo, assim, as profecias de sua juventude que diziam que ele governaria os irmãos e o pai.

— José lhes perdoou, disse que aquilo que eles haviam feito por mal Deus transformara em bem.

Rispa acomodou Caleb em um ninho de bolsas e cobertores e voltou a se sentar perto de Atretes.

— Outro faraó assumiu o trono, sem saber dos feitos de José. Considerava uma ameaça o crescente número de descendentes de José e os tornou escravos.

Quando o número continuou a crescer, o faraó ficou alarmado e ordenou que todos os recém-nascidos do sexo masculino fossem mortos. Moisés, um descendente de Abraão, nasceu e foi colocado em um cesto, escondido entre os juncos do Nilo. A filha do faraó o encontrou e o criou como filho. Quando chegou à idade adulta, Moisés viu como seus irmãos trabalhavam duro. Viu um egípcio batendo em um hebreu e o socou. Quando os hebreus souberam o que ele havia feito, fugiu para Midiã. Lá, após anos no exílio, Deus falou com Moisés no meio de um arbusto em chamas. — Teófilo sorriu levemente. — Mas Moisés era um homem comum e teve medo por Deus falar com ele. Quando Deus lhe disse que queria que ele voltasse para o Egito e libertasse os hebreus da escravidão, Moisés teve mais medo da missão que do próprio Deus. Ele implorou, dizendo que não era ninguém. Deus disse que ele seria seu porta-voz. Moisés argumentou que não conhecia o nome de Deus e que os hebreus não acreditariam nele. Deus o mandou dizer que EU SOU o havia enviado. Moisés ainda resistiu, insistindo que não acreditariam nele. Deus mandou que ele jogasse seu cajado no chão, e, quando este obedeceu, o Senhor transformou o objeto em uma serpente. Moisés saiu correndo, aterrorizado, mas Deus o chamou de volta e mandou que a pegasse pela cauda. Ele obedeceu, e a serpente se tornou um cajado novamente. Mas Moisés ainda estava com medo, dizia que nunca fora eloquente, que era lento no discurso e na oratória. Deus falou que lhe ensinaria o que dizer, mas Moisés pediu que mandasse outra pessoa.

Atretes bufou.

— Deus deveria tê-lo matado.

— Deus é paciente conosco — observou Rispa, sorrindo.

— É mesmo — concordou Teófilo. — E somos gratos. Deus disse que o irmão de Moisés, Arão, tinha uma boa oratória. E que daria as palavras a Moisés, e este as daria a Arão, que as diria ao faraó. Também disse que endureceria o coração do faraó, e sinais e milagres ocorreriam diante dos hebreus, assim como dos egípcios.

— Por que Deus escolheria um covarde para liderar seu povo? — perguntou Atretes, contrariado.

Teófilo riu.

— Eu também pensei isso quando ouvi a história pela primeira vez. Mas, se Moisés tivesse sido um guerreiro poderoso, muito inteligente e possuísse o carisma de um orador, quem você acha que teria recebido a glória?

— Moisés.

— Exatamente. Deus escolhe as coisas tolas e fracas do mundo para envergonhar os sábios e os fortes, para mostrar seu poder e nossa fraqueza sem ele. O poder de Deus é perfeito em nossa fraqueza, pois é somente por sua força que realizamos qualquer coisa de valor.

Contou que o Senhor lançou sucessivas pragas sobre o Egito: rãs, mosquitos, enxames de insetos, pestilências sobre o gado egípcio, furúnculos, trovões e granizos, gafanhotos e trevas. Durante cada praga o faraó cedia, mas, quando a crise passava, endurecia o coração mais uma vez.

Atretes se endireitou.

— Esse homem era um idiota!

— Era um homem orgulhoso — corrigiu Teófilo. — Homens orgulhosos muitas vezes são tolos.

— Nove pragas! Rãs, mosquitos, furúnculos... O que era preciso para ele se curvar diante de Deus?

— Quantas pragas você sofreu na vida, Atretes? Derrotas, escravidão, espancamentos, humilhação, degradação, traição. O que foi necessário para você se curvar diante de Deus e aceitar a verdade de que ele é o rei soberano de toda criação?

Atretes estreitou os olhos com frieza; o semblante endureceu. Teófilo notou e se perguntou se acaso não havia se excedido; se não teria ofendido, em vez de ensinado. Mas não se retratou nem suavizou as palavras. Esperou e deixou a escolha para Atretes, como fizera tantas vezes antes.

O ex-gladiador pensou em Júlia, nas centenas de coisas que haviam acontecido com ele desde que era um jovem que lutava por seu povo. Lembrou-se de tudo que experimentara quando adulto, lutando para sobreviver nas arenas de Roma e Éfeso. E, durante tudo isso, Tiwaz permanecera calado e indiferente. Mas, ainda assim, era o nome desse deus que ele gritava, não o de Jesus. Mesmo depois de Hadassah ter lhe informado sobre o evangelho.

— É verdade — disse ele. — Eu fui tão tolo quanto o faraó egípcio.

— Deus já está atuando em você, Atretes — respondeu Teófilo, mais caloroso.

Atretes deu uma risada sombria; não sentia nenhuma mudança vital dentro de si, apenas uma ardente curiosidade para ouvir tudo sobre Deus.

— Continue — disse, soando mais como uma ordem que como um pedido, a mais humilde capitulação que Atretes se permitiria.

— Deus disse a Moisés que enviaria o anjo da morte sobre o Egito e que todos os primogênitos da terra morreriam, desde o filho do faraó sentado no trono até os filhos dos escravos do reino e os jovens que cuidavam do gado no campo.

— Vingança.

— Retribuição. E esperança. Ele disse a Moisés que o faraó não o escutaria para que suas maravilhas se multiplicassem na terra. Também lhe falou o que dizer ao povo para fazer com que a morte não os atingisse. Moisés reuniu os hebreus e pediu que cada família pegasse um cordeiro macho, imaculado, com um ano de idade, e o matasse, ao crepúsculo. O sangue do cordeiro deveria ser passado nos dois batentes das portas e no lintel da casa em que comiam. Quando Deus visse o sangue do cordeiro, seguiria adiante, e nenhuma praga lhes sobreviria quando ele atingisse a terra do Egito com a morte. A refeição preparada com esse cordeiro se chamava, e ainda se chama, *pasach*, ou Páscoa, que significa "passagem". — Para enfatizar o que dizia, Teófilo estendeu as mãos. — Como Deus fez há mil e quinhentos anos com os hebreus mantidos sob cruel escravidão, fez de novo com todos nós, por meio de Jesus Cristo, nosso Senhor. Jesus é nosso cordeiro pascal, Atretes. Ao derramar seu sangue por nós na cruz, Cristo rompeu as correntes do pecado e da morte e nos deu a vida eterna.

Atretes sentiu a carne formigar ao ouvir as palavras de Teófilo.

— Por que Jesus não veio naquela época, em vez de esperar tanto?

— Não sei — respondeu Teófilo francamente. — Eu nunca vou ter todas as respostas que quero. Se eu tivesse, poderia colocar Deus em um odre ou em uma ânfora. E, então, que tipo de Deus ele seria senão um menor que minha mente limitada? Deus escolhe o momento perfeito. Constantemente nas Escrituras vemos como Deus ensina e testa o homem. Desde a criação até este momento, Deus oferece salvação a quem quiser. É um presente dado pela graça, não porque fizemos por merecer.

— Ou porque o valorizamos — disse Rispa baixinho. — Suas palavras me impressionaram, Teófilo. Jesus deixou seu trono celestial, sua glória e honra, tomou a forma de um homem humilde, sofreu e morreu. Por mim. — Pousou a mão sobre o coração. — E o que eu faço? Sempre considero minha salvação garantida. Preencho minha mente com coisas sem importância, como quanto tempo falta para chegarmos ao povo de Atretes e o que eles vão pensar de mim quando chegarmos. — Seus olhos estavam úmidos. — Oh, que Deus ponha em minha mente e em meu coração, todas as manhãs ao acordar, o que ele faz por mim.

— Que assim seja — disse Teófilo, com a voz rouca de emoção.

Quantas vezes ele se entregara a planos de servir ao Senhor no futuro, em vez de louvá-lo no *presente*? Ultimamente, com muita frequência eles levantavam cedo, faziam uma oração superficial e saíam apressados. Foram necessários guerreiros mattiaci e a morte de Rispa para fazê-los desacelerar!

Atretes roçou a face de Rispa, chamando sua atenção.

— A primeira coisa que faremos todas as manhãs será louvar a Deus.

Ela pousou a mão sobre a dele; os olhos dela brilhavam com tanto amor que ele podia sentir o calor deles se espalhar por todo o corpo. Ele a queria mais perto, então sentou-se atrás dela e a encaixou entre as pernas, abraçando-a. Ela se aconchegou mais nele, apoiando a cabeça em seu ombro.

Teófilo continuou contando sua história:

— A praga chegou à meia-noite e nenhuma casa no Egito foi deixada intocada pela morte. O faraó chamou Moisés e Arão e os mandou partir; que fossem adorar Deus e levassem seus rebanhos com eles. Os egípcios os apressaram, com medo de que todos morressem se os hebreus não fossem embora. Até lhes deram prata e ouro de presente. Seiscentos mil homens a pé, além de mulheres e crianças, seguiram Moisés de Ramessés até Sucote, e uma multidão heterogênea os acompanhou, além de rebanhos e manadas.

— Egípcios?

— Sim. Aqueles que acreditavam que eram filhos de Deus — respondeu Rispa.

Teófilo sorriu para ela e prosseguiu.

— Deus disse a Moisés que, se algum estrangeiro ficasse com eles e fosse circuncidado, deveria ser tratado como nativo, pois se tornaria parte da aliança. E Deus foi à frente deles como uma coluna de névoa durante o dia e de fogo à noite, para lhes iluminar o caminho. Então o faraó se endureceu de novo e os perseguiu. Quando chegaram ao mar Vermelho, as pessoas ficaram aterrorizadas. Moisés clamou a todos: "O Senhor pelejará por vós, e vós vos calareis". Mas Deus o mandou estender seu cajado sobre o mar, e, quando ele o fez, o oceano se dividiu. Os hebreus atravessaram a terra seca enquanto uma coluna de névoa seguia atrás deles. O faraó e seu exército tentaram acompanhá-los, mas, no instante em que o último hebreu pisou em terra firme, ondas altíssimas rebentaram, destruindo os egípcios, seus cavalos e carroças, dando, assim, glória a Deus em todo o Egito.

Teófilo contou que as pessoas resmungavam de fome enquanto viajavam, e que Deus lhes deu o maná do céu para comer; e milhares de codornas quando reclamaram do maná. Deus se enfureceu com o povo, mas Moisés implorou por eles; subiu ao monte Sinai e recebeu os dez mandamentos.

Atretes ouviu atentamente Teófilo citar cada um deles e relatar a promulgação da lei, o Sabá, as festas, as oferendas do primeiro fruto, a confecção da arca da aliança, onde foi colocado o testemunho de Deus e uma porção de maná, bem como o cajado de Arão que germinara.

— Ao pé da montanha, o povo pecava e esculpia imagens dos deuses que haviam adorado no Egito. — Contou sobre as queixas, a paciência e a provisão de Deus, e também sobre sua justiça ao punir o povo. E ainda houve rebelião. Arão e Miriã falaram contra o irmão, Moisés, questionando seu direito à liderança.

Deus fez Miriã leprosa, curando-a quando Moisés clamou a Deus em seu favor. — Mesmo chegando à Terra Prometida, o povo não mudou. Doze espias foram enviados para a terra; dez relataram que as pessoas que a habitavam eram gigantes e fortes demais para ser conquistadas. Somente Josué e Caleb disseram que deveriam obedecer ao Senhor e tomar posse da terra.
— Caleb — repetiu Atretes, sorrindo. — Belo nome.
— Até mesmo Moisés, que havia falado diretamente com o Senhor, aceitou o conselho dos dez que estavam com medo. Surgiu a rebelião, liderada por Coré, enquanto outros, não consagrados, queimavam incenso. Deus fez com que muitos fossem engolidos pela terra e enviou fogo para consumir outros. Como as pessoas se recusavam a acreditar e confiar em Deus, fez que vagassem durante quarenta anos pelo deserto. Quando toda a geração incrédula morreu, Moisés falou ao povo. Deu a Lei de novo às pessoas e subiu a montanha, onde morreu. Josué e Caleb, que acreditavam em Deus de todo o coração, levaram os filhos e filhas da antiga geração à Terra Prometida. — Cutucou o fogo, alimentando a fogueira. — Deus dividiu o rio Jordão como fizera com o mar Vermelho, e os hebreus atravessaram com a arca da aliança. Seguindo o conselho de Deus, Josué e os israelitas derrubaram os muros de Jericó e invadiram a cidade. De lá, conquistaram muitas outras, dividindo a terra, do sul ao norte, e então se instalaram nela. A terra foi dividida entre as doze tribos e por quatrocentos anos Deus falou ao povo por meio de juízes. — Sorriu para Atretes e prosseguiu: — Um deles você entenderia muito bem, pois vocês dois têm fraquezas semelhantes. Seu nome era Sansão. Mas vou guardar essa história para outra hora — disse, jogando mais um graveto no fogo. — Durante todo esse tempo, todos fizeram o que era certo aos próprios olhos; exceto Rute, uma moabita, e Samuel, que fora prometido a Deus antes de nascer. O reino se manteve unido por cento e vinte anos, e então o povo disse a Samuel que queria um rei, assim como tinham as nações ao redor. Eles rejeitaram Deus e insistiram em ser como todo o mundo. Deus mandou Samuel lhes dar o que queriam, então Samuel ungiu Saul, um jovem alto, bonito e robusto, cujo coração não era de Deus. Saul era orgulhoso e invejoso, além de covarde. Quando o reino fraquejou sob seu governo, Deus mandou Samuel ungir outro, um pastor jovem e humilde chamado Davi. O coração de Davi era de Deus. Quando menino, ele matara Golias, o campeão dos filisteus, com uma funda e uma pedra. O povo o amava. Isso foi motivo suficiente para Saul querer que ele morresse. Todas as tentativas que fez de matar Davi fracassaram. Até seu próprio filho, Jônatas, amava e protegia Davi. Quando Saul e Jônatas morreram em batalha, Davi se tornou rei.

Atretes ouvia com atenção.

— Ele era um guerreiro valente e líder de um grupo de homens poderosos. Seus feitos em batalha são nada menos que miraculosos. Davi protegeu a nação, mas caiu em pecado com a esposa de um de seus amigos. Por essa razão, a partir de então sua família e reino foram atormentados por problemas. Nem seus filhos ele conseguia controlar. Eles cometeram estupros, assassinatos e até se rebelaram contra o pai para tentar tomar o trono. O grande sonho de Davi era construir um templo para o Senhor, mas Deus lhe negou o privilégio porque ele tinha sangue nas mãos. Seu filho, Salomão, que reinou durante um período de paz, teve esse privilégio. Quando Salomão se tornou rei, pediu a Deus que lhe desse sabedoria para governar o povo. Por sua humildade, Deus lhe deu não só sabedoria, mas também grande riqueza. Salomão é conhecido como o rei mais sábio e mais rico de qualquer reino. Mas mesmo ele, em toda sua glória terrena, se mostrou tolo e indiferente a Deus. Ele se casou com mulheres das nações que Deus mandara os israelitas destruírem: edomitas, hititas, amoritas e egípcias. Elas montaram os próprios altares e o afastaram do Senhor. Ele só se arrependeu quando era um homem velho, mas então já era tarde demais. O reino coube a seu filho Roboão, que recusou a sabedoria dos anciões conselheiros de seu pai em favor de amigos mimados que haviam crescido no palácio. O povo lhe deu as costas e a nação foi dividida pela guerra civil, Israel ao norte, Judá ao sul. Israel tinha dezenove reis, mas o coração de nenhum era do Senhor. Judá tinha vinte, e apenas oito buscavam a Deus.

Atretes se surpreendeu.

— Depois de tudo que Deus fez por eles, eles lhe deram as costas?

— E mesmo assim Deus os amava.

— Por quê?

— Porque o amor de Deus nunca muda. Ele é fiel e confiável. Deus não pensa como os homens, Atretes. Os israelitas ainda eram seus filhos, desobedientes e orgulhosos, mas seus filhos. Como são ainda hoje. Assim como todos nós, graças à sua criação. Ele separou os judeus para que as demais nações pudessem ver Deus agindo por meio deles, mas seu povo escolhido queria ser como o restante dos reinos. Deus enviou profetas para falar por si, alertando-os, dizendo que se arrependessem ou seriam julgados, mas eles desprezaram e assassinaram todos eles.

— Ele deveria tê-los destruído.

— Todos nós merecemos a destruição, não é? E alguns de nós são destruídos de vez em quando. Deus usou a Assíria para dispersar Israel, e a Babilônia levou Judá ao exílio. O exílio durou setenta anos, tempo suficiente para uma geração incrédula morrer; e então Deus agiu no coração do rei persa, que permitiu a Zorobabel voltar a Israel com um remanescente de crentes para começar a reconstruir o templo. Ester se tornou rainha da Pérsia e salvou os judeus da aniquilação. Esdras e Neemias restauraram o templo, reconstruíram os muros de Jerusalém e celebraram a Páscoa.

— Então os hebreus voltaram para Deus.

— Por um tempo. É bom recordar uma coisa, um fio que percorre toda a narrativa das Escrituras: o amor de Deus nunca muda e sua vontade prevalece. Sempre houve e sempre haverá aqueles que amam o Senhor de todo o coração, mesmo na escravidão, com dificuldades, fomes, guerras, exílios, perseguições; seu povo. Você, Rispa e eu. Deus cura a Terra com os fiéis, porque aqueles que se apegam ao Senhor com fé em todas as circunstâncias preservam os demais da completa destruição. No entanto, que eu saiba, as últimas Escrituras foram elaboradas quatrocentos anos ou mais antes de nosso Senhor caminhar entre nós, e o profeta Malaquias já apelava ao povo de Deus que se arrependesse *de novo*. Dizem as Escrituras que eles tinham coração de pedra.

— Então, dessa vez, Deus enviou o próprio filho para chamá-los novamente.

— Sim. Jesus derramou seu sangue por nós durante a Páscoa.

— Ah — disse Atretes, como se sua mente tivesse se iluminado. — E a morte passa adiante por aqueles que acreditam nele e lhe obedecem. Essa é a "passagem", *pasach*.

— E para todos que têm olhos para ver e ouvidos para ouvir, as barreiras entre o homem e Deus foram removidas para sempre. O caminho ao Senhor está aberto por meio de Jesus Cristo. Qualquer homem, mulher ou criança que busque o Senhor com todo o coração, mente e alma, o encontrará.

Atretes se sentia tomado de entusiasmo.

— Meu povo vai entender isso. Não é algo distante da nossa religião. Um homem se sacrificou por muitos. Ritos assim são realizados há séculos no bosque sagrado.

Rispa se enregelou ao ouvir as palavras terríveis e inesperadas de Atretes. Teófilo não disse nada. Horrorizada, ela o fitou e viu que ele não estava nem um pouco surpreso. Talvez já soubesse.

— Espero que eles não apenas entendam, Atretes, mas que também aceitem a salvação por meio de Jesus Cristo, nosso Senhor.

OS ESPINHOS

E outra semente caiu entre espinhos, e os espinhos cresceram e sufocaram-na...

31

Atretes estava ansioso para encontrar seu povo, mas por motivos muito diferentes daqueles de quando partira de Éfeso. Estava eufórico com a boa-nova de Jesus Cristo, ávido para transmiti-la. Queria que seu povo conhecesse Jesus, nascido de uma mulher comum, declarado o Filho de Deus pela ressurreição. Queria que soubessem que Deus havia derramado a vida por eles, que poderiam ser unos com seu poder e sua glória. Se Deus fosse por eles, quem seria contra eles? Nem mesmo Roma poderia se erguer contra eles.

— Eu os farei aceitar Jesus! — disse enquanto caminhava ao lado de Rispa.

— Você não pode *obrigar* seu povo a aceitar nada — retrucou Teófilo, vendo o caminho do pecado.

— Eles precisam saber a verdade.

— E eles saberão. Tenha paciência, amado. Você veio ao Senhor pela força ou pela revelação?

— Eu lhes contarei como Deus ressuscitou Rispa. Eles vão aceitar minha palavra — disse, sem lhe ocorrer que poderia ser de outra forma.

À noite, em volta da fogueira, Teófilo aplacava a sede de Atretes, contando-lhe tudo que sabia. Contou sobre Maria, a escolhida de Deus, uma virgem que carregou no ventre o menino Jesus.

— Ela estava prometida a José, um homem justo, que era carpinteiro. Quando ela lhe disse que estava grávida do Espírito Santo, ele teve que decidir o que fazer. Pela lei, era seu direito permitir que ela fosse apedrejada até a morte por não ser mais pura.

— Os catos têm isso em comum com os judeus — explicou Atretes. — Não toleramos mulheres impuras. Elas têm a cabeça raspada e são expulsas da tribo ou afogadas no pântano. Só as virgens se casam. — Viu Rispa olhando para ele com os olhos arregalados. — Você é diferente — disse com firmeza.

Diferente como?, pensou ela. Será que só porque Deus a livrara da morte, Atretes sentiu que poderia se casar com ela? Teve medo de perguntar, e duvidar do amor dele a angustiou.

Eu confiarei em ti, Senhor. Eu confiarei em ti.
Teófilo falou de um anjo que apareceu para José e disse que Maria estava grávida do Espírito Santo. José devia dar o nome de Jesus ao menino, porque esse bebê salvaria seu povo.

César Augusto convocou um censo. Como era costume dos judeus, José levou Maria, que estava grávida, e voltou ao seu local de nascimento, Belém, para ser contabilizado no censo. Jesus nasceu lá, mas em um estábulo, porque não havia lugar na pousada.

Do leste, chegaram sábios. Eles haviam seguido uma estrela cadente e presentearam a criança com ouro, incenso e mirra. Ciente das profecias do Messias, o rei Herodes também tentou encontrar Jesus, mas por razões muito mais obscuras. Como não conseguiu, ordenou que todas as crianças menores de dois anos nascidas em Belém fossem assassinadas. Um anjo do Senhor apareceu a José em um sonho e o avisou, então ele pegou Maria e Jesus e fugiu para o Egito.

Com a morte de Herodes, um anjo apareceu novamente a José em um sonho e lhe anunciou que já era seguro voltar. José levou Maria e Jesus a Nazaré, na região da Galileia. Lá, Jesus cresceu em sabedoria, no afeto de Deus e dos homens. Foi só quando surgiu um profeta chamado João Batista, um homem que pregava o arrependimento dos pecados às margens do rio Jordão, que Jesus começou seu ministério público e proclamou que o reino de Deus estava próximo.

— Jesus tinha trinta anos quando procurou João e foi batizado. João resistiu, pois reconheceu que Jesus era o Messias. Mas Jesus insistiu que João o batizasse a fim de cumprir o espírito de justiça. É por isso que seguimos seu exemplo e fazemos o mesmo. Nossa vida deve ser um reflexo da vida dele. Nós escolhemos o Senhor e agimos em obediência. Essa é a dificuldade, Atretes: viver segundo a vontade de Deus e sacrificar diariamente a nossa. Foi depois do batismo que Jesus foi enviado por Deus ao deserto, onde ele jejuou por quarenta dias. No final, já fraco, faminto e mais vulnerável, Satanás o tentou.

Atretes ergueu as sobrancelhas, desdenhoso.

— Mas foi Deus, então Satanás não era uma ameaça real.

— Satanás é o inimigo de Deus.

— Um inimigo sem poder. Ele pode ressuscitar os mortos?

— Como guerreiro, você sabe que não se deve subestimar um inimigo — disse Teófilo. — É verdade que não devemos temer nada nem ninguém, exceto o Senhor. Mas agora que você é cristão é que começa a verdadeira batalha. Satanás é um mestre da enganação, Atretes. Lembra como ele foi sutil ao mentir para Eva e as consequências que isso causou? Pecado e morte. Adão e Eva caminhavam com o Senhor no Jardim; conversavam com Deus diretamente. Se eles foram enganados sob tais circunstâncias, acha impossível que você, eu ou Rispa também não sejamos? Satanás é um ser eterno, assim como Deus. Ele pode não conhecer todas as coisas como Deus ou ter o poder de Deus, mas conhece nossas fraquezas melhor que nós mesmos. Ele nos conhece intimamente; conhece os desejos perversos do nosso coração e da nossa mente. Ele sabe onde e quando atacar para obter a melhor vantagem. Satanás arquiteta coisas e usa essas coisas para nos separar de Deus e nos destruir. *Nunca* o subestime. Sem nossa armadura, somos vulneráveis.

Atretes sentiu a intensidade do alerta de Teófilo e prestou atenção.

— Que armadura temos contra esse ser?

— A verdade, a justiça de Cristo, o evangelho da paz, a salvação, a nossa fé. Lembre-se da arena, Atretes. Você não precisou enfrentar um adversário sem praticar e treinar muito, não estava desprotegido nem desarmado. Da mesma forma, Deus não nos manda para a batalha sem as ferramentas de que necessitamos para enfrentar o inimigo. — Sorriu, sério. — Cinja o lombo com a verdade que Deus lhe revela. Vista a couraça da justiça, calce os pés com o evangelho da paz e coloque o capacete da salvação. Sua fé em Cristo é o escudo contra as flechas de Satanás, e a Palavra de Deus é sua espada. Sem fé, sem a Palavra de Deus, somos indefesos contra os poderes das trevas. A batalha é por sua mente; o objetivo, a destruição de sua alma.

— Nunca devemos esquecer o poder da oração — alertou Rispa, pegando a mão do marido. — Em todos os momentos ore no Espírito, por Teófilo, por nosso filho, por mim, por seu povo, por você mesmo.

— Farei o que você diz.

— Faça o que o Senhor diz — corrigiu Teófilo, vendo em Atretes uma reverência indevida em relação a Rispa, pois ele sabia que os germanos pensavam que as mulheres tinham habilidades espirituais superiores às dos homens. Mas o milagre da volta à vida de Rispa fora obra de Deus, não dela própria. — Siga os caminhos de Deus e o ame. Sirva o Senhor nosso Deus com todo o seu coração e a sua alma e observe seus mandamentos. Todos nós temos que estar alertas, Atretes, pois estamos indo a um lugar de trevas, território agora ocupado por Satanás.

— Então vamos lutar contra isso!

— Não da maneira que você pensa. Vamos permanecer firmes na fé e no amor, para que o próprio Deus lute por nós.

Eles passaram por várias pequenas aldeias e entraram nas terras da floresta hercínia. Viram as colinas cobertas de árvores que descem em direção às planícies.

Atretes guiou Teófilo e Rispa ao redor de um pântano e através de uma floresta de pinheiros finos de troncos pretos. Era um lugar sinistro, cheio de rãs e insetos, sombrio e decadente.

— Esse cheiro é de fumaça? — indagou Rispa, perguntando-se se ele não vinha direto do fogo do inferno. O cheiro era breve, ácido, possivelmente imaginário.

— *Rodung* — respondeu Atretes em germano e continuou andando. Teófilo se pôs ao lado de Rispa.

— Os germanos cortam e queimam partes da floresta para liberar terras para cultivo. As cinzas da madeira enriquecem o solo por vários anos e o torna selvagem novamente.

— Estamos perto — disse Atretes. — Eu conheço este lugar.

Os cheiros familiares de floresta, pântano e fogo despertaram suas lembranças. Ele se sentia em casa pela primeira vez em mais de dez anos. Queria correr pela floresta com a frâmea na mão, aos gritos. Tirar a roupa e dançar sobre as espadas diante do fogo, clamando aos céus, como fizera quando jovem.

Quando Rispa se aproximou, ele a puxou para si.

— Lar — disse, acariciando-lhe os cabelos. — Estamos quase em casa! — Rindo, a beijou intensamente, liberando o próprio entusiasmo.

Quando a soltou, Rispa deu um passo para trás, ruborizada. Parecia assustada e hesitante. Sorrindo-lhe, Atretes pegou Caleb e o sentou nos ombros enquanto prosseguiam.

— Eu caçava naquelas terras pantanosas. Mais adiante, passando aquela colina, é minha aldeia.

No entanto, quando chegaram à clareira, encontraram apenas restos carbonizados e em decomposição de uma casa queimada havia muito. Atretes entrou no espaço aberto e olhou em volta. Restava uma parte de uma enorme casa comunal, e o mato crescia entre as vigas quebradas e as paredes desmoronadas. Mais além, viu os telhados de madeira queimados das *grubenhaus*. As cabanas construídas na região lodosa haviam cedido, deixando buracos rasos na terra.

A velha raiva se agitou dentro dele. Roma!

Onze anos atrás, ele e sua mãe haviam colocado seu pai em uma pira funerária a menos de seis metros de onde estava. Muitas outras piras haviam sido queimadas naquela noite, mas a aldeia ficara intacta. Poucos meses depois, seu povo acabara disperso ou morto, e ele, escravizado, fora acorrentado dentro de uma carroça, a caminho do *ludus* romano.

Centenas de pessoas haviam vivido ali. Onde estavam agora?

Jogando a cabeça para trás, Atretes deu um grito que reverberou através do espaço. Assustado, Caleb começou a chorar. Atretes tirou o garoto dos ombros e o entregou bruscamente a Rispa. Afastando-se dela e de seu filho, gritou de novo, mais alto, o som da voz profunda chegando à floresta. Se seu povo estivesse por perto, ouviria e saberia que ele havia voltado.

O som de seu grito de guerra era tão parecido com o do ataque dos mattiaci que Rispa estremeceu. Teófilo ficou ao lado dela.

— Eu nunca cheguei tão ao norte, mas posso adivinhar o que aconteceu — disse, chutando um pedaço de madeira podre queimada.

— Estou com medo — confessou ela, fitando-o. — E nem sei exatamente de quê. Você acha que Atretes entende, de verdade, o que significa ser cristão?

— Não. Mas eu também não entendia no começo.

— Nem eu. Você viu o olhar dele quando entrou na clareira?

— Sim.

— Oh, Deus, ajuda-nos. Eu o amo muito, Teófilo. Talvez demais.

— Ele deu sua vida a Deus. O Pai não o deixará ir.

— Mas o que eu posso fazer?

— Ande no caminho do Senhor e ore. Ore, amada, sem cessar.

Afastando-se dela, ele caminhou em direção ao germano.

— Quer acampar aqui esta noite ou avançar mais?

— Aqui. Vamos fazer uma grande fogueira.

Teófilo sentia a raiva do germano como uma força obscura.

— Vou recolher lenha — avisou. Em seguida tirou as bolsas dos ombros, pegou um pequeno machado em uma delas e foi para a floresta.

Atretes deu outro grito.

Nenhuma resposta.

Após alguns minutos, o som de Teófilo cortando lenha ecoou baixinho. Praguejando, Atretes se voltou.

Rispa sentiu o coração se apertar ao ver seu olhar. Tantos anos sonhando, tantos meses de viagem e dificuldades, para chegarem a isso: uma aldeia incendiada e deserta. Pousou Caleb no chão e foi até o marido.

— Nós os encontraremos — disse, desejando dar-lhe esperança. — Não vamos parar de procurar até os encontrarmos.

— Estão todos mortos.

— Não. Sentimos cheiro de fumaça. Você disse *rodung* e Teófilo me explicou que o fogo é usado por seu povo para liberar terras da floresta.

Teófilo atravessou a clareira e jogou uma braçada de madeira, perto da casa comunal desmoronada.

— Eles não abandonariam o bosque sagrado — disse com entusiasmo, como se isso tivesse acabado de lhe ocorrer.

Atretes se sobressaltou.

— Você tem razão.

Pegando a bolsa, ele atravessou a clareira com a frâmea na mão. Rispa correu para Caleb enquanto Teófilo recolhia sua parte do equipamento.

Caminharam depressa, abrindo caminho por entre as árvores. O vento mudou e Rispa sentiu cheiro de fumaça novamente, desta vez mais forte.

Atretes parou ao lado de um pinheiro retorcido, contendo um anel recortado na casca preta e runas esculpidas na superfície lisa.

— Isto marca o limite da floresta sagrada. O bosque fica a um quilômetro e meio de distância.

Teófilo largou o fardo.

— Vamos esperar você aqui.

Atretes o fitou, surpreso.

— Tem medo de Tiwaz?

— Não, mas seu povo não vai me ouvir falar sobre o Senhor se eu profanar sua floresta sagrada.

O respeito de Atretes por Teófilo cresceu. Mesmo assim, ele sabia que a única coisa que impediria os catos de matar o romano seria o próprio Deus. Teófilo também sabia disso. Com um aceno de cabeça, Atretes os deixou ali.

Rispa pôs Caleb no chão para brincar. A criança encontrou uma pinha e tentou comer.

— Não, não — disse Rispa, inclinando-se. Tirou-a da boca de Caleb e a jogou longe.

— Não, não! — repetiu Caleb, com o beicinho tremendo.

Rispa afastou seu cabelo do rosto e lhe deu um beijo.

— O fogo está a nordeste de nós — afirmou Teófilo, recostado no tronco do pinheiro fronteiriço.

Rispa se aproximou e observou os símbolos esculpidos ali. Lobos cercando um homem de três cabeças com seios e genitais masculinos distendidos. Em uma mão, ele segurava uma foice; na outra, uma espada. Havia uma figura masculina com chifres ao lado dele portando uma frâmea, e runas esculpidas entre eles. Franzindo a testa, Rispa se inclinou e tocou uma delas.

— Atretes usava um pingente com esse símbolo. — Ela o vira quando ele se despira no rio.

— E ainda usa?

— Não. Quando eu lhe perguntei sobre o pingente, ele o tirou e o jogou fora. — Ela se endireitou, pegou a mão de Caleb e se afastou da árvore. Não queria seu filho perto daquilo.

— Ele está voltando — observou Teófilo.

Atretes corria em direção a eles por entre as árvores com a graça de um atleta nato.

— Eu vi os cavalos brancos — disse, quase sem fôlego. — Tem um novo caminho para o nordeste. A aldeia deve estar daquele lado. Três ou quatro quilômetros daqui, se atravessarmos a floresta.

— Vamos contorná-la — retrucou Teófilo. — Não vou criar obstáculos no caminho do evangelho. Quando os catos aceitarem a verdade, Atretes, Tiwaz os perderá e essa floresta não terá mais importância que a terra que a rodeia.

— Então vamos ter que nos esforçar para chegar antes do anoitecer.

32

*E*ncontraram os confins da aldeia ao entardecer. Vários homens vestindo túnica e calça rústicas pastoreavam o gado levando-o para uma casa comunal para mantê-lo em segurança. O grito de Atretes dispersou os animais e fez os homens correrem. Quando se aproximaram, seus gritos de guerra se transformaram em saudações ruidosas.

— *Atretes!* — Sem soltar as armas, eles lhe davam socos com alegria, enquanto Atretes ria e os saudava entusiasmado.

Rispa ficou imóvel, observando, alarmada diante de uma saudação tão violenta. Ela nunca vira homens tão rudes e escandalosos. Quando olhou para Teófilo, ficou aliviada por vê-lo calmo e com a expressão divertida. Quando o entusiasmo dos germanos diminuiu, perceberam nossa presença e olharam para Teófilo. Fez-se um silêncio tenso.

— Trouxe um romano com você? — um deles perguntou, dando um passo à frente. Atretes fez um movimento rápido, colocando a ponta da frâmea logo abaixo do queixo do homem.

— Teófilo não veio como romano.

— E isso faz diferença?

— Eu garanto que sim.

O homem estreitou os olhos, mas baixou a arma. Atretes afastou a frâmea, e seus modos mudaram.

— Cuide do seu gado.

Os três germanos se afastaram, indiferentes, mas submissos. Atretes os observou por um longo tempo, em seguida olhou para Teófilo. Com um movimento de cabeça, pegou a mão de Rispa e começou a descer a estrada de novo.

O assentamento não era do estilo *rundling* que Teófilo esperava, com casas formando um círculo ao redor de um espaço central. Era um *sackgassendorf*, com edifícios dispostos de ambos os lados de uma rua central. Contou oito grandes casas comunais e mais de vinte habitações menores, sem incluir a *grubenhaus*, a casa de reuniões. O fim da rua era bloqueado por motivo de defesa.

A chegada deles foi notada imediatamente, e a notícia se espalhou depressa quando os adultos mandaram as crianças irem de uma casa comunal a outra. As pessoas saíram de casa e foram para a rua, cercando Atretes, conversando e gritando juntos enquanto ele ria e abraçava cada um.

Uma mulher loira abriu caminho entre a multidão.

— Marta! — gritou Atretes. Ela se atirou em seus braços, chorando. Atretes a abraçou enquanto um homem batia nas costas do ex-gladiador. Rindo e chorando ao mesmo tempo, Atretes a afastou para vê-la melhor. Vendo outra pessoa, soltou um grito e abriu caminho através da multidão até um homem alto e forte que vinha mancando em sua direção.

— Varus! — Os dois se abraçaram.

Animados, homens, mulheres e crianças falavam todos ao mesmo tempo. E, então, fez-se silêncio. Atretes e Varus ainda conversavam, sem notar que as pessoas se afastavam para que uma mulher de branco pudesse passar. Ela caminhava calmamente, assentindo enquanto as pessoas a tocavam e recuavam com respeito. Tinha cabelos grisalhos trançados, formando uma grossa coroa sustentada por prendedores de ouro, e uma grande pedra âmbar cercada de ouro, suspensa em uma grossa corrente igualmente de ouro.

Varus a viu e apertou o braço de Atretes, que se voltou e ofegou, surpreso.

— Mãe! — Chegou até ela em dois largos passos. Apoiando-se em um joelho, ele a abraçou, descansando a cabeça em seus seios.

Chorando, Freyja afagou-lhe os cabelos e inclinou a cabeça para trás.

— Meu filho — disse ela, as lágrimas rolando pelo rosto pálido. — Meu filho voltou para casa!

Emocionado demais para falar, Atretes só a abraçava forte. Durante todo aquele tempo, ele pensara que ela estava morta ou que havia sido escravizada.

Ela beijou as faces do filho, depois a boca.

— Eu sabia que você voltaria — disse, afastando os cabelos do rosto com carinho. — Mesmo quando todos já haviam perdido a esperança, eu *sabia* que Tiwaz o protegeria e o traria de volta para nós.

Atretes se levantou e ela pousou a mão no braço dele. Passou os olhos pela multidão como se procurasse alguém e os pousou em Rispa.

Rispa viu o reconhecimento cintilar naqueles lindos olhos azuis como os de Atretes. A mulher sorriu para ela e disse:

— Ela está com você.

— Minha esposa, Rispa — disse Atretes.

— E a criança?

— Meu filho.

Um murmúrio correu pela multidão; sussurros de surpresa e curiosidade.

— Tão escuro — disse alguém.

Atretes tirou o menino de Rispa e o segurou no alto para que todos pudessem vê-lo.

— O nome dele é Caleb.

— Caleb! — gritaram.

Rispa achou que Caleb começaria a chorar diante do barulho crescente. Mas ele soltou uma risada de entusiasmo, deleitando-se com a atenção. Sorrindo, Atretes entregou a criança de volta para Rispa. Ela o abraçou, sentindo que todos os olhavam e repetiam aquelas palavras: "Tão escuro..."

Freyja notou o homem ao lado da esposa de seu filho; só sabia que era romano. Ele sustentou seu olhar com olhos calorosos, sem subterfúgios. Ela sentiu um medo irracional e inexplicável.

— Quem é ele?

Teófilo deu um passo à frente e inclinou a cabeça em respeito. Quando falou, foi em um germano impecável, com o sotaque dos catos.

— Meu nome é Teófilo, minha senhora, e venho em paz, como embaixador de Jesus Cristo, filho do Deus vivo.

Freyja sentiu um tremor. Olhou para o filho.

— Quem é esse Jesus Cristo?

Surpreso, Atretes olhou para Teófilo, que respondeu:

— Jesus é a imagem do Deus invisível, o primogênito de toda a criação. — Ergueu as mãos para as estrelas que começavam a surgir no céu. — "Porque nele foram criadas todas as coisas que há nos céus e na terra, visíveis e invisíveis, e todas as coisas subsistem por ele."

O coração de Rispa disparou quando ela se deu conta de que também entendia cada palavra pronunciada em germano. E sabia que poderia falar também.

— Minha senhora — disse ela, enchendo-se de alegria ao se colocar ao lado de Teófilo —, mãe de meu marido, eu lhe peço em nome de Cristo que se reconcilie com o Deus que a criou, o Deus que a ama e a chama ao arrependimento.

As pessoas recuaram, assustadas, murmurando mais alto. Atretes olhou para ela, boquiaberto.

— Vocês estão falando germano!

— Sim — disse ela, com olhos cintilantes. — Sim! O Senhor nos deu o dom das línguas para que trouxéssemos a boa-nova. Oh, Atretes, Deus está conosco!

Intimidada pelas palavras, Freyja recuou com medo enquanto olhava do rosto cintilante de Rispa ao de Teófilo, tão calmo ao lado dela. Sentiu o poder, um poder terrível e aterrorizante, e apertou o braço de Atretes.

— Você falou de arrependimento? — indagou uma mulher, com voz zombeteira.

Fez-se silêncio novamente e cabeças se voltaram. Uma corrente de profunda emoção se espalhou pela multidão ali reunida, e as pessoas se abriram como o mar para entrever uma linda jovem, parada à porta de uma das casas comunais.

— *Ania!* — exclamou Atretes, em choque, o coração saltando.

Rispa o fitou, reconhecendo o nome da primeira esposa dele, e sua alegria se desvaneceu. Atordoada pelo choque, ela olhou para a jovem, que era mais bonita e sensual que qualquer outra que já vira. E jovem; tão jovem, não mais que vinte anos. Como essa garota poderia ser a primeira esposa dele? Tinha cabelos loiros cacheados, longos e esvoaçantes, derramando-se pelas costas até a cintura. Estava vestida de branco, como a mãe de Atretes, e usava um pingente similar. Ela sorria enquanto caminhava em direção a Atretes, com uma graça singular que chamava a atenção para as curvas perfeitas e exuberantes do corpo. Muitos inclinaram a cabeça quando ela passou, mas ninguém a tocou como fizeram com Freyja. O silêncio pulsava, e ela não parou até estar diante dele. Ela o observou com um olhar provocativo.

— Ania está morta — disse ela, com voz fria e melodiosa. — Eu sou Anômia. Lembra-se de mim?

— A irmã mais nova dela — respondeu Atretes, e riu, surpreso. — Você era apenas uma criança.

Anômia arqueou a sobrancelha.

— Você se foi há onze anos, Atretes. Você também mudou. — Ela levantou uma mão esbelta de unhas longas e elegantes e a pousou levemente sobre o peito dele.

Rispa o viu pestanejar.

Teófilo observou Anômia, sentindo a escuridão dentro dela como uma força palpável que o repelia. Como se notasse, ela virou a cabeça devagar e olhou diretamente para ele com seus olhos azuis, frios e opacos. Sem se deixar intimidar, o olhar dela passou com suavidade dele para Rispa. Em seguida sorriu com desdém, ignorando-a, e voltou a Atretes toda sua atenção novamente.

Teófilo olhou para seu amigo. Estava claro para todos que Atretes sentia a intensidade dos sedutores encantos de Anômia.

Com o coração apertado, Rispa orou com fervor para que Deus desse a seu marido discernimento e sabedoria — bem como força para evitar a tentação.

Anômia riu baixinho, deleitando-se com seu poder.

— Bem-vindo ao lar, Atretes.

Finalmente, depois de um longo tempo, o caminho para o que Anômia sempre desejara estava diante dela.

33

— Vamos conversar — disse Varus, dispensando os aldeões com promessas de que Atretes falaria com eles no dia seguinte. Fez um gesto em direção à grande casa comunal feita de madeira rústica e coberta de barro, de modo que parecia ter sido pintada com desenhos coloridos.

Como se só então se desse conta, Atretes se voltou para Rispa e passou um braço protetor ao redor dela. Indicou a Teófilo que fosse na frente. Freyja e Anômia entraram na casa primeiro, seguidas por Varus. Marta e seu marido, Usipi, entraram por último, com os quatro filhos.

Rispa ficou surpresa com a imensidão da casa e mais ainda ao ouvir o gado mugindo. O longo edifício retangular se estendia diante dela. A parte da frente, onde morava a família, era mobiliada de maneira simples, com bancos, camas e cadeiras cobertos de pele de lontra. A maior parte ao fundo era dividida em baias para o gado, cavalos e porcos. O teto era alto, com vigas de madeira rústica. Era quente e permeada pelo forte odor de estrume.

Varus serviu uma bebida dourada e borbulhante em um chifre.

— Cerveja! — exclamou Atretes, rindo e tirando o braço dos ombros de Rispa quando seu irmão lhe ofereceu o chifre. Esvaziou-o. Enxugando a boca com o dorso da mão, soltou um suspiro de contentamento.

Anômia estava sentada em uma cadeira de pele de lontra, descansando as mãos elegantes graciosamente nos braços esculpidos. Parecia uma rainha reinando sobre seus súditos enquanto observava Atretes com um sorriso felino.

Atretes olhou para Teófilo e viu que estava de mãos vazias. Olhou para Varus com frieza.

— Não é mais costume dos catos demonstrar hospitalidade aos hóspedes?

— Para mim, ele parece um porco romano.

O coração de Rispa quase parou diante de palavras tão ofensivas. Atretes ficou rígido ao lado dela, corando de raiva.

— Teófilo é meu amigo.

Varus franziu o cenho.

— Então não nega que ele seja romano? — inquiriu Anômia com suavidade, agitando a atmosfera hostil. — Foi tão fácil esquecer o que Roma fez a seu povo? A você?

Atretes olhou para ela e em seguida voltou o olhar duro para seu irmão.

— Esse homem salvou a minha vida por três vezes. Sem ele, eu não estaria aqui.

Rispa pousou a mão na coxa de Atretes, agradecendo a Deus por ele não ter esquecido tudo na alegria de estar entre seu povo novamente. Atretes pousou a mão sobre a dela como se a quisesse tranquilizar e se posicionar diante de todos. Anômia estreitou os olhos.

— Então todos nós somos gratos a ele — disse Freyja, incutindo na voz mais calor do que sentia. Aproximou-se e se abaixou diante de Rispa. Tomando-lhe as mãos que seguravam Caleb, sorriu e perguntou:

— Posso pegar meu neto no colo?

— Claro — respondeu Rispa, encantada com ela. Soltou o filho, mas Caleb se voltou e se agarrou à mãe, escondendo o rosto entre seus seios. Envergonhada, de forma delicada ela falou com ele em grego, tentando aplacar seus medos.

— Ele não fala germano? — perguntou Anômia com desdém.

— Não — disse Atretes. — Até esta noite, eu era o único que falava germano.

— Que estranho — disse ela, com um leve tom de ceticismo.

Rispa acariciou o cabelo de Caleb e o sentiu relaxar. Virou-o no colo para que ficasse de frente para a avó. Quando Freyja falou com ele de novo, Caleb se voltou outra vez.

— Dê-o a ela — disse Atretes, impaciente, e, quando Rispa foi fazer o que o marido lhe pedira, Caleb começou a chorar. Freyja sacudiu a cabeça e se levantou.

— Não, Atretes. Eu sou apenas uma estranha para ele agora — disse ela, com os olhos marejados. — Que ele venha a mim por sua própria vontade e em seu próprio tempo.

Rispa ficou sentida por ela.

Com olhos frios, Varus fez um gesto com a mão e observou enquanto alguém enchia um chifre e o entregava a Teófilo. Uma escrava serviu a Rispa uma tacinha de vinho adoçado com mel e ervas. Varus foi mancando até uma grande cadeira de pele de lontra e se sentou. Olhando para Teófilo, esfregou a perna aleijada.

— Por que você deve sua vida a um romano, Atretes?

— Uma vez, a bordo do navio, ele bloqueou um golpe de espada que teria me matado. Na segunda vez, ele me resgatou do mar quando eu estava inconsciente. E da última, ele me tirou de Roma antes que Domiciano me mandasse de volta para a arena.

— Vimos você sendo capturado e pensamos que o sacrificariam em nome do triunfo romano — disse Usipi.

— O comandante romano me vendeu a um traficante de escravos que comerciava gladiadores — explicou Atretes, sombrio. — Eles me acorrentaram, me puseram em uma carroça e me levaram para Cápua. — Quase podia sentir a marca que haviam queimado no calcanhar naquele lugar sórdido. Sentiu a cerveja azedar na boca. Fazendo uma careta, rolou o chifre vazio entre as mãos. — Eu lutei em Roma e depois em Éfeso. E ganhei minha liberdade lá.

— O fato de você ainda estar vivo é um testemunho do poder de Tiwaz — disse Anômia.

Atretes soltou uma risada fria e irônica.

— Tiwaz me abandonou muito antes de eu chegar a Cápua. Tudo que seu deus oferece é a morte.

— Atretes! — Freyja o repreendeu, atônita por ouvi-lo falar daquele jeito e desafiar os poderes que sustentavam a existência de sua tribo.

— Estou dizendo a verdade, mãe. Tiwaz é impotente comparado a Jesus Cristo, Filho do Deus Vivo. Tiwaz pode matar; Cristo ressuscita os mortos. — Olhou para Teófilo com os olhos ardendo de entusiasmo. — Diga a eles!

— Não nos diga nada, romano — respondeu Anômia, com voz fria e autoritária.

Incrédulo, Atretes olhou para ela de novo, vermelho de raiva. Quem era aquela garota para falar assim na casa dele?

— Teófilo vai falar, e você vai ouvir ou sair.

— Você não é mais chefe dos catos, Atretes — retrucou ela com suavidade e total controle. — Você não comanda mais.

Atretes se levantou devagar. Anômia apenas sorriu, parecendo quase satisfeita por vê-lo furioso.

— Você está em minha casa, Anômia — disse Freyja.

Anômia voltou a cabeça.

— Quer que eu vá embora?

Foi uma pergunta calma, feita com fingida surpresa, mas Rispa sentiu a atmosfera esfriar. Sentiu uma leve provocação.

Freyja ergueu o queixo com dignidade.

— Ele é meu filho — disse, levando a mão ao pingente que usava e sustentando o olhar frio de Anômia com uma intensidade calculada.

Anômia anuiu.

— Sim, ele é seu filho — disse, levantando-se graciosamente da cadeira que parecia um trono. — Como quiser, Freyja. — Olhou para Atretes de novo, notando com satisfação que o olhar dele descia por seu corpo e tornava a subir. Ele era um homem de paixões terrenas, que poderiam ser usadas para obscurecer seu pensamento e servir aos propósitos dela. Sorriu para ele.

Atretes a observou enquanto saía. Os meneios dos quadris provocaram pensamentos lascivos e despertaram fortes lembranças das vezes em que estivera com mulheres na fria cela de pedra do *ludus*. Franziu o cenho, perturbado. Então voltou-se e se sentou de novo. Varus olhava para Anômia com olhos famintos, demorando o olhar na porta depois que ela a fechou ao sair.

— Ela não é jovem demais para ser sacerdotisa? — perguntou Atretes secamente.

Sua mãe o fitou com um leve alerta na voz.

— Tiwaz a escolheu quando criança.

— Ela é vidente?

— Ela não tem visões como eu. Seus dons são a feitiçaria e a magia negra. Respeite-a, Atretes, ela tem grande poder.

— Você não deve desafiá-la — observou Marta, claramente temendo a jovem.

— Ela não tem o poder de Deus — argumentou Atretes com desdém.

— Ela tem o poder de Tiwaz! — exclamou Varus, ainda alterado.

— Nossa gente a reverencia como uma deusa — apontou Freyja, pousando as mãos delgadas sobre o colo.

— Uma deusa?! — bufou Atretes. — Quer ouvir falar de poder? Rispa foi morta por guerreiros mattiaci. Eu a vi morrer, mãe, com meus próprios olhos. — Notou as dúvidas de sua mãe; sentiu-as. — Se tem algo que eu cansei de ver nos últimos onze anos, esse algo é a morte — disse, apontando para Teófilo. — Este homem colocou as mãos sobre ela e orou em nome de Jesus Cristo. Eu a vi despertar da morte. A ferida se fechou. Juro por minha espada que é verdade! Nada do que já vi no bosque sagrado se compara a Jesus Cristo. Nada se aproxima!

Aflita e ansiosa, Freyja olhou para o filho. Por que esse nome, Jesus, a fazia tremer?

— Existem muitos deuses, Atretes, mas Tiwaz é e sempre foi o único deus verdadeiro do nosso povo.

— O que Tiwaz trouxe para os catos além de morte e destruição?

Marta ofegou, com os olhos arregalados de medo. Até Usipi recuou. Os olhos de Varus eram como brasas.

— Você não deve falar assim — repreendeu Freyja. — Está ofendendo o nosso deus.

— Que se ofenda!

— Atretes — disse Teófilo com suavidade.

Ele ignorou o apelo por silêncio, dando vazão à raiva crescente.

— Onde estava Tiwaz quando o nosso povo clamou por ele na batalha contra os hermúnduros? Na época do seu pai, mãe, os catos venceram a guerra pela posse do rio e da salina? Não. Os hermúnduros nos massacraram. Eles quase nos apagaram da face da Terra, sozinhos. Onde estava Tiwaz, então? Que poder demonstrou? Onde estava esse grande deus quando o meu pai e eu lutamos contra Roma? Acaso Dulga, Rolf ou uma centena de outros conquistaram a vitória sobre o inimigo? Não! Eles lutaram com valentia e morreram enquanto gritavam o nome de Tiwaz. E eu fui acorrentado!

— Chega! — disse Varus.

Ignorando o irmão, Atretes olhou fixo para sua mãe. Ela estava totalmente pálida. Atretes se acalmou, arrependendo-se de ter sido tão duro; mas não ficaria calado.

— Eu acreditava, mãe. Eu era discípulo dele. Você sabe da minha devoção. Eu sangrei por ele e bebi o sangue do chifre sagrado; eu me sacrifiquei. Eu matei por ele e bradei seu nome em todas as batalhas que travei na Germânia, em Roma e em Éfeso. E só conheci morte e destruição. Até sete dias atrás.

Varus se levantou.

— Você está vivo aqui pelo poder de Tiwaz!

Atretes o fitou.

— Não por causa de Tiwaz, irmão. Jesus Cristo me manteve vivo para que eu pudesse voltar para casa com este homem e esta mulher e lhes contar a verdade!

Varus ficou vermelho.

— Que verdade? A verdade que esse romano lhe deu?

— Você duvida da minha palavra? — questionou ele em um tom perigoso.

Exasperado e ainda enciumado pelo modo como Anômia olhara para seu irmão, Varus disse:

— Se acredita no que um romano diz, você é um tolo!

— Chega — disse Freyja.

Atretes se levantou.

Rispa segurou seu braço.

— Atretes, por favor, esse não é o caminho. — Ele puxou o braço e deu um passo à frente.

Freyja se colocou entre seus filhos.

— Chega, já disse! Chega! — disse, estendendo as mãos. — *Sentem-se!*
Os dois homens se sentaram devagar, encarando-se.

— Atretes ficou desaparecido por onze anos, Varus. Não vamos brigar na primeira noite dele em casa.

— Ele vai atrair uma maldição sobre nós com sua conversa de abandonar Tiwaz!

— Então não vamos mais falar de deuses esta noite — disse ela, fitando Atretes com olhos angustiados e suplicantes.

Atretes queria convencê-los e olhou para Teófilo em busca de ajuda. Teófilo sacudiu a cabeça devagar. Irritado e se sentindo abandonado, olhou para Rispa, esperando que ela o encorajasse. Ela estava cabisbaixa e de olhos fechados. O silêncio dos dois o enfureceu. Acaso não deveriam proclamar o nome de Jesus Cristo? Não haviam feito isso no momento em que chegaram? Por que se calavam agora? Por que não gritavam a verdade para que Varus ouvisse?

— Por favor — implorou sua mãe —, não briguem mais esta noite. — Ela esperara tantos anos para ver o filho de novo, acreditando que com isso haveria paz, e, em menos de uma hora desde sua chegada, a família estava em pé de guerra. Olhou para Rispa, linda e morena. E a visão que havia tido anos atrás? Estava errada?

— Como quiser — respondeu Atretes, apertando os lábios. Fez um gesto impaciente para um dos escravos encher o chifre novamente. Então segurou-o com as duas mãos, suspirou e olhou para seu irmão.

— Você é o chefe?

Varus sorriu com amargura.

— Com minha perna aleijada? — Soltou uma risada sombria e olhou para Teófilo. — Tenho que agradecer a Roma por isso.

Atretes viu o ódio do irmão, sinistro e violento como o seu já havia sido.

— O chefe é Rud — respondeu Usipi, quando Varus não disse mais nada. — E o subchefe é Holt.

— São homens bons — disse Atretes. Embora mais velhos, os dois haviam sido leais a ele no passado. — Eu não os vi lá fora.

— Eles partiram há alguns dias para se juntar aos chefes dos brúcteros e dos batavos — disse Usipi, mencionando duas tribos que haviam se aliado aos catos contra Roma.

— Outra rebelião? — perguntou Atretes.

— Os romanos incendiaram nossa aldeia no ano passado — continuou Usipi. Fez menção de dizer mais, mas Varus lhe lançou um olhar de censura. Usipi afagou o cabelo de seu filho e ficou calado. Varus fez questão de olhar para Atretes e encarar Teófilo, antes de beber sua cerveja. Não discutiriam assuntos de catos diante de um romano.

Por experiência, Teófilo conhecia os germanos o suficiente para ver o rumo que as coisas estavam tomando. Esses homens tinham mais coragem e orgulho que bom senso. Domiciano carecia da glória militar de seu pai — Vespasiano, agora morto — e de seu irmão, Tito. Ansiava qualquer oportunidade para demonstrar seu valor. Se os catos fossem tolos a ponto de se unirem a outras tribos e começarem mais uma rebelião contra Roma, se lançariam nas mãos de Domiciano. Queria avisá-los, mas se conteve. Qualquer coisa que dissesse agora seria suspeita.

Ele estava ali com um propósito: apresentar o evangelho de Jesus. No entanto, antes que pudesse alertar Atretes, o homem havia tomado o touro sagrado pelos chifres, proclamando Cristo com toda a graça e amor de um guerreiro atacando com sua lâmina. Levaria tempo para consertar o estrago que havia sido feito aquela noite.

Caleb desceu do colo de Rispa e se aproximou de uma prima não muito mais velha. Sentando-se diante da menina de tranças loiras, agitou os braços e soltou um grito tempestuoso. Marta riu.

Freyja desviou a conversa para as crianças e depois para as coisas mais simples da vida. Relembraram os bons tempos, recontando histórias sobre a infância de Atretes. Os risos diminuíram a tensão. Os escravos mantinham os chifres de Varus, Atretes e Usipi cheios. Teófilo deixou o seu de lado. Sabia bem que os germanos gostavam de cerveja e hidromel. Um centurião certa vez lhe dissera que algumas tribos só debatiam depois de estarem tão bêbadas que eram incapazes de fingir, mas reservavam a tomada de decisões para quando estavam sóbrias.

Rispa notou que Freyja a observava e sorriu para sua sogra. Embora a mulher fosse uma alta sacerdotisa de um deus pagão, Rispa não sentia a apreensão que sentira quando olhara para Anômia. Não via uma inimiga quando olhava para a mãe de Atretes; via apenas uma mulher que fora enganada por um adversário astuto.

Senhor, Deus da misericórdia, ajuda-nos a abrir os olhos dela.

— Sunup vai chegar cedo — disse Usipi. — A queima acabou e temos campos para arar. — Abraçou Atretes e disse baixinho, com palavras cheias de significado oculto. — Precisamos de você. Vamos lutar como fizemos nos tempos de Hermun.

Marta reuniu as crianças, que não queriam se afastar de Caleb. Deu um beijo em Atretes e o deixou abraçá-la por um momento. Então seguiu seu marido.

Varus se levantou. Apoiando-se em uma bengala, dirigiu-se a um banco de dormir.

— Deixe o romano dormir em uma baia.

Atretes se ofendeu, mas já era tarde demais. Varus se sentou pesadamente no banco e se recostou. Freyja o cobriu com uma manta.

— Pode dormir ali — disse a Teófilo, apontando para um canto distante.

— Uma baia servirá, minha senhora. — Pegou a bolsa e a pendurou no ombro. Empurrando o portão que dividia o abrigo de animais dos aposentos da família, entrou no primeiro.

Freyja o observou fechar e trancar o portão. Ficou surpresa com seus modos gentis. Ele a fitara antes de se voltar; não havia ameaça em seu olhar, mas ela teve uma súbita certeza de que aquele homem viraria sua vida do avesso.

Ela não desviou o olhar até que Teófilo entrasse em uma baia.

— Seu amigo romano anda como um soldado.

Atretes a olhou, mas não disse nada. Dizer à mãe que Teófilo fora centurião e amigo pessoal do imperador Tito até alguns meses antes tornaria fatal uma situação já sombria.

Todos se acomodaram para dormir. Grilos cricrilavam. Camundongos corriam pelo feno.

O fogo queimava fraco, lançando uma luz suave e bruxuleante. Atretes ficou um longo tempo olhando para as vigas do teto, observando as sombras dançarem, como quando era menino. Antes, ele pensava que eram espíritos enviados por Tiwaz para protegê-lo.

Inspirou o cheiro de terra, palha, esterco e cinzas de madeira. Rispa se aproximou mais, deitada de lado. Ele se virou e pegou um punhado de cabelos dela, inspirando o perfume. Ela se mexeu ao seu toque, e ele soube que estava acordada. Sorrindo, ele se ergueu um pouco e apertou seu ombro.

— No que está pensando?

— Não consigo dormir — disse ela.

— Diga o que a está incomodando.

— Anômia. Ela é muito bonita.

Ele havia olhado demoradamente para Anômia, sabia disso. Teria sido impossível não olhá-la e seria tolice negar.

— Ela é linda — admitiu ele.

— E se parece com Ania?

— Ela é mais bonita que Ania.

— Oh...

Ele virou o rosto de Rispa para si.

— E, por dentro, é como Júlia.

Rispa agradeceu a Deus.

— Eu o amo — murmurou ela, acariciando-lhe o rosto no escuro. — Eu o amo tanto que acho que morreria se o perdesse.

Ele a abraçou e a puxou para si.

— Então feche os olhos e descanse tranquila — disse ele com suavidade —, porque você nunca vai me perder.

34

Teófilo despertou com a luz do amanhecer que passava por uma fenda estreita no teto. Rispa e Atretes ainda dormiam. Ele sacudiu o ombro de Atretes e o acordou.

— Vou à floresta rezar.

Atretes se sentou e esfregou o rosto. A cabeça latejava de tanta cerveja, mas assentiu.

— Nos dê um minuto, vamos com você.

Teófilo, Atretes e Rispa, com Caleb nos braços, foram para a floresta e oraram juntos enquanto o sol nascia. O ar estava fresco, o orvalho, pesado sobre a grama. Teófilo surpreendeu Atretes ao orar por Varus.

— Ele lhe dá uma baia perto dos porcos e você reza por ele?

— Eu orei por você desde o dia que nos conhecemos, Atretes, e você não me odiava menos que seu irmão. Quando Varus olha para mim, ele vê Roma, assim como você algum tempo atrás.

— Quando ele insulta você, insulta a mim.

Teófilo sorriu.

— Um homem paciente na ira é melhor que um homem poderoso no mesmo sentimento, Atretes, e quem governa o espírito é maior que qualquer guerreiro que domine uma cidade. Você lutou com seu irmão ontem à noite, o que ganhou com isso?

— Eu lhe disse a verdade!

— Você bateu na cabeça dele com o evangelho, e ele não ouviu e nem entendeu nada.

— E você ficou em silêncio o tempo todo — disse Atretes, apertando os dentes. — Por quê?

— Você estava falando demais — disse Teófilo, com a máxima gentileza que pôde. — Escute, amigo. Deixe seu orgulho de lado, senão ele vai enredá-lo no pecado. A raiva é seu pior inimigo. Ela lhe serviu bem na arena, mas não aqui. Quando você cede a ela, é como uma cidade sem muros. A ira de um homem não traz a justiça de Deus.

— O que você queria que eu fizesse?
— Foque em Jesus, o autor e aperfeiçoador da fé. Seja zeloso, mas paciente. Foi o amor que fez o Senhor desistir de seu trono celestial para caminhar entre nós como homem. Foi o amor que o manteve na cruz e o ressuscitou. E é o amor que conquistará seu povo para ele.
— Meu povo não entende o amor; eles entendem o poder.
— Não há poder na terra que possa superar o amor de Deus em Cristo Jesus.
Atretes deu um riso de escárnio.
— Falou o homem que uma vez bateu com o cabo da espada na minha cabeça — disse, sentando-se em um tronco e passando os dedos pelo cabelo, frustrado.
— Eu não sou perfeito — retrucou Teófilo, com um sorriso pesaroso. Em seguida se abaixou e, vendo uma pinha, a pegou. Alguns pinhões caíram na mão. — Vou lhe dar as palavras que Jesus proferiu — disse, jogando a pinha longe e ficando com as sementes. — "Eis que o semeador saiu a semear. E, quando semeava, uma parte da semente caiu ao pé do caminho, e vieram as aves, e comeram-na; e outra parte caiu em pedregais, onde não havia terra bastante, e logo nasceu, porque não tinha terra funda; mas, vindo o sol, queimou-se, e secou-se, porque não tinha raiz. E outra caiu entre espinhos, e os espinhos cresceram e sufocaram-na. E outra caiu em boa terra e deu fruto: e um produziu trinta, outro sessenta e outro cem." — Espalhou os pinhões. — Você, eu e Rispa vamos semear a Palavra de Deus entre seu povo. — Limpando as mãos, ele se levantou. — Se a semente vai se enraizar e crescer, não depende de nós, Atretes. Isso é com o Senhor.

———·—·———

Freyja e Varus estavam em frente à casa comunal quando eles voltaram. A expressão preocupada de Freyja se transformou em alívio quando os viu. Estendeu as mãos para Atretes assim que ele se aproximou.
— Eu acordei e não vi você.
Ele pegou as mãos dela, inclinou-se e lhe deu um beijo em cada face.
— Nós oramos todas as manhãs quando o dia começa.
— Tão cedo?
Atretes olhou para Varus, que estava sombrio e retraído, e foi até o irmão.
— Você confiava em mim, Varus. Você me seguia nas batalhas, lutava ao meu lado. Nenhum irmão demonstrou mais coragem que você. — Estendeu-lhe a mão. — Não quero que haja animosidade entre nós.
— Nem eu — concordou Varus, pegando a mão de Atretes. Ele ansiava pelos velhos tempos em que riam e se embebedavam juntos. Onze anos haviam se passado e

seu irmão por fim retornara, trazendo consigo uma mulher e um filho, ambos escuros e estrangeiros, um romano que ele chamava de amigo e um novo deus. Como poderia pensar que as coisas seriam como antes? — O gado precisa ir para o pasto.

Ao dizer isso, Varus se deu conta de que a terra que ele agora possuía voltaria para seu irmão. Foi tomado de inveja e ressentimento.

— Teófilo pode nos ajudar.

— Mantenha-o longe de mim, senão juro por Tiwaz que o mato.

Varus deu meia-volta e Atretes começou a ir atrás dele. Teófilo o segurou pelo braço.

— Deixe-o em paz. Até bem pouco tempo, você se sentia da mesma maneira.

Atretes puxou o braço, mas soltou o ar devagar, tentando se acalmar. Teófilo tinha razão. Paciência... Ele tinha que ter paciência.

— Vai levar tempo até eu conseguir um lugar entre seu povo.

— Um lugar? — questionou Freyja, olhando para Teófilo com horror. Então se voltou para o filho, apelando a ele: — Você não pode deixar que ele fique aqui conosco. Não depois de tudo que aconteceu pelas mãos de Roma.

— Teófilo está aqui a meu convite, mãe — retrucou Atretes, apertando os lábios ao ver que ela também lutava contra ele. — Como irmão, não como romano.

— Sou grata por ele ter salvado sua vida, mas, depois de ontem à noite, você deveria saber que esse romano não tem lugar entre nós.

— Você também vai lutar contra mim? Ele vai ficar!

— O que aconteceu com você? Os romanos mataram seu pai! Mataram Rolf, Dulga e metade da nossa tribo. Não há uma pessoa entre nós que não tenha sofrido nas mãos de Roma! E você se atreve a trazer este homem para cá para viver conosco?

— Sim, eu me atrevo.

Ela se voltou para Teófilo.

— Eles vão matar você.

— Vão tentar — Teófilo concordou.

Surpresa, ela viu que ele não tinha medo da morte.

— Acha que esse seu deus vai protegê-lo? Todos os catos vão planejar assassiná-lo.

— Se alguém tocar nele, vai ter que lutar comigo!

— Então você vai lutar contra o seu próprio povo, se ele ficar!

Nenhum dos dois se deixou persuadir por Freyja. Atretes retesou a mandíbula; o romano olhava para ela com compaixão. Ela conhecia a teimosia de seu filho, de modo que apelou ao bom senso de Teófilo:

— Atretes o chama de amigo. O que vai acontecer com ele se você ficar?
— Seria pior para ele se eu fosse embora.
Sentindo forças poderosas agindo nessas palavras, Freyja indagou:
— Que poder você tem sobre meu filho?
— Nenhum, minha senhora.
Ainda que a resposta de Teófilo fosse tranquilizadora, Freyja sentiu medo e um formigamento de advertência quando o espírito caiu sobre ela. *Agora não*, pensou com desespero, lutando contra. Agora não! Sua visão se estreitou e escureceu, e as imagens surgiram, pouco claras e em movimento.
— Não — gemeu, a alma lutando, mas enfraquecendo enquanto a força a dominava. Ela viu Rispa sentada no solo da floresta, chorando, enquanto segurava um homem nos braços. Viu sangue.
— Mãe — disse Atretes, gelado. Ele já a vira assim antes e sabia o que significava. — O que está vendo?
— Senhora Freyja — chamou Rispa, alarmada, querendo ajudá-la.
Atretes a empurrou para trás.
— Deixe-a em paz!
— Ela está doente.
— Ela está tendo uma visão. Não deve tocá-la quando ela está assim.
Freyja lutava, mas sucumbia perante o que a tomava. As pálpebras tremulavam, os olhos rolavam para trás, e ela tremia violentamente.
— Nunca aconteceu dessa maneira — observou Atretes, com medo de tocá-la para não piorar a situação.
— Morte — disse Freyja, aterrorizada, pegando o pingente deitado sobre o peito. — Eu vejo a morte! — gemeu.
Mas de quem? Não conseguia ver com nitidez o moribundo. A visão se intensificou com um poder assustador. Havia alguém — ou algo — na floresta com eles; algo sombrio e malévolo.
— Precisamos ajudá-la — disse Rispa, comovida pela angústia da mulher.
Teófilo sentiu a presença de uma força sombria controlando Freyja. Sentiu-se compelido a interceder.
— Em nome de Jesus Cristo, deixe-a! — ordenou, em voz baixa e firme.
A visão cessou tão abruptamente que Freyja ofegou. Desorientada, caiu para a frente, e o romano a segurou.
— Não tenha medo — disse ele com gentileza.
O calor fluiu através do toque dele, e a frieza dentro dela se desvaneceu. Alarmada, ela se afastou, com os olhos arregalados.
— Não me toque. É proibido.

Vendo seus olhos claros e focados novamente, Teófilo a soltou. Ela deu um passo para trás, assustada. Ele queria tranquilizá-la, mas sabia que nada que dissesse naquele momento afastaria seus medos.

Tempo. Senhor, preciso de tempo e de tua ajuda para alcançar estas pessoas.

Ainda tremendo, Freyja se voltou para o filho e segurou suas mãos.

— Ande entre seu povo, Atretes. Você precisa se encontrar de novo, antes que seja tarde. — Então o soltou e saiu correndo.

— Minha senhora — disse Rispa, pegando Caleb e indo atrás dela.

Atretes a segurou pelo braço, mantendo-a ao seu lado.

— Deixe que vá.

— Mas parecia que ela estava se sentindo mal, Atretes. Ela não deveria ficar sozinha.

— Você não pode ir atrás dela. Ela está indo para a floresta sagrada.

———|-|———

Anômia recolhia ervas quando viu Freyja caminhando apressadamente pela floresta. Estreitou os olhos.

— Mãe Freyja! — saudou, sentindo-se afrontada quando a mulher não parou. Chamou-a de novo. Era evidente que Freyja não queria ser incomodada por ninguém, nem mesmo por outra sacerdotisa. Quando Anômia se aproximou, notou a palidez na pele da mulher e a torpeza dos olhos azuis. Sentiu inveja quando notou os sinais de que o espírito havia descido sobre Freyja novamente.

Por que me nega, Tiwaz?, sua alma gritou de raiva enquanto ela cumprimentava a velha sacerdotisa com um beijo.

— Você parece angustiada, senhora Freyja — comentou, fingindo preocupação. *Por quê?*

— Eu tive uma visão — disse Freyja, incomodada com a jovem em quem nunca confiara totalmente. — Preciso ficar sozinha.

— Tiwaz lhe revelou o futuro mais uma vez?

— Sim.

— O que você viu?

— Rispa na floresta, abraçando um moribundo.

— Atretes? — perguntou Anômia, alarmada.

— Não sei — respondeu Freyja, insegura. — Não pude ver o homem claramente, e havia alguém, ou algo, com eles.

— Talvez Tiwaz lhe revele mais coisas se fizer um sacrifício.

Freyja levou a mão trêmula à testa.

— Não sei se quero saber mais — disse, parecendo se sentir mal.

Anômia disfarçou o desprezo. Quando criança, ela admirava Freyja, pois era a escolhida de Tiwaz. Mas, agora, considerava-a fraca e tola. Freyja não gostava do poder que tinha. Não usava o poder que seu dom lhe dava sobre os catos. Fazia quatro anos desde a última vez que o espírito possuíra Freyja e ela profetizara. Dissera que Marcobo, chefe dos hermúnduros, seria assassinado por uma mulher. Sua morte provocaria anarquia e derramamento de sangue entre os subchefes enquanto se esforçassem para liderar. Os catos se alegraram com a visão de Freyja. E por que não se alegrariam? Os hermúnduros já haviam triunfado sobre eles e roubado o rio e as salinas.

Freyja, no entanto, não se alegrara. Ficara reclusa, angustiada pela violência do que havia visto. A tola e gentil Freyja... Anômia se perguntava por que Tiwaz usaria um vaso tão fraco se ela própria era muito mais digna. Ela havia feito sacrifícios e rezado para que Tiwaz deixasse Freyja de lado em favor dela. Tomara os chifres sagrados e pronunciara os votos perante o sacerdote Gundrid! Ela se entregara a Tiwaz. Desde então, seus poderes ofuscaram os de Freyja, e até os de Gundrid. Ele a temia, e, embora Freyja não a temesse, seus poderes pareciam ter se enfraquecido, pois não tivera mais visões.

Passado um ano, Anômia começara a pensar que Tiwaz por fim descartara Freyja. E, passados quatro anos, tivera certeza. Certamente o lorde das trevas a havia escolhido, pois seus poderes e sua beleza haviam aumentado enormemente durante o longo silêncio. Os homens a olhavam com admiração, as mulheres, com medo.

Mas, agora... Tiwaz falara de novo por meio de Freyja!

Por quê?, ela queria gritar. *Eu lhe dei a minha alma! E você dá a visão a ela para me insultar? Acaso zomba da minha devoção? Por que fala com essa pobre e patética criatura que tem o descaramento de passar mal depois de ser abençoada por sua possessão? Tome a mim! Eu ficaria triunfante! Exultante! Só eu sou digna entre esses miseráveis! Por que não me toma?*

Entretanto, enquanto sua mente se rebelava, ela sorria. Disse baixinho:

— Descanse, mãe. Eu cuido dos serviços esta noite. Não precisa se preocupar com nada.

A mente de Anômia fervilhava. Teria desagradado a Tiwaz para ele a trair com Freyja? Acaso não se dedicara aos sacrifícios e a lhe servir? Não realizara os ritos ao luar? Não usara sua magia para obter a submissão das pessoas a ele? Por que Tiwaz ainda falava por meio dessa mulher patética?

— Preciso ir — disse Freyja, desejando fugir de Anômia ao sentir emanações obscuras a rodearem. — Mais tarde conversamos.

Anômia arqueou de leve a sobrancelha, surpresa por ser dispensada tão sumariamente, mas Freyja estava perturbada demais para se incomodar. Deixou a jovem sacerdotisa parada entre as árvores, apertando com força a alça da cesta.

---·-·---

Freyja sabia que Anômia cobiçava sua posição entre os catos e sempre rezara para que Tiwaz desse à moça o que ela desejava. Ela mesma nunca quisera que o espírito se apossasse dela e lhe abrisse os olhos para as coisas que estavam por vir. Isso nunca fora fácil para Freyja. Cada vez que acontecia, ela se sentia mais consumida.

A primeira vez que o deus a possuíra ela era criança. Estava sentada no colo de sua mãe quando tudo ao seu redor se desvanecera e outras coisas tomaram o lugar delas. Ela vira uma mulher tendo um filho. A visão durara apenas um momento e não se manifestara de maneira incomum. Quando a visão desaparecera, ela ainda estava sentada no colo de sua mãe diante da fogueira na casa comunal. Todos conversavam. Seu pai ria e bebia hidromel, na companhia dos amigos.

— Sela vai ter um bebê — dissera ela.

— O que você disse?

— Sela vai ter um bebê — repetira. Ela gostava de bebês. Causavam alegria quando chegavam. — Um bebê vai fazer Sela feliz, não é?

— Você teve um sonho, *Liebchen* — dissera sua mãe com tristeza. — Sela ficaria muito feliz se tivesse um bebê, mas ela é estéril. Ela e Buri estão casados há cinco anos.

— Eu a vi tendo um bebê.

Sua mãe olhara para o marido, que deixara o chifre do qual estava bebendo.

— O que Freyja está dizendo? — perguntara.

— Ela disse que Sela vai ter um bebê — respondera sua mãe, perplexa.

— Sonho de criança — dissera ele, não dando importância.

Ninguém pensara muito sobre a visão. Mas Freyja sabia que era verdade. Procurara Sela e lhe contara o que havia visto. O sonho só aumentara a tristeza da mulher, e Freyja parara de falar sobre o bebê. Mas continuara passando seu tempo com a mulher.

No outono do ano seguinte, Sela engravidara, para o espanto de toda a tribo. Ela tivera um filho no início do verão. Todos passaram a tratar Freyja de modo diferente. Quando ela tinha visões, eles a ouviam e acreditavam.

As primeiras visões eram boas. Nascimentos de bebês, casamentos, vitórias em batalhas. Quando ela previra que Hermun, apenas alguns anos mais velho que ela, um dia se tornaria o chefe, seus pais arranjaram seu casamento com ele. Só mais tarde as visões se revelaram sombrias e agourentas.

O último bom augúrio surgira depois da catástrofe. Roma havia destruído a aliança entre as tribos, esmagando a rebelião. Hermun havia morrido; Atretes era o novo chefe dos catos. Ela vira o futuro do filho. Ele se tornaria conhecido em Roma; lutaria como nenhum outro cato jamais havia lutado e triunfaria sobre todos os inimigos. Surgiria uma tempestade que destruiria o Império. Proviria do norte, do leste e do oeste, e Atretes faria parte dela. E haveria uma mulher; uma mulher de cabelos e olhos escuros, de costumes estranhos, a quem ele amaria.

E quando todos os outros pensavam que Atretes estava morto, ela tivera outra visão profetizando seu retorno, e que ele traria paz consigo.

Agora, ela se sentia confusa e dividida. Parte da visão já havia se mostrado verdadeira. Atretes alcançara fama em Roma; lutara como gladiador e triunfara sobre todos os inimigos para ganhar sua liberdade e voltar para casa. E levara consigo uma mulher de cabelos e olhos escuros, de crenças estranhas, a quem ele claramente amava.

Mas paz? Onde estava a paz que ela vira com o retorno do filho? Ele havia trazido consigo revolta, blasfêmia e mágoa. Em uma única noite, sua família começara a se despedaçar diante de seus olhos. Um novo deus? O *único* deus? Como ele podia dizer essas coisas? Como podia acreditar nisso?

E a tempestade que despencaria sobre o Império e o destruiria?

Freyja chegou ao bosque sagrado e caiu de joelhos. Segurando o pingente, curvou-se diante da antiga árvore onde ficavam os chifres de ouro.

— Eu sou indigna. Sou indigna de me possuir, Tiwaz.

Prostrando-se, ela chorou.

Anômia encontrou Gundrid nas campinas a leste da floresta sagrada. Ele conduzia em círculos uma das éguas brancas sagradas, falando de mansinho com ela e ouvindo atentamente qualquer relincho que emitisse.

— O que ela lhe disse? — perguntou Anômia, assustando-o.

Ele desamarrou a corda em volta do pescoço da égua, ganhando tempo para pensar antes de responder à jovem sacerdotisa. Na verdade, estava apenas usufruindo da companhia do animal, falando de seu afeto por ele. Passando a mão por seu flanco, deu-lhe um tapinha nas coxas, e ela saiu galopando em direção aos outros dois cavalos brancos que pastavam ao sol.

— Holt trará uma boa notícia — disse ele.

Qualquer que fosse a notícia de Holt, ele poderia interpretá-la de modo a respaldar sua declaração, fosse uma rebelião contra Roma ou um tempo de espera.

Anômia sorriu debilmente, desconfiada.

— Freyja teve outra visão.
— É mesmo? — Observou o olhar de Anômia e se deu conta de que deveria ter disfarçado a satisfação diante da notícia. — Onde ela está?
— Rezando diante dos emblemas sagrados — disse Anômia. — E chorando — acrescentou com um tom mais mordaz.
— Vou falar com ela.
A jovem sacerdotisa se aproximou mais, de modo que ele teve que a contornar para passar.
— Por que Tiwaz ainda a usa?
— Pergunte a ele.
— Eu pergunto! Mas ele não me responde. E os cavalos sagrados? O que eles lhe dizem, Gundrid?
— Que você tem grande poder — respondeu ele, sabendo que ela queria ouvir isso.
— Eu quero *mais* — disse ela, abertamente contrariada; mas acrescentou com menos veemência: — Para conseguir servir melhor ao nosso povo.
Gundrid sabia que Anômia estava mentindo. Sabia que ela almejava o poder para seus próprios interesses, e não para o benefício de seu povo.
— Tiwaz vai usar você como ele desejar — continuou, com a esperança secreta de que o deus continuasse falando por meio de Freyja, que ansiava pelo bem de seu povo, e não pelo poder.
Anômia o observou partir com o cajado entalhado na mão.
— Atretes voltou ontem à noite.
— Atretes? — disse ele, virando-se, surpreso. — Ele está aqui?
— O cavalo sagrado não lhe contou? — perguntou ela, indo em direção a ele. — Ele trouxe um romano e uma morena que chama de esposa. Ambos falaram de outro deus, um deus mais poderoso que Tiwaz.
— Sacrilégio!
— Não é de admirar que Freyja tenha visto sangue e morte na floresta.
— Morte de quem?
— Ela não disse. — Deu de ombros. — Acho que ela não sabe. Tiwaz só lhe revelou um vislumbre do que está por vir.
Talvez o deus lhe revelasse tudo se ela lhe oferecesse um sacrifício de sangue. Olhou para o velho sacerdote e desejou poder oferecê-lo. Ele era uma fraude, acariciando a pelagem dos cavalos sagrados, em vez de seu espírito. Ele não via nada; não sabia de nada!
— Vou vê-lo depois de falar com Freyja — disse ele e se afastou.

Ele a encontrou ainda ajoelhada na floresta.

Freyja se levantou respeitosamente quando ele se aproximou. Pegou as mãos dele e as beijou, em deferência à sua posição de sumo sacerdote. O coração dele se aqueceu. Freyja nunca se colocava acima de ninguém, embora pudesse facilmente fazê-lo. O povo a reverenciava como uma deusa. No entanto, era Freyja que muitas vezes lhe levava presentes, um cobertor de lã no inverno, uma tigela de pinhões torrados, um odre de vinho, ervas e unguentos quando os ossos doíam.

Anômia nunca o reverenciava. Só demonstrava respeito para com ele quando lhe era conveniente.

— Tive outra visão — disse Freyja, com os olhos vermelhos de tanto chorar. Então lhe contou todo o sonho que tivera acordada e falou sobre o retorno do filho.

— Anômia me falou — disse ele, solene.

— Eu não consegui ver o homem claramente. Poderia ser Atretes, o romano ou até outra pessoa.

— Com o tempo, saberemos.

— Mas e se for o meu filho?

— Você não crê em suas profecias, Freyja? — indagou ele com gentileza. — Atretes voltou e trouxe a mulher consigo, assim como você disse que aconteceria. Ele levará nosso povo à paz.

— Paz — disse ela baixinho, desejando-a de todo o coração. — E o romano que veio com ele?

— Que importância tem?

— Atretes o chama de amigo. Meu próprio filho o defende e jura protegê-lo. Você sabe como é Varus; está entretido com a hospitalidade neste momento, mas sua raiva é tão grande que isso não vai durar. Meus filhos quase brigaram na noite passada. Tenho medo do que pode acontecer.

— Nada importante vai acontecer. Eles brigaram; não é o que os homens jovens fazem? E fizeram as pazes. Vão ficar juntos como sempre.

— Atretes fala de um novo deus.

— Um novo deus? Quem vai ouvi-lo? Tiwaz é todo-poderoso. Tudo que conhecemos é domínio dele, Freyja. Até o céu pertence a Tiwaz.

Dúvidas a assaltaram. Quando ela tivera a visão, o romano apenas falara o nome de Jesus Cristo e o espírito que Tiwaz enviara fugira de seu corpo. Pensou em contar a Gundrid o que havia acontecido, mas ficou calada. Não queria ser a causa da morte de ninguém, nem mesmo de um romano. Precisava pensar; precisava observar e meditar. Atretes estava envolvido com esse homem, e ela não faria nada que colocasse em risco o retorno de seu filho a seu devido lugar, como chefe dos catos. E rezaria fervorosamente para que ele não fizesse nada que destruísse a confiança que seu povo tinha nele.

Vendo sua angústia, Gundrid pegou sua mão e lhe deu um tapinha.

— Você está se preocupando demais com esse romano, Freyja. Ele é um homem contra muitos. Logo irá embora.

— E se não for?

— Então ele morrerá.

35

Atretes aceitou o conselho de sua mãe e passou a maior parte do tempo renovando os laços de amizade com os aldeões. Teófilo o acompanhava, mas, em deferência aos sentimentos dos catos, ficava calado, ouvindo as conversas. Os aldeões toleravam sua presença por causa de Atretes, mas ambos sentiam a animosidade e a desconfiança. Teófilo ignorava as numerosas farpas jogadas contra os romanos, e sua tranquilidade dava a Atretes força de vontade para ignorar os insultos.

Muitos dos mais jovens haviam ido com Rud e Holt se encontrar com os chefes brúcteros e batavos. Os velhos demais ou jovens demais para lutar haviam ficado. Um pequeno contingente de guerreiros também permanecera ali para que a aldeia não ficasse indefesa. Se surgissem problemas, mandariam avisar os demais. Usipi estava ansioso para abandonar suas responsabilidades de líder da guarda da casa, apesar das apreensões de Varus e dos três homens que haviam cumprimentado Atretes por ocasião de sua chegada.

— Você é chefe dos catos pela proclamação da *Ting* — disse ele, encorajando Atretes a tomar seu lugar de direito.

Atretes declinou, tão ansioso para liderar quanto Usipi. Ele não queria considerar garantida sua posição anterior de líder.

— Isso foi há muitos anos. Rud é o chefe agora e pode pensar de forma diferente.

Onze anos ausente era tempo demais; ele não usurparia o homem que mantivera os catos unidos durante seu cativeiro.

Outros poderiam cobiçar o poder de chefe, mas Atretes não queria a responsabilidade da liderança novamente. Quando seu pai morrera e os guerreiros o pressionaram, ele se submetera à vontade deles por seu povo. Nenhum homem se levantara contra ele. Mas, agora, o próprio irmão não o apoiaria.

Atretes se perguntava como era possível, no intervalo de poucas semanas, se sentir mais próximo do romano do que jamais se sentira de seus parentes. O vínculo entre ele e Teófilo se fortalecia a cada dia. Não importava onde estivessem ou o que estivessem fazendo, o romano falava do Senhor. Atretes queria saber tudo, e Teófilo ansiava para transmitir-lhe tudo. Todo momento era uma oportunidade preciosa, e ele a aproveitava. Quer estivessem sentados, em pé ou caminhando, Teófilo lhe ensinava as Escrituras, muitas vezes lendo o rolo que Ágabo havia copiado a bordo do navio.

Rispa ouvia tudo que Teófilo dizia, ponderando quando ela estava longe dele. O tempo que passaram juntos foi precioso, porque foi pacífico. Em todos os outros lugares não havia paz.

Varus ficou furioso quando Teófilo pediu para comprar um pedaço de terra para construir uma *grubenhaus* para si.

— Eu o verei morto antes que possa ter um pedaço de terra dos catos!

— Não estou pedindo terra dentro dos limites da aldeia, mas fora deles — disse Teófilo, sem mencionar o documento que tinha em seu poder.

Pela lei romana, o título lhe dava direito a qualquer terra fronteiriça que ele quisesse como pagamento por seus anos de serviço no exército. Mas ele queria conquistar o respeito daquelas pessoas, não sua inimizade.

— A única terra que eu vou lhe dar será uma montanha de esterco.

Atretes perdeu a paciência e interferiu, antes que Teófilo pudesse detê-lo.

— Pela nossa lei, como filho mais velho, a parte do nosso pai é minha!

Varus se voltou para ele com brusquidão.

— Atretes! — disse sua mãe. — Você não pode fazer isso!

— Posso e vou. Tenho o direito de receber tudo de volta, não importa quanto Varus tenha trabalhado para proteger as terras. E ele sabe disso!

— Não pegue nada por minha causa — intercedeu Teófilo, vendo a distância que algumas palavras poderiam abrir entre os dois irmãos. — Ele tem razão de não confiar em Roma, e você vai provocar ofensas.

— Não o defenda! — exclamou Atretes, enfurecido.

— Ele não é diferente de como você era quando nos conhecemos — disse Teófilo, com um sorriso irônico.

Varus ficou vermelho.

— Eu não preciso que um porco romano me defenda! — vociferou, levantando-se e cuspindo em sua direção.

Atretes já partia atrás de seu irmão, mas Teófilo o bloqueou.

— Pense — murmurou Teófilo. — Veja o lado dele antes de dizer qualquer coisa.

— Já se passaram onze anos! — gritou Varus. — Durante todo esse tempo, eu cuidei da herança do nosso pai. E, agora, você volta e pensa que pode dá-la a esse cão romano e *me deixar sem nada?*

Atretes ia passar por Teófilo, mas o romano segurou seu braço.

— Sua raiva não trará a justiça de Deus — disse para que só seu amigo ouvisse.

Apertando os dentes, Atretes se esforçou para se acalmar.

E então ouviu a razão. Era verdade; Varus tinha motivos para se ressentir. Ele havia perdido tanto quanto Atretes e agora se agarrava ao que restava. Atretes não pretendia privar o irmão de todos os seus pertences só porque tinha direito, mas suas palavras haviam implicado exatamente isso. Sua raiva só causara mais discórdia, não ajudara em nada a discussão.

— Eu lhe dou a metade oriental, Varus, bem como todo o gado — disse Atretes, em um impulso de generosidade. — A parte de Teófilo sairá da minha metade. Está bem para você?

Varus ficou aturdido, calado.

— Você está lhe dando a parte mais produtiva das terras agrícolas — disse Freyja, igualmente aturdida.

— Eu sei. A metade oriental também tem o melhor pasto para o gado — apontou Atretes, ainda olhando para seu irmão mais novo, à espera de uma resposta. — E então? O que me diz?

Varus deu um passo cambaleante para trás. Estremecendo, sentou-se e olhou para o irmão como se nunca o houvesse visto.

Metade da terra e *todo o* gado? Atretes poderia ficar com tudo que ninguém contestaria seus direitos. Mas, em vez disso, ele lhe dava a melhor parte de sua herança. Era direito de Atretes deixá-lo sem nada, independentemente de quanto ele houvesse trabalhado para cuidar de tudo. Na verdade, era isso que ele esperava que acontecesse se Atretes voltasse, e uma das principais razões pelas quais desejava que não.

— Você tem um filho, Atretes — disse Freyja, espantada. — Você daria a herança dele a um estranho? — O que havia acontecido com seu filho? Acaso aquele romano o havia enfeitiçado?

— A terra continuará sendo dele, minha senhora — explicou Teófilo, desejando aplacar suas compreensíveis preocupações; Atretes também o surpreendera. — Se for deixá-los mais tranquilos — disse, olhando para Varus —, pagarei uma taxa anual pelo uso da terra.

Varus franziu o cenho, tentando imaginar que truque haveria por trás daquelas palavras. Romanos tiravam, não davam nada.

Teófilo notou sua desconfiança e entendeu.

— Meu desejo não é tirar nada de você ou de seu povo, Varus, e sim ganhar a vida enquanto estiver aqui. Sou grato por sua hospitalidade, mas creio que você há de concordar que já é hora de eu partir.

Varus soltou uma risada fria, sem demonstrar como as palavras do romano o perturbavam.

Freyja observou o rosto de Teófilo, mas não viu nenhum sinal de subterfúgio. Atretes sorriu com sarcasmo.

— Você concorda com a divisão de terras ou prefere que eu mantenha a tradição e fique com tudo?

— Eu concordo — disse Varus.

— Venha — convidou Atretes, fazendo um movimento de cabeça para Teófilo. — Vou ajudá-lo a escolher sua parte.

Depois que escolheram um local adequado para a casa de Teófilo, Atretes cedeu à própria curiosidade.

— O que vai fazer com a terra? Você não tem gado. Vamos ter que atacar os rebanhos dos tencteros e queruscos para conseguir algumas cabeças.

Teófilo sabia que se praticava o roubo entre as tribos, mas não tinha intenção de seguir esse costume, nem de encorajar Atretes a segui-lo.

— Eu pretendo cultivar milho e feijão.

— Você, um fazendeiro? — disse Atretes, rindo. Aquilo era ridículo.

Teófilo sorriu, sem se deixar intimidar.

— Vou pregar minha espada em um arado e minha lança em um gancho para poda.

Atretes percebeu que Teófilo falava a verdade.

— É melhor esperar — disse com seriedade. — Se você se apressar, talvez não viva o bastante para ver as sementes germinarem.

Atretes ajudava Teófilo a derrubar árvores para a *grubenhaus* quando ouviram gritos de júbilo na aldeia. Os guerreiros haviam voltado.

Cravando o machado em um toco de árvore, Atretes se dirigiu à aldeia.

— Fique aqui até que eu mande chamá-lo! — Correu pelo bosque, passou entre duas casas comunais e pegou a rua principal. Havia uma multidão de guerreiros reunidos cumprimentando esposas e filhos. Apenas alguns estavam a cavalo. — *Rud!* — gritou, vendo o velho que havia sido o melhor amigo de seu pai.

O homem grisalho se voltou com brusquidão. Erguendo a frâmea, soltou um grito de guerra extasiado e cavalgou em direção a Atretes, deslizando do lombo do animal no último momento e abraçando-o forte.

— Você voltou! Tiwaz está conosco! — Abraçou-o de novo, dando-lhe tapas nas costas enquanto os outros se aproximavam, soltando gritos de guerra e falando todos ao mesmo tempo.

Rispa observava à porta da casa comunal com Caleb nos braços. Os homens cercaram Atretes, batendo nele para lhe dar as boas-vindas. Atretes ria, dava tapas nas costas dos homens; simulou um ataque a outro, que se esquivou, e depois o abraçou. Eram homens rudes, de sentimentos profundos e orgulho mais profundo ainda.

Do outro lado da rua, Anômia saiu de casa. Após lançar um olhar superficial a Rispa, fitou os guerreiros que retornavam. Seus olhos brilhavam ao ver como adoravam Atretes, clamando ao redor dele como garotos excitados na presença do ídolo. Que poder ele era capaz de exercer sobre seu povo! E ela lhe ensinaria como fazê-lo.

Os catos nunca haviam deixado de falar nele. Nos últimos anos, ele se tornara uma lenda; seus feitos em batalha contra os romanos eram recontados diante das lareiras e em volta das fogueiras cerimoniais. Seria muito fácil para ele arrancar as rédeas do poder de qualquer um que tentasse retê-las. Rud não faria isso; estava velho e cansado, embora fosse fiel a ela. Ele havia concordado com a reunião com os batavos e brúcteros porque ela quisera e os guerreiros mais jovens assim o exigiram. Holt também não ficaria no caminho de Atretes, pois havia muito tempo jurara lealdade ao filho de Hermun.

Anômia tinha doze anos quando se escondera às sombras escuras das árvores e observara os ritos no bosque sagrado que haviam feito de Atretes o chefe. Ainda se lembrava dele erguendo os chifres de ouro acima da cabeça, o corpo nu banhado na luz do fogo. Para ela, ele parecera um deus na época. E ainda parecia. Logo ela estaria ao lado dele.

Ela sempre soubera o que queria: ser a suprema sacerdotisa e esposa do chefe dos catos. Se sua irmã, Ania, estivesse viva, teria atrapalhado suas ambições. Anômia acreditava que sua morte havia sido um ato de Tiwaz, preparando o caminho para que ela ficasse com Atretes.

Quando ele fora levado pelos romanos, ela ficara confusa e furiosa. Por que Tiwaz havia permitido que isso acontecesse? Freyja previra seu retorno, e ela se agarrara à profecia, aguardando seus desdobramentos, dedicando seus conhecimentos a alcançar a plenitude de seus poderes para estar pronta para ele. Em parte, ela fizera exatamente isso, mas queria ainda mais. Juntos, ela e Atretes transformariam os catos na tribo mais poderosa da Germânia e se vingariam de todos os que haviam pensado em escravizá-los. Destruiriam os hermúnduros, retomariam o rio sagrado e as salinas e se vingariam do jugo que Roma havia tentado — sem êxito — impor sobre eles. E então, outras tribos se juntariam a eles, até que toda a Germânia marchasse para o sul, para o coração do Império: a própria Roma!

Nada ficaria em seu caminho; nem o romano que Atretes chamava de amigo, nem Freyja, nem ninguém mais — especialmente a bruxa efésia de olhos e cabelos negros que estava à porta oposta à dela.

Para sua glória, Tiwaz, vou tirar Atretes dela! Juntos, eu e ele vamos governar este povo e usá-lo para seus propósitos.

— Pergunte a ele sobre o romano que trouxe! — gritou alguém, e o alvoroço da saudação se acalmou.

— O que está dizendo, Herigast? — perguntou Holt ao acusador. — Que romano?

Atretes olhou para o homem parado na linha mais afastada do círculo de guerreiros. Muito tempo atrás, Atretes havia sido forçado a fazer uma declaração contra o filho de Herigast, Wagast. O jovem guerreiro havia largado o escudo e fugido do campo de batalha — um crime que exigia execução. O voto do Conselho havia sido unânime, deixando Atretes sem escolha senão ordenar que Wagast fosse afogado no pântano. O pai do jovem envelhecera muito em onze anos. Embora ainda fosse robusto, o cabelo estava branco e o rosto, profundamente marcado.

— Minha esposa acabou de me contar — disse Herigast, abraçando sua mulher em um gesto protetor, com expressão desafiadora.

Rud se voltou para Atretes.

— Isso que ele está dizendo é verdade?

— Sim.

O rosto de Rud se endureceu de raiva.

— Nós fazemos uma aliança contra Roma e você traz um dos cães assassinos para cá?

— Ele veio em paz.

— Paz! — repetiu um jovem guerreiro, cuspindo no chão com o mesmo brio e orgulho que Atretes um dia tivera.

— Não queremos paz com Roma! — gritou outro. — Queremos sangue!

Os homens gritaram, furiosos.

— ... eles queimaram nossa aldeia...

— ... mataram meu pai...

— ... levaram minha esposa e meu filho como escravos...

Rispa fechou os olhos e rezou enquanto Atretes gritava.

— Eu tenho tantos motivos para odiar Roma quanto vocês. Mais ainda! Porém uma coisa eu digo: se não fosse por Teófilo, eu estaria lutando em uma arena ou pendurado em uma cruz, para o prazer de Domiciano! Teófilo salvou a minha vida *três vezes*. Ele me trouxe para casa!

— Nenhum romano é de confiança! — gritaram outros, concordando.
— Onde ele está?
— Vamos pegá-lo e jogá-lo no pântano!
— Vamos fazer um sacrifício de sangue com ele!

A esposa de Herigast disse e apontou:

— O romano está construindo uma *grubenhaus* um pouco adiante daquelas casas comunais. Ele pretende se estabelecer entre nós.

Um dos guerreiros saiu nessa direção. Quando Atretes bloqueou seu caminho, ele lançou um ataque. Atretes se abaixou e o socou no peito, derrubando-o. Antes que o guerreiro chegasse ao chão, Atretes já estava com o gládio na garganta do homem.

— Fique quieto, senão juro por Deus que você nunca mais vai levantar!

A revolta morreu tão rápido quanto começou.

Os guerreiros recuaram um pouco, olhando para o jovem que ofegava.

— Vocês todos vão me ouvir — disse Atretes, olhando para o jovem, cujos olhos se arregalaram quando sentiu a espada sob o queixo. Um movimento e a jugular seria cortada. Atretes levantou a cabeça o suficiente para olhar para as pessoas ao redor. — Se matarem meu amigo, terão que responder a mim! — Baixou os olhos de novo; o sangue pulsando quente nas veias. — Quer ser o primeiro a morrer, garoto?

— Deixe-o, Atretes!

Todos se voltaram e viram um homem alto se aproximando. Atretes não se mexeu, mas praguejou baixinho.

— Vejam! — apontou a esposa de Herigast. — É o romano, satisfeito com o problema que nos causou!

Teófilo caminhou calmamente em direção a eles, demonstrando autoridade e propósito.

— Afaste a espada, Atretes. Quem vive por ela, morre por ela.

— Como vai acontecer com você se eu lhe der ouvidos — disse Atretes, sem mexer a lâmina.

Teófilo ouviu o murmúrio ameaçador que correu pelas pessoas ali reunidas. Não havia tempo para dissuadir Atretes. Precisava falar enquanto ainda tinha oportunidade.

— Eu não estou aqui como romano ou por Roma! — disse, dirigindo-se a todos. — Eu peço sua tolerância até que possa mostrar que sou de confiança. Se eu der um passo em falso, façam comigo o que quiserem.

— Você parece um soldado — disse Holt, medindo-o com olhos ardentes.

Teófilo o fitou sem medo.

— Eu servi no exército romano por vinte e cinco anos; fui centurião.

Fez-se um silêncio atônito. Holt soltou uma risada de surpresa e escárnio. Quem admitiria uma coisa dessas no meio de uma centena de guerreiros catos? Ele era muito corajoso ou muito estúpido. Talvez ambos.

Teófilo manteve a calma.

— Eu lutei aqui doze anos atrás, quando as tribos germanas se rebelaram contra Roma.

— Ele lutou contra nós! — gritou um dos homens para que todos ouvissem.

— Cão romano!

Outros nomes muito mais profanos e ofensivos foram dirigidos a ele.

— Eu sei que os catos são um povo valente! — gritou Teófilo acima deles. — Mas também sei que, se vocês se rebelarem contra Roma neste momento, vão fracassar. Domiciano aguarda a oportunidade de enviar as legiões para o norte. Uma aliança tribal pela guerra lhe dará exatamente o pretexto de que ele necessita para isso.

— Ele fala por Roma!

Atretes retirou o gládio da garganta do jovem e se voltou levemente. Teófilo viu a dúvida cintilar em seus olhos.

— Estou falando a verdade, Atretes. Você sabe até onde Domiciano é capaz de ir para conseguir o que quer. Ele cobiça o poder e o prestígio de seu pai e irmão, e a única maneira de obtê-lo é fazendo uma campanha militar e vencendo. Esta é a única fronteira onde Domiciano teve um relativo sucesso.

A referência de Teófilo às batalhas de onze anos atrás não agradou. Atretes colocou a espada na bainha, ignorando o jovem guerreiro, que se levantou depressa.

Anômia viu uma oportunidade para destruir o adversário e a aproveitou:

— Deixemos que Tiwaz revele sua vontade a nosso povo!

Os guerreiros se voltaram enquanto ela caminhava em direção a eles com toda a confiança de Tiwaz a seu lado. Eles a tinham em alta estima e esperavam que falasse mais. Ela os deixou esperar até ficar perto o suficiente para olhá-los nos olhos e então apontou com desdém para Teófilo.

— Esta noite teremos lua nova. Assim como fala por Roma, que ele lute por Roma. Vamos colocá-lo contra nosso campeão. Que Tiwaz nos diga o que fazer. Se este romano sobreviver, vamos esperar. Senão, vamos fazer a aliança.

— Não deem ouvidos a ela — pediu Atretes, olhando para a jovem sacerdotisa.

— Se seu amigo romano estiver certo, Atretes, ele prevalecerá — disse ela. — Mas, se não... — Deixou as palavras no ar.

Rud olhou para Teófilo, avaliando-o de novo.

— As palavras de Anômia têm seu mérito.

A sugestão dela oferecia uma solução rápida para o problema que Atretes criara ao voltar com aquele romano.

— Detenham-no.

— Eu nunca fugi de uma luta — disse Teófilo antes que alguém tentasse tocá-lo. — Diga-me quando e onde será o combate que estarei lá.

Rud ficou surpreso ao ver que o romano não demonstrava medo. Talvez o idiota não soubesse o que estava enfrentando. Sorriu com frieza.

— Faça as pazes com seus deuses, romano. Uma hora depois do anoitecer, você estará morto. — Olhou para Atretes. — A *Ting* se reunirá esta noite no bosque sagrado. Certifique-se de que ele esteja lá. — E se afastou, seguido por um contingente de jovens guerreiros a seu serviço.

Os outros se dispersaram, acompanhados pelas esposas e filhos.

Anômia sorriu com desdém para Teófilo e se voltou, ignorando o olhar furioso de Atretes, que não tirou os olhos dela até que ela entrou em casa. Xingando baixinho, ele foi atrás de Teófilo, que havia voltado para a floresta.

— Você ficou louco? Você tem quarenta anos! Eles o colocarão contra um guerreiro com metade da sua idade e duas vezes a sua força!

— Você acha que a simples razão os teria influenciado? — indagou Teófilo, arrancando o machado do toco onde o cravara.

— Se acha que posso tirar você disso, está enganado. Aquela bruxa transformou essa questão em um augúrio.

Atretes sabia muito bem que os catos davam grande importância a essa prática de confiar em sinais e presságios para tomar decisões.

Um alto estalo ecoou pela floresta quando Teófilo abriu um corte profundo em um abeto.

— Eu ainda não morri, Atretes.

— Você não entendeu? Não será um concurso de força. Será uma luta até a morte!

— Eu sei. — Baixou o machado de novo, fazendo um grosso pedaço de madeira sair voando.

— Sabe?

Atretes se perguntava como ele podia estar tão calmo.

— O que eu devo fazer?

Teófilo sorriu ao atingir outra tora.

— Comece a rezar.

36

Toda a aldeia estava ansiosa pelo sangue de Teófilo e vários celebravam sua morte antes que se cumprisse. Somente Freyja estava aflita com a notícia de uma disputa entre Teófilo e o campeão dos catos.

— Você tem que impedir isso, Rud. Se matar um centurião romano, trará a guerra contra nós.

— Nós já estamos em guerra com Roma.

— E quanto a Atretes?

— Sim! E quanto a Atretes? — repetiu Rud, furioso. — O que aconteceu com seu filho para ele trazer esse romano para casa?

— Esse homem salvou a vida dele.

— Foi o que ele disse, mas isso não muda o sangue que corre em suas veias. Os romanos mataram seu marido; mataram meus irmãos. Não defenda aquele cachorro centurião na minha frente.

— Não estou falando por ele, mas temo o que possa acontecer a nosso povo se ele morrer. É preciso pensar nas consequências.

— Nós vivemos com as consequências do domínio romano por décadas e continuaremos vivendo até levarmos cada um deles de volta pelos Alpes! Com exceção de Atretes, não há um homem nesta tribo que não queira ver Rolf esquartejando esse romano. E eu vou gostar de ver!

Ela falou com Gundrid, mas Anômia já havia convencido o velho sacerdote de que o augúrio resolveria questões importantes.

— O resultado dessa luta vai decidir muitas coisas — disse ele, ignorando as objeções de Freyja. — Tiwaz falará conosco por meio de Rolf.

— E se Rolf falhar e morrer?

— Isso não vai acontecer.

Desesperada, Freyja procurou Teófilo, na esperança de convencê-lo a partir antes que fosse tarde demais. Encontrou-o na floresta, de joelhos, com as mãos estendidas com as palmas para cima. Um graveto estalou sob seu pé quando se aproximou, e ele se levantou e se voltou para ela, totalmente à vontade.

— Senhora Freyja — disse e inclinou a cabeça em uma saudação respeitosa.
— Você precisa ir embora. Agora.
— Atretes lhe falou sobre a luta...
— Ele não precisou me dizer. A aldeia inteira sabe. Você não vai passar desta noite se ficar aqui.
— Se for vontade de Deus que eu morra, eu morrerei.
— E o meu povo? Eles também morrerão por causa de seu orgulho romano? Até onde vai nos levar floresta adentro? Quantas vidas vai tirar antes de se arrepender e nos deixar viver em paz? — ela o questionou, esforçando-se para se controlar. — Por que veio para cá?
— Ninguém sabe que estou aqui com os catos. Quando renunciei a meu cargo, Tito sugeriu que eu fosse à Gália ou à Bretanha. Eu não lhe informei aonde ia.
Freyja estava perplexa.
— O que está tentando dizer?
— Estou dizendo que, se eu morrer esta noite, ninguém virá me vingar.
As palavras do centurião a deixaram perturbada. Acaso dava boas-vindas à morte?
— Você está esquecendo meu filho? Ele o chama de amigo e jurou protegê-lo. Sua morte colocará Atretes contra seu próprio povo.
Teófilo havia pensado nisso e falara com Atretes. Também passara a tarde rezando por ele.
— A batalha de Atretes não é contra seu povo, mas contra o poder que os mantém cativos.
Ela não entendeu e sacudiu a cabeça.
— Você fala por enigmas. O único poder que tenta nos manter cativos é o de Roma.
— Não é do poder de Roma que estou falando, senhora Freyja.
— Eu não o entendo.
— Fique aqui comigo um pouco que vou explicar.
— Quanto tempo? — perguntou ela, preocupada com ele.
Ele estendeu a mão, convidando-a a se sentar em um trecho verde iluminado pelo sol.
— Não a reterei por mais tempo que as sombras levam para atravessar a clareira. — *Uma hora. Uma hora, Senhor, por favor.*
Ela se sentou ao sol e o ouviu contar sobre o princípio da Terra e do homem, criados por Deus, e sobre um enganador astuto que entrou em um jardim.
Começou a tremer e a suar frio enquanto o romano falava, e seu coração disparou, em alerta.

— Eu não posso ouvi-lo — disse ela e se levantou.
Teófilo também se levantou, fitando-a com olhos bondosos.
— Por que não?
Ela segurou o pingente que caía entre os seios.
— *Você* é a serpente em nosso jardim, não Tiwaz.
— Eu nunca falei o nome de Tiwaz.
— Vele suas palavras como quiser, mas eu sei que fala contra ele.
— Está tremendo, minha senhora.
— Tiwaz está me avisando a não o ouvir.
— De fato, ele faria isso, pois a boa-nova de Jesus Cristo a libertaria.
Freyja agarrou com força o pingente e se afastou ainda mais.
— Você vai morrer esta noite. Tiwaz vai fazer chover sua ira sobre você por tentar me colocar contra ele. — Ela se voltou, desejando fugir dele e da clareira, mas se forçou a andar com dignidade.
— E se eu sobreviver, senhora Freyja? — gritou Teófilo antes que ela chegasse à borda da clareira.
Ela se virou, pálida e tensa.
— Você não vai sobreviver.
— Se eu sobreviver, você vai me ouvir? Vai ouvir até o final o que tenho para lhe dizer?
Emoções conflitantes guerreavam dentro dela.
— Você está me pedindo para trair meu deus.
— Estou lhe pedindo para ouvir a verdade.
— A verdade como você a vê.
— A verdade como ela *é*, minha senhora. A verdade que sempre foi e sempre será.
— Eu não o ouvirei! Não! — Ela se voltou e correu pela floresta, afastando-se do romano.
Fechando os olhos, Teófilo levantou a cabeça.
— Jesus, ajuda-me.

———·-·———

Atretes foi procurar Teófilo ao entardecer.
— Eu rezei, como me pediu — comentou, sombrio —, mas acho que você estará com Jesus antes que esta noite termine.
— Sua confiança me enche de esperança, meu amigo — disse Teófilo com um riso seco.
— Rispa está de jejum. Disse que vai orar até que tudo acabe.

Teófilo se perguntava onde estaria Freyja, mas não disse nada. Pegou o cinto e o colocou, ajustando-o de modo que o gládio ficasse no ângulo certo.

— Estou pronto. — Não disse mais nada enquanto caminhava pela floresta com Atretes ao seu lado. A cada passo, lançava uma oração ao céu.

Os homens se concentravam no limite da floresta sagrada. Alguns estavam bêbados e gritaram insultos enquanto Teófilo se aproximava. Outros riram, animados com a perspectiva de ver correr sangue romano. Teófilo notava que Atretes ficava cada vez mais furioso conforme se aproximavam. Os homens viam e sentiam o mesmo e foram ficando mais calados.

O jovem Rolf estava ao lado de Rud, com os olhos azuis e ferozes como os de Atretes. Os longos cabelos ruivos estavam parcialmente cobertos por uma gálea — um capacete de couro — e o cássis de metal que o cobria. O capacete ostentava as runas da vitória e o nome de Tiwaz. Rolf segurava uma arma cortante longa e larga chamada espata na mão direita, e, na esquerda, um escudo oval feito de madeira no qual se via gravada a imagem do deus ao qual ele servia. Uma criatura dupla com chifres, com um machado na mão e uma foice na outra; o deus pagão, Tiwaz.

Juventude e força claramente favoreciam Rolf, além do olhar astuto, direto e avaliador. O porte exibia orgulho, o sorriso, zombeteiro, repleto de desdém e autoconfiança, fazia Teófilo recordar Atretes.

Sentindo-se menosprezado, o romano sabia o que Rolf via: um homem com o dobro de sua idade, armado com uma espada menor e sem escudo. Uma morte fácil.

— Pelo menos temos certeza de uma coisa — Teófilo disse a Atretes, com um leve sorriso. — Se eu ganhar, será pela graça de Deus.

— O que ele disse? — perguntou Rud, ofendido, pois Teófilo falara em grego, com forte sotaque.

— Ele luta em nome de Jesus Cristo — anunciou Atretes bem alto para que todos ouvissem.

— E também vai morrer em nome de seu deus — emendou Rud, acenando com a cabeça para o chefe.

Holt jogou uma corda para Atretes.

— Amarre-o — disse e lhe deu as costas.

— Eles acham que eu pretendo fugir a esta altura? — perguntou Teófilo em voz baixa enquanto Atretes amarrava seus pulsos.

— Somente os chefes entram na floresta sagrada sem amarras — explicou Atretes baixinho.

Teófilo notou que outras pessoas também estavam sendo amarradas.

— É um lembrete de que Tiwaz nos mantém presos a ele — completou Atretes, dando um forte puxão nas cordas para se certificar de que estavam bem amarradas. — Não caia.

Teófilo levantou a sobrancelha ao notar o tom sinistro de Atretes.

— O que acontece se eu cair?

Atretes olhou para os outros e baixou a voz:

— Se eles forem misericordiosos, você poderá rolar até o bosque sagrado. Senão, vão amarrá-lo pelos tornozelos e mandá-lo para minha mãe ou para aquela bruxa loira para que cortem sua garganta e drenem seu sangue em uma tigela como libação para Tiwaz.

— Que Jesus me proteja. — Olhou para os guerreiros catos. Sabia que os germanos eram uma raça sanguinária, mas nunca imaginara a extensão de suas práticas religiosas. — Não vejo ninguém com um humor particularmente misericordioso, não é? — disse, sorrindo com ironia.

Atretes riu sem humor.

— Não, mas eles prefeririam ver Rolf pôr fim a sua vida a dar essa honra a uma mulher — disse, amarrando as pernas do amigo.

Carregando tochas, Rud e Holt iam à frente da procissão, rumo à floresta. Alguns guerreiros caíram atrás e na frente de Teófilo e Atretes. Teófilo mantinha o ritmo com dificuldade. Os pequenos passos que podia dar dentro dos limites da corda o faziam se sentir desajeitado. Olhou para os guerreiros que estavam perto dele e sentiu compaixão por sua situação. O espírito de cada um estava amarrado com tanta firmeza quanto o corpo. Com a concentração focada neles, tropeçou nas raízes das árvores e mal conseguiu manter o equilíbrio.

Atretes praguejou baixinho.

Teófilo sentiu sua tensão.

— Amigo — sussurrou —, aconteça o que acontecer esta noite, lembre-se que o Senhor é soberano. Deus faz que tudo coopere para o bem daqueles que o amam e são chamados segundo seu propósito. Se eu viver ou morrer, não importa.

— Importa, sim. Isto é um assassinato — disse Atretes, sombrio. — Você não terá chance contra Rolf. Holt ensinou ao filho tudo o que sabe e foi campeão no tempo de meu pai. Sua morte será...

— Escute-me, Atretes; faça a vontade de *Deus*. Não se molde a seu povo; seja transformado pela renovação de sua mente para que você possa provar qual é a vontade de Deus, o que é bom, aceitável e perfeito. Lembre-se do que eu lhe ensinei.

— Eu não sou como você.

— Você é mais parecido comigo do que imagina. Precisa me ouvir, temos pouco tempo. O poder divino de Cristo lhe concedeu tudo que pertence à vida e à piedade por meio do verdadeiro conhecimento de Jesus Cristo, que o chamou. Seja diligente, apresente-se como um guerreiro que não tem nada do que se envergonhar.

— Eu sou um guerreiro e vou agir como tal.
— Você está falando como homem, Atretes. Viva para Deus.
— Então eu não vou fazer nada?
— Você vai fazer tudo. Ame seu povo.
— Amar meu povo? — rosnou, lançando um olhar sombrio para os que os cercavam. — Depois desta noite?
— Apesar disso.
— Eu era o chefe.
— Exatamente. E, como tal, você não fez parte desses ritos?

Atretes lhe lançou um olhar sombrio.

— Você sabe que sim — disse.
— Então, lembre-se da vida da qual Cristo o tirou. Lembre-se de como era viver na escuridão.

Atretes via o orgulho obstinado do amigo.

— Atretes, me escute, pelo amor de Deus. Deixe que essas pessoas vejam o fruto do Espírito operando em você. Deixe que o Senhor quebre o domínio de Tiwaz sobre seu povo. Dê-se inteiro no amor a Deus e deixe-o produzir em você o amor, a alegria, a paz, a paciência, a bondade, a gentileza, a fidelidade e o autocontrole que o proclamam Deus Todo-Poderoso. Nenhuma lei, nenhum império pode resistir a essas coisas.

— Vou pensar nisso.
— Não pense! Pratique a Palavra que eu lhe ensinei. Caminhe de uma maneira que seja digna de Jesus Cristo. Agrade a Deus em todos os aspectos de sua vida.
— Eu poderia mais facilmente morrer por ele que esperar e ver você ser massacrado!
— Satanás sabe disso melhor que você. Precisa resistir a ele. Mantenha a fé e descanse em Cristo. Se eu morrer esta noite, *regozije-se*. Eu estarei com nosso Senhor! Não há poder suficiente para me separar de Jesus Cristo. Você sabe que a morte não pode fazer isso.

Os homens à frente se detiveram. Holt se voltou; a luz da tocha revelando a raiva e o medo que sentia.

— Calados! — exclamou, olhando para Atretes. — Você conhece a lei.

Atretes se enrijeceu diante da repreensão, mas Teófilo assentiu e não disse mais nada.

Ao chegarem ao bosque sagrado, o romano viu que havia um fogo ardendo em um caixilho protegido. Um velho sacerdote os esperava. A pesada túnica de linho branco era coberta por desenhos roxos. Havia um antigo carvalho no centro, e, quando todos se sentaram, ele removeu os emblemas de Tiwaz escondidos dentro do tronco.

Gundrid ergueu os chifres de ouro com reverência para todos verem. Ele sempre apreciava esse momento e o poder que sentia advir dele. Cantou e o corpo oscilou quando os colocou sobre um rústico altar de pedra perto do fogo, mantido sempre aceso.

Atretes soltou a corda ao redor dos pulsos e tornozelos de Teófilo. Enrolando-a, deixou-a de lado.

Tirando uma adaga do cinto, Gundrid fez um corte no próprio braço e deixou o sangue pingar sobre os chifres sagrados. Rud se adiantou e fez o mesmo, depois passou o punhal cerimonial para Holt. Quando Holt terminou o rito, Gundrid pegou o punhal. Segurando-o com ambas as mãos, voltou-se e o estendeu para Atretes, expectante.

— Esperamos muito por seu retorno. Atretes, filho do grande Hermun, chefe supremo dos catos, Tiwaz aguarda a renovação de seus votos.

Atretes permaneceu sentado. Olhou para Gundrid sem dizer nada.

O velho sacerdote se aproximou.

— Tire a adaga de minha mão.

Anômia lhe havia avisado que Atretes perdera a fé.

— Você é um homem honrado — disse ele, desejando a glória de recuperá-lo. — Lembre-se de seus votos.

Atretes se levantou devagar.

— Eu repudio Tiwaz — disse em alto e bom som.

Gundrid recuou. Pegando a adaga pelo cabo, deixou-a a seu lado.

— Você ousa falar assim diante do altar de nosso deus? — indagou, a voz subindo a cada palavra que pronunciava.

— Sim — respondeu Atretes calmamente, mas com o semblante feroz como o de qualquer outro homem ali presente. Fitou cada um deles, vendo homens que haviam sido seus amigos e que agora o olhavam com raiva, medo e desconfiança. — E ouso mais. Eu proclamo Jesus Cristo o Senhor de tudo! — gritou, a voz atravessando a floresta sagrada.

Um vento sombrio soprou, agitando as folhas e os galhos, como a aproximação de um ser malévolo. Gundrid foi tomado pelo medo e clamou uma oração frenética, suplicando a Tiwaz que não jogasse sua ira sobre eles. Atretes também se apavorou quando os sapos e insetos se calaram na floresta, e um frio rastejou no círculo que se formara diante da chama eterna. Ele sentiu uma presença tão fria que queimava.

Gundrid jogou algo no fogo e cores explodiram ao redor, levantando faíscas. O cheiro de enxofre queimado pairou no ar, misturando-se a outros odores estranhos. Revirou os olhos quando algo pareceu se apossar dele. Palavras incompreensíveis saíram de seus lábios, a voz mais profunda e gutural, como um rosnado selvagem.

— Tiwaz está falando — disse Rud. Todos os presentes ficaram aterrorizados; batiam as armas contra os escudos e gritavam. O *baritus* cresceu, preenchendo a escuridão. — Tiwaz! Tiwaz! *Tiwaz!* — O nome ecoava em um crescendo, como uma batida de tambor, até que o sacerdote soltou um grito que fez o estômago de Atretes gelar. O que quer que houvesse tomado Gundrid partira.

Os homens fizeram silêncio, em expectativa.

Atordoado, Gundrid olhou para Atretes parado à sua frente. Viu a dúvida e o medo refletidos nos olhos do jovem. Tiwaz não havia perdido totalmente o controle.

— Você foi enganado, Atretes — disse Gundrid, apontando um dedo acusador para Teófilo. — Tiwaz me revelou os motivos ocultos desse homem! — Olhou para os guerreiros ali reunidos. — O romano fala em paz — gritou —, mas nos traz mentiras e um falso deus na tentativa de enfraquecer nosso povo! — Abriu os braços, acolhendo todos os presentes. — Se o ouvir, será destruído!

Os guerreiros catos gritaram louvores a Tiwaz. Gundrid ergueu as mãos novamente, incitando-os a gritar mais alto. Olhava triunfante para o romano sentado ao lado de Atretes. Sabia de um final mais adequado para a vida do centurião que uma luta honrosa com um guerreiro cato.

Teófilo foi tomado de uma raiva justa ao olhar nos olhos exultantes do velho sacerdote. Viu com a clareza proveniente do Espírito Santo que Gundrid não queria que a luta ocorresse. Pretendia evitá-la, fazendo que os guerreiros acreditassem que Tiwaz ansiava por um sacrifício humano.

Senhor, prefiro morrer lutando a perecer em um altar a Satanás! E esses homens? Se fizerem uma aliança tribal e se revoltarem contra Roma agora, serão aniquilados como os judeus.

O *baritus* era ensurdecedor.

Teófilo se levantou abruptamente.

— Eu fui trazido aqui para lutar contra seu campeão sobre a questão da aliança tribal! — gritou, desafiador. O rugido ensurdecedor se desvaneceu quando ele entrou corajosamente no centro do círculo e encarou Gundrid. — Ou o seu deus tem medo do resultado?

Os homens começaram a gritar atrás dos escudos.
O jovem Rolf se levantou e entrou no círculo, ansioso pela batalha.
— Você vai morrer, romano!
— Por Tiwaz! *Por Tiwaz!*
Teófilo tirou o cinto.
— Que Cristo Jesus esteja comigo. Dai-me força e resistência, Senhor — disse e puxou o gládio da bainha. — Que esta batalha seja para tua glória, Senhor.
— Jogou o cinto no escuro.
A espada também, disse uma voz calma e baixa.
Teófilo sentiu o ar fugir dos pulmões. A mão ficou escorregadia de suor, o coração batia forte.
— Senhor? — sussurrou, incrédulo.
A espada.
— Jesus, queres que eu morra?
O jovem guerreiro cato avançou para ele sorrindo como um selvagem, ansioso para usar a espata mortal que tinha na mão.
Os que vivem pela espada morrem pela espada.
Teófilo inspirou fundo pelo nariz e soltou o ar pela boca.
— Que assim seja. — E jogou o gládio na escuridão.
Surpreso, Rolf parou e se endireitou, franzindo a testa.
— O que está fazendo? — gritou Atretes.
A pouca esperança que tinha havia morrido. Teófilo não lhe deu atenção.
Senhor, Senhor!, Teófilo orava. *Devo ficar aqui parado e morrer? Deixo que ele me corte em pedaços como se eu fosse um cordeiro? Eu pensei que tinha vindo para impedir uma guerra.*
Josué. Sansão. Davi. Os nomes retumbavam na mente. *Josué. Sansão. Davi.*
— Mate-o! — gritou Gundrid, tomado pelo espírito do medo. — *Mate-o agora!*
Os guerreiros se levantaram em massa quando Rolf investiu, gritando:
— Tiwaz! — Girou a espata com força suficiente para dividir o corpo de Teófilo ao meio, mas o romano se esquivou para a esquerda, voltou-se com brusquidão e bateu forte com o punho na parte de trás da cabeça de Rolf. Amassou seu capacete e fez o jovem guerreiro cambalear e cair de joelhos.
Teófilo deu um passo para o lado e esperou.
Atretes observava, incrédulo.
— *Acabe com ele!* — gritou.
Mas Teófilo não fez nada. Rolf se levantou, sacudindo a cabeça.

Teófilo não se mexeu. Rolf girou; os olhos estavam turvos; respirava com dificuldade. Antes de as ideias clarearem, ergueu a espata e avançou.

Com a agilidade de um atleta experiente, Teófilo se esquivou, abaixou-se e deu um soco forte no esterno do guerreiro. Rolf cambaleou para trás, mas não caiu. Expirando forte, Teófilo deu-lhe outro soco, com toda a força. O jovem campeão caiu como uma árvore. Lutando para respirar, depois de alguns segundos caiu para trás e ficou imóvel, braços e pernas abertos.

Nenhum guerreiro cato se mexia ou respirava. A batalha não durara nem um minuto e o campeão estava quase morto no chão.

— Toda a glória para ti, Senhor Deus — disse Teófilo em voz alta. Levantou a cabeça e se voltou, encarando o sacerdote.

Gundrid tremia de medo. Ninguém respirava.

Teófilo caiu de joelhos ao lado de Rolf e pôs a mão no pescoço do jovem guerreiro. Sentiu o pulso forte. Pousou a mão no peito de Rolf e o percebeu subir e descer. Estava respirando de novo. Teófilo tirou a espata da mão de Rolf e se levantou. Olhou para Atretes e viu as emoções divididas do amigo. Afinal, era um guerreiro cato indefeso; um parente.

O centurião passou os olhos devagar pelo círculo de homens. Viu que tentavam se endurecer diante da morte de Rolf. Holt fechou os olhos, pois era o filho de seu irmão morto que jazia aos pés de Teófilo. Nenhum guerreiro presente se moveria para impedir que o romano tirasse a vida de Rolf. Era uma questão de honra.

Teófilo jogou a espata no chão, na frente de Rud.

Surpreso, o chefe supremo o fitou. Depois de um momento, balançou a cabeça.

— Não haverá aliança.

37

Embora os homens e mulheres ainda evitassem Teófilo depois daquela noite, não demorou muito para que todos notassem que as crianças não o temiam nem desconfiavam dele. Ele cantava enquanto trabalhava, e as crianças mais novas iam ouvi-lo. No início, mantinham distância, escondendo-se atrás das árvores ou subindo nos galhos para observá-lo. Aos poucos foram perdendo a timidez. Uma pequena alma corajosa fez uma pergunta do alto de um galho, e Teófilo parou para responder. Seus modos eram calorosos e amigáveis, então eles foram descendo dos poleiros, e, saindo de trás das árvores, e sentando-se na grama sob o sol para ouvi-lo.

Teófilo lhes contava histórias.

Aflita, uma jovem mãe foi procurar seu filho.

— Você não deveria estar aqui. Anômia lhe disse para ficar longe desse homem. Quer que a ira de Tiwaz caia sobre nós?

A criança empacou, choramingando:

— Eu quero ouvir o final da história.

— Obedeça a sua mãe — aconselhou Teófilo gentilmente. — A história pode esperar.

— Vocês todos — disse a jovem mãe, acenando com as mãos. — Vão para casa e deixem este homem em paz, antes que Anômia descubra que estão aqui. *Vão!*

Teófilo ficou sentado ali, sozinho, por um longo tempo, cabisbaixo. Suspirando, levantou-se e voltou ao trabalho, retirando a casca e cortando madeira para sua *grubenhaus*. Sentiu que alguém o observava. Parou e olhou em volta; viu um homem parado nas sombras a certa distância. Não conseguia distinguir quem era, e o homem não tentou se aproximar.

Então voltou ao trabalho. Um momento depois, quando olhou de novo, o homem havia ido embora.

Rispa estava cansada de ouvir Varus e Atretes gritando um com o outro. Estava com dor de cabeça. Parecia que era costume dos catos beber antes de discutir coisas sérias. Outros homens haviam se juntado a eles, até que a casa comunal ficou lotada de guerreiros, a maioria embriagada de cerveja, outras de hidromel. O jovem guerreiro Rolf também estava presente, sentado perto da parede e com a expressão melancólica; os olhos azuis cintilavam enquanto ouvia, mas não se juntou à discussão.

A recusa obstinada de Varus a ouvir batia de frente com o sarcasmo pungente de Atretes. Rispa se encolhia por dentro, pois as observações de Atretes só faziam despertar no irmão uma raiva imensa. Acaso Atretes havia esquecido tudo que Teófilo lhe ensinara?

Desejou que Freyja estivesse presente, pois ela saberia como aplacar aquele turbilhão e transformá-lo em uma discussão racional; mas ela estava na floresta sagrada, meditando e orando a Tiwaz.

Deus, ajuda-a a ver!

Rispa queria pedir que parassem, mas sabia que não adiantaria. Quando falava, ninguém a ouvia; nem mesmo Atretes, naqueles momentos que ele estava tomado pelas emoções. No início, ela pensara que isso acontecia porque era mulher. No entanto, outras mulheres eram tratadas com respeito, suas palavras eram ouvidas e levadas em consideração.

Atretes lhe havia dito que os homens catos ofereciam animais como dotes às mulheres, e as mulheres lhes ofereciam armas. O casamento era uma parceria feita para a vida toda, e as esposas compartilhavam as experiências com os maridos. Elas carregavam suprimentos e comida para o campo de batalha e até ficavam para encorajar os maridos e os filhos nos combates. Os homens catos acreditavam que as mulheres tinham aspectos ligados à santidade e aos dons da profecia, o que explicava por que Freyja e Anômia eram admiradas.

Rispa acidentalmente ouvira uma conversa entre Freyja e Varus e com isso entendera o motivo pelo qual ninguém ouvia o que ela tinha a dizer. Anômia se certificara de que nenhum cato a ouvisse, pois a jovem sacerdotisa havia dito a todos que Rispa era uma bruxa efésia que estava ali para enganá-los.

Rispa não comentara nada com Atretes, com medo do que ele pudesse fazer. Anômia despertava paixões misteriosas no germano e não seria conveniente que ele se envolvesse com ela.

Rispa não podia fazer nada além de aceitar a situação. Escutava as acaloradas discussões masculinas e orava com calma, dignidade e perseverança enquanto lhes servia.

Deus, mostra-me o que fazer. Mostra-me como agir. Dá-me teu amor por estas pessoas. Deixa que eu me esconda em tua paz e não permitas que a tempestade abale minha fé.

Então meditava nas Escrituras que Simei e Teófilo haviam lhe ensinado. À sua volta, outros catos enchiam os chifres com vinho e cerveja. Ela relembrava os salmos que falavam da soberania de Deus, sua provisão, seu amor, durante as ruidosas altercações.

O Senhor é meu pastor, nada me faltará. Sem parar, ela repetia essas palavras mentalmente, devagar, para acalmar o nervosismo; e depois ainda mais devagar, para saboreá-las, até produzirem a paz que ela ansiava, uma paz que ia além da compreensão.

Achava que ninguém notaria.

— Culpado? Eu sou culpado? — questionou Varus, enfurecido, levantando-se e apoiando-se sobre a perna boa.

— *Sente-se e me escute!* — gritou Atretes.

— Eu já ouvi o bastante! Curve-se a esse seu deus fraco, porque eu não vou me curvar. Perdoar? Eu nunca vou baixar a cabeça para ele.

— Você vai baixar a cabeça ou *irá para o inferno!*

Assustado, Caleb cobriu as orelhas com as mãos e começou a chorar. Rispa o pegou no colo e falou baixinho para aplacar os medos do bebê. Atretes se impacientou:

— Leve-o para fora! Tire-o daqui!

Ela saiu da casa comunal, agradecendo a Deus pela trégua. Respirou aliviada e acariciou o pescoço do filho. Adorava o cheiro dele.

— Ele não está bravo com você, pequeno — disse, dando-lhe um beijo. — Ele está com raiva do mundo.

Os filhos de Marta correram para ela, ansiosos para brincar com o priminho. Rindo, Rispa colocou Caleb no chão. A maioria das crianças da aldeia corria nua e suja pelas ruas. Assegurando-se de que não iriam muito longe, as mães as deixavam passear e brincar à vontade. Caleb e Rispa se deleitavam com sua companhia exuberante. Que diferença abençoada daquelas reuniões masculinas furiosas na casa comunal!

— Elsa! Derek! — gritou Marta, que trabalhava no tear diante da porta de sua casa. — Afastem-se de Rispa e parem de incomodá-la.

— Eles não me incomodam, Marta — disse Rispa, sorrindo.

Marta a ignorou.

— Derek! Venha aqui!

O sorriso de Rispa desapareceu quando as crianças voltaram tristes para a mãe. Outras foram chamadas também, até que ela ficou sozinha na rua, com Caleb andando de lá para cá, conversando, animado. Marta falou brevemente com os filhos e indicou a floresta. Eles argumentaram, mas logo foram silenciados. Elsa olhou para Rispa com uma expressão pungente.

— Vá, Elsa!

Caleb queria ir com eles.

— Sa! Sa! Sa! — dizia, andando atrás de sua prima mais velha.

Chorando, Elsa começou a correr. Caleb caiu. Levantando-se, começou a chorar:

— Sa... Sa...

Magoada, Rispa se ajoelhou e o ajeitou. Alisou a túnica de linho com a mão e lhe deu um beijo. Erguendo-se, pegou Caleb no colo e olhou para Marta. Como ela podia fazer aquilo?

Pressionando o rosto no pescoço de Caleb, ela rezou:

— Deus, leva minha raiva embora — murmurou, lutando contra as lágrimas.

Ao erguer a cabeça, viu Marta sentada de cabeça baixa, com as mãos no colo.

A raiva contra sua cunhada evaporou. Marta não era cruel; ela estava com medo. Quando Marta ergueu os olhos novamente, Rispa sorriu com gentileza para mostrar que não tinha má vontade em relação a ela. Ainda se lembrava de como era viver na escuridão e ter medo.

— Vamos dar um passeio e visitar Teófilo — murmurou para Caleb, começando a descer a rua.

— Teo... Teo...

— Sim, Teo. — Ela o colocou no chão e pegou sua mão, acompanhando seus passinhos.

A *grubenhaus* de Teófilo estava quase pronta. Havia uma pequena fogueira queimando na área aberta em frente, mas ele não estava por perto. Curiosa, ela desceu os degraus e entrou na cabana para ver o interior. Ele havia ampliado a fundação desde a última vez que ela fora ver a casa. O buraco tinha um metro e meio de profundidade, e três por quase quatro de área. No canto mais distante havia um colchão de palha e dois cobertores grossos de lã. Ao lado, seu equipamento, bem empilhado.

Uma estrutura simples de madeira fora erguida sobre o terreno pantanoso; o alicerce era formado por uma armação triangular de colunas inclinadas e amarradas a uma cumeeira erguida sobre seis montantes. As paredes eram feitas de tábuas rústicas, o telhado, de palha, e o chão, de terra batida.

A *grubenhaus* cheirava a terra rica e limpa. Fazia frio lá dentro, mas ela sabia que no inverno, com um fogo aceso, seria confortavelmente aquecida.

— O que achou? — perguntou Teófilo à porta, atrás dela.

Assustada, ela se voltou. Ele estava com o braço apoiado no lintel e inclinado para baixo, sorrindo para ela.

— É mais convidativa que a casa comunal de Varus — respondeu, imediatamente se arrependendo do comentário. Sua intenção não fora criticar.

Quando ela saiu para o sol, Teófilo pegou Caleb e o levantou no ar, balançando-o e fazendo-o rir. Ela sorriu ao vê-lo brincar com seu filho. Atretes estava tão ocupado discutindo com seus parentes que não tinha tempo para Caleb.

Ela notou o coelho no espeto que Teófilo havia colocado sobre o fogo.

— É bem gordo — comentou Teófilo. — Fique e coma comigo.

— Vou adorar ficar, mas coma com Caleb. Eu não estou com muita fome.

Ele observou seu rosto e percebeu que ela estava profundamente perturbada.

— As coisas não estão indo bem?

— Em vista das circunstâncias, até que estão — disse ela, evasiva. — Ele está compartilhando o evangelho. Na verdade, está gritando como um louco. E Varus e os outros gritam também sobre o poder de Tiwaz. — Sentou-se e esfregou as têmporas. — Ninguém ouve nada nem ninguém.

— Deus age por meio das pessoas, apesar de suas deficiências, amada, e muitas vezes por elas. — Colocou Caleb no chão e lhe deu um tapinha nas costas.

Ela o fitou, sombria.

— Quero acreditar nisso, Teófilo, mas, quando vejo e escuto Atretes, não consigo ver a diferença entre ele e os demais; exceto que eu o amo. Gostaria que ele refreasse a língua. — Caleb se sentou ao lado dela, brincando com a grama. Ela lhe acariciou os cabelos escuros enquanto prosseguia: — Varus e os outros são teimosos, orgulhosos e incrivelmente selvagens. E Atretes é igual. Há momentos em que ele parece pronto para pegar Varus pela garganta e estrangulá-lo se ele não acreditar em Jesus como Senhor.

— Eu já senti esse tipo de frustração antes — disse Teófilo, sorrindo. — Foi um *longo* caminho até a Germânia.

Ela também se lembrava — muito melhor que ele —, e não queria ver Atretes voltando a ser o tipo de homem que havia sido.

Estava com dor de cabeça. Esfregou as têmporas novamente.

— Foi preciso um milagre para fazer Atretes mudar de ideia sobre Jesus.

— Milagres acontecem todos os dias à nossa volta, Rispa.

Ela se levantou, agitada.

— Você sabe a que tipo de milagre eu me refiro. Seria preciso que o sol se pusesse ao meio-dia para convencer essas pessoas.

— Sente-se — disse ele gentilmente.

Ela se sentou.

— Atretes não mudou, Teófilo. Ele está furioso como sempre foi. Nunca vi um homem tão determinado a fazer as coisas do jeito dele. Por Atretes, ele arrastaria seu povo esperneando e gritando até o reino de Deus, quer eles quisessem ou não. — Inquieta, ela se levantou e virou o coelho no fogo. Ele sorriu, divertido, quando ela se sentou novamente. Rispa estava agitada. Se estivesse no exército, eles a teriam mandado correr.

— Lembra quando você disse que a Palavra de Deus é a espada da verdade? — perguntou ela.

— Sim.

— Bem, Atretes levou isso ao pé da letra. Ele corta seus parentes com palavras. Agride-os impiedosamente com a verdade. O evangelho se tornou uma arma em suas mãos.

Teófilo se sentou e juntou as mãos entre os joelhos.

— Ele vai aprender.

— Depois que levar essas pessoas de volta aos braços de Tiwaz?

— Eles nunca deixaram Tiwaz.

— E isso vai fazê-los querer deixar? Eu temo por todos eles, Teófilo. Temo por Marta e pelas crianças. Temo mais por Atretes. Ele está ardendo pelo Senhor, mas e o *amor*? — Às vezes, ela se perguntava se Atretes não estaria mais preocupado em salvar o próprio orgulho que salvar almas.

— Do que você tem medo, Rispa? — perguntou Teófilo, baixinho. — Acha mesmo que o plano de Deus vai sucumbir por causa das fragilidades do temperamento de um homem?

A calma de Teófilo sossegou os pensamentos desenfreados que giravam na cabeça de Rispa. Ela sabia o que ele estava questionando. Ela acreditava que Deus era soberano? Acreditava que Deus tinha um plano para Atretes, para ela e para aquele povo? Tinha fé suficiente em Jesus para acreditar que ele completaria o trabalho que havia começado?

E havia uma pergunta, simples e gritante: *Onde está sua fé, Rispa? Nos outros? Em ti? Ou em mim?*

Lágrimas faziam seus olhos arderem.

— Minha fé é fraca.

Oh, Senhor, meu Deus, sou um vaso tão fraco. Patética. Ridícula. Por que me aturas?

— Você tem a fé que Deus lhe deu.

— Não é suficiente.

— Quem melhor do que Deus sabe do que você precisa, amada?

Ela levantou o rosto, deixando o sol a aquecer. Queria agarrar as palavras, agarrá-las com toda a força. Baixou a cabeça e fechou os olhos.

— Todas as manhãs, quando rezamos juntos, Atretes está calmo e feliz. De manhã, acredito que nada vai impedir o Senhor de cumprir seu propósito em nossa vida. Então me sinto segura e esperançosa. — Olhou para seu amigo, desejando ser mais parecida com ele. — E mais tarde, quando ouço os gritos de raiva, eu me pergunto quem está realmente no comando. — Fitou o céu azul e as nuvens brancas. — Às vezes, gostaria que Jesus voltasse agora, neste minuto, e acertasse as coisas. Queria que ele abalasse a Terra e abrisse todos os olhos para os planos de Satanás. Então Varus, Freyja, Marta e todos os outros que vivem com medo de Tiwaz saberiam. — Pensou no olhar de Marta. A pobre mulher sentia medo e vergonha. — Queria que eles pudessem ver Jesus e toda sua glória e majestade descendo do céu. Então saberiam que Tiwaz não é nada. E seriam livres — acrescentou.

— Nem todos os que viram os sinais e as maravilhas que Jesus realizou se convenceram de que ele era o Filho de Deus encarnado.

— Atretes estava convencido.

— Atretes estava pronto para ser convencido. Alguém havia plantado a semente antes de você o conhecer.

— Hadassah.

— Ele tinha sede de Cristo. Os milagres não são garantia de fé e nunca serão mais importantes que a mensagem da salvação.

— Sim. Nós aguardamos com esperança. E rezamos.

Ele sorriu e não disse nada.

Ela suspirou.

— Paciência nunca foi uma de minhas virtudes, Teófilo.

— Você vai aprender.

— Às vezes, o que me preocupa é como eu vou aprender — disse ela, dando um sorriso melancólico. — Você não gostaria que Jesus voltasse *agora* e nos salvasse de todo esse problema?

— Com todas as minhas forças.

Ela riu.

— Graças a Deus não estou sozinha. Tenho uma ideia: por que não construímos uma casa em homenagem ao Senhor, entramos, fechamos as portas e nunca mais saímos?

Embora ela estivesse brincando, ele notou a tristeza e o desespero em seus olhos.

— Que luz pode brilhar em uma casa fechada, amada? Deus nos quer no mundo, não escondidos.

O sorriso dela se desvaneceu, revelando sua frustração.

— Atretes não está se escondendo. Está parado no meio de uma arena de novo, atacando todos que se opõem a ele. Ele provoca o irmão, os parentes e amigos — disse, indicando a aldeia com a mão. — Quando eu saí, ele estava *aos gritos* com Varus, no meio de uma disputa sobre a *paz* de Deus e o que ela poderia significar para os catos. Paz, Teófilo. Como eles vão entender isso se é assim que ele fala?

— Ele vai aprender, Rispa. Ele *vai* aprender. Precisamos ser pacientes.

— Como ele é paciente com seu povo?

— Não, como Deus é paciente conosco. Ao contrário do que você está pensando agora, Atretes não deve ser sua primeira preocupação. Nossa primeira obrigação é para com o Senhor.

— Eu sei, mas...

— Você sabe, mas está agindo de acordo com o que sabe ou com o que sente?

Ela se sentou, desolada. Sempre havia sido rápida para falar e lenta para ouvir. Esse era um de seus defeitos, assim como o temperamento explosivo e inflamado de Atretes e sua boa memória.

Teófilo se levantou e virou o coelho.

— Procure ver Atretes como uma criança na fé. Ele está aprendendo a andar pela fé, assim como Caleb aprendeu a andar com suas duas pernas. Lembre como ele tropeçava e caía várias vezes no início. Às vezes se machucava; era desajeitado. Ia aonde não devia. E muitas vezes chorava de frustração. — Ele se aprumou e indicou com a cabeça o prado ensolarado, onde Caleb brincava, feliz, perseguindo uma borboleta. — Olhe para ele agora. A cada dia seus pés estão mais seguros — disse ele, sorrindo. — Nós somos iguais. Estamos aprendendo a andar com Cristo. É um processo, não um ato acabado. Nós optamos pelo Senhor e somos salvos, mas a coisa não termina aí. Temos que nos dedicar diligentemente à nossa própria santificação. Vou lhe transmitir todas as escrituras que sei. Aplique a Palavra de Deus no dia a dia, na vida prática. A verdade em si será testemunha para essas pessoas.

— Mas olhe em volta. Há muita coisa aqui contrária ao que Deus nos diz que é certo.

— Nosso trabalho não é mudar a maneira como essas pessoas vivem. Não é lutar contra um ídolo pagão, assim como não é que Atretes esteja tentando enfiar na cabeça deles uma crença em Cristo. Nosso trabalho é dedicar a vida a agradar a Deus. É simples assim; temos que dedicar nossos esforços a aprender a *pensar* como Deus pensa, a *ver* a nós mesmos e aos outros por meio dos olhos dele, a *andar* como ele andava. Essa é a obra da nossa vida.

— Está me dizendo que não devo corrigir Atretes?
— Com suavidade, em particular, sim. E só se ele quiser ouvir.
— Eu tentei. Tenho tudo certo na cabeça, mas, quando abro a boca, sai tudo errado. Às vezes, mesmo quando estou certa, ele interpreta de um modo errado.
— Eu conversei com ele também. E o que me acalma é que o Espírito Santo vai operar em Atretes sem a nossa ajuda; talvez até a despeito dela. — A não ser que Atretes decidisse silenciar a voz calma e suave que o chamara um dia. Teófilo orava incessantemente para que isso nunca acontecesse. — Atretes enfrenta agora uma batalha maior do que qualquer outra que já enfrentou na arena.

Rispa sabia; sentiu vontade de chorar.
— Ele está perdendo a batalha — disse, sombria.
Deus, ele já não teve que lutar o suficiente?
Teófilo a observou se levantar e ir até Caleb. Ela tirou uma pedra da boca do garoto e a jogou fora. Limpando a terra do rosto dele com a bainha do xale, falou carinhosamente com ele, dando-lhe um tapinha. Então sorriu ao vê-lo se dirigir ao monte de terra que Teófilo havia acumulado enquanto cavava a *grubenhaus*, terra boa e rica que ele logo espalharia para preparar um campo para o plantio.

Rispa voltou. Estava um dia quente, mas, mesmo assim, puxou o xale em volta dos ombros.
— De qualquer maneira, Atretes não me ouve.
— Ele ouve. E, mais importante, ele observa. Desde que o conheço, ele está de olho em você.

Ela deu uma risadinha.
— Não por eu ser cristã.

O sorriso de Teófilo a fez corar.
— É verdade; ele observava você com intenções menos honrosas no começo, mas o que via era uma bela jovem praticando sua fé. Sua caminhada com o Senhor teve impacto sobre ele. E continuará tendo.
— Minha caminhada está longe de ser perfeita, Teófilo. — Quantas vezes ela dissera palavras das quais se arrependia?
— É por isso que a estou fazendo recordar. O pecado com que precisamos nos preocupar é o de nossa própria vida. Essa é a raiz de todo o sofrimento humano, a origem de toda a angústia. Deixe Deus cuidar de Atretes.

Ela se levantou e alcançou Caleb novamente, levando-o para mais perto. Quando voltou, Teófilo notou que suas palavras a haviam perturbado.
— Parece que ele não *vê* o que está fazendo. Nem o que está acontecendo ao seu redor. Anômia tem influência sobre essas pessoas. Varus reverencia tudo que ela diz. Ela não tem medo de Deus, nem de Tiwaz, a quem adora.

Teófilo sabia que o que Rispa dizia era verdade, mas não queria conversar sobre a jovem sacerdotisa.

— Deus fala com essas pessoas todos os dias. Os catos têm a mesma raiz que nós; são descendentes de Adão e Eva. Olhe em volta, amada, e tenha certeza de que toda a criação proclama a glória de Deus para eles. E mesmo que eles resistam, mesmo que se recusem a ver, o Senhor lhes deu outro dom: uma consciência. — Inclinou-se para a frente, com a intenção de acalmá-la. — A consciência de Atretes conhecia seus motivos internos e seus pensamentos verdadeiros antes de ele ser redimido por Jesus e receber o Espírito Santo. Não importava quanto ele tentasse justificar a si mesmo e a suas ações, a consciência que Deus lhe deu não lhe permitiria isso. — Apontou para a floresta sagrada. — Já observou Freyja? Observou de verdade? Ela *luta* contra as forças que a retêm, que a perturbam. Ela não tem descanso. Assim como Atretes sofreu com seus demônios, ela sofre com os dela. A consciência dele o alertou instintivamente sobre o julgamento de Deus e o inferno decorrente, assim como a dela a adverte agora. A consciência de Atretes o atormentava porque ele havia pecado, assim como a dela agora. O pecado gera culpa.

— Mas nenhum deles é responsável pelo que aconteceu com eles. Não foi culpa de Atretes ter sido transformado em um gladiador.

— Tudo que fazemos são frutos de uma escolha. As circunstâncias não mudam o que é certo e errado.

— Eles o teriam matado.

— Talvez.

— Talvez? Você sabe que sim, e ele teria morrido *sem ser salvo*.

Ele riu com ironia.

— Você viu Rolf. Eu deveria estar morto agora. Eu *concluí* que morreria quando entrei no círculo com ele. *Concluí* que era hora de morrer pelo Senhor. Rolf é mais jovem, mais forte, mais rápido, mais inteligente. Eu não tinha nem escudo na noite em que o enfrentei, e Deus me disse para me desfazer da espada. Quem prevaleceu?

— Você.

— Não, Rispa. — Ele sorriu com ternura. — *Deus* prevaleceu.

Ele tirou o coelho do espeto e chamou Caleb para comer. Rispa o observou cortar o assado em pedaços e retirar parte da carne do osso para esfriar para Caleb. Enquanto esperava, ele brincava com a criança, com a mesma facilidade com que falava com ela. Observando aquele homem, seu coração se encheu de amor por ele.

Senhor, o que teríamos feito sem ele? Pai, nós nunca teríamos conseguido se tu não o houvesses enviado a nós, em Éfeso. Por que Atretes e eu não podemos ser mais parecidos com ele? A evidência da fé de Teófilo irradia para todos ao seu redor. Minha fé é, no máximo, insignificante, e a de Atretes afasta as pessoas. Oh, Senhor, o que faríamos sem os sábios conselhos de Teófilo?

Enquanto refletia sobre essas coisas, Rispa sentiu uma inexplicável onda de medo.

Podia sentir a escuridão se acercando deles, tentando encobrir a luz.

38

Furioso, Atretes deixou a casa comunal, o sangue pulsando rápido e quente. Se ficasse mais um minuto, esmurraria o irmão e confrontaria os demais. Que Deus fizesse chover enxofre sobre a cabeça de todos! Eles mereciam.

Viu Marta sentada diante do tear, do outro lado da rua, e se dirigiu a ela.

— Você viu Rispa?

— Ela foi por ali — respondeu ela, pálida, evitando seu olhar.

— Você andou chorando?

— Por que me pergunta isso? — indagou Marta, passando a lançadeira entre os fios.

— Porque parece. O que aconteceu?

— Nada. Não aconteceu nada. — Suas mãos tremiam enquanto trabalhava. Ainda podia ver o olhar de Rispa quando ela chamara Elsa e Derek. Um olhar de mágoa e surpresa. Sentia vergonha.

— Ela está com nossa mãe?

— Não.

Ele olhou para ela com brusquidão.

— Por que está falando assim comigo?

— Assim como? — disse ela, inclinando a cabeça, na defensiva.

— Não use esse tom comigo, Marta. — Ela também ficaria contra ele?

— Por que não? — questionou ela, igualmente devastando suas emoções. — Porque vai começar a gritar comigo como grita com Varus, Usipi e os outros? — Ela se levantou. — Não pergunte o que há de errado comigo, Atretes, mas o que há de errado com *você*! — gritou ela, e correu chorando para sua casa comunal.

Ele a observou por um longo momento, perplexo e ainda mais frustrado.

— Ela vai ficar bem — disse uma voz sensual logo atrás dele.

Voltando a cabeça, sério, ele fitou Anômia. Ela era a última pessoa que ele queria ver.

Ela notou o olhar de Atretes passar sobre ela quando ele se voltou e a encarou. Anômia havia escolhido cuidadosamente sua túnica, ciente de como o linho branco caía suavemente sobre as curvas exuberantes do corpo.

Atretes notou. Não podia evitar. Ela saboreava o momento, respirando com calma, inalando o triunfo. Os olhos de Atretes escureceram de uma maneira reveladora. *Ótimo*. Ela desfrutava a luxúria dele, ainda mais porque Atretes lutava contra a atração que sentia por ela. Ele que lutasse; sua luta interna tornaria a consumação muito mais doce. E feroz.

— Precisamos conversar — disse ela.

— Sobre o quê? — ele indagou, sucinto, com as emoções à flor da pele.

— Tenho ouvido o que você anda dizendo. Esse deus de quem você fala parece... interessante.

— De fato — disse ele secamente.

Ela lhe sorriu.

— Você duvida de mim?

— Deveria?

Ele não era como Varus, mas isso era bom. Varus era entediante, fraco e previsível.

— Tem medo de discutir sobre esse seu Jesus com uma alta sacerdotisa de Tiwaz?

Ele sorriu.

— Ainda acho difícil ver a irmãzinha de Ania como uma alta sacerdotisa de qualquer coisa.

Ela não deixou transparecer como as palavras dele a enfureceram. Como ele ousava zombar dela como se ela fosse uma criança tola e fraca? Escondendo os verdadeiros sentimentos, ela fez beicinho, fingindo se divertir.

— Tem medo de que eu faça uma pergunta que você não saiba responder?

Ele estreitou os olhos ao ouvir o desafio.

— Pergunte.

— Como eu ou você podemos ser responsabilizados pelo que um homem e uma mulher fizeram há milhares de anos?

Ele explicou sobre o encontro de Adão e Eva com Satanás, da mesma forma que Teófilo lhe havia explicado; mas ela riu.

— É uma história inocente, mas ridícula, Atretes. Não é de admirar que os homens não acreditem em você.

— O que tem de ridícula?

Ela fingiu se surpreender com a pergunta.

— Não acredito que você seja tão facilmente influenciado — disse ela, arregalando os olhos, consternada. — Pense no que está nos dizendo. Por que devemos nos sentir culpados pela escolha feita por um homem e uma mulher há milhares de anos em um lugar que você nunca viu nem do qual ouviu falar? Você estava lá? Não. Eu estava? Não. Você não faria nada vendo sua esposa ser seduzida? Acho difícil imaginar isso, mas... — Ela fez uma pausa deliberada, como se algo desagradável lhe passasse pela cabeça. Deixou o olhar vagar na direção da floresta onde o romano terminava sua *grubenhaus*.

Erguendo os olhos, viu o olhar de Atretes vagando na mesma direção. Ele era um homem passional e possessivo; não seria muito difícil despertar nele suspeitas sobre seu amigo romano e a fidelidade daquela bruxinha efésia de olhos negros.

Atretes franziu o cenho. Onde estaria Rispa? Ele a mandara sair, mas esperava que ela retornasse quando Caleb se acalmasse. Ela saíra havia mais de uma hora, e ele não gostava da ideia de ela ficar sozinha com um homem, mesmo que fosse Teófilo.

Com crescente irritação, Anômia viu que estava sendo ignorada. Quando ele começou a se afastar, ela estendeu a mão depressa e a pousou levemente em seu braço.

— Aonde está indo, Atretes?

— Procurar minha esposa.

Ela notou a aflição dele em encontrá-la, e uma onda de ciúmes fez seu sangue ferver. O que ele vira naquela estrangeira de pele cor de oliva?

— Ela está na floresta com aquele seu amigo romano — disse Anômia, plantando uma semente.

Atretes não gostou do tom da afirmação. Qual era seu jogo?

— Mais uma pergunta, Atretes, sobre essa ideia de algum vago pecado do qual supostamente somos culpados: por que você acha que um romano ia querer que você acreditasse nessas coisas? — indagou ela, derramando água na semente que plantara. E, olhando para o lindo rosto de Atretes, fez uma prece silenciosa para Tiwaz pedindo que a dúvida criasse raízes e se espalhasse.

Faça com que Atretes dê as costas àquele estrangeiro e venha para mim! Mande seus subordinados sobre ele. Faça com que seja meu!

Atretes deu-lhe um tapinha na mão, distraído.

— Outra hora conversamos — disse e se afastou.

Anômia o observou demoradamente, com os lábios entreabertos e os punhos cerrados.

―――――┤-├―――――

Atretes desceu a rua principal da aldeia.

Ela está na floresta com aquele seu amigo romano.

Aborreceu-se pelo fato de uma mera observação ser capaz de levar seu pensamento a um caminho tão sombrio. Rispa não lhe dera motivos para duvidar de sua fidelidade, tampouco Teófilo. No entanto, um comentário descaradamente falso lhe despertara a imaginação! Ele sabia o que Anômia estava tentando fazer, mas isso não ajudava. Em um instante, ele imaginara sua esposa na *grubenhaus* de Teófilo, deitada no chão de terra batida, entretida...

Um rosnado saiu do fundo da garganta. Ele sacudiu a cabeça, tentando afastar o pensamento. Rispa não era como Júlia; nunca lhe ocorreria casar com um homem e ter outro como amante. No entanto, sentia urgência em encontrá-los, para se acalmar.

Nada havia saído do jeito que ele pensara que seria quando voltasse para casa. Esperava resistência à nova fé que levaria, mas não que outros sentimentos se infiltrassem. Olhou ao redor, a aldeia de construções rústicas, crianças sujas correndo nuas pelas ruas, e se lembrou das ruas de paralelepípedo e dos salões de mármore de Roma. Na casa comunal, sentindo o cheiro dos corpos sujos de seus parentes, ele se lembrava das termas romanas, imaculadas, dominadas pelos aromas de óleos perfumados. Escutava Varus e os outros, bêbados e gritando seus argumentos, e pensava nas longas horas de discussões calmas, porém revigorantes, com Teófilo. Onze anos! Durante onze longos e exaustivos anos, sonhara em voltar para casa. E, agora que voltara, não pertencia mais àquele lugar.

Sentia-se mais à vontade com Teófilo, um romano, que com seus próprios parentes. Isso o perturbava. Era como se estivesse traindo seu povo, sua herança, sua raça.

Seguiu o caminho e viu a clareira à frente. Sentado perto de uma fogueira, Teófilo compartilhava uma refeição com Caleb. Ele falava, e Rispa, sentada do lado oposto, ouvia atentamente. Era uma cena inocente, dois amigos fazendo uma refeição juntos, conversando, à vontade um com o outro. Não deveria incomodá-lo, mas incomodou.

Teófilo o viu primeiro e acenou.

Rispa virou a cabeça e se levantou. Sorriu para ele, e ele sentiu o golpe do desejo, como um soco no estômago. E sentiu algo mais. Sabia, sem dúvida, que podia confiar nela. Pegou-lhe a mão e beijou-lhe a palma.

— Estava me perguntando onde iria encontrar você — disse rudemente.

— Papa... Papa... — balbuciou Caleb, agitando uma perna de coelho parcialmente comida.

Ele riu, relaxando, esquecendo completamente as palavras de Anômia.

— Não é gostoso aqui? — perguntou Rispa. — É tão quieto, dá para ouvir o canto dos pássaros. Precisa ver o interior da casa de Teófilo. — Entrelaçou os dedos nos dele. — Venha.

Atretes teve de baixar a cabeça para entrar, mas conseguia ficar em pé dentro da casa. A *grubenhaus* de Teófilo era maior que as outras da aldeia, com uma estrutura superior reforçada.

— Bom trabalho, Teófilo! — gritou pela porta. — Você constrói como um germano!

Teófilo riu.

— Não seria bom termos uma casa como essa para nós? — indagou Rispa, soltando-o e girando.

Atretes olhou para ela e viu um anseio que não havia notado antes. O silêncio os envolveu novamente. Tudo que ele podia ouvir eram os pássaros do lado de fora e as batidas do próprio coração nos ouvidos.

Atretes a observou andar pelo aposento. Seria bom sair de baixo do teto de Varus, mesmo que tudo que tivessem fosse um dossel celeste sobre a cabeça. Só para que pudessem ficar sozinhos de novo.

Vou fazer o que puder para termos nossa casa, pensou, observando-a. Abriu um sorriso. *E rápido.*

— Acho que você tem razão — disse ele, apoiando a cabeça na mão. Como Rispa não respondeu, ele sorriu e passou levemente os dedos sobre os lábios dela. — Não durma, *Liebchen*. Temos que voltar em breve.

— Eu sei. Estava apenas aproveitando a quietude.

Inclinando-se, ele a beijou com carinho.

— Você estava sonhando com sua própria *grubenhaus*?

Ela acariciou os cabelos dele, franzindo levemente o cenho.

— Sua mãe ficaria magoada se você fosse embora.

Ele percebeu que ela não se incluíra no comentário.

Mas ela tinha razão. Deitado de costas, observou demoradamente os galhos de pinheiro. Sua mãe ficaria magoada.

— As coisas seriam melhores se Varus me escutasse.

— Ou se você o escutasse.

Ele virou a cabeça de repente.

— Escutar o quê? Sua tolice cega e teimosa sobre Tiwaz?

— Não — respondeu ela com delicadeza. — Escute o medo dele.

Atretes bufou.

— Varus nunca teve medo de nada — retrucou ele, descartando a possibilidade.

Rispa sentiu a raiva do marido aflorar levemente. Não queria despertá-la de novo, mas precisava falar.

— Naquela noite, quando Teófilo venceu a luta contra Rolf, você voltou exultante, não foi?

Ele soltou uma risada discreta.

— Claro. Deus demonstrou que seu poder é maior que o de Tiwaz.

— Pense no que seu povo deve sentir — disse ela, voltando-se e olhando para ele. — Você não teve medo quando o Senhor me trouxe de volta à vida?

— Eu fiquei aterrorizado — confessou ele, a mente começando a clarear em um rompante.

— E você estava preparado.

— Preparado?

— Você estava ouvindo o evangelho desde o momento em que saímos do porto de Éfeso, nas catacumbas e na estrada sobre os Alpes. — Sorriu. — Contra sua vontade, a maior parte do tempo.

Ele riu com tristeza.

— Eu não podia fugir.

— Você ri agora, meu amor, mas não ria na época.

— Não — disse ele, recordando. — Eu não ria. — Ele havia feito tudo que podia para não ouvir o evangelho. A Palavra havia tocado seus nervos, entrando fundo e deixando-o preocupado.

Ela pousou a mão no braço dele.

— Varus, sua mãe e todos os outros nunca haviam ouvido o nome de Jesus até algumas semanas atrás. — Viu o semblante de Atretes endurecer. Acariciou sua testa delicadamente. — Deus foi paciente com você, meu amor. Seja paciente com eles.

Ele se sentou.

— Varus insulta Deus. Zomba dele na minha cara.

Ela proferiu uma oração rápida e silenciosa.

— E você não zombava? — perguntou, tentando fazê-lo recordar da maneira mais gentil possível.

Suspirando, Atretes fechou os olhos e esfregou a nuca.

Rispa se levantou e se ajoelhou atrás dele. Passando os dedos por seus cabelos compridos, beijou-o e começou a massagear os músculos tensos do pescoço e ombros.

— Ame-os, Atretes.

— Para mim não é tão fácil como para você.

Ela pensou em Marta chamando os filhos e Caleb chorando porque queria brincar com eles.

— Também não é fácil para mim, mas, se permitirmos que a raiva resida em nós, seremos mais culpados que eles, porque conhecemos o melhor caminho. A raiva não traz a justiça de Deus nem abre o coração dele para ouvir sua Palavra. A raiva provoca conflitos. Você tem que deixar a raiva de lado, Atretes. Caso contrário, nunca ouvirá o que Varus e os outros estão dizendo e o que atrapalha o caminho para que eles aceitem Jesus.

— Não consigo ficar sentado sem dizer nada como você.

— Então fale, mas fale com amor.

— Com amor — repetiu ele, debochado. Tirou as mãos dela dos ombros e se afastou. — Do seu jeito demora muito. Meu povo tem que aceitar a verdade *agora*, antes que seja tarde.

— Não é do meu jeito, Atretes; o caminho do Senhor é assim. Lembre-se do que aprendemos: "Amarás ao Senhor teu Deus de todo o teu coração, e de toda a tua alma, e de todas as tuas forças, e de todo o teu *entendimento*, e ao teu próximo como a ti mesmo". O amor não é o caminho mais fácil; é um ato de vontade seguir Jesus. Se você o ama, *precisa* fazer a vontade dele. E a vontade dele é que amemos uns aos outros como ele nos amou.

— Eu não consigo.

— É — disse ela —, você não consegue.

Atretes balançou a cabeça, irritado porque não a entendia.

— Primeiro você diz que eu devo, depois concorda que eu não consigo. O que quer de mim?

— Eu quero que você entenda, mas não tenho as palavras certas para explicar. Não sou como Teófilo, tão conhecedor das Escrituras. Mas sei o que o Senhor me diz.

— E o que Deus lhe diz?

— Que não é o nosso amor que vai chegar a Varus; é o amor de Cristo. Temos que escolher escutar o Senhor toda vez que surja uma situação em que o nosso orgulho queira assumir o controle.

— Então, o que você está dizendo é que eu deveria ignorar os insultos de Varus?

— Sim.

— Não dizer nada quando ele zombar de Deus?

— Sim.

— Ser gentil — debochou ele.

— Sim.

— Varus precisa aprender a ter respeito, se não por Deus, pelo menos por mim como irmão mais velho e chefe dos catos.

Rispa viu a raiva, a autodefesa e o orgulho crescer nos olhos de Atretes, mas não podia deixar as coisas daquele jeito. Estava preocupada com Varus, Freyja e os outros, mas ainda mais com o que via acontecer com Atretes.

— Atretes, como você pode odiar seu irmão e amar a Deus?

Ele franziu o cenho, profundamente perturbado pelas palavras.

Rispa notou e orou: *Faze-o ouvir, Senhor*. Então se levantou e se aproximou dele.

— Se você sente raiva de Varus, lute com Deus. Quanto mais você se apega à raiva, maior ela se torna. Quanto mais espaço der à raiva, menos terá para o Senhor, até que por fim não haverá nenhum espaço para ele em sua vida. — Pestanejou para conter as lágrimas, desejando desesperadamente que ele entendesse. — Você não vê? Você não pode servir a dois mestres.

Notando o tremor na voz de Rispa, Atretes a fitou. O coração dele se suavizou quando viu lágrimas nos olhos dela. Estendeu a mão e tocou-lhe a face.

— Você é muito mole.

— O caminho diante de nós é duro, mas reto. — Pousou a mão sobre a dele. — Quando você ama Varus, serve ao Senhor — disse, e lágrimas rolaram por seu rosto. — Quando você briga com ele, serve a Tiwaz.

— Você lhes perdoaria qualquer coisa, não é?

— O Senhor me perdoou tudo.

Como Deus me perdoou, pensou Atretes, acreditando que seus crimes eram mil vezes piores que os dela. Ele a puxou para si.

— Eu vou tentar — disse com suavidade, beijando seus cabelos. Então Rispa o abraçou e toda a tensão o abandonou. Ele levantou a cabeça e olhou para o céu. — Eu vou tentar.

39

O coração de Anômia se acelerou enquanto observava Atretes andar pela rua. À tarde, ele saíra em um estado sombrio e instável; aflito com as dúvidas que ela havia plantado em seu espírito. Agora, apenas algumas horas depois, ele voltava sorridente, abraçando a bruxa efésia que segurava o filho no colo!

A risada dele a irritou profundamente, a inveja derramando um veneno ardente nas veias. Quando ele se inclinou para beijar a testa da estrangeira, seu sangue ferveu.

Fechando os olhos, ela se esforçou para controlar a tempestade que crescia dentro dela. Seu corpo tremia, gelado de ciúmes.

Tiwaz, deus das trevas! Por que permite esse casamento abominável? Atretes deve pertencer a mim, não a ela! Essa criança deveria ter sido minha. Ela os observou de novo com os olhos apertados. Ele era tão lindo, tão poderoso, tão viril... Deveria ser dela.

Atretes passou a mão levemente nos cabelos escuros de Rispa e a abraçou.

Que essa mulher seja atormentada pela doença! Deixe-me arrancar seu coração e colocá-lo em seu altar! Atretes pertence a mim!

Nenhum homem que ela conhecia, entre os catos ou qualquer outra tribo, tinha a beleza, a força ou a aura pessoal de Atretes. Ela sentiu o estômago revirar; o coração batia a um ritmo doentio de luxúria, por algo que ela ansiava, mas que estava além de seu alcance.

Dê Atretes para mim, Tiwaz! Dê-me o que é meu!

VOCÊ TERÁ O QUE MERECE.

Diga-me o que quer que eu faça e eu farei. Qualquer coisa. Qualquer coisa!

Eles pararam para conversar com Marta, Derek e Elsa. A bebê, Luísa, saiu da casa comunal e foi direto para Rispa. Presunçosamente, Anômia esperava que Marta a impedisse. Como ela não o fez, bufou, furiosa. *Aquela tola fraca não disse nada,* pensou; *só ficou sentada em seu tear vendo sua filha puxar a saia da efésia. E ela a avisara!*

Rindo, Rispa conversava com a pequena Luísa. A criança não tinha medo dela. Ela a *tocou*, e Marta não disse nada. Rispa deu um beijo na bochecha de Luísa e deixou a menina acariciar o cabelo do filho adormecido de Atretes.

Agora Marta *falava*. Não com a filha, mas com a efésia. E até sorria!

Anômia recuou para as sombras de sua casa. Um rosnado subiu baixo da garganta. Ela queria gritar; queria matar! Apertando os dentes, rasgou a túnica de linho branco que usava.

— Ela vai se arrepender por não me obedecer. Ela vai se arrepender. Vou fazer com que todos se arrependam! — repetia, destruindo a roupa. — Em seguida arrancou-a dos ombros e a chutou. Foi até o canto escuro e se ajoelhou diante do altar onde rezava para Tiwaz. Balançando-se para a frente e para trás, implorou a seu mestre das trevas. — Revele-me a magia de que necessito. Dê-me poder para que eu possa fazer Marta sofrer por sua desobediência.

E conhecimento lhe foi dado, o qual entrou em sua mente com um zumbido, como as asas de mil gafanhotos batendo. Tornou-se mais alto, como o lamento de morcegos famintos.

— Sim — disse ela. — *Sim!* Dê-me mais. *Mais!*

Carregada com o obscuro poder da instrução de Tiwaz, Anômia tremia. Soltou uma risada exultante e se levantou depressa para seguir as ordens de seu mestre. Ela sabia exatamente como misturar a poção e lançar o feitiço.

Foi até a prateleira e pegou os ingredientes um por um: beladona, verbena, actaea, ageratina, camassia, pedaços de teixo, e, por fim, uma caixinha. Abrindo-a, tirou dela uma bolsa de pano. Dentro estava a preciosa mandrágora pela qual ela havia trocado todo seu âmbar. Colocou aquela raiz em forma de homem na palma da mão, e a planta ficou brilhando suave na escuridão. Segurou-a possessivamente, acariciando-a com o polegar. A mandrágora tinha muitas funções; protegia contra ferimentos de batalha, curava doenças, dava sorte no amor e promovia a fertilidade.

E podia matar.

Colocou-a com cuidado na mesinha de trabalho e murmurou um feitiço enquanto cortava uma pequena porção e restituía a mandrágora a seu esconderijo.

Só o que faltava era sangue fresco, mas isso poderia obter facilmente.

Pegando uma faca afiada, estremeceu ao fazer uma pequena incisão no braço direito. O sangue pingou em uma tigela. Colocou tomilho branco no ferimento e o enfaixou com uma tira de linho limpo.

Cortou e moeu os ingredientes e os misturou ao sangue. Quando a poção ficou pronta, deitou-a em uma panela sobre o fogo. Entoou baixo e repetidas vezes um cântico até que a poção começou a borbulhar. Em seguida retirou-a do fogo e a separou.

Com um suspiro satisfeito e malicioso, sentou-se e esperou que a escuridão a tomasse.

Quando a lua e as estrelas surgiram e a aldeia adormeceu, Anômia pegou a poção venenosa e foi às escondidas até a casa de Marta. Com os dedos, passou a mistura nos fundos da casa enquanto sussurrava o feitiço poderoso. Concluída a tarefa, correu de volta para casa.

Fechando a porta ao entrar, ela se trancou na escuridão, feliz com o que havia feito e ansiosa pelos resultados horríveis que adviriam de seu ato.

No dia seguinte, Marta saberia o custo da desobediência. Mas a dor começaria ainda naquela mesma noite.

Anômia sabia que Usipi pediria sua ajuda, e ela a daria graciosamente. Diria a Marta o que estava acontecendo com ela. Não em palavras, apenas pistas sutis que tornariam o feitiço mais excruciante e aterrorizante. Como se deliciaria de ver aquela patética infeliz se contorcer de medo.

Oh, Tiwaz! Meu deus, meu deus, como é ótimo ter poder sobre os outros! Eu adoro isso. Dê-me mais. Mais!

VOCÊ RECEBERÁ MAIS DO QUE JAMAIS SONHOU.

— Me dê Atretes.

SE VOCÊ ME SERVIR.

— Eu lhe servirei. Eu me entrego a você total e completamente. Me dê o que eu quero, me dê Atretes.

E seu mestre respondeu, dando-lhe um desejo mais profundo e pensamentos mais sombrios que a puxaram ainda mais para dentro do vórtice de um plano profano. E com isso veio o riso suave, zombeteiro e triunfante no vento escuro.

40

Teófilo acordou na escuridão. Sentou-se devagar para não fazer barulho e apurou os ouvidos.

Um barulho na porta o fez olhar naquela direção. Apertando os olhos, viu uma forma enorme e pensou que era o urso que vira na noite anterior. Movendo-se devagar, pegou a adaga na prateleira que havia feito na parede, ao lado do catre.

— Romano. — Ouviu um sussurro profundo, urgente e exigente.

Aliviado, Teófilo guardou a faca.

— Quem é?

O homem se ocultou.

— Você não precisa saber — murmurou.

— O que quer?

O silêncio se prolongou até que os grilos começaram a cantar de novo. Franzindo a testa, Teófilo se moveu para poder ver a porta que se abria para as estrelas.

— Ainda está aí?

— Sim.

— Pode falar, estranho — disse ele com voz calma. — Estou ouvindo.

— *Shhh!*

Houve um farfalhar, um movimento inquieto perto da porta.

— Eu quero saber sobre esse seu deus — sussurrou o homem.

A voz era indistinta, mas vagamente familiar.

— Por que vem fazer perguntas no meio da noite?

— Não quero ser visto por... Não quero que ninguém saiba que estou falando com você.

— Porque sou romano?

Bufo de escárnio.

— Não.

Teófilo tentou associar um rosto à voz, mas não conseguiu.

— Está com medo?
— Não de você.
A resposta foi dada com tanta confiança que Teófilo não duvidou. Riu, até que lhe ocorreu uma possibilidade surpreendente.
— Você é membro da *Ting*?
O homem não respondeu.
Teófilo não o pressionou.
— O que Atretes lhe disse sobre Jesus?
O homem soltou um riso rouco.
— Ele fala demais. Mas não o suficiente.
— Ele é novo na fé, mas seu coração é bom.
— Eu não vim para ouvir elogios a Atretes.
Animosidade. Inveja? Um antigo rancor? Teófilo pegou a pequena lamparina de barro na prateleira e a colocou no meio do aposento.
— Venha para a luz para conversarmos.
— Ninguém deve saber que eu estive aqui.
Teófilo franziu o cenho levemente.
— Eu não vou contar a ninguém. — Como o homem não disse nada, ele tentou tranquilizá-lo. — Eu lhe dou minha palavra de que o que acontecer aqui será sigiloso.
— Sua palavra! Você é *romano*. Vou ficar onde estou.
Teófilo pegou a lamparina com a intenção de guardá-la.
— Coloque-a ao seu lado — sussurrou o homem asperamente.
Teófilo atendeu ao seu pedido, consciente de que o intruso queria ver seu rosto.
— Assim está bom?
— Sim.
Teófilo esperou que o homem fizesse as perguntas. O silêncio se prolongou. Grilos cantavam. Uma rã-touro coaxou na grama, em algum lugar perto da parede.
— Eu quero saber a verdade sobre Deus — sussurrou o homem. — Conte-me tudo desde o começo.

―――― ¦-¦ ――――

— Marta está doente — disse Freyja, entrando na casa comunal e se dirigindo às prateleiras de ervas e óleos.
— Doente? — repetiu Atretes, surpreso. — Desde quando? Ela estava bem, ontem.

— Desde a noite passada. Usipi foi me procurar hoje cedo.
— O que ela tem?
— Não tenho certeza; só sei que está com dor e febre alta.
— Provavelmente foi algo que comeu — disse Varus, pegando a tigela de mingau de cereais quente que Rispa lhe servia, sem fazer contato visual. — Você sabe como ela adora frutas silvestres.
— Ela disse que não comeu frutas.
— Se não sabe o que ela tem, peça a Anômia para dar uma olhada nela. Ela vai saber.

Varus falava como se Anômia fosse um oráculo.
— Anômia está com ela.

Freyja não contou a seus dois filhos que Marta parecia piorar com a presença da jovem sacerdotisa. Varus estava apaixonado pela feiticeira, e o temperamento de Atretes era volátil. Ele não hesitaria em mandar Anômia se afastar de sua irmã, e isso só serviria para criar mais antagonismo entre os irmãos.

Freyja examinou seu estoque de ervas, tentando decidir o que seria melhor usar. O chá de azedinha limparia o organismo. Narcisos de terra a fariam vomitar. O sabugueiro promoveria a transpiração. Se alguma coisa no corpo de Marta estivesse causando dor de barriga, de cabeça e febre, um bom trago dessas ervas as eliminaria rapidamente.

Mas e se a doença fosse causada por outra coisa mais séria?

Ela afastou o pensamento.

Ulmária, salgueiro-branco, cinco-dedos e bálsamo eram úteis na redução de febres. Tomilho-manjericão, azevinho e milefólio também. O heliotrópio aliviava a dor, e camomila e chá de papoula vermelha a fariam dormir.

Pegou narciso seco e começou a moer.

Antes que ela saísse, Usipi lhe dissera baixinho que Marta passara a noite toda perturbada por sonhos terríveis, em que criaturas aladas se abatiam sobre ela, cravando-lhe garras na carne e nos ossos.

— Ela disse que dói em todos os lugares que as criaturas tocaram. A febre está aumentando.

Ao ver como a doença se manifestava, Freyja temeu que Marta estivesse sendo atacada por espíritos.

— Posso fazer alguma coisa para ajudá-la? — perguntou Rispa, interrompendo os pensamentos que a preocupavam.

Olhando para a bela efésia, Freyja foi tomada por um sombrio pensamento. *E se Marta tivesse sido vítima de uma maldição?*

Anômia.

O nome surgiu-lhe na mente quase como um sussurro, e, com isso, adveio a rápida negação. Nunca; Anômia não lançaria uma maldição sobre uma pessoa de seu povo. Se um feitiço tivesse sido lançado sobre Marta, o responsável por isso teria sido um inimigo ou alguém que a invejasse ou quisesse se vingar.

Freyja observou o rosto da efésia, utilizando-se de todos seus poderes de percepção para tentar discernir o mal.

— Que foi, senhora Freyja? — perguntou Rispa com suavidade, sem desviar o olhar. Por que a olhava daquela maneira, analisando seu rosto como se estivesse procurando algo? Rispa se aproximou. — Diga-me o que posso fazer para ajudá-la — disse, estendendo a mão e tocando o braço da sogra.

Freyja só viu bondade e compaixão em seus olhos. Mesmo assim, em um gesto de autodefesa, puxou o braço. Ela era uma alta sacerdotisa de Tiwaz, tinha que se lembrar disso! Não podia se permitir confiar naquela mulher, independentemente do que parecesse ser. O fato era que a esposa de seu filho era uma estranha, serva de um deus estrangeiro que queria destruir Tiwaz. Freyja sabia que não podia ser frágil em relação a Rispa.

— Cuide do seu filho — disse, voltando as costas para Rispa. — Eu cuido da minha.

Magoada pela aspereza de Freyja, Rispa se calou. Voltando-se, encontrou o olhar de Atretes, que ouvira as palavras de sua mãe e ficara furioso.

— Eu cuido do meu filho — disse ele. — Leve Rispa com você. — Era uma ordem, não uma sugestão.

— Não há nada que sua mulher possa fazer — rebateu Freyja, amassando as ervas. — Além do mais, a presença dela incomodaria Marta.

Sua mulher? Atretes se sentiu ainda mais ofendido.

— Incomodá-la? — indagou, deixando a tigela de lado e se levantando. — Por que a presença de *Rispa* a incomodaria? Ela se ofereceu para *ajudar*.

— Atretes — disse Rispa, em um tom de súplica que lhe pedia calma. — É natural que Marta prefira ter a mãe consigo, e não uma estranha.

— Você não é uma estranha. Você é *minha esposa*. Já é hora de eles a aceitarem. Ela pousou a mão no braço dele.

— Por favor — sussurrou Rispa —, esse não é o caminho.

Varus afastou a tigela vazia.

— Deixe que nossa mãe cuide de nossa irmã. — Pegando a bengala, ele se levantou e foi mancando em direção ao portão das baias dos animais. — E mantenha sua bruxa longe dela — acrescentou, murmurando.

Atretes ficou vermelho, depois branco.

— O que foi que você disse?

Varus bateu o portão e o fitou por cima.

— Isso mesmo que você ouviu!

Atretes deu um passo em direção a ele.

Rispa puxou sua manga.

— *Não* — sussurrou, desesperada, mas Atretes puxou o braço. — Pelo amor de Deus, Atretes, *pense* no que vai fazer — implorou com suavidade. — Lembre-se do que conversamos.

O interlúdio que haviam compartilhado na floresta voltou com um ímpeto de clareza. *Irai-vos, mas não pequeis.* Ele precisou de toda sua força de vontade para controlar a raiva que caíra sobre ele como uma tempestade selvagem, mas permaneceu onde estava.

Varus franziu o cenho. Confuso, olhou de um para o outro antes de dar meia-volta e ir mancando pelo corredor, abrindo as baias ao passar.

As mãos de Freyja tremiam enquanto ela moía as ervas. Sentia medo, mas não sabia por quê. Verteu hidromel em um copo; Marta gostava do sabor. Acrescentando as ervas moídas, misturou tudo, suplicando a Tiwaz que fizesse a beberagem funcionar. Enfiou a mão em uma cesta e pegou quatro dentes de alho para afastar as forças malignas da magia negra.

Voltando-se, viu seu filho a fitando solenemente. Ele pegou Rispa pelo braço e a puxou diante de si. Pousou as mãos em seus ombros e a abraçou deliberadamente, colocando sua esposa antes dela e de todo o resto.

— Se precisar de nós, sabe onde nos encontrar — disse ele, com o maxilar cerrado.

Perturbada, Freyja saiu sem dizer uma palavra. Atravessou a rua e entrou na casa da filha.

— Freyja está aqui — anunciou Usipi.

Anômia saiu do lado da cama de Marta.

— Vou ao bosque sagrado rezar por ela — disse a jovem sacerdotisa em um tom cerimonioso, as palavras sugerindo que Tiwaz tinha relação com a doença que acometera Marta. Em seguida deu-lhe um tapinha na mão, dizendo: — Sua mãe vai tentar fazer com que se sinta melhor.

Marta fitou os olhos azuis pálidos de Anômia e se desesperançou.

— Eu não quero morrer.

Anômia sorriu.

— Quem disse que você vai morrer?

Você só vai sofrer. Ah, você vai sofrer até eu ficar satisfeita.

— Você não vai morrer — encorajou Freyja, determinada a animar sua filha. Então se aproximou mais, até Anômia precisar soltar a mão de Marta e se afastar dela. Em seguida se sentou ao lado de Marta.

— Está doendo, mãe — queixou-se Marta, apertando o estômago. — Dói muito. É como se alguma coisa se retorcesse por dentro.

— Beba isto.

— Não consigo.

Freyja viu que os olhos de Marta ainda estavam fixos em Anômia.

— Beba — insistiu, ajudando-a a se levantar para poder engolir. — Tudo. — Mudou sua filha de posição para que não pudesse ver a jovem sacerdotisa ali parada. — Muito bem, *Liebchen* — disse suavemente, passando a grossa trança loira da filha por cima do ombro. — Essa bebida vai expurgar você.

— Uma purga só vai fazer doer mais — retrucou Anômia em tom monótono, afastando-se e se regozijando por dentro.

Freyja a fitou nas sombras.

— Antes de sair, peça a Derek para colher um maço de cila. — A planta de folhas estreitas e flores azuis em forma de sino afastaria os feitiços do mal.

— Sim, minha senhora — respondeu Anômia, fixando os olhos opacos mais uma vez em Marta, divertindo-se secretamente. — Se acha que pode ajudar, eu mesma vou — disse e se voltou para sair.

Marta estremeceu violentamente.

— Traga panelas e panos — ordenou Freyja a Usipi. — Depressa.

Usipi obedeceu e ficou ali para ajudar. A purga foi rápida e feroz, deixando sua esposa esgotada e fraca. As cólicas e os espasmos ainda continuavam bem depois de eliminar tudo aquilo do corpo.

— Não está ajudando, mãe — disse ele, sentindo a dor de sua esposa como se fosse dele.

— Ohhh, mãe...

Trêmula, Freyja lavou sua filha como se fosse um bebê. O suor escorria do corpo esguio de Marta. Certamente as impurezas estavam sendo expelidas também. Mas a dor... a dor era tão intensa...

— Vou preparar algo para aliviar seu desconforto e ajudá-la a descansar — disse Freyja, beijando a testa de Marta. Voltou-se para Usipi, que estava pálido e tenso. — Tente ajudá-la a ficar calma. E você também, se acalme.

Quando Freyja saiu, ele se deitou ao lado de sua esposa, aproximando-a mais de si quando ela começou a tremer de frio.

Nos dois dias que se seguiram, Freyja preparou chás de prímula e camomila para aliviar a dor da filha, e de morugem, heliotrópio e escabiosa para tratar a inflamação interna. A papoula vermelha e o tomilho silvestre propiciaram o sono, mas a febre continuava. Nem os chás de petasite, tanaceto e ulmária ajudavam a baixá-la.

A pele de Marta continuava seca e quente, como folhas mortas de outono. Inverno e morte se aproximavam.

Derek subiu em um carvalho antigo e cortou visco fresco para seu pai. Usipi pendurou os raminhos na casa, em uma tentativa de afastar feitiços. Freyja procurou freneticamente na mata até encontrar cila. Pendurou as flores azuis acima da cama de Marta para protegê-la dos encantamentos do mal. Usipi pendurou tantas tranças de alho na casa que se sentia o cheiro delas no ar.

Mas nada ajudou.

— Você falou com a efésia — Freyja ouviu Anômia dizer a Marta certa noite. — Eu avisei que Tiwaz não ficaria satisfeito, não é?

Freyja gelou ao ouvi-la. Viu Anômia acariciando o braço de Marta e sentiu vontade de afastá-la de sua filha. Mas, em vez disso, ela se colocou sob a luz da lamparina e viu a surpresa nos olhos de Anômia. Era evidente que a jovem sacerdotisa não queria que Freyja ouvisse o que estava dizendo.

— Quero falar com você, Anômia.

— Claro, mãe Freyja. — Ela se levantou graciosamente e passou os dedos pelo braço de Marta antes de seguir a sacerdotisa mais velha. — Conversamos mais depois.

A fúria de Freyja cresceu, mas a sabedoria a manteve calada. Ela se voltou para a jovem quando já estavam do lado de fora da casa, esforçando-se para manter o semblante calmo.

— Acredita mesmo que essa doença foi causada pela ira de Tiwaz?

Anômia arqueou as sobrancelhas; os olhos azuis cintilavam.

— Você me ouviu dizer isso?

— Ouvi o suficiente para saber que você está assustando Marta para que acredite nisso. Por que você faria uma coisa dessas, se não acreditasse?

— Sim, eu acredito.

E Tiwaz fez isso por mim, sua tola fraca. Por mim!

— Você *acredita* ou *sabe*?

O tom de voz de Freyja despertou o orgulho de Anômia. Como aquela mulher se atrevia a falar com ela daquela maneira?

— Marta é impressionável — disse Freyja, vendo o perigoso brilho nos olhos da jovem. — A menos que você saiba, sem dúvida alguma, que Tiwaz está descontente com ela, não sugira isso.

Anômia queria dizer que, se Marta era tão impressionável, deveria ter atendido a sua ordem de não falar com a efésia; mas mordeu a língua.

— Acha que é só com você que Tiwaz fala?

Freyja sentiu um frio repentino no olhar da jovem. Instintivamente, soube que Anômia estava por trás da doença de Marta, mas acusá-la despertaria sua ira e a impediria de empregar os poderes sobrenaturais da garota para o que era necessário: curar Marta.

— Se Tiwaz falar com você, escute. Mas, como uma alta sacerdotisa, lembre-se de que o que deve buscar é misericórdia para seu povo. — *E não poder para si mesma*, teve vontade de acrescentar.

Anômia sentiu o medo de Freyja e se regozijou.

— Eu escuto — disse Anômia com um leve sorriso. — E busco o que é melhor para nosso povo.

Quem melhor do que ela sabia do que os catos precisavam? Certamente não essa alma patética que desejava paz.

Freyja conhecia Anômia desde que esta era criança e sabia de sua maior fraqueza.

— Então você falhou, não é?

— Falhei?

— Se Tiwaz a ouvisse, Marta estaria bem, não é? — Notou o fogo escuro brilhando nos olhos azuis de Anômia. — Parece que eu me enganei a seu respeito — acrescentou, escondendo a raiva e o medo.

— Se enganou? — questionou Anômia, erguendo as sobrancelhas. — Se enganou sobre o quê?

— Eu pensei que você tivesse poder.

O desafio provocou uma onda de calor na cabeça de Anômia, que se espalhou por todo o corpo.

— Eu *tenho* poder!

— Não o suficiente, ao que parece — retrucou Freyja e, balançando a cabeça fingindo desapontamento, deixou a jovem sacerdotisa parada em frente à porta da casa comunal.

Anômia apertou os dentes para não gritar. Como Freyja ousava duvidar de seus poderes? Deu meia-volta e desceu a rua. Varus a chamou, mas ela o ignorou e entrou em casa. Fechou a porta e se recostou nela. Arranhou a madeira com as unhas e soltou um grunhido feroz. Tremendo de raiva, foi até o altar e se ajoelhou. Ia mostrar a Freyja seu poder!

Quando a noite caiu, ela se levantou com uma dor de cabeça muito forte. Preparou um antídoto para o feitiço que havia lançado. Pegando a mistura, esgueirou-se na noite fria e ungiu a casa de Marta com ela, na esperança de que, pela manhã, Tiwaz lhe desse o que ela exigia.

Mas ele não lhe deu.

41

Freyja nunca havia visto Anômia tão perturbada. A jovem sacerdotisa entrara na casa de Marta sem nem sequer bater, certa de que a mulher estaria bem. Vendo Marta ainda na cama, fitou-a, incrédula.
— Não pode ser — ofegou. — Ele não faria isso comigo. — Avançou um passo, vermelha. E então, dando meia-volta, foi embora.
— Aonde ela vai? — perguntou Usipi, com o rosto tomado pelo medo. — Você viu os olhos dela?
— Não sei aonde ela vai — respondeu Freyja, torcendo para que fosse para bem longe de Marta. Chamou seu neto, Derek, e pediu que a seguisse. Quando voltou, ele disse que Anômia tinha ido para a floresta sagrada. Jovem demais para entrar, ele parara na fronteira e voltara.

Quaisquer que fossem os esforços que Anômia fizera para apaziguar Tiwaz, não haviam surtido efeito, e isso assustou Freyja, fazendo-a tomar medidas desesperadas. Já tendo tentado tudo que sabia, foi falar com Rispa.

Encontrou-a cozinhando ao fogo.
— Se puder fazer alguma coisa por minha filha, faça, e depressa.
Surpresa com a urgência do pedido, Rispa se perguntou por que a sogra havia subitamente mudado de ideia.
— O que aconteceu?
— Nada. Não aconteceu nada. Já fiz tudo que sei. E Anômia... — disse, balançando a cabeça. — Se puder fazer alguma coisa, por favor, ajude-a.
Rispa estava perplexa. O que Freyja achava que ela poderia fazer que já não tivesse sido feito? Ela rezava por Marta desde que esta adoecera, mas sabia que dizer isso a Freyja não lhe daria conforto algum. Mais provavelmente só exacerbaria sua preocupação.
— Eu não entendo de curas, senhora Freyja. Sinto muito; só o Senhor cura.
Freyja começou a desfalecer; Rispa se aproximou depressa e chamou:
— Atretes! Venha rápido!
Atretes, que consertava uma baia, chegou correndo.

— O que foi?

Vendo sua mãe nos braços de Rispa, empurrou o portão e atravessou a sala. Pegou a mãe no colo e a levou para a cama.

— Ela está com febre? — perguntou Rispa, preocupada.

Atretes pousou a mão na testa da mãe.

— Não.

As pálpebras de Freyja estremeceram e ela gemeu baixinho.

— Eu preciso voltar.

— Ela está exausta; precisa descansar.

— Ela vai descansar; vou me certificar disso. — Atretes olhou em volta e viu Caleb brincando com uns blocos de madeira que ele havia feito para o filho. — O menino está bem e ocupado. Vá cuidar de Marta.

Rispa pegou o xale e saiu depressa. Atravessou a rua e bateu na porta da casa de Usipi. Quando ele a abriu devagar, foi tomada por grande compaixão ao ver o desespero gravado em seu rosto.

— Posso entrar?

Usipi hesitou por um momento, observando a rua rapidamente antes de abrir a porta só o suficiente para ela entrar. Assim que Rispa entrou, sentiu a opressão da casa. Estava escura e cheia de sombras. Sentiu a presença de algo malévolo dentro daquelas paredes. O cheiro de alho a enjoou. Se era difícil para ela respirar sem quase desmaiar, deveria ser ainda pior para Marta, Usipi e as crianças.

Senhor, Senhor, expulsa o mal que sinto ao meu redor. Eu me sinto devorada por olhos.

— Por favor, retire o alho, Usipi — disse ela, despindo o xale. — O odor é opressor.

— Ele expulsa os espíritos malignos — retrucou Usipi, recusando-se a fazê-lo. Ao que parecia, ele devia ser mais teimoso que Freyja.

— Isso expulsa qualquer coisa. Pelo menos, me permita abrir as portas para deixar o ar circular.

Cansado demais para discutir ou se importar com o cheiro forte, voltou a se sentar ao lado da cama da esposa.

Rispa abriu depressa todas as portas e janelas. A luz entrou, carregando consigo um aroma bem-vindo de pinho e ar fresco. Falou brevemente com Elsa e a menina saiu, levando a pequena Luísa consigo. Voltando a Usipi, Rispa pousou a mão em seu ombro, dizendo:

— Durma um pouco, Usipi. Eu fico aqui com Marta.

— Não.

Rispa foi tomada pela compaixão. Se Atretes estivesse doente, ela também não sairia de perto dele.

— Então deite-se na cama ao lado dela.

Rispa o ajudou a se levantar e ele fez o que ela pedira. Adormeceu assim que pôs a cabeça no travesseiro.

Marta abriu os olhos. Rispa sorriu para ela enquanto colocava um cobertor sobre Usipi. Contornou a cama e se sentou no lugar dele.

— Não tenha medo — disse, e pegou a mão amolecida de Marta. Esfregou-a, rezando em silêncio para que o medo fosse embora. Após alguns minutos, Marta relaxou um pouco e Rispa louvou ao Senhor.

Em seguida se levantou e encostou a palma da mão na testa de Marta. Estava quente e seca.

— Quer um copo d'água?

Marta assentiu.

Rispa encheu um copo e ajudou Marta a se sentar para beber. Marta bebeu um pouco no começo, mas depois bastante. Então se recostou, enfraquecida.

— Não consigo segurar nada no estômago — disse, com voz débil e rouca.

— Então vou rezar para que desta vez você consiga. — E rezou em silêncio. Passados alguns minutos, umedeceu um pano. Marta sentiu todo o medo desaparecer enquanto Rispa lavava-lhe o rosto com a mesma delicadeza que usaria para com um bebê.

— Onde estão meus filhos?

— Derek está aí fora, de prontidão. Elsa está com Caleb. Ela levou Luísa. Espero que não se importe, mas perguntei se ela poderia ajudar Atretes a cuidar de Caleb enquanto estou aqui com você.

Marta sorriu, trêmula.

— Não, eu não me importo. Ela estava implorando para... — Franziu o cenho. Arrependimento; vergonha. Marta olhou para Rispa e não viu nenhum rancor, embora ela tivesse razão para isso. — Ela vai gostar — disse Marta.

Por que dera ouvidos a Anômia, se no momento em que conhecera Rispa soubera que ela era gentil e digna de confiança?

— Caleb também — concordou Rispa enquanto torcia o pano novamente. Limpou com suavidade o rosto de Marta, sorrindo. — Ele adora Elsa, mas acho que foi Luísa que roubou seu coração.

Deixando de lado o alerta de Anômia, Marta sorriu. Esqueceu seus medos; esqueceu tudo, menos o cansaço. O toque de Rispa era gentil como a voz de sua mãe, e suas maneiras, suaves e amorosas, até mais que as de Freyja. Marta relaxou, sentindo-se segura e esperançosa.

— Estou feliz por você estar aqui. Muito feliz. — A terrível ansiedade que a dominara durante dias se dissipou como uma névoa fina sob o calor do sol. Apenas por um instante, julgou ter ouvido um ruído, como de um morcego fugindo.

Gotas de suor irromperam no rosto de Marta.

— Acho que a febre está baixando — disse Rispa, acariciando-a com gentileza. — Está tudo bem, Marta. — Ela se sentou ao lado dela de novo e pegou sua mão. — Durma um pouco.

— Você vai ficar?

— Vou ficar com você até que me mande embora.

Senhor, fica conosco. Protege-nos do mal que senti ao entrar nesta casa. Cerca-nos de anjos. Deus Pai, mantém-nos em segurança, na palma de tua mão.

Orou em silêncio enquanto velava o sono da cunhada.

E, pela primeira vez em muitos dias, Marta não foi atormentada por sonhos. Dormiu tranquilamente e sonhou com um lindo jardim onde ela, Usipi e seus filhos andavam na companhia de um homem que brilhava como a luz do sol.

— É, claro que ela a *curou* — disse Anômia, tremendo em razão da notícia de que Marta estava bem e que a febre havia sumido uma hora depois de aquela bruxa eféfia de olhos escuros entrar na casa. — Provavelmente foi ela mesma que lançou o feitiço. — Fúria e ciúmes ardiam dentro dela.

— Certamente a pessoa que lançou o feitiço teria o poder e o conhecimento para detê-lo — disse Freyja, surpreendendo-se com o brilho de raiva e veneno nos olhos de Anômia —, mas duvido que isso tenha sido obra de Rispa.

— Por que duvida?

— Ela não faria uma coisa dessas — disse Freyja.

— Como você sabe que não?

Freyja ergueu as sobrancelhas diante do tom feroz de Anômia.

— Porque eu não vi nada além de compaixão emanar dela — disse Freyja, permitindo-se olhar diretamente nos olhos de Anômia. — Além disso, foi *você* que disse a Marta que a doença foi provocada por Tiwaz. Foi você que disse que Tiwaz lhe havia revelado isso em um sonho. Foi você que disse que ela havia desobedecido e desagradado nosso deus e que ele queria que Marta a ouvisse. Agora está me dizendo que não foi isso? Ou que se enganou na interpretação?

Anômia se sentia aquecer e gelar a cada palavra que Freyja pronunciava. Sem saída, sua mente trabalhava furiosamente para encontrar uma maneira de culpar outra pessoa. Queria insistir que Rispa era a causa de todos os problemas, mas as palavras que dissera a impediam.

— Foi Tiwaz. Ele falou comigo — mentiu, e então arou o solo para plantar mais sementes de destruição. — É muito curioso que Tiwaz tenha libertado Marta com um estranho presente.

Freyja também achara curioso e chegara a suas próprias conclusões.

— Rispa não é uma estranha. Ela é a esposa do meu filho.

Ao ouvir as palavras de Freyja, o ciúme feriu o coração de Anômia. *Esposa.* Tal título feria seu orgulho. *Esposa de Atretes.* Seu sangue fervia. *Esposa!* A palavra girava em sua mente como uma ave de rapina, zombando dela; usada em relação àquela mulher, era uma abominação. Mas só de olhar nos olhos de Freyja, ela sabia que falar contra a efésia naquele momento levantaria suspeitas sobre si.

— Vou ao bosque sagrado oferecer um sacrifício de agradecimento — disse Freyja. — Gostaria de ir comigo?

Anômia não conseguia pensar em nada que detestasse mais. Agradecer? Por quê? Ela revelara seu poder ao lançar o feitiço sobre Marta, mas ninguém podia saber. E a mera presença da estrangeira na casa fora suficiente para convencer os aldeões de que ela havia apaziguado Tiwaz. Não importava que isso não fizesse sentido; ela não podia argumentar sem dar margem à desconfiança.

A coisa toda se voltara contra ela! *Por quê, Tiwaz? Que jogo está fazendo comigo agora? Aquela bruxa efésia é tão inimiga sua quanto minha. E está sendo mais estimada agora que antes do feitiço. Não está mais sendo tratada como uma forasteira. Viu como ela ficou bem diante de mim conversando com a esposa de Herigast?*

— É claro que sim — respondeu Anômia, sem deixar que o lindo rosto demonstrasse a agitação que a consumia por dentro.

Mas Freyja a notou e teve mais motivos para duvidar.

42

— Romano! — disse uma voz sussurrada. — Está acordado?
— Acordado e esperando — disse Teófilo, dando um enorme bocejo. Ele passara a maior parte do dia caçando. O Senhor fora providente, pois fora caçar para uma refeição e agora tinha carne suficiente para o próximo inverno. As tiras de veado repousavam penduradas, sobre fumaça de amieiro. — Eu estava começando a pensar que você não viria.
— Eu trouxe minha esposa.
Uma esposa. Isso estreitava as possibilidades de quem seria o homem das sombras. Seu visitante de fim de noite não podia ser Rud, como ele havia começado a suspeitar. Rud era solteiro. Nem podia ser Holt, que era viúvo. O visitante noturno também não podia ser um dos doze guerreiros mais jovens que ainda não tinham tomado esposas.
— Sejam bem-vindos — disse Teófilo. — Tragam seus filhos da próxima vez. — Percebeu que não devia ter feito o comentário, pois se seguiu um silêncio tenso.
Ouviu a mulher sussurrar alguma coisa e o homem respondeu com brusquidão, também sussurrando:
— Não diga nada sobre isso. Nem uma palavra — pediu e baixou ainda mais a voz. — Ele é amigo de Atretes... — As palavras se tornaram indistintas com o som das árvores farfalhando sob a brisa.
Era uma noite fria. Teófilo sabia que estava muito mais confortável dentro do calor de sua *grubenhaus* que o homem e a mulher agachados no ar noturno do outono. Seu comentário anterior lhes causara um alarme desnecessário, e ele se arrependeu de tentar satisfazer sua curiosidade.
São teus filhos, Senhor. Deixa-os ficar o tempo suficiente para ouvir tua boa-nova. Deixa que o amor expulse o medo.
— Quero que você fale de Jesus à minha esposa.
Teófilo podia ouvir os dentes da mulher tilintando.
— Sua esposa está com frio.
— Então fale depressa.

— A Palavra do Senhor não pode ser apressada. Se eu colocar uma venda nos olhos, vocês dois entrariam aqui, que é mais quente?

Ouviu a mulher sussurrar.

— Sim — respondeu o homem.

Pegando a adaga na prateleira, Teófilo cortou a ponta do cobertor e arrancou uma tira. Jogou o punhal ao lado da lamparina que havia colocado no centro da sala para aplacar outras possíveis preocupações. Fechando os olhos, amarrou a venda com firmeza.

Então os ouviu entrar e fechar a porta que ele havia terminado no dia anterior. A mulher continuava batendo os dentes, talvez menos de frio que de tensão.

— Fique à vontade, minha senhora — disse Teófilo, tateando até encontrar outro cobertor. — Tome isto, coloque-o nos ombros. — Ouviu movimento e o cobertor foi retirado com cautela de sua mão.

— Volte ao começo — disse o homem, não mais sussurrando. — Conte a ela sobre a estrela nos céus que anunciou o nascimento do Salvador.

Um grupo de brúcteros apareceu com mercadorias para negociar. Broches celtas, alfinetes, tesouras e artigos de cerâmica, bem como vasos de prata e ouro de Roma. Os catos negociavam com peles de animais e âmbar, a resina fossilizada tão procurada nos mercados da capital do Império.

— Os comerciantes que trouxeram estas coisas para o norte vão sentir falta delas — disse um brúctero. Poucos catos acreditavam que esses brúcteros haviam conseguido suas mercadorias pelos honrosos meios de ataque e pilhagem. Mas feririam menos seu orgulho não fazendo perguntas.

Comerciantes romanos se infiltravam na Germânia, seduzindo tribos com presentes para tentar expandir o comércio. Barcos navegavam para o norte pelo Reno carregando mercadorias para Asciburgium e Tréveris. Alguns poucos mais corajosos levavam caravanas, tentando a morte enquanto seguiam pelos rios Lipa, Ruhr e Main, entrando nos vales do norte pelas águas do Weser e do Elba, sabendo que sua vida seria vingada se fracassassem.

Dois anos antes, quando vários romanos chegaram aos catos, encontraram um final rápido e violento, e seus bens foram confiscados. A resposta romana chegara depressa, deixando a aldeia queimada e dezoito guerreiros, três mulheres e uma criança mortos. Os outros teriam sido tomados como escravos se não tivessem fugido para a floresta e ficado ali escondidos até a legião partir.

Eles só voltaram uma vez ao local da antiga aldeia, para homenagear seus mortos em piras funerárias construídas às pressas. Nos meses que se seguiram, os catos reconstruíram a aldeia nas terras a nordeste da floresta sagrada.

E agora Roma chegava novamente, invadindo o norte, desta vez representada pelos brúcteros, supostos aliados dos catos contra Roma. Quando os brúcteros foram embora, os guerreiros catos falavam em guerra.

— Nós devíamos tê-los matado enquanto estavam aqui!

— E ter outra legião atrás de nós? — questionou Atretes.

— Vamos levar a guerra para o sul, desta vez.

Apesar dos conselhos de Atretes, um grupo de guerreiros partiu para demonstrar sua ira. Atretes ficou para trás, observando-os partir, e foi tomado por sentimentos contraditórios. Ele já conhecia o bastante sobre os caminhos de Deus e sua consciência o proibia de acompanhá-los. Mas outra parte dentro dele ansiava o contrário. Quanto tempo fazia que não sentia aquela onda de excitação correr em seu sangue? O mais próximo disso que sentia era quando segurava Rispa nos braços, mas não era a mesma coisa.

— Você sente falta da emoção da batalha — disse Teófilo, vendo sua inquietação e a reconhecendo.

Emoção era uma palavra fraca demais para descrever o que ele sentia.

— Às vezes — disse Atretes, sombrio —, mas é muito mais que isso. — Por mais louco que parecesse, ele sentia falta da sensação que tinha na arena, encarando a morte e vencendo-a pelo puro instinto de sobrevivência. Seu sangue zumbia, quente e rápido. Quando furioso, ele experimentava algo perto disso. Um júbilo, uma selvageria que o fazia se sentir *vivo*. Só mais tarde ele descobrira a enganação e o custo disso.

Teófilo entendia muito bem.

— Você está em batalha agora, Atretes. Nós dois estamos, contra um inimigo mais perigoso e mais astuto que qualquer outro que já enfrentamos. — Percebia as forças das trevas agindo ao redor deles, aproximando-se.

Quando os guerreiros catos voltaram bem-humorados com um butim, Atretes se sentiu ainda mais chateado. Bebeu com seus amigos e escutou avidamente todos os detalhes da batalha, enquanto um lado seu almejava ter suas próprias memórias de façanhas pessoais de tão valorosa empreitada.

Teófilo o fez recordar que o que havia sido feito era tudo, menos valoroso.

— E o roubo praticado por Roma é certo? — rosnou Atretes, na defensiva.

— Pecado é pecado, Atretes. Qual a diferença entre o que Roma fez aos catos e o que os catos fizeram agora aos brúcteros?

Um sinal de como o coração de Atretes havia mudado era que agora ele ouvia. As palavras de Teófilo faziam sentido para ele. Mas ninguém mais as escutava.

Embriagados e triunfantes, Holt, Rud e os outros estavam intoxicados pela sede de sangue e ansiosos por outra batalha. A paz não os atraía, com a vitória ainda correndo em suas veias e o butim empilhado que os cercava. Desta vez atacaram os queruscos. Seis guerreiros retornaram com seus escudos.

As piras funerárias que arderam durante a noite trouxeram sobriedade aos espectadores, mais ainda nas mães dos que haviam morrido que nos pais que os haviam trazido de volta para casa. A morte fazia os homens desejarem ainda mais sangue.

Rispa orou para que o rigoroso inverno chegasse logo a fim de esfriar os ânimos dos catos e silenciar as conversas sobre guerra. E as sucessivas nevascas vieram, até que os catos não tiveram escolha senão permanecer nos limites de suas próprias fronteiras. Rispa agradeceu a Deus, mas conheceu outro tipo de dificuldade.

Alimentar o gado era mais difícil durante os meses de inverno, e, apesar da ajuda de Atretes, Varus sempre retornava exausto, com dores na perna e péssimo humor. Somente Anômia conseguia acalmá-lo. Ela o visitava com frequência levando consigo uma pomada feita de arnica, com a qual massageava a perna de Varus.

Rispa questionava os atos de bondade da sacerdotisa, pois, após as sessões de massagem, Varus sentia menos dor, mas ficava mais inquieto e mal-humorado.

— Ele precisa de uma esposa — disse Atretes depois de observar Anômia.

Anômia ficara encarando Atretes enquanto operava sua magia na coxa repleta de cicatrizes de Varus, e ele sentira como se ela lhe acariciasse a carne, com aqueles dedos ousados e habilidosos. A sensação foi profunda e quente, despertando-o de uma maneira que ele não sentia desde que se envolvera com Júlia.

Ele soltou a fera sobre sua esposa, chocando-a e assustando-a com sua paixão. Só quando ela soltou um leve grito, ele percebeu o que estava acontecendo e interrompeu a corrida irracional pela própria satisfação.

Chocado e profundamente envergonhado, sussurrou um pedido de desculpa, enterrando o rosto nos cabelos dela. Ele nunca a machucara antes, e ver o corpo dela tremendo o assustara tanto quanto a ela. *Deus, perdoa-me*, gritou em sua mente.

— Desculpe — sussurrou novamente com voz rouca, acariciando Rispa com ternura, com medo das forças obscuras que tão facilmente o dominavam.

Enquanto se deitava com sua esposa, sua mente conjurara a imagem de outra. Mesmo nesse momento, ao mesmo tempo que confortava Rispa, lembranças de encontros luxuriosos voltaram-lhe à mente, erguendo-se como cadáveres putrefatos de sepulturas impuras. Em um instante, inopinadamente, aquelas outras mulheres estavam com ele, maculando o leito conjugal.

Certa vez, em Éfeso, ele havia visto um homem cambaleando pela estrada em frente aos portões de sua casa, com o corpo de um homem morto amarrado às costas. O cadáver putrefato se atava de tal maneira que o homem nunca se livraria dele, a ponto de a decadência começar a comer sua própria carne também.

— Por que ele está fazendo isso? — perguntara Atretes.

Ao que Gallus respondera:

— É a lei. Ele carrega o corpo do homem que assassinou.

Que vos despojeis do velho homem.

Atretes o carregava novamente. Podia sentir o peso do pecado nas costas, a impureza penetrando-lhe os poros.

Rispa soltou um suspiro quando Atretes a soltou abruptamente e se sentou.

— O que foi? — perguntou, preocupada e assustada. — Qual é o problema?

— Me dê um minuto — disse ele com voz rouca. Quando ela se sentou e lhe estendeu a mão, ele foi duro: — Não chegue perto de mim!

Anômia lhe despertara aquele sentimento. Sempre que ficava perto dela, via o que ela queria e sentia o desejo dominá-lo também. Essa percepção o surpreendeu. E o que era pior, ele sabia que aconteceria de novo.

Será que isso acontecia só porque ela era muito parecida com Ania?

Enfiando os dedos nos cabelos, ele segurou a cabeça com as mãos. Já causara dor com o que começara, mas não terminara. E não terminaria.

Ele *amava* Rispa. Tinha carinho por ela. Morreria por ela. Como poderia tê-la nos braços, fazer amor com ela enquanto pensava em outra? Esse era o pior tipo de traição. Fedia a adultério.

— Deus, perdoa-me.

Rispa o ouviu murmurar alguma coisa, mas não entendeu as palavras.

— Deus, livra-me.

Ela foi até ele e o abraçou. Ele se soltou e a empurrou para trás.

Ouve meu grito, Senhor, orou Atretes fervorosamente. *Tira essa bruxa da minha mente. Tira toda mulher que eu já toquei da minha mente. Faze-me limpo para Rispa. Faze-me limpo.*

Mais calmo e lúcido, ele se voltou para tranquilizar sua esposa, mas o estrago já havia sido feito.

43

O inverno combinava com o sangue-frio de Anômia, que havia escolhido o momento ideal para convidar a ir a sua casa umbrosa ouvintes que abrigavam rancores e desejos insatisfeitos, tristezas e desilusões. Uma vez lá, ela lhes serviu vinho com mel e lhes envenenou o coração. Ressequidos, eles voltaram e voltaram, pensando que ela poderia saciar-lhes a sede.

— Atretes fala de *culpa*. Culpa pelo *pecado*, qualquer que seja ele — disse ela com escárnio, o que acentuava sua beleza. — Por que devemos nos sentir culpados? Os brúcteros nos traem fornicando com Roma, não é? Os hermúnduros roubaram nossas salinas sagradas, não é? Ele está enganado.

Os homens prontamente concordaram, fitando-a com ardente fascinação.

Ela sorriu, sentindo o poder que tinha sobre eles; o poder que eles lhe davam de livre e espontânea vontade.

— Somos os maiores dentre as tribos germanas. Os catos lideraram as forças contra Roma. Nós fomos os primeiros a entrar no campo de batalha e os últimos a sair. E agora, esse *romano* e essa *efésia* influenciaram Atretes, nosso maior guerreiro, e afastaram seu coração de Tiwaz. E o que querem nos fazer acreditar? Que não somos nada. Nada?

Os homens rosnaram, com o orgulho ferido.

Ela abanou as chamas do descontentamento e acrescentou o combustível dos desejos ímpios.

— Eles alegam que nós *pecamos* — continuou, com um riso sardônico e um movimento de mão. — Como eu ou qualquer um de vocês podemos nos responsabilizar pelo que um homem ou uma mulher fizeram milhares de anos atrás em um jardim que nenhum de nós jamais soube que existia? Isso é ridículo. É cômico! Herigast é responsável por seu filho soltar seu escudo na batalha? Não. Holt é responsável pelos homens que morreram para defender nossa terra? Não. Nenhum de nós é responsável pelo que *outra* pessoa faz. Assim como nós também não somos responsáveis pelos pecados desse Adão e dessa Eva que nem sequer sabemos se algum dia existiram. — Ela circulava entre as pessoas e lhes servia, permanecendo perto o suficiente para ver seus olhares e incitar suas paixões.

— É uma fábula que nos contam, um conto repulsivo com um propósito sombrio. E eu vou lhes dizer o que é. — Vendo que os tinha na palma da mão, saboreou a atenção extasiada que todos davam a suas palavras, bebendo cada uma delas como a terra seca absorvia a água da chuva. — Eles querem que acreditemos que carregamos o pecado de Adão e Eva porque, crendo nisso, nós nos tornamos *fracos*. Eles querem que nos sintamos como vermes diante daquele deus deles. Querem nos conquistar sem ter que mandar uma legião para cima de nós.

— Soltou um riso suave e inquietante. — Afinal somos vermes aos olhos de Tiwaz? Não. Mas, se os escutarmos, seremos exatamente isto: vermes aos olhos dos *romanos*.

— Atretes jura pela própria espada que a esposa dele voltou da morte — comentou um homem, inquieto.

— Um truque — disse ela com um gesto de desdém, servindo mais vinho aos convidados e aproveitando a oportunidade para tocar-lhes as mãos para que inalassem o cheiro das ervas doces que esfregara na pele. Que fiquem famintos e sedentos.

— Eles gostariam que engolíssemos essa religião inventada. Dizem que querem nos *salvar*. Mas será que querem mesmo? Acaso eles se importam conosco? Afinal, do que precisamos ser salvos? Do orgulho de sermos *catos*? Nós *somos* catos. Somos os mais ferozes e corajosos de todos os povos da Germânia. Somos uma raça superior. Não é estranho que nos procurem com um argumento de pretensa paz e tragam consigo ideias venenosas?

A jovem sacerdotisa lhes instilou a bile da suspeita e da raiva, depois pediu que mantivessem tudo em segredo.

— Aonde formos, outras tribos nos seguirão, atravessando os Alpes para arrancar o coração de Roma. Ah, mas, se os ouvirmos e aceitarmos esse novo deus como alguns fracos estão fazendo, Roma nos conquistará sem levantar um dedo. E então seremos fracos e indignos, exatamente como eles já pensam que somos.

— Nós deveríamos matá-los.

— Não — disse ela, vendo suas palavras se enraizarem e se espalharem como beladona. — Não, nós não vamos matá-los. Ainda não. Temos que ser astutos para recuperar Atretes — continuou. — Chegará o momento em que ambos serão destruídos, mas por ora temos que esperar e ser sábios. Quando falarem com Atretes, finjam escutar, mas fechem os ouvidos e o coração ao que ele disser. Usem a oportunidade para fazê-lo *recordar* os atos de atrocidade que Roma perpetuou sobre nós. Façam-no *recordar* a morte de seu pai. Façam-no se *lembrar* dos inúmeros outros que morreram ou foram levados como escravos. Perguntem a ele sobre a vida que levou em Roma. Ele foi usado como entretenimento. Façam-no lembrar como era ser tratado como um animal. Isso o trará de volta a si. Nós *precisamos* dele. Vão com cuidado. — Sorriu. — Nós vamos prevalecer — acrescentou, incutindo-lhes sua confiança arrogante. — Lembrem-se, nós somos muitos, eles são poucos. Agora, vão e façam a vontade de Tiwaz.

44

As palavras de Anômia tiveram um efeito devastador. Os homens seguiram suas instruções com habilidade, fingindo ouvir a verdade enquanto faziam perguntas que despertavam lembranças que Atretes havia lutado tanto para enterrar.

Rispa via que as perguntas atormentavam o marido. Ele nunca falava sobre sua vida no *ludus* ou sobre como era lutar na arena. Ela nunca perguntava. Sensíveis ao orgulho, os homens haviam evitado perguntar, mas agora pareciam inconvenientemente curiosos, decididos a saber de tudo.

Insatisfeitos com a brevidade das respostas de Atretes, sempre queriam mais.

— Eu ouvi dizer que... — comentava alguém para iniciar uma conversa que remeteria Atretes de volta à escravidão.

— Como foi lutar nas arenas de Roma? — perguntou um jovem guerreiro.

— É verdade que eles faziam você vestir armaduras brilhantes e plumas coloridas e extravagantes e o faziam desfilar para a plebe romana?

Rispa viu aquele olhar surgir nos olhos de Atretes.

— Às vezes me faziam vestir até menos que isso.

— Quanto menos? — perguntou Rolf, franzindo o cenho.

Atretes virou a cabeça devagar e fitou o jovem, que se calou.

Mas outros continuaram.

— Ouvi dizer que o lanista lhe oferecia uma mulher quando você se saía bem.

Atretes olhou para Rispa e desviou o olhar.

— Como um osso a um cachorrinho obediente — outro disse baixinho, do outro lado do aposento.

Atretes gelou de raiva.

As observações o cercavam como uma matilha de lobos, atacando, rosnando e roubando sua paz de espírito. Como brasas sob cinzas, começaram a surgir dúvidas, o vapor quente rasgando o fino véu e alimentando as memórias sombrias que jaziam dentro dele.

Ele tolerou as perguntas sob um controle incomum, mas, na manhã seguinte, na *grubenhaus* de Teófilo, demonstrou toda sua raiva:

— Eles fazem perguntas sobre Deus que eu não sei responder. — No calor da casa de Teófilo, ele se sentiu livre para ceder à frustração. — Responda! Se Deus é tão misericordioso e amoroso, por que deixa o mal existir? Por que não destruiu Satanás em vez de lhe permitir reinar livre sobre a Terra?

Rispa segurava Caleb no colo e observava Atretes, que parecia um animal enjaulado. Na noite anterior, ficara acordado durante horas e, quando adormecera, tivera um sono inquieto, cheio de pesadelos. Gritara uma vez e se sentara, mas, quando ela tentara falar com ele, Atretes a mandara deixá-lo em paz.

— Sente-se, Atretes — pediu Teófilo com calma.

— Sentar — grunhiu Atretes. — Estou sentado há semanas! Eu tinha esquecido como odeio o inverno. — Olhou furioso para seu amigo. — Responda às perguntas, se puder.

— Deus permite o mal para poder demonstrar sua misericórdia e graça por meio da redenção dos pecadores. Todas as coisas acontecem por um bom propósito...

— Não me fale de bom propósito! Que bom propósito há em ser marcado a ferro? Que bom propósito há em ser surrado e treinado para lutar em uma arena? Diga!

Teófilo entendeu o que estava acontecendo.

— Não foi Deus que o fez escravo, Atretes; foram os homens. Não foi Deus que fez essas coisas com você. A iniquidade está no coração do homem.

Rispa viu a velha raiva se agitar dentro do marido. Nos últimos tempos, ao menor incidente, ao comentário mais inocente, seu temperamento explodia. Ele brigava com ela por motivos triviais depois de conversar à noite com seus conterrâneos. Até uma resposta mansa o fazia explodir.

— Talvez Rispa esteja certa — disse Atretes. — Talvez eu devesse ouvi-los mais. — Saiu, fechando a porta da casa de Teófilo com tanta força que ela bateu duas vezes.

Deixando Caleb no chão, Rispa se levantou e o observou atravessar a neve e entrar na floresta.

— Quem dera pudéssemos voltar — disse ela. — Queria poder pegar Caleb e voltar para Roma e encontrar os outros.

— Deus nos quer aqui.

— Por quê? — Estava tão agitada e aflita quanto Atretes. A raiva dele parecia despertar a sua. — Nenhuma dessas pessoas quer conhecer a verdade. Você precisava ouvir os homens todas as noites na casa comunal falando sobre as batalhas que venceram ou que querem vencer. Eles se vangloriam e se regozijam, e bebem até mal conseguirem se levantar e ir para casa. Nenhum deles tem o Senhor no coração, Teófilo. Nenhum!

— Dois deles têm — observou ele —, e provavelmente outros também, embora não tenham coragem de se mostrar, ainda.

Ela parou, surpresa.

— O que quer dizer?

Ele lhe contou sobre seus visitantes noturnos.

— Confie no Senhor, Rispa. Quando a Palavra dele é dita, não volta vazia.

— Bem, Deus está demorando demais — disse ela, abraçando-se para se proteger do frio. — A fé de Atretes está desmoronando.

— Mais uma razão para você continuar forte, amada.

Ela se voltou e o fitou. Esperava ser tranquilizada, mas Teófilo vira tão bem quanto ela o que estava acontecendo com Atretes.

— Você diz para eu ser forte... — Os olhos se encheram de lágrimas. — Eu *não* sou forte, Teófilo, não sou como você. Se não pudéssemos vir aqui e conversar com você, nós dois sucumbiríamos.

Teófilo se levantou e lhe segurou as mãos.

— Você precisa me ouvir, Rispa. Olhem para o *Senhor*, não para mim.

— Eu tenho medo do que está acontecendo com ele. Eles não vão ceder — disse ela. — Eles o atormentam com perguntas e discussões. Às vezes acho que fazem de propósito, só para fazê-lo odiar Roma, os brúcteros, os hermúnduros e todos que não sejam catos. Eu fico com muita raiva. E aquela mulher...

— Você conhece a Palavra do Senhor. Não se deixe levar pelas palavras deles. Deus está permitindo que Satanás teste Atretes, assim como o apóstolo Pedro foi testado. Cada um de nós é testado. E passamos pelo fogo.

— Para alguns, é pior. — Ela se soltou das mãos dele e saiu. Puxando o ar gelado para dentro dos pulmões, imaginou se deveria seguir Atretes e conversar com ele.

— Deixe-o sozinho, Rispa — disse Teófilo com a voz baixa, diante da porta aberta. — Deixe-o pensar.

— Às vezes ele pensa demais, e nas coisas erradas.

— Ele vai ter que escolher.

Ela sabia que ele tinha razão. Atretes precisava ficar sozinho; precisava ficar longe do clamor dos homens e dela. Todos o pressionavam.

— Eles querem seu líder de volta, Teófilo — disse ela, sombria. — Eles o querem como ele era antes, um guerreiro, para liderá-los nas batalhas.

— Atretes se pôs nas mãos de Deus quando acreditou em Cristo e foi salvo.

— Você não entende... Eu acho que ele *quer* ser o líder deles.

— Para Deus.
— Isso era verdade quando chegamos aqui, mas não sei mais se é.
— Ele está aprendendo da maneira mais difícil que não pode empregar os mesmos métodos de persuasão que sempre utilizou. Força e orgulho não funcionam. Fraqueza e humildade são o único caminho.
— Atretes não sabe ser fraco e humilde.
— Então, Rispa, deixe que Deus o ensine.
Ela fechou os olhos.
— Às vezes, vejo um olhar em seu rosto... — disse ela, olhando para a neve branca.
Teófilo saiu e ficou ao lado dela. Podia ver a luta que se travava dentro de Rispa; queria abraçá-la e confortá-la. Mas já havia problemas suficientes, não era preciso criar mais tensões. Atretes não estava de bom humor e Teófilo duvidava que tivesse ido longe.
Rispa suspirou.
— Holt disse a ele ontem à noite que um homem se sente mais vivo quando está frente a frente com a morte. É verdade?
Como Teófilo não respondeu, ela o fitou, surpresa.
— Você também sente falta dos combates, não é?
Teófilo deu-lhe um sorriso triste.
— Às vezes. Menos, conforme envelheço. — Sua expressão se tornou solene. — E conforme me aproximo do Senhor.
— Eu queria poder entender isso.
— Em parte, você entende. Você não enfrenta Atretes como enfrentava antes. O Senhor a suavizou.
— Suavizou minha mente, talvez.
Ele riu.
— Suavizou seu coração, amada. — Tocou seu ombro. — Deixe-o suavizá-la mais. Ore por essas pessoas, especialmente por aquelas que estão tentando atrair Atretes de volta aos velhos hábitos. Até por Anômia.
— Eu oro, mas não vislumbro nenhuma resposta.
Olhando para a floresta aonde Atretes se dirigira, Teófilo ficou pensativo.
— Agradeça o que está acontecendo. — Ele sabia que o pior ainda estava por vir; podia sentir a escuridão reunir forças ao redor deles. — A atribulação gera perseverança, a perseverança gera a força de caráter e a força de caráter gera esperança. — Olhou para ela. — A esperança nunca decepciona, amada, porque é o amor de Deus que é derramado em nosso coração, por meio do Espírito Santo. E é *esse* amor, o amor de Deus, que vai levar essas pessoas até Jesus.

— Duas, talvez mais — disse ela com um sorriso.

Ele sentiu a conexão com ela que se fortalecera nos últimos meses. Ele a vira crescer em Cristo. Rispa dizia que não era forte, mas era mais forte do que imaginava, e o Senhor lhe daria ainda mais força quando chegasse a hora de se posicionar. Ela pensava que não tinha influência, que nada estava mudando, que Deus não estava atuando. Que outra razão Satanás teria para atacá-la de todos os lados?

Teófilo acariciou-lhe levemente os cabelos. Ele a amava, talvez um pouco demais.

— Vista sua armadura, amada. A batalha está chegando.

— O que devo fazer para ajudar Atretes?

— Dê-lhe tempo.

45

A primavera chegou cedo, carregando consigo uma exuberância e um entusiasmo que agitavam os catos. A caça era boa e os banquetes duravam até tarde da noite. Os guerreiros mais jovens despiam-se por completo e dançavam sobre as espadas e as frâmeas enquanto homens e mulheres riam e gritavam, encorajando-os.

Rolf deixara a casa comunal de solteiros e construíra uma *grubenhaus*. Quando ele desaparecera sem dizer uma palavra, alguns guerreiros saíram à procura de seu corpo. Mas não encontraram nem vestígio dele.

Quinze dias se passaram e Rolf aparecera com uma garota hermúndura. Ela tinha as mãos amarradas à frente e uma corda em volta do pescoço. Rolf a conduzia pela corda.

— Como ela é por baixo de toda essa sujeira? — perguntou Rud, rindo.

Os homens cercaram Rolf e sua cativa e começaram a provocá-lo com comentários vulgares.

— Eu lhe dou um cavalo por ela — disse Reudi, sorrindo enquanto olhava a garota da cabeça aos pés. — Ela pode estar suja, mas tem um corpo bom.

Parada em frente à casa comunal, Rispa observava a cena, morrendo de pena da garota.

Anômia também observava, regozijando-se com o andamento de seu plano. Rolf havia visto aquela garota durante a batalha com os hermúnduros na primavera anterior, e Anômia o encorajara a voltar para buscá-la. Esperava que o pai ou os irmãos da garota fossem atrás dela; e um ataque serviria para despertar os catos da letargia do inverno, incitando-lhes o espírito de luta novamente.

— Eu lhe ofereço dois cavalos! — gritou um senhor.

A raiva de Rispa cresceu ao escutar os homens insultando a pobre garota e dando lances por ela como se fosse um animal.

Normalmente capaz de aturar provocações, Rolf estava furioso.

— Ela não está à venda!

A garota soltou um grito assustado e se voltou quando um dos guerreiros tomou liberdades com ela. Rolf deu um soco no homem, fazendo os outros gargalharem.

— Não seja egoísta, vamos dividi-la!
— Se tocar nela de novo, Buri, eu corto sua mão.

O guerreiro riu alto.

— Ela parece escura como a mulher de Atretes — disse Buri, rasgando a frente da túnica da garota. — Mas é branca por baixo desses trapos sujos.

Rolf foi para cima dele.

Assustada com a violência da luta, Rispa desejou que Atretes estivesse ali para apartar a briga; mas ele estava caçando com Teófilo. Freyja estava no bosque sagrado colhendo ervas, e Anômia, que poderia ter feito algo para impedir, estava parada à porta de sua casa, rindo e se deliciando com a contenda.

Buri caiu, em meio a gritos e gargalhadas.

A garota hermúndura chorava histericamente e estapeava outro guerreiro que tentava acariciá-la. Rolf acabou com Buri e se voltou para o outro.

Rispa deixou Caleb no chão. Ajoelhando-se diante dele, disse, tomando-o pelos ombros:

— Fique aqui e não se mexa. — Ele assentiu. — Reze pela mamãe. — Deu-lhe um beijo e ele assentiu novamente. Ela o deixou na porta da casa comunal e foi depressa em direção aos homens que se empurravam. Sentiu-se afrontada por suas risadas.

Chegando à multidão, foi abrindo caminho até chegar a Rolf. O rosto do jovem guerreiro estava vermelho e coberto de suor. Ele ficou chocado ao vê-la.

— Basta — disse ela. Passou por ele e desamarrou a corda que unia os pulsos da garota.

— O que acha que está fazendo? — perguntou Rolf, arfando por causa da briga com Buri e Eudo.

— Exatamente o que parece que estou fazendo. — Soltou a corda em volta do pescoço da garota e a deixou cair no chão, aos pés dele.

— Ela é *minha*! — gritou Rolf.

— Eu sei que ela é sua, Rolf, mas quer que ela seja pisoteada?

Rolf contraiu a mandíbula enquanto Rispa pegava a garota chorosa pela mão e a levava por entre a multidão de homens. Nenhum deles disse nada nem tentou detê-la.

— Eu a quero de volta!

Ela conduziu a jovem para dentro da casa comunal; Caleb entrou atrás delas. Falando com suavidade com a garota, Rispa tentou acalmá-la, pensando no que faria se Rolf aparecesse determinado a arrastá-la para longe dali. Abraçou-a e acariciou-lhe as costas. A hermúndura cheirava a sujeira e suor. Havia parasitas rastejando nos cabelos emaranhados.

Freyja voltou com uma cesta repleta de ervas.

— Anômia me contou o que você fez. Você não tinha o direito de interferir.

— Olhou para a hermúndura e imaginou quantos catos teriam que morrer para Rolf ficar com ela. Que jovem idiota!

Rispa não sentiu reprovação na voz de Freyja.

— Eu sei que não, mas não aguentei ver como eles a tratavam.

Freyja ficara impressionada quando ouvira. Nenhuma mulher da tribo dos catos que ela conhecia ousaria interferir como Rispa havia feito. Até Anômia sabia ficar de fora de tais assuntos. Marta lhe havia dito que os homens estavam gritando e brigando quando Rispa atravessara a rua e entrara no meio deles.

— Ela os separou como juncos no pântano, mãe. Passou por eles e levou a garota para longe de Rolf. Ninguém nunca tirou nada dele — dissera Marta.

Anômia ficara lívida. Freyja não se lembrava de ter visto a jovem tão zangada antes.

— A garota pertence a Rolf por direito de conquista, Rispa. Você precisa entender.

— Por conquista. Você diz isso com tanta facilidade...

— Não é facilidade. É a *vida*.

— Assim como quando Atretes foi levado e acorrentado?

Freyja empalideceu.

— Por que quer me fazer recordar isso?

— Essa garota é filha de alguém, assim como Atretes era seu filho.

— Rolf construiu uma casa para ela.

— Então basta ele a arrastar para lá e a estuprar, e ela será a esposa dele?

Freyja lhe virou as costas; não queria que Rispa visse como estava angustiada. Ela não aprovava o que alguns homens faziam, mas entendia a realidade. Tirou as ervas da cesta e as colocou sobre o balcão. Ainda podia ouvir a garota chorando e isso lhe cortou o coração.

— Você não entende nossos costumes.

— Eu entendo o suficiente. Seus costumes não são diferentes dos de Roma.

Furiosa, Freyja se voltou.

— Nos últimos dez anos, perdemos muita gente do nosso povo. Para Roma, para os hermúnduros. Alguns homens usam esses meios para arranjar uma esposa. Lana é querusca, e Helda, sueva.

— Eu me pergunto se você se sentiria igual se Marta tivesse sido levada quando tinha a idade dessa garota.

Freyja lhe deu as costas de novo. Hermun nunca teria deixado isso acontecer. Amarrou as ervas com cuidado, embora as mãos tremessem.

— Onde isso vai parar, senhora Freyja?

As palavras de Rispa a deixavam desconfortável. Ela pendurou as ervas de cabeça para baixo para secar.

— A família dela vai querê-la de volta e isso significa que mais catos morrerão.

Freyja olhou para Rispa e percebeu que ela estava preocupada com muito mais que apenas a situação da garota. Assim como ela, a efésia estava preocupada com as consequências da atitude de Rolf.

— Não há nada que você possa fazer. Rolf quer a garota; ele não tem intenção de levá-la de volta. Se ele a deixasse voltar, nenhum homem do povo dela iria aceitá-la. Ela está profanada.

— Rolf não a forçou.

—- Como você sabe disso?

— Helana me contou.

— Helana?

— É o nome dela.

Freyja ficou espantada ao ver que Rispa conquistara a confiança da garota tão depressa.

— Isso não importa. Ela está com ele há vários dias.

Rispa abraçou a garota, murmurando palavras de conforto. Seus olhos se encheram de lágrimas quando olhou para Freyja.

— Pelo menos me deixe lhe dar um banho e lhe arranjar algo decente para vestir antes de devolvê-la àquele jovem lobo.

Freyja se comoveu. A hermúndura era jovem.

— Use esporinha-gigante. Reserve alguns raminhos para o cabelo dela; vai matar os piolhos e os ácaros. Como a abraçou, sugiro que você também coloque alguns raminhos em seu cabelo.

Enquanto Rispa cuidava da garota, Freyja preparou um unguento de arnica e tomilho.

— Esfregue isso no machucado dos pulsos e pescoço. Vou dizer a Rolf que você vai levá-la para ele antes do anoitecer. — Foi até a porta. Parou e olhou para Rispa. — Lana e Helda aceitaram a situação. Ela também vai aceitar.

Rispa descobriu tudo que pôde sobre a garota durante o pouco tempo que lhe permitiram.

Freyja voltou mais tarde.

— Rolf mandou levá-la a sua *grubenhaus*.

Rispa anuiu; continuou escovando os cabelos ruivos da garota que lhe chegavam até a cintura e em seguida os trançou frouxamente.

Atretes chegou furioso pelos fundos. Bateu o portão que ligava o estábulo aos aposentos da família. Ignorando a garota, olhou bravo para a esposa.

— O que pensou que estava fazendo?

— Não gosto de ver um cativo sofrendo abusos. — Durante toda a manhã e parte da tarde, ela refletira por que fora motivada a interceder. A situação da pobre garota não mudaria, e ela poderia ter piorado as coisas irritando Rolf. Acaso ele descontaria na garota assim que pusesse as mãos nela novamente?

Vendo a angústia de sua esposa e recordando o próprio cativeiro, a raiva de Atretes se desvaneceu. Ficou pensando por um longo tempo, então tirou a adaga do cinto e a ofereceu à garota.

— Para Rolf.

Freyja levou a mão trêmula ao peito; a garganta doía de vontade de chorar. Ela nunca havia visto seu filho realizar um ato de bondade. Era evidente que Rispa não entendera o significado do que ele havia feito; mas a garota sim. Ela pegou a adaga e a apertou contra o peito, chorando de novo.

Atretes pôs a mão no ombro de Rispa e o apertou gentilmente.

— Leve-a para ele antes que tenhamos problemas.

Rispa fez o que ele mandara. Quando ela saiu com a garota, Atretes voltou para os fundos da casa comunal. Pegou dois bois e um cavalo nas baias.

— Diga a Varus que me acerto com ele mais tarde — disse e saiu pelos fundos.

Os aldeões saíram de suas casas para ver Rispa caminhar pela rua com a prisioneira hermúndura. Limpa, com o cabelo trançado e vestindo uma túnica de linho nova, a garota era adorável. Mas foi Rispa que cativou a atenção deles.

Rolf esperava do lado de fora de sua *grubenhaus*. Parecia feroz, mas, quando se aproximou, Rispa viu que ele era mais cativo que a garota trêmula ao seu lado.

— O nome dela é Helana — disse, abraçando a garota que mantinha a cabeça baixa. — O pai dela foi morto onze anos atrás, lutando ao lado dos catos contra Roma. A mãe morreu de febre no inverno passado. — Ela se perguntou se Rolf ouvira uma palavra do que dissera. Ele só tinha olhos para Helana. Rispa não sabia o que mais poderia fazer. Estava claro que ela seria incapaz de convencer o jovem guerreiro a deixar a menina. Mas não precisaria se preocupar.

Helana soltou sua mão e avançou timidamente. Lançou um olhar cintilante para Rolf e corou. Tremendo, ergueu a adaga com as duas mãos.

Rispa viu uma expressão de dor no rosto de Rolf quando ele viu a adaga que Helana lhe oferecia. O jovem pareceu subitamente agitado e inseguro. Olhando para Rispa, não fez movimento algum para aceitar a arma.

Sem entender nada, Rispa só sabia que ele estava envergonhado e constrangido.

— Rolf! — chamou Atretes quando chegou da floresta por trás da *grubenhaus*. Desceu da égua e entregou as rédeas ao jovem. — Os dois bois estão pastando na floresta.

Parecendo confuso, mas muito aliviado, Rolf aceitou o presente. Voltando-se para Helana, pegou a adaga e enrolou as rédeas depressa nas mãos dela.

Observando Rolf, Atretes lembrou de si mesmo havia muito tempo. Rispa não sabia o que estava acontecendo e o fitava, confusa. Ele deu uma piscadinha para ela e sorriu.

Helana se aproximou da égua e começou a acariciar o pescoço do animal sem pressa. Rispa se perguntava se a garota não estaria pensando em montar a égua e ir embora o mais rápido que pudesse. Aparentemente, a ideia também passara pela cabeça de Rolf, pois ele se aproximou um passo, com os olhos fixos nela. Rispa sabia que, se a garota tentasse escapar, não iria muito longe.

Helana encostou a cabeça no pescoço da égua. Seu coração batia forte. Olhou para a mulher que a havia tirado daqueles homens e se sentiu segura. Ninguém nunca se importara com o que lhe acontecia. Olhou para o jovem guerreiro que a sequestrara. Mordendo o lábio, observou-o. Ele era alto e forte. Rolf corou! Rispa o viu engolir em seco.

Impressionada, Helana o observou mais atentamente. Sentira pavor dele antes. E por que não deveria? Ele a agarrara perto do riacho, a sufocara e amarrara, depois a carregara sobre o ombro pela floresta.

Ele a arrastara por cento e sessenta quilômetros, amarrando-a a uma árvore a cada noite para ter certeza de que ela não fugiria. E agora, depois de trocar os presentes de casamento, ele parecia estranhamente vulnerável, inseguro e envergonhado.

O medo dela a deixou. Ele retesou a mandíbula, mas ficou calado; calado como estivera durante todo o trajeto até ali. Ela achara que ele era mudo, até que o ouvira gritar com os homens que a maltratavam. Inclinando a cabeça, ela o olhou nos olhos. Depois de um longo momento, deixou as rédeas caírem no chão.

Surpresa, Rispa suspirou quando a garota entrou na *grubenhaus* de Rolf sem que ninguém dissesse nada.

Rolf ficou olhando para ela. Disse algo baixinho, deu um passo para segui-la, mas se lembrou de Atretes.

— Eu vou...

— Você não me deve nada. Os bois e a égua são um presente — disse Atretes com um sorriso. — Trate a garota com gentileza, para que minha esposa não a tire de você novamente.

Rolf olhou para Rispa com os olhos brilhando. Colocando a adaga no cinto, entrou na casa que construíra para sua noiva cativa.

Atretes pegou a mão de Rispa e a fez girar com firmeza em direção à aldeia.

— Ela é esposa dele agora. Considerando o jeito como Rolf olhava para ela, acho que você não precisa se preocupar com que ele abuse dela.

— Os hermúnduros virão?

Atretes considerou a possibilidade e sacudiu a cabeça.

— Acho que não. Se eles se importassem com a garota, teriam caçado Rolf muito antes de ele chegar a nós.

Freyja foi ao encontro deles.

— Está tudo resolvido?

Atretes sorriu.

— Sim, muito bem resolvido.

Voltaram juntos para a casa comunal. Freyja viu Anômia e pensou em lhe contar as novidades.

— Já alcanço vocês. — Sorrindo, ela se aproximou da jovem sacerdotisa. — Rispa devolveu a garota a Rolf. Eles se casaram.

— Ele se casou com ela? Como ele pôde, se não tem nada no nome dele?

— Atretes lhes deu o que era preciso. Está feito.

— Os hermúnduros virão reclamá-la.

— Atretes acha que não. Os pais de Helana estão mortos.

O plano de Anômia para despertar os guerreiros de sua letargia de inverno havia se desfeito. Freyja tocou o ombro da jovem para tranquilizá-la.

— Direi aos outros que não precisamos nos preocupar — disse.

Anômia estava furiosa, mas escondeu os sentimentos o melhor que pôde.

O plano surgira-lhe na mente quando o jovem guerreiro a procurara dizendo que estava apaixonado e que queria um feitiço para que a garota de seus sonhos retribuísse seus anseios. Anômia ficara satisfeita consigo mesma quando atiçara a luxúria de Rolf para ele mandar às favas a cautela e ir atrás da garota que tanto desejava. Pela descrição que ele fizera dela, Anômia tivera certeza de que se tratava da filha de um chefe. Mas, em vez disso, Rolf aparecera com uma serva comum; bonita, mas não importante o bastante para provocar uma guerra.

A raiva amarga cresceu quando Holt e vários outros passaram sem lhe dar atenção, comentando sobre a efésia.

— Estou começando a entender o que Atretes viu na efésia. — Vindo de Holt, o comentário era um mau sinal.

Varus não se incomodou com a perda dos bois e da égua e até recusou a oferta de ser recompensado com outra parte das terras de Atretes. E, embora Freyja não tivesse dito mais nada sobre o incidente, estava claro para Anômia e para os demais que a alta sacerdotisa via a esposa estrangeira de seu filho com crescente ternura e curiosidade.

Anômia observava Rispa realizando tarefas habituais. A estrangeira parecia não se dar conta do efeito que sua bondade para com a hermúndura provocara sobre os aldeões, mas Anômia sabia e se contorcia de ciúmes. Um rio furioso de maus pensamentos corria por seu sangue. Ela cobiçava Atretes, desejando-o com uma intensidade que a sacudia de ardente inveja e sensualidade. Desprezava Rispa, regozijava-se com pensamentos de lhe fazer mal, com planos para destruí-la. Mas, por ora, não podia fazer nada.

Mas a hora certamente chegaria.

46

Vários dias se passaram, durante os quais Rispa sentiu uma mudança sutil na atitude dos aldeões em relação a ela. Alguns a cumprimentavam, mesmo que não parassem para conversar. Ela via Varus a observando vez ou outra durante a noite.

Os homens haviam saído para caçar e Rispa limpava as baias e levava o esterco para o jardim atrás da casa comunal. Caleb a seguia, brincando em uma parte gramada enquanto ela cavava o solo e colocava o estrume ao redor dos pés de feijão. Cantava um salmo de louvor e adoração que Teófilo a ajudara a memorizar. Sentia-se tomada pela alegria do Senhor enquanto repetia as palavras, a riqueza das promessas fazendo o coração cantar de felicidade.

— Senhora Rispa?

Assustada, Rispa se voltou, afastando alguns fios úmidos de cabelo da testa. Helda estava a poucos metros, na entrada do jardim. Nunca uma mulher da tribo a procurara. Rispa sorriu e a saudou.

Helda se aproximou timidamente.

— Fiz isto para você — disse ela, estendendo as mãos com uma pilha de panos dobrados.

Deixando a enxada de lado, Rispa limpou as mãos antes de aceitar o presente.

— Obrigada — disse, confusa.

— É uma túnica, para substituir a que você deu à hermúndura — explicou Helda. — Teria facilitado as coisas se alguém tivesse sido tão gentil comigo. — Fez uma leve reverência e saiu depressa.

Rispa abriu o tecido com cuidado e exclamou com deleite. A túnica de linho feita à mão era ornamentada com uma linda estampa púrpura. Ela nunca tivera nada tão adorável.

Deixando-a cuidadosamente ao lado, terminou o trabalho no jardim e abandonou a enxada. Carregou água e a aqueceu para se banhar. Arrumou alguns brinquedos de madeira que Atretes havia esculpido para Caleb e o deixou brincando enquanto entrava em uma das baias limpas para se lavar. Quando terminou, vestiu a longa túnica de baixo. Deixando a túnica externa puída em cima da mureta, pegou a que Helda fizera para ela. Depois de amarrar o cinto, recolheu a roupa de trabalho suja para lavar.

Varus voltou antes de Atretes ou Freyja. Deixou os cavalos nas baias e reuniu o gado na área dos fundos. Um de seus escravos tencteros ficou para encher os comedouros enquanto ele mancava pelo corredor para abrir o portão que dava para a parte residencial da casa.

Rispa o cumprimentou calorosamente. Sua serenidade sempre o irritava. Ela continuou mexendo o grosso cozido de feijão, milho, lentilhas e pedaços de carne de veado salgada. O aroma rico dava água na boca e o ressentimento dele aumentava ainda mais. Atravessando a sala, ele se sentou em sua cadeira, sufocando um gemido quando esticou a perna ruim. Atretes devia estar caçando de novo, supôs. Esfregou a perna e estremeceu; a dor subia pela coxa e quadril. A caça era um dos muitos prazeres de que não podia mais desfrutar.

Rispa lhe serviu hidromel, sabendo que aquela bebida forte aliviaria sua dor. Varus olhou por um longo momento para o rosto dela e depois para o corpo enquanto pegava o chifre e o esvaziava. Rispa voltou para o fogo da cozinha.

Enxugando a espuma da boca com as costas da mão, Varus a fitou, franzindo o cenho.

— Onde arranjou essa roupa?

Rispa ficou surpresa por ele se dirigir a ela, mas, antes que pudesse responder, Freyja abriu a porta da frente e entrou.

— Ela disse que está sonhando há dois dias — disse Anômia, entrando logo atrás dela.

— Você lhe deu um amuleto de âmbar? — perguntou Freyja, com um leve sorriso de saudação para Varus e Rispa.

Caleb esqueceu os brinquedos e se aproximou dela; já havia perdido a timidez em relação à avó.

— Eu dei meu último pedaço de âmbar a Reka — mentiu Anômia, não querendo que Freyja soubesse que o trocara por mandrágora e beladona. Freyja se abaixou para pegar o neto e lhe deu um beijo.

Irritada por uma criança usurpar sua atenção, Anômia olhou mal-humorada para Rispa. Ficou paralisada, a fúria subindo como um gêiser.

— Onde arranjou essa túnica?

Rispa olhava de Varus a Anômia. Nenhum dos dois falava com ela e o fato de se dirigirem a ela indicava que algo estava errado.

Quando Freyja se voltou e a olhou, arregalou os olhos.

Endireitando-se, Rispa levou a mão ao decote.

— Uma das mulheres me deu — disse, preocupada em revelar a identidade de Helda.

Anômia deu um passo à frente, apertando os punhos.

— Que mulher se atreveria a lhe dar uma roupa dessas?

Rispa baixou as mãos na lateral do corpo.

— Foi um presente.

— De quem? — perguntou Anômia com os olhos cintilantes.

Rispa não respondeu. Freyja deixou Caleb no chão e se endireitou. Anômia avançou mais um passo.

— Responda!

— O que pretende fazer?

— Não é da sua conta! Agora, diga!

Freyja estendeu a mão, pedindo silêncio.

— Duvido que alguém tenha tido a intenção de ofender com esse presente.

— Tiwaz vai se ofender — retrucou Anômia, tentando recuperar o controle. O sangue pulsava quente nas veias e não havia nada que ela pudesse fazer para impedir que a raiva a dominasse. Aquela estrangeira não tinha direito a uma roupa como aquela! Se alguém tinha direito, era ela, não aquela intrusa!

Varus olhou para Anômia, vislumbrando pela primeira vez a natureza raivosa escondida sob o rosto e o corpo sedutoramente belos. Sentiu medo e repulsa.

— Diga-me quem foi! — exigiu Anômia, com voz baixa e trêmula.

Rispa permaneceu calma; inquieta, mas destemida.

— Alguém, como demonstração de gentileza.

— Gentileza! Isso é uma *blasfêmia*!

Surpresa com a acusação e sem entender nada, Rispa levou a mão ao coração. Olhou para sua roupa, confusa.

— O que quer dizer? — perguntou, olhando para Freyja em busca de explicação.

— Tire isso! — gritou Anômia, arreganhando os dentes.

Rispa a fitou, sentindo repulsa por sua arrogância. Era orgulho e inveja que queimavam em seus olhos azuis. Inveja pura e infantil.

— Faça o que ela disse — murmurou Freyja, muito perturbada. — *Por favor*.

Desconcertada, Rispa retirou a túnica. Dobrando-a com cuidado, estendeu-a para Freyja. Antes que sua sogra a pudesse pegar, Anômia a arrebatou e a atirou no fogo.

Rispa ofegou.

— Como pode queimar algo tão adorável?

— Você não tem direito a isso!

— Nem mãe Freyja? Tenho certeza de que a mulher que me deu essa túnica teria ficado feliz de vê-la usando-a em vez de vê-la destruída de forma tão negligente em um ataque de birra infantil.

Freyja ficou chocada pelo fato de Rispa falar com tanta ousadia, justamente com Anômia.

Rispa soltou um suspiro, observando a roupa queimar. O cheiro a linho queimado encheu o ar. Olhou para Anômia de novo e sacudiu a cabeça. Quantas horas Helda dedicara a fazer aquela bela roupa?

— Agora diga quem lhe deu essa túnica! — demandou Anômia, em voz baixa e aguda.

Rispa se lembrou de que Helda a procurara furtivamente, oferecendo o presente em sigilo. Agora, via no rosto da jovem sacerdotisa que Helda havia se arriscado muito para lhe dar o presente.

— Foi uma amiga — respondeu Rispa, tentando entender o significado de tudo aquilo. Voltou a mexer o ensopado, desejando que não queimasse pela falta de atenção.

— Uma amiga? — repetiu Anômia com sarcasmo venenoso. — Você não tem amigos entre os catos *leais* — disse ela, inadvertidamente se colocando contra Freyja, que sabia que sua filha Marta tinha Rispa na mais alta estima, e com razão. — *Me dê o nome da blasfema!*

Uma calma inexplicável se apossou de Rispa enquanto ela olhava nos virulentos olhos azuis de Anômia.

— Não.

Freyja e Varus não ficaram menos surpresos que Anômia.

— Não? — inquiriu Anômia, com voz trêmula.

— Adivinhe sozinha, se acha que tem tanto poder.

Enfurecida, Anômia deu um passo em direção a ela com a mão levantada. Freyja segurou seu pulso antes que ela pudesse atacar.

— Eu cuido disso — disse com autoridade.

Anômia se soltou, tremendo de raiva por ser desafiada por uma estrangeira e contrariada por uma conterrânea.

— Maldita seja você e seu deus! — rosnou para Rispa, ainda mais irritada porque ela a fitava placidamente. E, lançando um olhar rancoroso para Freyja, abandonou a casa comunal.

Freyja apertou o amuleto de âmbar que levava entre os seios, sentindo um nó de modo no estômago. Varus não estava menos afetado. O poder de Tiwaz irradiava de Anômia. Era como se a jovem sacerdotisa fosse a personificação do deus.

Rispa suspirou.

— Sinto muito, mãe Freyja. Como eu ofendi vocês desta vez?

Com a boca seca, Freyja olhou para Rispa, espantada por vê-la tão serena. Acaso não sabia o que havia acabado de enfrentar?

— Quem lhe deu essa túnica teceu nela os emblemas da nossa árvore sagrada — explicou ela. — Folhas de carvalho e seus frutos são símbolos santificados de vida longa e fertilidade.

Varus soltou uma risada lúgubre.

— Parece que pelo menos um dos nossos lhe deseja o bem.

— Varus, por favor — advertiu Freyja, lançando-lhe um olhar reprovador.

Rispa entendeu claramente como o fato de vestir a túnica seria uma ofensa.

— Sinto muito — disse, mais preocupada com as consequências para Helda que para si mesma.

O que aconteceria com ela se Anômia descobrisse?

— Tenho certeza de que a mulher não quis ofender você ou Anômia, mãe Freyja. Como Varus disse, ela só estava me desejando o bem.

— Não — disse Freyja, perturbada. — Ela estava fazendo mais que isso — continuou, certa de que haviam sido as implicações sutis do presente que haviam feito Anômia perder o controle. — Gundrid usa esses símbolos, assim como eu e Anômia.

Rispa ficou consternada.

— Mas todos sabem em quem eu acredito, não é? — disse ela. — Jesus é meu Mestre e Salvador, mãe Freyja, *não* Tiwaz. Por que alguém me daria uma roupa destinada a uma sacerdotisa?

— Para causar problemas — sugeriu Varus.

— Acho que não — disse Freyja, sabendo que Anômia compartilhava as mesmas percepções. — A mulher que lhe deu esse presente a honrou como líder espiritual.

O SACRIFÍCIO

Em verdade, em verdade vos digo que, se o grão de trigo, caindo na terra, não morrer, fica ele só; mas, se morrer, dá muito fruto...

47

— A doença da mentira está se espalhando entre nosso povo — disse Anômia, olhando em volta para os homens sentados em círculo à luz da lamparina de sua casa, diante do altar. — Tiwaz falou. Chegou a hora de agir.

Ela havia escolhido cada homem com cuidado, alimentando suas decepções e animosidades, agitando suas paixões até escravizá-los. Alguns, como ela sabia, estavam ali apenas por lealdade, não por convicção.

— Vocês queimaram incenso e fizeram suas oferendas. Beberam o sangue e comeram a carne do sacrifício. Tiwaz nos revelou o que devemos fazer. Agora, vamos descobrir quem entre nós terá a honra de cumprir a vontade dele.

Pegando o pano de linho branco ao lado do altar esculpido, ela o desdobrou solenemente. Proferindo um encantamento profano, colocou-o no chão no meio do círculo. Com grande cerimônia, certificou-se de que todas as dobras fossem removidas e que ficasse estendido e liso sobre o chão de terra.

Em seguida pegou uma tigela de prata no lado esquerdo do altar. Cada homem havia colocado dentro dela uma plaquinha de madeira com uma runa gravada — uma runa considerada pessoalmente sagrada para cada um. Agitou a tigela com suavidade, murmurando outro encantamento. Uma vez, duas vezes, três vezes e de novo. Sete vezes sacudiu a tigela. Então jogou as placas de madeira sobre o tecido branco.

Quatro caíram no chão e foram rapidamente recolhidas por seus donos e penduradas no pescoço novamente. Três caíram com as runas viradas para baixo, o que impediu de serem vistas. Anômia as virou e as devolveu, uma a uma.

Recolheu as cinco placas restantes e as depositou novamente na tigela, repetindo o ritual. Quando jogou as placas no pano branco, quatro caíram voltadas para cima e uma com a face para baixo.

As quatro foram recolhidas em silêncio por seus donos.

Com os olhos brilhando, Anômia olhou para o jovem sobre quem a carga recaíra. Pegou a placa de madeira e a segurou na palma da mão.

— Amanhã, ao nascer do sol.

Ela o viu pestanejar e reconheceu a dúvida. Estreitou os olhos gelados.

— Tiwaz lhe deu mais uma chance de se redimir — disse, referindo-se a seu fracasso anterior e ferindo seu orgulho. — Seja grato.

Com um nó no estômago, Rolf pegou a placa e a apertou na mão.

— Por nosso povo.

— Por Tiwaz — corrigiu ela, entregando-lhe o punhal cerimonial.

Teófilo saiu da *grubenhaus* e encheu os pulmões com o ar matinal que cheirava a pinho. A escuridão dava lugar ao amanhecer, mas as estrelas ainda brilhavam no céu. Erguendo as mãos, louvou a Deus.

— "Bendize, oh, minha alma, ao Senhor, e tudo o que há em mim bendiga o teu santo nome. Bendize, oh, minha alma, ao Senhor, e não te esqueças de nenhum de teus benefícios. Ele é o que perdoa todas as tuas iniquidades, que sara todas as tuas enfermidades, que redime a tua vida da perdição; que te coroa de benignidade e de misericórdia, que farta a tua boca de bens, de sorte que a tua mocidade se renova como a da águia."

O coração parecia explodir de alegria com o novo dia. A escuridão se afastou. Aqueles que o haviam procurado escondidos saíram à luz, por fim se revelando e conversando com ele cara a cara.

— "Assim como está longe o oriente do ocidente, afasta de nós as nossas transgressões."

Rolf saiu da floresta. Observou; o coração batendo forte. O romano estava no meio do vale, de braços erguidos enquanto falava aos céus. Respirando fundo para acalmar a tensão, foi em direção a ele.

— O Senhor tem estabelecido o seu trono nos céus, e o seu reino domina sobre tudo.

Com um nó do estômago, Rolf prosseguiu, focando a mente na tarefa que lhe fora atribuída.

— Bendize, oh, minha alma, ao Senhor!

Rolf sentiu o suor escorrer pela nuca. "Sete vezes", dissera Anômia. Sete vezes.

Sentindo que não estava sozinho, Teófilo se voltou. Franziu o cenho levemente, imaginando o que o jovem campeão estaria fazendo ali. Então o viu puxar uma adaga do cinto e entendeu.

Agora, Senhor? Senhor Deus, agora?

O campeão dos catos se aproximou; Teófilo se voltou completamente, encarando-o como fizera no bosque sagrado. Não fez nenhum movimento para se proteger ou escapar, e o rosto de Rolf foi tomado de angústia e incerteza.

— Você pode escolher outro caminho, Rolf.

— Não há outro caminho — retrucou Rolf, sombrio. Ao olhar nos olhos do romano, sentiu a garganta se fechar. Não viu medo, só uma profunda compaixão e tristeza.

— Anômia o enganou.

Rolf se sentia enfraquecer, mas sabia que Anômia estava certa a respeito daquele homem. Ele era perigoso.

— Eu falhei com meu povo uma vez — disse ele e deu o primeiro golpe, enfiando a adaga até o cabo. — Não posso falhar de novo.

Quando o romano cambaleou para trás, Rolf o segurou pela túnica manchada de sangue. Retirando a adaga, ergueu-a de novo.

— Eu não posso falhar com eles — repetiu, rouco, em lágrimas.

Teófilo abriu os braços.

— Eu o perdoo, Rolf.

Rolf sentiu o coração se apertar sob o olhar de compaixão do romano. Soltando um grito abafado, mergulhou a adaga novamente. "Sete vezes", dissera Anômia. Sete vezes ele deveria atingir o romano com a adaga cerimonial. Mas sua mente se rebelou. Por que tantas vezes, se o primeiro golpe seria mortal? Deveria apunhalá-lo repetidamente por crueldade ou para provar que era leal?

Ao retirar a adaga pela segunda vez, o sangue borbulhou da ferida no peito do romano. Mareado, Rolf jogou a adaga de lado e segurou o homem, descendo com ele até o chão úmido da manhã. Lembrou-se daquela noite no bosque sagrado, quando o romano tivera a chance de lhe tirar a vida e não o fizera.

— Por que não se defendeu? — perguntou, segurando a túnica ensanguentada de Teófilo. — *Por quê?*

— Afaste-se de Anômia — disse Teófilo —, antes que seja tarde demais.

Rolf o recostou e chorou.

— Por que não revidou? Por quê?

Teófilo notou sua angústia e segurou seu braço.

— Volte... — murmurou —, volte-se para Jesus.

Rolf se levantou. Olhou para as mãos cobertas de sangue romano. Virou e saiu correndo.

Rispa chegou ao final da trilha no momento em que Rolf corria para a floresta, do outro lado do vale. Franziu o cenho quando o viu e seguiu adiante, olhando em direção à *grubenhaus*. Certamente Rolf não era um dos que Teófilo dissera que o haviam procurado para aprender sobre o Senhor...

Ela havia acordado na noite anterior se sentindo oprimida e inquieta. A cena com Anômia ainda estava fresca na memória, e ela orara por Helda e pelos desconhecidos que procuravam Teófilo à noite. Quando por fim adormecera, fora perturbada por sonhos estranhos. Acordara abruptamente na escuridão, temendo por Teófilo, sem nenhuma razão plausível. Angustiada, acordara Atretes e dissera que iria procurá-lo.

— Já vai amanhecer. Espere.

— Tenho que ir *agora*.

— Por quê?

— Não sei, mas preciso ir. Por favor, vá até lá o mais rápido que puder.

— E Caleb? — dissera ele, sentando-se e passando as mãos pelo cabelo. A cabeça latejava em razão do hidromel que bebera na noite anterior com Holt, Rud e os outros.

— Deixe-o com sua mãe.

Agora ela estava no ar fresco da manhã enquanto o céu se abrandava com o nascer do sol, e observava o vale em busca de um sinal de Teófilo. Ele não estava na *grubenhaus* e não respondera quando ela o chamara. Encontrou-o do outro lado do jardim, caído na grama, coberta de orvalho.

— Não!

Teófilo emitia sons abafados de dor, sentindo a força diminuir a cada batida do coração.

— Senhor... — Viu Rispa encobri-lo, o sol nascente atrás dela, até que ela caiu de joelhos ao seu lado e o puxou para os seus braços.

— Deus, não — chorava. — Oh, Teo.

— Tudo bem, amada — disse ele. — Está tudo bem.

— *Atretes!* — gritou enquanto as lágrimas escorriam pelo rosto pálido. — Oh, Deus, por favor. — Pressionou uma das feridas com as mãos, mas viu que não adiantava. — *Atretes! Atretes!*

— Não deixe... Caleb se aproximar — disse Teófilo, respirando com dificuldade.

— Ele está em casa. Eu não o trouxe comigo; algo me dizia para não o trazer. Eu sabia que tinha que vir. Oh, Deus, por que não vim antes? Por que Rolf fez isso com você?

— Mandado — conseguiu dizer, tossindo. — Ele não queria.
— Mas fez. Ele *fez*.
— Perdoe-lhe, amada.
— Como posso perdoar, se ele o tirou de nós? — disse ela, chorando.
— Jesus perdoou. — Teófilo pegou sua mão trêmula. — Diga a Atretes: lembrem-se do Senhor. — Tossiu. A cada respiração a ferida no peito borbulhava; mas ele segurou Rispa pelo pulso com uma força surpreendente. — Não diga a Atretes que foi Rolf. Ele é fraco, vai querer vingança. — O peso do sangue enchia os pulmões. — Mantenha-se firme.
— Tente não falar. — Viu seu marido correndo em sua direção.
— Depressa! — gritou, chorando e abraçando Teófilo, sentindo-o se esvair. — Jesus, por favor, por favor, não o tire de nós. Não o leve. Espere, Teófilo. Atretes está chegando.

Atretes se acercou deles e caiu de joelhos, olhando para seu amigo, que se esvaía em sangue.

— Quem fez isto?

Teófilo o segurou pelo pulso.

— Alimente as ovelhas.

— Eu não tenho ovelhas! — retrucou Atretes, sem entender suas divagações.

— Quem fez isto com você?

— Alimente as ovelhas — repetiu Teófilo, esforçando-se para agarrar a túnica de Atretes.

Atordoado, Atretes olhou para Rispa.

— Do que ele está falando?

— Alimente as ovelhas. — Os dedos de Teófilo se afrouxaram. Ele soltou um longo suspiro e relaxou nos braços de Rispa, os olhos castanhos ainda abertos e fixos em Atretes.

— Ele se foi — Rispa sussurrou, tomada pelo medo.

— Traga-o de volta! — ordenou Atretes. — Traga-o de volta como ele trouxe você!

— Não posso — disse ela, fechando os olhos de Teófilo com as mãos trêmulas.

— Por que não? — insistiu Atretes, desesperado. — Tente. — Pressionou o peito de Teófilo com as mãos, cobrindo os ferimentos. — Tente!

— Acha que podemos mandar Deus nos dar o que queremos? — gritou ela.

— Ele se foi.

Atretes recuou.

Rispa tremia violentamente; a respiração entrecortada. *Deus Pai, o que vamos fazer agora? O que vamos fazer sem ele? Oh, Deus, ajuda-nos!*

E com uma repentina onda de calor, ela obteve a resposta. Lembrou-se das palavras que Teófilo lhe ensinara e as pronunciou em voz alta nesse momento de necessidade:

— "O Senhor é a minha luz e a minha salvação; a quem temerei? O Senhor é a força da minha vida; de quem me recearei?"

O grito de Atretes acabou com sua tranquilidade. Ela o fitou, paralisado acima dela, com o rosto contorcido de raiva e tristeza. Ela nunca o vira assim. Ele respirava pesadamente, como se tivesse corrido uma longa distância, os olhos vidrados.

— Eu vou matar o homem que fez isso. Juro diante de Deus Todo-Poderoso que vou encontrá-lo e fazer o mesmo com ele!

— Não, Atretes — disse Rispa, vendo que Teófilo sabia mais que ela. — Teófilo disse para você alimentar as ovelhas. As ovelhas são seu povo. Teófilo me contou que duas pessoas iam a *grubenhaus* dele à noite para ouvir a Palavra. Pode haver outras pessoas famintas pelo Senhor. Nós temos que os alimentar com a Palavra.

— Talvez tenha sido um deles que fez isso!

— Não, não foi — disse ela, olhando por onde Rolf havia desaparecido. Pestanejando para conter as lágrimas, pousou a mão com ternura no rosto sereno de Teófilo.

— O que quer dizer? — perguntou Atretes baixinho, estreitando os olhos.

— Olhe para ele, Atretes. Ele está em paz; está com Jesus — disse ela, acariciando o rosto do amigo e percebendo como o amava, como sentiria sua falta.

— Responda!

Ela ergueu os olhos e viu sua tensão, a fria suspeita — claro aviso da violenta tempestade que estava por vir. Sentiu o coração tremer.

— Você viu quem fez isso, não é?

— Teófilo disse que não queria que você se vingasse.

— Acha que eu posso deixar isso passar?

— Alimente as ovelhas, Atretes. Foi o que Teófilo disse para fazer. *Alimente as ovelhas*. Não se permita pensar em mais nada além disso.

— Me diga quem fez isso!

— Ame, diz Deus. Ame seus inimigos.

Ele praguejou, o olhar não menos cruel que aquele que vira no rosto de Anômia no dia anterior. Ele queria sangue.

Anômia, disse um sussurro na mente de Rispa. *Diga que Anômia está por trás do assassinato de Teófilo. Diga a ele que foi ela. Ele vai tirar a vida dela e livrar os catos de sua influência. E nunca mais ele a olhará com desejo de novo. Diga que foi...*

Interrompeu os pensamentos abruptamente, estremecendo só de imaginar. *Oh, Deus, ajuda-me.*

Ela tinha que proteger Rolf, assim como protegera Helda. Tinha que se esforçar para tornar cada pensamento obediente ao amor de Cristo, independentemente dos sentimentos violentos que abrigasse dentro de si, sem deixar espaço para a raiva, os ciúmes e a vingança. Se não fizesse isso, o que seria de seu marido?

Ela sabia.

Senhor, ajuda-me. Ajuda-me.

"Fique quieta", dissera Teófilo tantas vezes, "e saiba que Deus está com você".

— Amado, o que o Senhor Deus lhe pede? — perguntou ela com suavidade e os olhos cheios de lágrimas ao recordar, e repetiu outra Escritura. — "O Senhor teu Deus pede de ti, senão que temas o Senhor teu Deus, que andes em todos os seus caminhos, e o ames, e sirvas ao Senhor teu Deus com todo o teu coração e com toda a tua alma, que guardes..."

— Ele foi *assassinado*!

— Assim como nosso Senhor. Jesus perdoou — disse ela, desesperada para chamá-lo de volta a si. — Teófilo *perdoou*. Você precisa...

— Não. A justiça *será* feita — retrucou ele, retesando a mandíbula.

— Justiça, Atretes? Você está salivando por vingança.

— É melhor o cachorro morrer pelas minhas mãos do que ser jogado no pântano! — Como ela não disse nada, o temperamento dele finalmente explodiu. — *Diga quem foi!* — ordenou ele, pegando-a pelos cabelos e puxando sua cabeça para trás.

Rangendo os dentes e lutando contra a dor, ela o fitou. Estava com medo, não por si, mas por ele. Ele reforçou o aperto e ela ofegou de dor e fechou os olhos.

Vendo a cor se esvair do rosto dela, Atretes a soltou abruptamente e se afastou, proferindo palavras vis. Deu um grito furioso de frustração. Queria matar quem matara Teófilo. Queria caçar o homem e despedaçá-lo com as próprias mãos. Queria a satisfação de ouvi-lo implorar por misericórdia. Queria enfiar-lhe uma adaga repetidas vezes como fizera com seu amigo!

Rispa chorava ao ver a luta que se travava dentro dele. Ele estava se afastando de Deus bem diante de seus olhos, e ela se sentia impotente para impedi-lo. Muito triste, orava incoerentemente pela ajuda de Deus.

Atretes se voltou para ela com o semblante contorcido de dor e ira.

— Maldita seja você por proteger um assassino!

Ela viu em Atretes o mesmo orgulho e ira que vira nos olhos de Anômia. Abalou-se.

— Eu não estou protegendo um assassino — disse ela, desfazendo-se em lágrimas. — Estou protegendo *você*.

Ele se afastou, deixando-a sozinha. Angustiada, Rispa embalou o corpo do amigo, abraçando-o perto de si.

48

Rispa preparou o corpo de Teófilo para o enterro, mas Atretes voltou e informou que o cremaria, segundo o costume dos catos, e passou o restante do dia construindo uma pira funerária. Freyja apareceu com vinho e comida, mas Rispa não tinha apetite e Atretes não ia parar para comer.

— Sinto muito — murmurou Freyja a Rispa, observando seu filho. — Eu não concordava com seu amigo, mas nunca lhe desejei tal fim.

— Você poderia ter evitado isso? — perguntou Rispa delicadamente.

Freyja olhou para o rosto pacífico de Teófilo.

— Não sei — sussurrou. — Talvez. Não sei. — Pousou a mão com carinho no braço de Rispa e acrescentou: — Trarei Caleb mais tarde.

Horas depois, a pira ardeu em chamas contra o céu noturno. Rispa ficou observando, chorando baixinho, com Caleb apertado nos braços. Atretes permaneceu ao seu lado, calado e imóvel. Apenas proferira uma oração. Ela sentia a frieza o dominar e não sabia o que fazer para ajudá-lo. Olhou para ele, viu a mandíbula tensa, os olhos ardendo como o fogo que consumia o corpo de Teófilo. Sentiu a distância aumentar entre eles.

Pressionou o rosto na curva do pescoço de Caleb e continuou rezando, a mesma oração que começara naquela manhã no vale. *Senhor, muda seu coração, inclina seus ouvidos, faze sua alma responder.*

Houve uma violenta explosão de faíscas e chamas quando a pira começou a desmoronar. Apenas por um instante, ela vislumbrou o corpo de Teófilo antes de ser consumido sob a luz brilhante.

Caleb soltou um grito alegre de deleite, levantando as mãos enquanto as brasas subiam em direção ao céu. Rispa olhou para o alto. Acima brilhavam a lua e as estrelas, fazendo-a recordar que Deus sempre estivera lá antes deles e que lá permaneceria. Isso a encheu de paz, e, estranhamente, de alegria. Teófilo estava em casa com o Senhor. Vencera sua batalha. Só ela e Atretes ainda lutavam com a existência temporal e as forças contrárias a eles.

Senhor, Senhor, meu coração anseia por ti. Tu sabes como nós dois confiamos no doce espírito de Teófilo. É por isso que o tiraste de nós? Para que ficássemos sozinhos e depositássemos toda nossa confiança em ti?
— Você vai me dizer quem o assassinou? — perguntou Atretes, sem olhá-la.
Ela baixou a cabeça e fechou os olhos.
— Não — murmurou, rezando para que ele cedesse.
Voltando-se, ele puxou Caleb dos braços dela.
— Você não é bem-vinda na casa comunal.
Ela o fitou com os lábios entreabertos.
— O que quer dizer?
Caleb começou a chorar nos braços do pai. Esticou os bracinhos para Rispa, que deu um passo à frente. Mas Atretes se afastou dela.
— Ele é *meu* filho, lembra? Não seu.
A frieza da voz de Atretes a gelou.
— E você é meu marido — retrucou ela, trêmula, lutando para manter a calma e a razão em face do que via em seus olhos azuis.
— Então se lembre dos seus votos de obediência e me diga quem o matou!
Oh, Deus, como chegamos a esta situação?
— "Minha é a vingança", disse o Senhor — citou ela. — Eu não posso lhe dizer sabendo o que há em seu coração. *Não posso.*
— Você acha que o Senhor *queria* que Teófilo fosse assassinado? Acha que ele ordenou isso? Acha que Jesus enviou alguém para fazer isso? — inquiriu ele, praguejando mais alto. — Se ele fez isso, onde está a diferença entre Cristo e Tiwaz?
Ela não queria discutir. Deus era soberano. Deus *sabia*. Sua mente procurava razões desesperadamente. Deus permite o mal para que possa demonstrar sua graça e misericórdia por meio da redenção...
— O assassino está aqui, implorando perdão? — indagou Atretes com escárnio. Virou Caleb, que não gostou. Assustado, o menino gritou, mas, irado como estava, Atretes não percebeu nem se importou. — Está vendo o assassino aqui, arrependido? — perguntou ele, olhando para Rispa como se ela mesma tivesse feito aquilo. — Acha que ele tem medo de Deus? Acha que alguém do meu povo vai mostrar respeito quando virem que não foi feito nada depois de um homem ser assassinado a sangue-frio?
— E o seu sangue é mais quente?
Uma névoa vermelha ofuscou a visão de Atretes.
— Você está traindo Teófilo com seu silêncio. Está traindo a mim!
— Teófilo me pediu para não contar!
— Você está se colocando entre mim e a justiça!

— Eu estou me colocando entre você e a *vingança*!

Sem conseguir se conter, Atretes lhe bateu. O golpe foi tão forte que Rispa cambaleou e caiu. Choque e arrependimento o incitaram a dar um passo em direção a ela, mas a fúria obscura que sentia por dentro o deteve. A guerra rugia dentro dele. Gemendo em razão da intensidade da batalha, ele a observou se levantar e a viu tremer violentamente, em choque, os olhos escuros arregalados de dor e descrença, o lábio sangrando.

Por um lado, estava horrorizado com o que havia feito e queria implorar seu perdão, mas endureceu. Se cedesse, o assassinato de Teófilo ficaria sem resposta, e ele não podia deixar isso acontecer. O próprio sangue clamava contra isso.

— Eu não quero ver você na minha frente enquanto não me disser quem fez isso com Teófilo. Quando me contar, poderá voltar à casa comunal. Antes disso, não.

— Atretes, eu...

— Cale-se! Só volte quando mudar de ideia, Rispa, ou juro por Deus que vai se arrepender. Se sobreviver. — Sorriu com amargura, embora o coração se contorcesse por dentro. — Você não é melhor que uma esposa infiel e vou tratá-la como tal.

Com essas palavras, ele lhe deu as costas e se afastou, com Caleb gritando em seus braços.

Apertando os joelhos contra o peito, Rispa cobriu a cabeça com as mãos e chorou.

Não muito longe dali, escondida na escuridão das árvores, Anômia observava. Ela ouvira cada palavra que Atretes pronunciara. Seu coração se enchera de alegria maliciosa quando ele batera na efésia. Agora, escutava com um prazer hediondo os soluços da mulher que pairavam suavemente no ar parado da noite.

Com os olhos brilhando, sorriu, triunfante.

49

Rispa se mudou para a *grubenhaus* de Teófilo. Cobriu-se com o cobertor dele, respirou o cheiro de seu corpo, chorou por ele como faria por um pai.
    Medos a atacavam por todos os lados; pesadelos a assaltaram quando adormeceu. Caleb gritava e ela não conseguia encontrá-lo. Ela procurava freneticamente, mas era cada vez mais atraída para dentro da floresta, a escuridão se fechando mais e mais à sua volta. Deparou-se com Atretes enredado nos braços da jovem sacerdotisa e gritou. Ele não a ouviu, ao contrário de Anômia, que ficou exultante.
    Rispa acordou chorando; a risada de Anômia ainda ecoava em seus ouvidos. Com o corpo todo tremendo, cobriu o rosto, o pulso acelerado.
    — Senhor, tu és meu escudo. Sê gentil comigo e ouve minha oração. Faze seu caminho reto diante de mim.
    Sentada na escuridão, orou e esperou o amanhecer, suplicando a Deus. Certamente Atretes teria tido tempo para pensar e cederia, levando-a de volta à casa comunal. Ele amava Teófilo. Com certeza honraria o último pedido do amigo. E Caleb precisaria dela. Ele ainda mamava e chorava de manhã, e Atretes não teria paciência com ele. Varus ficaria furioso.
    Ele é meu filho, lembra? Não seu.
    Ela se abraçou, balançando o corpo. *Os olhos dele, oh, Deus, abre os olhos dele.*
    As palavras de Atretes cortavam-lhe o coração toda vez que pensava nelas, ressuscitando outras coisas dolorosas de quando o conhecera. Como ela pudera pensar que havia alguma gentileza nele? Como pudera pensar que ele realmente a amava? Ela ainda era Júlia para ele, ainda era como uma centena de outras mulheres que ele recebera na cela.
    "Que toda ira e amargura sejam afastadas de vocês, amados, e sejam gentis uns com os outros", dissera João, o apóstolo, muito tempo atrás, em Éfeso. Haviam se passado apenas dois anos mesmo desde que ela deixara tudo que conhecia para ir àquele lugar desolado? *Sejam gentis e bondosos, perdoem uns aos outros, assim como Deus, em Cristo, nos perdoou.*

Ela sabia que tinha que perdoar Atretes por abandoná-la. Tinha que deixar as palavras dolorosas de lado, senão a amargura se enraizaria nela e cresceria. Atretes a tratara como se ela tivesse matado Teófilo, mas não podia pensar nisso. Rispa não podia permitir que a raiva e as atitudes dele a impedissem de obedecer ao Senhor.

Mantenha-se firme.

Pensou em Rolf fugindo para a floresta com sangue nas mãos. Queria contar a Atretes e ver a justiça ser feita, mas sabia que não haveria justiça se cedesse às emoções. Teófilo fora bem claro ao falar; ela não podia fingir que não entendera; não podia se convencer de que estava tudo bem.

Por que a vida tinha que ser tão difícil? Não acreditar em um Deus vivo tornaria tudo mais fácil? O Senhor realmente esperava que ela se rebelasse contra seu marido e perdesse seu filho? E para quê? Para proteger um assassino?

Perdoa-lhes, porque não sabem o que fazem.

O amanhecer chegou, mas Atretes não.

Passou-se o primeiro dia, depois o segundo, e Rispa se desesperou; a mente e o coração atormentados. Como as coisas haviam chegado àquele ponto tão rapidamente? Seria possível um ato de violência obliterar a fé? Era como se ela desmoronasse. Estaria fazendo a coisa certa? Queria estar com Caleb, não sozinha naquela casa de terra, fria e silenciosa. Queria conversar com Atretes, argumentar com ele, fazê-lo entender. Mas será que conseguiria? Alguma razão entraria na cabeça de um homem entregue ao desejo de vingança?

Ela o conhecia muito bem; ele não cederia, e, se ela o fizesse, Atretes estaria perdido. Rolf morreria e ela teria o sangue do jovem guerreiro nas mãos. Teria de conviver com a culpa de saber que sua fraqueza havia aberto o caminho para Atretes cometer um assassinato não menos abominável que o que Rolf cometera.

Então focou a mente em Cristo.

Enfraqueceu quando encontrou o punhal. Estava meio escondido no jardim de Teófilo, e a lâmina cintilou sob a luz do sol de primavera. Ela a pegou antes de perceber o que era. A lâmina estava coberta por uma camada de sangue seco. Sangue de Teófilo. Rispa a largou, horrorizada, as lágrimas inundando-lhe os olhos. Pensamentos sombrios invadiram sua mente, fazendo seu sangue ferver e os músculos se retesarem. Que misericórdia Rolf demonstrara a Teófilo quando mergulhara a adaga nele? Por que deveria ser digno de receber misericórdia? Desejou poder mergulhar a adaga em Rolf e entregar o desgraçado ao deus que ele tanto adorava.

Mas a consciência estremeceu diante de tal pensamento, e ela se arrependeu. Rolf não se redimira e era incapaz de entender a verdade. Era incapaz de acreditar em Deus, incapaz de agradar ao Senhor ou de buscá-lo. Mas ela era capaz. Ela *sabia*. E, mesmo assim, ela se entregara a pensamentos vingativos.

Deus conhecia seu coração. Conhecia todos os seus pensamentos. Acaso ela era diferente de Atretes? Tal percepção a deixou ainda mais humilhada.

"Não conte a ele", dissera Teófilo. "Ele é fraco, vai querer vingança."

Acaso as palavras de Teófilo não se provaram verdadeiras? E, agora, ela se via tão fraca quanto seu marido, com sede de vingança, ansiando a morte de um homem. Atretes se afastara de tudo que Teófilo lhe ensinara. As últimas palavras do romano haviam sido uma missão, e Atretes o ignorara, só pensando em vingança. Será que ela também se afastaria do Senhor?

— Deus, perdoa-me. Purifica-me, Senhor. Faze um espírito correto dentro de mim — orou, tomada de compaixão por seu marido. Não havia espaço para raiva e mágoa. Quanto pior deveria ser para Atretes, tendo sido treinado em atos de violência por tantos anos! Ele estava só começando a conhecer o Senhor. Mas que desculpa tinha ela, que já seguia o Senhor havia sete anos? — Deus, ajuda-o. Traze-o de volta.

Quando abriu os olhos, seu olhar caiu no punhal de novo. Que forças haviam operado sobre Rolf para levá-lo a matar Teófilo? Acaso Teófilo não poupara a vida de Rolf na floresta sagrada? Teófilo havia dito que o jovem guerreiro não queria matá-lo. Por que o matara, então? Ela pegou a adaga. O cabo de osso era esculpido na forma de um pé de cabra, com runas gravadas nele. Não era uma arma comum. Ela a virou e viu um homem com chifres entalhado, segurando uma foice em uma mão e uma frâmea na outra. Tiwaz.

Fora Gundrid que mandara Rolf matar Teófilo? Certamente Freyja não participaria de um ato tão abominável. Ela não podia acreditar que a mãe de Atretes faria isso. Anômia, sim, mas Freyja não. Nunca.

Pensou na jovem sacerdotisa que não temia Deus, nem mesmo aquele ao qual adorava. Rispa vira a escuridão nos olhos da jovem. Sentia-a toda vez que Anômia olhava para ela. No dia anterior à morte de Teófilo, ela revelara seus verdadeiros sentimentos. Anômia era filha da ira, hostil, inflamada pelo ódio ao Senhor.

Rispa se perguntava se deveria entregar a adaga a Atretes. Sentiu-se mal ao pensar isso, sabendo que mais pessoas além de Rolf morreriam se o fizesse. E se a mãe dele tivesse participado da morte de Teófilo?

Escondeu a arma no oco de uma árvore, perto do riacho.

Teófilo havia dado uma missão a Atretes: "Alimente as ovelhas". Mas também dera uma a ela: "Mantenha-se firme", dissera. Mas ela conseguiria?

Mantenha-se firme.

Nos dias que se seguiram, as palavras de Teófilo voltaram a ela com frequência, especialmente quando ficava escuro, quando ela fraquejava e queria correr e implorar a Atretes que a deixasse voltar para casa; quando queria lhe entregar a adaga e não pensar nas possíveis consequências.

Mantenha-se firme.

Teófilo sabia que ela seria deixada sozinha? Teria feito alguma diferença se soubesse?

Mantenha-se firme, amada.

Quantas vezes ele lhe havia dito essas palavras durante os meses de viagem de Éfeso a Roma e de Roma ao norte, atravessando os Alpes até as florestas da Germânia? *Mantenha-se firme. Mantenha-se firme.*

Ela se deitava na cama de Teófilo todas as noites e orava. *Senhor, estou cansada de soluçar. Todas as noites alago a cama e dissolvo este catre com minhas lágrimas. Estou me afundando na tristeza.*

Rispa quase podia ouvir Teófilo lhe falar. Fechando os olhos, ela se confortava com as lembranças dele. Pensava no amigo sentado ao fogo diante dela, abrindo o terno sorriso.

Acaso ele não aguentara firme todos aqueles meses, sozinho na sua *grubenhaus*?

Outras coisas que ele havia dito voltaram-lhe à memória: "Lembre-se do Senhor, amada. Jesus nos libertou do domínio das trevas e nos transferiu para o reino de seu amado Filho. Vista a armadura. Cinja o lombo com a verdade. Vista a couraça da justiça. Calce os pés com o evangelho da paz. Agarre o escudo da fé, o capacete da salvação e a espada do Espírito. E reze. Você deve ser uma praticante da Palavra, Rispa. Lembre-se das Escrituras. Deixe a Palavra de Deus entrar no seu coração e dar frutos. Seja firme. Foque a mente nas coisas superiores. A mente focada na carne é morte, mas a mente focada no Espírito é vida e paz. Guarde seu coração, pois dele fluem fontes de água viva. Imite o Senhor. Caminhe no amor".

As escrituras surgiram, inundando-lhe a mente.

Maior é o que está em vós do que o que está no mundo.

— Eu amo meu marido, Senhor. Eu amo meu filho.

Eu sou o Senhor, e não há outro.

A Palavra de Deus surgiu como o estrondo de um trovão e se seguiu como uma chuva mais suave:

Eu sou suficiente. Eu sou suficiente. Eu sou suficiente.

Então Rispa chorou, sabendo o que Deus lhe pedia.

— Oh, Senhor, tu és minha Rocha e meu Redentor. Tu ouves minha súplica. Tu recebes minha oração. Tu ouviste o som de meu choro. Ajuda-me a ficar firme em ti. Dá-me força, *Abba*, porque não tenho nenhuma. Preenche-me com o conhecimento de tua vontade e mantém-me no caminho eterno. Oh, Senhor, meu Deus, eu vivo para te adorar.

E como Rispa derramou o coração em rendição ao Senhor, o Deus do universo se despejou em amor e segurança. Ela chorou e a Palavra dele a consolou. Ela era fraca e ele a fortaleceu. Uma a uma, as Escrituras lhe voltaram, vivas e essenciais, afastando o medo e a solidão, apagando toda dúvida. Conforme os dias se passavam, forças obscuras se aproximaram dela, mas Rispa se agarrou obstinadamente a Cristo e sua paixão se aprofundou.

"Podemos nos alegrar", dissera Teófilo durante um tempo de tribulação. "Podemos rezar. Podemos louvar a Deus."

E Rispa dedicou a mente e o coração a isso, sem se importar com o que surgisse contra ela.

50

— Faz dez dias, Atretes — disse Freyja, vendo o lampejo de raiva nos olhos do filho, um claro aviso de que ele não queria falar de sua esposa. Mas ela tinha que falar de Rispa. Dez dias era muito tempo para uma mulher ficar sozinha na beira da floresta, e ele sabia disso. Ela notara a tensão dele aumentar a cada dia. Rispa não tinha comida além do pouco que poderia crescer no jardim do romano, e quanto tempo duraria? A nora estava desprotegida, e Freyja sentia as forças espirituais se movendo, fazendo o ar estremecer. — Você não pode deixá-la ali sozinha.

Atretes estava pálido, com as emoções à flor da pele. Continuou olhando para o fogo, retesando a mandíbula.

— Você precisa trazê-la de volta.

— Não.

— Caleb precisa da mãe.

— Ele tem você.

— Ele sente falta *dela*. *Você* sente falta dela.

Praguejando, Atretes se levantou abruptamente.

— Já chega!

Freyja via dor por trás da fúria do filho. Ele esperava que Rispa capitulasse. Quando voltara da pira funerária, ele colocara Caleb nos braços da mãe e se sentara diante do fogo. Ela lhe perguntara onde estava Rispa, e tudo o que ele dissera fora:

— Ela sabe quem o matou, mas não vai me contar. E, enquanto não contar, ela não é bem-vinda nesta casa. — Ele estava sentado diante do fogo, deixando Freyja aturdida e cheia de perguntas. — Ela vai voltar — dissera ele, batendo com o punho direito na palma da mão esquerda. — Ela vai voltar antes do amanhecer.

Ele esperara a noite toda. Quando a manhã chegara, ainda estava sentado diante do fogo, fitando tão intensamente as chamas que nem sequer ouvira o lamento de fome de seu filho. Freyja levara Caleb para Marta, que ainda amamentava Luísa, com leite suficiente para dois.

Atretes olhou ao redor.

— Onde está Caleb? — perguntou, com os olhos brilhando. — Você o levou para Rispa?

— Eu o levei para Marta. Ele ainda mama.

— Mas já tem idade suficiente para desmamar.

— Ele já está confuso e assustado o bastante sem isso.

— Não me interessa — disse Atretes, passando os dedos pelos cabelos. — Faça o que achar melhor, só não o leve a Rispa. Não importa o quanto ela implore, não deixe que toque nele.

— Ela não me procurou, não implorou, não...

— Basta! Vá ver o menino e me deixe em paz!

Varus espalhou pela aldeia o rumor de que Atretes havia expulsado Rispa porque ela se recusara a lhe dizer quem matara o romano. Ninguém entendia as razões dela, muito menos Varus, que espalhava a notícia. Por que a efésia impediria a vingança de um homem que ela amava tanto quanto Atretes? Não fazia sentido. A lógica dela desafiava a razão. Teria a efésia enlouquecido de tristeza?

Só Atretes sabia que não era loucura. Era sua teimosia que a impedia de ceder. E saber disso o deixava ainda mais furioso.

As pessoas só falavam nesse assunto, mas não se atreviam a fazê-lo diante de Atretes.

No décimo segundo dia, Freyja esperou que Atretes saísse para caçar com Usipi. Então pegou o caminho que levava dos fundos da casa comunal ao vale e à *grubenhaus* de Teófilo. Atravessando o espaço aberto, viu Rispa trabalhando no jardim. Parecia qualquer outra jovem cuidando das tarefas diárias, mas, quando Freyja chegou mais perto, ouviu Rispa falando sozinha enquanto afofava o solo e arrancava as ervas daninhas. A pobre mulher havia enlouquecido.

— Rispa? — disse cautelosamente.

Rispa ergueu os olhos, surpresa. Freyja viu o hematoma amarelado no lado esquerdo do rosto dela.

— Você me assustou — disse Rispa, endireitando-se. Afastou alguns cachos escuros soltos com as costas da mão. — Atretes a mandou aqui?

Freyja sentiu o coração se apertar ao ver a esperança nos olhos escuros de Rispa.

— Não.

— Oh — disse Rispa baixinho e olhou para a aldeia. Fechou os olhos por um breve instante, reprimindo as lágrimas, então olhou para Freyja novamente. Sentiu o desconforto e a simpatia da mulher e sorriu. — Como está Caleb?

— Marta está cuidando dele.

Rispa assentiu.

— Eu sabia que poderia contar com vocês para atender às necessidades dele — foi tudo que disse, com um sorriso repleto de gratidão. Sem protestar, não pronunciou nenhum apelo de cortar o coração, nem fez acusações raivosas, mas Freyja sentiu a terrível dor da separação. Rispa não estava louca; estava resolvida. Ela havia definido seu curso e nenhum vento o mudaria. Freyja queria poder entender.

— Por que não diz a Atretes quem matou Teófilo?

— Porque ele mataria o assassino.

— Isso é tão difícil de entender?

— Você está ansiosa por mais sangue?

— Claro que não, mas também não tolero assassinatos.

— Nem eu, mãe Freyja. — Pensou na adaga cerimonial escondida na árvore. Escrutou o rosto de Freyja em busca de algum subterfúgio, mas não viu nada. Pensou em mostrar a adaga e descobrir se Gundrid ou Anômia estariam por trás da morte de Teófilo, mas decidiu não fazer isso, pois, se o fizesse, não seria só Rolf que morreria. Quantos mais estariam envolvidos?

— Eu queria entender — disse Freyja.

— Teófilo me pediu para não contar a Atretes — respondeu ela.

— Mas por quê? Certamente o romano gostaria que a morte dele fosse vingada.

— Não — disse Rispa, sorrindo com gentileza. — Jesus perdoou àqueles que o crucificaram. Teófilo também perdoou. Eu não posso fazer menos que isso.

— Atretes não pode perdoar.

— Pode, sim, se escolher fazer isso.

— Ele não vai fazer isso. Não é da natureza dele perdoar dessa maneira. Não é a maneira dos catos.

— Não é da natureza de ninguém, senhora Freyja, mas é a vontade de Deus — disse Rispa, com os olhos marejados. — Em Cristo, tudo é possível, inclusive mudar o coração de um homem. Eu oro por isso sempre, para que Deus mude o coração de Atretes. E o meu. — Ela não podia pedir a Deus que fizesse algo na vida de Atretes sem estar disposta a fazer o mesmo na dela.

Freyja desejou ter lhe levado alguma coisa; pão, queijo, um xale para mantê-la aquecida.

Rispa notou seu dilema e sorriu.

— O Senhor está comigo, mãe Freyja.

Freyja sentiu um calor nas palavras de Rispa e viu sua expressão de serenidade, muito diferente de qualquer coisa que já sentira na vida. Como era possível?

— Não é certo que você seja punida.

— No começo, eu também pensei isso, mas foi um engano. Isto não é um castigo; é uma guerra. Teófilo lutou contra as forças das trevas que vivem e respiram neste lugar, e agora eu devo ficar no lugar dele.

Freyja empalideceu e recuou.

Rispa notou seu medo.

— Você sabe do que estou falando, não é? Posso ver em seus olhos que você entende. E que está com medo. Mas eu lhe digo o seguinte: o amor de Cristo expulsa o medo, mãe Freyja. Se deixar que Jesus a redima, você nunca mais terá medo.

— Eu não vim falar do seu deus — disse Freyja, perturbada pelos sentimentos que a dominavam e se perguntando, uma vez mais, por que o nome de Jesus a fazia tremer por dentro. Segurou o pingente de âmbar para se proteger, rezando para que o espírito não caísse sobre ela novamente.

Nunca mais acontecera desde que Teófilo a tocara.

Rispa se entristeceu ao vê-la com tanto medo.

— O Senhor trará à luz as coisas ocultas nas trevas e revelará os motivos do coração de um homem. — Ou de uma mulher. Ela se perguntava se acaso Freyja teria desempenhado um papel involuntário na tragédia e sabia que, se fosse esse o caso, seria um sofrimento para ambas saber. — Não posso colocar os pés de Atretes no caminho do assassinato. Não vou fazer isso. Se ele tomar esse caminho, será por livre e espontânea vontade, não pela minha ajuda.

Freyja sabia que não adiantava falar com ela. A jovem estava decidida em sua estranha missão. Por mais equivocada que fosse, ela queria apenas proteger Atretes, não o machucar. Talvez, com o tempo, ela passasse a entender e aceitar que as disputas e vinganças estavam enraizadas na vida deles.

— Lamento muito que seu amigo tenha sido assassinado — disse Freyja com toda a sinceridade. — Ele não era como os outros romanos. — Vendo os olhos de Rispa se encherem de lágrimas outra vez, desejou não ter dito nada. — Não foi minha intenção magoá-la mais, Rispa; só quis ajudar você e meu filho a se entenderem.

— Bem-aventurados os misericordiosos, porque eles receberão misericórdia — disse Rispa, com os olhos brilhando de amor.

Sufocando o grito que brotou dentro de si, Freyja se voltou e saiu correndo.

— Diga a Atretes que eu o amo, mãe Freyja — gritou Rispa. — E que sempre o amarei.

Freyja parou e olhou para trás. Com lágrimas escorrendo pelo rosto, Rispa se agachou de novo para arrancar algumas ervas daninhas na base de um pequeno talo de milho.

— Eu direi.

No entanto, quando ela transmitiu o recado de Rispa a Atretes, ele não quis ouvir.

— Até minha mãe me trai! — Pegou seus pertences e se mudou para a casa de Rud, onde viviam os guerreiros que não tinham esposa.

51

Anômia estava irritada com o grande interesse vertido sobre a efésia, mas escondia tais sentimentos. Convocara o conselho secreto duas vezes desde que o romano fora morto, e, a cada vez, menos pessoas compareciam. Nenhuma das vezes Rolf participara. Quando ela perguntara onde ele estava, os homens riram e falaram da luxúria de um jovem; mas Anômia percebera que era mais que isso.

Rolf deveria tê-la procurado. Ela o vira várias vezes na aldeia desde a noite em que a sorte fora lançada e o punhal lhe fora entregue. E ele sempre a evitava. Se ele não aparecesse logo, ela teria que o procurar. Seu orgulho se ressentia com tal pensamento, mas ela precisava do punhal. Tinha que ser devolvido à árvore sagrada, onde era mantido com os outros símbolos da fé em Tiwaz. E tinha que ser colocado lá antes da lua nova.

Pensou em ameaçar expô-lo, mas sabia que não podia. O voto sagrado de sangue e sigilo impedia que os homens revelassem quem era o assassino do romano e isso também se estendia a ela. Se ela o expusesse, perderia a confiança dos outros.

Queria o punhal em suas mãos de novo.

Frustrada, afastou os pensamentos. Isso não tinha importância. Era apenas uma questão de tempo até que as coisas se encaixassem e ela tivesse tudo que merecia. Mesmo que a mulher entregasse Rolf agora, Anômia duvidava que Atretes lhe perdoasse. Ele era um autêntico cato. Perdoar não era algo natural para ele.

Ela sorriu. Já havia vencido. Ah, se eles soubessem... A guerra estava quase no fim. Logo eles saberiam. Todos saberiam. Algumas pistas lançadas com cuidado e Atretes se vingaria. Rolf morreria como punição por sua falha. Quando Atretes o matasse, a frágil influência que a efésia e seu deus tinham sobre ele se romperia. E Tiwaz reinaria supremo na vida dele de novo. Ele seria o líder dos catos. Ninguém mais falaria da necessidade de um salvador ou de se curvar a outro deus. Ela cuidaria disso.

A jovem sacerdotisa riu em profano deleite, regozijando-se com o conhecimento de que ela, e somente ela, havia cumprido a tarefa que Tiwaz lhe dera. O romano estava morto e a efésia fora expulsa.

O que mais Tiwaz poderia lhe pedir?

Logo, ela teria o poder que ansiava, e, com isso, o homem que queria: Atretes.

———————┼-┼———————

Uma batida acordou Rispa nas primeiras horas da madrugada.

— Mulher — sussurrou alguém —, deixei algo para você. É melhor pegar antes dos animais.

Em seguida ouviu passos correndo.

Sonolenta, ela se levantou, abriu a porta e saiu para ver quem era; mas já não havia ninguém. Pão, queijo, um odre de vinho com mel e um coelho abatido haviam sido deixados para ela sobre uma esteira de bambu trançado. Ela agradeceu a Deus pela comida e pelo coração que havia sido tocado por ele para lhe ofertar aquelas coisas.

"Dois, pelo menos", dissera Teófilo. "Talvez mais."

Estariam orando por ela? Ela rezara por eles a manhã toda enquanto acendia o fogo e assava o coelho. *Quem quer que sejam, Senhor, vigia-os e protege-os. Faze que a fé deles se aprofunde.* Não havia percebido que estava com tanta fome. Feijão verde e abóbora a haviam sustentado, mas aquilo era um banquete do céu.

Precisando se lavar, dirigiu-se ao pequeno riacho próximo. Encontrou o lugar onde sempre levava Caleb para tomar banho. Entrou na água completamente vestida e deixou as lágrimas rolarem enquanto se banhava. Marta era boa com Caleb, e o menino amava a pequena Luísa. Ele estava seguro. Ela se sentia confortada por saber disso, mas nunca deixava de sentir a falta dele. Ele era parte dela, assim como Atretes, e a separação era dolorosa, como se sua carne lhe houvesse sido arrancada.

Quem ensinará meu filho sobre ti, Senhor? Se Atretes não ceder, quem ensinará a verdade a Caleb? Acaso ele crescerá como o pai, treinado para ser um guerreiro, educado em brigas entre vizinhos e seu próprio povo? Ou será como Rolf, Varus, Rud e uma centena de outros? Senhor, por favor, está com ele. Faze dele um homem, segundo teu coração. Por favor, Senhor.

Quando saiu do córrego, torceu o cabelo para retirar a água e soltou as dobras das roupas. A mente estava tão ocupada com a oração que não ouvira o homem se aproximar, nem o vira parado entre as árvores. Quando o viu, cambaleou para trás. O medo foi sua reação imediata, mas rapidamente a raiva se seguiu.

— Veio me matar também, Rolf?

Ele não disse nada. Ficou parado nas sombras, calado, imóvel; mas ela viu em seu rosto o que nenhuma palavra poderia expressar. O medo e a raiva se dissolveram e ela sentiu uma profunda compaixão. Subiu a margem até ficar a poucos metros dele. Ele parecia tão jovem, tão ferido...

— Pode falar comigo. Eu vou escutar.

Ele limpou a garganta. Ela esperou; as lágrimas transbordando dos olhos ao ver o sofrimento dele.

— Eu fui enganado. Eu... — Olhou para o chão, incapaz de fitá-la nos olhos. Apertou as mãos, fechou e abriu os punhos na lateral do corpo. — Eu me deixei enganar — corrigiu e olhou para ela de novo. — Ele ficou parado e me deixou agir. Ele disse... — Contraiu o cenho. — Ele disse...

— Ele disse que lhe perdoava — completou Rispa em um sussurro, trêmula, quando ele não conseguiu terminar a frase. Ela via claramente como o amor quebrara seus muros.

Rolf começou a chorar.

— Ele poupou minha vida e eu tirei a dele. — Ele não queria ceder às lágrimas pouco masculinas, mas elas brotaram, quentes e pesadas. Sem poder contê--las, Rolf se lembrou do rosto de Teófilo ao ser esfaqueado pela segunda vez e caiu de joelhos com a cabeça entre as mãos. Os soluços faziam seu corpo tremer.

Rispa o abraçou.

— Eu também lhe perdoo — disse, acariciando seus cabelos como se fosse uma criança ferida. — Jesus lhe perdoa. Entregue seus fardos ao Senhor, pois ele é gentil e humilde de coração, e você encontrará descanso para sua alma. O jugo do Senhor é leve e confortável, Rolf, e ele lhe dará descanso.

52

Atretes acordou abruptamente, respirando pesado enquanto olhava para as vigas do telhado. O coração desacelerou ao perceber que estava deitado na palha da casa dos solteiros, cercado pelo ronco dos que jaziam espalhados por ali, derrubados pelo vento das mais diversas paixões que os atingira. Muita cerveja, muita vida.

O corpo doía e a cabeça latejava pelo excesso de vinho. Na noite anterior, ele havia bebido até não poder ficar em pé, mas não o suficiente para afastar os sonhos, nem preencher o vazio que sentia.

Pensou em Rispa. Ainda podia ver o olhar no rosto dela depois que a esbofeteara. Mais uma coisa de que não conseguia se esquecer. Tentava se justificar; se ela tivesse dito quem era o assassino, tudo estaria resolvido. A morte de Teófilo seria vingada, e eles poderiam continuar como de costume.

O Espírito que o habitava se revoltou com esse pensamento. Ele não lhe dava paz, atormentava-o constantemente. Atretes tentava mentir para si mesmo, mas a verdade estava ali, dentro de si.

Alimente as ovelhas.

Gemeu. Sentando-se, esfregou o rosto. A dor de cabeça se intensificou, o estômago revirou. O sonho ainda estava muito vívido na mente; o suficiente para provocar efeitos físicos. Cambaleante, ele se levantou e mal conseguiu sair pelos fundos da casa comunal antes de vomitar. Quando os espasmos cessaram, ele se recostou pesadamente na parede da casa, apertando os olhos para protegê-los do sol da tarde. Que horas eram?

E o que importava? Ele não ia a lugar nenhum. Não tinha nada para fazer.

Havia esquecido como era viver sem amor ou esperança.

A força do corpo não servia para mais nada. Passava os dias se lamentando, como se houvesse uma mão pesada sobre si. A vitalidade lhe escapava, como se a febre da raiva minasse suas forças. Não se passava uma noite sequer sem sonhar com a morte ou com uma vida tão dolorosa que não valia a pena viver. Via os inúmeros rostos de homens cuja vida havia tirado; Bato morrendo por suas próprias mãos; Pugnax sendo perseguido e despedaçado por uma matilha de cães. Às vezes Atretes corria com ele, com o coração na garganta, ouvindo os grunhidos e sentindo os dentes baterem atrás dele.

Também sonhava com Júlia deixando Caleb nas rochas e rindo quando ele não conseguia alcançá-lo antes das ondas. Ela sempre desaparecia quando ele corria para a arrebentação tentando desesperadamente encontrar seu filho na água fria e espumante. E então ele via Caleb, sempre fora do alcance, girando, afundando, sendo sugado pelas correntes escuras.

O pior dos pesadelos era quando sonhava com Rispa parada em frente à *grubenhaus*, chorando. "Por que não fez o que ele lhe pediu? Por que não alimentou as ovelhas?" E, para onde quer que olhasse, via pessoas que ele conhecia, mortas — nos prados, debaixo das árvores, nas casas comunais, ao longo das ruas da aldeia, como se tivessem sido abatidas enquanto simplesmente executavam suas tarefas rotineiras. Rud, Holt, Usipi, Marta, Varus, sua mãe, as crianças, todos *mortos*!

"Por que não alimentou as ovelhas?", dissera Rispa essa manhã, chorando como Hadassah, antes de ele acordar. E então ela também desaparecera, engolida pela escuridão, e ele ficara sozinho, enfrentando um terror indescritível.

Atretes queria afastar a lembrança do sonho.

Alimente as ovelhas.

— Eu tentei! — gemeu Atretes em voz alta. Com raiva, olhou para o céu. — Eu tentei, mas ninguém me ouviu!

— Você fala sozinho agora, Atretes?

Ele se voltou com brusquidão para a voz suave e levemente zombeteira e viu Anômia parada na esquina da casa comunal. Ela sorriu; um sorriso lento e provocativo, e foi se aproximando. Enquanto caminhava em sua direção, notou seu corpo, exuberante e gracioso.

— Longa noite de bebida?

— O que está fazendo aqui?

— Ah... dor de cabeça também — disse ela, oferecendo uma bolsa de couro. — Tenho algo aqui que vai fazer você se sentir melhor.

Ele ficou desconfiado com o olhar brilhante de seus olhos azuis. Ela chegou mais perto, o suficiente para que ele sentisse o cheiro doce de almíscar que ela esfregara no corpo. O desejo se agitou. Quando ela o encarou, ele sentiu a fome dela o chamar, insaciável e obscura, e sua carne respondeu.

— Posso fazê-lo se sentir melhor?

A tentação estava diante dele, brusca e ousada. Lutou contra ela.

— Por onde você veio? — perguntou ele, olhando para trás, na direção de onde ela havia chegado. — Não existem muitas trilhas por aqui.

Anômia mal pestanejava. Ela ainda sorria, mas ele sentia a raiva e a paixão que irradiavam dela e sabia a causa.

— Eu estava recolhendo ervas na floresta. Todas as manhãs, a esta hora, vou sozinha para reabastecer meu estoque. Às vezes vou à noite também. Esta noite, por exemplo. A lua nova chegará em poucos dias; preciso recolher algumas coisas antes.

— É mesmo? — O sangue de Atretes queimava, mas a mente o esfriou com uma compreensão mais profunda.

— Sim — disse ela, oferecendo-lhe um sorriso suave e brincalhão que mexia com ele e balançando a bolsa de couro para a frente e para trás, na ponta dos dedos. — Posso misturar um pouco disso no vinho?

— Eu já bebi vinho suficiente.

— Na cerveja, então, se preferir. Ou no hidromel.

A cabeça de Atretes latejou ainda mais. Talvez um pouco de vinho ajudasse. Dando meia-volta, entrou na casa comunal. Encheu um chifre, e, quando se voltou, ela estava parada nas sombras.

— É assim que os poderosos caem — disse ela, divertida, e ele não sabia ao certo se ela olhava para ele ou para os outros, desmaiados no feno.

— Nós estávamos celebrando.

Ela riu baixinho.

— Celebrando o quê?

— Não me lembro. Faz diferença? — indagou e lhe entregou o chifre. Quando os dedos se roçaram, o sangue dele se agitou. Ela abriu a bolsinha com os dentes e ele se viu encarando sua boca. Anômia acrescentou as ervas, misturou a bebida devagar, umedecendo os lábios antes de tomar um gole, e então lhe estendeu o chifre, com os olhos brilhando.

— Beba tudo, Atretes.

Ele bebeu, com o olhar ainda fixo nela. Esvaziou o conteúdo.

— Nada mal — disse, enxugando a boca com as costas da mão.

— Agora sente-se.

Ele estreitou os olhos.

— Por quê?

— Você parece uma criança briguenta. Tem medo de mim?

Ele soltou um riso sardônico.

— Então faça o que eu disse. Quer se livrar da dor de cabeça, não quer?

Ele se sentou de pernas cruzadas no feno. Ela se postou atrás dele e começou a massagear suas têmporas.

— Relaxe, Atretes; não vou lhe fazer mal — disse ela, rindo dele. Ele se forçou a relaxar, sentindo-se ridículo por hesitar. Ignorou a sensação de advertência que sentia. — Você anda tendo sonhos?

— Eles nunca param — respondeu ele, sentindo os efeitos do que ela havia colocado na cerveja.

A dor se desvanecia. Ela alisou o cabelo dele para trás. As mãos eram como mágica, fortes, mas gentis, sabendo exatamente onde apertar. Enquanto ela explorava seus músculos, ele sentia a intimidade implícita.

Ouviu o feno farfalhar atrás de si e sentiu o hálito quente de Anômia na nuca. O corpo se aqueceu.

— É bom?

Bom demais, pensou ele, sem conseguir se afastar. Quanto tempo fazia que ele não sentia o calor de algo além da ira? Desde que abraçara Rispa, na noite anterior à morte de Teófilo.

Rispa.

Anômia apertou os ombros de Atretes.

— Eu posso fazer você se sentir melhor.

O sussurro fez a mente de Atretes disparar. Inspirando fundo, ele fechou os olhos, lutando contra a luxúria que crescia dentro dele. Como um estrondo, ouviu a porta de uma cela se fechar e se sentiu de volta ao *ludus*. Soltando uma maldição, levantou-se.

— Qual é o problema? — perguntou Anômia, surpresa com sua súbita atitude.

Ele se afastou alguns passos. Ela havia sentido o desejo dele na ponta dos dedos. O que acontecera para quebrar o clima?

— Diga, Atretes.

— Nada!

— Eu fiz alguma coisa?

Atretes a fitou. Ela parecia completamente inocente e confusa.

— Eu não sei. Você sabe?

A respiração dele ficou pesada e ele passou uma mão trêmula pelos cabelos. Seu melhor amigo havia sido assassinado; ele estava separado de sua esposa; seu filho estava sendo criado por sua irmã; ele estava vivendo a vida selvagem que ansiava quando jovem! E acabara de flertar com pensamentos de adultério. Atretes riu sem alegria. O que poderia estar errado?

— Não há nada de errado — disse com amargura. Nada além do fato de que sua vida estava em frangalhos. O que havia acontecido com a paz que conhecera?

Deus, se eu pudesse voltar àquelas poucas semanas depois de ser batizado e me casar com Rispa... Eu nunca fui tão feliz como naquela época. E nunca serei feliz de

novo. *Acaso foi tudo um sonho, Senhor, um idílio antes de ser atingido pela realidade? Fizeste uma brincadeira cruel comigo? Tu existes mesmo?*
Inopinadamente, outras vozes surgiram:
Ela me pediu para dizer que o ama e que sempre o amará.
Eu lhe prometo uma coisa, Atretes. Eu nunca irei mentir. Nem que isso custe minha vida.
Anômia notou seu tormento e torceu para que a causa fosse a paixão que ela lhe despertara. Ela se levantou e se aproximou.
— Volte para nós, Atretes.
— Eu voltei.
— Não como você era. Oh, eu lembro de você, todo fogo, força e paixão. Você era como um deus. Todos o teriam seguido até o Hades, se você pedisse.
Ele fechou os olhos. *Jesus*, sua alma gritou.
Podia ver o rosto de Teófilo e ouvir sua voz: *Alimente as ovelhas.*
— Deixe-me em paz — disse rudemente.
— Você está atormentado — continuou Anômia com fingida compaixão, regozijando-se secretamente, pois isso o deixava vulnerável. — Posso ver sua angústia. E a compartilho. Eu posso ajudá-lo. Deixe-me ajudá-lo. Você pode ser o homem que foi um dia, Atretes; eu sei que pode. Deixe-me lhe mostrar o caminho.
Eu sou o caminho.
Um dos homens acordou. Anômia recuou para as sombras para não ser vista. Fechou os punhos, palpitando de impaciência, até o homem se deitar de novo com um alto gemido.
Quando voltou ao lado de Atretes, o humor dele havia mudado. Imerso em devaneios sombrios, ele não lhe deu atenção. Ela pousou a mão em seu braço e sentiu os músculos tensos.
— Preciso ir — sussurrou ela, amaldiçoando o lugar e as circunstâncias. — Acompanhe-me esta noite, vamos conversar.
Absorto, ele não a ouviu, pensando em Rispa. Ansiava por sua esposa, ressentindo-se profundamente da influência que ela tinha sobre ele.
— Você parece enfeitiçado — observou Anômia, furiosa e enciumada por senti-lo tão indiferente.
— Talvez eu esteja — respondeu ele, sombrio. — Talvez eu esteja.

53

Atretes passou o dia se banqueteando e alimentando queixas contra sua esposa. Ela escolhera seguir o caminho da justiça, certo? Ela *escolhera* viver sem ele. Então por que ele deveria permitir que aquela mulher atormentasse seus pensamentos? Por tudo isso, apagou a consciência que ardia com justificativas.

Embotado ainda mais pela bebida, deixou a imaginação vagar. Anômia conversava com um dos homens, e, quando olhou para Atretes, o convite sensual brilhou nos olhos azuis pálidos. Quando ela se foi, ele recordou outras mulheres que haviam sido levadas a ele. Antes, ele queria apagar o passado da mente para que não conspurcasse seu leito conjugal. Agora, buscava as memórias, revivendo-as, na esperança de que prazeres passados pudessem acabar com a dor presente. Mas, em vez disso, só o faziam cair em um desespero mais profundo e confuso.

Os homens que o cercavam não ajudavam. Após os longos meses de inatividade do inverno, eles ansiavam por ação. Mas, enquanto uma guerra não fosse declarada, tinham pouco a fazer além de beber e falar sobre as batalhas que haviam vencido. Ninguém falava de perdas. Contavam histórias obscenas, cada um tentando superar os demais. Riam. Discussões sobre questões triviais acabavam em brigas entre os guerreiros mais jovens, ansiosos para provar sua masculinidade.

Atretes não se juntou a eles. Ficou sentado em um canto distante, o semblante, um claro sinal de que ninguém se aproximasse, a bebida, uma clara intenção de afogar a dor. Mas nada disso adiantava.

O barulho foi aumentando; os homens discutiam por um jogo de dados. Atordoado pelo excesso de cerveja, ele se levantou e se dirigiu à porta dos fundos; queria ficar sozinho.

O luar pálido lançava um brilho misterioso enquanto ele cambaleava para a floresta. Não sabia aonde estava indo; nem se importava. Ouviu uma voz suave o chamando e o coração deu um pulo.

— Rispa? — sussurrou, olhando em volta.

Mas era Anômia, escondida nas sombras.

Angustiado, ele foi até ela sem pensar. Ela pegou a mão dele e o puxou para a escuridão.

— Eu sabia que você viria — disse ela, já em seus braços. Ela era voraz e a força de sua paixão o sacudia. — Eu sabia que você viria para mim. — Sua voz era febril, cheia de desejo, e fez Atretes se lembrar de outro momento, de outra mulher. A memória passou cortante por sua mente, abrindo velhas feridas.

Júlia. Anômia era como Júlia, tomada de fogo e luxúria.

— O que está fazendo aqui? — perguntou ele, meio lento em razão da cerveja que bebera.

— Você me queria aqui. Eu soube disso quando olhei em seus olhos esta noite.

— Eu saí para pensar.

— Não — retrucou Anômia, cravando as unhas nele. — Você saiu para ficar comigo. Você me quer tanto quanto eu quero você. — Sua voz era rouca como a de um rosnado animal. — Eu vejo isso em seus olhos toda vez que você me olha. Você está em chamas, assim como eu. — Ela mexeu o corpo e as mãos, e ele se sentiu sufocar.

— Não.

— Por que está me evitando? Você me quer. Você me quer desde o primeiro dia. — Levou a cabeça para trás, desejando que ele pousasse a boca na curva de seu pescoço. — Vamos, Atretes. Faça o que quiser.

Rispa me pediu para dizer que o ama e sempre o amará.

Atretes olhou para Anômia e sentiu o hálito quente do inferno em seu rosto. A garganta dela era como uma cova aberta. Ele a empurrou para longe e cambaleou para trás.

— Não. — Lutou contra a mente obnubilada pela bebida. — *Não*.

Anômia se aproximou; o cabelo solto flutuando com o vento da noite fria. Sentiu como se uma fina teia de aranha lhe encobrisse os olhos.

— Você me quer — disse ela, suspirando e passando as mãos pelo peito dele. — Eu posso sentir seu coração batendo forte.

— Você é como Júlia — disse ele rudemente.

— Júlia? Quem é Júlia? — indagou ela, afastando as mãos e estreitando os olhos.

Atretes se afastou, entorpecido.

— A mãe de Caleb — disse sem pensar.

O ar frio da noite intensificava o efeito do álcool.

A *mãe* de Caleb? Os olhos de Anômia brilhavam. Ela se aproximou e ele cambaleou levemente, soltando uma risada amarga.

— Júlia, a linda e devassa Júlia. Ela veio a mim no templo de Diana vestida como uma prostituta, com sinos nos tornozelos. Ela era linda, como você, e tão corrupta quanto um pedaço de carne podre; como você.

Corrupta como um pedaço de carne podre? A jovem sacerdotisa foi tomada pela raiva, fria e calculista.

— Eu o amo. Eu o amo desde que me lembro.

— Amor — zombou ele. — O que você sabe sobre o amor?

Tremendo, lágrimas quentes e furiosas umedeceram seus olhos.

— Eu sei o que é sofrer por alguém que não nos quer.

Como ele se atrevia a tratá-la dessa maneira? Ela era uma alta sacerdotisa, mais poderosa que a mãe dele, mais poderosa que Gundrid. Quase todos os homens da aldeia estavam apaixonados por ela! Alguns dariam a própria alma para ter o que ela lhe oferecia!

Atretes viu suas lágrimas e se arrependeu das palavras duras. Talvez ela o amasse. A vaidade o cegou, não lhe permitindo ver o coração ardiloso sob a fachada inocente.

Anômia sabia. Ele era tão orgulhoso, tão cheio de si... Ela pousou a mão em seu braço; o cabelo flutuando com a brisa, enroscando-se ao redor dele.

— Outros homens me quiseram.

— Não tenho dúvida — disse ele com voz rouca.

— Eu me guardei para *você*. Sou virgem. Nenhum outro homem me possuiu. Eu esperei por você.

Ele a fitou, atônito. Nunca lhe ocorrera que uma virgem poderia ter a mente de uma prostituta.

Seu corpo respondeu. Ele sabia o que ela lhe oferecia e a tentação o sacudiu.

— Não — disse, antes que mudasse de ideia.

— Por que não?

— Porque eu já vivi isso antes e não vou viver a mesma situação de novo — respondeu, sabendo que estaria perdido se cedesse, se se deixasse acorrentar a uma mulher por causa da luxúria.

— Você me quer — repetiu ela, chegando tão perto que seu corpo roçou o dele. — Eu posso sentir como você me quer. — O toque queimava feito fogo.

— A efésia não o ama como eu. — Deslizou as mãos pelo peito dele, saboreando a sensação de poder ao sentir o coração de Atretes batendo contra a palma das mãos. — Se ela o amasse, teria procurado você há semanas, implorando para que a aceitasse de volta.

Atretes se encolheu ao pensar nisso.

Anômia o roçou de novo e o ouviu respirar fundo.

— Eu esperei tanto tempo por você... Nunca vou magoá-lo como ela. Só desta vez, Atretes. — Uma vez, e ele nunca mais seria capaz de dizer "não". — Só uma vez. Ninguém precisa saber.

Mas *ele* saberia.

Atretes a pegou pelos pulsos e afastou suas mãos dele.

— Ela é minha esposa, Anômia, e você conhece a lei.

Os olhos de Anômia cintilaram, mas logo esfriaram de novo.

— Você tem uma esposa que não o quer. Você tem uma esposa estrangeira, que não pertence a este lugar. Você já percebeu isso ou não a teria abandonado.

Ele recuou; queria distância dela; precisava se afastar para poder pensar com clareza. *Abandonado*. A palavra o atingiu como uma flecha, atravessando-o com culpa. Soltando um gemido, afastou-se.

Uma raiva fria caiu sobre a sacerdotisa como uma maré, carregando consigo ondas de ciúme. Ela viu Atretes cambalear; esperou até que caísse. Então se aproximou e se ajoelhou ao lado dele.

— Você disse que uma mulher chamada Júlia deu à luz seu filho — murmurou ela, afastando o cabelo dele do rosto.

— Ela mandou deixá-lo nas pedras para morrer — confessou ele, soltando uma risada amarga. — As mulheres romanas fazem isso; elas jogam fora seus filhos quando não os querem. Se Rispa não o tivesse pegado, ele teria morrido.

— Não desmaie ainda, Atretes — murmurou Anômia, beliscando-o forte. — Ela pegou seu filho? Sem você saber?

— Uma escrava o entregou a ela. — Pensou em Hadassah parada no corredor da masmorra, com o rosto sereno. *Ainda que ele me mate, nele esperarei.* Lembrou-se dela parada na entrada da caverna onde ele vivera depois que Júlia o traíra. "Os céus contam a glória de Deus, e sua extensão declara a obra de suas mãos", dissera ela, olhando para o céu noturno. Fora dos lábios de Hadassah que ele ouvira pela primeira vez o evangelho de Jesus Cristo, e nela vira a paz que Deus poderia dar a sua vida.

Por entre os galhos da árvore sob a qual estava sentado, Atretes via as estrelas. Daria tudo para sentir aquela paz de novo.

Perdoe a seus inimigos.

Jesus perdoara. Teófilo perdoara.

Anômia o viu fazer uma careta, como se sentisse dor. Ele gemeu e balançou a cabeça.

— Rispa... — disse uma voz suave e insidiosa que parecia se infiltrar dentro de sua mente. — Eu a amo.

— Ela levou seu filho até você?

Confuso e bêbado, ele não conseguia pensar.

— Não. Eu precisei procurá-lo. Tudo o que eu sabia era que ele estava com uma viúva.

— Uma viúva?

— Ela perdeu a própria filha — disse Atretes, esfregando o rosto e tentando clarear os pensamentos. — Eu tirei Caleb dela, mas ele não queria mamar em mais ninguém.

— Enfeitiçado.

— Enfeitiçado como eu — disse ele, sombrio. — Ela me enfeitiçou desde o primeiro momento em que pus os olhos nela. Não consigo parar de pensar nela. Não consigo. — Tudo que ele queria era mergulhar no vazio do sono e não sonhar. Fechou os olhos e dormiu.

Anômia sorriu. Ele estava bêbado demais para perceber o poder que havia acabado de colocar em suas mãos. Inclinou-se, acariciou seu pescoço e sussurrou em seu ouvido:

— Mas você vai perceber. Espere só até perceber... — Puxou a cabeça dele para trás. A cerveja o deixara inconsciente. Tocou seu rosto, maravilhada com sua beleza, sentindo-se amarga, frustrada, sedenta pela própria vingança de ter sido desprezada. Se ela não o pudesse ter, certamente a efésia também não o teria. — É uma pena que você não me queira — disse, dando um beijo inclemente na boca impassível de Atretes. — Você vai se arrepender.

E o deixou dormindo na floresta.

A COLHEITA

*E outra semente caiu em boa terra e deu fruto:
e um produziu trinta, outro sessenta e outro cem.*

54

Atretes acordou com alguém chamando seu nome. Pensou que fosse sua imaginação. Sentando-se, percebeu que estava na floresta. A túnica estava encharcada do orvalho noturno, as estrelas ainda brilhavam no céu escuro. O que estava fazendo ali?

Lembrava-se de ter saído da casa comunal para fugir do barulho, precisando de silêncio para pensar.

Lembrava-se vagamente de Anômia. Sentiu-se impuro e foi tomado de preocupação.

— Atretes!

Não tinha vontade de conversar com ninguém, mas a voz era tão urgente que se levantou.

— Atretes! Onde você está?

— Aqui — disse ele, fazendo uma careta.

Herigast apareceu. Estava sem fôlego de tanto correr.

— Você tem que vir comigo. Gundrid e a *Ting* tiraram sua esposa da *grubenhaus*.

— Do que está falando? — perguntou Atretes, nauseado. — Eles a levaram para onde?

— Para o bosque sagrado para julgamento. Anômia disse que ela esteve com outros homens.

O nevoeiro abandonou a mente de Atretes e ele levantou a cabeça. Havia alertado Rispa a nunca falar de seu passado, pois sabia o preço se fosse conhecido.

— O que você disse?

— Anômia disse que você lhe contou que sua esposa esteve com outros homens antes.

Ele praguejou baixinho e tentou se levantar. Sentiu o sangue gelar e se sentou de novo.

— Júlia! — Ele se lembrou de falar com amargura sobre Júlia!

— Você está me ouvindo? — indagou Herigast, pegando-o pela frente da túnica e sacudindo-o. — Eles vão matá-la, a menos que você diga que Anômia está mentindo!

Eu nunca irei mentir. As palavras de Rispa o assombraram novamente. Ele sabia que ela diria a verdade, mesmo que isso lhe custasse a vida.

— Oh, Deus — disse Atretes baixinho. — Jesus, o que foi que eu fiz? — Ele se soltou de Herigast e saiu correndo, tentando se lembrar do que contara a Anômia que pudesse ser usado contra Rispa.

Deu-se conta de que contara o suficiente para matá-la.

Quando chegou à reunião, abriu caminho por entre os guerreiros. Rispa estava no centro do círculo, de mãos amarradas.

— Não diga nada! — Atretes lhe pediu. — Não responda a nenhuma pergunta!

Rapidamente Anômia deu um passo à frente, apontando para ele.

— Mantenham-no longe dela! Ela lançou um feitiço sobre ele e pode fazê-lo dizer qualquer coisa!

Mãos caíram sobre ele.

— Me soltem! — Ele se debateu enquanto o arrastavam. — Você não tem que responder às acusações deles, Rispa, *não diga nada*! — Uma dor lancinante invadiu-lhe o coração ao ver o olhar de tristeza nos olhos de Rispa. Ele a traíra. Com sua própria boca derramara as palavras que seriam usadas contra ela.

— Atretes me disse que ela o enfeitiçou! — gritou Anômia para as pessoas ali reunidas, fitando-o com olhos brilhantes.

— Você é que é a bruxa! — revidou ele.

Ela saboreava a angústia e a raiva que via no rosto de Atretes, regozijando-se abertamente. Ele que sofresse por sua indiferença para com ela.

— Ele disse que a criança nem é dela.

— Rispa *é* a mãe dele!

— Você me disse que o nome da mãe dele era Júlia! Você me disse que esta mulher pegou seu filho...

— Não deem ouvidos a ela! — Atretes lutava contra os homens que o seguravam. Outros ajudaram, forçando-o a ficar de joelhos.

— E *você disse* que ela lançou um feitiço sobre o bebê para que ele só mamasse nela.

Rispa o fitou e ele quis morrer.

— É a palavra de Atretes contra a sua — disse Rolf, deixando todos os guerreiros atônitos ao entrar na reunião.

— Traidor! — gritou Anômia com os olhos cintilantes. — *Como* ousa me questionar? Logo a *mim*, uma alta sacerdotisa de Tiwaz?

— Sim, eu ouso — retrucou ele. — E ouso ainda mais! — argumentou Rolf, apontando para ela enquanto se dirigia aos outros em voz alta. — Foi *Anômia* que me mandou matar o romano! Há morte em seu coração. Não deem ouvidos a ela!

Atretes soltou um grito e tentou se livrar dos homens que o seguravam.

— Não fui *eu* que mandei! Foi *Tiwaz*. — Ela sentiu o olhar de Gundrid e se voltou para ele. — A sorte foi lançada sobre o pano branco, e a honra coube a Rolf. O romano era um enganador! — O medo que sentia dela fez o sacerdote aquiescer, aniquilando a leve ameaça.

— O romano poupou a minha vida! — gritou Rolf a todos.

— Para nos enganar e nos fazer acreditar que ele veio em paz! — retrucou Anômia com desdém. — Ele veio para nos enfraquecer, para nos fazer acreditar em seu deus que diz para esquecer as transgressões cometidas contra nós! Acaso devemos esquecer o que Roma nos fez? Devemos esquecer os que morreram, os que foram levados como escravos, os que foram aleijados? — Ela fitava um por um; sabia quais eram mais vulneráveis e dirigia as palavras certas a cada coração. — O romano veio para nos desviar de Tiwaz! — gritou. — Para darmos as costas a Tiwaz e sermos destruídos! É de admirar que Tiwaz tenha pedido a execução do romano? Tiwaz viu a verdade sobre ele. — Estendeu a mão. — Assim como Tiwaz sabe a verdade sobre esta mulher! Ela é *impura*! Ela é uma bruxa de olhos negros! Atretes mesmo me disse. Ele disse que ela esteve com outro homem antes dele, talvez até mais de um. Disse que ela teve um filho de outro homem e que a criança morreu. Disse que as mulheres romanas jogam seus filhos nas rochas para morrer.

Alguns homens gritaram:

— Prostituta! Matem-na!

— Ela está mentindo — gritou Atretes, debatendo-se com toda a força, sem conseguir se soltar.

Freyja abriu passagem, esforçando-se para manter a calma enquanto levantava as mãos e implorava a todos que fizessem silêncio.

— Você precisa ter provas, Anômia.

— Não há provas! — gritou Atretes o mais alto que pôde. — É a palavra dela contra a minha.

— Veja como a efésia o enfeitiçou! — gritaram os homens.

Gundrid ergueu os braços no ar.

— Mãe Freyja quer provas. Eu lhe darei provas de outros crimes que esta mulher cometeu enquanto esteve aqui entre nós — disse ele com sua voz de orador. — Ela pratica canibalismo, um crime digno de morte. Ela come a carne rejuvenescedora e bebe o sangue desse Jesus Cristo a quem serve. E por meio da feitiçaria, ela atraiu Atretes para essa prática abominável.

— *Matem-na!*

— Não!

— Eu ouvi o romano dizer que eles comiam a carne e bebiam o sangue de um homem chamado Jesus! — gritou Gundrid, pois os espionara sem que soubessem.

— O mal deve ser arrancado do meio de nós! — gritou Anômia, vendo que sua hora havia chegado. — Vocês já têm todas as provas de que precisam. Lembram-se do dia em que o romano e esta mulher chegaram aqui? Eles falaram a nossa língua pelo poder dos demônios. Isso é suficiente para selar seu destino. Não precisamos de provas de que ela roubou um bebê recém-nascido para capturar o pai. Não precisamos de provas de que ela dormiu com outros homens. Nós sabemos que isso é verdade. Não viu como ela atrai todas as nossas crianças? Pergunte a Usipi sobre Luísa, que vai atrás dela toda vez que ela aparece! Pergunte aos outros como as nossas crianças iam para a floresta ouvir o romano cantar para elas. Vão deixá-la viver para que ela roube seus filhos também?

— Não!

— Ela é inimiga de Tiwaz!

Freyja não podia acreditar nas coisas que ouvia; não podia acreditar.

— Deixe que ela fale em defesa própria — implorou. — Pela nossa lei, ela tem esse direito.

— Ela também lançará um feitiço sobre nós — disse Anômia, consternada.

— Ela deve ser destruída antes que possa nos destruir.

— Deixe-a falar! — gritou Rolf. — Ou tem medo de que ela tenha mais poder que você?

Herigast se juntou a ele.

— Deixe que ela responda às acusações!

Tomada de ira, Anômia olhou para aqueles que lhe viravam as costas. Viu outros hesitarem. Faria que todos se arrependessem. Faria que todos pagassem.

— Deixe-a falar!

— *Não!* — exclamou Atretes, tentando se libertar.

Notando o medo na voz dele, Anômia se voltou para Atretes, disfarçando sua surpresa. O medo dele era como uma droga no sangue dela, despertando seus sentidos, fazendo sua mente zumbir. Atretes não queria que sua mulher falasse. Por quê? Voltando-se, ela observou Rispa. No início, tudo que viu foi uma linda jovem, sua inimiga, parada diante dela. Então viu mais. Viu sua humildade, sua dignidade, sua *integridade*, e entendeu por que Atretes não queria que ela dissesse nada.

Anômia levantou a mão, pedindo silêncio.

— Talvez devêssemos perguntar a ela.

— Não diga nada — disse Atretes, lutando com cada grama de força, sem conseguir se libertar. — Rispa!

Ela olhou para ele com o rosto pálido, mas sereno, e ele soube que ela manteria sua palavra: "Não importa o preço", dissera ela.

E o preço seria sua vida.

Rispa notou a dor e a vergonha dele.

— Eu o amo, Atretes — disse e viu as lágrimas encherem os olhos antes que ele os fechasse.

Anômia a esbofeteou.

— Não fale com ele; não olhe para ele, sua bruxa!

— Chegou sua hora, Anômia; a hora das trevas — disse Rispa baixinho, olhando profundamente em seus olhos azuis e opacos, sem medo.

— Acha que me assusta? Você ou seu deus imaginário?

— Virá um dia em que todo joelho se dobrará e toda língua confessará que Jesus Cristo *é* o Senhor. Até *você* vai se curvar diante dele.

— Estão ouvindo o que ela diz? — gritou Anômia com um riso debochado e o olhar ainda fixo em Rispa. — Ela quer nos colocar de *joelhos*. Ela quer os catos, a maior raça da Terra, rastejando diante de um *salvador* crucificado. — Voltou-se para os outros, abrindo os braços. — Quanto tempo demoraria até que Roma matasse cada um de vocês?

Rispa baixou a cabeça, rezando silenciosa e fervorosamente.

Oh, Deus, tu conheces meu tolo coração e toda minha fraqueza. Nenhum dos meus erros se esconde de ti, Pai. Por favor, que Atretes e Rolf, e todos aqueles que ouviram tua Palavra e acreditaram, não se envergonhem por minha causa. Oh, Senhor Deus, que aqueles entre essas pessoas que te buscam não desanimem ou se desonrem por minha causa esta noite.

— Qual é sua decisão? — gritou Anômia.

Alguns homens gritaram pedindo morte; mas outros, perdão.

Herigast entrou no círculo.

— O fato de esta mulher acreditar em outro deus não faz dela uma prostituta!

Os guerreiros gritaram com mais raiva ao ouvir um dos seus defendê-la.

— Você nunca perdoou Atretes por mandar afogar seu filho no pântano por covardia! — disse Holt.

— Eu o ouvi falar muitas vezes contra ele e sua esposa. Por que a defende agora? — gritou outro.

— Porque eu ouvi do romano a Palavra desse deus — gritou Herigast —, e isso arrancou o ódio e a dor do meu coração!

— E arrancou sua força também! — retrucou Anômia com desdém.

— A efésia enfeitiçou Herigast assim como enfeitiçou Atretes! — disse Gundrid, e mais homens gritaram. — Quantos mais ela enfeitiçou?

Anômia se voltou novamente para Rispa.

— Fale a verdade ou que seu próprio deus a mate!

"Seja forte e corajosa, amada", Rispa quase podia ouvir Teófilo falando. E com a lembrança chegaram as palavras de Deus: *Não temais, nem vos espanteis diante deles; porque o Senhor teu Deus é o que vai contigo; não te deixará nem te desamparará.*

— Eu vou falar a verdade — disse Rispa bem alto para que todos ouvissem.

— Ouçam a Palavra do Senhor! O Senhor é nosso Deus, o Senhor é uno! É o Senhor que perdoa todas as suas iniquidades, que cura todas as suas doenças, que resgata sua vida do poço, que os coroa com bondade e compaixão e que satisfará sua alma!

Anômia gritou de raiva; as palavras de Rispa eram como brasa em sua mente.

— O Senhor Deus nos criou. Ele é o Bom Pastor e nós somos as ovelhas de seus pastos!

— Não diga mais nada! — gritou Gundrid, assustado, olhando para o céu. Nuvens escuras e densas giravam no alto. — Vejam como suas palavras enfureceram Tiwaz!

— Foi o Senhor Deus que vocês enfureceram! — gritou Rispa, vendo o céu noturno escurecer, desesperada para que a ouvissem. — Tiwaz não tem poder sobre vocês; somente aquele que vocês lhe dão. Afastem-se. Afastem-se dele antes que seja tarde demais. Voltem-se para o Senhor.

— Não deem ouvidos a ela! Fechem seus ouvidos! — gritou Gundrid. — Clamem a Tiwaz! Clamem!

Os guerreiros começaram o *baritus*.

— O Senhor fez os céus, a terra, o mar e tudo o que há neles! — gritou Rispa. — Ninguém é santo como o Senhor. Não há Deus além dele, nem há rocha como nosso Deus!

Anômia a esbofeteou com força, fazendo-a cair de joelhos.

Atretes avançou, mas foi contido. Outras mãos caíram sobre ele e ele foi forçado para baixo, de bruços no chão. Holt cravou o joelho em suas costas, e outros seguraram seus braços e pernas.

O *baritus* se tornou mais alto — um grito de guerra contra o Senhor.

Vista sua armadura, amado, Atretes recordou as palavras de Teófilo. *Um homem de Deus afugenta mil, pois o Senhor Deus é aquele que luta por você.*

— Deus — gemeu ele. — Deus, lute por ela.
Sozinho e imobilizado, ele orou, clamando ao Senhor com todo o coração. *Jesus, eu pequei. Sou eu que mereço morrer, não ela. Eu me afastei. Senhor Deus, perdoa-me, eu me afastei. Não há ninguém além de ti. Oh, Senhor, meu Deus, fica entre minha esposa e essa multidão. Oh, Senhor Deus, meu Deus, perdoa-me.*
Chorou.
— Jesus! Jesus!
Deus, não deixes que ela seja destruída por causa da minha pouca fé e da minha tolice. Oh, Senhor, não deixes que eles prevaleçam contra ti.
As nuvens rodopiavam, fervilhando e bloqueando a lua e as estrelas; apenas as tochas iluminavam o bosque sagrado. Houve um estrondo sinistro.
— Ouçam a voz de Tiwaz! — gritou Anômia, com o coração acelerado.
— Arrependam-se! — gritou Rispa, soluçando, temendo por eles. — No arrependimento e no descanso estarão salvos; no silêncio e na confiança. Voltem o coração para o Senhor!
— Clamem por Tiwaz! — bradou Anômia, acima do barulho. — Deixem que ele ouça sua voz! Sim! *Sim!* Deixe que ele os ouça!
— *Tiwaz! Tiwaz!* — berravam os guerreiros, batendo as frâmeas contra os escudos.
Um relâmpago brilhou e uma lança de luz ardente atingiu a árvore sagrada. O poderoso carvalho rachou ao meio e caiu, sacudindo a terra onde estavam. Chamas subiam de sua raiz.
Homens gritavam, alguns fugiam, aterrorizados; Gundrid entre eles.
Anômia permaneceu no mesmo lugar, rindo.
— Clamem por Tiwaz antes que ele os destrua!
— *Tiwaz! Tiwaz!*
Relâmpagos brilharam de novo, desta vez atingindo o altar e derretendo os chifres de ouro.
Rispa se prostrou, em sagrado terror.
— Deus, perdoa-lhes. Oh, Deus, perdoa-lhes — clamou, chorando.
Herigast se jogou de bruços no chão.
Somente Rolf ficou de braços abertos, tomado de alegria.
— A justiça pertence ao Senhor!
— Silenciem-nos antes que eles tragam mais ira sobre nós! — gritou Anômia, e os membros de seu conselho avançaram contra eles. — *Ela* é o inimigo! Nossa salvação depende da morte dela! — bradou.
— Não! — exclamou Freyja, olhando para os céus rodopiantes. — É o deus dela que vem sobre nós. Não toquem nela!

— Ela precisa morrer!

— *Não!* — gritaram outros.

Vendo o terror nos que permaneciam ali, Anômia soube que precisava usá-lo.

— É melhor a morte de um para salvar muitos!

Freyja estava apavorada.

— E se o que ela diz sobre o deus dela for verdade?

— Você traiu Tiwaz com seus lábios! E sempre o traiu no coração. Eu vi. Eu sei!

Freyja recuou.

Anômia arrastou Rispa pelos cabelos.

— E se ela mentiu sobre todo o resto? Fale, bruxa! O filho nasceu de você?

Atretes cravou os dedos na terra e gemeu.

— Não — disse Rispa.

— E o nome da mãe dele era Júlia?

— Sim.

— Atretes tirou o filho de você?

— Sim.

— Você teve um filho com outro homem?

— Sim.

— E esse filho está morto?

Rispa fechou os olhos.

— Sim.

— Oh, Deus — gemeu Atretes.

— Por seus próprios lábios, ela pronunciou uma sentença contra si mesma — disse Anômia, puxando com força o cabelo de Rispa ao olhar para o círculo de rostos aturdidos. — Tiwaz atingiu a árvore e os emblemas sagrados porque estamos abandonando a lei dele, deixando-a viver! Vejam como o céu está claro agora e as estrelas brilham de novo!

— Senhor, tu és minha Rocha e meu Redentor — murmurou Rispa em completa rendição.

Anômia puxou a cabeça de Rispa para trás, expondo a pálida garganta.

— Atretes conhece a lei! Ele a trouxe para cá porque, no fundo do coração, sabia que só nós poderíamos libertá-lo do feitiço pelo qual ela mantinha a ele e a seu filho amarrados. Quando ela morrer, ele será o homem que era antes. Ele nos levará à vitória.

Atretes levantou a cabeça, com os olhos inundados de lágrimas.

— Se vocês matarem a minha esposa, juro diante de Deus que levo todos vocês para o inferno!

— Não, Atretes! — disse Rispa, pesarosa. — Não, amado. Lembre-se do Senhor. Lembre-se do que aprendemos.

Alimente as ovelhas.

Ele chorou.

— Eles vão matá-la por minha causa!

— Deus está conosco. A quem devemos temer?

— Eu a amo! Eu a amo. Me perdoe. — Viu nos olhos dela que já lhe havia perdoado.

— Veja o poder que ela tem sobre ele! — gritou Anômia.

— Não há libertação para nós se a deixarmos viver.

— Levem-na ao pântano! — gritou Rud. E, como chefe, suas palavras foram ouvidas.

— O pântano! — anuíram outros, até que as vozes de Rolf e Herigast foram abafadas pelo estrépito e pela confusão.

Os olhos de Anômia brilhavam com malícia para Rispa.

— Veja o poder que tenho sobre você — sussurrou.

— Você só tem o poder que Deus lhe deu.

— Então até *ele* me ouve — zombou, inclinando-se mais perto. — Estou ansiosa para arrancar sua garganta com meus próprios dentes, mas eles devem fazê-lo.

Anômia a soltou e recuou. Chamou Rud para cumprir a lei e o costume.

— Raspe o cabelo dela.

Rud pegou a faca e começou a raspar o lado esquerdo da cabeça de Rispa, bem rente ao couro cabeludo. Do lado direito, deixou dois centímetros de comprimento, enquanto as luxuriantes mechas escuras caíam no chão, ao redor dela.

Rispa viu Freyja chorando, segurando seu amuleto de âmbar.

— Volte-se para o Senhor, mãe.

Anômia a esbofeteou de novo, deixando-a atordoada.

— Tire a roupa dela e ponha a coleira!

Rud cortou a parte de trás da túnica de Rispa e a arrancou. Pegou a pesada coleira de couro da mão de Anômia e a colocou no pescoço de Rispa. Em seguida, puxou-a rudemente para levantá-la.

— O Senhor trará à luz a verdade, se pedirem — disse Rispa, usando o tempo que lhe restava. — Cristo morreu por seus pecados. Ele foi morto e ressuscitou no terceiro dia. Por meio de um homem, Adão, a morte veio ao mundo; e por meio de Jesus Cristo, nosso Senhor, temos a vida eterna.

— Faça que se cale! — disse Anômia, com os olhos brilhando de fúria.

Rud atingiu Rispa com um golpe violento e a empurrou em direção ao pântano. Os outros os seguiram.

— Tragam Atretes! — gritou Anômia para eles. — Ele precisa vê-la morrer para o feitiço se quebrar. Ela o fitou nos olhos; queria que ele soubesse que era seu sofrimento, e não sua redenção, que ela ansiava.

Atretes foi levantado do chão e levado. Outros, preocupados com Rolf e Herigast, também os arrastaram.

Anômia foi guiando os guerreiros catos à luz de tochas através da densa floresta até a beira do pântano. Sentia uma misteriosa mudança em volta, como se o ar estivesse carregado de energia. As horas de escuridão passavam, logo chegaria o amanhecer, e o ato devia se realizar. Apressou os passos, incitando os outros.

Musgos cinzentos pendiam dos galhos das árvores antigas. O ar cheirava a podridão. Ela chegou à beira do pântano e se voltou de frente para os que a seguiam. Atretes chorava abertamente, sem afastar os olhos do rosto de sua esposa.

A sacerdotisa olhou para Rispa com desprezo, que também estava derrotada, com os olhos fechados e os lábios se movendo como se tivesse enlouquecido.

— Pelo poder que recebi de Tiwaz, eu proclamo esta mulher impura, uma bruxa enganadora, e passo a sentença de morte sobre ela. Que ela seja jogada no pântano.

Rispa ergueu a cabeça e olhou para o rosto de cada um.

— Meu Deus, a quem eu sirvo, pode me tirar do poço.

Os guerreiros riram com escárnio.

— Tirá-la do poço? — disse Anômia, rindo. — Você será sugada para as entranhas da Terra e nunca mais será vista. — Dando um passo para trás, falou alto a todos os presentes. — Ouçam-me e obedeçam! O nome dela nunca mais deve ser pronunciado entre os catos. Será como se ela nunca tivesse existido na face da Terra.

Todos gritaram em consentimento.

Atretes caiu de joelhos, mexendo os lábios como Rispa. Anômia viu Rispa sorrir para ele com ternura.

— Leve-a!

Rud pegou os braços de Rispa.

— Não, Rud — disse Rispa, olhando para aquele rosto curtido pelo tempo. — Deixe-me ir sozinha, para que você não morra também.

Ele pestanejou.

— Vai fazer o que eu digo ou o que ela diz? — perguntou Anômia.

Rud a apertou mais forte. Empurrou Rispa sobre uma tábua larga, mas, quando chegou à beira, escorregou. Soltando-a, ele tentou se salvar. Mas perdeu o equilíbrio e os dois caíram.

— Joguem uma corda para ele! — gritou Holt. O pânico se espalhou pela multidão quando viram o chefe supremo se debatendo no pântano, tentando se segurar em alguma coisa. — Depressa!

Uma corda chegou serpeando, mas ele já estava afundando.

Atretes fechou os olhos com força para não ter que ver sua esposa se afogar junto com seu amigo.

— Senhor Jesus, Deus de misericórdia — gemeu enquanto os homens gritavam. Ouviu Rud engasgar e gritar, pedindo ajuda.

Os homens puxaram sem parar e caíram para trás quando a corda se soltou. Fez-se silêncio, e então, outro grito rasgou o ar. O grito de uma mulher.

— Olhem! — apontou Freyja, totalmente lívida. — *Olhem! Estão vendo?*

As mãos que prendiam Atretes se soltaram; os guerreiros catos gritavam e fugiam, ou se prostravam, aterrorizados. Soltando um gemido, Anômia olhava e não conseguia acreditar. E, então, o medo que ela nunca conhecera a tomou, e ela saiu correndo, desesperada, desaparecendo nas sombras da floresta.

Tirou-me de um lago horrível, de um charco de lodo, pôs os meus pés sobre uma rocha, firmou os meus passos.

Rispa continuou andando até chegar a seis metros do lugar onde Rud havia afundado; ali estava ela, no meio do pântano, como se estivesse em terra firme.

Ao lado dela, um homem alto e poderoso, cintilando em branco radiante.

O sol nasceu brilhante por trás de Rispa, e, por um instante, Atretes se perguntou se havia enlouquecido e estava imaginando coisas.

— Rispa! — gritou, levantando a mão para proteger os olhos do brilho, incapaz de vê-la. — *Rispa!*

Então, de repente, ele a viu de novo. Ela corria em direção a ele, com a luz ofuscante ainda atrás. Ele a encontrou na beira do pântano e a pegou nos braços, puxando-a para si, abraçando-a com firmeza. Enterrou o rosto na curva de seu pescoço, cobrindo com as mãos sua cabeça raspada; os joelhos de Atretes se dobraram e ela se ajoelhou com ele.

Tremendo violentamente, com os olhos arregalados, Herigast olhava para o pântano. A luz do sol atravessava as árvores distantes, quase o cegando. Ele se deu conta de que estava gritando, rindo e chorando ao mesmo tempo. A luz branca se desvaneceu nas cores mais suaves da manhã.

Rolf, que estava prostrado, se levantou. Os poucos que haviam permanecido se levantaram também. A maioria havia fugido.

Atretes se ergueu, puxando sua esposa consigo.

— Jesus é o Senhor! — exclamou, com uma nova e alegre convicção na voz. O som ecoou pela floresta, afastando a escuridão. — Ele é o Senhor dos céus, da Terra e de tudo o que há nela. Abençoado seja seu santo nome!

— Abençoado seja seu santo nome — repetiu Herigast, maravilhado, com o coração ainda batendo forte.

Tremendo, Freyja se levantou; ela também se prostrara. Com dedos trêmulos, pegou o talismã de âmbar com as runas de Tiwaz gravadas e o retirou do pescoço. Com um grito, jogou o pingente no pântano e o viu afundar rapidamente. O medo e o desespero que tantas vezes a mantiveram cativa se dissiparam.

Rolf estava à espera, inseguro. Enquanto Atretes não se voltasse e olhasse para ele, não saberia se viveria ou morreria. Qualquer que fosse o caso, assim seria. Atretes soltou Rispa e se voltou. Quando o viu largar a esposa e caminhar em sua direção, Rolf baixou os olhos, sentindo o forte propósito em cada passo que levava Atretes para mais perto dele.

— Me perdoe — disse Atretes com voz rouca. — Eu fui um idiota.

Rolf ergueu a cabeça. Lágrimas encheram seus olhos.

— Eu fui muito mais.

Atretes segurou o ombro do jovem.

— Parece que esse é o defeito de todos os homens.

— Temos que contar aos outros! — exclamou Freyja, com o rosto iluminado.

Mas alguém chegou primeiro.

Intempestiva, Marta entrou na floresta, empurrando Caleb e algumas roupas nos braços de Rispa.

— Vocês precisam ir. Leve-a depressa daqui, Atretes, ou vão matar vocês também.

— Marta! — disse Rispa, estendendo a mão para ela.

Mas Marta sacudiu a cabeça, afastando-se.

— Vá embora daqui — disse Marta, fugindo enquanto os aldeões apareciam.

— Saia daqui! — gritavam homens e mulheres histericamente. — Pegue sua esposa e seu deus estrangeiro e saia daqui antes que nos traga mais calamidades.

Jogaram sobre eles os pertences de Teófilo, bem como os de Rispa e Atretes.

— *Vão!*

— Não! — gritou Freyja. — O Senhor Jesus Cristo é o verdadeiro Deus. — Correu para eles, procurando Varus, Usipi, qualquer um que pudesse ouvir.

Herigast e Rolf correram em busca de suas esposas.

— O deus deles vai nos destruir!

— Vão para longe daqui!

Alguns pegaram torrões de terra e pedras para atirar neles.

— Saiam daqui!

— *Saiam daqui!*

Atretes puxou Rispa.

— Temos que ir.

— Nós não podemos deixá-los.

Pegando suas coisas, Atretes protegia sua esposa e filho enquanto os levava para a floresta, a leste da aldeia. Quando Rispa olhou para trás, ele apertou a mão dela e continuou andando.

"Alimente as ovelhas", dissera Teófilo, mas algo mais impulsionava Atretes, impedindo-o de olhar para trás: *E tantos quantos vos não receberem, nem vos ouvirem, saindo dali, sacudi o pó que estiver debaixo dos vossos pés, em testemunho contra eles.*

Rispa chorava pelos perdidos, e Atretes também; mas eles haviam feito uma escolha, assim como Rud, um instante antes de cair no fosso.

— Esperem! — gritou alguém. — Esperem por nós!

Atretes parou e olhou para trás. Engoliu em seco quando viu Rolf correndo até eles, segurando a mão de sua esposa. Quando chegaram, Rispa agradeceu a Deus e os abraçou, enquanto Atretes olhava para a floresta à procurando de outros, rezando fervorosamente para que mais os seguissem.

— Mais alguém vem?

— Não sei — disse Rolf, sem fôlego. — Eu não esperei. Não olhei para trás.

Atretes os conduziu pela floresta.

55

Eles acamparam em uma colina a leste, longe da aldeia.

Quando a escuridão caiu, Rispa se sentou em frente ao marido, inclinando-se para ele, com Caleb no colo. Atretes a abraçou, acariciando-lhe os cabelos e agradecendo a Deus por não a ter perdido. Então fechou os olhos.

Rispa sabia que ele estava rezando. Ele não havia dito quase nada o dia todo. Ela sabia o que se passava em seu coração e se juntou a ele na súplica ao Senhor.

Ouviram um galho estalar e ergueram os olhos. Atretes respirava com dificuldade, com o coração na garganta.

— Graças a Deus — disse com voz rouca.

Com um leve grito, Rispa deixou Caleb no chão rapidamente e se levantou. Freyja se jogou em seus braços.

— Aonde quer que você vá, eu irei. Seu Deus será meu Deus.

Outros a acompanhavam.

— Que bom que acamparam em uma encosta — disse Usipi, sorrindo enquanto se aproximava, apertando a mão de Atretes.

Marta colocou Luísa no chão e foi para os braços do irmão, cercada pelas crianças. Herigast e Anna chegaram, assim como Helda e seu marido, Sig. Todos falavam ao mesmo tempo.

Atretes olhava para todos que haviam saído das trevas para a luz.

Tão poucos, pensou, mas logo afastou a tristeza. Havia outras coisas em que pensar, muitas coisas a fazer, e, com a mesma determinação feroz que sempre tivera em questões de vida e morte, focou sua força de vontade e sua vida à tarefa que tinha pela frente.

"Alimente as ovelhas", dissera Teófilo. *Alimente as ovelhas.*

Era um rebanho pequeno.

Mas era um começo.

EPÍLOGO

Atretes levou o escasso grupo de cristãos às planícies do nordeste, onde estabeleceram uma pequena comunidade em uma das rotas comerciais romanas. Atretes e Rispa começaram a ensinar e orientar aqueles que haviam deixado tudo para trás pela glória do evangelho. O pequeno grupo cresceu forte na fé e logo compartilhava seu testemunho com os mercadores viajantes que apareciam em sua aldeia. Em pouco tempo, a Palavra do Senhor se espalhou para norte, sul, leste e oeste.

Rispa e Atretes encontravam uma nova e mais profunda alegria um no outro à medida que se aproximavam do Senhor. E Caleb ficou encantado no dia em que sua família aumentou, quando sua irmã, Hadassah, nasceu. Ela seria a primeira criança de muitas nascidas naquela pequena comunidade; a segunda geração de um povo inteiramente dedicado a Jesus Cristo.

Quanto a Anômia, um ano depois de sua apressada partida do bosque sagrado, ela voltara ao seu povo e os convencera de que havia recebido uma revelação de Tiwaz. Roma cairia, dissera, e eles é que a derrubariam. Eles acreditaram nela. Formaram alianças, reuniram os guerreiros.

Em 83 d.C. os catos lideraram uma segunda rebelião contra o Império. Domiciano, o novo imperador, enviara suas legiões para o norte. Em dois anos, os catos foram destruídos. Alguns aldeões sobreviveram, Anômia entre eles.

Todos morreram como escravos em terras estrangeiras.

Quando recebeu a notícia, Atretes reuniu seu povo.

— As promessas de Deus são certas — disse. — Assim como seu julgamento. Podemos ter certeza de que ambos virão, tão certo quanto o amanhecer a cada dia. Agora, enquanto choramos por nossos irmãos e irmãs perdidos, regozijemo-nos em tudo que Deus fez por nós, e recordemos que a única diferença entre nós e aqueles que perecem é Cristo. Sem ele, todos nós fracassamos. Com ele, saímos das trevas para a luz, pois ele nos deu um futuro e uma esperança.

— Amém — disse Rispa baixinho ao lado dele.
— Amém — responderam os outros.

— Rispa, você me ensinaria a ler?

Ela olhou para Atretes, surpresa com sua pergunta. Ele sorriu.

— Todos os dias eu ouço você ler as palavras de Deus e anseio por fazer isso sozinho; dedicar um tempo a essas palavras para levá-las a outras pessoas. — Estendeu-lhe a mão e tomou a dela, segurando-a com ternura. — Por favor, meu amor, você me ensinaria a ler?

Comovida pela humildade de suas palavras, Rispa apenas assentiu.

A cada dia, ela via o orgulho de Atretes se desvanecer, e, em seu lugar, Deus enchia o homem que ela amava com sabedoria, gentileza e obstinada dedicação de seguir o exemplo de Cristo. Quando olhava para ele, ela se sentia tomada de gratidão.

Senhor, tu és tão bom!

Em poucos meses, Rispa ensinou Atretes a ler a cópia do rolo que Teófilo havia levado de Éfeso, o mesmo rolo que Ágabo copiara durante a longa viagem marítima de anos atrás. O pergaminho original ficara na igreja de Roma.

Por fim, certa manhã, Atretes reuniu os crentes e se sentou diante deles. Rispa estava ao seu lado, com o pergaminho no colo. Quando Atretes o desenrolou e começou a ler para eles, um profundo silêncio tomou conta da sala. As pessoas ali reunidas ouviam atentamente a voz profunda do germano ao ler o testemunho de alguém que caminhara com o apóstolo Paulo, bem como de outros que haviam conversado com o Cristo.

A carta começava assim:

— "Tendo, pois, muitos empreendido pôr em ordem a narração dos fatos que entre nós se cumpriram, segundo nos transmitiram os mesmos que os presenciaram desde o princípio, e foram ministros da palavra, pareceu-me também a mim conveniente descrevê-los a ti, oh, excelente Teófilo, por sua ordem, havendo-me já informado minuciosamente de tudo desde o princípio; para que conheças a certeza das coisas de que já estás informado."

A carta havia sido escrita por um médico amigo de Teófilo, um homem chamado Lucas.

No final da leitura, muitos se aproximaram para apertar a mão de Atretes e dar-lhe um tapinha nas costas.

— Um verdadeiro líder nunca para de aprender — disse Freyja ao filho, com os olhos brilhando de orgulho.

Atretes a puxou, abraçando-a forte. Rispa os observou com lágrimas nos olhos. Enquanto Atretes viveu, ele liderou essas reuniões, ensinando e instruindo a comunidade sobre as palavras do Senhor. E todas as manhãs, quando o sol se levantava, Atretes e Rispa se ajoelhavam, orando por seus filhos. Implorando a Deus em nome de Hadassah e Caleb, eles pediam ao Senhor que instilasse suas palavras dentro do coração de seus filhos, que criasse um anseio dentro deles por sua Palavra, e que os tornasse *seus* filhos também.

E Deus respondeu. Caleb e Hadassah cresceram fortes no Senhor. Hadassah fazia jus a sua homônima, pois se tornou conhecida em toda a região como uma jovem sábia e muito bondosa. Mas Caleb parecia especialmente sintonizado com as coisas do Espírito. Ele estudava a Palavra de Deus com avidez, como se nunca fosse o bastante.

— Deus tem um propósito especial para ele — disse Herigast certa noite, observando Caleb debruçado sobre os pergaminhos.

Rispa e Atretes apenas assentiram, sorrindo.

Foi pouca a surpresa, então, quando seu filho apareceu certa noite com os olhos brilhando de entusiasmo.

— Deus falou comigo! — exclamou.

Atretes ficou em silêncio, esperando que seu filho continuasse.

— Pai, mãe, Deus me chamou para levar sua Palavra aos vikings.

Rispa olhou para Atretes, espantada.

— Aos vikings? Mas, Caleb...

— Rispa... — A voz calma de Atretes deteve suas palavras, e ela encontrou seu olhar amoroso. — Não só nossos, lembra?

Ela assentiu e abraçou o filho. *Ele é teu, Senhor*, orou. *É teu desde o início!*

Foi um momento ao mesmo tempo doce e melancólico, assim como a manhã em que a comunidade se reuniu para se despedir de Caleb. Todos oraram juntos, incumbindo-o em nome de Deus e entregando-o aos cuidados do Senhor.

E, embora ninguém tenha tornado a vê-lo, sabiam que ele estava nas mãos de Deus — assim como cada um deles — e ficaram em paz.

GLOSSÁRIO

baritus: grito de guerra feroz usado pelos guerreiros germanos. Eles o entoavam segurando os escudos à frente do rosto enquanto batiam neles com as armas.

Caminho, o: termo usado na Bíblia (livro de Atos) para se referir ao cristianismo. Os cristãos provavelmente se autodenominavam "seguidores do caminho".

cássis: capacete de metal usado sobre a gálea; frequentemente exibia runas gravadas.

cubicula: câmara subterrânea; núcleo de uma cripta familiar.

El Elyon: Deus Altíssimo.

grubenhaus: casa comunal germana, geralmente contendo alojamentos para humanos e para o gado.

hemiolia: navio pirata com velas e remos.

Liebchen: amor, querido em germano.

rundling: propriedades agrupadas em forma de anel, ao redor de um espaço central.

AGRADECIMENTOS

Quero agradecer ao meu marido, Rick, por seu constante apoio e incentivo para eu abrir as asas e voar. Também agradeço a Deus por meus filhos, Trevor, Shannon e Travis, que têm me ensinado muitas e inestimáveis lições sobre a vida e o amor.

Agradeço também à minha editora, Karen Ball, por usar seu talento e sua experiência para aperfeiçoar ideias e melhorar meu trabalho. E, o mais importante, agradeço a Deus por me levar a uma editora que compartilha minha visão e tem uma fé ainda maior que a minha.

Impresso no Brasil pelo Sistema Cameron da Divisão Gráfica da
DISTRIBUIDORA RECORD DE SERVIÇOS DE IMPRENSA S.A.